最強
本語類義表現
Japanese

前言

我曾有數年指導高階日文學習者如何教授日語文法的經驗。

那時曾有中國的學習者對我說：「這些內容對我們很有幫助」。她指的是《初級日語語法及教學重點》一書中「教學二三事」的單元，而內容節錄如下。

> 各位在教學生如何表達意志時，是不是都教學生用「**意向形＋と思う**」呢？其實表達意志的用法還有好幾種，各位可以透過以下的練習，讓學生學會使用各種的用法。
> 以下是以「我要去沖繩」為例。
>
> 〈質問〉A：今度の連休はどちらかお出かけですか。
> （這次連假你會出門嗎？）
> B：ええ、沖縄へ行きます。
> （嗯，我要去沖繩。）
> ええ、沖縄へ行こうと思っています。
> ええ、沖縄へ行きたいと思っています。
> ええ、沖縄へ行く予定です。
> ええ、沖縄へ行くつもりです。
>
> 可以用這樣的方式，讓學生將學過的用法進行交互比較的練習。

那位中國學生想傳達的是，他們在學習表達「意志」的文法時，雖然會學到各種不同的用法，但卻不清楚這些用法的使用時機以及該如何正確使用，因此他們非常希望可以學到這一類的知識。

當時她說的這一番話我一直放在心上，總想著將來若有機會，要試著好好地整理出來。

本書特別提出數個語意相近的用法（類義表現），整理出這些用法的異同之處，除了形態及語意以外，甚至連說話者表達時的意圖（表達意圖）也一併整理出來。所謂表達意圖，是指「說話者如何看待整件事，及其在表達時心中的思考與盤算」，而這一類的句型就稱為「表現句型」。

光要針對表達意圖進行介紹已經是件很不容易的事。因此本書沒辦法針對基礎的句型及語意有太多的說明。

以表達意圖為基準來判斷該使用何種句型時，須考量以下的因素。

（1）表達的是主觀的想法（個人的情緒或判斷），或是客觀的事實。
（2）選擇以口語或是以書面語的方式表達。
（3）說話時的禮貌程度。
（4）以直接或間接的方式告訴對方。
（5）要採取委婉的說法或是生硬的說法。
（6）傳達的事項是否需要特別強調。
（7）要以簡潔的方式傳達，或是要詳加說明。
（8）要以正向或是負面的方式表達。

其他還有「該事項實現的可能性是否較高」、「是否要使用慣用句型」等。

本書將重點放在「表達意圖」，並力求說明簡單易懂。透過本書，若能讓各位開始對從「表達意圖」的角度理解日語，或是對日本人的思考方式產生興趣，進而在日語教學及學習上有所助益，會是我最開心的事。

在此衷心感謝 3A Corporation 出版社編輯部的溝口沙耶加小姐、佐野智子小姐在本書製作過程中的全力協助，謝謝 Boogic Design 用心設計書本的封面及裝幀，另外，也謝謝所有相關人員。

另外，本書是將曾在日本國際交流基金會網站裡「日本語教育通信」單元中「文法を楽しく（快樂學文法）」（2015 年 3 月～2017 年 3 月）的內容，重新編輯再彙整成參考書的形式。所以在此也要對此單元在連載期間所接獲的許多意見及建議，表達由衷的感謝之意。

著者　**市川保子**

本書的結構與用法

1. 本書結構

1）本書共有 44 課，各課的內容請參照目次。

2）書分為第 I 部分及第 II 部分。

第 I 部分　解說篇

說明對話範例以及類義句型的適當用法、比較表、會話應用、否定形的表達方式。

第 II 部分　重點句型與彙整

包括各項目的應用重點滙整及例句。

2. 第 I 部分的各課結構

①各課的標題（大項目）。本書共有 44 項。

②各課整體內容的簡單説明。

③子項目。下方有簡單的説明。各課有多個子項目。以「意志」為例，就有 1.「説話者的意志」以及 2.「決定」。

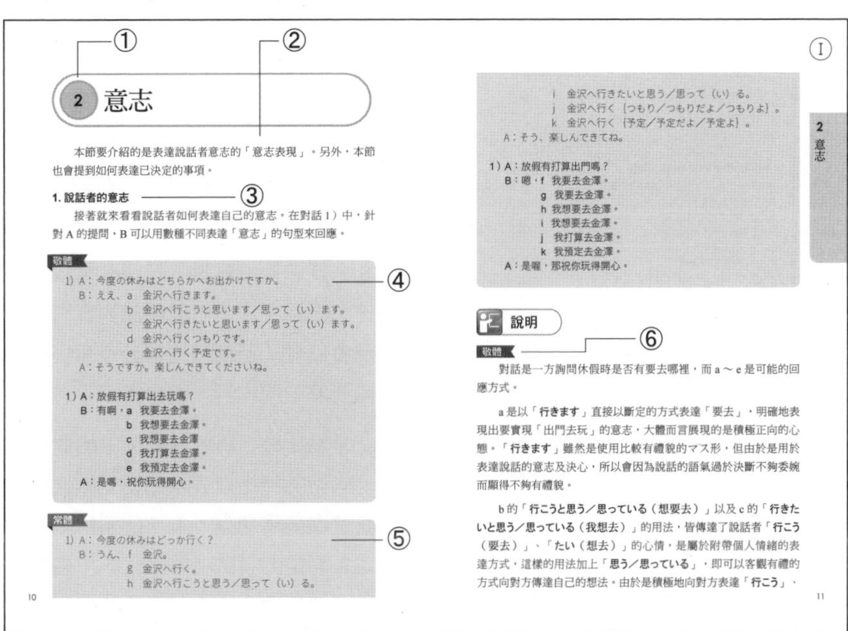

①　②

2 意志

本節要介紹的是表達說話者意志的「意志表現」。另外，本節也會提到如何表達已決定的事項。

1. 說話者的意志　③

接著就來看看說話者如何表達自己的意志。在對話 1）中，針對 A 的提問，B 可以用數種不同表達「意志」的句型來回應。

敬體

1) A：今度の休みはどちらかへお出かけですか。　④
B：ええ、a 金沢へ行きます。
b 金沢へ行こうと思います／思って（い）ます。
c 金沢へ行きたいと思います／思って（い）ます。
d 金沢へ行くつもりです。
e 金沢へ行く予定です。
A：そうですか。楽しんできてくださいね。

1）A：放假有打算出去玩嗎？
B：有啊，a 我要去金澤。
b 我想要去金澤。
c 我想要去金澤。
d 我打算去金澤。
e 我預定去金澤。
A：是嗎，祝你玩得開心。

常體

1) A：今度の休みはどっか行く？　⑤
B：うん、f 金沢。
g 金沢へ行く。
h 金沢へ行こうと思う／思って（い）る。

10

Ⅰ

i 金沢へ行きたいと思う／思って（い）る。
j 金沢へ行く｛つもり／つもりだよ／つもりよ｝。
k 金沢へ行く｛予定／予定だよ／予定よ｝。
A：そう、楽しんできてね。

1）A：放假有打算出門嗎？
B：嗯，f 我要去金澤。
g 我要去金澤。
h 我想要去金澤。
i 我想要去金澤。
j 我打算去金澤。
k 我預定去金澤。
A：是喔，那祝你玩得開心。

說明

敬體　⑥

對話是一方詢問休假時是否有要去哪裡，而 a～e 是可能的回應方式。

a 是以「**行きます**」直接以斷定的方式表達「要去」，明確地表現出要實現「出門去玩」的意志，大體而言展現的是積極正向的心態。「**行きます**」雖然是使用比較有禮貌的マス形，但由於是用於表達說話的意志及決心，所以會因為說話的語氣過於決斷不夠委婉而顯得不夠有禮貌。

b 的「**行こうと思う／思っている（想要去）**」以及 c 的「**行きたいと思う／思っている（我想去）**」的用法，皆傳達了說話者「**行こう（要去）**」、「**たい（想去）**」的心情，是屬於附帶個人情緒的表達方式，這樣的用法加上「**思う／思っている**」，即可以客觀有禮的方式向對方傳達自己的想法。由於是積極地向對方表達「**行こう**」、

2 意志

11

「**行きたい**」的想法，因此可說是一種正向的情緒表達方式。

c 的「**たいと思う／思っている**」是表示願望，在與實際行動的連結性（實現性）這一點上，比「**行こう**」要來得低。「**行きたいと思う／思っている**」也可以改用「**行きたいです**」表示，不過「**～たいです**」是屬於更強烈表達個人情緒的用法。

d 雖然聽起來像是清楚表達意願，但由於「**～つもりだ**」是屬於較主觀（個人想法）的用法，難以得知有多少實現的可能性，因此話中仍帶有些許模糊的成份。而這樣的用法也因為主觀性較強，所以有時會顯得不夠禮貌。

e 的「**行く予定だ**」是一種較客觀的說法，因為預定是已經定案的事項，所以實現「**行く**」這件事的可能性也較高。

常體 ——— ⑥

在朋友之間的對話中，大多會像 f 一樣只用單一名詞「**金沢。**」回覆對方，是省略後較簡短的回應方式。不過這種用法對於長輩或地位較高的人有時會顯得不太禮貌，這時只要加上「**です**」，改以「**金沢です**」回應即可。g 的「**行く**」（辭書形）雖然是表示說話的意志與決心，但若與マス形相比，表達意志的強度較弱。

敬體的 b、c，常體的 h、i 當中的「**～ています**」、「**～ている**」的「**い**」，在口語時經常會省略（本書以（い）表示），「**い**」就算省略了，也不影響禮貌程度。（不過在演說、發表或講課等正式場合，或是要表達強調的語氣時，則可能不省略「**い**」）。

i 的「**つもり／つもりだよ／つもりよ**」中，「**つもり。**」男女皆可用，「**つもりだよ**」主要是男性使用；「**つもりよ。**」則是女性的用法。不過最近也有愈來愈多女性也會使用「**つもりだよ。**」。

k 的「**予定／予定だよ／予定よ**」也是一樣。「**予定。**」男女皆

可用，「**予定だよ**」主要是男性使用；「**予定よ。**」則是女性的用法。不過最近同樣也有愈來愈多女性也會使用「**予定だよ。**」。

重點比較 ——— ⑦

說話者的意志

	實現性高	委婉的說法	禮貌程度較低	願望	較客觀	態度積極的說法	正面評價	曖昧不明
～ます／動詞辭書形	○		△			○	○	
～（よ）うと思う／思っている	△	○				○	○	
～たいと思う／思っている		○		○		○	○	
～つもりだ	△		△					○
～予定だ	○				○			

——— ⑧

- 「意志表現」會因實現性、客觀性、禮貌程度而有不同的用法。實現性較高的用法是「～ます／動詞辭書形」以及「～予定だ」。
- 較為客觀的用法是「～予定だ」，若用「～つもりだ」則情況多半仍是曖昧不明。
- 積極地表達意志大多被視為正向的表現，這些用法有「～ます／動詞辭書形」、「～（よ）うと思う／思っている」、「～たいと思う／思っている」。
- 加上「と思う」的「～（よ）うと思う」、「～たいと思う」是屬於較禮貌的用法，若將「と思う」改為「と思っている」，則是更委婉客觀的用法。
- 「～ます」是表示意志、決心、決定。辭書形雖然也是表示意志、決心、決定，但強度比マス形弱。

會話應用

〈女友達同士が引っ越しについて話している〉 ——— ⑨

A：通勤に不便だから、引っ越し<u>たいと思ってる</u>の。（願望）

B：いつごろ？
A：3月になったら、引っ越<u>そうと思う</u>。（意志）
B：ベッドとか机はどうするの？
A：持って行く<u>つもり</u>よ。（主觀的） ——— ⑨
B：愛犬のゴンは？
A：もちろん、連れて行く<u>予定だ</u>けど。（客觀的）
B：新しい住所が決まったら知らせてね。
A：うん、必ず知らせ<u>ます</u>。（促使事情實現的強烈意志）

（女性朋友間聊到與搬家有關的話題）
A：因為上班不太方便，正在想搬家的事。
B：什麼時候要搬？
A：我打算到了三月就搬家。
B：床和桌子怎麼辦？
A：我打算帶過去喲！
B：那妳的狗狗 Gon 呢？
A：當然也預計要一起搬過去。
B：決定新的住處之後再跟我說喔。
A：嗯，我一定會跟妳說的。

否定的場合 ——— ⑩

對話 1）中介紹了「意志表現」肯定形的表達方式。本節將介紹的是否定形的表達方式。

針對「放假有打算出去玩嗎？」這個問題，有以下 A1 ～ A3 這三種否定的回答方式。

Q:今度の休みはどちらかへお出かけですか。
放假有打算出去玩嗎？
A1:いえ、どこへも行きません。 不，我哪裡都不去。

④對話範例。「意志」的表現句型以 abc…表示，對話採問答的形式，並以敬體表示。

⑤對話範例。表現「意志」的句型，以常體表示。為了讓對話以較自然的方式呈現，有時會採用不同於敬體的句型。

⑥對話範例的解說。解說時會以表達意圖為主。常體的解說內容會提及會話體（若常體的部分沒有特別需要解說的內容，則會省略不談。）

⑦重點比較。將對話範例中的數種表現句型的特徵以表格的方式做比較。左邊為表現句型，上方的斜線處則是各句型的特徵。○是代表「強烈」具有該項特徵；△是表示「可以算

是」有該特徵的傾向。

⑧以條列的方式整理表格的重點。

⑨會話應用。透過實際的對話展示如何運用各種句型表達章節的主題。（　）內是提示該句的特徵。若對話中的人物未指定性別時則是表示男女皆通用。

⑩會話應用中所使用的表現句型以肯定形居多。此處是列出這些表現句型該如何以否定形表達，並解説其語意上的變化。（若為不具否定形或難以使用否定形表達的句型則略過不提）

3. 關於文法用語（本書中所使用的文法用語）

前句：意指本書中複合句的前半句，以及以「**そして**」、「**しかし**」等連接詞連接的兩個句子中的第一句即稱為「前句」。

後句：意指本書中複合句的後半句，以及以「**そして**」、「**しかし**」等連接詞連接的兩個句子中的第二句即稱為「後句」。

若為複合句：	～ 前句	から、 ので でも、 ながら、 ：	～。 後句
	～。 前句	そして、 しかし、 それで、 そのために、 ：	～。 後句

常體：關係較親近的人之間的對話或文章所使用的文體。

敬體：跟不熟識的對象或長輩對話時，或是較正式的場合所使用的文體。

一般形：動詞、形容詞、「名詞＋だ」等辭書形或タ形等活用形。

禮貌形：動詞的マス形、形容詞、「名詞＋だ」的デス形等較有禮貌的活用形。

主詞：句子元素之一。為句中「某物要怎麼做」、「某物是怎樣」、「某物是什麼」中的「某物」。

述語：句子元素之一。為句中「某物要怎麼做」、「某物是怎樣」、「某物是什麼」的「怎麼做」、「怎樣」、「什麼」的部分。

主題：說話者所說的話的主要內容，而整段發言或對話都是圍繞著該內容所做的說明或解釋，又稱為 Topic。

名詞（代表人、事、物的詞）：（以下舉例）蘋果、書、植物。

形容詞（表示事物的性質及狀態，或是人的感覺、感情等）：

- 形容詞：**大きい、おいしい、おもしろい**
- 形容動詞：**きれいだ、静かだ、元気だ**

動詞（表示事物的動作、作用及變化）：**見る、行く、なる、いる**

動詞的活用形

- 辭書形（也稱為非過去式）：**行く、食べる、する**
- タ形（也稱為過去式）：**行った、食べた、した**
- ナイ形（也稱為否定形）：**行かない、食べない、しない**
- マス形：**行きます、食べます、します**
- マス形的語幹：**行き、食べ、し**
- 連用中止（形）：**行き、食べ、し**
- ～（よ）う（形）：**行こう、食べよう、しよう**

副詞（修飾動詞、形容詞、其他的副詞的詞）：

もっと、とても、いくら、どんなに

連接詞（連接詞與詞、片語與片語、句子與句子的詞）：

そして、しかし、ただし、それで、それに、また

助詞（接在各種詞之後，表示字詞與字詞、字詞與述語、句子與句子之間的關係的詞）：

- 格助詞（接在名詞之後，表示述語與名詞之間的關係）：**が、を、に、で、へ**
- 副助詞（接在句中的各種字詞之後，暗示與其他事項的關係，並藉此突顯某事項）：**は、も、だけ、しか、こそ、さえ、ほど**
- 並列助詞（列舉語詞或句子的助詞）：**と、や、とか、やら、に**
- 終助詞（置於句末，用以表示說話的心情）：**ね、よ、な、か**

關於本書例文中譯

本書主旨為講解日語中繁複的類義語及表達意圖之異同，故於比較時，各例文經過中譯後該翻譯雖皆可正確傳達句義，但因中文不見得能落實傳達日語原句中的語感，故例文中譯部分敬供參考。日語各語義異同之區分，請透過各課說明學習。

目次

本書句型一覽

　　將各課當中所提到的句型，以各課標題分類列出。本章所列出的句型包含在對話範例、重點比較、第 II 部中所列舉的項目。

第1課「主題」

1 提示話題（主題）
- ～って
- ～という＋名詞＋は
- ～というのは
- ～は

2 陳述與話題（主題）的人物或事物有關的內容
- ～は
- ～って
- ～（っ）たら
- ～なら
- ～ときたら

第2課「意志」

1 説話者的意志
- ～ます/動詞の辞書形
- ～（よ）うと思う/思っている
- ～たいと思う/思っている
- ～つもりだ
- ～予定だ

2 決定
- ～ます/動詞の辞書形
- ～ことになる
- ～ことに決まる
- ～ことに決める
- ～ことにする

第3課「願望」

1 説話者對自己的期望
- ～たい
- ～たいと思う/思っている
- 動詞可能形＋たら/といいなあ
- 動詞可能形＋たら/といいなあと思う/思っている
- 動詞可能形＋たら/といいんだけど/が
- 動詞可能形＋ないかなあ（と思う/思っている）

2 對他人的願望
- ～てほしい
- ～てもらいたい
- ～てほしいと思う/思っている
- ～ないかなあと思う/思っている
- ～たらいいんだけど/が
- ～たらいいのに

第4課「義務」

1 義務
- ～なければならない
- ～なくてはならない
- ～ないわけにはいかない
- ～ないといけない
- ～ざるを得ない
- ～べきだ

2 必然、命運
- ～ます/動詞の辞書形
- ～てしまう
- ～ものだ
- ～なきゃならない
- ～なくちゃならない
- ～ざるを得ない
- ～ないわけにはいかない

第10課「邀請、提議、要求及請求」

1 邀請
～ませんか
～てみませんか
ごいっしょにどうですか
ごいっしょしませんか
～ない？
～てみない？
いっしょにどう？

2 提議
～ます/動詞の辞書形
～ましょう
～ましょうか
～(さ) せてください
～(よ) う
～(よ) うか
～(さ) せて。
～(さ) せてくれ/てちょうだい

3 要求及請求
～てください
～てくれますか
～てくれませんか
～てくださいますか
～てくださいませんか
～てもらえますか
～てもらえませんか
～ていただけますか
～ていただけませんか
～てもらって (も) いいですか
～て。
～てくれる？
～てくれない？
～てくださる？
～てくださらない？
～てもらえる？
～てもらえない？
～ていただける？
～ていただけない？
～てもらって (も) いい？

第11課「指示、命令、禁止」

1 從請求到指示
～てください
～ように (してください)
～(よ) う/ましょう
～こと。
～てもらいます/いただきます

2 從指示到命令
せよ
しろ
～なさい
～こと。
～ように。
～て (ください)
名詞止め

3 禁止
～な
～ない (動詞のナイ形)
～ないで (ください)
～ないこと。
～てはいけない
～ないように (しよう/しましょう)
名詞止め

第12課「感情1（喜歡、討厭、驚訝）」

1 喜歡
(～は～が) 好きだ
(～は～が) 大好きだ
(～は～が) 嫌いじゃ /ではない
～は＋名詞だ
いつも～ている

2 討厭
(～は～が/は) ちょっと/あまり……

(～は～が/は) 好きじゃ/ではない
(～は～を/は) ～ない (動詞のナイ形)
(～は～が/は+) 動詞可能形の否定形
(～は～が/は) 苦手だ
～から/ので等 (理由を述べる)

3 驚訝
えっ、本当/ホント (ですか)？
えっ、そうですか/そうなんですか
びっくりした・驚いた
～てびっくりした/驚いた
～てびっくりしてしまった/しちゃった
～て驚いてしまった/驚いちゃった
えっ、そんな。
えっ、まさか。
えっ、うそ！

第13課「感情2（喜悅、悲傷、感謝）」

1 喜悅
ありがとう (ございます)
よかった
うれしい
ほっとした
本当/ホント (ですか)？
うそ！/うそでしょ(う)？

2 悲傷
あー、そうですか
残念だ
それは残念だ
残念に思う
悲しい
悲しく思う
くやしい
どうしよう

3 感謝
ありがとうございます/ございました
すみません
～てくださって/いただいてありがとう (ございます/ございました)
感謝します
お世話になりました
ありがとう
どうも。
悪かった
お世話様。

第14課「感情3（道歉、後悔及反省）」

1 道歉
すみません
申し訳ありません
ご迷惑をおかけしました/いたしました
申し訳ないことをしました/いたしました
許してください
これから注意します/気をつけます
ごめん (なさい)
すまない/すまん
悪い/悪かった

2 後悔及反省
～てしまった/ちゃった
～ば/なければ/なきゃよかった
～べきだった/べきじゃなかった
～ておけば/とけばよかった
～んだった/んじゃなかった

第15課「感情4（放棄、過度的情緒）」

1 放棄、死心
～ざるを得ない
～ないわけにはいかない
～ないでは/ずにはすまない

第16課「開始、進行中、結束」

第17課「變化」

第18課「經驗」

第19課「被動句」

第20課「時間 1」

1 ～とき・～ときに・～ときには・～ときは
～とき
～ときに
～ときには
～ときは
2 ～とき・～たら・～と・～てすぐ(に)・～と同時に
～とき
～たら
～と
～てすぐ（に）
～と同時に

第21課「時間 2」

1-1 時間的先後關係 1「～てから・あとで・～たら・～次第」
1-2 時間上的先後關係 2「『～てから』與『～あとで』的不同之處」
～てから
～あとで
～たら
～次第
～て
名詞＋のあとで
2 表示某個時間點之後的「～(て)以来・～てからというもの」等用法
～てから
～をきっかけに
～(て) 以来
～てからというもの

第22課「時間 3」

1 在一段時間或期間之內結束的狀態或行為
～とき/ときに
～あいだに
～うちに
名詞＋中に
～前に/までに
～ないうちに
2 在一段時間或期間內一直持續的狀態或行為
～ときは
～あいだは
～うちは
名詞＋中は
～前は/までは
～ないうちは

第23課「時間 4」

1 同時發生的動作、狀態
～ながら
～かたわら
～たり
～し
～つつ
～でもあり～でもある
2 一件事結束後立刻發生下一件事
～てすぐ（に）
～とすぐ（に）
～たらすぐ（に）
～と同時に
～とたん（に）
～や否や
～が早いか
動詞の辞書形＋なり
3 界限、分界、限度
～(た) きり
～(た) まま
～(た) なり
～たら最後

第24課「條件1」

1 假設性較強的情況
～たら
～ば
～なら
～場合
～ものなら
2-1 假設性較弱的情況1
2-2 假設性較弱的情況2
～たら
～ば
～と
～なら
～のなら
～場合

第25課「條件2」

1 ～たら・～としたら・～となったら
～たら
～としたら
～となったら
2 ～ば・～とすれば・～となれば
～ば
～とすれば
～となれば
3 ～と・～とすると・～となると
～と
～とすると
～となると
4 ～(の)なら・～とする(の)なら・～となる(の)なら
～(の) なら
～とする (の) なら
～となる (の) なら

第26課「條件3」

1-1 必要條件1「那是必要的」
～なければ
～ないと
～なくては
～ない限り (は)
～ない以上 (は)
～ないようでは
1-2 必要條件2「沒有那個就辦不到」
～(た) うえで
～ないことには
～ことなしに (は)
名詞＋なしに (は)
名詞＋抜きで (は)
2 誇張的條件表現
～でもしたら
～(よ) うものなら
～でも～(よ) うものなら
～なんか/なんて～(よ) うものなら

第27課「原因、理由1」

1 一般的原因、理由
～から
～ので
～て
～ため (に)
～し
名詞＋で
2 評價、解釋及找藉口時使用的原因、理由句型
～おかげで❶
～おかげで❷
～せいで
～ものだから
～わけだから
～の/んだから

とはしたが
〜とはいうものの
2 連接兩個句子的連接詞
しかし
けれども/だけど/けど
ですが
だが
でも
もっとも
ただし

第33課「對比」

1 使用「は」的對比
〜は〜て、〜は〜
〜は〜が、〜は〜
〜は〜けれども/けど、〜は〜
〜は〜のに、〜は〜
2 利用副助詞「だけ・しか・ほど・も・は等」表達的對比
だけ
しか
ほど/くらい/ぐらい
も
は
3 〜一方(で)・〜反面・〜に対して・〜にひきかえ
〜一方(で)
〜反面
〜に対して
〜にひきかえ

第34課「比較」

1-1 兩者之間的比較1(提問與回答)
〜と〜と、どちらが
〜と〜では、どちらが
〜と〜は、どちらが
〜と〜なら、どちらが
〜(の)ほうが
〜が
〜で
名詞止め
1-2 兩者之間的比較2(在同一句中)
〜(の)ほうが
〜より〜(の)ほうが(ずっと)
〜よりむしろ〜(の)ほうが
〜わりに(は)
〜より〜(の)ほうがましだ
2-1 三者以上的比較1(提問與回答)
〜と〜と〜と、どれが一番〜
〜と〜と〜では、どれが一番〜
〜と〜と〜の中で(は)、どれが一番〜
〜の中で、何/どれが一番〜
〜が
〜が一番〜
〜で
名詞止め
2-2 三者以上的比較2(在同一句中)
〜が一番〜
〜より〜ものはない
〜ほど〜ものはない
〜くらい/ぐらい〜ものはない
〜くらい/ぐらいなら、〜ほうがいい/ましだ

第35課「比例」

1 一般常見的比例句型
〜につれて
〜にしたがって
〜とともに
〜(の)にともなって
〜ば〜ほど
2 比例句型的書面用語
〜につれ

第39課「附加說明」

1 ～し・～だけで(は)なくて(て)・～ばかりで(は)なく(て)・～うえに等句型
～し、それに/しかも
～だけで（は）なく（て）
～ばかりで（は）なく（て）
～のみならず
～うえに

2 ～はもちろん・～はもとより・～はおろか、～どころか等句型
～はもちろん
～はもとより
～はおろか
～どころか
～に限らず

3 連接二個句子的連接詞
それに
しかも
そして
それから
そのうえ
また

第40課「類似、比喻」

1-1 類似1「～に／と似ている・～に／とそっくりだ」等句型
～に/と似ている
名詞＋似だ
～に/とそっくりだ
～と瓜二つだ
～と～は似ている

1-2 類似2「帶有評價的類似
似たり寄ったりだ
似たようなものだ
似通っている
同じだ
代わり映えしない

2-1 比喻1
～だ
いわば～だ
～（の）ようだ/みたいだ
～（の）ように見える

2-2 比喻2
～んばかり（の）
～そうな
～かのごとき
～かと思うような

第41課「根據、立場及觀點」

1-1 根據1「外表、外觀1」
～から言って
～からして
～からすると
～から見て
見るからに

1-2 根據2「外表、外觀2」
～から
～の/ところを見ると
～くらい/ぐらいだから

1-3 根據3「言談資訊」
～によると
～の話では
～が言って（い）たんですが/だけど
～が言うには
噂では

2 立場、觀點
私は
私としては
私としても
私から言うと
私から見て

第42課「緩衝用語」

1 主動攀談
ちょっとすみませんが/けど
申し訳ありませんが/けど
ちょっと（お）話があるんですが/けど
ちょっと（ご）相談したいことがあるんですが/けど
この間のことでちょっと
ちょっと悪いけど/悪いんだけど

2 先表示「這件事先前已經提過」再陳述自己的想法
前にも言いましたように
前にも言いましたが/けど
前にも言った（か）と思いますが/けど
（今さら）言う必要はないと思いますが/けど

3 慣用的緩衝用語
ご存じのように
（ご）周知のように
ご案内のように
ご承知のように
言うまでもありませんが/けど

第43課「敬語1（尊敬語）」

1-1 敬意對象1「老師與學生的對話」
1-2 敬意對象2「職員與上司的對話」
2-1 敬意對象不在場1「同學之間的對話」
2-2 敬意對象不在場2「職員之間的對話」
尊敬動詞（いらっしゃる/いらっしゃいます、なさる/なさいます等）
お＋動詞マス形の語幹＋になる/なります
表尊敬的被動形
お/ご～です
デス・マス形
動詞・形容詞・「名詞＋だ」の普通形

第44課「敬語2（謙讓語、鄭重語）」

1-1 對方為敬意對象1「老師與學生的對話」
1-2 對方為敬意對象2「職員與上司的對話」
2-1 敬意對象不在場1「同學之間的對話」
2-2 敬意對象不在場2「職員之間的對話」
謙讓動詞（伺う/伺います、まいる/まいります等）
お＋動詞マス形の語幹＋いたす/いたします
お＋動詞マス形の語幹＋する/します
使役形＋ていただく/ていただきます
鄭重語（まいる/まいります、おる/おります等）
デス・マス形
動詞・形容詞・「名詞＋だ」の普通形

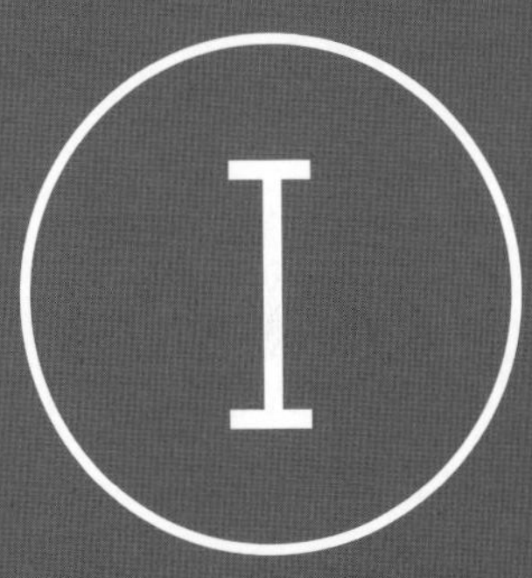

第 I 篇
解說篇

1 主題

當說話者提到某人、事、物並陳述與其相關的內容時，該人、事、物即為主題。主題又稱為 Topic，是說話者與聽者（對方）之間共通的話題。本課的第一小節要介紹的是「**～って**」、「**～という＋名詞＋は**」、「**～というのは**」、「**～は**」，第二小節則將介紹「**～（っ）たら**」、「**～なら**」、「**～ときたら**」等與表示主題有關的句型。

1. 提示話題（主題）

我們從以下這段對話來看看如何將話題提出來當作主題。對話 1），是 A 詢問 B 和「**林さん（林先生／林小姐）**」有關的事。A 可以各種不同表達「主題」的句型來提問。

敬體

1）A：a　新入社員の林さんってどんな人ですか。
　　　b　新入社員の林さんという人はどんな人ですか。
　　　c　新入社員の林さんというのはどんな人ですか。
　　? d　新入社員の林さんはどんな人ですか。
　　B：よくわからないんですが、おもしろい人らしいですよ。

1）A：a　新來的林先生是什麼樣的人？
　　　b　新來的林先生是什麼樣的人？
　　　c　新來的林先生是什麼樣的人？
　　B：我也不清楚。似乎是個很有趣的人。

常體

1）A：e　新入社員の林さんってどんな人？
　　　f　新入社員の林さんという人はどんな人？

g　新入社員の林さんというのはどんな人？
?h　新入社員の林さんはどんな人？
B：うん、おもしろい人らしいよ。

1）A：e 新來的林先生是什麼樣的人？
f 新來的林先生是什麼樣的人？
g 新來的林先生是什麼樣的人？
B：我也不清楚。似乎是個很有趣的人。

說明

敬體

在對話1）中，A不認識林先生，B知道林先生。「**は**」是用於表示主題，以「**〜は**」來表示主題時，通常意味著說話者知道該人、事或物的存在，或是要確認其存在的狀態。因此，不認識林先生的A，如果用d句中的「**〜は**」表示，會顯得很不自然。如果要在對話中提到未知的人、事、物，就一定要以a〜c的句型「**〜って**」、「**〜という＋名詞＋は**」、「**〜というのは**」來表示。

a的「**〜って**」是「**〜という**」或是「**〜という＋名詞＋は**」的口語用法。雖然是口語的用法，但因為只是縮短音節，所以也可以用在較為正式的對話中。b也可以用在正式的對話中，不過在發音上會稍嫌冗長一些。b的說法比較適合用在一邊思考一邊說話，或是提問這類需要放慢說話速度的情況。

c的「**〜というのは**」是把b的「**人**」改成「**の**」。雖然可以用於敬體，但省略的用法會讓人感覺不是很有禮貌。因此當對方是長輩或上司時，最好還是別用「**の**」，而是要用「**人**」或「**方（かた）**」表達。

d嚴格來說算是誤用，所以在句子前打上了「**？**」。若該人物或是該項事物不是說話者已知的對象，就不能用「**は**」表示。這時

要先以「**～って**」提示主題，接著才能用「**は**」來陳述與該主題有關的內容。

常體

如果是朋友之間的對話，c 的講法最適合用在口語對話中。f 的「**～という＋名詞＋は**」則常用於在一邊思考一邊慢慢說話的情況。

重點比較

提示話題（主題）

	說話者已知的對象	說話者或聽者未知的對象	正式的說法	給人省略的感覺	口語性質
～って		○		○	○
～という＋名詞＋は		○	○		
～というのは		○		○	○
～は	○				

- 是否為說話者或聽者已知的對象，使用的「主題的表示方式」也會有所不同。
- 說話者沒看過也沒聽過的人事物，不能用「～は」表示。
- 未知的對象要用「～って」、「～という＋名詞＋は」、「～というのは」表示。
- 提示主題的「～って」，不管是敬體還是常體的對話都能使用。

以上是與表示主題有關的句型，在接下來的「會話應用」的單元中，將以實際的對話來呈現這些用法要如何應用。

會話應用

〈子供が母親にわからないことについて聞いている〉

子供：LPSって、何？（說話者未知的主題）

母親：お母さんもよくわからないから、明日先生に聞いてごらん。

〈次の日、学校で〉

子供：先生、LPSという物質はどういうものですか。
（說話者未知的主題）

先生：LPSというのは菌を作っている物質だよ。
（聆聽者未知的主題）

子供：……。

先生：LPSは人の免疫力アップに役に立つと言われているよ。
（說話者已知的主題）

（小孩向母親詢問自己不知道的事）

小孩：LPS是什麼？

母親：我也不知道耶！明天你去問問看老師吧。

（隔天在學校）

小孩：老師，LPS是什麼物質呢？

老師：LPS是一種製造細菌的物質喔。

小孩：…。

老師：據說LPS對於提昇人類的免疫力很有幫助。

2. 陳述與話題（主題）中的人或事物有關的內容

接著我們再來看看該如何陳述或說明主題（Topic）。對話2）中，針對A的提問，B可以用數種不同的句型來說明與「主題」有關的內容。

敬體

2) A：森さんはまだですか。
B：a　森さんは、朝寝坊して遅れてくるみたいですよ。
b　森さんって、朝寝坊して遅れてくるみたいですよ。
c　森さんなら、朝寝坊して遅れてくるみたいですよ

2）A：森先生還沒來嗎？
　B：a　森先生好像睡過頭了，所以會晚一點到。
　　　b　森先生好像睡過頭了，所以會晚一點到。
　　　c　森先生呀！好像睡過頭了，所以會晚一點到。

常體

2）A：森さんはまだ？
　B：d　森さんは、朝寝坊して遅れてくるみたい｛だよ／よ｝。
　　　e　森さんって、朝寝坊して遅れてくるみたい｛だよ／よ｝。
　　　f　森さん（っ）たら、朝寝坊して遅れてくるんだって。
　　　g　森さんなら、朝寝坊して遅れてくるみたい｛だよ／よ｝。
　　　h　森（さん）ときたら、朝寝坊して遅れてくるんだって。

2）A：森先生還沒來嗎？
　B：d　森先生好像睡過頭了，所以會晚一點到。
　　　e　森先生好像睡過頭了，所以會晚一點到。
　　　f　這個森先生，他睡過頭了所以説會遲到。
　　　g　森先生呀！好像睡過頭了，所以會晚一點到。
　　　h　説到這個森先生，他睡過頭了所以説會遲到。

說明

敬體

對話 2）中，因為森先生沒出現，所以 A 出於擔心而提問。在 B 的回應中，a 是直接以「**～は**」回答。b 雖然用「**って**」回答，但這裡並不像對話 1 是用於「提示未知的人或事物」，而是說話者 B 用來提示聽者之後陳述的是與森先生有關的內容。這樣的用法，不但可以用於表示「**森さんってすごい（森先生真厲害）**」這類正面評價，也可以用於像是隨口抱怨「**あのしかたのない森さんは（那個沒救的森先生）**」這類表達失望的情緒。「**って**」可能會因情況而有不同的意思，是屬於比較口語的講法。

c 的「**なら**」幾乎等同於「**～は**」。不同點在於，相較於「**森さんは**」，「**森さんなら**」的語氣較冷淡，像是在聊不相干的人的事。以下的例子中，b 的語氣也是比較冷淡的說法。

A: **森さん、どこ？**　森先生在哪裡？
B: a　**森さんはロビーにいたよ。**　森先生剛才在大廳。
　 b　**森さんならロビーにいたよ。**　森先生喔，他剛才在大廳。

常體

f 的「**～(っ)たら**」是一種說話者帶有相當的個人情緒的用法。「**～**」通常是指人或寵物等對象。以帶有親暱感的口吻，對另一方表示困惑、驚訝、批評的情緒。主要是女性及小孩子使用，接在「**ん**」之後，「**っ**」大多會脫落。

h「**～ときたら**」比「**～(っ)たら**」帶有更強烈的責備語氣。此句的用法不只是以森先生為主題，同時還傳達了「那人真是沒救了」這類失望及感嘆的情緒。主要用於負面評價。男女都會使用，男性大多會省略「**さん**」，改成「**林ときたら**」或是將「**あの人**」改成「**あいつ**」，以「**あいつときたら**」表示。

此外，當以「**～(っ)たら**」及「**～ときたら**」表達時，表示說話者帶有相當的個人情緒，是屬於較為口語的用法。因此在對話 2）敬體的說明中，這些用法就被略過不提。

關於常體句尾的「**～だよ／よ。**」的應用，「**～だよ**」主要是男性使用，而「**よ。**」則是女性使用。但是近來也有愈來愈多的女性開始使用「**～だよ。**」的現象。

常體的用法基本上可以直接以常體表示，但因為直接用常體會顯得有些冷漠不討喜感，所以就必須使用終助詞來緩和語氣。終助詞該如何使用，對外國學習者而言是一大難題，不過「學會終助詞

＝學會自然的日語」，因此我們還是一點一點地慢慢學起來吧！

最具代表性的終助詞有「**ね**」、「**よ**」、「**よね**」。

ね　：用於向對方徵求同意、進行確認、表達感動或驚嘆的情緒、更明確地表達自己的判斷（主張）等。

よ　：向聽者（對方）告知資訊、提醒對方注意、或是向對方傳達強調、禁止、邀約等語氣。

よね：向聽者徵求同意並分享自己的認知，藉此讓對話更順暢，或是向聽者確認自己的主張。

重點比較

陳述與話題（主題）中的人物或事物有關的內容

	強調的語氣	責難的語氣	隨意提起	局外人的語氣	口語性質	會話的
～は					○	
～って			○		△	○
～（っ）たら	○	△	△		○	○
～なら				○		
～ときたら	○	○			△	○

- 「～は」與「～なら」的不同之處在於是否認定與自身有關。「～なら」會給人事不關己的感覺。
- 説話時附帶情緒的強烈程度是隨著「～って」→「～（っ）たら」→「～ときたら」的順序遞增，而這些用法也都是屬於比較口語的説話方式。「～って」不管是正面評價或負面評價皆可使用；「～（っ）たら」帶有較強的親暱感；而「～ときたら」主要用於表示責難的語氣。

會話應用

〈朝、母親と寝坊した娘の会話〉

娘　：お母さん、今何時？

母親：もう7時半だよ。

娘　：この時計って合ってる？（陳述主題相關內容）

母親：時計なら、どれも同じだよ。（稍微冷言冷語的語氣）

娘　：お母さんたら、どうして起こしてくれなかったの？（親暱感）

母親：何度も起こしたよ。おまえときたら、全然起きないんだから。（責備的語氣）

娘　：洋二は？（提起主題）

母親：もう出かけちゃったよ。

（早上媽媽與睡過頭的女兒之間的對話）

女兒：媽，現在幾點了？

母親：已經七點半了。

女兒：這個時鐘有準嗎？

母親：哪個時鐘都一樣。

女兒：…。

母親：我叫了好幾次啦！我説你啊！根本叫不起來啊！

女兒：洋二呢？

母親：早就出門了。

2 意志

本節要介紹的是表達說話者意志的「意志表現」。另外，本節也會提到如何表達已決定的事項。

1. 說話者的意志

接著就來看看說話者如何表達自己的意志。在對話 1）中，針對 A 的提問，B 可以用數種不同表達「意志」的句型來回應。

敬體

1）A：今度の休みはどちらかへお出かけですか。
　　B：ええ、a　金沢へ行きます。
　　　　　　b　金沢へ行こうと思います／思って（い）ます。
　　　　　　c　金沢へ行きたいと思います／思って（い）ます。
　　　　　　d　金沢へ行くつもりです。
　　　　　　e　金沢へ行く予定です。
　　A：そうですか。楽しんできてくださいね。

1）A：放假有打算出去玩嗎？
　　B：有啊，a　我要去金澤。
　　　　　　b　我想要去金澤。
　　　　　　c　我想要去金澤
　　　　　　d　我打算去金澤。
　　　　　　e　我預定去金澤。
　　A：是嗎，祝你玩得開心。

常體

1）A：今度の休みはどっか行く？
　　B：うん、f　金沢。
　　　　　　g　金沢へ行く。
　　　　　　h　金沢へ行こうと思う／思って（い）る。

i　金沢へ行きたいと思う／思って（い）る。
j　金沢へ行く｛つもり／つもりだよ／つもりよ｝。
k　金沢へ行く｛予定／予定だよ／予定よ｝。
A：そう、楽しんできてね。

1）A：放假有打算出門嗎？
B：嗯，f　我要去金澤。
g　我要去金澤。
h　我想要去金澤。
i　我想要去金澤。
j　我打算去金澤。
k　我預定去金澤。
A：是喔，那祝你玩得開心。

說明

敬體

對話是一方詢問休假時是否有要去哪裡，而 a ～ e 是可能的回應方式。

a 是以「**行きます**」直接以斷定的方式表達「要去」，明確地表現出要實現「出門去玩」的意志，大體而言展現的是積極正向的心態。「**行きます**」雖然是使用比較有禮貌的マス形，但由於是用於表達說話的意志及決心，所以會因為說話的語氣過於決斷不夠委婉而顯得不夠有禮貌。

b 的「**行こうと思う／思っている（想要去）**」以及 c 的「**行きたいと思う／思っている（我想去）**」的用法，皆傳達了說話者「**行こう（要去）**」、「**たい（想去）**」的心情，是屬於附帶個人情緒的表達方式，這樣的用法加上「**思う／思っている**」，即可以客觀有禮的方式向對方傳達自己的想法。由於是積極地向對方表達「**行こう**」、

「**行きたい**」的想法，因此可說是一種正向的情緒表達方式。

c 的「**たいと思う／思っている**」是表示願望，在與實際行動的連結性（實現性）這一點上，比「**行こう**」要來得低。「**行きたいと思う／思っている**」也可以改用「**行きたいです**」表示，不過「**～たいです**」是屬於更強烈表達個人情緒的用法。

d 雖然聽起來像是清楚表達意願，但由於「**～つもりだ**」是屬於較主觀（個人想法）的用法，難以得知有多少實現的可能性，因此話中仍帶有些許模糊的成份。而這樣的用法也因為主觀性較強，所以有時會顯得不夠禮貌。

e 的「**行く予定だ**」是一種較客觀的說法，因為預定是已經定案的事項，所以實現「**行く**」這件事的可能性也較高。

常體

在朋友之間的對話中，大多會像 f 一樣只用單一名詞「**金沢。**」回覆對方，是省略後較簡短的回應方式。不過這種用法對於長輩或地位較高的人有時會顯得不太禮貌，這時只要加上「**です**」，改以「**金沢です**」回應即可。g 的「**行く**」（辭書形）雖然是表示說話的意志與決心，但若與マス形相比，表達意志的強度較弱。

敬體的 b、c，常體的 h、i 當中的「**～ています**」、「**～ている**」的「**い**」，在口語時經常會省略（**本書以（い）表示**），「**い**」就算省略了，也不影響禮貌程度。（不過在演說、發表或講課等正式場合，或是要表達強調的語氣時，則可能不省略「**い**」）。

i 的「**つもり／つもりだよ／つもりよ**」中，「**つもり。**」男女皆可用，「**つもりだよ**」主要是男性使用；「**つもりよ。**」則是女性的用法。不過最近也有愈來愈多女性也會使用「**つもりだよ。**」。

k 的「**予定／予定だよ／予定よ**」也是一樣。「**予定。**」男女皆可用，「**予定だよ**」主要是男性使用；「**予定よ。**」則是女性的用法。不過最近同樣也有愈來愈多女性也會使用「**予定だよ。**」。

重點比較

說話者的意志

	實現性高	委婉的說法	禮貌程度較低	願望	較客觀	態度積極的說法	正面評價	曖昧不明
～ます／動詞辭書形	○		△			○	○	
～（よ）うと思う／思っている	△	○				○	○	
～たいと思う／思っている		○		○		○	○	
～つもりだ	△		△					○
～予定だ	○				○			

- 「意志表現」會因實現性、客觀性、禮貌程度而有不同的用法。實現性較高的用法是「～ます／動詞辭書形」以及「～予定だ」。
- 較為客觀的用法是「～予定だ」，若用「～つもりだ」則情況多半仍是曖昧不明。
- 積極地表達意志大多被視為正向的表現，這些用法有「～ます／動詞辭書形」、「～（よ）うと思う／思っている」、「～たいと思う／思っている」。
- 加上「と思う」的「～（よ）うと思う」、「～たいと思う」是屬於較禮貌的用法，若將「と思う」改為「と思っている」，則是更委婉客觀的用法。
- 「～ます」是表示意志、決心、決定。辭書形雖然也是表示意志、決心、決定，但強度比マス形弱。

會話應用

〈女友達同士が引っ越しについて話している〉

A：通勤に不便だから、引っ越したいと思ってるの。（願望）

B：いつごろ？
A：3月になったら、引っ越そうと思う。（意志）
B：ベッドとか机はどうするの？
A：持って行くつもりよ。（主觀的）
B：愛犬のゴンは？
A：もちろん、連れて行く予定だけど。（客觀的）
B：新しい住所が決まったら知らせてね。
A：うん、必ず知らせます。（促使事情實現的強烈意志）

（女性朋友間聊到與搬家有關的話題）

A：因為上班不太方便，正在想搬家的事。
B：什麼時候要搬？
A：我打算到了三月就搬家。
B：床和桌子怎麼辦？
A：我打算帶過去喲！
B：那妳的狗狗 Gon 呢？
A：當然也預計要一起搬過去。
B：決定新的住處之後再跟我說喔。
A：嗯，我一定會跟妳說的。

否定的場合

對話 1）中介紹了「意志表現」肯定形的表達方式。本節將介紹的是否定形的表達方式。

針對「放假有打算出去玩嗎？」這個問題，有以下 A1 ～ A3 這三種否定的回答方式。

Q:今度の休みはどちらかへお出かけですか。
放假有打算出去玩嗎？
A1:いえ、どこへも行きません。 不，我哪裡都不去。

A2：いえ、どこへも行かないつもり／予定です。

不，我打算／預定哪裡都不去。

A3：いえ、どこへも行くつもり／予定はありません。

不，我沒有打算／預定要去的地方。

若沒有要去任何地方，通常都是以 A1「**どこへも行きません**」回答，也就是直接陳述事實。另一方面，A2「**行かないつもり／予定です**」的用法中，說話者是把重點放在「**行く**（去）或是**行かない**（不去）」，最後選擇回答「**行かない**」。

A3 的回答中，說話者是把重點放在「打算」以及「計劃」，意思是「沒有那樣的〔打算／計劃〕」。A3 的「**～つもり／予定はない**」大多是用於向提問者傳達自己真正的心意或想法。

Q：今回の選挙に立候補なさいますか。 你有打算參選嗎？

A1：いや、(私には)立候補する{つもり／予定}はありません。

不，我沒有（打算／計劃）要參選。

2. 決定

接著要介紹的是說話者如何表達既定的決定以及自己的決定。對話 2）中，針對 A 的問題，B 可以用數種不同的句型來回答。

敬體

2) A：Bさん、転勤なさるんですか。
B：はい、a　来月転勤します。
b　来月転勤することになりました。
c　来月転勤することに決まりました。
d　来月転勤することに決めました。
e　来月転勤することにしました。
B：そうですか。大変ですね。頑張ってください。

2）A：B 先生，你要調職嗎？
B：是的，a 我下個月要調職。
b 我下個月要調職。
c 我下個月要調職。
d 我下個月要調職。
e 我下個月要調職。
A：辛苦你了，請加油。

常體

2）A：Bさん、転勤するの？
B：うん、f 来月転勤する。
g 来月転勤することになったよ。
h 来月転勤することに決まったよ。
i 来月転勤することに決めたんだ。
j 来月転勤することにしたよ。
A：そうか、大変だね。でも、頑張ってね。

2）A：B，你要調職嗎？
B：嗯，f 我下個月要調職。
g 我下個月要調職。
h 我下個月要調職。
i 我下個月要調職。
j 我下個月要調職。
A：是喔，你辛苦了。加油喔。

說明

敬體

a 是用マス形表示這項「決定」。雖然也可以想成是「決心」，但調職與否大多是組織（就職單位）的決定，所以這裡較偏向「決定」的意思。

b～c的句尾都用タ形，所以是表示「調職的決定已成立」的情況。b「**～ことになった**」和c「**～ことに決まった**」，皆是表示此為組織已決定的事項，是屬於較客觀的表達方式。由於不清楚實際的決策過程，所以A是以表示決定（結果）的形式將現實的情況告知對方。「**～ことになる**」是比「**～ことに決まる**」更慣用的說法。

d「**～ことに決めた**」和e「**～ことにした**」則與b和c相反，是表達個人決定的說法。這樣的說法是表示儘管對於調職感到猶豫或不情願，但最終自己還是決定要這麼做。e是比d更慣用的說法。

a～e當中，b、c是非表達個人意志，且是以較委婉的口吻說話，因此是顯得較有禮貌的說法。

常體

在常體的對話中，有時會用「**うん**」代替「**はい**」表達，而女性有時也會用「**ええ**」表示。此外，也常會用「**そんなんだよ（主要為男性）**」「**そうなのよ（女性）**」來回應對方的問題。

重點比較

決定

	客觀	重點在結果	自己的決定	慣用說法	有禮貌
～ます／動詞の辞書形	△	△	△		
～ことになる	○	○		○	○
～ことに決まる	○	○			○
～ことに決める			○		
～ことにする			○	○	

- 該採用何種句型報告決定，是取決於該決定是由自己決定（重點在個體），或是由組織等第三方所決定（重點在結果）。
- 表達時究竟該將重點放在個體還是結果，將視實際的狀況、事情的過程、說話者

如何理解及希望如何傳達而有所不同。

- 通常若用「なる」表示，也就是「～ことになる」、「～ことに決まる」等句型，會顯得較穩重有禮。
- 直接用「～ます」表達簡單又有力，不過會給人冷淡的感覺。此外，也會讓人無法判斷這是屬於個人的決定還是他者決定。

會話應用

〈息子が父親に海外へ転勤になったことを話している〉

兒子：お父さん、会社がエジプトに工場を建てることになったんだ。（重點在結果）

父親：えっ。エジプトに？

兒子：うん、先月の会議で工場を建てることに決まったんだ。（重點在結果）

父親：ふーん。

兒子：いろいろ意見が出たけど、最後は社長がそうすることに決めたんだ。（重點在個體）

父親：おまえも行くのか？

兒子：うん、工場長をやれってことなので、行きます。（決心）

父親：家族も？

兒子：ちょっと心配なんだけど、みんなで相談して行くことにしたよ。（重點在個體）

（兒子和父親在討論調職到海外一事）

兒子：爸，公司要在埃及設立工廠。

父親：啊？埃及？

兒子：嗯。上個月開會時決定要在埃及開工廠。

父親：是喔。

兒子：會議中有不少意見，但最後社長還是決定要這麼做。

父親：你也要去嗎？

兒子：嗯。公司要我擔任廠長，所以我要去。

父親：家人也一起去嗎？

兒子：雖然有點擔心，不過和大家一起談過之後決定要一起去。

否定的場合

表示「決定」之意的「**～ことになった**」、「**～ことに決まった**」等句型，只要將「**こと**」前的動詞轉為否定的形態，即可表示否定之意，如「**転勤しないことに決まった／決まりました（決定不調職）**」。

另外，若要表達決定不調職的是公司（組織）時，也可以用「**転勤はしなくてもいいことになった／なりました（不調職也可以）**」、「**転勤はなくなった／なくなりました（不用調職了）**」、「**転勤は中止／延期になった／なりました（調職取消／延期）**」加以表示。

3 願望

本節要介紹的是表示說話者願望的句型。所謂的「願望」，就是「祈願希望之事」，而在表達時可分為說話者對自己的期望以及說話者對他人（大部分是指「對方」）的期望。

1. 說話者對自己的期望

首先就來看看說話者如何表達對自己的希望、願望、期望以及夢想。在對話 1）中，對於 A 的提問，B 可以用數種不同的句型表達對自己的「願望」。

敬體

1）A：将来は何になりたいですか。
　B：a　宇宙飛行士になりたいです。
　　　b　宇宙飛行士になりたいと思います／思って（い）ます。
　　　c　宇宙飛行士に｛なれたら／なれると｝いいなあと思います／思って（い）ます。
　　　d　宇宙飛行士に｛なれたら／なれると｝いいんです｛けど／が｝。
　　　e　宇宙飛行士になれないかなあと思います／思って（い）ます。
　A：頑張ればきっとなれますよ。

1）A：你將來想做什麼？
　B：a　我想成為太空人。
　　　b　我想成為太空人。
　　　c　我想若能成為太空人就好了。
　　　d　我想若能成為太空人就好了。
　　　e　我在想不知道能不能成為太空人。
　A：只要努力就一定可以。

常體

1）A：大きくなったら、何になりたい？

B：f　宇宙飛行士になりたい。

g　宇宙飛行士になりたいと思う。

h　宇宙飛行士に｛なれたら／なれると｝いいなあ。

i　宇宙飛行士に｛なれたら／なれると｝いいんだけど。

j　宇宙飛行士になれないかなあ。

A：頑張ればきっとなれるよ。

1）A：你長大之後想做什麼呢？

B：f　我想成為太空人。

g　我想成為太空人。

h　若能成為太空人就好了。

i　若能成為太空人就好了。

j　不知道能不能成為太空人呀。

A：只要努力就一定可以。

說明

敬體

像「**宇宙飛行士になりたい（我想成為太空人）。**」一樣，直接以「**たい**」表示時，會讓人有一種強烈感受到說話者心情的感覺。若像 a 一樣，加上「**です**」或「**んです**」，會顯得較有禮貌，而直接傳達說話者心情的效果也不會受到影響。而像 b 這樣，在「**～たい**」之後加上「**思う**」，不但能以較客觀的態度表達自己的心情，還能額外將想說的話加入句中傳達給對方，相較於「**～たいです**」，是屬於比較成熟的說話方式。

「**～たいと思う**」傳達的是目前的想法，而「**～たいと思っている**」則是表示思考了一段時間的想法，相較於前者，後者的表達方式增加了客觀性的元素，因此在語氣上會顯得更委婉。

c～e是以「**動詞可能形＋～**」的形態表示。由於c和d是使用表示條件的タラ形（**なれたら**）和「**動詞辭書形＋と**」（**なれると**），所以話中含有對於「那種事可能會發生」、「那種事有可能的情況下」的假設或許會成真的期待。

終助詞「**なあ**」可改以「**な**」代替。「**な**」和「**なあ**」都是在說話者自言自語時使用，「**なあ**」所表達的情緒更為強烈。

d的「**～たら／といいんですけど／が**」是希望自己的願望可以實現，同時也將願望傳達給對方。由於語氣較委婉，所以會顯得較有禮貌。

e則是以「**～ないかなあ**」表示願望。雖是以否定的形態表示，但反而是肯定地表達出對某事項能夠實現的盼望。若只有「**～ないかなあ**」會像是自言自語，加上「**と思う／と思っている**」就是明確向對方傳達自己的願望，「**～ないかなあ**」是「**～なっかな**」的強調說法。

常體

雖說也有向對方傳達願望，但是本身的願望大多是出自腦中的想法，所以會很像在自言自語。特別是h～j的句型都未加上「**と思う**」，表達上就會比較像是在自言自語。

重點比較

說話者對自己的期望

	有強烈的欲望	有禮貌	表達直接	客觀	憧憬	自言自語
～たい	○		○			
動詞可能形＋たら／といいなあ	△				○	○
動詞可能形＋たら／といいんだけど／が		△		△	○	△
動詞可能形＋ないかなあ	○				○	○

- 「～たい」及「～たいです」是直接向對方表示自己的願望。若希望以較婉轉有禮的方式表達，加上「と思う／思っている」即可。
- 「動詞可能形＋たらいい」、「動詞可能形＋といい」等假設語氣或是「動詞可能形＋ないかなあ」，可用於表示內心的憧憬。
- 「動詞可能形＋たら／といいなあ」以及「動詞可能形＋ないかなあ」等用法都帶有自言自語的語感，若加上「と思う／思っている」則非自言自語。
- 「動詞可能形＋たら／といいなあ」、「動詞可能形＋ないかなあ」與「～たい」相同，只要加上「と思う／思っている」就會較為客觀，也較有禮貌。
- 由於「～たいと思う」可能代表各種不同階段的推量、判斷及想法，故未列於「重點比較」中。

會話應用

〈オリンピックに出たいAが知人Bと話している〉

A：オリンピックに出場したいと思っています。（傳達願望）
B：出られるといいですね。
A：ええ、子供のときから、出られたらいいなあと思っていました。（充滿憧憬）
B：可能性はどうなんですか。
A：同じ記録を持ってるのが3人いるんです。代表は2人です。
B：2人ですか。
A：ええ、でも、絶対出たいんです。（直接性、強烈的願望）
B：そうでしょうね。
A：出られないかなあと毎日思っています。（強烈的願望）

（想參加奧運比賽的A和朋友B正在聊天）

A：我想參加奧運比賽。
B：如果能參賽就好了。
A：對啊。從小我就一直希望能參加奧運。
B：獲選的可能性高嗎？
A：有三個人的記錄相同，但只會選二名。
B：只有二人啊！
A：對啊。不過，真想被選上呢！
B：我想也是阿！
A：我每天都想著如果能入選就好了。

否定的場合

當被問到「想成為太空人嗎？」，若要回答的是否定的答案，可回答「**宇宙飛行士には／になんか／なんかになりたくない**（**我才不想當太空人**）」。「**は／なんか**」是表示我才不想成為那個樣子，為一種強烈否定的語氣。

接著我們再來看看加上「**と思う**」的「**～たくないと思う**（**我不想…**）」、「**～たいと思わない**（**我不認為我想…**）」。

由於提問者 A 在提問時並不知道 B 的答案是 Yes 或 No，所以 B 可以回答「**～たくないと思う**（**我不想…**）」。

① A:**バスツアー、行きたいと思いますか、行きたくないですか。**
巴士旅遊，你是想去呢？還是不去呢？
B:**いやあ、行きたくないと思っています。**
啊！我不想去。

然而，若提問者 A 知道 B 不想去時，則對話會如以下範例。

② A:**行きたくないんですって？　どうして？　行きましょうよ。**
你說你不想去？為什麼？一起去嘛。
B:a **いや、私は（何度言われても）行きたいとは思わないんですよ。** 不，我（不管你問幾次都）不想去。
b **いや、私はあんなところへは行きたいとは思わないんですよ。** 不，我不認為自己想去那種地方。

「**～たいとは思わない**」可用於向已經知道答案為 No 的提問人再明確地表達一次 No。

2. 對他人的願望

當說話者希望別人做某件事時，該如何表達呢？在對話 2）中，對於 A 的提問，B 可以用數種不同的句型表達對他人的「願望」。

敬體

2）A：今晩の会に彼女、来ますか。
B：わからないんですけど、
a 来てほしいです。
b 来てもらいたいです。
c 来てほしいと思います／思って（い）ます。
d {来ない／来てくれない} かなあと思います／思って（い）ます。
e {来たら／来てくれたら} いいのにと思います／思って（い）ます。

2）A：今晚的聚會她會來嗎？
B：a 不知道，希望她會來。
b 不知道，希望她會來。
c 不知道，希望她會來。
d 她是不是會來呀！（希望他會來）。
e 如果她會來就好了。

常體

2）A：今晩の会に彼女、来る？
B：うーん、わからないけど、
f 来てほしいなあ。
g 来てもらいたいね。
h 来てほしいと思って（い）る。
i {来ない／来てくれない} かなあと思って（い）る {んだ／のよ}。
j 来てくれたらいいんだけど。
k 来たらいいのにね。

2）A：今晚的聚會她會來嗎？
　　B：f 唔，不知道，希望她會來。
　　　 g 唔，不知道，希望她會來。
　　　 h 唔，不知道，希望她會來。
　　　 i 她是不是會來呀！（希望他會來）
　　　 j 她會來的話就好了。
　　　 k 她會來的話就好了。

說明

敬體

「**ほしい**」搭配名詞，以「**名詞＋がほしい**」（例如：**車がほしい**（想要車子）、**家がほしい**（想要房子））的型態表示時，是表示說話者的願望，而「**もう一度説明してほしい**（希望你再解釋一次）」，則是以「**動詞テ形＋ほしい**」的型態表示對他人的願望。對話 2）的 a 句即是如此。雖然省略了「**她**」，但若把「**她**」加進句中，則為「（**希望她來**）」的意思。「**（～に）～てほしい**」是直接表達願望，不過大多都帶有指示或命令的語感。

將「**～てほしい**」改以「**～たい**」的型態表示的話，即為 b 句中的「**～てもらいたい**」。此用法也大多帶有指示或命令的語感，是比「**～てほしい**」更正式客觀的用法。

c 句是在「**ほしい**」之後加上「**と思う／と思っている**」，可以更客觀有禮地向對方傳達自己的心情。

d 句是以「**～ないかなあ**」的句型表達肯定的願望。e 句則是用假設語氣的「**～たら**」表示願望，「**いい**」之後接續表逆接的「**のに**」，是表示「有來就好了，為什麼不來呢？好可惜」的意思。

常體

若像 f～k 的句子一樣拿掉「**です**」、「**と思う**」，直接以常體的「**～たい**」等表示，說話者會被認為是以直率且過於直接的方式傳達自己的願望。所以除了 h 之外，其他如 f「**なあ**」、g「**ね**」、i「**よ**」、j「**けど**」、k「**のに＋ね**」等都在句末加上終助詞或接近終助詞的詞，藉此以較委婉的方式表達說話者的願望。

重點比較

對他人的願望

	直接的	帶有指示、命令的意味	客觀的	有禮貌	口語性質的	自言自語
～てほしい	○	○				
～てもらいたい	△	○	○	△		
～てほしいと思う／思っている	△	△	○	○		
～ないかなあと思う／思っている		△	○		○	○*
～たらいいんだけど／が				△	○	○
～たらいいのに					○	○

＊未附加「と思う／思っている」時

- 「～てほしい」、「～てもらいたい」是容易讓人感覺到指示、命令語氣的用法。
- 「～てほしい」是比「～てもらいたい」更直接的說法。
- 「～てほしい」、「～てもらいたい」若加上「と思う／思っている」，雖然較有禮貌，但會帶有點指示、命令的意味。
- 「～ないかなあ」、「～たらいいんだけど」是比較曖昧的（自言自語式的）說法，表達的是內心的憧憬，給人較為口語的感覺。

會話應用

〈綱引き大会準備係の A が近所の B に話しかける〉

A：綱引き大会に参加してほしいんですけど。（直接）
B：綱引き大会？

A：できるだけたくさんの人に参加してもらいたいんですよ。（強烈要求）
B：いいですよ。
A：お友達も参加しないかなあと思うんですが。誘ってみてください。（強烈願望）
B：いいですよ。聞いてみますね。

＊＊＊

B：だめだそうです。
A：そうですか。残念です。
B：ごめんなさいね。みんなも参加したらいいのにと思うんですけど。（遺憾的心情）

（負責準備拔河大賽的 A 向附近的 B 搭話）

A：我希望你參加拔河大賽。
B：拔河大賽？
A：我希望愈多人參加愈好。
B：好啊。
A：不知道能不能請你的朋友也來參加比賽呢？請去邀約看看
B：好，我去問問看。

＊＊＊

B：好像沒辦法。
A：是嗎？真可惜。
B：不好意思。如果大家都能來參加就好了。

否定的場合

表示對他人願望的「**来てほしい**」，否定形可用「**来てほしくない**」或「**来ないでほしい**」表示。基本上「**～てほしくない**（不希望…）」是表示說話者「心態上期望的是否定的願望」，相對的，「**～ないでほしい**（希望不要…）」則是表示「否定語氣的要求、命令」。

例如以是否呼叫救護車為例，「**呼んでほしくない**（不希望你叫）」是說話者陳述自己的願望；而「**呼ばないでほしい**（請（希望）你別叫）」則是向對方表示要求、命令。

A：**大丈夫？　救急車、呼ぶ？** 沒事吧？要叫救護車嗎？

B：**前も呼んだから、今回は呼んでほしくない。**

上次叫過了，所以這次我不想叫救護車。

A：**でも、呼んだほうがいいよ。僕が電話するから。**

還是叫一下比較好吧？我來打電話。

〈Aが電話しようとする〉〈A打算撥電話〉

B：**待って。** 等一下。

救急車、やっぱり呼ばないでほしい。

こんな時間だと近所に迷惑だから。

我還是希望你不要叫救護車。這個時間會吵到鄰居的。

B一開始以「**呼んでほしくない**」陳述自己的意願，但A仍執意要打電話叫救護車，為了阻止A，所以又以帶有要求、命令語氣的「**呼ばないでほしい**」來表達自己的意願。

4 義務

為人者就其立場、身分而言應該且必須做的事就稱為「義務」。本課將介紹有關應該且必須做的「義務」，以及像是宿命般注定的「必然、命運」的用法。

1. 義務

我們從以下這段對話來看說話者如何看待義務。在對話 1）中，B 可以對於 A 的提問，B 可以用數種不同表示義務的句型來呈現他的看法。

敬體

1）A：Bさん、あの仕事、どうしますか。
B：ええ、少し厄介そうですが、a やらなければなりません。
b やらなくてはなりません。
c やらないわけにはいきません。
d やらないといけません。
e やらざるを得ません。
A：大変でしょうが、絶対やるべきですよ。

1）A：B 先生，那個工作你打算怎麼辦？
B：是的。雖然有些棘手，a 但還是非做不可。
b 但還是非做不可。
c 但還是非做不可。
d 但還是非做不可。
e 但還是不得已要做。
A：辛苦你了，那絕對是應該要做的事。

常體

1) A：Bさん、あの仕事、どうするの？
B：うん、少し厄介そうだけど、f やらなきゃならないから。
g やらなくちゃならないんだよ。
h やらないわけにはいかないんだよ。
i やらないといけないんだ。
j やらざるを得ないよね。
A：大変だろうけど、絶対やるべきだよ。

1) A：B 先生，那個工作你打算怎麼辦？
B：是的。雖然有些棘手，f 但還是非做不可。
i 但還是非做不可。
j 但還是不得已要做。
A：辛苦你了，那絕對是應該要做的事。

說明

敬體

「義務」大多是指說話者因社會觀感或一般常識而認為必須要做的事。a ～ c 的句型就是用於表示社會上一般性質的義務。而除了社會層面上的義務之外，也有些是屬於個人性質的義務，如 d「**～ないといけない**」、e「**～ざるを得ない**」的句型就是用於表示個人性質的義務。不過要區分說話者所表達的是一般性質還是個人性質的義務並非易事，因為這兩者在界定上本身就存在著許多重疊之處。因此在閱讀以下說明時要認知到一點，就是這兩種義務之間基本上還是存在一定程度的差異，但也無需太過執著一定要將這兩者做明確的區別。

a 的「**～なければならない**」是表示義務的句型中最具代表性的一個，是屬於比較正式生硬的表達方式，不太能夠直接用在口語的情境中。b 的「**～なくてはならない**」與「**～なければならない**」的意思幾乎相同，但「**～なくてはならない**」的口吻比較柔和，是屬於較口語的用法。「**～なければならない**」是比較表示社會性質的、公共領域方面的義務，而相對的「**～なくてはならない**」則多是表示個人性質的、私領域方面的義務。

c 的「**～ないわけいかない**」是指依照一般常識、社會觀感、過去的經驗來判斷「要不那麼做是不可能的，所以只能那樣做」的意思。算是一種從自己的立場來思考，客觀判斷那份工作是即使棘手也有義務要做的說法，是比「**～なければならない**」、「**～なくてはならない**」更具有說明性質的用法。

表示個人性質的「義務」時，要用 d「**～ないといけない**」。通常是用於口語情境中，但因為有「**いけない**」（例如：**タバコはいけない（不能抽菸）**、**居眠りをしてはいけない（不能打瞌睡）**），所以帶有禁止的語感，語氣上會顯得比較強硬。

表示個人義務的句型，還有 e 的「**～ざるを得ない**」。這是屬於書面語的用法，帶有「沒有選擇餘地」、「沒有其他辦法」，所以才做那件事的語感。因此 e 的意思是「雖然工作很棘手，或許會很辛苦，但既然上頭都把工作交給我了（被命令要做了），所以只能硬著頭皮上了。」

對話的最後 A 所說的「**～べきだ**」也是表示義務。基本上是指社會常識性質的義務。「**～べきだ**」是針對對方或第三者的行為的「義務」闡述，不會用於表示說話者自己的行為，所以像是「**私は会合に出るべきです（我應該要參加那場聚會）**」就是錯誤的用法。「**～べきだ**」帶有勸告、指示的意味，用於表示義務時，是語氣較為強硬的說法。

常體

常體大多會使用縮寫表示。雖然可以將「**～なければならない**」裡的「**れば**」縮寫成「**～なけりゃならない**」，不過通常是用「**～な**

きゃならない」表示。g 是將「～なくてはならない」中的「では」縮寫後成為「～なくちゃならない」。在敬體的對話中即使使用這類縮寫表示，也不會顯得失禮。不過「きゃ」、「ちゃ」等發音有時會很容易聽了不舒服，所以在說話時最好可以快速小聲地發音。不過對地位較高的人盡量少用，因為有時會引起對方的不快。

f 是在句尾加上了「から」，g 和 h 是加上了「んだよ」，i 是加上了「んだ」，j 是加上了「よね」。在句尾加上這些詞會讓人聽起來很像是在抱怨，或是為自己的行為找理由、藉口。不過因為這段對話的情境是先被詢問工作是否可順利進行，說話者為了向對方傳達「雖然是有點棘手的工作，但我有義務做好這份工作」的這份義務感，所以一般才會在句末出現這一類的用法。

重點比較

下面是將出現在對話 1）中與義務有關的句型整理成表格。表格上方最右邊二項有「對自己說」及「對別人說」，「對自己說」主要是指說話者針對自己所說的話，就像是自言自語一樣；「對別人說」則主要是指說話者針對他人所說的話。前面提到的「～ざるを得ない」即屬於「對自己說」；而「～べきだ」則屬於「對別人說」

義務

	基於社會觀感或一般常識	個人性質的義務	正式的說法	生硬的說法	帶有禁止的語感	語氣強烈的說法	無可奈何的心情	對自己說	對別人說
～なければならない	○		○	○		○			
～なくてはならない	○		△	△		△			
～ないわけにはいかない	○		○	○					
～ないといけない		○			○	△	△		
～ざるを得ない		○		○			○	○	
～べきだ	○			○		○			○

- 「義務」大多是指從社會觀感或一般常識判斷必須要做的事，整體而言是屬於較為正式的說法，「～なければならない」、「～ないわけにはいかない」為最具代表性的句型。
- 另一方面，若判斷是屬於個人性質或私領域的義務，則是以「～ないといけない」、「～ざるを得ない」表示。
- 把正式的說法改以較口語的方式表達的是「～なきゃならない」、「～なくちゃならない」。
- 把「義務」視為無可奈何之事的用法是「～ざるを得ない」。
- 「～ざるを得ない」是說話者認為自己該做的事；「～べきだ」是說話者認為別人該做的事。

會話應用

〈中村さんは田川さんに自治会の会長を引き受けてくれるように頼んでいる〉

中村　：会長をお願いしたいのですが。

田川　：えっ、私がやらなければなりませんか。他にもいい人がいるでしょう。（正式的說法）

中村　：いや、会長は、田川さんのような方がやらないといけませんよ。（個人的判斷）

田川　：……。

中村　：田川さんがやるべきです。（強烈的語氣）

田川　：そんなに頼まれては、引き受けないわけにはいきませんね。（因社會觀感及一般常識而做）

中村　：いや、ありがとうございます。

＊＊＊

〈家に帰って〉

奥さん：それで、引き受けちゃったの？

田川　：引き受けざるを得なかったんだよ。（無奈）

奥さん：本当にあなたが引き受けなくてはならないの？（語氣有點強硬的說法）

田川　：……。

（中村拜託田川先生擔任自治會會長）

中村　：我想請您擔任會長一職。
田川　：咦？一定要由我來負責嗎？其他人也可以啊！
中村　：不，會長一定要由田川先生您來擔任。
田川　：……。
中村　：應該要由田川先生擔任才是。
田川　：你這麼有誠意，我不答應也不行啦。
中村　：唉呀！真是謝謝您了。

（回家後）

太太　：所以你就答應了？
田川　：我不得不接受啊！
太太　：真的非你不可嗎？
田川　：……。

否定的場合

「～なければならない」、「～なくてはならない」、「～ないわけにはいかない」等句型，即為否定形態的義務表示方式。本節將介紹「～べきだ」的否定。

A：あの仕事はやったほうがいいでしょうか。
　我是不是接下那份工作比較好？
B（肯定）：ええ、絶対やるべきです。
　嗯，你應該接下那份工作。
（否定）：いいえ、a　やるべきでは／じゃありません。你不應該做。
不，　b　やる必要はありません。　你沒必要做。
　c　やらなくてもいいです。　你不做也可以。
　d　やらないほうがいいです。　你最好別做。

「**べきだ**」的否定形並不是「**～ないべきだ**」，而是像 a 一樣，在「**べき**」之後加上否定，是語氣相當強烈的說法。另外也可以用 b「**やる必要はない**」、c「**やらなくてもいい**」、d「**やらないほうがいい**」等說法表示。

2. 必然、命運

接下來我們一起來看看，說話者如何表達無可避免一定會發生的事。在對話 2）中，對於 A 的提問，B 可以用數種不同表示「必然、命運」的句型來表達自己的感受。

敬體

2）〈B のご主人が亡くなった〉

A：ご主人のこと、大変でしたね。おさびしいでしょう。

B：ええ、でも、a 人間はいつかは死ぬんです。

b 人間はいつかは死んでしまうんですよ。

c 人間はいつかは死ぬものなんですよ。

d 人間はいつかは死ななきゃならないんです。

e 人間はいつかは死ななくちゃならないんですよ。

f 人間はいつかは死なざるを得ないんですよ。

g 人間はいつかは死なないわけにはいかないんですよ。

A：それはそうですが……。元気を出してくださいね。

<B 的先生過世了>

2）A：您先生辛苦了。您很寂寞吧。

B：是啊。不過，a 人總有一天會死。

b 人總有一天會死。

c 人總有一天會死。

d 人終究是非死不可。

e 人終究是非死不可。

f 人總是會有不得不死的一天。

g 人總有一天會死，不可能不死。

A：話是這麼說沒錯啦……。請您打起精神來。

常體

2) A：ご主人、大変だったね。大丈夫？
B：うん、でも、h 人間はいつかは死ぬのよ。
i 人間はいつかは死んじゃうのよ。
j 人間はいつかは死ぬものなのよ。
k 人間はいつかは死ななきゃならないのよ。
l 人間はいつかは死ななくちゃならないのよ。
m 人間はいつかは死なざるを得ないのよ。
n 人間はいつかは死なないわけにはいかないのよ。
A：うん、そりゃそうだけど……。元気出してね。

2）A：妳先生辛苦了。妳還好嗎？
B：嗯，不過，h 人總有一天會死。
i 人總有一天會死。
j 人總有一天會死。
k 人終究是非死不可。
l 人終究是非死不可。
m 人總是會有不得不死的一天。
n 人總有一天會死，不可能不死。
A：話是這麼説沒錯啦……。妳要打起精神來喔。

說明

敬體

若要表示「宿命或註定」這種自然而發生並發展成理所當然的結果，就會使用表示義務的句型。

a 是使用動詞辭書形或マス形表示「理所當然的結果」；b 是使用「**～てしまう**」表示「自然形成或理所當然的結果」及「（會）發展成那種結果（吧）的遺憾語氣」；c 則是在句尾加上「**～ものだ**」以表示「理所當然的結果」或「結論」。d、e 是藉由義務的句型來

表示「過程」及「命運」，f 是表示「無可奈何」的意味；g 則是表示從客觀的角度來判斷，這是無可避免的結果。

前面提到的句型是用於表示義務，或是理所當然的結果，基本上是取決於說話者的意圖，不過大部分的情況下，還是依話題的內容或實際狀況而定。

常體

對話 2）中 B 的身分是丈夫過世的妻子，所以使用女性用語的「**のよ**」。

重點比較

必然、命運

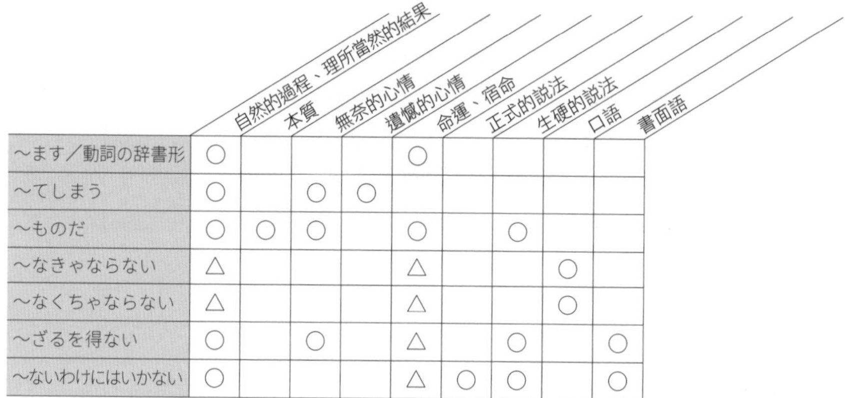

	自然的過程、理所當然的結果	本質	無奈的心情	遺憾的心情	命運、宿命	正式的說法	生硬的說法	口語	書面語
～ます／動詞の辞書形	○				○				
～てしまう	○		○	○					
～ものだ	○	○	○		○		○		
～なきゃならない	△				△			○	
～なくちゃならない	△				△			○	
～ざるを得ない	○		○		△		○		○
～ないわけにはいかない	○				△	○	○		○

- 表示必然、命運或宿命時，可分為表示「義務」的句型以及非表示義務的句型。
- 「～なきゃならない」、「～なくちゃならない」是「～なければならない」、「～なくてはならない」的縮寫，常用於會話中。
- 「～ます／動詞辭書形」、「～てしまう」、「～ものだ」等，是簡短直率地表示必然或命運。
- 若像「～ないといけない」一樣使用「いけない」來表示義務，大多都帶有禁止的意味，不太能夠用於表示「必然」。

会話應用

〈Aが、介護施設の職員Bとロボットの導入について話している〉

A：介護ロボットというものができたそうですね。

B：ええ、介護施設のような人手不足が深刻な職場では、ロボットを導入せざるを得ないんです。（無奈）

A：でも、人って、人の温もりを求めるものだと思いますよ。（本質）

B：そうですね。ロボットと人間の役割分担を考えなくちゃなりませんね。（委婉的說法）

A：それに、ロボット化が進むと、若い人から仕事を奪ってしまうかもしれません。心配です。

B：でも、ロボットの開発を進めないわけにはいかないと思います。（一般常識、社會觀感而言）

（A 與養護機構的職員 B 聊有關引進照護機器人的事）

A：聽說現在已經有照護機器人了。

B：是啊。像安養機構這類人手嚴重不足的地方，就不得不引進機器人來做事。

A：不過，我覺得人還是會尋求人性的溫情。

B：你說得是。還是得好好思考一下機器人和人類之間要如何分工才是。

A：而且隨著機器人負擔的工作愈來愈多，說不定會讓年輕人沒工作可做。真讓人擔心。

B：不過，機器人的開發工作還是得必須繼續進行才行。

否定的場合

對話 2）的 d ～ g 在述語的部分為否定，因此我們來看看 a ～ c 是否能夠以否定形表達。

a’ **人の心は死なないんです。** 人心是不會死的。

b’ **人の心は死んでしまわないんです。** 人心是死不了的。

c’ **人の心は死なないものなんですよ。** 人心是不會死的東西。

a’～c’ 都是很一般的句子。因此 a～c 的表達方式（本書稱為表現句型）可以使用否定形表示。

5 推量、推定 1

在「推量」這個大項目之下所表示的，除了有基於說話者個人判斷的「可能性」、以及以較客觀的立場做出的「推量、推定」、還有依據說話者的認知與現實一致與否而做出的「推量判斷」。

在本課「推量、推定 1」中，第 1 小節要介紹的是表示「可能性」的句型，第 2 小節要介紹的則是表示「推量、推定」的句型。

1. 可能性

本節我們就來看看說話者要如何表達可能會發生的事。在對話 1）中，B 可對於 A 的提問，B 可以用數種不同表達「可能性」的句型來回應。

敬體

1）A：誰が選ばれるでしょうね。
　　B：そうですね、a 花子が選ばれると思います。
　　　　　　　　　　b 花子が選ばれるだろうと思います。
　　　　　　　　　　c 花子が選ばれるんじゃないかと思います。
　　　　　　　　　　d 花子が選ばれるかもしれません。

1）A：不知道誰會獲選？
　　B：是啊。a 我想花子會獲選。
　　　　　　　b 我想大概是花子會獲選。
　　　　　　　c 我想該不會是花子會獲選吧！
　　　　　　　d 也許是花子會獲選。

常體

1）A：誰が選ばれるだろうね。
　　B：そうね、e 花子が選ばれると思う。

f　花子が選ばれるだろうと思う。
g　花子が選ばれるんじゃないかと思う。
h　花子が選ばれるかも（しれない）。

1）A：不知道誰會獲選？
B：是啊。e　我想花子會獲選。
f　我想大概是花子會獲選。
g　我想該不會是花子會獲選吧！
h　也許是花子會獲選。

說明

敬體

這裡我們將基於說話者的主觀及情緒表現所做的推測、判斷稱為「可能性」。一般認為表示「可能性」的用法是基於說話者的情緒表現，缺乏客觀性。「**～と思う**」、「**～だろう**」、「**～んじゃないか**」、「**～かもしれない**」等是表達「可能性」的用法。

a 是以「**花子が選ばれる**」加上「**と思う**」的表達方式來適度地緩和斷定的語氣，就可以更有禮貌地將自己的想法傳達給對方。

b 是將「**でしょう**」以常體的「**だろう**」表示，相較於 a 的「**～と思う**」，「**だろう**」是以略帶保留的語氣向對方傳達「**花子が選ばれる**」的可能性。而這種曖昧的傳達方式，也算是一種客氣有禮的表達方式。

c「**～んじゃないかと思う**」是表示說話者的推測是「雖然並不是百分百確定，但應該八九不離十是～」的意思。藉由「**～んじゃないか**」這種反問對方的句型，隱晦地向對方傳達自己的想法或意見。這種說法雖然有些模糊又繞圈子，但也因此而顯得較有禮貌，是比較委婉的表達方式。

d 的「**～かもしれない**」（在日常會話中有時會用「**～かもわからない**」表達）和「**～んじゃないかと思う**」都是屬於可能性較低的說法。用可能性較低的方式表達，有時代表說話者對於自己的判斷缺乏自信（或是仍有疑慮）。另一方面，如果說話者不想把話說得太明白，也可以用「**～かもしれない**」表示因為表達沒有把話說得太明白，所以常聽起來比較有禮貌。

常體

h 與敬體的 d 一樣，是在「**花子が選ばれる**」加上「**～かもしれない**」。在常體的對話中，或許是因為「**かもしれない**」比較長，所以很多年輕人會只用「**～かも。**」表示。

重點比較

可能性

	斷定語氣	主觀	曖昧的說法	有禮貌	對自己的判斷缺乏自信
～と思う	△	△		△	
～だろうと思う		△	△	○	△
～んじゃないかと思う		△	○	○	△
～かもしれない		○	○	○	○

- 「～と思う」、「～だろうと思う」、「～んじゃないかと思う」、「～かもしれない」都帶有說話者的主觀判斷。
- 表示可能性的句型多半都有曖昧的說法這項特徵。
- 以曖昧的說法表達，大多會顯得較有禮貌。由此可知表示可能性的句型，大部分也都是一種較有禮貌的表達方式。
- 「～かもしれない」可在對自己的判斷缺乏自信不夠肯定（有時是仍有「疑慮」）時使用。

會話應用

〈A（女）とB（男）は友達同士。Bは通訳の資格試験を受けるらしい〉

A： 通訳の資格試験、絶対合格してね。

B： うん、合格するよ。

A： 本当ね？

B： うん、合格できると思う。（比較緩和的斷定語氣）

A： ああ、よかった。

B： うん、合格できるだろうと思うよ。（有點曖昧不肯定）

A： 「だろう」？

B： いや、合格できるんじゃないかと思うよ。（曖昧不肯定）

A： ええっ？

B： ごめん、合格できないかもしれない。（沒自信的語氣）

〈A（女）與B（男）是朋友，B要去參加口譯證照的考試〉

A： 口譯證照的考試你一定要過喔。

B： 嗯，我會通過的。

A： 真的嗎？

B： 嗯，我覺得會過。

A： 那太好了。

B： 嗯，我想應該會過。

A： 「應該」？

B： 唉呀，我是覺得搞不好會過啦！

A： 咦？

B： 抱歉，我想可能不會過。

否定的場合

接著我們來看看對話1）中的句型（表現句型）a～d的否定用法。

a’花子は選ばれないと思います。 我想花子不會獲選。

b’花子は選ばれないだろうと思います。 我想花子大概不會獲選。

c’ **花子は選ばれないんじゃないかと思います。**
我想花子說不定不會獲選。

d’ **花子は選ばれないかもしれません。** 也許花子不會獲選。

若將否定形置於「**～と思う**」、「**～だろうと思う**」、「**～んじゃないかと思う**」之前，即可表示以否定形表達的可能性。

2. 有根據的推量、推定

有別於「可能性」這類主觀的判斷，本節將介紹說話者如何基於客觀的訊息或根據進行推量或想像。在對話 2）中，B 對於 A 的提問，B 可以用數種不同表達「推量、推定」的句型來回應。

敬體

2）A：試合はあるでしょうか。
B：よくわからないけど、a ありそうですよ。
b あるようですよ。
c あるみたいですよ。
d あるらしいですよ。
e あるはずです。
f あると思いますよ。

2）A：是不是有比賽？
B：我也不是很清楚，不過 a 好像快要有（比賽）的樣子喲！
b 好像有（比賽）。
c 好像有（比賽）。
d 似乎有（比賽）喲！
e 理應有（比賽）。
f 我認為有（比賽）喲！

常體

2）A：試合はあるかな？
B：よくわからないけど、g ありそう｛だよ／よ｝。
h あるよう｛だよ／よ｝。

i ある｛みたい／みたいだよ／みたいよ｝。
j あるらしいよ。
k あるはず｛だよ／よ｝。
l あると思うよ。

2）A：是不是有比賽？
B：我也不是很清楚，不過 g 好像快要有（比賽）的樣子喲！
h 好像有（比賽）。
i 好像有（比賽）。
j 似乎有（比賽）喲！
k 理應有（比賽）。
l 我認為有（比賽）喲！

說明

敬體

在對話 2）中，B 依據各種不同的資訊及訊息來源，以 a ～ f 的句型回答 A 的提問。若是基於只想以說話者自身主觀的「可能性」加以回答時，就會使用出現在對話 1）中的「**～だろう**」、「**～かもしれない**」這類表示主觀推測的句型。

a 是使用表示樣態的「**～そうだ**」（例：**ありそうだ（好像快要有的樣子）**、**雨が降りそうだ（好像快下雨的樣子）**、**死にそうだ（好像快死了的樣子）**）回答，可以想見說話者是從一些承辦人員正在籌備或是準備中之類的外在情況或徵兆做為推測的依據。

b「**～ようだ**」是除了外在情況之外，還加上了基於說話者的經驗或體驗所做的判斷。「**～ようだ**」比表示樣態的「**～そうだ**」，稍微再全面客觀一些。c 的「**～みたいだ**」是「**ようだ**」的口語用法。

d「**～らしい**」是比較偏書面語的生硬用法，用於表示根據資料所做的客觀推測。由於「**～らしい**」大多是基於聽聞而來的資訊（人或廣播等）所做的判斷，因此常用於表示傳聞。另外，若用「**～らしい**」表達，說話者對於事情（此處是指是否有比賽）的態度會讓人覺得比較冷淡、有距離感。這點是和關心程度很高的「**～そうだ**（樣態）」，以及關心程度略低的「**～ようだ／みたいだ**」的不同之處。

e「**～はずだ**」是表示「依自己目前的認知來判斷理應如此」（太田，2014）。說話者從比賽正在籌備之類的從週邊情況來判斷，以「**～はずだ**」表示自己的認知是「**若是如此／當然會有一場比賽**」。（參考 6「推量、推定 2」的第 1 節）。

f 是使用「**～と思う**」這個可用於表達各種不同階段的推量、認知及判斷的形態來表示。這是因為「**思う**」可用於主觀的推測或個人判斷，也可用於表示客觀的思考，是個表達範圍相當廣泛的動詞。

常體

「**あるみたい／みたいだよ／みたいよ**」中，「**～みたい**」男女皆可用；「**～みたいだよ**」則主要為男性使用（但也有些女性會用）；「**～みたいよ**」通常是女性使用。

重點比較

有根據的推量、推定

	以外在的情況及徵兆做為主要的判斷依據	依經驗判斷	大多是依言談資訊所做的判斷	有距離感、顯得漠不關心	判斷為理所當然	口語性質
～そうだ（樣態）	○					
～ようだ	△	○				
～みたいだ	△	○				○
～らしい			○	○		
～はずだ					○	

- 資訊及訊息來源的種類不同就會使用不同的表示方式，「～そうだ（樣態）」是依據外在情勢及徵兆進行推測；而「～ようだ」是表示說話者依據外在的情況及徵兆再加上自己的體驗所做的判斷；「～らしい」則大多是表示透過言語方面的資訊所做的判斷。
- 「～みたいだ」是「～ようだ」的類義詞，大多用於與較親近的人之間的口語對話。
- 「～らしい」不僅用於表示推量，也可表示傳聞，但無論是哪一種，常會讓人覺得對事情漠不關心或有距離感。
- 「～はずだ」的用法相當多樣化，基本上是用於表示說話者在當下的時點判斷該件事是「理應如此的事」。
- 由於「～と思う」可用於表示各種不同階段的推量或判斷，所以未列於上述的比較表中。

會話應用

〈知人同士のA（女）とB（男）が第三者の「彼」のことを噂している〉

A：あの人が嘘をつくことがあるかしら。

B：いや、彼ならありそうですよ。（由外在的情況、徵兆判斷）

A：まあ、時間を守らないことはあるようだけど。
（基於個人體驗所做的綜合判斷）

B：この間も遅れてきたらしいですよ。（傳聞）

A：でも、誰でも遅れることはあると思いますよ。
（推量、判斷、思考）

B：そうですね。
でも、この間は小川さんにひどい嘘をついたみたいですよ。
（基於個人體驗所做的綜合判斷、口語的）

A：そんなことしないはずです。あの人はいい人だから。
（理應如此）

（A（女）與B（男）在聊另一人的事）

A：那個人是不是會說謊啊？

B：如果是他的話有這個可能。

A：不過他似乎也不太守時。

B：之前好像也有遲到過。

A： 不過，我想任何人都有遲到的經驗。
B： 說的也是。
不過他先前好像也對小川說過很過份的謊話。
A： 他應該沒做過那種事啦。因為他是個好人。

 否定的場合

我們接著看看在對話 2）中提到的句型（表現句型）a ～ f，要如何以否定形表達。

當被問到是否有比賽而要以否定形回答時，a ～ f 分別為 a'「**なさそうです**」、b'「**ないようです**」、c'「**ないみたいです**」、d'「**ないらしいです**」、e'「**ないはずです**」、f'「**ないと思います**」。其中「**なさそうだ**」的「**～そうだ**」（樣態），以及「**～ないはずだ**」的「**はずだ**」各自還有另一種否定形。

① A：**試合はあるでしょうか。**是不是有比賽？
B：a **こんな大雨だから、試合はなさそうですね。**
下這麼大的雨，似乎沒有比賽的樣子。
b **もう1時間もたっているけど、試合はありそうにないですね。**
已經過了一小時了，不像有比賽的樣子。

「**～なさそうだ**」是指針對外在情況或徵兆的直覺判斷。而「**～そうにない**」則是表示基於數項資訊而做出發生的可能性很低的判斷。

② A：**試合はあるでしょうか。**有比賽嗎？
B：a **係の人が「中止」と言っていたから、やらないはずです。**
負責的人都說要「取消」了，應該不會舉行了。

b **地面がぬかるんでいるから、やるはずがありませんよ。**

地面都成了泥濘狀，應該不會舉行了。

「**～ないはずだ**」是表示「照理說應該不會舉行」這類說話者認為「理應如此」的判斷；而「**～はずがない**」則是指由說話者的判斷來看是屬於「不可能發生」的情況，是表達近似於驚訝情緒的強烈否定。

而「**～はずがない**」與「**～はずはない**」這二者在語意上十分相似，不過「**が**」是當下立刻表示強烈的否定「**は**」則是在稍微思考、判斷後再表示否定之意。

③ A:**誰がそんなデマを飛ばしたんだ？** 誰在散佈那種謠言？

B:**山川さん。** 山川先生。

A:a **まさか。山川さんがそんなこと言うはずがない。**

怎麼可能！山川先生不可能說那種話。

b **山川さんは人格者だから、そんなことを言うはずはない。**

山川先生的人格很高尚，不可能說那種話。

a 是 A 一聽完 B 說的話立刻表達強烈的否定；b 則是 A 在聽完 B 說的話之後未立刻反應，而是在考量山川先生的個性之後所做的冷靜判斷。（參照 6「推量、推定 2」的否定形的表達方式）

6 推量、推定 2

在「推量、推定 2」中要介紹的是如何表達說話者內心所想（認知）與現實是否一致的「推量判斷」。相較於「推量、推定 1」中介紹過的「**～そうだ（樣態）**」、「**～ようだ**」、「**～らしい**」，本節要介紹的「**～はずだ**」、「**～わけだ**」、「**～のだ／んだ**」是屬於較客觀的推量判斷。

1. 推量判斷

本節將看看說話者如何根據資訊對事物客觀地進行推測、判斷及表達。在對話 1）中，對於 A 的提問，B 可以用數種不同表達自我的「推量判斷」的句型來回應。

敬體

1）A：どうしたんですか。
　B：先生に叱られたんです。
　A：ああ、a　3日続けて遅刻をすれば／したら、叱られるはずですね。
　　　　b　3日続けて遅刻をしたから、叱られたわけですね。
　　　　c　3日続けて遅刻をしたから、叱られた｛の／ん｝ですね。

1）A：怎麼了嗎？
　B：我被老師罵了一頓。
　A：a　連著三天都遲到，怪不得會被罵。
　　　b　連著三天都遲到，當然會被罵。
　　　c　你連著三天都遲到，所以才會被罵。

常體

1）A：どうしたの？
B：先生に叱られたの。
A：うん、d　3日続けて遅刻をすれば／したら、叱られるはずだよね。
e　3日続けて遅刻をしたから、叱られたわけ｛だね／ね｝。
f　3日続けて遅刻をしたから、叱られた｛んだ／の｝ね。

1）A：怎麼了嗎？
B：我被老師罵了一頓。
A：d　連著三天都遲到，怪不得會被罵。
e　連著三天都遲到，當然會被罵。
f　你連著三天都遲到，所以才會被罵。

說明

敬體

對話 1）中，聽者 A 針對 B 被老師責罵的事進行推測及判斷。這裡用到的句型有「**～はずだ**」、「**～わけだ**」、「**～のだ／んだ**」。

a「**はずだ**」是表示「根據自己現在的認知來判斷理應如此」（太田，2014），由此可以判斷 A 是根據自己當下的認知理解到「連續三天遲到的話當然會被罵」所以便答出了「怪不得會被罵」。

b 是針對連續三天遲到這項理由、原因，而做出理應如此的結論，所以用「**～わけだ**」表示。「**～わけだ**」最基本的用法即為「理所當然的結論」。

c「**～のだ／んだ**」是針對某個前提或狀況，說明原因、理由，或是表示結論。此外，也可用於強調說話者的心情。相較於「**はずだ**」

或「**わけだ**」，c的用法表達的是說話者帶有個人感受的主觀結論。

常體

在常體的對話中經常會在句尾加上終助詞「**の**」。而終助詞「**の**」有兩種用法。

（1）表示疑問或提問（男女皆可使用）

例：**どうしたの？ 怎麼了？**

（2）表示略微斷定的語氣（女性或小孩使用）

例：**おなかが痛いの。肚子好痛。**

（1）的「**の**」語調要上揚，（2）的「**の**」語調要下降。

「**んだね**」男女皆可使用，f句末的「**のね**」為女性專用，用於委婉地表示個人主張或是表達提醒之意。

會話應用

〈Aがきのう来なかった理由について話している〉

A：きのうはすみません。来られなくて……。
B：どうしたんですか。
A：出がけに病院から電話があって。
母が車にぶつかって、病院に運ばれたんです。
B：それは大変でしたね。
それで来られなかったんですね。（結論，較為主觀）
A：頭を打って、しばらく意識がなかったので。
B：そうですか。それなら来られないはずですね。（理所當然）
A：すみません。
B：それで今日は大丈夫なんですか。
A：ええ、妹が付いていてくれてるので。
B：ああ、妹さん……。それで今日は来られたわけですね。（結論）

（A 是在說明昨天沒來的原因）

A： 昨天很抱歉，沒辦法來。
B： 怎麼了？
A： 出門時接到醫院的電話。
我媽出了車禍被送到醫院去了。
B： 那還真糟糕。
所以你才沒辦法來。
A： 她撞到頭，昏迷了一陣子。
B： 是這樣啊。怪不得你沒辦法來。
A： 對不起。
B： 那今天沒問題嗎？
A： 嗯。我妹妹過來幫忙了。
B： 喔，你妹妹來了。所以你今天才能來吧。

否定的場合

接著來思考看看在對話 1）中提到的句型（表現句型），否定形該如何表達。以前曾發生過下述的這麼一件事。

有一位七歲的小男孩在山中下落不明，出動了大批的消防隊、警察、自衛隊進行搜索，雖然但搜索多日卻仍找不到該名男童，但第六天在距離失踪處約六、七公里，平時無人駐守的自衛隊營區內找到他。人們只顧著在山裡找人，完全沒人想到男孩跑進了鄰近無人的自衛隊營區裡。以下的對話即與該事件有關。

A:○○君は自衛隊の宿舎にいたんですよ。
○○君在自衛隊的宿舍裡。
B:ああ、a 自衛隊の宿舎にいたら、見つからないはずですね。
啊！　如果是在自衛隊的宿舍裡，怪不得找不到的。

b **自衛隊の宿舎にいたら、見つかるはず{が／は}ないですね。**如果是在自衛隊的宿舍裡，怎麼可能找得到。

c **自衛隊の宿舎にいたから、見つからなかったわけですね。**如果是在自衛隊的宿舍裡，當然找不到。

d **自衛隊の宿舎にいたら、見つかるわけ{が／は}ないですね。**如果是在自衛隊的宿舍裡，怎麼找得到。

e **自衛隊の宿舎にいたから、見つからなかったんですね。**因為是在自衛隊的宿舍裡，所以才找不到。

a～e中的b「**～はずが／はない**」和d「**～わけが／はない**」可以互換。

接著我們再來看看a「**～ないはずだ**」、b「**～はずが／はない**」以及d「**～わけが／はない**」的差別。

「**～ないはずだ**」是表示說話者的個人判斷為「理應是不會…」（找不到）；「**～はずが／はない**」是表示說話者的個人判斷為「沒道理、不可能的事」（怎麼可能找得到），是一種強烈疑問的情緒。

另一方面，「**～ないわけだ**」是表示依照事情發展趨勢而有的結論（因為在自衛隊的宿舍當然找不到），「**～わけが／はない**」則是表示說話者的強烈疑問，認為「沒道理會發生這種事、怎麼可能」。

而關於「**～はずが／はない**」、「**～わけが／はない**」的「**が**」和「**は**」，不論是「**が**」或是「**は**」都很常使用，不過「**が**」是用於表示相當強烈的單方面主張，而「**は**」則傾向是在經過深思熟慮後所做的判斷。

2. 認同

本節要介紹的是說話者要如何表達認同之意。在對話 2）中，A 可以用數種不同的句型向 B 表達「認同的心情」。

敬體

2）A：このケーキ、おいしいですね。
　B：1つ500円もした｛の／ん｝ですよ。
　A：ああ、だから、a おいしいはずですね。
　　　　　　　　　b おいしいわけですね。
　　　　　　　　　c おいしい｛の／ん｝ですね。

2）A：這個蛋糕好好吃。
　B：一個要 500 日圓呢。
　A：啊，a 怪不得這麼好吃。
　　　　b 那當然好吃啊。
　　　　c 所以才會這麼好吃。

常體

2）A：このケーキ、おいしいね。
　B：1つ500円もしたのよ。
　A：ああ、だから、d おいしいはず｛だね／ね｝。
　　　　　　　　　e おいしいわけ｛だね／ね｝。
　　　　　　　　　f おいしい｛んだ／の｝ね。

2）A：這個蛋糕好好吃。
　B：一個要 500 日圓呢。
　A：啊，d 怪不得這麼好吃。
　　　　e 那當然好吃啊。
　　　　f 所以才會這麼好吃。

說明

敬體

當自己的心情或認知與「結果」一致時，會產生「原來如此」的感覺，而這種感覺就是一種「認同」。a與b的「**～はずだ**」和「**～わけだ**」在這裡都是表示「認同」，兩者是一樣的意思。「**～はずだ**」是表示「以自己目前的認知來判斷理應如此」；而「**～わけだ**」則是表示「理所當然的結果、結論」，兩者都是經由個人的認知及判斷而導向「認同」。

相對於「**～はずだ**」、「**～わけだ**」是因為某些理由（客觀地）而在腦中產生認同的意識，c「**～のだ／んだ**」則是說話者在心情上產生認同感。不是因為理論上說得通，而是自然地說出「**おいしい**（好吃）」這句話。

常體

在表示「認同」之前常用的連接詞有「**それなら**（那麼）」、「**だから**（所以）」等。雖然也會用「**それで**（因此）」、「**道理で**（難怪）」等詞表示，但是在常體的日常對話中，表達最直接的「**だから**」是最常用的。只不過若是過度強調「**だから**」，語氣就會變得很強烈，這點一定要小心。

重點比較

推量判斷、認同

	重視結論	判斷為理應如此	必須要有某項前提或狀況	強調的語氣	客觀的	主觀的
～はずだ		○	○		○	
～わけだ	○		○		○	
～のだ／んだ			○	○		○

- 「～はずだ」是說話者針對自己的認知與現實之間的一致或不一致而客觀地判斷或主張「理應如此」，相對地，「～のだ／んだ」則是主觀的判斷。
- 「～わけだ」是把重點放在結論，透過結論進行客觀的判斷。
- 「～のだ／んだ」大多是基於自己的經驗或情緒做判斷；「～はずだ」大多是基於自己目前的認知做判斷；「～わけだ」則大多是基於前提或狀況在邏輯上的結論所做的判斷。
- 若情緒、認知、邏輯上的結論皆為一致的狀態下，則這三種表「認同」的句型可以互通。

會話應用

〈A（男）とB（女）がレストランで食事をしている〉

A　：ここは〇〇ホテルの元料理長がやってるんだよ。
B　：ふーん、だから、しゃれたお店なわけね。（認同）
A　：やっぱりおいしいね。
B　：超一流ホテルの料理長なんだから、おいしいはずね。（理應如此，認同）
A　：そうだね。

＊＊＊

〈レジで〉

レジ係：1万9千円です。
A　：えっ、1万9千円！

〈外で〉

A　：〇〇ホテルの元料理長が作ったから、高いんだね。（主觀性的認同）
B　：そうね。〇〇ホテルの料理長の料理だから、高いのね。（主觀性的認同）

（A（男）與B（女）在餐廳用餐）

A　：這間餐廳是〇〇飯店的前主廚開的。
B　：喔，所以這家店才這麼高檔。
A　：他們的東西果然好吃。
B　：因為是頂尖飯店的主廚，怪不得這麼好吃！
A　：說得也是。

＊＊＊

（在結帳櫃台）

結帳人員：總共一萬九千日圓。
A　　　：啊？！要一萬九千日圓？！

（餐廳外）

A　　　：因為是〇〇飯店的前主廚開的，所以才這麼貴。
B　　　：是啊。就因為是〇〇飯店的前主廚開的，所以才這麼貴啊。

否定的場合

試著把對話 2）改成用否定形表達。（以常體表示）

① A：**このケーキ、何かおいしくないね。**這塊蛋糕不太好吃。
　B：**やっぱりわかる？　これ、1つ100円なの。**
　　果然還是吃得出來？這一塊才 100 日圓而已。
　A：**ああ、100円だから、a’　おいしくないはずだね／ね。**
　　啊，因為才 100 日圓，　當然不好吃啊。
　　　　　　　　　　　b’　**おいしくないわけだね／ね。**
　　　　　　　　　　　　　難怪不好吃。
　　　　　　　　　　　c’　**おいしくないんだね／のね。**
　　　　　　　　　　　　　所以不好吃。

就算是表示「認同」，也可以將「**はずだ**」、「**わけだ**」、「**のだ／んだ**」前接否定形的方法表示。那麼將「**はずだ**」、「**わけだ**」等改成否定形的又該如何表示呢？

② A：**ああ、100円だったら、a”おいしいはずが／はないね。**
　啊，因為才 100 日圓，　　當然不好吃啊。

b"おいしいわけが／はないね。

難怪不好吃。

？ c"おいしいん／のじゃないね。

？所以不好吃。

在「**～はずがない／はずはない**」、「**～わけがない／わけはない**」的用法上，「**～が／はない**」兩者皆都可使用，不過用「**～がない**」是表示說話者當下直覺反應的強烈否定；用「**～はない**」則是表示說話者是在稍作思考判斷之後所做的否定。c"的「**～のだ／んだ**」的否定為不恰當的用法。

7 傳聞

「從別人那裡聽到消息」或是「透過他人得到消息」就稱為「傳聞」。本課要介紹的是「表示傳聞的句型」以及如何表達傳聞的「消息來源」。（關於「消息來源」，請一併參照41「根據、立場及觀點」的1-3。）

1. 傳聞

本節我們來看看說話者如何傳達自己從別人那裡聽到消息。在對話1）中，對於A的提問，B可以用數種不同的句型表達「自己聽來的事（傳聞）」。

敬體

1）A：田中さんは来そうですか。
　　B：ええ、a　来るそうですよ。
　　　　　　b　来るらしいですよ。
　　　　　　c　来る｛と／って｝言って（い）ました。
　　　　　　d　来る｛と／って｝聞きました。
　　　　　　e　来るということです。
　　　　　　f　来るとのことです。

1）A：田中先生好像來了？
　　B：嗯，a　聽說他好像來了。
　　　　　b　他似乎會來。
　　　　　c　他說他會來。
　　　　　d　我聽說他會來。
　　　　　e～f　據說他會來了。

常體

1）A：田中さんは来そう？
　B：うん、g　来るそう｛だよ／よ｝。
　　　　　h　来るらしいよ。
　　　　　i　来る｛と／って｝言って（い）たよ。
　　　　　j　来る｛と／って｝聞いたけど。
　　　　　k　来るということ｛だよ／よ｝。
　　　　　l　来る｛みたい／みたいだよ／みたいよ｝。
　　　　　m　来るって。

1）A：田中先生好像來了？
　B：嗯，g　聽說他好像會來。
　　　　h　他似乎會來。
　　　　i　他說他會來。
　　　　j　我聽說他會來。
　　　　k　據說他會來。
　　　　l　他好像會來。
　　　　m　據說他會來。

說明

敬體

所謂的「傳聞」，是指「將從第三者身上取得的訊息傳達給說話的對象」，最具代表性的用法是a的「**～そうだ**」。表示傳聞的「**～そうだ**」，功用是把聽到的事轉達給說話的對象，說話者在傳達時大多會認為這些是「有價值的資訊」，或是會抱持著「想儘快告訴你」的心情。

①**妻：隣の奥さん、フランスへ行くって言って（い）たよ／行くそうよ。**
　隔壁的太太說她要去法國／聽說要去法國。
夫：ふーん。喔。

在①中，「（說她要去法國）」只是單純把聽到的話原原本本的轉達給丈夫。「（聽說要去法國）」則可想成是妻子在話中帶有某種情緒（「想快點告訴你」、「羨慕」等）。

b 的「**らしい**」表示的推量（推定），多以言談的訊息內容（主要是聽來的）作為依據，因此大多是表示「傳聞」。不過與「**～そうだ（傳聞）**」相比，表達沒有主觀語氣，而是帶有以較客觀的角度把訊息傳達給對方的意味。

c「**～と言っていた**」、d「**～と聞いた**」都只是把另一個人的說話內容或是說話者聽到的內容原封不動地傳達給對方。「**～と言っていた**」的主詞為其他人；而「**～と聞いた**」的主詞則是「**我**」。c 和 d 的「**って**」是代替格助詞「**と**」，用於口語對話中。

e「**～ということだ**」和 f「**～とのことだ**」都是屬於書面語，用於正式的場合。這兩者最大的不同之處在於前者是將傳聞的內容統整過後再進行說明報告；後者則是直接把話轉達給說話的對象。

② A：**小川さんは？** 小川先生呢？

B：**もう帰りました。** 他已經回去了。

a **今晩インドネシアへ出発するということです。** 據說他今晚要出發去印尼。

b **今晩インドネシアへ出発するとのことです。** 他說他今晚要出發去印尼。

②的 a 只是單純傳達小川先生的狀況及相關資訊，b 則帶有 B 受到已經回家的小川先生所託要把「今晚要出發去印尼」的事傳達給 A 的意味。

常體

1 中的「**～みたい(だ)**」原本就是表示推量的用法，所以用於表示「傳聞」時，就會不太容易分清楚其所要表達的是單純的推測還是有客觀資訊做為依據的傳聞。不過由於是屬於較委婉的說法，與關係親近的人對話時，仍是常會使用這樣的用法。

m的句末的「**～って。**」專用於口語，為「**～と言った（他說…）**」、「**～と聞いた（聽說…）**」之意，通常是以輕鬆的口吻向關係比較親近的對象傳達傳聞時使用。

其他表示「傳聞」的用法，還有專用於書面語的「**～という。**」，句尾只有「**という**」，沒有再接續任何字詞，且以平假名表示。大多用於表示「**彼は僻地(へきち)で医者をしているという（據說他在偏遠地區擔任醫生）**」、「**日本ではオオカミは絶滅したという（據說日本的狼已經絕種）**」這一類的傳言或傳說。隨著越來越常見於報紙的報導當中，也愈來愈常見用於小說或歌詞等文學作品之中。

重點比較

傳聞

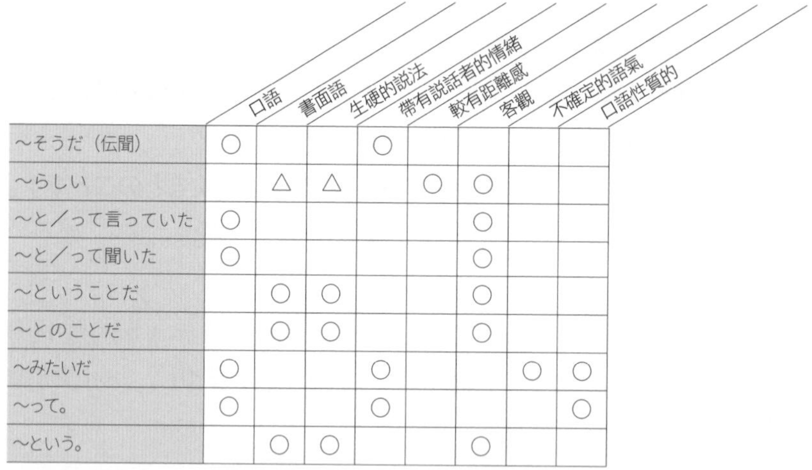

	口語	書面語	生硬的說法	帶有說話者的情緒	較有距離感	客觀	不確定的語氣	口語性質的
～そうだ（伝聞）	○			○				
～らしい		△	△		○	○		
～と／って言っていた	○					○		
～と／って聞いた	○					○		
～ということだ		○	○			○		
～とのことだ		○	○			○		
～みたいだ	○			○			○	○
～って。	○			○				○
～という。		○	○			○		

• 傳聞的用法如下所示，從口語到書面語的使用幅度相當地廣泛。

口語 ← → 書面語

～って。 ～みたいだ ～そうだ ～と言っていた ～らしい ～ということだ ～とのことだ ～という。

～と聞いた

- 其中關於哪些是主觀傳達，哪些是客觀傳達，除了「～そうだ」、「～みたいだ」、「～って。」為主觀的用法外，其餘皆為客觀的用法。
- 「～という。」是專門用於書面語的句型。

會話應用

〈A が知人の B を吉田さんのシャンソンの会に誘っている〉

A：吉田さんのシャンソンの会があるそうですよ。
（有價值的消息）

B：いつ？どこで？

A：今月の終わりって聞きました。（直接傳達聽來的消息）
〇〇ホールであるらしいですよ。

B：そうですか。

A：ぜひ来てくださいって言ってました。（直接轉達）

B：へえー。

A：いろいろな趣向があるということです。
（正式的說法，報告）

B：そうですか。

A：ご招待するので、ぜひおいでくださいとのことですよ。
（正式的說法，轉達）

B：えっ、そうですか。ありがとう。ぜひ。

（A 邀請 B 到吉田的香頌音樂會）

A：聽說吉田有一場香頌音樂會。

B：什麼時候？在哪裡？

A：聽說是這個月的月底。
似乎是在〇〇音樂廳。

B：這樣啊。

A：他說請你務必要到。

B：是嗎？

A：據說安排了許多不同的表演節目。

B：這樣啊。

A：他說誠心邀請你來，請務必捧場。

B：真的嗎？謝謝！我一定會到。

否定的場合

我們接著來看看在對話1）中提到的句型（表現句型）要如何以否定形表示。

表示傳聞的「**そうだ**」、「**らしい**」、「**と言っていた**」、「**ということだ**」等句型之前，皆可以用前接否定形的方式表示。（例：**来ないそうだ**（聽說不會來）、**来ないらしい**（似乎不會來）、**来ないと／って言っていた**（他說不會來）、**来ないということだ**（據說他會來）、**来ないとのことだ**（據說他會來））

而表示傳聞的「**そうだ**」，並不能直接以「**そうだ**」的否定形（後接否定形）的方式表示。

？彼女は結婚するそうじゃありません。？並沒有聽說她要結婚。（日文無此用法）

2. 以言談資訊作為消息來源

我們接著來看看在「傳聞」的用法中，消息來源的表達方式為何。在對話2）中，對於A的提問，B可以用數種不同表示自己的「消息來源」的句型來回應。

敬體

2）A：両社の合併はありますか。
　　B：a　テレビのニュースによると、近々あるそうですよ。
　　　　b　テレビのニュースでは、近々あるらしいですよ。
　　　　c　テレビは、近々ある｛と／って｝言って（い）ました。
　　　　d　テレビのニュースで、近々ある｛と／って｝聞きました。
　　　　e　新聞の報道では、近々あるということです。
　　　　f　噂では、近々あるんですって。

2）A：兩間公司要合併嗎？
　B：a　根據電視新聞（的報導），聽說近日就會合併。
　　b　電視新聞是説，似乎近日就會合併。
　　c　電視上説，近日就會合併。
　　d　我聽到電視新聞説近日就會合併。
　　e　據報紙的報導是説近日就會合併。
　　f　傳聞是説近日就會合併。

常體

2）A：両社の合併はあるかな？
　B：g　テレビのニュースによると、近々あるそう｛だよ／よ｝。
　　h　テレビのニュースでは、近々あるらしいよ。
　　i　テレビは、近々あるって言って（い）た。
　　j　テレビのニュースで、近々あるって聞いたよ。
　　k　新聞の報道では、近々あるということ｛だよ／よ｝。
　　l　噂では、近々｛あるって／あるんだって｝。

2）A：兩間公司要合併嗎？
　B：g　根據電視新聞，聽説近日就會合併。
　　h　電視新聞是説，似乎近日就會合併。
　　i　電視上説，近日就會合併。
　　j　我聽到電視新聞説近日就會合併。
　　k　據報紙的報導是説近日就會合併。
　　l　傳聞是説近日就會合併。

說明

敬體

表達「傳聞」的消息來源時，無論是敬體或是常體的對話，都可以用「**によると**」、「**では**」、「**は**」、「**で**」等用法表示。a的「**～によると**」是屬於比較正式的書面語。口語上大多是像b、e、f一樣，以「**～では**」表示。

像 c 這樣以電視（或廣播）為主詞時，會以「**テレビ(ラジオ)は／が～って／と言っていた**」的句型表示。當想要突顯或強調消息的來源時，就會用這樣的方式表達。

還可以像 d 一樣，不在句末使用「**そうだ**」或「**らしい**」，而是直接用「**(私が)聞いた（我聽到的）**」表示。這時的「**テレビのニュースで**」，除了是表示消息的來源，同時也是表示某種取得消息的手段或方法。

f 則是沒有指出特定的消息來源，只是曖昧地以「**噂では（傳聞）**」帶過。

常體

k 的句末「**あるということだよ／よ。**」，在常體的對話中如果要以更簡單的方式表達，還可以用 g 的「**あるそうだよ／よ。**」以及 l 的「**あるって**」或「**あるんだって。**」表示。

重點比較

以言談資訊作為消息來源

	正式的書面語	口語的	突顯消息來源	直接的	曖昧不明確的說法	消息的內容比來源更重要
～によると	○					
～では		○	○			
～は		○	○	○		
～で		○				
噂では					○	○

- 表示消息來源的用法中，「～によると」給人正式嚴肅的印象。「～では」、「～は」、「～で」則是較口語且較輕鬆的的用法。
- 「噂では」是在不知道或是不想讓人知道消息來源的情況下使用。
- 表示消息來源的用法大多會出現在句首，句尾的用法和句首互相搭配也很重要。

會話應用

〈友達のA(女)とB(男)が近所であった放火事件のことを話している〉

A：先週近所で放火があったの知ってる？

B：放火？

A：うん、近所の人の話では、犯人はつかまったって。
（口語）

B：ニュースで何か聞いた？（口語）

A：うん。テレビのニュースは、犯人は高校生だって言ってた。
（突顯消息來源）

B：高校生か……。

A：新聞にも載ってたわよ。
新聞によると、受験のイライラが原因だそうよ。
（正式嚴肅的說法）

B：ふーん。

A：噂では、親が厳しいんだって。（曖昧不明確）

（A（女）和 B（男）是朋友，兩人正在談論附近的縱火事件）

A：你知道上週附近發生縱火事件嗎？

B：縱火？

A：嗯。鄰居說犯人抓到了。

B：新聞怎麼說？

A：嗯，電視新聞說犯人是高中生。

B：高中生啊……。

A：報紙也有報導喔。
根據報紙的報導，犯案的原因是考試壓力大很煩燥。

B：喔。

A：聽說他的父母管得很嚴。

否定的場合

就如先前已經解釋過的，「傳聞」的內容本身，可能是肯定形，也可能是否定形。

而表示消息來源的「**によると**」、「**で／では**」，不僅本身沒有否定形，否定形也不會置於「**によると**」、「**で／では**」之前。

8 許可、請求許可

本課要介紹的是表示請求許可、給予許可的相關句型，第 1 節為「典型的用法」、第 2 節為「禮貌的說法」。

1. 典型的許可及請求許可

我們接著來看看說話者向對方請求許可或是給予許可時，典型的表達方式有哪些。在對話 1）中，A 是以數種不同的句型表達「請求許可」。

敬體

1）A：お庭、きれいですねえ。
　B：そうですね。今が一番きれいですよ。
　A：a　写真を撮って（も）いいですか／でしょうか。
　　　b　写真を撮って（も）よろしいですか／でしょうか。
　　　c　写真を撮って（も）かまいませんか。
　B：ええ、いいです／かまいませんよ。どうぞ、どうぞ。

1）A：你的庭院好漂亮。
　B：是啊！現在是最美的時候。
　A：a　我可以拍照嗎？
　　　b　我可以拍照嗎？
　　　c　你介意我拍照嗎？
　B：嗯，可以啊。請隨意。

常體

1）A：わあー、きれい！ d　写真を撮って（も）いい？
　　　　　　　　　　　e　写真を撮って（も）かまわない？
　B：うん、いい／かまわないよ。
　A：サンキュー。

1）A：哇！好美！　d 我可以拍照嗎？
　　　　　　　　 e 你介意我拍照嗎？
　 B：嗯，可以啊！
　 A：謝啦！

說明

敬體

上述的情境是向對方徵求拍照的許可。a ～ c 是使用「**～て(も)いい／よろしい／かまわない**」。通常有「**も**」會給人句子較完整的感覺，但在日常會話中則大多會省略。

a 的「**～て(も)いい**」是最典型及常用的用法。

b 的「**よろしい**」是用法較困難的形容詞。「**よろしい**」有以下兩種用法。

①帰ってもよろしい。(許可を与える)
（你可以回去了。）（給予許可）
②帰ってもよろしいですか／よろしいでしょうか。(許可を求める)
（我可以回家嗎？）（請求許可）

①是用於表示給予許可或是認同對方，「**よろしい**」通常是上位的人對居下位的人使用，不能用於雙方地位相等或是下對上的情況。

②的「**よろしいですか**」是請求許可較有禮的說法，可以對任何人使用，是比「**～て(も)いいですか／いいでしょうか**」更有禮貌的說法。

c 的「**～て(も)かまいませんか**」是詢問對方是否在意的「意向」，

屬於較為溫和有禮的詢問方式。而回答句的「**(～て(も))かまいません／かまわない**」的用法與「**いいです／いい**」相同，都帶有「我不在意喔！所以請隨意拍。」這種體貼對方心情的意味。

常體

b「**～て(も)よろしいですか**」的常體「**～よろしい？**」並未出現在 1）的常體對話中，而此用法主要是年紀較長的女性使用，一般來說會加上「**ですか／でしょうか**」，用在敬體的對話中。

重點比較

典型的許可及請求許可

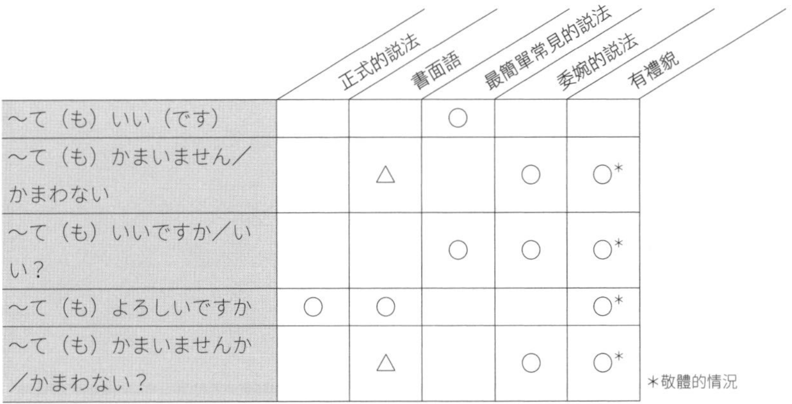

	正式的說法	書面語	最簡單常見的說法	委婉的說法	有禮貌
～て（も）いい（です）			○		
～て（も）かまいません／かまわない		△		○	○*
～て（も）いいですか／いい？			○	○	○*
～て（も）よろしいですか	○	○			○*
～て（も）かまいませんか／かまわない？		△		○	○*

＊敬體的情況

- 請求許可會因禮貌程度而有不一樣的用法。愈是正式的場合就會以「～て（も）よろしいですか」這一類的書面語表示。
- 若將句尾的「ですか」改成「でしょうか」，會顯得更溫和有禮貌。
- 「かまわない」帶有「我不在意」這種個人情緒的意味，通常和「いい」的用法相同。
- 「入ってもいい（ですか）（我可以進去嗎）」的「も」不管有或沒有都可以，不過若沒有「も」，會給人話語省略（不完整）的感覺。

會話應用

〈公民館で〉

利用者：このいすを借りてもいいですか。（典型的說法）
職員　：……。
利用者：あのう、いすがもう１つ必要なんですが、持って行ってもいいでしょうか。（有禮貌）
職員　：どこへ？
利用者：あっちのほうへ。よろしいでしょうか。（更有禮貌、更正式的說法）
職員　：うーん、ちょっと。
利用者：……じゃ、こちらのいすなら、借りてもかまいませんか。（溫和有禮的說法）
職員　：ああ、これならいいですよ。

（在公民館中）

使用者：我可以借這把椅子嗎？
職員　：……。
使用者：那個，我還需要一張椅子，我可以拿走嗎？
職員　：你要拿去哪裡？
使用者：我想拿去那邊。請問可以嗎？
職員　：唔…，不太方便。
使用者：……那請問我可以借這一邊的椅子嗎？
職員　：啊，那邊的椅子就可以。

否定的場合

「許可、請求許可」的否定形是將動詞、形容詞、「**名詞＋だ**」改成否定形。

動詞：スープ、温めなくてもいいです（か）。
湯不熱一下沒關係（嗎？）

形容詞　: スープは温かくなくてもいいです(か)。
湯不是溫的也沒關係（嗎？）
部屋はきれいじゃ／でなくてもいいです(か)。
房間不整齊也沒關係（嗎？）
名詞＋だ: 今じゃ／でなくてもいいです(か)。
不是現在也可以（嗎？）

接著我們再試著思考一下請求許可卻未獲得許可時該如何表達。

A: **帰ってもいいですか。** 我可以回去了嗎？
B: a　**ええ、(帰っても)いいですよ。** 嗯，你可以回去。
b　**いいえ、(帰っては)いけません。** 不行，你不能回去。

a 是獲得許可，b 則是未獲得許可時的說法。在口語會話中，「**～てはいけない／いけません**」可以用「**～てはだめだ／だめです**」表示。

2. 請求許可的禮貌說法

本節要介紹的是說話者要如何以更有禮貌的方式徵求對方的許可。對話 2）是比對話 1）更為慎重有禮貌的說法。A 可以用數種不同的句型表達「請求許可」。

敬體

2）A：すみません、
a　お宅の庭の写真を撮らせてください。
b　お宅の庭の写真を撮らせてほしいんです｛が／けど｝。
c　お宅の庭の写真を撮らせてくださいませんか。
d　お宅の庭の写真を撮らせてもらって（も）いいですか／でしょうか。
e　お宅の庭の写真を撮らせていただいて（も）いいですか／でしょうか。

f　お宅の庭の写真を撮らせていただいて（も）よろしいですか／でしょうか。
g　お宅の庭の写真を撮らせていただいて（も）かまいません（でしょう）か。
B：ええ、いいですよ。1枚か2枚ならいいです／かまいませんよ。

2）A：不好意思。a　請讓（允許）我拍攝府上庭院的照片。
b　可以讓（允許）我拍攝府上庭院的照片嗎？
c　請讓（允許）我拍攝府上庭院的照片好嗎？
d　可以讓（允許）我拍攝府上庭院的照片嗎？
e　可以讓（允許）我拍攝府上庭院的照片嗎？
f　可以讓（允許）我拍攝府上庭院的照片嗎？
g　可以讓（允許）我拍攝府上庭院的照片嗎？
B：嗯，可以啊！如果只拍個一、兩張沒問題。

常體

2）A：悪いんだけど、
h　庭の写真を撮らせて。
i　庭の写真を撮らせてちょうだい。
j　庭の写真を撮らせてほしいんだけど。
k　庭の写真を撮らせてくれない？
l　庭の写真を撮らせてもらって（も）いい／かまわない？
m　庭の写真を撮らせていただいて（も）いい／かまわない？
B：うん、いいよ。1枚か2枚ならいい／かまわないよ。

2）A：不好意思。h　請讓（允許）我拍攝庭院的照片。
i　請讓（允許）我拍攝庭院的照片。
j　可以讓（允許）我拍攝庭院的照片嗎？
k　請讓（允許）我拍攝庭院的照片好嗎？
l　可以讓（允許）我拍攝庭院的照片嗎？
m　可以讓（允許）我拍攝庭院的照片嗎？
B：嗯，可以啊！如果只拍個一、兩張沒問題。

說明

敬體

「請求許可」可以用使役形（**～(さ)せる**）表示。大部分的情況下，再加上授受表現的「**～てもらう／いただく**」就會轉為更有禮貌的「請求許可」（d～g）。

a 的「**～(さ)せてください**」雖然是有禮貌的說法，但是是一種相當直接的請求方式。對於居上位者或是陌生人表達時，最好像 c 一樣，加上「**～ませんか**」為佳。如果想要更有禮貌地向對方請求許可，一般認為最好是使用 e～g 的說法。（請參照 10「邀請、提議、要求及請求」）

b 和 a 相同，但因為委託的說法而顯得較為直接。因為「**～てほしい**」本身就是一種較為直接的表達方式，所以可以慎選委託的表示方式，提升禮貌的程度。

d 也是禮貌的說法，不過因為使用「**～てもらって**」表達，會顯得有些直接。雖然加上「**でしょうか**」有緩和語氣的效果，但若想要以更有禮貌的方式表達，最好還是使用 e「**～ていただいて**」表示。

e 是比 d 更有禮貌的說法，若使用「**でしょうか**」，會是更溫和有禮的表達方式。和 e 一樣有禮貌的是 g 的「**～かまいませんか**」。這種說法就好像「**あなたはかまわないか（您不介意嗎）**」一樣，是表示重視對方的心情的說法，所以會顯得較為溫和有禮貌。

f 是使用「**よろしい**」表示。因為是請求對方許可，所以會比「**いい**」更有禮貌。不過如果用在不需要對對方表達敬意的場合，則有可能反而顯得表面上禮儀端正，但實際上傲慢無禮的虛偽樣態。。

B 的回答中有一句是「**～ならいい**」。這是表示「拍太多張照片我會很困擾，如果只有一、兩張就沒關係」的意思，為「有條件性的許可」。

常體

a 的「**～(さ)せてください**」在常體的會話中，大多會像 h 一樣，以「**～(さ)せて。**」表示。如果是對關係親近的人或是居下位的人，則可以用「**～てちょうだい**」表示。k「**～てくれない？**」也和 h、i 相同，說話的對象都是關係親近的人。

像 l、m 一樣，雖表示有禮的表現「**～(さ)せてもらう／いただく**」被應用在常體的會話中有點前後矛盾感，不過這兩種表現仍可以用在向關係親近的人表達請求之意。使用這種表達方式的主要多為女性。

重點比較

請求許可的禮貌說法

	正式的說法	委婉的說法	直接	態度較強硬的說法	有禮貌
～（さ）せてください			○	○	△
～（さ）せてほしい			○	○	
～（さ）せてくださいませんか			△	△	○
～（さ）せてもらって（も）いいですか／でしょうか	△	△			○
～（さ）せていただいて（も）いいですか／でしょうか	○	○			○
～（さ）せていただいて（も）よろしいですか／でしょうか	○	○			○
～（さ）せていただいて（も）かまいませんか	○	○			○

- 「使役＋授受＋て（も）いい」是表示慎重地向對方請求許可。
- 「～（さ）せてください」、「～（さ）せてほしい」等句型若以斷定的語氣表示，會顯得態度較為強硬。若改為「～（さ）せてくださいませんか」、「～（さ）せてほしいんですが／けど」，語氣會顯得較溫和。
- 「～（さ）せていただいて（も）～」有時會顯得過於有禮。這時可以改以「～（さ）せてもらって（も）～」表示。

會話應用

〈会員制のクラブの入り口で〉

客　：中に入らせてもらってもいいですか。（有禮貌）
係員：だめです。ここは会員制になってますから。
客　：そこを何とか。友人は会員です。
係員：ご本人でないと入れません。
客　：……ぜひ入らせてほしいんですが。（語氣直接）
係員：だめです。
客　：ぜひ入らせてください。（語氣直接）
じゃ、今会員になります。
それなら、入らせていただいてもよろしいでしょうか。（更加有禮貌）
係員：……。
客　：今日だけでいいんで、入らせてくださいませんか。
お願いします。（有禮貌）
係員：あなたには負けました。じゃ、今日だけ。

（在會員制的俱樂部入口處）

客　　　：可以請您讓我進去嗎？
工作人員：不行。我們這裡是會員制。
客　　　：麻煩您通融一下，我的朋友是會員。
工作人員：如果不是本人就不能進入。
客　　　：……拜託您，請讓我進去。
工作人員：不行。
客　　　：請務必讓我進去。
那我現在就加入會員。
這樣是不是就能讓我進去了呢？
工作人員：……。
客　　　：只有今天也沒關係，可以讓我進去嗎？
拜託您了。
工作人員：真是敗給你了。只有今天喔。

否定的場合

我們一起來試著想想看在對話 2）中提過的句型該如何以否定形表示。

使用使役形表示的「**～させてください**」等句型（表現句型）的否定形如下所示。

a’ **子供をここへ来させないでください。** 請別讓小孩子來這裡。

b’ **子供をここへ来させないでほしいんですが。**
希望你別讓小孩子來這裡。

c’ **子供をここへ来させないでくださいませんか。**
可以請你別讓小孩子來這裡嗎？

d’ **子供さんをここへ来させないでもらって(も)いいですか／でしょうか。** 能不能請你別讓小孩子來這裡？

e’ **子供さんをここへ来させないでいただいて(も)いいですか／でしょうか。** 能否請您別讓小孩子來這裡？

如果使用「**～てもらって／いただいて**」表示，會是十分有禮貌的用法，如果是對方的孩子，則句中的「**子供**」會以「**子供さん**」或是「**お子さん**」表示。

9 建議

本課要介紹與「建議」有關的表達方式。所謂的「建議」，是說話者向對方（聽者）或是他人，說出可能有幫助的話。第 1 小節為「典型的建議」，第 2 小節則是「二擇一的建議」。

1. 典型的建議

我們一起來看看說話者可利用哪些典型的句型，對另一方提出建議。在對話 1）中，B 可以用數種不同的句型對 A 提出「建議」。

敬體

1）A：九州を旅行しようと思って（い）ます。
　　B：そうですか。九州へ行くのなら、
　　　　a　阿蘇山へ行ったらいいですよ。楽しいですよ。
　　　　b　阿蘇山へ行くといいですよ。楽しいですよ。
　　　　c　阿蘇山へ行けばいいですよ。楽しいですよ。
　　　　d　阿蘇山へ行ったらどうですか。楽しいですよ。
　　　　e　阿蘇山へ行くべきですよ。楽しいですよ。
　　A：ああ、阿蘇山ですか……。

1）A：我想去九州旅行。
　　B：是嗎？如果要去九州，a　可以去阿蘇山看看，很好玩喔！
　　　　b　可以去阿蘇山看看，很好玩喔！
　　　　c　可以去阿蘇山看看，很好玩喔！
　　　　d　去阿蘇山如何？很好玩喔！
　　　　e　應該要去阿蘇山，很好玩喔！
　　A：阿蘇山是嗎……

常體

1）A：九州を旅行しようと思って（い）るんだけど。
　　B：九州？　九州へ行くのなら、
　　　　f　阿蘇山へ行ったらいいよ。
　　　　g　阿蘇山へ行くといいよ。
　　　　h　阿蘇山へ行けばいいよ。
　　　　i　阿蘇山へ行ったらどう？
　　　　j　阿蘇山へ行くべき｛だよ／よ｝。
　　A：ふーん、阿蘇山か……。

1）A：我想去九州旅行。
　　B：九州嗎？如果要去九州，f　可以去阿蘇山看看，很好玩喔！
　　　　g　可以去阿蘇山看看，很好玩喔！
　　　　h　可以去阿蘇山看看，很好玩喔！
　　　　i　去阿蘇山如何？很好玩喔！
　　　　j　應該要去阿蘇山，很好玩喔！
　　A：啊，阿蘇山嗎……

常體 2

1）A：九州を旅行しようと思って（い）るんだけど。
　　B：k　阿蘇山へ行ったら？
　　　　l　阿蘇山へ行けば？
　　A：阿蘇山？

1）A：我想去九州旅行。
　　B：k　去阿蘇山怎麼樣？
　　　　l　去阿蘇山怎麼樣？
　　A：阿蘇山？

說明

敬體

a 的「**～たらいい**」、b 的「**～といい**」、c 的「**～ばいい**」都是用條件句表示。三者的意思差不多，「**～たらいい**」是最口語的用法，

「**～といい**」會稍微讓人有被強迫推銷的感覺，是比較生硬的說法。「**～たら**」所陳述的常是說話者最直接的想法，由於會加入說話者的個人判斷，因此即使是用於表示「建議」，也較傾向用於陳述當下想到的事。而「**～といい**」則給人說話者是有自信地提出建議的感覺。

c 的「**～ば**」的用法，通常後面接的句子，是希望可以發生的，所以前句會有「怎麼做才好」的意思（庵等・2000 年），因而常被當作「建議」的句型。

① A：**どうすればこの問題は解決できるでしょうか。**
要怎麼做才能解決這個問題呢？
B：**1人1人が責任を持って知恵を絞れば、絶対解決できますよ。**
只要每個人負起責任，絞盡腦汁想辦法，問題一定能夠迎刃而解。

② A：**料理の味をよくする方法を教えて。**
請告訴我怎麼改善這道菜的味道。
B：**ああ、料理の仕上げに味噌をちょっと加えれば、おいしくなるよ。** 只要在起鍋之前加進一點味噌，就會變好吃了。

對話 1）的 c「**（阿蘇山へ行け）ばいいですよ**」是對去阿蘇山一事表達肯定之意，所以「**～ばいい**」帶有正面評斷的意味，而在使用時也會給人委婉有禮貌的印象。不過「**～ばいい**」若用於表示負面評斷時，則會帶有冷淡、冷言冷語的意味。

③ A：**手伝ってくれない？** 你可以幫忙我嗎？
B：**自分でやればいいでしょう？ 私は忙しいんだから。**
你應該可以自己來吧？我很忙的。

④ A：**これどうすればいいでしょうか。** 這該怎麼做才好？
B：**加藤さんに聞けばいいよ。君の上司なんだから。**
你可以問加藤先生啊！他是你的上司啊。

因為「**～ばいい**」帶有「只要這麼做就好」的意味， 的說法帶有「你自己做就夠了吧？　沒什麼問題不是嗎？」的語感，會讓人有冷言冷語的感覺。

d 的「**～たらどうですか**」是把決定權交到對方的手上的意思。雖然看起來像是讓對方決定，但其實大多是建議對方「這麼做很好喔」。

e 的「**～べきだ**」原本是表示「**～なければならない**」這種義務，但在此是作為加強提議或建議的用法，是比 a ～ d 更果斷強烈的建議語氣（參照 4「義務」1）。

常體

常體 2 的對話中用了簡略形。用簡略形表達時，說話的速度會加快，大多是用於與關係親近的人之間的對話，但有時會顯得不夠禮貌。k 的「**行ったら？**」、i 的「**行けば？**」都給人隨口說說的感覺，而相較於「**行ったら？**」，「**行けば？**」更會給人態度冷淡、冷言冷語的感覺。就如先前提過的，「**～ば**」帶有「只要這麼做就好」的意味，因此會給人「去阿蘇山就夠了吧？沒什麼問題啊？」的語感，讓人有冷言冷語的感覺。

會話應用

〈A は友人の B に、B の書いた小説を出版社に送ることを勧めている〉

A：小説、書けましたか。
B：ええ、まあ。
A：出版社に送ったらどうですか。（決定權交給對方）
B：出版社ですか。
A：ええ、すぐに送るといいですよ。（有自信）
B：いやあ、自信ないし。
A：そんなこと言ってないで。
　　封筒に入れて送ればいいんですよ。（只要這麼做就可以）

B：どうしようかな……。
A：難しく考えないで、送ったらいいんですよ。
（說話者的自由判斷）
B：うーん。
A：一生懸命書いたんだから、送るべきですよ。
（加強語氣的提議、建議）

（A 勸朋友 B 把 B 自己寫的小說寄到出版社去）

A：你的小說寫了嗎？
B：嗯，寫了。
A：要不要寄去出版社？
B：出版社嗎？
A：是啊，可以馬上寄去啊。
B：不，我沒什麼信心。
A：別這麼說。
只要放進信封袋之後寄過去就可以了啊。
B：怎麼做才好呢……
A：別想得太困難，先寄去再說。
A：唔。
B：你都這麼努力寫完了，應該寄去試試看。

否定的場合

關於否定形的表達方式，會在「2. 二擇一的建議」對話 2）的說明中稍做解釋。這裡我們來想想看，對於對話 1）中這類預定要去某個地方的人，要如何表達否定的建議。

對於「正想前往九州旅行」的人，如果覺得去阿蘇山很危險，這時最自然的說法是「是嗎？不過最好別去阿蘇山比較好喔／去爬阿蘇山比較好喔」。

2. 二擇一的建議

接著我們再來看看像是去或不去、做或不做這類二擇一的建議該如何表達。在對話 2）中，B 對於 A 的提問，B 可以用數種不同的句型提出二擇一的「建議」。

敬體

2）A：明日集会があるんですが、どうしましょうか。
B：そうですね。a　参加したほうがいいですよ。
b　参加したらいいですよ。
c　参加しないほうがいいですよ。

2）A：明天有聚會，該怎麼辦？
B：就是說啊！ a 最好去參加。
b 可以參加啊。
c 最好別去。

常體

2）A：明日の集会はどうしようか。
B：うーん、d　参加したほうがいいよ。
e　参加したらいいよ。
f　参加しないほうがいいよ。

2）A：明天的聚會怎麼辦？
B：嗯，d 最好去參加。
e 可以參加啊。
f 最好別去。

說明

敬體

對話 2）是針對參加或不參加聚會的這二個選項中，擇一提出建議。二擇一的建議，基本上會用 a 句的「**～ほうがいい**」表示。以肯定形表示的建議是「**～たほうがいい**」（**参加したほうがいい（最好要參加）**），以否定形表示的則是 c 的「**～ないほうがいい**」。

這裡我們一起來試著想想看，為什麼肯定形的建議（動詞）要用過去式「**～た**」表達現在的事呢。「**～た**」是表示過去或事物完結的狀態（事物的實現）。在建議的用法上，比起「**参加するほうがいい（參加比較好）**」，「**参加したほうがいい（最好去參加）**」較有強調事情完結或實現的語感，進而能強調說話者希望自己提出的建議能夠被實現的心情。就像「**よかったよかった（太好了）**」（安心）、「**悪かった（抱歉）**」（道歉）的「**た**」一樣，與其說這些用法是表示過去、完結，不如說是表示說話者的心情。可以說「**た**」具有表示情態的作用。

b 的「**～たらいい**」帶有「總之別想太多」參加就對了的意味。這是因為「**～たら**」具有容許說話者自由判斷並直接表達的特性。

c 是以否定形表示的建議，和「**～た**」不同，「**～なかった**」只能用於表示過去式，所以在表達建議時，不能用「**～なかったほうがいい**」的表現。

常體

像「**リンゴ、食べるか（你要吃蘋果嗎）**」、「**きのう行ったか（你昨天去了嗎）**」這樣直接在動詞後加上「**か**」提出疑問，基本上是屬於男性用語，一般用於關係較親近的人，會給人粗魯的印象。而像對話 2）常體 A 的提問內容「**どうしようか（怎麼辦）**」，則是男

女皆可使用，不會讓人覺得粗魯。這是因為「**～(よ)うか**」是屬於提議或提出諮詢時的用法。

會話應用

〈A（女）のプリンターの調子が悪い。友人 B（男）が助言している〉

A：プリンターの調子が悪いの。
B：この間買ったプリンター？
A：うん。
B：メーカーに直接聞いたほうがいいよ。
（「聞く／聞かない（問或不問）」二擇一）
A：電話で？
B：うん、遠慮しないほうがいいよ。
（「遠慮する／しない（是否顧慮）」二擇一）
買ったばかりなんだから、何でも聞いたらいいんだよ。
（建議、基於說話者的自由判斷）

（A（女）的印表機出狀況，朋友 B（男）提出建議）

A：印表機出狀況了。
B：之前買的那台印表機？
A：嗯。
B：妳最好直接問印表機公司。
A：打電話嗎？
B：嗯，這種事就別顧慮那麼多了。
因為妳才剛買的，有什麼問題都可以問。

重點比較

典型的建議、二擇一的建議

	較生硬的說法	帶有強迫意味的說法	委婉有禮貌	冷言冷語的感覺	交由對方決定	會話性質	欠缺禮貌	輕鬆的說法
～たらいい（です）						○	△	○
～といい（です）	○	△						
～ばいい（です）			○*	△				
～ほうがいい（です）			○					
～たらどう（ですか）？					○	○		○
～べきだ／べきです	○	○						
～たら？ ～ば？		○		△	○	○	○	○

＊依文脈的不同，可能會產生正反兩面的叛斷

- 建議的方式會依是否要兼顧禮貌、是要委婉地提出建議或是強硬地強迫對方、要冷言冷語地提議或是輕鬆地提議等作法，而有不同的表達方式。
- 其中較有禮貌的說法是「～ばいい（です）」、「～ほうがいい（です）」。
- 口語化的用法是「～たらいい（です）」、「～たらどう（ですか）？」、「～たら？」、「～ば？」。其中的「～たら？」、「～ば？」為省略的形態，會顯得不夠禮貌，所以只能用於關係親近的對象。
- 「～といい（です）」、「～べきだ／べきです」是比較生硬的說法，「～ばいい（です）」則會因為前後文、語調或是情境不同，可能會給人冷淡地冷言冷語的感覺。

10 邀請、提議、要求及請求

「邀請、提議、要求及請求」是帶有強烈使役語氣的表達方式。而表達時的關鍵在於禮貌程度會依據事情的內容以及與對方之間的關係、狀況而有所不同。第 1 節是「邀請」，第 2 節是「提議」，第 3 節是「請求及拜託」。

1. 邀請

接著就來看看如何表示邀請。在對話 1）中，A 可以用數種不同的句型表達「邀請」。

敬體

1）A：山中みゆきのコンサートがあるんですが。
B：山中みゆきの？
A：ええ、a　いっしょに行きませんか。
b　いっしょに行ってみませんか。
c　ごいっしょにどうですか。
d　ごいっしょしませんか。
B：ええ、ぜひ。

1）A：山中美雪要開演唱會了。
B：山中美雪嗎？
A：是啊。a　我們一起去好嗎？
b　我們一起去看看好嗎？
c　我們一起去好不好？
d　和我一起去好嗎？
B：好，我一定會去

常體

1）A：山中みゆきのコンサート、
e　いっしょに行かない？
h　いっしょに行ってみない？
g　いっしょにどう？
B：うん、行こ行こ。

1）A：山中美雪的演唱會　e　要不要一起去？
f　要不要一起去看看？
g　要不要一起去？
B：好，我們一起去！

說明

敬體

「邀請」最具代表性的句型，就是a和b的「**～ませんか**」。以否定疑問的形式表示，是一種有禮貌的「邀請」。相較於a句，b句因為加上了「**～てみる**」，所以話中含有說話者希望對方「不妨試一下」的心情，並且帶有「我只是隨口問問，所以你隨口回答一下就好」這種不讓對方感覺有負擔的心意。

c的「**どうですか**」並沒有在句中具體提出「**行く**」這個動詞，是委婉地詢問對方的想法或心情。d是使用表示「一起行動」之意的慣用語「**ごいっしょする**」代替「**いっしょに行く**」，是一種溫柔地詢問對方的用法。

常體

使用常體表示，會因邀請的禮貌程度降低，而變得比較直接。不過e和f的「**～ない？**」、「**～てみない？**」因為是以否定疑問的形式表示，所以帶有委婉詢問的語感。g的「**～どう**」（例：**行くの**

はどう?（要不要去？））則是另一種語氣較為委婉的「邀請」。

常體的疑問句要如何結尾是最困難的。我們接著來思考看看，加上終助詞「**か**」時，要如何表達才不會顯得失禮。

1)「常體＋か」不會顯得失禮的情況

- 常體「**邀請、提議**」的句型「**～(よ)う**」，即使是加上「**か**」也不會顯得失禮。（例：**行こうか。**（一起去吧！）、**食べようか。**（一起吃吧！）、**聞いてみようか。**（我們去問看看吧！））
- 常體「邀請、提議」的句型「**～ない？**」即使是改為「**～ないか？**」也沒關係。不過此用法多半為男性使用。（例：**行かないか？**（你不去嗎？）、**行ってみないか？**（你不去看看嗎）、**食べないか？**（要不要吃？））。

2)「常體＋か」會顯得失禮的情況

- 「**常體＋か**」（例：**行くか。**（去嗎？）、**食べたか。**（吃了嗎？）、**聞いてみるか。**（問看看嗎？））都是相當粗魯的說話方式，所以只能用於關係親近的對象。但若是像下方的例子般，句尾稍微拉長聲調上揚，則不會顯得失禮。

行く？［イク↗？］（ウ）　食べた？［タベタ↗？］（ア）　どう？［ドオ↗？］（オ）

對話 1）的常體版中，B 的最後一句話「**行こ行こ**」，是「**行こう行こう**」的簡略形，因此只能用於關係親近的對象。

下方的「重點比較」中是將敬體與常體分開來看。

重點比較

邀請（敬體）

	有禮貌	委婉的說法	試試看	溫柔的邀請	慣用的說法
～ませんか	○	○		△	
～てみませんか	○	○	○	○	
ごいっしょにどうですか	○	○		○	
ごいっしょしませんか	○	○		○	○

- 「邀請」的句型分為「～ませんか」、「～てみませんか。」與「ごいっしょにどうですか」、「ごいっしょしませんか」兩種類型，不管哪一種都是屬於委婉有禮貌的表達方式。
- 「～てみませんか」是比「～ませんか」更委婉、更有禮貌的説法。

邀請（常體）

	有禮貌	委婉的說法	試試看	溫柔的邀請
～ない？		○		△
～てみない？	△	○	○	△
いっしょにどう？	○	○		○

- 「～ない？」、「～てみない？」雖然是常體的表現，但是以否定疑問的形態表示，因此是溫柔地邀請對方的委婉説法。
- 「いっしょにどう？」是無論男女、任何年齡都能使用的説法。

否定的場合

我們來試著想想看在對話1）中提到的句型該如何以否定形表示。表示有禮貌的「邀請」像「**いっしょに行きませんか**」就用到了否

定形，不過如果是帶有否定意味的「邀請」，又該如何表達才對呢？

「**行きませんか**」的否定說法是「**行かないでおきませんか**」。

A：**田中さんのお見舞いに行きますか。** 你要去探望田中先生嗎？

B：**どうしようか迷っているんですが。** 我還在猶豫要不要去。

A：**奥さんの話では、田中さんは見舞いに来てほしくないようですよ。まだ人に会う元気がないようです。**
他的太太說，田中好像不希望我們去探望他。似乎還沒精神見人。

B：**そうですか。** 這樣啊。

A：**ええ、ですから、しばらくはお見舞いに行かないでおきませんか。**
是啊。所以還是暫時先別去看他了吧。

B：**そうですね。そうしましょう。** 說得也是。就這麼辦吧。

2. 提議

我們接著來看看對別人提議或建議某件事該如何表達。在對話 2）中的 A 與 B 可以用數種不同的句型表達「提議」。

敬體

2）〈レストランでの食事後、レジの前で〉
A：a　私が払います。
　　b　私が払いましょう。
　　c　私が払いましょうか。
　　d　私に払わせてください。
B：いえ、e　私が払います。
　　　　　f　私が払いましょう。
　　　　　g　私に払わせてください。

2）〈在餐廳用完餐後的結帳櫃台前〉
A：a　我來付錢。
　　b　我來付錢吧。

c　要我來付錢嗎？
d　請讓我付錢。
B：不，e　我來付錢。
f　我來付錢吧。
g　請讓我付。

常體

2）A：h　私が払うよ。
i　私が払おう。（男）
j　私が払おうか。
k　私に払わせて。
l　私に払わせて｛くれ（男）／ちょうだい｝。
B：いや、私が……。

2）〈在餐廳用完餐後的結帳櫃台前〉
A：h　我來付錢。
i　（男性）我來付錢吧。
j　要我來付錢嗎？
k　讓我付錢。
l　請讓我付錢。
B：不，我來（付錢）……。

說明

敬體

對話 2）是 A 與 B 一起用餐，兩人互相爭論要由誰來付帳。

a、e 的「**ます**」是表示堅定的意志及決心。b、f 的「**～ましょう**」、c 的「**～ましょうか**」是說話者的提議，可以理解為表現出強烈的意志，實現的可能性也很高。其中的「**～ましょうか**」，是讓對方思考「你覺得如何」，並留給對方選擇的餘地。

d、g的「**使役形＋てください**」，是在徵求對方許可的同時提出建議。雖然提議是使用有禮貌的敬體，但以斷定的語氣「**～てください**」表示，會顯得有些強硬。若想要以更委婉有禮的方式表達，就必須要使用「**～(さ)せてくださいますか／くださいませんか**」表示。（參照8「給予許可、請求許可」2）

常體

以常體表達時，所有提議句型的禮貌程度都比較低，語氣也較直接。對話中（）內的「男」是表示該用法為男性用語。h～l中，i的「**私が払おう**」、l的「**私に払わせてくれ**」皆屬於男性用語。

k是將「**使役形＋てください**」中的「**ください**」省略的用法。若加上「**ください**」時是像l一樣，男性以「**～(さ)せてくれ**」、女性以「**～(さ)せてちょうだい**」表示，是較為口語化的用法。（「**てちょうだい**」大多為女性使用，不過男性在比較輕鬆的對話情境也會使用這種講法。）

重點比較

提議（敬體）

	直接	明確表示	實現性高	有禮貌	委婉的說法
～ます	○	○	○	△	
～ましょう	○	○	○	△	△
～ましょうか	△	△	△	○	○
～（さ）せてください	○	○	△	○	

- 「提議」的用法分為使用「～ます」與「～ましょう」，以及使用「使役形＋てください」的句型。
- 「～ます」是直接主張說話者的意志，所以屬於明確的提議。

- 若使用「～ましょう」表示，代表説話者的意志比用「～ましょうか」更強烈，是實現的可能性較高的提議。「～ましょうか」是較委婉有禮貌的説法。
- 「使役形＋てください」（例：私に払わせてください）雖然是有禮貌的提議説法，但因為以「てください」是表示斷定的語氣，所以是較為直接的表達方式。若要以更委婉有禮的方式表達，最好改用「～（さ）せてくださいますか／くださいませんか」
- 雖然本節未提到，不過還有「～てみます」、「～てみましょう」、「～てみましょうか」是屬於更委婉地表示試探性質的提議。禮貌程度則是隨著「～てみます」、「～てみましょう」、「～てみましょうか」的順序遞增。

提議（常體）

	直接	明確表示	實現性高	有禮貌	委婉的説法	較生硬的説法
動詞の辞書形	○	○	○			
～（よ）う	○	○	○		△	
～（よ）うか	△	△	△		○	
～（さ）せて。	△	○	△	△		△
～（さ）せてくれ／ちょうだい	○	○	△	△		△

- 常體的「提議」是以「動詞辭書形」、「～（よ）う」、「～（よ）うか」表示，是較為直接明確表達方式。
- 加上使役形的「～（さ）せて（くれ／ちょうだい）」，因為「（さ）せ」會給人比較生硬的感覺，所以也會顯得較有禮貌。

會話應用（邀請＋提議）

〈A が知人の B（男）をスキーに誘っている〉

A：冬休みに北海道へスキーに行きませんか。（有禮的邀請）
B：いいですね。
A：ニセコあたりに行きましょうか。（有禮的提議）

B：ニセコは人気がありますね。ニセコにしましょう。（明確的提議）
A：どんな状況か、J旅行社に私が電話、かけてみましょうか。（更委婉的提議）
B：いや、僕が行ってみますよ。来週別の用事で、近くまで行くから。（明確的提議）
A：そうですか。
B：うん、僕にやらせてください。結果がわかったら、連絡しますよ。（有禮貌的提議、生硬的說法）

（A 約朋友 B（男）去滑雪）

A：寒假要不要去北海道滑雪？
B：聽起來很不錯耶。
A：要不要一起去新雪谷？
B：新雪谷很受歡迎耶！就去新雪谷吧。
A：要不要我試著打電話到 J 旅行社去問問情況？
B：不，我去一趟好了。下週我有事要到那附近。
A：是嗎？
B：嗯，請讓我來問。一有結果我就和你聯絡。

 否定的場合

接下來我們試著思考看看在對話 2）中出現的句型該如何以否定形表示。

以肯定形表示的提議「**電気をつけましょうか／つけようか（把電燈打開吧）**」若以否定形表示則為「**電気をつけないでおきましょうか／おこうか（先別開電燈吧）**」；另外「**テレビを消しましょうか／消そうか（關掉電視吧）**」的否定形是「**テレビを消さないでおきましょうか／おこうか（別把電視關掉）**」，在以否定形表示的句型中出現了「**～ておく**」。「**～ておく**」的意思是「維持原本的狀態」，所以是

表示在打開電燈／關電視之前，要一直以「**(電気を)つけない**（沒打開〈燈〉）」、「**(テレビを)消さない**（沒關電視）」的狀態存在（保持原狀）。

3. 要求及請求

接著要介紹的是說話者向對方表示要求或請求時的用法。在對話3）中，A 可以用數種不同的句型表達「請求、拜託」。

敬體

3) A：申し訳ないんですが、この仕事、
　a　手伝ってください。
　b　手伝ってくれますか／くれませんか。
　c　手伝ってくださいますか／くださいませんか。
　d　手伝ってもらえますか／もらえませんか。
　e　手伝っていただけますか／いただけませんか。
　f　手伝ってもらって（も）いいですか。
A：ええ、いいですよ。

3）A：不好意思。這份工作，a　請幫忙。
　b　你會幫我嗎？
　c　你可以幫我嗎？
　d　可以請你幫我嗎？
　e　可以麻煩您幫我嗎？
　f　你可以幫我嗎？
B：可以啊。

常體

3) A：悪いんだけど、この仕事、
　g　手伝って。
　h　手伝ってくれる／くれない？
　i　手伝ってくださる（女）／くださらない（女）？
　j　手伝ってもらえる／もらえない？

k　手伝っていただける（女）／いただけない（女）？
l　手伝ってもらって（も）いい？
B：うん、いいよ。

3）A：不好意思。這份工作，g　請幫忙。
h　你會幫我嗎？
i　你可以幫我嗎？
j　可以請你幫我嗎？
k　可以麻煩您幫我嗎？
l　你可以幫我嗎？
B：可以啊。

說明

敬體

a「**～てください**」是有禮貌的要求，不過有可能會因為說話方式的不同而變成不容人拒絕的命令語氣。為了避免發生這樣的情況，可以像 b ～ e 一樣，改以「**～てくれる／くださる**」、「**～てもらう／いただく**」這種更加委婉有禮貌的說法表示。

b ～ e 中的「**～ますか**」（例：**～ていただけますか**）若和「**～ませんか**」（例：**～ていただけませんか**）相比，「**～ませんか**」是更有禮貌的表達方式。「**～ますか**」雖然也很有禮貌，但若能以帶有詢問對方意願的否定形態表示，就會顯得更委婉有禮貌。

c 的「**～てくださいますか／くださいませんか**」與 e 的「**～ていただけますか／いただけませんか**」的禮貌程度相同，不過最近普遍認為 e 的「**～ていただけますか／いただけませんか**」是更有禮貌的說法，一般人有較常使用的傾向。

f 是以請求許可的「**～てもらって(も)いいですか**」表達要求。這

是現代常見的新說法，看起來像是請求對方許可，但實際上是藉此向對方提出要求（有時是「指示」或「命令」）。有些人可能會擔心使用這種表達方式是不是不太妥當（尤其是年長者），但目前在許多地方都會使用這種說法。

b ～ e 的句子若想以更有禮貌的方式表達，可以在句尾加上「**でしょうか**」（f 是將「**です**」改為「**でしょう**」）。

常體

g「**～て。**」常用於關係親近的對象。說話的口吻若很溫柔會給人撒嬌的感覺，若很強硬則會給人命令的感覺。i 與 k 都屬於柔和的說法（女性用語），男性通常不會使用。男性大多是用 i、k 以外的方式表達，或是以帶有些許指示及命令語氣的「**手伝ってくれ**」表示。

重點比較

要求及請求（敬體）

	有禮貌	命令的語氣	柔和的說法	直接	委婉	現代風格
～てください	○	○		○		
～てくれますか	○	△	△	○		
～てくれませんか	○		○	△		
～てくださいますか	○		○	△		
～てくださいませんか	○		○		○	
～てもらえますか	○	△	△	○		
～てもらえませんか	○		○		△	
～ていただけますか	○		○	△		
～ていただけませんか	○		○		○	
～てもらって（も）いいですか	△	○	○		○	○

- 全部都是表示「要求、請求」，但「～てください」、「～てもらって（も）いいですか」容易帶有命令的口吻。
- 像「～てくれますか」、「～てもらえますか」一樣以肯定語氣表示，是語氣稍嫌強硬的説法。
- 像「～てくれませんか」、「～てもらえませんか」這樣以否定形來表達時，會顯得較有禮貌感。
- 大致上禮貌程度是隨著以下的順序遞增。

「～てください」→「～てくれますか」→「～てもらえますか」→「～てくれませんか」→「～てもらえませんか」→「～てくださいますか」→「～ていただけますか」→「～てくださいませんか」→「～ていただけませんか」（「～てもらって（も）いいですか」除外）

要求及請求（常體）

	口語	命令的語氣	柔和的説法	直接	委婉	現代風格
～て。	○	○		○		
～てくれる？	○	△	△	○		
～てくれない？	○		○	△		
～てくださる？	○	△	○	△		
～てくださらない？	○		○		△	
～てもらえる？	○	△	△	○		
～てもらえない？	○		○		△	
～ていただける？	○		○	△		
～ていただけない？	○		○		△	
～てもらって（も）いい？	○	○	○		○	○

- 「～てくださる／くださらない？」、「～ていただける／いただけない？」等文（句）型若用於常體，則是口吻柔和的女性説法。
- 「～てくれる／くれない？」、「～てもらえる／もらえない？」、「～てもらって（も）いい？」男女皆可用，但如果是男性使用，則是非常溫柔地請求對方的用法。

會話應用

〈A は女子学生、B は男子学生。イベントの準備をしている〉

A　：この仕事、代わってもらっていい？（現代風格）
B　：うーん、僕にも仕事があるんだけど。
A　：疲れちゃったんで、ちょっと代わってもらえない？（柔和的口吻）
B　：いいけど。じゃ、僕の仕事やってくれる？（有些直接）
A　：いいよ。

〈しばらくして〉

A　：でも、お互い疲れたね。
B　：先輩に頼もうか。
A　：うん……。私が頼んでみるよ。

〈先輩に向かって〉

A　：先輩、仕事、代わってもらえませんか。（有禮貌）
先輩：うーん。
B　：僕からも頼みます。代わっていただけませんでしょうか。（更有禮貌的說法）
先輩：わかったよ。

（A 為女學生，B 為男學生。他們正在進行活動的準備工作）

A　：這個工作可以請你代替我做嗎？
B　：我還有工作要做。
A　：我好累，可以麻煩你代替我嗎？
B　：是可以啦，那你可以幫忙我做事嗎？
A　：可以啊！

（過了一陣子）

A　：不過我們倆都累了。
B　：要不要拜託前輩？
A　：嗯……我去拜託看看。

（去找學長）

A　：學長，可以代替我做事嗎？
學長：嗯。

B　：我也要拜託學長。可以麻煩代替我嗎？
學長：我知道了。

 否定的場合

對話3）中提到「**手伝う（幫忙）**」這個字，含有「協助別人的工作」的正向意思。如果要表示要求、請求的否定形，相較於「**手伝わないでください**」，「**手を出さないでください（請不要出手）**」會是比較自然的講法。接下來讓我們一起利用「**手を出さない**」來思考表達請求拜託的句型。（以下的a'～e'，第一句是敬體，第二句則是常體。（男）是代表男性用語，（女）則是女性用語）

a'　**手を出さないでください。** 請不要幫忙。
　　手を出さないでくれ（男）／ちょうだい。 請不要幫忙。
b'　**手を出さないでくれますか／くれませんか。**
　　可以請您不要幫忙嗎？
　　手を出さないでくれる／くれない？ 可以請您不要幫忙嗎？
c'　**手を出さないでくださいますか／くださいませんか。**
　　可以請您不要幫忙嗎？
　　手を出さないでくださる／くださらない？（女）
　　可以請您不要幫忙嗎？
d'　**手を出さないでもらえますか／もらえませんか。**
　　可以請您不要幫忙嗎？
　　手を出さないでもらえる／もらえない？ 可以請您不要幫忙嗎？
e'　**手を出さないでいただけますか／いただけませんか。**
　　可以請您不要幫忙嗎？
　　手を出さないでいただける／いただけない？（女）
　　可以請您不要幫忙嗎？

要求、請求的否定形在表達上似乎沒什麼特別困難的地方。不過 a' 的「**～てくれ。**」是男性用語；c'「**～てくださる／くださらない？**」和 e「**～ていただける／いただけない？**」為女性用語。

11 指示、命令、禁止

比起第 10 課的「邀請、提議、要求及請求」，本課將介紹的「指示、命令、禁止」對對方的使役性較強。「指示」就如字面所示，是「指給別人看」的意思，通常是用於老師指示學生、上司指示部下、國家或地方政府指示國民或居民「希望你這麼做」的用法。「命令」主要是上位者吩咐下位者做的事，比指示的作用力更強，而收受命令者必須要按照吩付行動。「禁止」則是「不允許做的事」，可以算是一種命令。

1. 從請求到指示

各位是否看過公園裡的立牌呢？筆者家附近的公園就有一個「公園使用注意事項」的立牌，上面的內容如下。

1）公園利用者へのお願い

- バイクの乗り入れはやめましょう。
- 犬の放し飼いはやめましょう。
- 打ち上げ花火はやめましょう。
- 公園灯を午後 10 時に消灯しますので、夜間の公園利用はご遠慮ください。
- マナーを守ってご利用ください。

M 市公園課

1）請各位使用者

- 別騎乘自行車入內。
- 遛狗請繫好牽繩。
- 別在此施放煙火。
- 公園每日晚上十點熄燈，請避免在夜間進入公園。
- 請注意禮節。

M 市公園處

說明

上述上述範例使用的是「**～ましょう**」、「**ご～ください**」，是由市政府「請求」使用者表現，但市政府是擁有公權力的單位，所以這裡的「拜託」可以理解為「指示」。若改以「指示」的形式表達，則會如以下的2）。

2）公園利用者へのお願い
a　バイクの乗り入れはやめてください。
b　犬の放し飼いはやめるように（してください）。
c　打ち上げ花火はやめましょう。
d　公園灯を午後10時に消灯するので、夜間の公園利用はしないこと。
e　ご利用に際しては、マナーを守っていただきます。

2）請各位使用者
a　請勿騎乘自行車入內。
b　請勿在遛狗時鬆開牽繩。
c　請勿在此施放煙火。
d　公園每日晚上十點熄燈，請避免在夜間進入公園。
e　使用公園時，請注意禮節。

和1）相比，整體而言都是具有更高的強制性的說法。a的「**～てください**」雖是以有禮貌的形態表示，但具有嚴厲地指示對方的強制性。

比a更具有命令語感的是b。特別是以「**動詞辭書形＋ように**」（例：**時間を守るように（請務必守時）**）結尾，具有強烈的指示意味。因為「**ようにする**」這種說法中帶有「你給我努力」的意味。

c與立牌1相同，都是使用「**～ましょう**」。「**～ましょう**」是在邀請對方的同時，具有指示的作用。以常體表達時，會改成以「**〜(よ)う**」(**やめよう**) 的形式表示。

d 是表示指示、提醒及命令很典型的用法。利用「**〜こと。**」簡潔地表示指示及命令，是以條列的方式表達指示或提醒時，最常見的用法。

- **犬の放し飼いをやめること。** 請勿遛狗未牽繩。
- **犬の糞を放置しないこと。** 請勿將狗屎留在原地。
- **芝生には入らないこと。** 請勿踐踏草坪。

e 的「**〜ていただきます**」是テ形加上授受表現的「**いただく**」，並以マス形表示，是相當具有強制力的指示用法。相較於「**〜ていただきます**」，以「**〜てもらいます**」表達不但禮貌程度較低，語氣也更強烈。

重點比較

從請求到指示

	口語	書面語	使役性較強	帶有命令的意味（實現性較高）	委婉的說法	強制力較高
〜てください	○		○	○	△	△
〜ように（してください）	○	○*	○	○	△	○
〜（よ）う／ましょう	○				○	
〜こと。		○	○	○		○
〜てもらいます／いただきます	○		○	○		○

＊以「〜ように。」終止時

- 表示指示的用法中，有口語用法以及書面語用法。「〜ように。」、「〜こと。」為書面語用法。

- 表示指示的用法中，有命令意味較強的用法（＝強制力較高）以及命令意味較弱的用法。會因為對象以及指示的內容而使用不同的表達方式。

會話應用

〈学童保育所で〉

先生：太一君、持ち出した物は元に戻しましょうね。（溫和的指示）
太一：はーい。〈返事はするが、戻さない〉
先生：持ち出した物は元に戻してください。
（有命令意味的要求）
太一：はーい。〈返事はするが、戻さない〉
先生：きちんと戻すように。わかった？（指示）
太一：はーい。〈返事はするが、戻さない〉
先生：きちんと戻すこと。いい？（態度強硬）
太一：うん、わかった。
先生：いくら小学生でも規則は守ってもらうからね。
（強烈的指示）

（學童保育所）

先生：太一，拿出來的東西要歸回原位喔。
太一：好～。（雖然有回應，但沒把東西放回去）
先生：請把拿出來的東西放回原位
太一：好～。（雖然有回應，但沒把東西放回去）
先生：你要把東西放回原位，知道嗎？
太一：好～。（雖然有回應，但沒把東西放回去）
先生：一定要把東西歸位，懂嗎？
太一：嗯，我懂了。
先生：就算是小學生也要守規矩。

否定的場合

我們想想如何表達 2）「請（公園的）各位使用者」中 a ～ d

的否定形。以下以「請勿踐踏草坪」為例。

a’ **芝生に入らないでください。** 請不要踐踏草坪。
b’ **芝生に入らないように(してください)。** 請勿踐踏草坪
d’ **芝生に入らないこと。** 不要踐踏草坪。

a、b、d都可以用否定形表示，但c的「**〜ましょう**」很難以否定形表示。可用的說法有「**芝生に入らないでおきましょう（先別踩草坪）**」、「**芝生に入らないようにしましょう（我們盡量不要踐踏草坪）**」等，後者的「**〜ないようにしましょう**」是比較自然的說法。

2. 從指示到命令

在公園看板之類裡的文字，不適合使用比指示更強烈的語氣表達。因為若將「**やめましょう**」改成「**やめろ**」的話，反而會招致人們的反感。想要以更強烈的語氣表達指示時，大多會像「**やめること。**」一樣，使用「**〜こと。**」的句型表示。不過像是工廠這類危險性較高的地方，或是一個不小心就會導致嚴重事故的地方，就必須以簡短、明確的表示方式下達指示及命令。所以在這一類的地方隨處可見以命令形表示的注意事項或看板。

以下的3）是工廠內的「注意事項」。

3）工場での注意書き
a 注意せよ！
b 整理整頓をしなさい。
c この高さより下げること。
d 作業中は必ずヘルメットを着用するように。
e 左右を見て！
f 保護メガネ着用。

3）工廠的注意事項

a　小心！

b　維持整潔！

c　勿超過此高度。

d　工作中務必配戴安全帽。

e　左右確認！

f　務必配戴護目鏡。

說明

「**する**」的命令形為「**せよ**」、「**しろ**」。a「**せよ**」為書面語的用法，「**しろ**」則為口語的用法。b的「**～なさい**」是語氣上比「**せよ**」、「**しろ**」委婉的命令形，原本為口語的用法，但也可能會用於文書上。

c、d的「**～こと。**」、「**～ように。**」可用於指示，也可當作強烈要求的命令使用。

e「**～てください**」的「**ください**」是省略的形態，是強烈斷定語氣的命令。

像f一樣，把動詞「**する**」省略後以名詞作結的形式，也具有命令的作用，常見於「**頭上注意（注意上方）**」、「**スリップ注意（小心滑倒）**」等工地的標語。b句提到的「**整理整頓（整理）**」也常見以f的形式表示。

（日文）a與e在句尾都加上了「**！**」，目的是為了吸引人們的注意，可視需要決定是否要加。

表達命令的用法除了上述的句型以外，還有像「**あっちへ行った行った**」（**あっちへ行け（到那邊去）**之意）這種重覆二次動詞タ形的用法。類似的用法還有要坐著的人「**立った立った（站起來）**」、叫擋路的人「**どいたどいた（讓開）**」等。雖然也有像「**ほら、立った（喂！站起來）**」、「**さあ、座った（坐下吧）**」「**さあ、歩いた（快走）**」這種只用一次動詞表達的用法，但大多還是用重覆兩次動詞的用法。

重點比較

從指示到命令

	口語	書面語	強烈的命令	有禮貌
せよ		○	○	
しろ	○		○	
～なさい	○		○	△
～こと。		○	○	△
～ように。	△	○	○	△
～て。	○		○	
名詞止め	△	○	△	

- 在命令的表達方式中最重要的是命令的強度是否足夠（實現的可能性）。命令愈強，實現的可能性就愈高。
- 「しろ」、「～て。」和「以名詞作結尾」的禮貌程度稍低。
- 適當地區別口語或書面語的用法固然重要，但在實際使用上，大多是兩者混用的情況。這代表説話者要視對象或命令的內容，決定選用最有效的表達方式。

會話應用

〈テニスコートで〉

コーチ：相手のボールをよく<u>見て</u>。（強烈的命令、口語）
生徒　：はーい。
コーチ：ボールは正確に返す<u>こと</u>。（生硬的說法）

生徒　：はーい。
コーチ：右へ打て。遠くへ打て。（強烈的命令、口語）
生徒　：はーい。
コーチ：ボールから目を離さないように。（指示）
生徒　：はーい。
コーチ：よーし。
じゃ、10分休憩。メンバー交代。（明確的指示）

（網球課）

教練　：仔細看對方的球。
學生　：是。
教練　：球要準確地打回去。
學生　：是。
教練　：打向右邊。愈遠愈好。
學生　：是。
教練　：眼睛不要離開球。
學生　：是。
教練　：好，那我們休息十分鐘。換人。

否定的場合

請試著把3）改以否定形表示。語意會因此產生變化。

a' よそ見するな。 別東張西望。

b' 工具を放置しないで。／放置するな。／放置しないように。
別把工具放著不管。

c' この高さより上げないこと。 別超出這個高度。

d' 居眠りをしないように。 別打瞌睡。

e' よそ見をしないで！ 不要東張西望！

f' 装飾品の着用禁止。 禁止配戴飾品。

否定形的「指示」、「命令」與下一節的「禁止」息息相關。

3. 禁止

我們接著來看看說話者禁止對方做某事時的用法。我們以禁止吸菸為例。「禁止」可以說是以否定形表達命令。

4) a　ここでタバコを吸うな。
　b　ここでタバコを吸わない。
　c　ここでタバコを吸わないでください。
　d　ここでタバコを吸わないこと。
　e　ここでタバコを吸ってはいけない。
　f　ここでタバコを吸わないように。
　g　禁煙。

4) a　不要在此吸菸。
　b　不要在此吸菸。
　c　請不要在此吸菸。
　d　不要在此吸菸。
　e　這裡不可以吸菸。
　f　儘量別在這裡吸菸。
　g　禁菸。

a是表示禁止的句型。「動詞辭書形」加上表示禁止的終助詞「**な**」，是一種既簡潔且強烈要求的說法。當作書面語用時男女皆可用，當作口語用時為男性用語。

也可以像b使用動詞的ナイ（否定）形表示禁止。和a相比，是一種委婉地說服對方的說法。

c 是比 a、b 更有禮貌的說法，不過充其量只有表達的形式上很有禮貌，實際上卻是一種具有強迫意味的強勢表達方式。如果是用在文件或看板上，常用 d「**～(ない)こと**」的方式表達。這種方式不太會出現在口頭叮嚀別人的情況。e 是以「**～てはいけない**」的形態表示禁止，與 a 的強度差不多。

f 是用於表示禁止的指示、命令。像 g 只用名詞表示的用法，常出現在注意事項之類的場合，如「**立ち入り禁止（禁止進入）**」、「**駐車禁止（禁止停車）**」、「**使用禁止（禁止使用）**」等。以名詞作結時，當中的「**禁止（禁止）**」是禁止的意思。口語表達時大多會像「**ここは立ち入り禁止だ／です**」一樣，在後面加上「**です**」或「**だ**」。

重點比較

禁止

	口語	書面語	強烈的命令	強勢的說法	實現性高	有禮貌
～な	△	△	○	○	○	
～ない（動詞のナイ形）	△	△				
～ないで（ください）	○		○	○	○	○
～ないこと。		○	○	○	○	△
～てはいけない	○		○	○	○	
～ないように（しよう／しましょう）	○	○*		○	○	△
名詞止め	△	○	△	○	○	

*用「～ように。」作結尾時。

- 口語的表達方式有「～ないで（ください）」、「～ではいけない」、「～ないようにしょう／しましょう」；書面語的表達方式則有「～ないこと。」、「～ないように。」、「以名詞作結尾」等。
- 句尾的「～な」、「～ない」是口語、書面語皆可使用的用法。
- 「～な」為男性用語，女性不太會用斷定語氣的形態表示，較常用「～ない」、「～ないで」表示。

會話應用

〈高校のグラウンドで。体育の授業でランニングをしている。先生は男性〉

先生：ここで立ち止まらないで。（強烈的命令、口語性質）
生徒：はい。〈立ち止まろうとする〉
先生：立ち止まらないように。（指示）
生徒：はい。〈立ち止まろうとする〉
先生：立ち止まらないこと。（生硬的說法）
生徒：はい。〈立ち止まろうとする〉
先生：立ち止まるなって言ってるだろ。（直接）
生徒：……。〈立ち止まってしまう〉
先生：立ち止まってはいけない。（禁止命令）
生徒：……。〈立ち止まったまま〉
先生：立ち止まらない。（禁止命令、説服）
いいな。
生徒：……。〈下を向いてしまう〉

（高中體育課在操場上跑步，老師為男性）

老師：別停在這裡。
學生：是。（正要停下來）
老師：儘量不要停下來。
學生：是。（正要停下來）
老師：別停下來。
學生：是。（正要停下來）
老師：我剛才說了「不要停下來」對吧！
學生：……。（停下來了）
老師：不可以停下來。
學生：……。（站著不動）
老師：別停下來。知道了嗎？
學生：……。（低頭不語）

12 感情 1（喜歡、討厭、驚訝）

本課要介紹的是表達說話者感情的用法。在「感情 1 」中，第 1 節為「喜歡」，第 2 節為「討厭」，第 3 節為「驚訝」。

1. 喜歡

接著我們來看看說話者如何向對方表示「喜歡」某件事物。在對話 1）中，對於 A 的提問，B 可以用數種不同的句型表達「喜歡」。

敬體

1）A：コーヒーは好きですか。
　B：ええ、a　好きです。
　　　　　b　大好きです。
　　　　　c　嫌いじゃ｛ありません／ないです｝。
　　　　　d　私はコーヒー党です。
　　　　　e　私はいつもコーヒーを飲んで（い）ます。

1）A：你喜歡喝咖啡嗎？
　B：嗯，a 喜歡。
　　　　b 我最喜歡了。
　　　　c 我並不討厭。
　　　　d 我是咖啡族。
　　　　e 我老是在喝咖啡。

常體

1）A：コーヒー、好き？
　B：うん、f　好き｛だよ／よ｝。
　　　　　g　｛大好きだよ／大好きよ／大好き｝。
　　　　　h　嫌いじゃないよ。

i　私はコーヒー党｛だよ／よ｝。
j　私、いつもコーヒー飲んで（い）る。

1）A：你喜歡喝咖啡嗎？
B：嗯，a　喜歡。
b　我最喜歡了。
c　我並不討厭。
d　我是咖啡族。
e　我老是在喝咖啡。

說明

敬體

要表示喜歡，通常是像 a 一樣，以「**（～は～が）好きだ**」的句型表示。日語的「**好きだ**」是表示受到吸引，或是貼合自己的心情，和英語的 like、love 的意思相同。如果想要以更強烈的方式表達，也可以用 b 的「**大好き**」表示。「**大好き**」女性較常用，是一種情感過剩的表達方式。

c 的「**嫌いじゃありません**」、「**嫌いじゃないです**」和「**好きだ**」幾乎同義，但因為用否定形表示，所以難以推測對方是否真心這麼想，語氣上會顯得有些曖昧不明。

把喜歡的事以另一種方式（名詞）表達的是 d。「**コーヒー党**（咖啡族）」是表示非常喜歡咖啡的意思，不過從沒有真的針對問題「你喜歡咖啡嗎」回答這點來看，是比較好玩的回答方式。以「**～党**」表示的還有「**甘党（あまとう，甜食族）**」、「**辛党（からとう，酒族）**」等。

e 也一樣沒有直接針對問題回答，而是藉由「我老是在喝咖啡」告訴對方自己喜歡咖啡。

常體

常體通常傾向不說多餘的話，簡短地直接表達自己的喜好。像「**好きだ**」、「**大好きだ**」這類以「**だ**」表示斷定語氣的說法，通常是男性用語。若能在句尾加上「**よ**」或「**ね**」來緩和語調，那麼女性也能使用。女性大多不加「**だ**」，直接以「**大好きよ**」、「**大好き**」表示。

接著再來看看省略助詞的部分。像 A 提問的內容是「**コーヒー、好き？**」，原來應該是「**コーヒーが好き？**」或「**コーヒーは好き？**」，所以是省略了「**が**」或「**は**」。另外，B 的回應 j 原來是「**私<u>は</u>いつもコーヒーを飲んで(い)る**」，這裡省略了「**は**」和「**を**」。像這樣把格助詞「**が**」、表示對象、目的的「**を**」或是表示主題（Topic）的「**は**」省略的情況很常見。

重點比較

喜歡

	強調	誇大的說法	程度高	開玩笑感覺的說法	簡短的說法	緩和的說法	曖昧
（〜は〜が）好きだ					○		
（〜は〜が）大好きだ	○	○	○				
（〜は〜が）嫌いじゃ／ではない						○	○
〜は＋名詞だ	○	△	○	○	○	△	
いつも〜ている	△		○			△	

- 傳達「喜歡」這件事，可以細分為較強調的說法、一般說法、曖昧的說法等。
- 強調的說法有「大好き」、「〜は＋名詞だ」、「いつも〜ている」。
- 一般的說法是「好き」，較曖昧的說法是利用否定形表示的「嫌いじゃない」。
- 有禮貌的問法是像「お好きですか」、「お嫌いですか」一樣在句首加上「お」的說法。

會話應用

〈知人同士のAとBが相撲について話している〉

A：Bさんは相撲通なんだそうですね。（傳聞）
B：ええ、相撲が大好きです。（強調）
A：相撲のどこがいいですか。
B：裸と裸でぶつかるところがいいですね。
A：そうですか。
B：小さい力士が大きい力士を投げ飛ばすところも好きです。（短又簡潔）
A：じゃ、柔道もお好きですか。（有禮貌）
B：うーん、嫌いじゃないですが、やっぱり……。（曖昧）

（A和B是朋友，兩人在聊相撲）

A：聽說B先生你是相撲通對吧？
B：是的，我超喜歡相撲。
A：相撲哪裡好呢？
B：裸身互搏的部分很棒。
A：是這樣啊。
B：我還喜歡看身形小的力士把身形大的力士丟出去的部分。
A：那你也喜歡柔道嗎？
B：嗯，我是不討厭啦，不過還是……。

2. 討厭

接著我們來看看說話者如何向對方表示「討厭」某件事物。在對話2）中，對於A的提問，B可以用數種不同的句型表達「討厭的事」。

敬體

2）A：コーヒーはお嫌いですか。
B：ええ、a　（コーヒーは）ちょっと／あまり……。
b　コーヒーは好きじゃ｛ありません／ないんです｝。

c　コーヒーは｛飲みません／飲まないんです｝。
d　コーヒーは｛飲めません／飲めないんです｝。
e　コーヒーは苦手です。
f　寝られなくなります／眠れなくなりますので。

2）A：您討厭咖啡嗎？
B：是的。a　（咖啡）我有點／不太……
b　我不喜歡咖啡。
c　我不喝咖啡。
d　我不能喝咖啡。
e　我對喝咖啡不太在行。
f　我喝了咖啡會沒辦法睡／睡不著。

常體

2）A：コーヒーは嫌い？
B：うん、g　コーヒーはちょっと…
h　コーヒーは好きじゃない。
i　コーヒーは飲まない｛んだよ／のよ｝。
j　コーヒーは飲めない｛んだよ／のよ｝。
k　コーヒーは苦手。
l　寝られなくなる／眠れなくなるから。

2）A：您討厭咖啡嗎？
B：是的。g　（咖啡）我有點／不太……
h　我不喜歡咖啡。
i　我不喝咖啡。
j　我不能喝咖啡。
k　我對喝咖啡不太在行。
l　我喝了咖啡會沒辦法睡／睡不著。

說明

敬體

a～f是被問到「**コーヒーは嫌いか**」時的回應。通常在對話中最好避免直接使用「**嫌い**」，不過既然A這麼直接地提問，那麼坦白說出自己的心情應該也不會有什麼問題。

a是使用「**ちょっと**」、「**あまり**」這種模糊不明的方式表達。算是一種不希望刺傷對方的表達方式。

b～d所使用的「**～ません**」雖然看起來有禮貌，但因為會給人很強勢地強迫推銷自我觀念的感覺，所以最好是把「**じゃありません**」、「**飲みません**」、「**飲めません**」說得小聲一些，或是改用「**～ないんです**」表示。用「**んです**」表示，可以使話中帶有不好意思的心情。

c是「**飲まない**」，d是「**飲めない**」，分別是表示意志和能力。相較於直接表達自己的意志，日語大多會使用表示能力的「**できる・できない**」可能（形）表達。利用比較婉轉的方式表達，也會顯得較有禮貌。

e是利用「**苦手だ**」這個等同於否定形「**できない**」的說法，來代替表示感情的形容詞「**嫌いだ**」。「**嫌いだ**」是比較直接的說法。

f並非表達感情的說法，是在被問到「**嫌いか**」而要回答理由時使用的說法。像f這樣完整地陳述理由，也是一種有禮貌的應對方式。

常體

日語不只會省略助詞，省略字詞或句子也很常見。敬體的a，常體的g就是把述語全都省略了。此外，常體的k則是省略了「**です**」。省略形在常體的會話中很常見，但也因為較簡短，所以會顯得不夠禮貌。

1是以陳述理由作為回答的說法，不像敬體的f是用表示理由的「**～ので**」表示，常體是使用較直接的「**～から**」表示。

重點比較

討厭

	曖昧	強迫推銷自我主張的感覺	委婉、間接的	有禮貌
(～は～が／は) ちょっと／あまり……	○		○	○
(～は～が／は) 好きじゃ／ではない		○		
(～は～を／は) ～ない (動詞のナイ形)		○	○	
(～は～が／は＋) 動詞可能形の否定形			○	○
(～は～が／は) 苦手だ			△	△
～から／ので等 (理由を述べる)			○	○

- 日語中要以否定的方式回答時，一般會偏好選擇曖昧的說法，並避免太過直接的表達方式。例如「ちょっと……」、「あまり……」等。
- 「んです」是表示說明理由，所以比起「～ません」，「～ないんです」會稍微有禮貌一點。
- 以不喝咖啡的理由代替直接說「好き・嫌い」（來表示是否喜歡），這也是一種比較有禮貌的說法。

會話應用

〈AがR知人のBにお酒を勧めている〉

A：1杯、どうぞ。
B：いや、お酒はちょっと……。（曖昧的表達方式）
A：そう言わずに……。
B：いや、お酒は飲まないんです。（表示意志）
A：ああ。
B：飲めないんですよ。（不能或不會喝）
　　苦手なんです。（委婉、間接）

A：そうですか。
B：体質的に合わないみたいで……。（說明理由）
A：それはごめんなさい。

（A正在向朋友 B 勸酒）

A：來，喝一杯。
B：不，我對酒有點……。
A：別這麼說嘛……。
B：不，我不喝酒的。
A：是喔。
B：我不會喝。我對酒不太在行。
A：這樣啊。
B：好像是我的體質沒辦法喝酒……。
A：那真是抱歉。

3. 驚訝

接著我們來看看說話者如何向對方表示「驚訝」。在對話2）中，對於 A 的提問，B 可以用數種不同表達「驚訝」的句型來回應。

敬體

3）A：洋子さんが結婚するそうですよ。
B：a　えっ、本当／ホントですか。
b　えっ、そうなんですか。
c　そうですか。びっくりしました。
d　そうですか。驚きました。
e　その話を聞いてびっくりしました／驚きました。
f　その話を聞いてびっくりして／驚いてしまいました。

3）A：聽說洋子要結婚了。
B：a　咦？真的嗎？
b　咦？是那樣嗎？
c　真的嗎？嚇到我了。

d　真的嗎？好驚訝。
e　聽到那個消息我好驚訝。
f　聽到那個消息嚇到我了。

常體

3）A：洋子さんが結婚するよ。
B：g　ええっ、ホント？
h　あー、びっくりした。
i　あー、驚いた。
j　驚いちゃった。
k　びっくりしちゃった。
l　えっ、そんな。
m　えっ、まさか。
n　えっ、うそ！

3）A：洋子要結婚了。
B：g　咦？真的嗎？
h　啊～嚇死人了。
i　啊～好驚訝。
j　好驚訝。
k　好驚訝。
l　咦？不會吧。
m　咦？怎麼可能。
n　咦？你騙人！

說明

敬體

得知意想不到的消息的當下立刻脫口而出的通常會是a、b的「**えっ、本当／ホントですか**」、「**えっ、そうなんですか**」或是「**そうですか**」這一類的表達方式。待之後稍稍喘口氣，才會出現像c「**びっくりしま**

した」、d「驚きました」這一類有具體意思的說法。b 的「そうなんですか」和 c 的「そうですか」之間的不同之處如下所示。

そうなんですか：人から事実を聞いて、驚いたときに使う。
聽到別人陳述的事實感到驚訝時使用。
そうですか：相手の言うことを理解したり、納得したときに使う。驚いた気持ちが含まれるときもある。用於表示理解或認同對方說的話，有時會帶有驚訝的語氣。

「そうなんですか」算是更加強調驚訝情緒的說法。

c「びっくりする」和 d「驚く」的差別是「びっくりする」更明確可見驚訝的樣子。此外，「びっくりする」不太能夠以「少しびっくりした」、「かなりびっくりした」這種加上表示程度的副詞表達，但「驚く」可以用「少し驚いた」、「かなり驚いた」表達。「びっくりする」是口語用法，「驚く」可以用於口語，也可以用於書面語。

e、f 是用「～て」（聞いて）陳述驚訝的原因、理由。f 是在「びっくりする」、「驚く」加上「てしまう」，是一種強調自己已經完全處於這樣的情緒狀態的用法。

常體

年輕人偏好使用的是 g、n，最近年長者也很常用。

j、k 的「ちゃった」是「驚いてしまった」、「びっくりしてしまった」中的「てしまった」的簡略形，口語上經常使用。l 和 m 是否定形的述語省略之後的形態。l 的「そんな」是「そんなことはないでしょう（那種事不會發生）」省略後的形態；m 的「まさか」是「まさか結婚はあり得ない（不可能會結婚）」省略後的形態，表示強烈的否定。

重點比較

驚訝

	感嘆詞性質	客觀性、冷靜	有原因、理由	強調	否定的心情	年輕人愛用
えっ、本当／ホント（ですか）？	○			○	△	○
えっ、そうですか／そうなんですか	○	△		○		
（～て）びっくりした	△		○*			○
（～て）驚いた		○	○*			
～てびっくりしてしまった／しちゃった			○	○		○
～て驚いてしまった／驚いちゃった			○	○		
えっ、そんな。えっ、まさか。	○				○	
えっ、うそ！	○			○	△	○

＊前接「～て」的情況

- 「驚訝」的用法大致上分為二種，一種是像感嘆詞一樣無意識脱口而出的話，一種是在話中包含「驚訝」之意的字詞。前者是「えっ、本当／ホント（ですか）？」、「えっ、そうですか／そうなんですか」、「えっ、そんな。／まさか。」、「えっ、うそ！」。後者是「（～て）驚いた／驚いてしまった／驚いちゃった」、「（～て）びっくりした／びっくりしてしまった／びっくりしちゃった」。
- 表達「驚訝」的多為強調的説法。
- 「えっ、まさか。」是帶有「それはあり得ない（那件事是不可能的）」這種心態上想要將現實否定的表達方式，其他的用法在程度上可能有所差別，不過都帶有「覺得某件事不可能發生」的語意。
- 像是「えっ、ホント（？）」、「えっ、うそ」這一類的説法，原本是帶有「不可以！難以置信」這類否定情緒的表達方式，最近年輕人也會刻意在不帶否定情緒的情況下使用。

會話應用

〈AとBは隣人同士。サーカスの象が逃げ出したらしい〉

A：象が逃げ出したんですって。
B：えっ、ホントですか。（感嘆詞性質）
A：檻のかぎをかけ忘れていたんですって。
B：えっ、そうなんですか。（感嘆詞性質）
A：町に出て、家をこわしたようですよ。
B：えっ、あの大人しい象が……。
A：人にぶつかって、けがをさせたみたいですよ。
B：そうですか。（感嘆詞性質）
　　びっくりしました。（驚訝）
A：興奮したんでしょうね。
B：本当に……。象が暴れるなんて、話を聞いて驚いてしまいました。（理由説明）

（A和B是鄰居。馬戲團的大象似乎逃走了）

A：據説大象逃跑了。
B：咦？真的嗎？
A：聽説是鐵籠忘了鎖上。
B：咦？是那樣嗎？
A：聽説大象跑到鎮上，破壞了房子。
B：咦？那麼溫柔的大象竟然……。
A：好像還去衝撞人類，讓人受傷了。
B：是這樣啊。我嚇了一跳。
A：大概是太亢奮了吧。
B：真的……。大象竟然會發狂，聽到這件事我好驚訝。

否定的場合

在對話3）中表示「驚訝」的句型，都只能使用肯定形表達，無法以否定形表達。

13 感情 2（喜悅、悲傷、感謝）

接在「感情 1」之後的「感情 2」，要介紹的是與「喜悅」、「悲傷」以及「感謝」等情緒有關的用法。

1. 喜悅

接著我們來看看說話者如何向對方表示「喜悅」。在對話 1）中，B 在聽到 A 告知的消息後，可以用數種不同的句型表達「喜悅」。

敬體

1）A：（あなたは）合格ですよ。
　B：a　ありがとうございます。
　　　b　ああ、よかったです。
　　　c　ああ、うれしいです。
　　　d　ああ、ほっとしました。
　　　e　えっ、本当ですか。
　　　f　えっ、うそでしょう？

1）A：（你）合格了。
　B：a　謝謝您。
　　　b　啊！太好了！
　　　c　啊！好開心！
　　　d　啊！我鬆了一口氣。
　　　e　咦？真的嗎？
　　　f　咦？騙人的吧！

常體

1）A：合格だって。
　B：g　ありがとう。

h　ああ、よかった。
i　ああ、うれしい。
j　ああ、ほっとした。
k　えっ、ホント？
l　えっ、{うそ！／うそだろ？（男）／うそでしょ？}

1）A：（你）合格了。
　B：g　謝謝您。
　　h　啊！太好了！
　　i　啊！好開心！
　　j　啊！我鬆了一口氣。
　　k　咦？真的嗎？
　　l　咦？騙人的吧！

說明

敬體

表達合格的喜悅，一般最常用的還是使用 a 的「謝謝您」表示。另一個常用的用法是 b 的「**よかった（太好了）**」。d 的「**ほっとしました（我鬆了一口氣）**」也帶有一樣的安心感，不過還是「**よかった**」的用途比較廣。

c 的「**うれしいです（好開心）**」雖然也可以用，不過把開心的情緒以「**うれしい**」表達出來，有時會稍顯過於直接。年長的人大概不會直接說「**うれしいです**」，而是會說「**ありがとうございます**」，或是用「**うれしく思います（我覺得很開心）**」、「**よかったです**」這類較委婉的說法表示。

e、f 是現代的說法，年輕人特別偏好這種簡短、口語化的說法。不只會用於表示喜悅，也會用於表示驚訝。現在年長的一輩也會使用。

常體

g～1的表達方式是常用於日常會話中表示「開心」的這種喜悅的情緒。以常體表達比起敬體更有強調的意味，音量更大，語調也更加強烈。1的「**(うそ)だろ？**」是把「**～だろう？**」縮短之後的形態，為男性用語。「**～でしょ？**」則是「**～でしょう？**」縮短之後的形態，在比較輕鬆的對話情境下男女皆可使用。

重點比較

喜悅（敬體）

	感謝	安心感	直接	有禮貌	年輕人偏好
ありがとうございます	○			○	
よかったです		○	△	○	
うれしいです			○	○	△
ほっとしました		○		○	
本当ですか			△		○
うそでしょう？			○		○

喜悅（常體）

	感謝	安心感	直接	有禮貌	年輕人偏好
ありがとう	○			△	
よかった		○	○		
うれしい			○		△
ほっとした		○			
ホント？			△		○
うそ！／うそでしょ（う）？			○		○

- 「喜悅」的表達方式中，有向對方表達的用法，如「ありがとう（ございます）」、「ホント？」、「本当ですか」等；還有向自己表達的用法，如「よかった」、「うれしい」、「ほっとした」等。「うそ！」則可以解釋為對自己和對別人皆可的用法。
- 「喜悅」分為直接與間接的表達方式。直接表達的代表是「よかった」、「うれしい」，間接表達的代表是「ありがとう（ございます）」。
- 表達方式與對象、場面、狀況、說話者的年齡、性別、性格等有很大的關係。

會話應用

〈漫画家Aが大賞をもらったらしい〉

出版社の人：漫画大賞、おめでとうございます。
漫画家A：えっ、うそでしょ？（驚訝的心情）
出版社の人：いや、最優秀賞です。
漫画家A：ホント？（驚訝的心情）
出版社の人：5年越しの夢がかないましたね。
漫画家A：いやあ、ほっとしました。（安心感）
うれしいです。（直接）
周りの人：よかったですね。（一起開心）
漫画家A：ありがとうございます。（感謝的心情）
5年頑張ってきてよかったです。（安心感）

（漫畫家A似乎得了大獎）

出版社職員：恭喜您得到漫畫大賞。
漫畫家A：咦？騙人的吧！
出版社職員：沒有。您得到了最佳作品。
漫畫家A：真的嗎？
出版社職員：您這五年多來的夢想實現了呢。
漫畫家A：唉呀！我鬆了一口氣。
我好開心。
出版社職員：真是太好了。
漫畫家A：謝謝您。
五年來這麼努力真是太好了。

否定的場合

在對話 1）中的 a ～ d 皆是以肯定形表達「喜悅」，而非用否定形表示。e、f 若要改以否定的形態（否定疑問）表示，則改變後的句子如下所示。

e' えっ、本当じゃないでしょう？ 咦？這不是真的吧？
f' えっ、うそじゃないですか。 咦？這不是騙人的吧！

f' 是正常的表達方式，但 e' 就顯得有些勉強。

2. 悲傷

接著我們來看看說話者如何向對方表示「悲傷」。對話 2）的情境是住宅申請抽籤結果的發表。B 在聽到 A 告知的消息後，可以用數種不同的句型表達「悲傷」。

敬體

2) A：Bさん、当選者リストに名前がないみたいですよ。
　B：a　あー、そうですか。
　　b　残念です。
　　c　それは残念です。
　　d　残念に思います。
　　e　悲しいです。
　　f　悲しく思います。
　　g　くやしいです。
　　h　どうしましょう。

2）A：B 先生，中選名單中好像沒有你的名字耶。
　B：a　啊，這樣啊……。
　　b　好遺憾（可惜）。
　　c　那還真遺憾（可惜）。

d　我覺得好遺憾（可惜）。
e　好難過。
f　我覺得很難過。
g　好不甘心。
h　怎麼辦？

常體

2）A：Bさん、抽選、ダメだったみたいよ。
B：i　えーっ。
j　残念。
k　それは残念。
l　残念だな～。
m　うーん、悲しい。
n　くやしい。
o　どうしよう。

2）A：B 你好像沒抽中耶！
B：i　欸……。
j　好遺憾（可惜）。
k　那還真遺憾（可惜）。
l　真是遺憾（可惜）……。
m　嗯，好難過。
n　真不甘心。
o　怎麼辦？

說明

敬體

這則對話是A向B報告壞消息。而通常B在聽到消息後的反應，一開始）應該都是像a的「**あー、そうですか（啊，是這樣啊）**」。

這是在真正表達悲傷的情緒之前，不知該說什麼時（在剛開始感受到悲傷情緒不知該說什麼時）的說法。

表達悲傷的用法中，有一種是使用 b「**残念です（好遺憾）**」來描述情緒的用法。「**残念**」當中帶有「**惜しい（可惜）**」的情緒在。另外，像 c 一樣加上「**それは**」的「**それは残念です**」，是把「**残念です**」客觀化（客觀地表達遺憾）的一種說法。c 的說法通常是用於對於他人的事而感到悲傷，而並非是自己的事。

d 的「**残念に思う**」是把形容動詞「**残念だ（残念に）**」當副詞用（**残念に**）；f 則是把形容詞「**悲しい**」當副詞用（**悲しく**）。

上一課提過年長者會避免直接以「**うれしい**」表達「喜悅」，表達「悲傷」時也有一樣的狀況。表達「悲傷」時，比起像 e 一樣直接以形容詞「**悲しい**」表示（的情緒時，相較於直接以形容詞「**悲しい**」表示的 e），大多還是像 b ～ d 一樣用「**残念だ**」或是 g 的「**くやしい**」表達。而相對於「**残念だ**」只是表示覺得可惜或遺憾，「**くやしい**」則是把無法放棄、無法忘懷的情緒向他人或是向自己表達的強烈說法（則是將無法放棄、無法忘懷的心情向他人或是自己表達的說法，是一種帶有強烈情緒的表達方式）。

f 的「**悲しく思う**」是冷靜地把自己的情緒客觀化的說法。h 則是得知悲傷的消息後，直接以「**どうしましょう**」的說法表達自己的困惑，以結果來說也算是在表達悲傷的情緒。

常體

i～o，算是相當率直地表達出說話者的情緒的說法。j～l的「**残念**」、m「**悲しい**」、n「**くやしい**」則是直接表露出情緒（都是將情緒直接表露出來）。

重點比較

悲傷

	強調	直接	客觀、冷靜	困惑的心情	感嘆詞性質
あー、そうですか				○	○
残念だ／です		△			
それは残念だ／です	○		○		
残念に思う／思います			○		
悲しい（です）	○	○			
悲しく思う／思います			○		
くやしい（です）	○	○			
どうしよう／しましょう		△		○	

- 「あー、そうですか」是像感嘆詞一樣脱口而出的話，大多是表示雖然沒有直接表達悲傷的情緒，但心裡卻有很深的感觸的情況。
- 日語在悲傷時不會直接說「悲しい」，大多會使用「残念だ」、「くやしい」表示。
- 若想要表達「悲傷的」情緒時，最好不要直接以「悲しい」表達，而是以「悲しく思う／思います」表示。
- 悲傷到不知該如何是好時，大多會說「どうしよう」或是沉默不語表示。

會話應用

〈オーディション発表会場で。Bはオーディションの受験者〉

A：Bさん、だめだったみたいですね……。
B：あー、そうですか。（感嘆語氣（性質））
どうしましょう……。（困惑）
A：とても残念に思います。（遺憾的心情）
B：ホント、私も残念です。（遺憾的心情）
A：Cさんもだめだったようですよ。
B：Cさんが！
それは残念です。（對他人的遭遇表示悲傷）

〈会場の外で〉

A：主役はDさんに決まったんだって。

B：そうか。くやしいなあ。（強烈的情緒）

A：元気出して！

B：悲しいなあ。（直接）

どうしよう。（困惑）

（試鏡結果發表會的會場，B 是參加試鏡的人）

A：B 先生，你好像沒選上耶……。

B：啊！這樣啊。怎麼辦……。

A：我覺得真的很遺憾。

B：真的，我也覺得很遺憾。

A：C 先生好像也沒選上。

B：C 先生嗎！那還真是遺憾。

（會場外）

A：聽說主角決定由 D 擔任。

B：是嗎。真不甘心啊。

A：打起精神來！

B：好難過喔。我該怎麼辦。

否定的場合

2）的對話（對話2））中提到的表達「悲傷」的用法沒有否定形。不過 h 或許可以改以 h' 的形式表達。

h' あー、どうしようもありませんね。 啊～我什麼也做不了呢。

3. 感謝

接著我們來看看說話者如何向對方表達「感謝」的心情。對話3）的情境是 B 對 A 表達感謝之意。B 可以用數種不同的文（句）型對 A 表達「感謝」。

敬體

3）A：ああ、ついに完成しましたね。
B：a （どうも）ありがとうございます。
b （どうも）ありがとうございました。
c （どうも）すみません。
d 手伝って｛くださって／いただいて｝、ありがとうございます／ありがとうございました。
e （ああ、）感謝します。
f お世話になりました。
A：いえいえ。

3）A：唉！總算完成了。
B：a 謝謝您。
b 謝謝您。
c 真是不好意思。
d （麻煩／請）您來幫忙，真是謝謝您。
e （啊）謝謝。
f 感謝您的照顧。
A：不客氣。

常體

3）A：ああ、ついに完成したね。
B：g （どうも）ありがとう。
h どうも。
i 悪かったね。
j 手伝ってくれてありがとう。
k お世話様。
A：ううん、大丈夫｛だよ／よ｝。

3）A：唉！總算完成了。
B：g 謝謝你。
h 謝啦。
i 不好意思啊。

j　謝謝你來幫忙。
k　謝謝。
A：不會啦，沒事的。

說明

敬體

使用「**ありがとう**」表示感謝的表達有三種，常體的「**ありがとう**」，分別是以及敬體的「**ありがとうございます**」、「**ありがとうございました**」。若在前面加上「**どうも**」是更有禮貌的表達方式。這三種說法最簡單的分辨方式如下所示。

ありがとう　：是「**ありがとうございます**」省略後的形態。禮貌程度略低，但在大多數的日常對話情境中可以只說「**ありがとう**」。

ありがとうございます　：有禮貌的說法。幾乎可用於所有的情境。

ありがとうございました　：「**ました**」為過去式，是一種當對方為自己做事時表達感謝之意的說法。在事情、事態完結、結束後使用。

c 的「**すみません**」原本是用於表達歉意，在日語中經常會用來當成表達謝意的用法。日常會話中大多會把「**すみません**」發音成「**すいません**」。

d 是以「**～て**」前述行為為感謝的理由。因為加上理由，所以比單純以「**ありがとう（ございます／ございました）**」表示要來得更有禮貌。「**～てくださって（ありがとう）**」是直接表達個人的感謝之意，但比起「~てくださって」，日本人則傾向認為「~ていただいて」比較有禮貌，最近也有愈來愈多人使用「~ていただいて」表達。

e 屬於感謝程度相當高的說法，是比較正式生硬的說法。加入「ああ、」，會讓對話顯得更自然。

f「お世話になりました」也是日語常見的用法。這是一種對於對方或他人幫自己做的所有事表達感謝之意的說法。指從整體的角度來看，對於「給您添麻煩」、「耗費您的時間」等所有的事表達感謝之情。

常體

h「どうも。」是從「どうもありがとう(ございます／ございました)」開頭的部分獨立出來的說法。有像「どーも」一樣把「ど」拉長音，只說一次的說法；還有「どうもどうも」及把「どうも」發成短音節再重覆二次的「どもども」等表示方式。工作場合或正式的場合很常用，通常是男性較常使用。

敬體的 e「感謝します」、f「お世話になりました」是禮貌的說法，所以用敬體表示。如果是關係親近的人，則多以原本用於表示「道歉」的 i「悪かった（不好意思）」或「すみません（抱歉）」的常體「ごめん(ね)」來表達感謝之意。「お世話になりました」若是用在關係親近的對象，也可能會像 k 那樣用「お世話様。」表示，女性較為常用。

重點比較

感謝（敬體）

	有禮貌	正式的說法	可隨意地使用
ありがとうございます／ございました	○	○	
すみません	○		○
感謝します	○	○	
お世話になりました	○	○	

感謝（常體）

	正式的說法	可隨意地使用	關係親近	女性常用
ありがとう		○	○	
どうも。	△	○		
悪かった			○	
お世話様。		△	△	○

- 日語表達感謝的說法，從非常禮貌的說法到沒那麼有禮貌的口語化用法，應用範圍廣泛。而多數的情況下，「ありがとう」、「ありがとうございます／ありがとうございました」、「すみません」都可以使用。
- 正式生硬的說法是「感謝します」、「お世話になりました」，可用於關係親近的人的口語說法是「ありがとう」、「すみません」。
- 除了「すみません」以外，還有很多說法是利用表示歉意的用法來表達感謝之意。「ごめん（ね）」、「申し訳ない」、「悪い／悪かった」等（關於「ごめん（ね）」、「悪い」請參照14「感情3」的第1 節）
- 「どうも」加在「ありがとう（ございます／ありがとうございました）」、「すみません」之前，是用以表示禮貌的感謝。若單獨使用，則是一種較為簡短、隨意的感謝表達方式。「どうも」還有低頭道歉或是讓說話的語氣更有禮貌的用法，而且即使在正式場合，也可以單獨使用「どうも」表示。
- 以陳述理由表達感謝的「～てありがとう／ありがとうございます」未列於上方的比較表中，不過意思和「ありがとうございます／ありがとうございました」是一樣的。

會話應用

〈遺失物センターで〉

Ａ　：落とし物、連絡をしていただいてありがとうございます。（說明理由）
係員：はい。これですね。
Ａ　：はい、そうです。
係員：じゃ、ここに受け取りのサインをしてください。

〈Ａが書類にサインをする〉

係員：はい、どうぞ。（把Ａ的失物交給Ａ）
Ａ　：どうもありがとうございます。（非常地有禮貌）
　　　あのう、拾ってくださった方は？
係員：ああ、名前を言わずに行ってしまったんですよ。
Ａ　：ああ、そうですか。

＊＊＊

係員：では。
Ａ　：どうもありがとうございました。（針對已完結的事）
　　　お世話になりました。（對整體所有的事表示感謝）

（遺失物中心）

A　　　：謝謝您通知我這裡有我的遺失物。
工作人員：是。是這個對吧。
A　　　：是的，沒錯。
工作人員：那麼，請在這裡簽名。

（A 在文件上簽名）

工作人員：好的，這個給您。
A　　　：非常謝謝您。
　　　　　那個，請問是誰撿到的？
工作人員：啊，對方沒説名字就離開了。
A　　　：啊，這樣啊。

＊＊＊

工作人員：這樣就可以了。
A　　　：非常謝謝您。
　　　　　感謝您的協助。

否定的場合

對話 3）中表達「感謝」的用法沒有否定形。不過 e 或許可以改以 e' 的方式表達。這是以否定形表示最高等級的感謝之情。

e'（ああ、）感謝の申し上げようもありません。

（啊！）我不知該如何向您表達感謝之意。

14 感情 3（道歉、後悔及反省）

「感情 3」要介紹的是「道歉」與「後悔及反省」的相關用法。「1. 道歉」中為「**すみません**」、「**申し訳ない**」的用法；「2. 後悔及反省」中則是「**(し)てしまった**」、「**(し)なければよかった**」、「**(する)んじゃなかった**」等用法。

1. 道歉

我們先來看看說話者要如何向對方表達「道歉」的心情。在對話 1）中，A 可以用數種不同的句型向 B 表達「道歉」之意。

敬體

1）A：a （本当に）すみません（でした）。
　　　b （本当に）申し訳ありません（でした）。
　　　c ご迷惑をおかけ｛しました／いたしました｝。
　　　d 申し訳ないことを｛しました／いたしました｝。
　　　e （どうか／どうぞ）許してください。
　　　f これから注意します／気をつけます。
　　B：いいえ。大丈夫です。

1）A：a （真的）很不好意思。
　　　b （真的）很抱歉。
　　　c 抱歉造成您的困擾。
　　　d 我很抱歉。
　　　e 請原諒我。
　　　f 以後我會注意的／小心的。
　　B：哪裡，沒關係。

常體

1) A：g　ごめん（なさい）。
h　すまない／すまん。（男）
i　申し訳ない。
j　悪い。
k　迷惑をかけたね。
l　悪かったね。
m　許して／許してくれ（男）／許してね。
n　これから注意する／気をつけるね。
B：うん、大丈夫｛だよ／よ｝。

1）A：g　對不起。
h　對不起（男性用語）。
i　抱歉。
j　不好意思。
k　給你添麻煩了。
l　不好意思。
m　原諒我。
n　以後我會注意的／小心的。
B：嗯，沒關係。

說明

敬體

a「**すみません**」是因為給對方添麻煩而要向對方表達歉意時的開場白。b ～ e 是比 a 更有禮貌且較生硬的說法。如果覺得是自己給對方添麻煩，只要使用 a ～ e 其中一種說法，之後再加上 f 即可。

a 的「**すみません**」和「**すみませんでした**」的不同之處如下所示（庵等，2001 年）。

すみません：在自己做了必須和對方道歉的行為後立刻表達歉意時使用。

例：（咖啡灑在借來的書本上）對不起，我把你的書弄髒了……。

すみませんでした：隔了一段時間後才為自己的行為道歉時使用。

例：（兩、三天後）上次把你的書弄髒了，對不起。

c 使用於使對方產生不愉快的感覺，或是交付困難的事給對方，都概括為「給對方添麻煩」的情況下。c、d 裡都出現的「**します**」、「**いたします**」中，「**いたします**」是較禮貌的用法。

e 的「**どうか**」和「**どうぞ**」的差別在於，「**どうか**」是較為古風也比較生硬的說法。此外，懇求對方（乞求原諒）的感覺也更強烈。

f 是在說話者認為光是表示「**すみません**」或「**申し訳ない**」還不足以表達歉意，必須要補充說明今後將會怎麼做時使用的說法。

常體

常體的對話中，a 的「**すみません**」和更輕鬆的說法 g「**ごめん(なさい)**」是最常用的表達方式。h「**すまない／すまん**」是「**すみません**」的口語用法，為男性用語。i 的「**申し訳ない**」也比較偏向是男性用語。

j「**悪い**」和 i「**悪かった**」的用法幾乎相同。真要說有什麼差別，就是像「**～かった**」這樣用過去式的タ形表示，會讓人覺得有較強烈的歉意。m 的「**許して**」主要是女性用語，「**許してくれ**」為男性用語。

重點比較

道歉（敬體）

	道歉時的開場白	比較生硬的說法	補充說明今後相關事宜	對整體的狀況表示歉意
すみません	○			
申し訳ありません	△	○		
ご迷惑をおかけしました／いたしました		○		○
申し訳ないことをしました／いたしました		○		
許してください		○		
これから注意します／気をつけます			○	

道歉（常體）

	男性用語	可隨意地使用	比較生硬的說法	口語化的	補充說明今後相關事宜
ごめん（なさい）		○		○	
すまない／すまん	○	△		○	
申し訳ない	△		○		
悪い／悪かった		○		○	
迷惑をかけた			○		
許して／許してくれ	○*		○		
これから注意する／気をつける					○

*用於「許してくれ」的情況

- 表示「道歉」的用法會因對象或事由而不同。「申し訳ありません」、「ご迷惑をおかけしました」、「許してください」等是著重於形式、較正式的說法。
- 「すみません」於正式場合與非正式場合皆可使用。

「ごめん（なさい）」「すまない／すまん」「悪い／悪かった」是關係親近的人之間較輕鬆的表達方式。

會話應用

〈自転車に乗っている高校生が、歩行者（被害者）にぶつかった〉

高校生：あ、すみません。（立刻道歉）
大丈夫ですか。
被害者：〈痛そうな顔をしている〉
高校生：頭は打たなかったですか。
被害者：ええ、大丈夫みたいです。
高校生：本当に申し訳ありません。（有禮貌）

＊＊＊

〈翌日、高校生は母親といっしょに被害者宅へ謝りに行く〉

母親　：先日は申し訳ありませんでした。（有禮貌、生硬）
被害者：〈硬い表情をしている〉
母親　：申し訳ないことをいたしまして……。（更有禮貌）
高校生：本当に申し訳ありません。（更有禮貌）
どうか許してください。（懇求）
被害者：いいですよ。これから気をつけてください。
高校生：はい、これから注意します。（補充今後將會怎麼做）
母親　：ご迷惑をおかけしまして……。（針對整體狀況致歉）
これは気持ちだけの物ですが、どうぞ。

（騎自行車的高中生撞到行人（受害者））

高中生：啊！對不起！你沒事吧？
受害者：（表情看起來很痛）
高中生：沒撞到頭吧？
受害者：嗯，好像沒事。
高中生：真的很抱歉。

＊＊＊

（隔天，高中生和母親一起去受害者的家裡道歉）

母親　：前幾天真的很抱歉。
受害者：（表情很嚴肅）
母親　：真的對您感到很抱歉。
高中生：真的很抱歉。請您原諒我。

受害者：沒關係。以後小心一點。
高中生：是，我以後會小心的。
母親　：給您添麻煩了。這是一點小心意，請笑納。

否定的場合

對話 1）中與「道歉」有關的句型，a、b、d 已經是否定形。e、f 或許可以改成下列的句子。

e'（どうか／どうぞ）**怒**（おこ）**らないでください。** 請您別生氣。

以下並非 f 的否定形，不過大多會像下面的句子一樣，針對「**注意する／気を付ける**」的內容以否定的方式表達。

f' **これからミスしないように注意します／繰り返さないように気をつけます。** 今後我會注意不再犯錯／小心不再重蹈覆轍。

2. 後悔及反省

接下來要介紹的是說話者如何向對方傳達「後悔」及「反省」之意。「後悔」是對先前做過的事感到悔恨；「反省」則是思考自己所做的行為，再加以批判。不過因為這兩者很難區別，所以本節將彙整成「後悔及反省」來做介紹。在對話 2）中，A 在和 B 討論自己工作上出的錯。A 可以用數種不同的句型表達「後悔及反省」。

敬體

2) B：課長怒（おこ）ってましたよ。何か怒るようなこと、したんですか。
　A：ええ、a　やってしまいました／やっちゃいました。
　　　　　b {やらなければ／やらなきゃ} よかったです。

c　やるべきじゃ {ありませんでした／なかったです}。
d　{やめておけば／やめとけば} よかったです。
e　やるんじゃなかったです。

B：うーん、そうですか……。

2）B：課長很生氣耶。你做了什麼事惹他生氣了嗎？

A：是啊　a　我做錯事了
b　要是沒做那件事就好了。
c　我不該那麼做的。
d　早知道就停手了。
e　要是不那麼做就好了。

B：呃……這樣啊……。

常體

2）B：課長怒ってたよ。何か怒るようなことしたの？

A：うん、f　やっちゃったんだ。
g　{やらなければ／やらなきゃ} よかった。
h　やるべきじゃなかった。
i　やめとけばよかった。
j　やるんじゃなかった。

B：うーん、そうか……。

2）B：課長很生氣耶。你做了什麼事惹他生氣了嗎？

A：是啊　f　我做錯事了
g　要是沒做那件事就好了。
h　我不該那麼做的。
i　早知道就停手了。
j　要是不那麼做就好了。

B：呃……這樣啊……。

說明

敬體

a「**～てしまった**」是用於表示遺憾、後悔等各種感概的情緒，大多是在話中摻入「發生無法挽回的事」的語感。

b「**～ばよかった**」是期望有不同的現狀，或是感嘆目前狀況的同時，表達強烈的失望與遺憾這類後悔的心情。c 的「**～べきじゃなかった**」是較口語的說法。

c「**～べきじゃなかった**」和肯定的「**～べきだった**」都是陳述後悔及反省的句型，給人一種以較為理性、客觀的態度認錯的感覺。

d「**～ておけば・とけばよかった**」與 b「**～ばよかった**」幾乎同義，藉由與表示「**提前做～**」之意的「**～ておく**」結合的形態，表達後悔自己思慮不夠周密、應該再自愛自重一些的情緒。

e「**～んじゃなかった**」是表示當初要是沒做那件已經做錯的事就好了的悔恨心情。

常體

敬體的 a「**やってしまいました／やっちゃいました**」的常體「**やっちゃった**」，大多都是用於自言自語的情況。加上「**んだ**」的「**やっちゃったんだ**」是表示向對方說明。最後 B 說的那句「**うーん、そうか**」的「**そうか**」中是帶有困惑的情緒，所以說話時要減弱並略為降低語調。

後悔及反省

	無法挽回的心情	失望、遺憾的心情	理性	客觀	提前做	主觀	自言自語性質的
～てしまった／しまいました／ちゃった	○	○				○	△*
～ば／なければ／なきゃよかった（です）		○				○	△*
～べきだった／べきじゃなかった（です）			○	○			△*
～ておけば／とけばよかった（です）		○			○	○	△*
～んだった／んじゃなかった（です）						○	△*

＊用於常體的情況

- 「～てしまった／ちゃった」、「～ておけば／とけばよかった」因為無法以否定形表示，所以是只以肯定形表示「後悔、反省」之意的句型。
- 其他句型皆可以用肯定形及否定形表示「後悔、反省」之意（「～ばよかった ⇔ ～なければよかった」、「～べきだった ⇔ ～べきじゃなかった」、「～んだった ⇔ ～んじゃなかった」）。
- 「～べきだった」、「～べきじゃなかった」是稍客觀的用法，其餘的句型都是主觀地表達後悔、反省之意。

會話應用

〈会議の翌日〉

小川：加藤さん、会議で何か言ったの？　林さんが怒ってたよ。
加藤：林さんが怒ってた？
小川：うん。
加藤：そうか、言わなきゃよかったなあ、あんなこと。
（後悔、反省的心情）
小川：何て言ったの？
加藤：考えが甘すぎるって。

小川：ふーん。
加藤：言わないでおけばよかったんだ。（後悔、反省的心情）
　　　でも、あのとき、言っちゃった。（無法挽回的心情）
小川：言わないほうがよかったね。あの人プライド高いから。
加藤：そうだね。言うんじゃなかったね。（後悔、反省的心情）
小川：そうね。
加藤：うん、言うべきじゃなかったんだよ。（理性、客觀地反省）
　　　どうしよう。

（會議隔天）

小川：加藤，你在會議上説了什麼話？林先生很生氣耶。
加藤：林先生很生氣嗎？
小川：嗯。
加藤：是喔。早知道不説那件事就好。
小川：你説了什麼。
加藤：我説他的想法太天真了。
小川：是喔。
加藤：早知道就不説了。不過那時就是忍不住便脱口而出。
小川：你不説就沒事了。他那人很自傲的。
加藤：説得也是。不説就沒事了説。
小川：是啊。
加藤：嗯，真是不該説的。現在怎麼辦？

 否定的場合

對話2）提到表達「後悔、反省」的句型中，b、c、e已經是否定形。另外，a沒辦法改以否定形表示。d則可以改成以下的否定形。

d’やらないでおけばよかったです。 早知道不做就好了。

還可以用「**やらなければ・やらなきゃよかった（です）**」來代替「**やらないでおけばよかった（です）**」。

15 感情 4（放棄、過度的情緒）

「感情 4」要介紹的是表示「放棄、死心」的句型，以及表示情緒或感覺將達臨界點的「過度的情緒」的句型。第 1 節表示「放棄」的句型有「**～ざるを得ない**」、「**～ないわけにはいかない**」等，第 2 節表示「過度的情緒」的句型有「**～でしょう／しょうがない**」、「**～てたまらない**」、「**～てならない**」等。

1. 放棄、死心

首先我們來看看說話者如何表示「放棄」的心情（無可奈何的心情）。在對話 1）中，對於 A 的提問，B 可以用數種不同表達「放棄」的句型來回應。

敬體

1）A：Bさん、仕事、辞めるんですか。
　B：ええ、こういう状況では、
　　a　辞めざるを得ません。
　　b　辞めないわけには{いきません／いかないんです}。
　　c　辞めないでは／辞めずには{すみません／すまないんです}。
　　d　辞めなければならないでしょう。
　　e　辞めたほうがいいでしょう。

2）A：B 先生，你要辭職嗎？
　B：是啊，這種情況下，
　　a　我不得不辭職。
　　b　我不能不辭職。
　　c　我不得不辭職。
　　d　我非辭職不可吧。
　　e　我辭職比較好吧。

常體

1) A：Bさん、仕事辞めるの？
B：うん、こうなったら、f　辞めざるを得ないよ。
g　辞めないわけにはいかない｛よ／んだよ／のよ｝。
h　{辞めないでは／辞めずには} すまない｛よ／んだよ／のよ｝。
i　辞めなければならないだろう。
j　辞めたほうがいいだろう。

2) A：B先生，你要辭職嗎？
B：是啊，這種情況下，f　我不得不辭職。
g　我不能不辭職。
h　我不得不辭職。
i　我非辭職不可。
j　我辭職比較好吧。

說明

敬體

a「**～ざるを得ない**」為書面語，是表示「因為別無選擇，無可奈何，所以才做某件事」的意思。因此a的意思是「自己還不想辭職，但因為許多狀況而導致除了辭職以外別無選擇」。b「**～ないわけにはいかない**」是對照一般常識、社會觀感或公司的狀況等，「不這麼做不符合或沒辦法符合一般社會常理」的意思（參照4「義務」1）

c「**～ないではすまない**」（**辞めないではすまない**）若以書面語表達則為「**～ずにはすまない**」（**辞めずにはすまない**），是表示「若不這麼做就社會層面而言以及自己的心理上都無法過關，覺得很抱歉」的意思。

d是使用表示義務的「**～なければならない**」，意思是從義務感來思考「辭職」這件事。e是代表從選項中選擇了「辭職」，判斷這麼做比較好。而這樣的判斷之中含有「放棄」的想法。

常體

g、h「**～よ／んだよ／のよ。**」的用法中，「**～よ。**」男女皆可用；「**んだよ。**」主要是男性使用；「**のよ。**」為女性用語。

重點比較

放棄、死心

	書面語	口語	生硬的説法	無可奈何的	不符合社會常理	抱歉	義務感	選擇
～ざるを得ない	○		○	○				
～ないわけにはいかない	○		○		○		○	
～ないでは／ずにはすまない	○*		○	△	○	○	○	
～なければならない			○		○		○	
～ほうがいい		○						○

＊以「～ずにはすまない」表現時

- 外在的（社會性的）原因，或者是出於內在心理狀態的自省，是表達「放棄」時的一項基準。
- 表達是因為外在因素而「放棄」的用法有「～ないわけにはいかない」、「～ないでは／ずにはすまない」、「～なければならない」。
- 表達是因為自省而「放棄」的用法有「ざるを得ない」、「～ほうがいい」。「ざるを得ない」有「無可奈何，除此之外沒有其他辦法」的意思。「～ほうがいい」是表示這是自己所做的選擇判斷。

會話應用

〈会社で〉

役員1：こういう状況では、自社の株を売却しなければならないでしょうね。（義務性質）

役員2：売らざるを得ないでしょうね。（無可奈何）
役員1：社員にはどう説明しますか。
役員2：きちんと説明しないわけにはいかないと思います。（不符合社會常理）
役員1：もうしばらく黙っていてはどうでしょうか。
役員2：ええ、でも、いずれは、本当のことを説明しないではすまないですよ。（無法與社會取得共識）

（公司內）

主管1：這種情況下就一定得賣掉我們公司的股票了吧。
主管2：大概不得不賣掉。
主管1：那要如何和員工說明？
主管2：我覺得必須要好好地解釋。
主管1：暫時先保持沉默，你覺得如何？
主管2：嗯，不過遲早還是一定得解釋清楚的。

否定的場合

對話1）中表達「放棄」的句型，a～d已經為否定形。e則可以下列的否定形表示。

e'（残って）いない／居続けないほうがいいでしょう。
別留下／別繼續待在這裡比較好吧。

2. 過度的情緒

本節要介紹的是說話者要如何表達某件事的程度非常高甚至是高到難以忍受。在對話2）中，針對A所說的「**暑い（好熱）**」，B可以用數種不同的句型表達炎熱的程度已經到達自己的臨界點。

敬體

2）A：暑いですねえ。

B：ええ、a　暑くて｛しかた／しよう／しょう｝が｛ありません／ないです｝。
b　暑くてたまりません／たまらないです。
c　暑くてなりません／ならないです。
d　暑すぎます。
e　暑いことときわまりないです。
f　暑いことこのうえありません。

2）B：天氣好熱喔。

A：是啊，a　天氣真是熱到不行。
b　實在熱到受不了。
c　真是熱得不得了
d　熱過頭了。
e　熱到極限了。
f　天氣真是無比地熱。

常體

2）A：暑いねえ。

B：うん、g　暑くて｛しかた／しょう｝がないよ。
h　暑くてたまらない。
i　暑すぎるねえ。
j　暑いことときわまりないねえ。
k　暑いことこのうえないよ。

2）A：天氣好熱喔。

B：是啊，g　天氣真是熱到不行。
h　實在熱到受不了。
i　熱過頭了。
j　熱到極限了。
k　天氣真是無比地熱。

說明

敬體

a～f都是表示程度非常地高，已經到了無法忍受的地步。a的「**～てしかたがない**」、「**～てしようがない**」、「**～てしょうがない**」都是表示「沒有辦法可以忍受或克服」的意思，是表達無法忍受的心情。三種句型都是口語用法，「**～てしょうがない**」是最口語的用法，接著依次是「**～てしようがない**」、「**～てしかたがない**」。

b的「**～てたまらない**」是表示「某種情緒、感覺、需求無法壓抑」這種帶有強烈高昂情緒的說法。主要用於口語，是比a的句型更生硬的說法。

c的「**～てならない**」屬於比較古風的說法，大多用於書面語，是表示「無法禁止自已那麼想，或是產生那種情緒」之意。

d～f是表示程度非常高，已經到達極限的意思。d是以「**～すぎる**」表示超出平常一般狀態的情形，如「**多すぎる**（**過多**）、**難しすぎる**（**太過困難**）」。用「**～すぎる**」表達，是表示該狀態是不好的狀態，讓人覺得很不愉快。

e的「**きわまりない**」若以漢字表示則為「**極まりない**」，是表示炎熱的程度是處於無極限、無止盡的狀態，主要用於表示說話時的負面情緒。（不過也有少數時候會用於非負面的情況，如「**ありがたいことこときわまりない**（**感激不盡**）」、「**恐れ多いことときわまりない**（**不勝惶恐**）」。）

f的「**このうえない**」是「**再也沒有更…**（**熱**）」的意思，也可用於表達正面的意思。（例：**美しいことこのうえない**（**無比地美**））

常體

敬體的c「**～てならない**」是屬於書面語，所以常體的部分未列出。敬體的 a「**しようがない**」若以常體表示則為 g 的「**しょうがない**」。

重點比較

過度的情緒

	書面語	口語	生硬的説法	無法忍受	客觀	負面評價
～てしかた／しよう／しょうがない		○		○		
～てたまらない		○	△	○		
～てならない	○		○	○		
～すぎる		○		△	△	○
～ことき わまりない	○		○	○	△	△
～ことこのうえない	○		○	○	△	

- 表達「過度」情緒的説法，大多為口語用法，不過「～ことき わまりない」、「～ことこのうえない」為書面語用法。「～てならない」以及程度稍弱的「～てたまらない」也是比較生硬的説法。
- 在日常會話中常用的説法有「～てしょうがない」、「～てたまらない」、「～すぎる」等。

會話應用

〈留学生のリリさんが元気がないので、友人が話を聞いている〉

友達：リリさん、ホームシックにかかっちゃったの？
リリ：ええ、さびしくてしょうがないんです。（口語）
友達：そっか。それで最近元気ないんだ。
リリ：メールしたり、電話したりしてるんだけど、さびしくてならないんです。（較生硬的説法）
友達：この部屋に１人なの？

リリ：はい。
友達：そりゃ、さびしすぎるよね。（負面評價）
リリ：ええ。
友達：寮の主任にメールしてみたら？　ルームメートを探してくれるかもしれない。
リリ：はい、そうします。

＊＊＊

〈メールの文面〉
○○寮主任　大山様
305 号室のリリ・ブリックです。
私の部屋にはルームメートがいないので、さびしくてたまりません。（較生硬的說法）
毎日がつらいことこきわまりありません。（書面語）
ルームメートを探してくださいませんか。
よろしくお願いします。
リリ・ブリック

（留學生 Lily 沒什麼精神，朋友詢問她怎麼了）

朋友：Lily 妳想家了嗎？
Lily：是啊，我覺得寂寞到不行。
朋友：所以妳最近才沒什麼精神。
Lily：雖然有傳訊息和打電話，但還是寂寞得不得了。
朋友：這間房間只有妳住嗎？
Lily：是的。
朋友：朋友：那真的太寂寞了。
Lily：是啊。
朋友：妳要不要試試寫信給宿舍主任？或許可以幫你找一位室友。
Lily：好，我就這麼做。

＊＊＊

（信件的內容）
○○宿舍主任　大山先生
我是 305 室的 Lily Brick。
我的房間目前沒有室友，我已經寂寞到無法忍受了。
每天都過得極為痛苦。

可以請您幫我找室友嗎？
拜託您了。
Lily Brick

否定的場合

在 2）的對話中用於表示「過度的情緒」的相關句型中，除了 d 以外全都是以否定形表示。d 雖然是肯定形的「**暑すぎる**」，但因為是表示否定（負面）的語意，所以無法以否定形表示。若硬是要改成否定，則如下所示。

d’ 暑すぎるとは言えません。這不能說是熱過頭。

16 開始、進行中、結束

本課要介紹的是說話者如何表達事物的開始、進行中以及結束這三個時間點。

1. 動作開始前

我們一起來看看說話者如何向對方表達動作、行為的開始。在對話 1）中，對於 A 的提問，B 可以用數種不同表達「開始」工作的句型來回應。

敬體

1）A：例の仕事は？
　　a　今からやります。
　　b　今からやるところです。
　　c　今からやろうと思って（い）たところです。
　　d　今からやろうとして（い）たところです。

1）A：之前的那份工作呢？
　B：a　我現在開始做。
　　b　我正要開始做。
　　c　我一直想著現在要開始做。
　　d　我正打算要開始做。

常體

1）A：例の仕事は？
　　e　今からやるよ。
　　f　今からやる｛ところ／ところだよ／ところよ｝。
　　g　今からやろうと思って（い）た｛ところ／ところだよ／ところよ｝。

h 今からやろうとして（い）た｛ところ／ところだよ／ところよ｝。

1）A：之前的那份工作呢？
B：e 我現在開始做。
f 我正要開始做。
g 我一直想著現在要開始做。
h 我正打算要開始做。

說明

敬體

a「**やります**」除了是表示現在開始做的意思，同時也表達了說話者的意志。「**ところ**」是指「佔據一定空間的位置」，這樣抽象的空間概念可用於表示實際的空間、時間以及抽象的事物。像 b 一樣以「**動詞辭書形＋ところ**」，是表示該動作正處於即將發生的狀況及狀態。這句話並未帶有說話者的意志，只是說明目前正處於某種狀況。

c 用了「**た**」的形態，以「**思っていた＋ところだ**」表示。當被問到「之前的那份工作呢？」，一般常會以「我本來就一直想著現在要開始做」來向對方表示接著「馬上開始」。

d 也用了「**～していた**」和「**た**」的形態，以「**やろうとしていたところだ**」表示。這就像是把「已做好隨時可以開始的準備」這個蓄勢待發的樣子呈現在對方眼前。

關於 c、d 的句型，當別人打電話來時，常會和對方說「**ああ、今電話しようと思っていた／していたところだ（我一直想打電話給你）**」，但是真是假則是另一回事，這個用法很常見，無論是為了

社交場合，或是為了自己便宜行事著想（例如找藉口之類的），都廣受人們應用。

常體

「**～ところです**」在常體的對話中，男性（也包括女性）會用「**～ところだよ。**」，女性則會用「**～ところよ。**」。男女共通常見的說法則是省略「**です／だ**」，像「**やるところ**」、「**思っていたところ。**」一樣只用「**ところ**」結尾。

重點比較

動作開始前

	說話者的意志	說明狀況	本來就一直想著要做	找藉口	即將開始的動作
～ます／動詞の辞書形	○				
～（る）ところだ		○		△	○
～（よ）うと思っていたところだ		○	○	○	
～（よ）うとしていたところだ		○		○	○

- 說明動作開始前的狀態的句型，依序為說明的詳細程度「やります」→「やるところです」→「やろうと思って／していたところです」。
- 詳細說明自己的狀況，會讓人聯想到向人解釋時的「藉口」。如果有人跟你說「遅いね、まだやらないの？（很慢耶！你還沒做嗎？）」，這時候比起「やります」、「やるところです」，用「やろうと思って／していたところだ」表示，聽起來會更像在找藉口。

會話應用

〈宿題について母子が話している〉

母親：宿題やったの？
子供：うん、今からやるところ。（說明狀況）
母親：えー！

子供：今やろうと思ってたところだよ。（說明狀況、藉口）
母親： またそんなこと言って。
子供：本当だよ。ほら。〈ノートを見せる〉
　　　今からやろうとしていたところだよ。（說明狀況、藉口）
母親：ともかく、さっさとやりなさい。
子供：はーい。今やりまーす。（說話者的意志）

（一對母子在討論功課的事）

母親： 你功課寫了嗎？
小孩： 嗯，我正要去寫。
母親： 咦？
小孩： 我本來就一直想著現在要去寫啊！
母親： 你又說這種話。
小孩： 真的啦！你看！（給媽媽看筆記本）我現在準備要去寫了。
母親： 無論如何，快去寫！
小孩： 好～我現在寫。（說話者的意志）

否定的場合

在對話 1）中與「動作開始前」有關的句型，因為是表示即將開始前的瞬間，所以沒有否定形。

2. 動作進行中、持續中

我們一起來看看說話者如何向對方表達動作、行為目前正在進行中、持續中。在對話 2）中，關於 A 的提問 B 可以以下列各種形態表達工作正在「進行中」。

敬體

2）A：仕事、終わりましたか。
　　B：a　今やって（い）る最中です。

b　今やって（い）る途中です。
c　今やって（い）るところです。
d　今やって（い）ます。
e　今やりつつあります。

2）A：工作做完了嗎？
B：a　現在正做到一半。
b　現在正做到一半。
c　現在正在做的當中。
d　現在正在做。
e　現在正持續在做。

常體

2）A：仕事、終わった？
B：f　今やって（い）る最中｛だよ／よ｝。
g　今やって（い）る途中｛だよ／よ｝。
h　今やって（い）るところ｛だよ／よ｝。
i　今やって（い）るよ。
j　今やりつつある｛んだよ／のよ｝。

2）A：工作做完了嗎？
B：f 現在正做到一半。
g 現在正做到一半。
h 現在正在做的當中。
i 現在正在做。
j 現在正持續在做。

說明

敬體

本節是介紹表示動作正在進行（持續）的句型。a 是使用「**最**

中だ」，b 是使用「**途中だ**」，c 則是使用「**ところだ**」表示。三者可以互換，不過從時間順序上來看，「**最中だ**」是指「事情在最高潮的時候」；「**途中**」則是指事情在通往完成這條路上的中途；「**ところ**」則是表示「有一定的寬度或廣度的位置」，在此是指「當時」、「那個狀況」。

因此，a 是向對方表示「現在正在努力做」的心情，b 是表示「目前工作做到一半，還沒做完」的心情，c 則是表示「目前正處於進行中的狀況、狀態」。

相對於 a ～ c 是詳細解釋狀況，d 只有用「**～している**」表示，比較像是冷冷地向對方主張、說明「你急什麼，我有在做啊」。

e 的「**～つつある**」並非單純地表示動作的進行，而是表示「事物產生變化，正朝向完成（結束）的方向進行」的意思。因此，不能用於上下文中沒有完成、結束意味的情況。

？①教室で今ちょうど、子供達は先生の話を聞きつつある。
？教室裡學生們正持續在聽老師的話。（日文不適用）
②入学当初は言うことを聞かなかった子供達も、半年たってだんだん先生の言うことを聞きつつある。 當初入學時不聽話的孩子們，過了半年後開始會聽老師的話。

例句①只是單純表示動作進行的狀況，因此不適合用「**～つつある**」；例句②則是把「聽老師的話」當作完成的目的，描述目前的狀況是正好在完成的途中，所以可以用「**～つつある**」表示。

「**～つつある**」為書面語，所以 e 是比較生硬的說法。

常體

e 的「**～つつある**」因為是書面語，所以不太會用在常體。不過

「**～つつある**」給人的印象是仔細地說明進行的過程。如果要像 j 這樣將書面語或古語的用法用在常體的對話中，除了有強調的作用，也有讓人留下深刻印象的效果。但相對地，這樣的用法也常會給人過時的印象，而且聽起來也會顯得有些小題大做。

重點比較

動作進行中、持續中

	事情的高潮	尚未結束	進行（持續）中的狀況、狀況說明	說明、主張	書面語	正朝向完成、完結的方向進行
～ている最中だ	○		○	○		
～ている途中だ		○	○	○		○
～ているところだ			○	○		
～ている			○	○		
～つつある					○	○

- 進行（持續）中可以用「～ている」表示，「～ているところだ」則是表達更詳細的狀況。另外也可以用「（～ている）最中だ」、「（～ている）途中だ」代替「ところだ」。
- 「～ているところだ」強調的是整體的動作；「～ている最中だ」是表示說話者當下正位於正中心點的位置；「～ている途中だ」、「～つつある」則是將焦點放在動作完成、完結之前的那一段進程來表示動作還沒結束。
- 與「開始前」相同，「進行（持續）中」的用法同樣多半會讓人覺得是在站在自己的角度為自己解釋，或是為自己找藉口。

會話應用

〈家で〉

母親：洋二、ちょっと手伝って。
子供：今勉強してるの。（說明、主張某事正在進行中）
母親：ちょっとだけだから。

子供：今問題解いてる最中なの。（高潮）
母親：すぐ終わるから。
子供：今方程式を解いているところだよ。
（說明進行中的狀況、狀態）
１番の問題を解いている途中なの。
（說明流程中的狀況、狀態）
母親：もう……。
子供：〈おどけて〉あ、解けつつあります。
（敘述性說明、書面語）
はい。できました！

（在家中）

母親：洋二，來幫我一下。
小孩：我正在唸書。
母親：一下下就好了。
小孩：我解題解到一半啦。
母親：很快就結束了啦。
小孩：我正在解方程式啦！第一題正解到一半啦！
母親：你喔……
小孩：（做了個搞笑的動作）啊！快解完了。好，我做完了！

否定的場合

對話 2）與「動作進行中、持續中」有關的句型，因為是表示事情正在進行中的當下，所以沒有否定形。

3. 動作的結束、完結

我們一起來看看說話者如何向對方表達動作、行為的結束。在對話 3）中，對於 A 的提問，B 可以用數種不同的句型表達「結束、完結」。

敬體

3）A：例の仕事は？
B：a　さっき終わったところです。
b　さっき終わったばかりです。
c　さっき終わりました。

3）A：之前那份工作呢？
B：a 剛做完。
b 才剛做完。
c 剛才做完了。

常體

3）A：例の仕事は？
B：d　さっき終わった｛ところ／ところだよ／ところよ｝。
e　さっき終わった｛ばかり／ばかりだよ／ばかりよ｝。
f　さっき終わったよ。

3）A：之前那份工作呢？
B：d 剛做完。
e 才剛做完。
f 剛才做完了。

說明

敬體

表示結束、完結時會使用「**～（た）ところだ**」表示。a 是告知對方目前是處於那樣的狀況、狀態。b 的「**～（た）ばかりだ**」與「**～（た）ところだ**」幾乎同義。不過「**ばかり**」是表示說話者心情的副助詞，所以相較於「**～（た）ところだ**」，「**～（た）ばかりだ**」帶有更強烈「距離結束、完結才過沒多久」的心情。因為經過的時間並不長，所以話中含有「我沒有餘力、無法回應對方的要求」的意味。例如有人跟你說「**ケーキをどうぞ（請吃蛋糕）**」，而你回說「**今昼ご飯を食べたばかりです（我才剛吃完中餐）**」，就等同是以「**おなかがいっぱいで、ケーキは食べられない（我肚子很飽，蛋糕吃不下）**」向對方表達拒絕之意。

c以過去式表示，基本上是向對方傳達工作已在過去結束的這項事實。

「**〜(た)ところだ**」與「**〜(た)ばかりだ**」的另一個不同之處，是與表示過去的「時間副詞」在搭配上的限制。「**〜(た)ところだ**」可以搭配像「**今**」、「**さっき**」這類表示時間沒過多久的副詞，但卻不能搭配「**きのう**」、「**先週**」這類明確表示過去時間的副詞。「**〜(た)ばかりだ**」則兩種都可以用。

常體

「**〜(た)ばかりだ**」和「**〜(た)ところだ**」一樣，「**〜(た)ばかりだよ**」主要是男性使用（少部分的女性也會使用），「**〜(た)ばかりよ**」主要是女性使用，「**〜(た)ばかり**」則男女皆可用。

重點比較

動作的結束、完結

	表示說話者的心情	時間過沒多久	沒有餘力	單純傳達動作結束這件事	過去時間的時間副詞（可以使用「今」、「さっき」以外的詞）
〜（た）ところだ	△	○			
〜（た）ばかりだ	○	○	○		○
〜た				○	○

- 「〜た」是向對方傳達過去已經實現的行為、事態（事實），「〜（た）ところだ」是表示實現的瞬間。
- 「〜（た）ばかりだ」是表示不久之前才剛實現的行為、事態。常用於表示因為才沒過多久，所以無法順暢地過渡到下一個行為、事態的狀況。

會話應用

〈会社で〉

上司：いつ戻ったの？
部下：さっき戻ったところです。（說明完結的狀況、狀態）
上司：さっきって？
部下：1時間ほど前に戻りました。（傳達過去的事實）
上司：あ、そう。
戻ったばかりで悪いんだけど、これお願いしたいんだが。
（時間還沒過多久）
部下：……はい、わかりました。

（公司）

上司：你什麼時候回來的？
部下：我剛剛才回來。
上司：剛才？
部下：大約一小時前回來的。
上司：喔，這樣啊。雖然你才剛回來，我想麻煩你這件事。
部下：……好的，我知道了。

否定的場合

對話3）與「動作的結束、完結」有關的句型，因為關鍵在於結束的瞬間，所以沒有否定形。

17 變化

本課要介紹的，是說話者如何理解並表達事物變化狀況的「變化相關句型」。第 1 節以「**なる**」為中心，介紹「**～てくる・～いく・～つつある**」等句型；第 2 節介紹的是「**自動詞、ようになる、～化(する)、～まる**」；第 3 節介紹的是「**～一方だ**」、「**～ばかりだ**」、「**だけだ**」等變化的表達方式。

1. なる・～てくる・～ていく等

變化相關用法的第 1 節是以「**なる**」為中心，介紹與「**なる**」搭配使用的「**～てくる**」、「**～ていく**」等句型。在對話 1）中，對於 A 的提問，B 可以用數種不同表達「變化」的句型來回應。

敬體

1）A：今、男性の女性化が目立って（い）ますね。
　B：ええ、a　男性が女性っぽくなりましたね。
　　　　　b　男性がだんだん女性っぽくなって（い）ますね。
　　　　　c　男性がだんだん女性っぽくなってきましたね。
　　　　　d　男性がだんだん女性っぽくなっていきますね。
　　　　　e　男性がだんだん女性っぽくなってきて（い）ますね。
　　　　　f　男性がだんだん女性っぽくなっていって（い）ますね。
　　　　　g　男性が女性っぽくなりつつありますね。

1）A：現在男性的女性化相當顯著。
　B：是啊，a　男性變得很女性化。
　　　　　b　男性變得愈來愈像女性。
　　　　　c　男性變得愈來愈像女性。
　　　　　d　男性變得愈來愈像女性。

e　男性變得愈來愈像女性。
f　男性變得愈來愈像女性。
g　男性正逐漸變得像女性。

常體

2）A：今、男性の女性化が目立って（い）るね。
B：うん、h　男性が女性っぽくなったね。
i　男性がだんだん女性っぽくなって（い）るね。
j　男性がだんだん女性っぽくなってきたね。
k　男性がだんだん女性っぽくなって（い）くね。
l　男性がだんだん女性っぽくなってきて（い）るね。
m　男性がだんだん女性っぽくなって（い）って（い）るね。
n　男性が女性っぽくなりつつあるね。

2）A：現在男性的女性化很受矚目。
B：是啊，h　男性變得很女性化。
i　男性變得愈來愈像女性。
j　男性變得愈來愈像女性。
k　男性變得愈來愈像女性。
l　男性變得愈來愈像女性。
m　男性變得愈來愈像女性。
n　男性正逐漸變得像女性。

說明

敬體

對話 1）中的 a ～ g 是使用最具代表性的變化動詞「**なる**」表示，也可以用其他的變化動詞代替「**なる**」。（如：**増える**、**減る**、**変わる**、**上がる**、**下がる**等）。

a是把「～ぽい」這個接尾辭與「なった」給合在一起，以表示變化達到某一個狀態。「～ぽい」是表示「具有那樣的性質」的意思（如：忘れっぽい（健忘）、白っぽい（帶有白色的）、子供っぽい（孩子氣）、水っぽい（水份很多）等）。b的形態是「なる＋ている」，是表示變化後已經形成的狀態。

c、d是「なる」加上「てくる」和「ていく」。c「てくる」是說話者把前述該現象實際上的發生過程，當作實際體驗表達出來。d「ていく」是客觀地、有些冷眼旁觀地將前述該現象理解為將會持續到未來的事。

e、f是在c的「なってくる」和d的「なっていく」之後再加上「ている」，是表示變化的狀態仍持續進行的意思。

變化的相關用法，雖然可以像a一樣只用「なる」表示，不過像e「なる＋てくる＋ている」（なってきている）、f「なる＋ていく＋ている」（なっていっている）這樣將多種表示變化的用法組合在一起的句型，可以更細膩地表達變化的情形。

g使用書面語的「～つつある」，是表示變化本身正在完成、實現的途中，並朝向完成、實現的方向前進。

表示變化的動詞大多為自動詞，除了「なる」以外還有以下的動詞。「変わる、つく、消える、こわれる、決まる、治る／直る、止まる、倒れる、折れる、始まる、終わる」等。

常體

先前曾提過，「～ている」的「い」，在對話時很容易脫落，表示變化的「～ていく」的「い」在對話時也很容易脫落。因此k的發音會變成「なってく」，m的發音則經常會變成「なってってる」。（不過，因為敬體d的「～ていきます」若脫落「い」的話會與「～てきます」搞混，所以不會省略「い」）

n 句明明是常體，卻刻意使用書面語「**〜つつある**」表示，便成了一種強調變化的狀況的陳述方式。

重點比較

なる・〜てくる・〜ていく等

	當作實際體驗	客觀地理解狀況	表示狀態	變化發生／已發生	正在變化中	書面語	強調
なる				○			
〜てくる	○			○	○		
〜ていく		○		○	○		
〜てきている	○		○		○		
〜ていっている		○	○		○		
〜つつある				○	○	○	○

- 「變化」可以單獨使用「なる」表示。不過，如果搭配其他表示「變化」的句型，就能更細膩地將實際變化的情況描述出來。
- 使用頻率高的用法是「〜てきている」（なってきている）。「なって」與「きて」是表示變化；「いる」則是表示「變化的狀態正在持續」。

會話應用

〈A と B がカメラの話をしている〉

A：カメラが小さくなりましたね。

B：そうですね。小さく、軽くなってきていますね。
（進行中、當作實際體驗）

A：写真が撮りやすくなっています。（狀態）

B：そうですね。一方で、高級で大きいカメラも売れてるみたいですよ。

A：ああ、プロとかマニアの人が使う……。

B：性能がどんどんよくなっていってるみたいですよ。
（進行中、客觀、具未來性）

A：両極化しつつあるんでしょうね。（書面語）
B：アマチュアのカメラマンも多くなってきました。
（實際體驗）
A：これからも増えていくんでしょうね。（客觀、具未來性）

（A與B在討論照相機的事）

A：照相機愈做愈小了呢。
B：就是說啊。變得巧小輕薄了呢。
A：照相也變簡單了。
B：就是說啊。另一方面，高級的大型照相機似乎也賣得很好。
A：啊，就是專業攝影師或是攝影愛好者用的那種……。
B：性能似乎愈來愈好了。
A：正在朝兩極化發展呢！
B：業餘攝影師也變多了。
A：接下來會愈來愈多吧。

否定的場合

我們一起來想想看「**なる**」、「**なってくる**」、「**なっていく**」、「**なってきている**」、「**なりつつある**」等句型該如何以否定形表示。我們利用對話1）的「**男性が女性っぽくなる**」來思考看看。（以常體表示）

a’ **男性が女性っぽくなった。** 男性變得像女性。
→男性は女性っぽくなっていない。 男性沒有變得像女性。

b’ **男性が女性っぽくなっている。** 男性變得愈來愈像女性
→男性は女性っぽくなっていない。
男性沒有變得愈來愈像女性。

c’ **男性が女性っぽくなってきた。** 男性變得愈來愈像女性。
→男性は女性っぽくなってきていない。
男性變得沒有愈來愈像女性。

d’ **男性が女性っぽくなっていく。** 男性變得愈來愈像女性。

→男性は女性っぽくなっていかない。

男性沒有變得愈來愈像女性。

e’ **男性が女性っぽくなってきている。** 男性變得愈來愈像女性。

→男性は女性っぽくなってきていない。

男性沒有變得愈來愈像女性。

f’ **男性が女性っぽくなっていっている。**男性變得愈來愈像女性。

→男性は女性っぽくなっていっていない。

男性沒有變得愈來愈像女性。

g’ **男性が女性っぽくなりつつある。**男性正逐漸變得像女性。

→？男性は女性っぽくなりつつはない。

？男性沒有正逐漸變得像女性。

a’與b’、c’與d’的否定形為相同的表達方式。g’「**～つつある**」若改成以否定形表示，是很不自然的句子。

2. 自動詞・～ようになる・～化（する）・～まる

接著要介紹的變化相關用法2的「**自動詞**」、「**～ようになる**」、「**～化（する）**」、「**～まる**」。對話2）的A與B正在談論他們居住的城鎮。

敬體

2）A：この町も変わりましたね。
　　B：ええ、a　人口がかなり増えました。
　　　　　　　b　会社が増えて、若い人達も働けるようになりました。
　　　　　　　c　町全体が近代化して（い）ます。
　　　　　　　d　住民の不満が高まって（い）ます。
　　A：本当ですね。

2）A：這座城鎮也變了呢。
B：是啊，a　人口增加了不少。
b　公司變多了，年輕人也有更多的工作機會。
c　整個城鎮都現代化了。
d　居民愈來愈不滿。
A：真的。

常體

2）A：この町も変わったね。
B：うん、e　人口がかなり増えたね。
f　会社が増えて、若い人達も働けるようになったね。
g　町全体が近代化して（い）るね。
h　住民の不満が高まって（い）るみたい。
A：ホントにそう｛だよ／よ｝ね。

2）A：這座城鎮也變了呢。
B：是啊，e　人口增加了不少。
f　公司變多了，年輕人也有更多的工作機會。
g　整個城鎮都現代化了。
h　居民似乎愈來愈不滿。
A：好像是這麼回事。

說明

敬體

a 是使用表示變化的自動詞「**増える（增加）**」。相對於表示施加動作或作用的他動詞、自動詞（尤其是變化動詞）則是表示變化、或者是變化結果的狀態。

b是用「**～ようになる**」將「**なる**」和動詞結合（例：**行くようになる**、**わかるようになる**），是表示一段時間內變化的過程。

c的「**～化**」有「形態或性質變化、改變」的意思，所以「**近代化**」是「改變為趨向現代的樣子」的意思。若要當動詞用，可像「**近代化する**」、「**文明化する**」一樣，加上「**する**」。

池上（2000年）曾表示，加上「**化**」的用法，是「表示抽象的、綜合性的變化，無法表示短暫的事件」。他再更進一步表示，可以加上「**化**」的詞，都具有以下的傾向：

- 原則上是加在名詞之後，但也可以加在少部分的形容動詞之後（如：**自由だ**、**複雑だ**）。
- 「**～化（か）**」是表示客觀的屬性（該事物原本就具備的性質、特徵）變化，因此不能搭配帶有主觀的感覺、評價或語感的詞（如：**？不潔化（？骯髒化）**、**？無理化（？不合理化）**）。而加上「**化**」的用法也會帶有客觀的語感。

可加「**～化**」的詞很有限，如「**近代**、**民主**、**都市**、**機械**、**自由**、**実用**」之類的詞。

d的「**～まる**」主要搭配形容詞使用，是表示「成為那樣的狀態」之類的變化，意思比「**形容詞＋なる**」要來得更抽象。

高い→ 高くなる ： 背が高くなる（身高變高）、
値段が高くなる（價格變高）
高まる ： 人気が高まる（人氣高漲）、
関心が高まる（關心程度提高）
広い→ 広くなる ： 面積が広くなる（面積變大）
広まる ： 噂が広まる（謠言傳開）、
仏教が広まる（佛教普及）

搭配形容動詞使用的例子並不多，以下為少數的例子之一。

静かだ→ 静かになる ：先生が怒(おこ)ったので、教室が静かになった。
（因為老師生氣了，教室變得很安靜。）
静まる ：家の中はシーンと静まり返っていた。
（家裡變得安靜無聲。）

重點比較

自動詞・～ようになる・～化（する）・～まる

	重點在變化、結果	一段時間內產生變化	形態、性質的變化	客觀	抽象
自動詞	○				
～ようになる		○			
～化（する）			○	○	○
～まる				○	○

- 表示變化可以只用自動詞（變化動詞）表示，為能表達得更細膩，還可以用「～ようになる」、「～化（する）」、「～まる」等數種方式表達。
- 「～化（する）」是客觀且更具整體性的表達方式；「～まる」是較委婉的用法，比「形容詞＋なる」更具抽象變化的意思。
- 「～化（する）」、「～まる」並非所有的形容詞都可搭配使用，在搭配及用法上都有限制。

會話應用

〈村人が熊について話している〉

村人Ａ：この村にも熊が下りてくるようになった。
（隨著時間的推移發生的變化）
村人Ｂ：そうだね。山の食べ物が減ったらしいよ。
（因變化而產生的結果）

村人A：熊は食べ物がなくて、どんどん凶暴化しているようだ。（形態、性質的變化）
村人B：村人の不安が高まっているね。（狀態的變化）
村人A：そうだね。熊に襲われる危険性も増えてきている。
村人B：猟師に頼めば？
村人A：猟師も高齢化して、人があまりいないようだよ。（形態、性質的變化）

（村民在討論熊的事）

村人A：這個村子也有熊下山來了。
村人B：是啊。似乎是山上的食物減少了。
村人A：熊沒有東西可吃，好像會變得愈來愈凶暴。
村人B：村民愈來愈不安。
村人A：是啊。被熊襲擊的危險性也愈來愈高。
村人B：請獵人來呢？
村人A：獵人也有高齡化的趨勢，好像人愈來愈少了。

否定的場合

「**自動詞・～ようになる・～化（する）・～まる**」的否定形如下所示。（以常體表示）

a' **人口が増えた。** 人口增加了。
　→人口が増えない／増えていない／増えないでいる。
　　人口不增加／沒有增加／一直沒有增加。

b' **若い人達が働けるようになった。**
　年輕人們變得有工作可做了。
　→若い人達が働けないようになった。
　　年輕人們變得沒有工作能做了。

c’ **町全体が近代化している。** 整座城鎮現代化。

→町全体が近代化していない。 整座城鎮沒有現代化。

d’ **住民の不満が高まっている。** 居民不滿的情緒日益高漲。

→住民の不満は高まっていない。 居民不滿的情緒沒有昇高。

a’ 的肯定形「**人口が増えた**」是表示實現、完結，而否定形的部分，若理解為一個現象是使用「**増えない**」；若理解為未實現、未完結則是使用「**増えていない**」或是以「**増えないでいる**」表示。

b’ 「**～ないようになる**」也可以用「**～なくなる**」表示。

b” **不景気で社員募集が減って、若い人達が働けなくなった。**

因為不景氣而減少徵才，年輕人們變得沒工作可做。

「**～ないようになる**」是把重點放在一段時間內的變化過程，「**～なくなる**」則是把重點放在結果的說法。

3. 快速變化及單方面的變化

變化的句型 3 要介紹的是表示快速變化以及單方面變化的「**～一方だ**」、「**～ばかりだ**」、「**だけだ**」、「**～しかない**」、「**～の一途**(いっと)**をたどっている**」等句型。在對話 3）中，對於 A 的提問，B 可以用數種不同表達「快速變化」的句型來回應。

敬體

3) A：市の人口はどうですか。
　B：ええ、a　減っていく一方です。
　　　　　b　減っていくばかりです。
　　　　　c　減っていくだけです。
　　　　　d　減っていくしかないんです。
　　　　　e　減少の一途をたどって（い）ます。

2）A：本市的人口如何？
　　B：是啊，a　人口不斷地減少。
　　　　　　b　人口只會不斷地減少。
　　　　　　c　人口只會愈來愈少。
　　　　　　d　人口只會愈來愈少。
　　　　　　e　人口不斷地減少。

常體

3）A：これからの市の人口はどうなっていくの？
　　B：うん、f　減っていく一方｛だよ／よ｝。
　　　　　　g　減っていくばかり｛だよ／よ｝。
　　　　　　h　減っていくだけ｛だよ／よ｝。
　　　　　　i　減っていくしかない｛んだよ／のよ｝。
　　　　　　j　減少の一途をたどって（い）るよ。

3）A：今後本市的人口將會如何？
　　B：是啊，f　人口不斷地減少。
　　　　　　g　人口只會不斷地減少。
　　　　　　h　人口只會愈來愈少
　　　　　　i　人口只會愈來愈少
　　　　　　j　人口不斷地減少。

說明

敬體

a ～ e 都是描述人口變化的程度漸漸加劇。a「**～一方だ**」是表示變化違反人們的預想和期待而快速地進展。可用於表示正面及負面的情事上，但因為具有「違反人們的預想和期待」的意味，所以大多用於表示負面的情事。

b 是在動詞辭書形之後加上副助詞「**ばかり**」，用以表示「只會這樣、淨是會」的負面情緒。「**～一方だ**」和「**～ばかりだ**」都能表示負面評價的心情，但若將兩者相比較，「**～一方だ**」更具客觀性、說明性，而「**～ばかりだ**」則較為主觀。

c 和 d 分別是使用與「**ばかり**」一樣是副助詞的「**だけ**」和「**しか**」表示。c 的「**だけだ**」是表示限度、限定，意思是「除此之外沒有～」，這裡是以客觀、中性態度表示「人口除了減少之外沒有其他的可能」。另一方面，「**～しかない**」則含有沒有其他方法這種遺憾的心情。

e 的「**～の一途をたどっている**」與 a 的「**～一方だ**」意思相同，但是傳達的是變化的情況為「朝著同一個方向」一直不斷前進的樣子。由於是書面語，所以大多是接續在「**減少(する)、増加(する)、発展(する)**」這類漢字的名詞之後，以「**漢字名詞＋の一途をたどっている**」的形態表示。

常體

j「**市の人口は減少の一途をたどっている**」在常體的對話中也可稍微簡短一些，以「**市の人口は減少の一途だ(よ)**」表示。

重點比較

快速變化及單方面的變化

	只有一個方向	中立	大多為負面的事態	遺憾的心情	生硬的說法	敘述性的
～一方だ	○	△	△	△	△	○
～ばかりだ			○	○	○	
～だけだ		△	△			
～しかない			○	○		
～の一途をたどっている	○	○			○	○

- 表示變化不斷加劇，有中性以及負面評價的表達方式。前者是「～の一途をたどっている」，後者為「～ばかりだ」、「～しかない」。「～一方だ」雖然也屬於中性表達方式，但大多是用於表示負面的情事。
- 「だけ」，未必只限於表示負面的意思，如「君だけを愛している」，但因為是表達「限度、限定」，所以大多帶有負面的意涵。

會話應用

〈テレビのニュースを見ながら〉

A：X国とY国の関係は悪化の一途をたどっているね。
（客觀、書面語）

B：そう。利害が絡んでいるから、関係は悪化するばかりだね。
（遺憾的心情）

A：輸出や輸入の量も減る一方だし。（客觀）

B：今後どうなるんだろう。

A：国民も互いに疎遠になっていくしかないのだろうか。
（遺憾的心情）

B：それは努力次第だよね。
努力をしないと、関係が悪化するだけだからね。
（限定、客觀）

（正在看電視新聞）

A：X國和Y國的關係愈來愈差耶。

B：沒錯。因為利益糾葛，所以這兩國的關係愈來愈差。

A：出口量和進口量也不斷地減少。

B：今後會如何呢？

A：國民之間只會漸漸疏遠吧。

B：這就取決他們有沒有努力了。
若不努力解決，關係只會愈來愈差。

18 經驗

本課要介紹的是如何表達自己或他人的「經驗」。第 1 節是「普通的經驗」，第 2 節是「罕見的經驗」，我們一起來看看這兩種經驗的表達方式有哪裡不同。

1. 普通的經驗

首先我們來想想看該如何表達一般常見、普通的經驗。在對話 1）中，對於 A 的提問，B 可以用數種不同表達「普通的經驗」的句型來回應。

敬體

1）A：すき焼きを食べたことがありますか。
　　B：ええ、a　2、3 回食べたことがあります。
　　　　　　　b　2、3 回食べました。
　　　　　　　c　2、3 回食べて（い）ます。
　　　　　　　d　2、3 回食べてみました。
　　　　　　　e　2、3 回食べた経験があります。
　　　　　　　f　2、3 回あります。

1）A：你吃過壽喜燒嗎？
　　B：有，　a　曾經吃過兩、三次。
　　　　　　　b　吃過兩、三次。
　　　　　　　c　吃過兩、三次。
　　　　　　　d　吃過兩、三次。
　　　　　　　e　吃過兩、三次。
　　　　　　　f　吃過兩、三次。

常體

2) A：すき焼きを食べたこと（が）ある？
　B：うん、g　2、3回食べたこと（が）あるよ。
　　　　　h　2、3回食べたよ。
　　　　　i　2、3回食べて（い）るよ。
　　　　　j　2、3回食べてみたよ。
　　　　　k　2、3回食べた経験があるよ。
　　　　　l　2、3回あるよ。

2）A：你吃過壽喜燒嗎？
　B：有，　g　曾經吃過兩、三次喲。
　　　　　h　吃過兩、三次喲。
　　　　　i　吃過兩、三次喲。
　　　　　j　吃過兩、三次喲。
　　　　　k　吃過兩、三次喲。
　　　　　l　吃過兩、三次喲。

說明

敬體

在對話 1）中，是將「吃壽喜燒」這種一般較常見的「經驗」當成話題。所謂的「經驗」，不只是做過某件事，還必須要做這件事的人本身將其視為一種體驗才行。「體驗」和「經驗」的解釋如下：

體驗：自己實際嚐試過的事。
經驗：不只是做過某件事，還要將其視為一種體驗。大多會從中學到某項知識或技術。

被問到「你吃過壽喜燒嗎？」，B 以 a 句中的「**～ことがある**」回答，是把「吃過壽喜燒」這件事視為一個某種新的「經驗」，話

中含有「自己有了新的經驗喔」這種「想告訴別人的心情」。

另一方面，若像 b 句一樣回答「我吃過了」，就只是陳述一項過去的事實而已。

c 是使用「**～ている**」表示經驗。「**夏目漱石はイギリスに留学している（夏目漱石有在英國留學過）**」的意思是「曾經留學過」，是傳達「他過去有過那樣的經歷」、「他是那個經歷的所有人」這件事。相對於「**～ことがある**」帶有把自己的經驗向別人報告意義的句型，「**～ている**」則比較沒有向別人報告的意思，而是敘述該人就是那份經驗、經歷的擁有者。

d 句中有「**～てみる**」，所以話中帶有自己嘗試過的語感，比起「經驗」，更接近「體驗」的意思。

e 就如字面用了「**経験（經驗）**」這個字。明明使用「**～ことがある**」即可，但說話者卻特地以「**経験がある（有經驗）**」的句型再次表達，像這樣的用法就不是表達單純的體驗，而是藉此強調他透過這次的體驗，學到了知識和技術等寶貴的「經驗」。

f 只是回答有幾次經驗。當對話的內容簡單不複雜時，常會使用這樣的說法。

常體

表示經驗的「**～ことがある**」，較口語的說法大多會像 g「**食べたことある**」一樣省略「**が**」。另外，k 的「**～経験がある**」因為不是如「**～ことがある**」一般的慣用語，所以「**が**」就不太能夠省略。

2. 罕見的經驗

本節要介紹的是如何表達罕見的經驗。不知是否和第 1 節的「普通的經驗」有所差別呢？在對話 2）中，對於 A 的提問，B 可以用數種不同的句型表達「罕見的經驗」。

敬體

2）A：バンジージャンプをやったことがありますか。
B：ええ、a　1回やったことがあります。
b　1回やりました。
c　1回やって（い）ます。
d　1回やってみました。
e　1回やった経験があります。
f　1回あります。

2）A：你試過高空彈跳嗎？
B：有，　a　我曾經試過一次。
b　我試過一次。
c　我試過一次。
d　我試過一次。
e　我試過一次。
f　我試過一次。

常體

2）A：バンジージャンプをやったこと（が）ある？
B：うん、g　1回やったこと（が）あるよ。
h　1回やったよ。
i　1回やって（い）るよ。
j　1回やってみたよ。
k　1回やった経験があるよ。
l　1回あるよ。

2）A：你試過高空彈跳嗎？
B：有，　g　我曾經試過一次喲！
h　我試過一次喲！
i　我試過一次喲！
j　我試過一次喲！
k　我試過一次喲！
l　我試過一次喲！

說明

敬體

對話 2）中的高空彈跳並不是多數人都有的經驗。

a、b 是以第 1 節表示「普通的經驗」的方式回應。

使用「**～ている**」表示的 c 也不是不能用，但總覺得不是很適合用在這裡。由於「**～ている**」是把重點放在一個人的經驗、經歷，所以很難把這個用法連結到與人分享「罕見經驗」這件事情上。

d 的「**～てみる**」帶有向對方傳達自己將其視為一種挑戰的語感。e 的「**経験がある**」這種說法，更適合用來表達無法忘懷的體驗。

f 的重點只是回答經驗的次數。當對話的內容簡單不複雜時，常會使用這樣的說法。

重點比較

普通的經驗、罕見的經驗

	想告知對方自己的經驗	單純陳述過去的事實而已	表示一個人的經歷和特徵	嘗試一下	適合表達無法忘懷的體驗
～（た）ことがある	○				○
～た		○			
～ている			○		
～てみた				○	
～（た）経験がある	○				○

- 「～（た）ことがある」中帶有說話者將體驗過的事視為新的經驗，並想告訴對方的心情。
- 「～てみた」是表達某種體驗這一點和「～（た）ことがある」很相似，不過是更輕鬆的說法，並帶有「嘗試」的語感。

- 若只是陳述經驗，並沒有打算突顯或強調的意思，可以單純用「～た」表示。
- 「～ている」與其説是表示經驗，倒不如説是表示一個人的經歷、特徴，也比較不像「～（た）ことがある」具有報告新的經驗的意思。

會話應用

〈友達同士がホテルについて話している〉

A：オットホテルへ行ったことある？（詢問經驗）
B：うん、人との待ち合わせで 2、3 度行ってるよ。
（經驗、經歷）
A：レストランで食事したことある？（詢問經驗）
B：うん、そのときランチを食べたよ。（過去的事實）
A：どうだった？
B：おいしかったよ。値段もそこそこだし。
A：ふーん、泊まったことは？
B：泊まった経験はないんだ。（珍貴的經驗）
A：僕も 1 度泊まってみたいと思っているんだけど。（體驗）

（A 和 B 是朋友，正在討論與飯店有關的話題）

A：你曾有去過 Otto 飯店嗎？
B：嗯，有兩、三次和別人約在那裡見面。
A：你曾在那邊的餐廳吃過飯嗎？
B：嗯，之前在那裡吃過午餐。
A：你覺得怎麼樣？
B：很好吃喔！價位也還可以。
A：嗯～，那你入住過嗎？
B：我沒住過。
A：我倒是一直想去住一次看看。

否定的場合

「～ことがある」、「～ている」、「～経験がある」的敬體、常體的否定形如下所示：

①a’（まだ）食べたこと{が／は}ありません／ない。
（還）沒有吃過。

b’（まだ）食べていません／いない。（還）沒有吃過。

e’（まだ）食べた経験{が／は}ありません／ない。
（還）沒有吃過的經驗。

「～ことがない」和「～ことはない」在大部分的情況下可以互相替換。相對於「～ことがない」是積極地向對方傳達自己沒有經歷過的事，「～ことはない」則是與某件事做比較，大多用於前後文具有對比性質的情況下。

②A：バンジージャンプをしたことがありますか。
你試過高空彈跳嗎？

B：a いえ、したことがありません。ぜひやってみたいです。
沒有，我沒試過。我很想試試看。

b いえ、見たことはありますが、実際にはしたことはありません。沒有，我曾看過別人玩，但沒有實際嚐試過。

19 被動句

「女人打了男人」、「男人被女人打」，是二個意思完全相同的句子，只不過前者將重點放在「女人」，後者則是將重點放在「男人」。本課會以具體的情況來介紹該如何使用「被動句」。第 1 節要介紹的是有關「受害被動句」的三種情況，第 2 節是「自動詞被動句」，第 3 節則是不帶有受害意味的「中性被動句」。

1-1. 受害被動句 1

本節將介紹有關「受害被動句」的三種情況。在對話 1）中，這對兄弟正在向母親針對某件事告狀。誰是受害者呢？

常體

1）〈子供が訴える〉
洋二：ママ〜 a　お兄ちゃんに殴られた。
b　お兄ちゃんが殴った。
母親：まあ、かわいそうに。
〈兄に〉健太、なんで殴ったの？
健太：だって、洋二が邪魔するんだもん。

1）（孩子正在告狀）
洋二：媽，　a　我被哥哥打了。
b　哥哥打我。
母親：哎呀，好可憐啊！
（對哥哥）健太，你為什麼打他？
健太：誰叫洋二一直來煩我。

說明

常體

被動句基本上是用於傳達出「受到什麼樣的傷害或損害」後，「發生了什麼樣的結果」。在對話 1）中，洋二是以 a「**お兄ちゃんに殴られた。（我被哥哥打）**」將此事引發的痛楚和不合理的情況向母親告狀。藉由說出「我被哥哥打」，表示自己「好痛喔」、「明明我什麼都沒做」，向另一方以受害者的身分提出控訴。

而 b 的「**お兄ちゃんが殴った。（哥哥打我）**」，則是向母親告狀「打我的是哥哥」，希望哥哥會因此受到處罰。也就是說，重點是放在「誰做了打人的行為」。

說話者（洋二）該選擇以a或b的方式表達，將視他重視的是「好痛」這個結果，還是「哥哥打我」這個行為而定。

1-2. 受害被動句 2

本節的內容基本上是和 1 一樣的被動句。在對話 2）中，製造傷害的犯人是「蚊子」。

常體

2）〈子供の顔を見て〉
母親：あら、ほっぺが赤いよ。どうしたの。
洋二：かゆいよ～。
母親：ああ、a　蚊に刺されたのね。
　　　　　　b　蚊が刺したのね。
　　　お薬塗ってあげるね。

2）（看著孩子的額頭）
母親：哎呀！這裡怎麼紅紅腫腫的？
洋二：好癢喔！

母親：啊，　a　你被蚊子叮了呢。
　　　　　b　蚊子叮你了呢。
　　　我幫你擦藥。

說明

常體

對話 2）的關鍵在被蚊子叮咬所以臉頰紅了一塊的這個結果。在對話 1）最重要的關鍵在於「哥哥打我」這件事，然而對話 2）中「被蚊子叮咬」的這件事，關鍵不在於「誰叮的」，而是在於「臉頰變紅腫」這個受害的結果。因此 a 較常使用。

1-3. 受害被動句 3

本節的內容基本上是和 1 一樣的被動句型。對話 3）的情境所要探討的重點，是把「**嫌う（討厭）**」這個情感動詞轉為被動句。

常體

3）〈悠真（ゆうま）はいじめられっ子〉
母親：なぜいじめられて黙って（い）るの？
悠真：〈何も言わず、ただ泣いている〉
母親：なぜ殴られて仕返ししないの？
悠真：……だって、みんなに嫌われたくないもん。

3）（悠真是被欺負的孩子）
母親：為什麼不説你被欺負了？
悠真：（什麼都沒説，只是一直哭）
母親：你為什麼被打卻不還手呢？
悠真：……因為我不想被大家討厭啊！

說明

常體

對話 3）是被欺負的孩子和他的母親之間的對話。「欺負」的內容是「被打」。雖然並不清楚是誰欺負他，也不清楚是動手的人是誰，但應該是學校的朋友吧。在這段對話中，最重要的句子是悠真選擇不還手的理由。現在有很多例子是小孩子為了「**嫌われたくない、無視されたくない（不希望被朋友討厭或刻意忽視）**」，所以就一直忍受「被欺負」。這裡是將表示「**嫌う**」這個情緒的動詞轉為被動形（**<u>嫌われ</u>たくない**），來表達悠真受害、遭受痛苦的心情。

重點比較

受害被動句 1 ～ 3

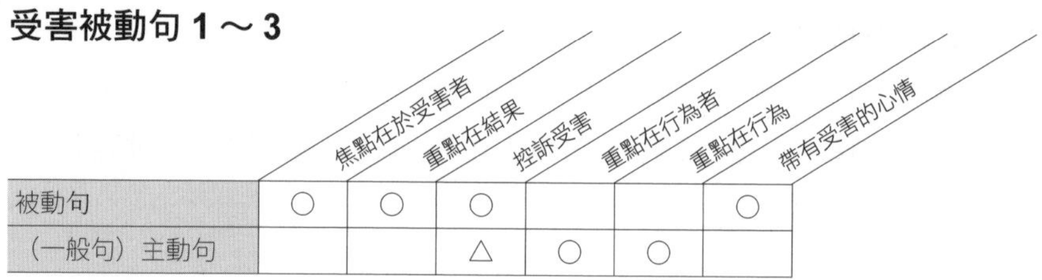

	焦點在於受害者	重點在結果	控訴受害	重點在行為者	重點在行為	帶有受害的心情
被動句	○	○	○			○
（一般句）主動句			△	○	○	

- 被動句是把焦點放在受害者，以結果為重點的句子。另一方面，主動句則是把焦點放在行為者，以行為為重點。
- 表示結果時（ひどい目に遭った、けがをした、痛い、悲しい等），常會使用被動句表達。
- 不想說清楚誰是行為者時，大多會使用被動句。

否定的場合

我們來試著想想看受害被動的否定形該如何表達。

「**～(ら)れる**」的否定形為「**～(ら)れない**」。對話 1）中的「**(僕は)お兄ちゃんに殴られた**」的否定形是「**(僕は)お兄ちゃんに殴られなか**

った（（我）沒被哥哥打）」。另外，也可以用於表達像是「**殴られないようにしよう**（儘量不被打）」、「**僕は強いから、絶対殴られない**（我很強，絕對不會被打）」之類的句子。

對話 2）「**蚊に刺された**」的否定形的用法有「**ゆうべは蚊に刺されなかった**（昨晚我沒被蚊子叮）」、「**蚊に刺されていない**（我沒被蚊子叮）」、「**蚊に刺されないように、気をつけよう**（我會小心別被蚊子叮）」等。對話 3）的「**嫌われる**」的否定形「**嫌われない**」，則可用於表達「**人に嫌われないようにしよう**（儘量不要被別人討厭）」、「**大丈夫だ、彼女に嫌われていない**（不要緊，你沒有被她討厭）」之類的句子。

2. 自動詞被動句

「自動詞被動句」是表示「受害」，表示「受害」的「自動詞被動句」其實也是「受害被動」中的一種，不過為了區分這二者，本節才特別將「2. 自動詞被動句」獨立出來做介紹。以下的對話 4），是 A 和 B 在聊 A 昨天回家時的事，A 似乎沒帶傘。

敬體

4）A：きのうは大変でした。
　 B：どうしたんですか。
　 A：a　帰宅途中、雨が降って……。
　 　 b　帰宅途中、雨に降られて……。
　 B：傘を持って（い）なかったんですか。
　 A：そうなんですよ。

4）A：昨天真是糟透了。
　 B：發生什麼事了？
　 A：a 回家的途中下雨了……。
　 　 b 回家的途中被雨淋了……。
　 B：你沒帶傘嗎？
　 A：就是啊。

常體

4) A：きのうは大変だった｛よ／のよ｝。
B：どうしたの？
A：c　帰宅途中、雨が降って……。
d　帰宅途中、雨に降られて……。
B：傘を持って（い）なかったの？
A：そう｛なんだよ／なのよ｝。

4）A：昨天真是糟透了。
B：發生什麼事了？
A：c 回家的途中下雨了……。
d 回家的途中被雨淋了……。
B：你沒帶傘嗎？
A：就是啊。

說明

敬體

就如在對話 1）的說明曾經提到過的，被動句是用於表示「受到什麼樣的傷害或損害」、「發生什麼樣的結果」。而日語中幾乎所有的動詞都可以改成被動形（例外：**ある、いる、要(い)る**，其他還有像「**開(あ)く－開(あ)ける**」、「**つく－つける**」這類兩兩相對的自他動詞中的自動詞（**開く、つく、消える、閉まる、決まる、治る／直る、変わる等**）。

對話 4）中提到了「**(雨が)降る**」這個自然現象，若想要傳達的是與「受到什麼樣的傷害或損害」」、「發生什麼樣的結果」有關的事，也會使用被動句表示。由於被動句是把重點放在結果，所以 b 的「**雨に降られて**」大多是在暗示「被雨淋濕衣服」的這個結果。另一方面，a「**雨が降って**」就只是單純敘述下雨了，所以並不清楚雨是否淋濕了衣服。

自動詞被動句還有以下的二個例子。

①a **電車の中で子供が泣いて困った。**
電車中小孩子哭鬧，我感到困擾。
b **電車の中で子供に泣かれて困った。**
電車中小孩子一直哭鬧害我覺得很困擾。

②a **夜、友達が来て、宿題ができなかった。**
晚上朋友來家裡，我沒辦法寫作業。
b **夜、友達に来られて、宿題ができなかった。**
晚上朋友來家裡，害我沒辦法寫作業。

常體

敬體和常體都會看到「**帰宅途中、雨が降って……**」、「**帰宅途中、雨に降られて……**」這種省略後方述語的情形。日語中常會像這樣省略句尾的部分。以這個例子來說，就是省略了「**大変だった（真是糟糕）**」這句話。這是因為日本人出於對對方的禮貌及體貼對方的感受，不太會詳細解釋自己的情況或心情的關係。再者，日本社會有推想對方情況的文化，通常會認為就算省略那句話，對方還是能夠猜得出來。

重點比較

自動詞被動句

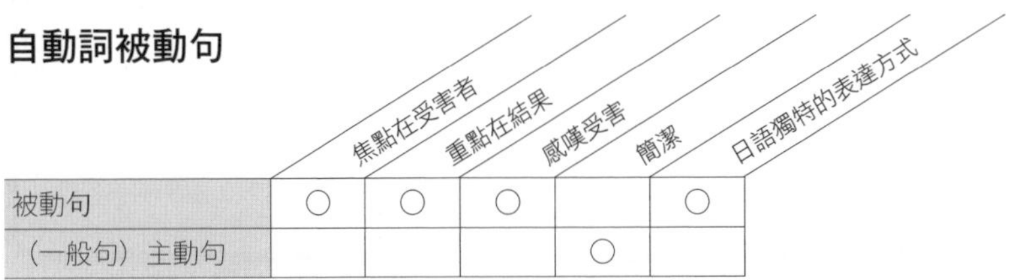

	焦點在受害者	重點在結果	感嘆受害	簡潔	日語獨特的表達方式
被動句	○	○	○		○
（一般句）主動句				○	

- 自動詞被動句無法翻譯為英語等語言的情況很常見，可說是日語獨特的表達方式。
- 不把自動詞改為被動形，也可以直接以主動句表達，不過主動句就無法表達出被動句才能表達的那種覺得困擾的狀況或心情。

會話應用

〈Aが空き巣に入られたことを、友人のBに話している〉

A：きのう空き巣に入られちゃった。（受害、困擾）
B：えっ。
A：庭から入ってきたみたいで、ガラスが割られて……。（受害、困擾）
B：〈驚いて何も言えない様子〉
A：鍵を開けられて……。（受害、困擾）
B：何か盗られたの？（受害、困擾）
A：うん、引き出しに入れていた2万円と、それから……。
B：それから？
A：タンスの中の下着……。
B：警察に知らせた？
A：うん、でも、何か気持ちが悪くて……。
B：ほんとだね。

（A向B表示自己家被闖空門）

A：昨天我家被闖空門。
B：咦？！
A：好像是從庭院進來的，玻璃被打破了……。
B：（太驚訝以致於說不出話的樣子）
A：鎖被打開……。
B：有東西被偷了嗎？
A：嗯，放在抽屜裡的兩萬日圓，還有……。
B：還有？
A：櫃子裡的內衣……。
B：報警了嗎？
A：嗯，不過總覺得心裡不太舒服。
B：就是說啊！

 否定的場合

被動句主要是說話者用於向人訴說自己受害或遭受麻煩的狀況。因此被動句的否定形使用頻率較低。像「**雨に降られた**（淋了雨了）」、「**電車の中で子供に泣かれて困った**（在電車裡因為孩子哭鬧而感到困擾）」這一類的自動詞被動句要以否定形表達時，大多會帶有像是「**雨に降られなかった。ああ、よかった**（沒被雨淋到太好了）」、「**子供に泣かれなくてほっとした**（小孩子沒哭讓我鬆了一口氣）」這種慶幸沒有受害的意味。

3. 中性被動句

到目前為止我們介紹的是表達「受到什麼樣的傷害或損害」後，「發生了什麼樣的結果」的被動句。本節將介紹的是不帶「受害」意味的被動句（中性被動句）。在對話 5）中，A 與 B 是朋友，他們正在討論山上的那棟高級公寓。

敬體

5) A：a　このマンションはいつごろ建てられた｛の／ん｝ですか。
　　　b　このマンションはいつごろ建った｛の／ん｝ですか。
　 B：10 年前です。
　 A：c　どうしてこんな山の上に建てられた｛の／ん｝でしょうか。
　　　d　どうしてこんな山の上に建った｛の／ん｝でしょうか。
　　　e　どうしてこんな山の上に建てた｛の／ん｝でしょうか。
　 B：やっぱり、見晴らしがいいからじゃないでしょうか。

5）A：a　這棟公寓是什麼時候被蓋好的？
　　　b　這棟公寓是什麼時候蓋好的？
　 B：十年前。
　 A：c　為什麼會被蓋在這樣的山上呢？
　　　d　為什麼會蓋在這樣的山上呢？
　　　e　為什麼會蓋在這樣的山上呢？
　 B：果然，這裡的視野是不是很棒呢？

常體

5) A：f　このマンションはいつごろ建てられたの？
　　g　このマンションはいつごろ建ったの？
B：10 年前。
A：h　どうしてこんな山の上に建てられたのかな。
　　i　どうしてこんな山の上に建ったのかな。
　　j　どうしてこんな山の上に建てたのかな。
B：やっぱり、見晴らしがいいからじゃない？

5）A：a　這棟公寓是什麼時候被蓋好的？
　　b　這棟公寓是什麼時候蓋好的？
B：十年前。
A：c　為什麼會被蓋在這樣的山上呢？
　　d　為什麼會蓋在這樣的山上呢？
　　e　為什麼會蓋在這樣的山上呢？
B：果然，這裡的視野是不是很棒呢？

說明

敬體

在對話 5）中，是以「高級公寓」這個無生命體當作主語，並使用被動句表達。若使用無生命體的被動句表達，通常會是書面語，且會是種更專業的表達及說明方式。英語也會把 They consider that ~ 改成以 It is considered that~，表達，不但顯得較專業，也讓文字更具說明的性質。

一開始的 a「**〜が／は＋被動形**」與 b「**〜が／は＋自動詞**」，在語意上不太有差別。b 的「**建つ**」是自動詞，所以「**建った**」是指現在已經蓋好的（存在的）高級公寓這個結果具有強烈的印象。而 a 的「**建てられた**」的意思是由某人所建造，而這棟建築物現在已經存在則是結果。與「**建った**」相比，「**建てられた**」更能把重點擺在指建設公司或房仲業者意圖性（而建設）的行為。

關於 c ～ e 句子，由於問題是以「**どうして山の上に**」詢問建造的目的及理由，所以表示結果狀態的 d「**建った**」並不算有錯，但就是會覺得沒有真正切中問題的核心。另一方面，c 的「**建てられた**」含有基於某人的意圖而建造的意思，所以是適當的。另外，如果想要再進一步表示是由建設公司或不動產公司所建造的，以 e「**～が／は＋～を＋他動詞**」的句型，並在他動詞處使用「**建てた**」也是可以適用的。

常體

常體 h ～ j 在句尾用了「**かな**」。這是表示心態上沒有自信且害怕把話說清楚的終助詞。「**かな**」原本大多是男性使用，最近女性也開始會使用「**どうかな**」這類以「**かな**」表達的說法。

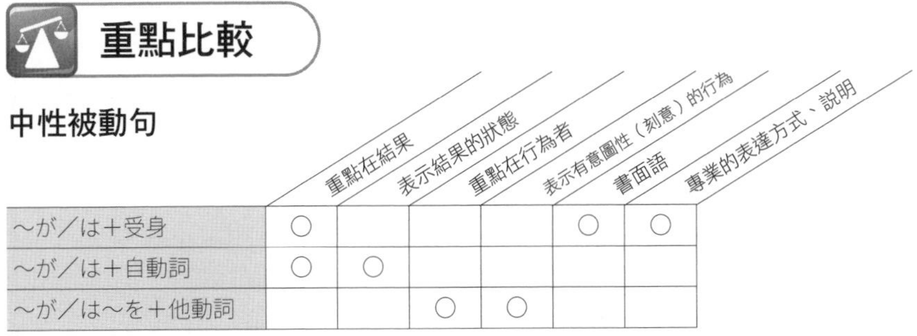

重點比較

中性被動句

	重點在結果	表示結果的狀態	重點在行為者	表示有意圖性（刻意）的行為	書面語	專業的表達方式、說明
～が／は＋受身	○				○	○
～が／は＋自動詞	○	○				
～が／は～を＋他動詞			○	○		

- 中性被動句是書面語的用法。
- 中性被動句不管是生物或無生命體皆可作為主詞，句子並未帶有受害的意思。
- 中性被動句是把重點放在結果，主動句是把重點放在行為者。以這點來看，和其他的被動句並無差別。
- 中性被動句是慎重地以專業的方式說明、解說與無生命體（以及生物）有關的內容。

會話應用

〈友人同士が選挙の話をしている〉

A： 投票日が近づいてきましたね。
B： 駅前で候補者が演説していますね。

A：でも、他の候補者をけなしてばかりです。
B：そうですね。政策については全然議論されませんね。（重視的是結果、說明）
A：ええ、何をやりたいのかが見えてきません。
B：具体策が語られないんですよね。（重視的是結果、說明）
A：こんなことでは、有権者に理解されないですよ。（重視的是結果、說明）
B：私達は与えられた選挙権を有効に行使したいのに。（重視的是結果、說明）
A：本当ですね。

（A 和 B 是朋友，他們在聊選舉的事）

A：離投票日愈來愈近了
B：車站前有候選人正在演講。
A：不過他只是一直在眨低其他的候選人而已。
B：就是說啊！完全沒有探討政策相關的內容。
A：是啊！完全看不出來他想做什麼。
B：完全提不具體的政策。
A：選民根本搞不清楚他要幹嘛。
B：我們也想有效地行使被賦予的選舉權啊！
A：就是說啊。

否定的場合

中性被動句的否定形有「**建てられなかった（沒被建造過）**」、「**そんなことは学校では教えられていない（學校才沒有教那種事）**」、「**彼のスキャンダルはマスコミで取り上げられなかった（媒體沒有提到他的醜聞）**」等用法。把這些用法套用到對話 5），可用「**マンションが建つ予定だったが、結果建てられなかった（本來預定要蓋的，但最後沒蓋成）**」、「**自然条件が影響したのか、山の上には建てられなかった（或許是受到自然環境的影響，沒有蓋在山上。）**」等方式表示。

20 時間 1

本課介紹的是說話者要如何表達在某個時點做什麼、曾做過什麼、如何、怎麼樣的相關句型。在「時間 1 」中，第 1 節是介紹如何正確使用「**～とき、～ときに、～ときには、～ときは**」；第 2 節要介紹的是「**～とき**」與其他表示「**時間**」的「**～たら、～と、～てすぐ(に)、～と同時に**」的區別。

1. ～とき ・ ～ときに ・ ～ときには ・ ～ときは

首先我們來看看「**～とき、～ときに、～ときには、～ときは**」的用法。對話 1）是 A 詢問登上山頂的 B 是否有看到日出。

敬體

1）A：日の出、見ましたか。
　B：a　ええ、頂上に着いたとき、太陽が昇り始めました。
　　　b　ええ、頂上に着いたときに、太陽が昇り始めました。
　　　c　いいえ、頂上に着いたときには、まだ真っ暗でした。
　　　d　いいえ、頂上に着いたときは、まだ真っ暗でした。

1）A：你看到日出了嗎？
　B：a　是的，我抵達山頂的時候，太陽開始昇起。
　　　b　是的，我抵達山頂那時，太陽開始昇起。
　　　c　不，我抵達山頂那時，還是一片漆黑。
　　　d　不，我抵達山頂時，還是一片漆黑。

常體

1）A：日の出、見た？
　　B：e　うん、頂上に着いたとき、太陽が昇り始めたよ。
　　　　f　うん、頂上に着いたときに、太陽が昇り始めたよ。
　　　　g　ううん、頂上に着いたときには、まだ真っ暗だったよ。
　　　　h　ううん、頂上に着いたときは、まだ真っ暗だったよ。

1）A：你看到日出了嗎？
　　B：e　是的，我抵達山頂的時候，太陽開始昇起。
　　　　f　是的，我抵達山頂那時，太陽開始昇起。
　　　　g　不，我抵達山頂那時，還是一片漆黑。
　　　　h　不，我抵達山頂時，還是一片漆黑。

說明

敬體

「**～とき**」在日常會話中，大多都像 a 一樣，後面不接續任何助詞等。不過事實上日本人還是會使用「**～ときに**」、「**～ときは**」或是「**～ときには**」表示。「**～ときに**」是表示做了某事或發生某事這類動作或變化發生的時間點。與「**7月7日に**」、「**10時半に**」的「**に**」作用相同，都是用來表示「時間」的某一點。

「**～ときは**」是利用副助詞「**は**」的功用，以突顯「**～とき**」，可用於表示主題是那時的事，或是含有對比的意思。後句常會是表達狀態的用法。

b 是敘述「太陽開始昇起」這個動作，所以使用「**～ときに**」表示。d 的後句「一片漆黑」是表示狀態，所以用「**～ときは**」。

c 的「**～ときには**」是由「**ときに＋は**」所構成，所以是利用副助詞「**は**」來突顯「**～ときに**」。「**～ときには**」的後句可以是動作

或狀態。以下的兩個例子，①是動作性敘述，②是狀態性敘述。

①もっと急がないと、頂上に着いたときには、太陽が昇り始めますよ。
再不快一點，抵達山頂的時候，太陽就要開始昇起了。
②残念ながら、頂上に着いたときには、太陽はもう上のほうに昇っていました。 很遺憾的，抵達山頂時，太陽已經出來了。

接下來我們再來想想這裡突顯「**は**」的更多細節。

這裡突顯的「**は**」，可以用「提出作為對比」來理解。「**～ときは**」、「**～ときには**」是把「**そのとき**」提出作為對比（與其他的做比較）並解釋。例如「**次に来るとき(に)は、お土産を持って来るよ**（下一次來我會帶伴手禮）」就隱含地暗示「**這次什麼都沒帶來**」的意思。另外，「**今度登るとき(に)はきっと晴れると思う**（下次來爬山，我認為一定會是晴天）」則隱含「**今天的天氣不太好**」的意思。這裡提到的「對比」，指的是一句話中隱含的兩個意思。對比也有程度上的差異，有聯想性很強的，也有聯想性較弱的。聯想性較強的就是表示「對比性」，聯想性等於 0 的情況則是表示「主題性」。「**は**」可用於表示主題或是對比便是依其聯想性的強弱判斷。

常體

日常會話中，按理說應該要講「**～ときには**」時卻常會省略「**に**」，而以「**～ときは**」表示。這是因為格助詞「**に**」在對話時比較容易漏掉的關係。

重點比較

～とき・～ときに・～ときには・～ときは

	精確地表示時間點	後句常是表示動作	後句常是表示狀態	會話性質
～とき				○
～ときに	○	○		
～ときには	△	△	△	
～ときは		△	○	○

- 「～とき、～ときに、～ときには、～ときは」的不同之處與是否為會話性質、是否必須精確地表示時間點、後句為動作性的敘述還是狀態性的敘述等要素有關。
- 沒有特別要表達某個時間點就用「～とき」。若想要表示精確的時間點時就使用「～ときに」。
- 「～ときには」、「～ときは」因為有副助詞「は」，所以具有突顯前句，以作為主題或對比之用。

會話應用

〈友達同士のAとBが電子辞書について話している〉

A：いい電子辞書持ってるね。
B：高校入学のとき、父が買ってくれたんだ。（時間點不明確）
A：便利？
B：うん、意味がわからないときに、すぐ引けるよ。
（那個時間點做某個動作）
A：漢字は？
B：読み方がわからないときは、ちょっと不便なんだ。
（那個時點的狀態）
A：読み方がわからないときには、どうするの？
（把那個時間點作為主題）
B：画数を入力する必要があるね。

（A 和 B 是朋友，正在談論電子辭典）

A： 你的電子辭典很不錯。
B： 高中入學時我爸爸買給我的。
A： 好用嗎？
B： 嗯，不知道意思時就能馬上查。
A： 漢字呢？
B： 不知道該怎麼唸的時候是有點不方便。
A： 那不知道該怎麼唸的時候你都怎麼辦？
B： 就必須要輸入筆畫數了。

否定的場合

在「**とき**」之前，可以接「動詞、形容詞、形容動詞、名詞」的否定形。（例：**わからないとき、値段が高くないとき、町が静かじゃないとき、病気じゃないとき**）

若「**とき**」之前放的是否定形的過去式「**～なかった**」時，則分為動作動詞（**行く、食べる、する**等）、狀態動詞（**わかる、いる、ある**等）（含形容詞）這二種情況。

（1）動作動詞：

a **ご飯を食べないときは、事前に知らせてください。**
不用餐的時候，請事先通知我。

b **ご飯を食べなかったときは、お皿はそのまま置いておいてください。** 沒用餐時，把餐盤直接放著就好。

（2）狀態動詞及形容詞：

① a **わからないときは、インターネットで調べてください。**
不知道的時候，請利用網路查詢。

b **わからなかったときは、インターネットで調べてください。**
不知道的時候，請利用網路查詢。

② a **値段が高くないときは、買ってきてください。**
請在價格不貴的時候買回來。

b **値段が高くなかったときは、買ってきてください。**
請在價格不貴的時候買回來。

若為動作動詞，「**～ないとき**」是代表話中帶有說話者「我不做該動作、行為」的意志；「**～なかったとき**」則是表示「該動作、行為未完結、實現」的意思。

若為狀態動詞、形容詞，「**～なかった**」感覺上假設性較強，但「**～ない**」和「**～なかった**」實際上的意思幾乎相差無幾。

2. ～とき、～たら、～と、～てすぐ（に）、～と同時に

接著是表示「**とき**」的類義句型 2，本節要介紹的是如何正確掌握「**～とき**」與「**～たら、～と、～てすぐ(に)、～と同時に**」的區別。在對話 2）中，對於 A 的提問，B 可以用數種不同表達「時間」的句型來回應。

敬體

2）A：日の出、見ましたか。
B：ええ、a 頂上に着いたとき、太陽が昇り始めました。
b 頂上に着いたら、太陽が昇り始めました。
c 頂上に着くと、太陽が昇り始めました。
d 頂上に着いてすぐ（に）、太陽が昇ってきました。
e 頂上に着く／着いたと同時に、太陽が昇ってきました。

2）A：看到日出了嗎？
B：有， a 抵達山頂時，太陽開始昇起。

b　一抵達山頂後，太陽就開始昇起。
c　一抵達山頂，太陽就開始昇起。
d　一抵達山頂不久，太陽就緩緩昇起。
e　抵達山頂的同時，太陽就緩緩昇起。

常體

2）A：日の出、見た？
B：うん、f　頂上に着いたとき、太陽が昇り始めたよ。
g　頂上に着いたら、太陽が昇り始めたよ。
h　頂上に着くと、太陽が昇り始めたよ。
i　頂上に着いてすぐ（に）、太陽が昇ってきたよ。
j　頂上に着く／着いたと同時に、太陽が昇ってきたよ。

2）A：看到日出了嗎？
B：有，f　抵達山頂時，太陽開始昇起。
g　一抵達山頂後，太陽就開始昇起。
h　一抵達山頂，太陽就開始昇起。
i　一抵達山頂不久，太陽就緩緩昇起。
j　抵達山頂的同時，太陽就緩緩昇起。

說明

敬體

a是把焦點放在時間、時間點，敘述太陽是在何時開始昇起。「**とき**」的用法其他還有像b、c一樣以條件句表示，或是像d一樣用テ形表示。

「**～たら**」通常是表示假設條件，不過用在像b這種過去式的句子中，是表示「正好／正巧（發生事情）」的意思。b的意思是「抵達山頂時，正好／正巧太陽開始昇起」。「**きのう道を歩いていたら、**

小学校時代の友人に会った（昨天散步時，恰巧遇到小學時期的朋友）」也是相同的意思。

與「**〜たら**」相同，用於過去式的句子 c 中的「**〜と**」也是「正好／正巧」的意思。

①きのう道を歩いていると、小学校時代の友人に会った。
昨天走在路上時，恰巧遇到小學時期朋友。

「正好／正巧」是表示超出預期的意外心情，而且也帶有「驚訝」的意思。和「**〜と**」相比，「**〜たら**」超出預期的程度、意外程度以及驚訝的程度都比較高。

過去式的句子中用「**〜と**」，還有表示「就這樣〜／接著開始」的意思。

②彼はいすに座ると、すぐ(に)居眠りを始めた。
他一坐在椅子上，隨即開始打瞌睡。

d 的「**〜てすぐ(に)**」是表示在前句的事情發生後，隨即就發生後句的情況。e 使用「**〜と同時に**」表示，是以說明的方式陳述在登上山頂的同一時間太陽昇起。動詞的辭書形和タ形皆可放在「**と同時に**」之前，而不論是使用辭書形還是タ形都幾乎同義，不過用タ形表示時，會有強調前句和後句的事情、事態的同時性。（d、e 後句使用的「**昇ってきた**」，與 a 〜 c 的「**昇り始めた**」是相同的意思。）

重點比較

～とき・～たら・～と・～てすぐ（に）・～と同時に

	重點在時間、時間點	正好、正巧	意外性的程度較高	驚訝的程度較高	就這樣～、接著開始
～とき	○				
～たら		○*	○*	○*	
～と		○*	○*	△*	○*
～てすぐ（に）	○				○
～と同時に	○				△

＊用在表達過去式的句子裡

- 表示「時間」的用法除了「～とき」以外，還有「～たら」、「～と」，以及使用テ形的「～てすぐ（に）」」等。
- 「～とき」、「～てすぐ（に）」、「と同時に」是把重點放在時間、時間點。
- 「～てすぐ（に）」的「～て」是把重點放在時間的接續（接連發生）。過去式句子中的「～と」也有接續的用法。
- 過去式句子中的「～たら」、「～と」是表示「正好、正巧」的情況，大多都帶有「驚訝」的意思。
- 用在過去式的句子中的「～と」，也有「就這樣～、接著開始」的意思。

會話應用

〈友達同士の会話〉

A：きのう渋谷に行ったとき、山田に会ったよ。（不精確的時點）
B：へー、山田に。
A：ひょっと横を見たら、きれいな彼女がいるんだ。
（正好、正巧）
B：ただの友達じゃないの？
A：その女性と目が合うと同時に、「彼女」だと思ったよ。
（同一時間）
それに、その女性は僕の顔を見ると、すぐに下を向いたんだよ。（就這樣…、接著開始）

B：ふーん、そうか。それから、どうしたの？

A：うん、いや、挨拶（あいさつ）をしてすぐ別れたんだけど。（接續）

（朋友之間的對話）

A：昨天去澀谷的時候遇到山田。

B：欸，你遇到山田喔。

A：我看到他的身邊有一位很漂亮的女朋友。

B：會不會只是朋友而已？

A：我和那個女生視線交錯的同時，直覺就想到「女朋友」。
而且那個女生看了我一眼就馬上低頭。

B：喔，是這樣啊。然後你有做什麼嗎？

A：嗯，沒有啦，就只是打個招呼就馬上道別了。

否定的場合

對話 2）有關「時間」的用法中，a 的否定形如下。

a' 頂上にまだ着いていないとき、太陽が昇り始めました。
我還沒抵達山頂時，太陽就開始昇起了。

b、c 若改成否定形，句子的意思也會有所改變。b 的假設語氣會更強烈，c 若以「**～ないと**」表示，是表示提醒或警告。

b' 頂上に着かなかったら、どうしましょう。
若沒登上山頂，你打算怎麼做？

c' 頂上に着かないと、困りますよ。
沒登上山頂會很麻煩。

d 的「**～てすぐ(に)**」、e「**～と同時に**」都沒辦法以否定形表示。

21 時間 2

「時間 2」要介紹的是陳述事情或狀況的時間先後關係（前句的事情比後句先發生）的各種表達方式，及話者分別的意圖為何。第 1-1 節主要介紹的是「**～てから、～あとで、～たら、～次第**」；第 1-2 節則是以「**～てから、～あとで**」為主；第 2 節要介紹的是表示以某個時間點為開端，並於之後接續發生的狀況或行為等句型，如「**～をきっかけに、～以来、～てからというもの**」等。

1-1. 時間的先後關係 1「～てから・あとで・～たら・～次第」

本節要介紹如何正確使用表示時間的先後關係（前句先發生某件事，接著才發生後句的事情）的「**～てから、あとで、～たら、～次第**」。

敬體

1）A：ちょっとお話があるんですが。
　B：a　この仕事が終わってから、話しましょう。
　　　b　この仕事が終わったあとで、話しましょう。
　　　c　この仕事が終わったら、話しましょう。
　　　d　この仕事が終わり次第、話しましょう。
　　　e　この仕事のあとで、話しましょう。

1）A：我有點事要跟你說。
　B：a　等這個工作做完之後，我們再來談。
　　　b　等這個工作做完之後，我們再來談。
　　　c　等這個工作做完之後，我們再來談。
　　　d　等這個工作一結束，我們就來談。
　　　e　等這個工作做完之後，我們再來談。

常體

1）A：ちょっと話があるんだけど。
　B：f　この仕事が終わってから、話そう。
　　 g　この仕事が終わったあとで、話そう。
　　 h　この仕事が終わったら、話そう。
　　 i　この仕事が終わり次第、話そう。
　　 j　この仕事のあとで、話そう。

1）A：我有點事要跟你說。
　B：f　等這個工作做完之後，我們再來談。
　　 g　等這個工作做完之後，我們再來談。
　　 h　等這個工作做完之後，我們再來談。
　　 i　等這個工作一結束，我們就來談。
　　 j　等這個工作做完之後，我們再來談。

說明

敬體

a～e是表示「時間」的先後關係中「之後」的用法。最具代表性的是a「**～てから**」和b「**～あとで**」。「**～てから**」和「**～あとで**」的其中一項不同之處，在於「**～てから**」具有強烈的「前句的事情結束之後，接著才發生後句的事情」這種「接連」的意味，「**～あとで**」則未必特別具備「接連」的意味。「**～あとで**」的前面要接動詞的タ形，而前面以「**～た**」表示，就代表「**～あとで**」具有強烈表達「那件事（前述的事）已完結」的意圖。

c「**～たら**」並非表示假設條件，而是確定條件，意思是「有一件事已經確定會結束，在那之後…」。「**～たら**」原本就是表示條件，這裡是指「**終わる**」這件事是「**話す**」的條件之一。

d「**動詞マス形的語幹＋次第**」就如下面的①、②的句子所示，是表示「一旦…之後立刻（開始做那件事）」的意思，是屬於比較正式生硬的說法，常用於職場或商務環境。

①連絡が入り次第、お知らせします。 一旦接到連絡，我就通知你。
②できあがり次第、お持ちします。 一旦完成，我就幫你送過去。

「**あとで**」搭配名詞使用時，用法就像e「**名詞＋のあとで**」一樣。大多數的情況下，比起使用動詞句，用「**名詞＋のあとで**」來敘述是比較簡潔的表達方式。（例：**ご飯を食べたあとで** v.s. **ご飯のあとで**（吃完飯後）、**仕事が終わったあとで** v.s. **仕事のあとで**（工作結束後））

常體

d「**～次第**」雖然屬於正式生硬的說法，不過也可以像i句或是「**これが片付き次第、そっちの方を手伝うよ**（這些一整理完之後，我就馬上去那邊幫忙喲！）」一樣，用於常體的表達，通常是男性用語。

會話應用

〈職場で。友達の友子さんのことを話す〉

小川：友子さん、結婚してから付き合いが悪くなったね。（接連發生）
田口：うん、結婚したあとで、引っ越しもしたみたいだし。（時間上的先後關係）
小川：結婚したら、やっぱり生活が変わるのかな。（假設條件）
田口：そりゃそうよ。今度食事にでも誘ってみようか。
小川：うん、仕事が終わり次第、連絡を取ってみるね。（立刻進行）
田口：じゃ、仕事のあとで。（時間上的先後關係）

（二人於工作場所聊與朋友友子有關的事）

小川：友子婚後我們比較少和她來往了吧。
田口：嗯，而且婚後她好像也搬家了。
小川：結婚之後，生活果然還是會有所改變吧田口：那當然啊。下次要不要約她出來吃頓飯？
小川：嗯，工作結束後我再試著和她連絡。
田口：那，工作結束後再說。

1-2. 時間上的先後關係 2「『～てから』與『～あとで』的不同之處」

在 1-1 我們介紹了「時間上的先後關係」（前句的事情先發生，之後才發生後句的事）。本節將特別介紹其中的「**～てから、～あとで**」這兩個句型的不同之處。對話 2）是一對母子的對話。

常體

2）子供：お菓子、食べてもいい？
母親：a　手を洗ってから、お菓子を食べなさい。
b　手を洗ったあとで、お菓子を食べなさい。
c　手を洗ったら、お菓子を食べてもいいですよ。
d　先に手を洗って、お菓子を食べなさい。

2）小孩：我可以吃零食嗎？
母親：a　洗完手再吃零食。
b　洗完手再吃零食。
c　洗完手再吃零食。
d　先洗手，再吃零食。

常體

這是想要吃零食的小孩和母親的對話。小孩子想要馬上吃零食，而母親想表達的是先洗過手，之後就可以吃零食。針對小孩子「**食べてもいい？（我可以吃嗎）**」的要求，回應時最自然且最常用的用法是 a「**～てから**」。「**～てから**」是表示前句的事情比後句先發生，

而大多數的情況前句是後句的發生條件，也就是前句所描述的事情必須先發生。以 a 來說，話中傳達了母親的想法，也就是為了可以做「**お菓子を食べる（吃零食）**」的動作，在那之前就必須要先做「**手を洗う（洗手）**」的動作。

b 則是把重點放在時間上的先後關係，話中明確指示不是在「**手を洗う前（洗手之前）**」，而是在「**手を洗った後（洗手之後）**」。

c 是把「**手を洗う**」當作條件，意思是「條件實現後就可以吃」。「**～たら**」之後常會搭配「**～てもいい**」這類表示許可的句型。

也可以像 d 句這樣，以「**～て**」單純表示事物在時間上的接續（接連發生）。

會話應用

〈友達が勇太を誘う〉

友達：遊べる？
勇太：お母さんに聞いてくる。

＊＊＊

勇太：「宿題してから」だって。（功課先做，之後再去玩）
友達：宿題したら、遊んでもいいの？（應該達成的條件）
勇太：うん。
友達：わかった。
勇太：宿題が終わったあとで、何して遊ぼうか。
（重點在時間、時間點）
友達：公園行こうよ。
勇太：公園行って、何する？（接續）

（朋友約勇太去玩）

朋友：可以去玩嗎？
勇太：我問看看我媽媽。

＊＊＊

勇太：我媽說「功課做完就可以」

朋友： 做完功課就可以去玩嗎？
勇太： 嗯。
朋友： 我知道了
勇太： 功課做完之後要玩什麼？
朋友： 我們一起去公園嘛！
勇太： 去公園要做什麼？

重點比較

時間的先後關係 1 、 2

	接連發生	立刻進行	重點在時間	必定後發生，不能先發生	正式生硬的說法	簡潔的表達方式
～てから	○		△	○		
～あとで			○			
～たら				○		
～次第	○	○		○	○	
～て	○	○				
名詞＋のあとで			○			○

- 前句與後句在時間上的關係，分為立刻連續發生，以及非立刻連續發生。表示立刻連續發生的是「～てから」、「～次第」、「～て」，表示非立刻連續發生的是「～あとで」、「～たら」。
- 前句與後句在內容上的關係，為了要使後句成立，亦可區分為必須要有前句條件成立及非必需的兩種類型。前句必須成立的是「～てから」、「～たら」、「～次第」；前句不須成立的是「～あとで」、「～て」。
- 把重點放在時間的是「～あとで」、「名詞＋のあとで」。

 否定的場合

對話 1）提到的句型中，「**てから、(の)あとで、次第**」之前不能放否定形。c 的「**～たら**」則如下所示：

c' この仕事が終わらなかったら、別の日に話しましょう。
這份工作沒做完的話，那就擇日再談。

2. 表示某個時間點之後的「～（て）以来・～てからというもの」等用法

本節要介紹的是如何正確使用把焦點放在某個時間點之後的「**～てから、～をきっかけに、～(て)以来、～てからというもの**」的用法。在對話 3）中，A 是詢問 B 關於創業的事。

敬體

3) A：いつ起業したんですか。
B：a　会社を辞めてから、すぐ（に）起業しました。
b　会社を辞めたのをきっかけに、起業しました。
c　会社を辞めて以来、何社かを起業して（い）ます。
d　会社を辞めてからというもの、起業しては失敗ばかりして（い）ます。

3）A：你是什麼時候創業的？
B：a　辭掉工作之後就立刻創業了。
b　以辭掉工作為契機而創業。
c　從辭掉工作開始，我已經開了好幾間公司了。
d　自從辭掉工作，創業就一直失敗。

常體

3) A：いつ起業したの？
B：e　会社を辞めてから、すぐ（に）起業した｛んだよ／のよ｝。
f　会社を辞めたのをきっかけに、起業した｛んだよ／のよ｝。

g　会社を辞めて以来、何社かを起業した｛んだよ／のよ｝。
h　会社を辞めてからというもの、起業しては失敗ばかりして（い）る｛よ／のよ｝。

3）A：你是什麼時候創業的？
　B：e　辭掉工作之後就立刻創業了。
　　f　以辭掉工作為契機而創業。
　　g　從辭掉工作開始，我已經開了好幾間公司了。
　　h　自從辭掉工作，創業就一直失敗。

說明

敬體

對話 3）是表示於前句的事情之後發生新的事態，且該事態一直持續。

a「**～てから**」是把重點放在時間的先後關係上，後句的內容不是發生在前句之前，而是前句之後才發生。b 的意思是「辭掉工作」成為後句事情發生的起因。

c「**～(て)以来**」是說話者聚焦在「該時間點之後」，描述在那個時間點之後發生了什麼樣的行為、事態。若使用「**～(て)以来**」表達，雖然後句可以用「**起業した**」代替「**起業している**」，不過使用「**起業している**」表達，事態一直持續的感覺會比較強烈。

d 的「**～てからというもの**」是將辭掉工作視為起因，且在之後發生巨變，並表示「在那之後一直持續如此」，是有些誇大的強調說法。

敬體的 c 是以「**起業しています**」表示，而常體的 g 則是以「**起業したんだよ／のよ**」表示。敬體的 c 是向對方傳達自己有那樣的經驗、經歷，常體的 g 則是將之視為過去的事實。兩種說法雖然可以

互換，不過對於關係親近的人，或許以陳述過去事實的方式表達會顯得比較自然。（參照 18「經驗」1）。

重點比較

表示某個時間點之後的「～（て）以来 ・ ～てからというもの」等用法

	時間上有先後關係	行為一直持續	事情的起因、契機	比較強調的說法	聽起來較誇大
～てから	○	△			
～をきっかけに			○		
～（て）以来	○	○		△	△
～てからというもの	△	○	○	○	○

- 本節是表達「某件事情發生之後」的用法，在敘述前句和後句之間的關係時，分為單純表達時間先後關係的句型，以及把重點放在前句的事情會持續多久的句型。
- 前者是「～てから」，後者是「～（て）以来」、「～てからというもの」。
- 「以来」前除了動詞テ形以外，還可以放名詞（「以後／以降」亦同）。前面的名詞及副詞最好使用與後句情事的發生有明顯時間間隔的語詞。（例：先月以降、結婚以来、？きのう以降、？おととい以来）

會話應用

〈A は画家の B にいろいろな質問をしている〉

A：絵はいつから？
B：大学を卒業してから描き始めました。（接續發生）
A：卒業したあとは、就職はしなかったんですか。
B：ええ。
A：何かきっかけがあったんですか。
B：ええ、大震災があったのをきっかけに、故郷（こきょう）に戻ろうと思ったんです。（起因）

A：故郷に戻って以来、ずっと描いてるんですか。
（從那時開始一直持續）
B：ええ、故郷の人々や景色を描いてます。
A：他の絵は？
B：いやあ、故郷に戻ってからというもの、故郷の絵しか描いていないんですよ。（從那時開始一直畫，稍微誇大的說法）

（A 問畫家 B 各式各樣的問題）

A：你什麼時候開始畫畫的？
B：大學畢業後開始畫畫。
A：畢業之後沒有去找工作嗎？
B：是的。
A：是有什麼契機嗎？
B：嗯，因為發生大地震，所以想要回家鄉去。
A：回家鄉之後就一直在畫畫嗎？
B：嗯，我一直在畫家鄉的人們和景色。
A：其他的畫呢？
B：不，自從回到家鄉之後，就一直只畫家鄉的畫了。

否定的場合

在對話 3）提到的句型中，a「**てから**」之前不會放否定形。所以我們來想想看 b「**をきっかけに**」、c「**（て）以来**」以及 d「**てからというもの**」的否定形要如何表示。

b' 仕事がうまく行かなかったのをきっかけに、起業しました。
因為工作不順利而創業。

？ c' 仕事がうまく行かなくて以来、何社かを起業して（い）ます。
自從工作不順利以來，我開了好幾間公司。

? d' **仕事がうまく行かなくてからというもの、起業しては失敗ばかりして(い)ます。** 自從工作不順利，創業就一直失敗。

b 的「**をきっかけに**」之前可以放否定形。c「**(て)以来**」以及 d「**てからというもの**」則會顯得很不自然。這兩種句型都必須像「**行かなくなって以来**」、「**行かなくなってからというもの**」這樣，加上「**なる**」。

22 時間 3

「時間 3」要介紹的是如何表示在一段時間或期間內結束的狀態或行為，以及在一段時間或期間內一直持續的狀態或行為。第 1 節要介紹的是「**～あいだに、～うちに、～中に、～前に／までに**」；第 2 節要介紹的是「**～あいだは、～うちは、～中は、～前は／までは**」。

1. 在一段時間或期間之內結束的狀態或行為

本節要介紹的是表達在一段時間或期間之內結束或使其結束的狀態或行為的句型，有「**～とき／ときに、～あいだに、～うちに、～中に、～前に／までに**」等用法。在對話 1）中，對於 A 的提問，B 可以用數種不同表達「在一段時間或期間之內結束的狀態或行為」的句型來回應。

敬體

1）A：日本で就職先を探して（い）るんですか。
　　B：ええ、a　日本にいる｛とき／ときに｝、就職先を見つけたいと思います。
　　　　　　　b　日本にいるあいだに、就職先を見つけたいと思います。
　　　　　　　c　日本にいるうちに、就職先を見つけるつもりです。
　　　　　　　d　日本滞在中に、就職先を見つけるつもりです。
　　　　　　　e　帰国する｛前に／までに｝、就職先を見つけようと思います。
　　　　　　　f　会社がつぶれてしまわないうちに、新しい就職先を見つけようと思います。

1）A：你要在日本找工作嗎？
B：是的，a 在日本的期間，我希望找到工作。
b 在日本的期間，我希望找到工作。
c 我打算趁著在日本的這段期間找到工作。
d 我打算趁著待在日本的期間找到工作。
e 我想在回國之前找到工作。
f 我想在公司還沒倒閉之前，找到新的工作。

常體

1）A：日本で就職先を探して（い）るの？
B：うん、g 日本にいる｛とき／ときに｝、就職先を見つけたい｛んだ／の｝。
h 日本にいるあいだに、就職先を見つけたい｛んだ／の｝。
i 日本にいるうちに、就職先を見つけるつもり｛だよ／なの｝。
j 日本に滞在中に、就職先を見つけるつもり｛だよ／なの｝。
k 帰国する｛前に／までに｝、就職先を見つけようと思う。
l 会社がつぶれてしまわないうちに、就職先を見つけようと思う。

1）A：你要在日本找工作嗎？
B：是的，g 在日本的期間，我希望找到工作。
h 在日本的期間，我希望找到工作。
i 我打算趁著在日本的這段期間找到工作。
j 我打算趁著待在日本的期間找到工作。
k 我想在回國之前找到工作。
l 我想在公司還沒倒閉之前，找到新的工作。

說明

敬體

表示時間點的「**とき**」，不只可用於表示單一的時間點，也可以用於表示一定長度的時間。對話 1）中所舉出的句型，都是用於表示在一段期間（時間）之內，使某件事結束。a「**とき／ときに**」之前接的是持續狀態的「**～(て)いる**」，所以是表示「（待在日本）那段期間的其中一個時點找到工作」的意思。

b 是以「**あいだ**」表示時間的長度，意思是在「**そのあいだ**」那一段時間、期間之內找到工作。

c 的「**～のうちに**」與「**～あいだに**」很相似，「**～あいだに**」是指時間之內、期間之內，也就是把說話重點放在時間、期間。「**～のうちに**」則和心理上的因素比較有關係。話中帶有「如果在日本的生活結束了，就沒辦法找到工作，所以要趁著待在日本的狀態仍持續的時候」這種擔心狀態會有任何改變的心情。

d「**～中**」是接在「**滞在（逗留）**」這個表示動作、狀態的名詞之後，表示「**～のあいだ**」，並加上表示時間點的「**に**」，以限定時間、期間。

e 的「**～前に**」與 20 課提到的「**～とき**」一樣是表示時間的先後關係。「**帰国する前に**」可以改為「**帰国するまでに**」。而「**までに**」是表示事情實現的期限。

①**毎晩寝る前に、日記をつける。**每晚睡覺之前，我都會寫日記。
②**毎晩寝るまでに、日記をつける。**每晚睡覺之前，我都會寫日記。

①「**～前に**」是把重點放在寫日記的時間，意思是「寫日記的時間比睡覺時間還要早」。②「**～までに**」是表示寫日記的時間只

要限制在「**寝る**」的時間之前，什麼時間都可以。

f是把否定形「**～ない**」放在「**うちに**」的前面。f的「**会社がつぶれてしまわないうちに**」是表示對「**会社がつぶれる**」這件事感到憂慮，想「在該事態沒實現（發生）的時間、期間之內」找到工作的心情。

常體

最近年輕人常會以下列的方式表達。

？③帰国しない前に、就職先を見つけようと思っている。

？我想沒回國之前找到工作。

「**前に**」的前面通常都是放動詞的辭書形，所以應該是「**帰国する前に**」，但卻受到「**～ないうちに**」這個說法的影響，對於「還沒有回國」的「沒有」意識過頭，才會變成「**～ない前に**」的說法。雖然文法上不正確，不過最近的確有這樣的使用傾向，所以還是稍作介紹。

重點比較

在一段時間或期間之內結束的狀態或行為

	重點在於時間、時點	在時間、期間之內使之結束	含有心理上的因素（憂慮）	簡潔的表達方式
～とき／ときに	○			
～あいだに	○	○		
～うちに		○	△	
名詞＋中に	○	○		○
～前に／までに	○	○		
～ないうちに		○	○	

- 「那段時間、期間內」的用法，分為單純把重點放在時間的用法（～とき／ときに、～あいだに、名詞＋中に、～前に／までに），以及憂慮時間結束的用法（～うちに、～ないうちに）。
- 要表達強烈的「憂慮、掛意」，可以「～ないうちに」來表示。

會話應用

〈Aは知人のBに、ペンキの塗り方や道具について教えてもらっている〉

A：この道具はいつ使うのですか。

B：これはこうやってペンキを塗っているときに、使います。（時間、時間點）

A：なるほど。

B：だいたい塗れたら、ペンキがぬれているあいだに、上から2回塗りをします。（那段時間內）
ペンキを塗っていると、どんどん乾いてきますから急いでやってください。

A：はい。

B：そして、ペンキが乾く前に、全体の手直しをしてください。（時間的前後關係）

A：はーい。
そのあとでニスも塗るんですね。

B：ええ。ニスが乾かないうちに、手早く全体を整えてください。（憂慮）

A：あ～疲れた。

B：作業中に、そんなことを言ってはいけませんよ。（簡潔的表達方式）

（請朋友 B 教自己塗油漆的方法以及工具的用法）

A：這個工具是用在什麼時候？

B：當你要這樣塗油漆的時候使用。

A：原來如此。

B：塗得差不多之後，就要趁油漆還沒乾，再從上面塗兩次。
一旦塗上油漆就會漸漸地乾掉，所以要儘快塗上去。

A：是。
B：然後在油漆乾掉前，要進行整體的修補工作。
A：是。之後再塗上清漆對吧。
B：對。趁清漆還沒乾掉前，要儘快把漆全部抹平。
A：啊～累死了！
B：工作中不能說那種話喔。

否定的場合

在對話 1）提到的句型（表現句型）中，f 的「**～ないうちに**」是 c「**うちに**」的否定形，故略過不提。此外，d 的「**中**」之前要放表示動作或狀態的名詞，所以也略過不提。接著就來思考看看 a「**とき／ときに**」、b「**あいだに**」、e「**前に／までに**」的否定形該如何表示。

a' **本国にいないとき／ときに、就職先を見つけることはできません。**
不在本國時，無法找工作。
b' **本国にいないあいだに、就職先を見つけることはできません。**
不在本國的期間，無法找工作。
？ e' **帰国しない前に、就職先を見つけようと思います。**
我想在沒回國前找到工作。
？ e" **帰国しないまでに、就職先を見つけようと思います。**
我想在沒回國之前找到工作

a' 和 b' 是可用的表達方式，e' 和 e" 會變成很怪異的句子。關於 e' 請參照「常體」的說明，e" 是不自然的句子。

2. 在一段時間或期間內一直持續的狀態或行為

本節將介紹的是表示在一段時間或期間內一直持續的狀態或行為的句型，其中包含「**～ときは、～あいだは、～うちは**」等。而這類句型通常後句的內容是「（在那段時間、期間當中）持續的狀態、行為」。對話2）是A向家有幼兒的家庭主婦B詢問與工作有關的事。對於A的提問，B可以用數種不同表達「在一段時間或期間內一直持續的狀態或行為」的句型來回應。

敬體

2）A：仕事しないんですか。
　B：ええ、a　子供が小さいときは、家にいようと思います。
　　　　　b　子供が小さいあいだは、家にいようと思います。
　　　　　c　子供が小さいうちは、家にいようと思います。
　　　　　d　育児中は、家にいようと思います。
　　　　　e　子供が小学校に入る｛前は／までは｝、家にいようと思います。
　　　　　f　子供が小学校に入らないうちは、家にいようと思います。

2）A：妳不工作嗎？
　B：是的，a　孩子還小的時候，我要待在家。
　　　　　b　在孩子還小的時期，我要待在家。
　　　　　c　只要孩子還小，我就會待在家。
　　　　　d　在整個育兒期，我都要待在家。
　　　　　e　在孩子上小學之前，我要待在家。
　　　　　f　在孩子還沒上小學之前，我就會待在家。

常體

2）A：仕事しないの。
　B：うん、g　子供が小さいときは、家にいようと思う。
　　　　　h　子供が小さいあいだは、家にいようと思う。
　　　　　i　子供が小さいうちは、家にいてやりたい。

j　育児中は、家にいたほうがいいと思う。
k　子供が小学校に入る｛前は／までは｝、家にいるつもり。
l　子供が小学校に入らないうちは、家にいようと思う。

2）A：妳不工作嗎？
B：是的，g　孩子還小的時候，我要待在家。
h　在孩子還小的時期，我要待在家。
i　只要孩子還小，我就會待在家。
j　在整個育兒期，我覺得都待在家比較好。
k　在孩子上小學之前，我打算要待在家。
l　在孩子還沒上小學之前，我就會待在家。

說明

敬體

對話 2）介紹的是在某段一定的時間、期間內，一個狀態一直持續的句型。而其中是以「**～ときは、～あいだは、～うちは、～中は、～前は**」代換曾在對話 1）中出現過的「**～ときに、～あいだに、～うちに、～中に、～前に**」。相對於格助詞「**に**」是表示單一時間點，「**は**」則是指整段時間、期間，而此類句型也以「**は**」原本的特性為基礎，時而表示主題或時而對比的方式來闡述這段期間的性質與狀態。

a「**～ときは**」、b「**～あいだは**」是把重點放在時間、期間，說的是「只有在那段時間、期間內」。而 c「**～うちは**」與「**～うちに**」相同，都帶有說話者個人的心情。「若只在該狀態持續的期間還可以接受，若非如此則無法接受」、「在那段期間內的話，就會持續該動作、狀態，但只要時間一結束，就會中止」的心情，會比使用「**～ときは**」、「**～あいだは**」時更加強烈。

d「**名詞＋中は**」是把狀態持續限定在「育兒的期間」。

e是把重點放在時間的前後關係，像「**～前は／までは**」這樣以「**は**」表示，有暗示在那之後還不知道會怎麼樣的意思。

f是把「**～ない**」放在「**～うちは**」之前。f的意思是「在小孩還沒上小學」這個狀態持續的期間，就「待在家裡」，但之後會怎麼樣還不清楚，大概會去工作（也不一定），含有如此對比的意思。「**～ないうちは**」大多如下所示，想法上對於「**そうしない（不那麼做）**」、「**そうでない（不是那樣的狀態）**」期間內的情事、狀態有所罣礙。

①都会の生活に慣れないうちは、その仕事はやめたほうがいい。
趁著還未習慣都市生活之前，最好還是辭掉那份工作。

②うちの子は、保育園に通い始めて間もないうちは、1週間に1度は熱を出していました。
我們家的孩子開始上幼稚園沒過多久，就一個禮拜發一次燒。

常體

雖然在文法上並不正確，不過近來開始有使用「**～ない前は**」這種說法的傾向。

？③子供が小学校に入らない前は、家にいようと思います。
？在孩子不上小學之前，我想待在家。

在意思上和f的「**～ないうちは**」幾乎同義，指說話者想表達比起「**～うちは**」，更重視「**前**」一詞所表示的時間的前後關係。

重點比較

在一段時間或期間內一直持續的狀態或行為

	重點在時間、時間點	在一段時間、期間內	含有心理上的因素（憂慮）	簡潔的表達方式
～ときは	○	△		
～あいだは	○	○		
～うちは	△	○	△	
名詞＋中は	△	○		○
～前は／までは	○	○		
～ないうちは		○	○	

- 本節的句型是利用「は」來突顯全都發生在那段時間、期間之內。因為特別以「は」表示，所以會把該段時間、期間作為主題，或是和其他的時間、期間作對比。因此具有較強的對比意味，表示不是在其他的時間或期間之內，而是要在「那段（指定的）時間、期間之內」。
- 「～うちは」帶有說話者「只限定在那段期間內持續」的這種心情。
- 「～ないうちは」多帶有對於前句「そうしない（不那麼做）」、「そうでない（不是那樣的狀態）」的期間心有罣礙的想法。
- 「～うちは」（肯定形＋うちは）與「～ないうちは」（否定形＋うちは）相比，「～ないうちは」有較強的憂慮感。以下列的①②做比較，②的句子說話者的憂慮感較強烈。

　①**夫が会社にいるうちは、外出していても大丈夫。**
　丈夫還在公司的期間，就算外出也沒關係。

　②**夫が帰らないうちは、外出していても大丈夫。**
　丈夫沒回家之前，外出也沒關係。

會話應用

〈料理学校で〉

先生：肉をオーブンに入れますよ。だいたい20分かかります。

生徒：20 分？
先生：ええ、でも急いでいるときは、15 分でも大丈夫です。
（該時間點的狀態）
生徒：はい。

＊＊＊

生徒：ああ、いいにおい！
先生：焼いているあいだは、オーブンのとびらを開けないでください。（在該段時間、期間內）
あ、できてきましたね。
皆さん、ここからのぞいてください。色が茶色になってますね。
生徒：ほんとだ！
先生：オーブンに入れる前はまだ白かったですが。
（時間的前後關係）
肉が茶色にならないうちは、まだ焼けていないので、そのときはもう少し焼いてください。
（只在那段時間、期間內，憂慮）
オーブンの使用中は、とびらが熱くなるので、気をつけてください。（簡潔的表達方式）

（在廚藝學校）

老師：把肉放進烤箱，大概要烤 20 分鐘。
學生：20 分鐘？
老師：對，不過趕時間的時候，也可以只烤 15 分鐘。
學生：是。

＊＊＊

學生：啊！好香喔！
老師：烘烤期間，請不要打開烤箱的門。
啊！完成了。各位，請看看這裡，已經變成咖啡色了。
學生：真的耶！
老師：在放入烤箱之前還是白色的，肉沒烤成咖啡色之前，就表示還沒烤熟，這時請再烤一段時間。
使用烤箱的期間，門會變得很燙，請小心。

否定的場合

在對話 2）提到的句型（表現句型），由於 f「**ないうちは**」已是 c「**うちは**」的否定形，所以略過不談。另外，d「**中**」的前面是表示動作、狀態的名詞，所以也略過不提。接著就來想想 a「**ときは**」、b「**あいだは**」、e「**前は／までは**」的否定形該如何表達。

a' 子供が元気じゃないときは、仕事を休もうと思います。
我打算在小孩子不舒服的時候休息不上班。

b' 子供が元気じゃないあいだは、仕事を休もうと思います。
我打算在小孩子不舒服的期間休息不上班。

？ e' 子供が回復しない前は、仕事をするのはやめようと思います。
？（需）在小孩沒恢復之前，我打算停止工作。

？ e" 子供が回復しないまでは、仕事をするのはやめようと思います。
？（需）在小孩沒恢復之前，我打算停止工作

a' 和 b' 是可用的表達方式，e' 和 e" 都會變成很怪異的句子。關於 e' 請參照「常體」的說明。

23 時間 4

「時間 4」的第 1 節是介紹表示兩件事同時發生的句型；第 2 節是介紹表示事情毫無時間的間隔接連發生的句型；第 3 節是介紹表示預期的動作、狀態被中斷的「界限、分界」的句型。

第 1 節介紹的是「**～ながら、～かたわら、～つつ**」；第 2 節介紹的是「**～とたん(に)、～や否や、～が早いか、～なり**」；第 3 介紹的是「**～きり、～まま、～なり、～たら最後**」等句型。

1. 同時發生的動作、狀態

首先我們來看看表示前句和後句的事情「同時發生」的句型。在對話 1）中，對於 A 的提問，B 可以用數種不同表達「同時發生的動作、狀態」的句型來回應（請參考 36「並列、舉例 1」）。

敬體

1）A：Bさんは先生なんですか。
　B：ええ、まあ。a　塾で教えながら、家庭教師をして（い）ます。
　　b　塾で教えるかたわら、家庭教師をして（い）ます。
　　c　塾で教えたり、家庭教師をしたりして（い）ます。
　　d　塾でも教えるし、家庭教師もして（い）ます。
　　e　塾で教えつつ、家庭教師もして（い）ます。
　　f　塾講師でもあり、家庭教師でもあります。

1）A：B 先生你是老師嗎？
　B：是的。a　我現在一邊在補習班教書，一邊擔任家庭老師。
　　b　我現在除了在補習班教書以外，還擔任家庭老師。

c　我在補習班教書和擔任家庭老師。
d　我在補習班教書，而且也有擔任家庭老師。
e　我在補習班教書，同時也擔任家庭老師。
f　我既是補習班老師，也是家庭老師。

常體

1）A：Bさんは先生なの？
B：うん、まあ。g　塾で教えながら、家庭教師をして（い）るよ。
h　塾で教えるかたわら、家庭教師をして（い）るよ。
i　塾で教えたり、家庭教師をしたりして（い）るよ。
j　塾でも教えるし、家庭教師もして（い）るよ。
k　塾で教えつつ、家庭教師もして（い）るよ。
l　塾講師でもあり、家庭教師でもあるってところかな。

1）A：B先生你是老師嗎？
B：是的。g　我現在一邊在補習班教書，一邊擔任家庭老師。
h　我現在除了在補習班教書以外，還擔任家庭老師。
i　我在補習班教書和擔任家庭老師。
j　我在補習班教書，而且也有擔任家庭老師。
k　我在補習班教書，同時也擔任家庭老師。
l　我不過是個補習班老師和家庭老師。

說明

敬體

a～f為表示同時性的用法。雖說都是同時性，但卻會因為表達時的著眼點在時間、行為、性質或是內容的不同，而有不同的表示方式。此外，從多項事件或行為中挑出數個來描述，或是徹底羅列所有事件或行為，也分別會有不同的表達方式。

a「**～ながら**」、b「**～かたわら**」、e「**～つつ**」是表示時間上的同時性，也就是前句與後句的事件是同時發生的緊密關係。相較於 a「**～ながら**」，b「**～かたわら**」和 c「**～つつ**」是屬於書面語的用法。

a「**～ながら**」就像「**CDを聞きながら、車を運転します**（一邊聽**CD**，一邊開車）」一樣，是表示二個動作同時進行，也可以像「**アルバイトをしながら4年間過ごした**（四年間一直在打工）」一樣，表示在一段期間內持續的動作。

「**～ながら**」主要是「描述短時間且眼睛可以看得見的動作」，b「**～かたわら**」則是表示生活或工作這類長時間的活動，意思是「除了主要的活動、工作，還有做其他的事。」

①店を経営するかたわら、塾でも教えている。
除了經營店面以外，也有在補習班教書。

e「**～つつ**」與「**～ながら**」的意思和用法都很相似，但是屬於生硬的說法。

②子供達に見守られつつ、祖父は死んでいった。
在孩子們（目視）的守護下，祖父過世了。

c「**～たり**」、d「**～し**」與其說是表示同時發生，不如說是把焦點放在同時進行的多項行為。c「**～たり～たり**」是表示二個行為（在補習班教書、擔任家庭教師）重覆交互進行，而 d「**～し**」則是列舉二個類似的行為並大致上將其並列（在補習班教書、擔任家庭老師）。（請參照 36「並列、例舉 1」4）

③彼女はアラビア語を読んだり書いたりできる。
她會讀、寫阿拉伯語。

④彼女はアラビア語を読むことができるし、書くこともできる。
她既會讀阿拉伯語，也會寫。

f「**～でもあり～でもある**」是指多種（大多數的情況下是兩種）性質或內容可同時在一件事物或人身上成立時使用。此用法是以「**名詞＋である**」為基礎，是屬於書信用語的嚴肅說法。

⑤彼は人に優しい。それが長所でもあり短所でもある。
他對人很溫柔。那是他的優點也是他的缺點。

常體

在對話 1）中，若直接表示「**塾講師でもあり、家庭教師でもある（我既是補習班老師，也是家庭老師）**」來討論自己，則聽起來會顯得很自大。所以在句尾加上「**～ってところかな（不過是…）**」或是省略過的「**～ってことかな**」這種軟化語氣的說法會比較恰當。

重點比較

同時發生的動作、狀態

	口語	書面語	生硬的說法	時間的同時性	性質、內容的同時性	類似的行為	描述性質、解說性質
～ながら				○			
～かたわら		○	○	○			
～たり	○					○	
～し	○					○	
～つつ		○	○	○			○
～でもあり ～でもある		○	○		○		

- 書面語的表達法有「～かたわら」、「～つつ」、「～でもあり～でもある」，是屬於比較生硬的說法。
- 「～たり」、「～し」是口語的用法。
- 「同時性」也有分時間上、性質上及內容上的不同，以何者為基準，就會有不同的表達方式。大致上可分類如下。
  時間的同時性（關係緊密）：～ながら、～かたわら、～つつ
  行為的同時性（關係較不緊密、選擇性、交互進行）：～たり
  行為的同時性（關係較不緊密、列舉）：～し
  性質、內容的同時性：～でもあり～でもある

會話應用

〈友人同士のAとBがドッグカフェのことを話している〉

A：近くにドッグカフェができたから、行ってみない？
B：どんな店なの？
A：コーヒーを飲んだり、犬の話をしたり……。
（重覆交互進行動作、行為）
B：楽しそうね。
A：ご主人はカフェを経営するかたわら、犬の調教もやるんだ。
（同時進行行為、活動）
B：へえー。
A：大型犬の調教もやるし、警察犬の調教もやるんだよ。
（類似的行為、例舉）
それに獣医の資格も持ってるんだって。
B：へー、じゃ、犬の調教師でもあり、医師でもあるっていうわけ？（同樣的性質、內容）
A：うん、彼の話を聞きながら飲むコーヒーはなかなかのものだよ。（同時動作）
B：ふーん。
A：疲れているときは、話を聞きつつ、居眠りしてしまうこともあるけどね。（解說性質）

（A和B是朋友，二人在聊狗狗咖啡廳的事）

A：附近開了一間狗狗咖啡廳，要不要去看看？
B：什麼樣的店？

A： 可以喝喝咖啡，聊聊狗狗……。
B： 聽起來很有趣。
A： 老闆除了經營咖啡廳之外，還有在訓練狗狗。
B： 欸～。
A： 他訓練大型犬，也有訓練警犬。聽說還有獸醫執照。
B： 欸，所以他既是訓犬師，也是醫師囉？
A： 嗯。一邊聽他說這些事，一邊喝咖啡也挺不錯的。
B： 喔。
A： 雖然有時覺得疲憊的時候，也會一邊聽他說，一邊打瞌睡。

否定的場合

在對話 1）提到的句型（表現句型），b「**かたわら**」、e「**つつ**」之前不能接否定形。另外，a「**ながら**」若搭配否定形，就不是表示「同時的動作」，而是表示「逆接」。

a’ **正規の教師としては教えないながら、塾などで教えている。**
雖然不是正規的教師，但是有在補習班等地方教學。

那麼，我們來想想看 c「**たり**」、f「**でもあり**」的否定形該如何表達。

c’ **病気のときは、塾へも行かなかったり、家庭教師もしなかったりです。** 生病的時候，就不去補習班，或是不去當家庭老師。
d’ **病気のときは、塾へも行かないし、家庭教師もしません。**
生病的時候，既不去補習班，也不去當家庭老師。
f’ **塾講師でもなく、家庭教師でもありません。**
既非補習班老師，也不是家庭老師。

c、d、f 只要詳細思考其表現，也可以用否定形表達。

2. 一件事結束後立刻發生下一件事

本節將介紹的是表達一件事結束後立刻發生下一件事，或是一個行為之後接著做另一個行為的句型。由於是用於描述事態或行為的變化，所以描述的內容比起說話者本身（的事），大多是敘述與第三者有關的情況。對話 2）也是以第三者為主題。B 可以用數種不同的句型向 A 敘述「一件事結束後立刻發生下一件事」的情況。

敬體

2）A：田中さんがすごい勢いで、部屋を飛び出していきましたよ。
　B：ええ、田中さんに電話がかかってきたんですが、
　　a　彼は話を聞いてすぐ（に）、部屋を飛び出しました。
　　b　彼は話を聞くとすぐ（に）、部屋を飛び出しました。
　　c　彼は話を聞いたらすぐ（に）、部屋を飛び出しました。
　　d　彼は話を｛聞く／聞いた｝と同時に、部屋を飛び出しました。
　　e　彼は話を聞いたとたん（に）、部屋を飛び出しました。
　　f　彼は話を聞くや否や、部屋を飛び出しました。
　　g　彼は話を｛聞く／聞いた｝が早いか、部屋を飛び出しました。
　　h　彼は話を聞くなり、部屋を飛び出しました。

2）A：田中以飛快的速度衝出房間了。
　B：是啊，田中接到一通電話，
　　a　他一聽完電話之後立刻衝出房間。
　　b　他一聽完電話就立刻衝出房間。
　　c　他一聽完電話之後就立刻衝出房間。
　　d　他在接聽電話的同時衝出房間。
　　e　他一聽完電話就衝出房間。

f 他剛聽完電話就衝出房間。
g 他在接聽電話的同時衝出房間。
h 他一聽完電話就衝出房間。

常體

2) A：田中さんがすごい勢いで、部屋を飛び出していったよ。
B：うん、田中さんに電話がかかってきたんだけど、
i 彼は話を聞いてすぐ（に）、部屋を飛び出した{んだよ／のよ}。
j 彼は話を聞くとすぐ（に）、部屋を飛び出した{んだよ／のよ}。
k 彼は話を聞いたらすぐ（に）、部屋を飛び出した{んだよ／のよ}。
l 彼は話を{聞く／聞いた}と同時に、部屋を飛び出した{んだよ／のよ}。
m 彼は話を聞いたとたん（に）、部屋を飛び出した{んだよ／のよ}。
n 彼は話を聞くなり、部屋を飛び出した{んだよ／のよ}。

2) A：田中以飛快的速度衝出房間了。
B：是啊，田中接到一通電話，
i 他一聽完電話之後立刻衝出房間。
j 他一聽完電話就立刻衝出房間。
k 他一聽完電話之後就立刻衝出房間。
l 他在接聽電話的同時衝出房間。
m 他一聽完電話就衝出房間。
n 他剛聽完電話就衝出房間。

敬體

a～c 的句子中若有「すぐ(に)」，能比較容易表達接續發生的情況，所以在句中加入「すぐ(に)」。

a「～てすぐ(に)」、b「～とすぐ(に)」在這裡的意思幾乎完全相同。兩者都是把視點放在「他的行為」，是表示立刻進行下一個動作的意思。「～てすぐ(に)」是指立刻「接續（進行）」的意思。表示條件的「～と」若用於過去式中，帶有「意外性」的意味（參照 20「時間 1」的 2），b 是把「～と」搭配「すぐ(に)」一起使用，所以「接續」的意味比較強烈。

c「～たらすぐ(に)」和 a、b 的意思幾乎相同，不過比 b「～とすぐ(に)」帶有更多說話者的心情，可以看出田中的動作對 B 而言是出乎預料的動作。從這句話可以想像得到 B 對於動作主「田中先生」聽完電話時的動作，應該有一些反應，可能是嚇一跳，或是突然站起來之類的。

d「～と同時に」是把重點放在時間的客觀說法。這裡是指在時間上是同時發生的事。

①地震警報が鳴ったと同時に、家が揺れ始めた。

地震警報響起的同時，房子開始搖晃。

e「～とたん(に)」、f「～や否や」、g「～が早いか」都是表示在那之後緊接著發生另一項行為、事態的慣用句型。其中的 e「～とたん(に)」是口語用法，f「～や否や」、g「～が早いか」是書面語的用法。

「**～とたん(に)**」、「**～や否や**」、「**～が早いか**」都是屬於能讓事態以畫面浮現在腦海中的描繪性質的表達方式。e「**～とたん(に)**」是「剛巧那時候」的意思，表示說話者的視點是在前句的事情正要結束但又未完全結束的一瞬間。而就在那一瞬間，發生了某件出乎意料之外的事，或是事情發生很大的變化。

②ドアを開けたとたん(に)、爆発した。
就在門打開的一瞬間爆炸了。

f「**～や否や**」大多是用於表示行為、動作。意思是等待或是做好準備，等前句的行為、動作一結束，就立刻進行後句的行為、動作。「**～や否や**」就像③一樣，帶有「等待、先準備好」的意思。

③デパートが開くや否や、客がなだれ込んできた。
百貨公司的門一開，客人立刻蜂擁而上。

g「**～が早いか**」是描述那時的動作轉換很有速度感。就如以下的例句④，前句的行為、動作剛發生，就以飛快的速度進行下一個動作。

④彼はニュースを聞く／聞いたが早いか、外へ飛び出した。
他一聽到新聞就衝出去了。

h「**～なり**」是以「**動詞辭書形＋なり**」的形式，表示前句的行為、事態發生之後，又突然發生意料之外的行為、事態。名詞「**なり**」的意思是「樣子、狀態、情況」，藉此引申表示「和前句表現出來的樣子、狀態相左，發生了預料之外的行為、事態」的意思。h句是表示田中先生在聽到電話的內容之後，出乎身邊的人的意料，做出突然衝出房間的行為。「**彼女はそのニュースを聞くなり、倒れてしまっ**

た（她一聽到新聞，就突然倒下去）」也是一樣，是表示她在聽到新聞之後，突然發生了預料之外的事態，是屬於比較生硬的表達方式。「**なり**」之前要放表示動作的動詞。

d 和 g 不管是「**辭書形(聞く)**」還是「**タ形(聞いた)**」皆可使用。

常體

敬體的 f「**～や否や**」、g「**～が早いか**」都是書面語，不適合用於常體的對話中，所以略過不提。

重點比較

一件事結束後立刻發生下一件事

	口語	書面語	客觀	速度非常快	慣用的說法	生硬的說法	描繪性的表達方式	突然發生	預料之外的心情
～てすぐ（に）	○								
～とすぐ（に）	△								△
～たらすぐ（に）	○								△
～と同時に			○			○			
～とたん（に）	○			○	○		○	○	○
～や否や		○		○	○	○	○		
～が早いか		○		○	○	○	○		
動詞の辞書形＋なり						○		○	○

- 書面語的用法有「～や否や」、「～が早いか」、口語的用法則有「～てすぐ（に）」、「～たらすぐ（に）」、「～とたん（に）」，其他的用法兩者則可。
- 表示時間上的即時性的有「～てすぐ（に）」、「～とすぐ（に）」、「～たらすぐ（に）」、「～と同時に」，而「～とたん（に）」、「～や否や」、「～が早いか」則是對行為、動作有描繪性的敘述。
- 搭配辭書形的「なり」是表示突然發生的事情、動作，含有「突然」、「意料之外」的意味。

小故事

〈デパートのエレベーターで〉

エレベーターのドアが開くや否や、大勢の人が乗り込んだ。（等待先準備好）
最後の客が乗ろうとしたとたんに、ブザーが鳴った。（瞬間）
ブザーの音を聞いてすぐに、その客は乗るのをやめた。（接續發生）
その客が降りるとすぐ、ブザーは鳴り止んでドアは閉まった。（接續發生）
しばらくして別のエレベーターが止まった。
ドアが開いた。中から女性が１人降りてきた。
女性は降りるなり、その場に倒れた。（突然發生的事態）
それを見るが早いか、１人の男性が駆けつけてきた。（動作很迅速）
そして、大声で「救急車！」と叫んだ。
その声を聞くと同時に、何人かの人がエレベーターから降りた。（同一時間）
彼らはエレベーターを降りたらすぐに階段のほうに向かった。（連續發生，意外感）

（在百貨公司的電梯中）

電梯的門一打開，一群人蜂擁而上。
最後一位客人一進電梯的瞬間，響起了警鈴。
一聽到警鈴的聲音，那位客人就放棄搭乘。
那位客人一出電梯，警鈴立刻停止並自動關上了門。
過了一會兒來了另一部電梯。
門開了。有一位女性從電梯出來。
她一出電梯就當場倒下。
有一位男性看到這一幕就立刻上前。
然後大聲喊「快叫救護車」！
聽到那個聲音的同時，有數人從電梯裡出來。
他們一出電梯，就立刻往樓梯走去。

否定的場合

在對話 2）中提到的句型（表現句型）是表示「一件事結束後立刻發生下一件事」。因為是表示瞬間發生下一件事，所以並沒有否定形的應用空間。在各方查證之後，才找到以下這句使用 f「**や否や**」表達的句子。目前還沒辦法判斷這樣的用法是否恰當，各位怎麼看？

①いつものレストランの予約が取れないや否や、私は実際にお店に行って直談判（じかだんぱん）した。

一知道常去的餐廳無法預約，我直接到店裡去找對方交涉。

②私が何も言い返さないや否や、妻は私を攻撃し始めた。

我一無法反駁，妻子立刻開始攻擊我。

3. 界限、分界、限度

本節要介紹的是以前句敘述的行為、事態為界限、分界、限度，自此之後那些原本預期會發生的行為、事態便就此中斷的表達方式。對話 3）是兩人在家裡討論兒子和夫的狀況。

敬體

3）A：和夫はどうしたんですか。
　　B：a　部屋に入ったきり、出てこないんです。
　　　　b　部屋に入ったまま、出てこないんです。
　　　　c　部屋に入ったなり、出てこないんです。
　　　　d　一度部屋に入ったら最後、出てこないんです。

3）A：和夫怎麼了？
　　B：a　他從進房間之後，就一直沒出來。
　　　　b　他進房間之後就一直沒出來。
　　　　c　他一進房間就不出來。
　　　　d　他只要一進房間就不出來了。

常體

3) A：和夫はどうしたの？
B：e　部屋に入ったっきり、出てこない｛んだ／の｝。
　　f　部屋に入ったまま、出てこない｛んだ／の｝。
　　g　部屋に入ったなり、出てこない｛んだ／の｝。
　　h　一度部屋に入ったら最後、出てこない｛んだ／の｝。

3) A：和夫怎麼了？
B：e　他從進房間之後，就一直沒出來。
　　f　他進房間之後就一直沒出來。
　　g　他一進房間就不出來。
　　h　他只要一進房間就不出來了。

說明

敬體

a～d的表示方式是將和夫進入房間視為最後的動作（界線、分界、限度），而自此之後和夫就一直是沒出現的狀態。這種表現界線、分界、限度的句型特徵是前接動詞的タ形。「**た**」是表示事物的完結或過去的事實，同時也含有事物中斷或暫停的含義。

a「**～(た)きり**」如果用漢字表示是寫作「**切り**」，是表示以此為分界，並由此處中斷的意思。通常會像「**～(た)きり、～ない**」一樣，後句常見以否定形表示。此句型是把重點放在時間、期間，給人「**～(た)きり、時間がたった**」這種自從…又過了一段時間的感覺。

b「**～(た)まま**」是表示前句的狀態維持不變，就結果而言，該狀態自那時以後就不再改變，是維持、保持在某一狀態下，語感很強烈的句型。此句型將重點放在當時的樣貌或情景，是能讓人的腦海中浮現靜止在該情況後便不再有任何改變的畫面的描繪性質表達方式。

c「**～(た)なり**」與第 2 節中提到的「**動詞辭書形＋なり**」，意思及用法都不一樣（參照2. 一件事結束後立刻發生下一件事）。「**～(た)なり**」是以「**動詞的タ形＋なり**」的形式，表示「某種事態或動作發生後成為契機，因而導致其他狀況或事件的發生或某件事就此中斷」的意思。相較於「**～(た)きり**」讓人感覺到時間、期間的經過，而「**～(た)なり**」硬要說的話則是把重點放在（突發的）動作的表達方式，是屬於比較生硬的說法。

「**～(た)きり**」、「**～(た)まま**」、「**～(た)なり**」大多可以用下列的方式互換。

①彼女とは、前回{○会ったきり／○会ったまま／○会ったなり}、会っていない。 上一次和她〔○見面之後，就一直／○見面之後，就一直／○見到面之後就一直〕沒再見過面。

①雖是把重點放在時間、期間，但也強調「**会った**」這個動作、事態。如果要像以下的例句②一樣更加強調時間的經過，那麼使用「**～(た)なり**」就會不太適合。

②彼女とは、3 年前に{○会ったきり／○会ったまま／？会ったなり}、7 年が過ぎた。 三年前和她〔○見面之後，就這樣／○見面之後，就這樣／○見到面之後就一直〕過了七年。

「**寝たきり老人（臥床不起的老人）**」，這句話不能改成「**寝たまま／寝た老人**」。「**寝たきり**」是表示一直躺在床上，無法靠自己的力量起身的狀態。也就是一旦成了「**寝たきり**」的狀態，就會在之後的一段時間、期間中維持那樣的狀態。

③年をとると、{○寝たきり／？寝たまま／？寝たなり}老人になることが多い。 上了年紀後，大多會變成〔○臥床不起／？一直睡覺／？一睡了就〕的老人。

例句④是前句做了動作後，再發生後句的動作、事態。像這樣把重點放在動作、事態的情況，用「**～(た)きり**」就會稍嫌不自然。

④彼は私達に向かって一礼を{？したきり／○したまま／○したなり}、部屋を飛び出していった。 他向我們〔？鞠躬之後就一直／○鞠躬之後就這樣／○鞠躬之後於是就〕衝出房間。

另外，「**～(た)きり、～(た)まま**」還可以像例句⑤一樣和「**だ／です**」結合來表示斷定的語氣。期望動作、事態發生的「**～(た)なり**」則不太可能這麼用。

⑤朝コーヒーを１杯{○飲んだきり／○飲んだまま／？飲んだなり}です。 早上〔只喝了／○就喝了／？喝了〕一杯咖啡。

d「**～たら最後**」是「某個事態、行為一旦發生，自此之後就再也不會有任何改變／變化」的意思，是語氣很強烈的用法。

「**～たら最後**」可用於口語表達，有時也會像「**この山は険しくて、迷い込んだ<u>が最後</u>、出てこられない（這座山很險峻，一旦迷路就出不來了）**」一樣，用書寫語的「**～が最後**」表示。

常體

敬體a「**～(た)きり**」雖然可用於口語表達，但大多會變得像e「**部屋に入ったっきり**」、「**出ていったっきり**」一樣，以「**～っきり**」的形式表達。

重點比較

界限、分界、限度

	口語	書面語	生硬的説法	含有暫停、中斷的心情	狀態一直持續	後句多為否定形	後句可省略	重點在時間、期間	重點在動作
～（た）きり	○			○		○	○	○	
～（た）まま	○				○		○		
～（た）なり		△	○	○					○
～たら最後	○				○	○			

- 「～（た）きり」、「～（た）まま」、「～（た）なり」三種句型很相似，在多種情況下也可互相替換，不過在語意上會有微妙的差異。
- 「～（た）きり」是把重點放在時間、期間，是表示在那之後原來的動作就此中斷，再也沒發生的意思。
- 「～（た）まま」是表示保持那個狀態，並以該狀態開始下一個動作或進入下一個狀態。維持、保持在原來的狀態的語感很強烈。
- 「～（た）なり」的意思是「發生某個動作、事態之後，以此為契機而發生某個狀況，或是在那之後某情事就此中斷的狀態」，帶有強烈「突然性」的意味。
- 「～たら最後」（書面語為「～たが最後」）是表示誰都無法使其停止制止的行為或事態。

會話應用

〈A の祖父が山から帰ってこない。心配して友人の B に相談している〉

A：おじいちゃんが山に入ったまま、帰ってこないの。
（維持狀態、無變化）

B：いつ入ったの？

A：おととい。

B：入ったきり、連絡もないの？（中斷）

A：携帯は1度通じたんだけど、「山にいる」って一言（ひとこと）言ったなり、切れちゃったのよ。（突然性）

B：こんなことは前にもあった？

A：うん、たまに。いつも山に入ったら最後、なかなか下りてこないところはあったけど。（以後不會改變）

B：でも、もう3日たつね。
あの山は入ったが最後、出られない山だって誰か言ってたよ。（以後不會改變，書面語）

（A 的祖父沒有從山上回來。因為太擔心了就找朋友 B 商量）

A：我的祖父上山之後就一直沒有回來。

B：他什麼時候上山的？

A：前天。

B：上山之後就一直沒聯絡嗎？

A：手機有接通過一次，但他只説一句「我在山上」，就掛斷電話了。

B：以前發生過這種事嗎？

A：嗯，偶爾會。總是一上山就不太願意下來。

B：不過已經三天了。
有人説過，那是座一旦上去，就出不來的山。

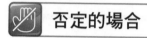

否定的場合

對話 3）提到的句型（表現句型），似乎很難判斷那些置於句型之前與其搭配使用的詞語或句子，是否可以使用否定形表示。我們試著換個方式來思考看看。

？ a' あのとき結婚しなかったきり、一生独身です。
？那時沒有結婚以後，就一直一輩子單身。
b' あのとき結婚しなかったまま、一生独身です。
那時沒有結婚，就這樣一輩子單身。
？ c' ？あのとき結婚しなかったなり、ずっと１人です。
？那時沒有結婚到，就變成一直一個人。
d'（親が娘に）今結婚しなかったら最後、結婚できないよ。
（父母對女兒說）妳現在不結婚，就會結不了婚喔。

b' 和 d' 是屬於很正常的句子，a' 和 c' 是不自然的句子。

24 條件 1

表示條件的句型有很多，本課首先要介紹的是最具代表性的「**たら、ば、と**」以及「**なら**」。第1節介紹的是「假設性較強的情況」；第2節要介紹的是「假設性較弱的情況」。

1. 假設性較強的情況

當要設想一個假設性較強的情況，我們來看看有哪些可用的說法。所謂的假設性強，就代表可行性較弱。在對話1）中，B可以用數種不同的句型表達「假設性較強的情況」。

敬體

1) A：宝くじ、当たるかもしれませんよ。
B：a 当たったら、あなたに半分さしあげます。
b 当たれば、あなたに半分さしあげます。
c 当たったなら、あなたに半分さしあげます。
d 当たった場合（は）、あなたに半分さしあげます。

1）A：彩券說不定會中獎喔！
B：a 如果中獎，我就給你一半。
b 如果能中獎，我就給你一半。
c 假如有中獎的話，我就給你一半。
d 若有中到獎的話，我就給你一半。

常體

1) A：宝くじ、当たるかもしれないよ。
B：e 当たったら、（君／あなたに）半分あげるよ。
f 当たれば、（君／あなたに）半分あげるよ。
g 当たったなら、（君／あなたに）半分あげるよ。

h　当たった場合（は）、（君／あなたに）半分あげるよ。
i　当たるものなら、何枚でも買うよ。

1）A：抽獎説不定會中獎喔！
B：e　如果中獎，我就給你一半。
f　如果能中獎，我就給你一半。
g　假如有中獎的話，我就給你一半。
h　若有中到獎的話，我就給你一半。
i　如果能中獎，不管幾張我都買給你。

說明

敬體

a「**～たら**」常用於假設性較強的情況，屬於會話性質的表現。前句利用「**～たら**」作為一個中止點，後句不太會受前句所制約，表達方式及表達的內容都相對較為自由。

b的「**～ば**」雖然也會用在口語表達上，不過是較為正式生硬的表達方式。「**～ば**」基本上是像「**春になれば、花が咲く（春天到了就會開花）**」、「**練習すればできる（只要多練習就辦得到）**」一樣，是表示一般的條件（客觀性敘述），並呈現說話者的認知及判斷。

「**～ば**」大多都是用在期望後句能夠成立的情況，所以後句通常是符合說話者期望的情事（正面事物）。例句①的後句是正面事物，例句②則是負面事物。由於例句②不符合說話者的期望，所以在「**～ば**」之後接續使用表示負面事物的例句是不自然的用法。

①歩行者は右側を歩けば、安全です。
行人如果能走右邊就比較安全。

？②歩行者は左側を歩けば、危ないです。

？行人如果能走左邊就會很危險。

c 的「**なら**」是假設性較強的句型，意思是「雖然不太可能會中獎，但假如真的中獎的話」。d 的「**～場合(は)**」屬於較客觀的用法，是指中獎的那個「時候」的意思。「**～場合**」之後大多會加上「**は**」或「**に**」。「**～場合は**」是透過和其他的「時候」（沒有中獎的時候）做比較來突顯中獎的時候（關於「**～場合に**」請參照 2-1. 假設性較弱的情況 1）。

假設性較強的條件句，不太會像「**まっすぐ行くと駅に出る（直走就會離開車站）**」一樣用「**～と**」表達。因為「**～と**」有「必然發生」的意味。

常體

常體中有一句出現了敬體沒有的「**～ものなら**」。「**～ものなら**」的前面通常是放動詞可能形或是表示可能性的動詞（**あたる、かなう**等）。（例：**かなうものなら、若かった時に戻りたい。（如果可以實現，我希望回到年輕的時候）**）「**～ものなら**」是在實現的可能性較低時使用的句型，用在這裡是表示心態上抱持著「雖然（抽獎）應該不會中獎」的想法。因為是實現的可能性非常低的假設語氣，所以後句的內容，不會像其他的條件句一樣，使用表示「中獎之後要怎麼做」的句子表達。「**～ものなら**」是感覺比較粗魯的口語用法，所以不太能夠對上級長官或長輩使用。

常體的 e ～ h 除了「**あなた**」以外，也可以用「**君**」表示。「**君**」為男性用語，是用於地位相等、下屬或晚輩之類的對象。女性大多會以對方的名字或「**あなた**」代替「**君**」，不過女高中生之類的年輕女生，有時也會對男生用「**君**」。

重點比較

假設性較強的情況

	會話性質	正式的說法	比較粗魯的說法	常用於表示一般條件	實現的可能性低	客觀	否定的心情	後句可能會有促使行動的句型
～たら	○		○		○			○
～ば		○		○		△		△
～なら					○	△		○
～場合		○				○		○
～ものなら	○		○		○		○	

- 「～たら」、「～なら」較常用於表示假設性較強的情況。
- 「～たら」是會話性質的通俗說法，「～ば」屬於較正式生硬的說法。
- 「～ば」可用於表示恆常不變、符合自然法則的一般條件，也可用於表示假設條件。
- 「～ものなら」在表達上可用於表示強烈的假設，在語意上則可用於表示完全不具可能性、可行性很低的事情，屬於比較粗魯的表達方式。

會話應用

〈卓球の試合会場で。AとBは日本人選手〉

A：次は中国との対戦だ。
B：中国は強いからな。
A：勝てたらうれしいけど、勝てるはずがない。（假設性強）
B：でも、十分作戦を練(ね)れば、勝てるかもしれない。（重點在前句）
A：１セットでもとれるなら、何とかなるんだが。（假設性強）
B：ラリーが続いた場合は、チャンスはある。（客觀）
A：そうだね。
B：頑張ろう。
A：うん、勝てるものなら、１度は勝ってみたい相手だよ。（可能性小）

（桌球的比賽會場，A 與 B 為日本選手）

A：接著就是和中國的比賽了。
B：中國隊很強。
A：贏了雖然會很開心，不過我們應該不會贏。
B：不過，如果我們充分擬定作戰計畫的話，説不定有機會贏。
A：只要能拿下一局，總會有機會的。
B：只要形成拉鋸戰，就有機會。
A：説得也是。
B：加油吧！
A：嗯，如果可以贏的話，他們是我想贏一次的對手。

否定的場合

對話 1）提到的條件句型（a ～ d）即使改成否定形，句子也能夠成立。

a’ **宝くじが当たらなかったら、借金が返せませんよ。**
如果沒中彩券的話，我就沒辦法還債喔。

b’ **宝くじが当たらなければ、借金が返せませんよ。**
如果沒中彩券的話，我就沒辦法還債喔。

c’ **宝くじが当たらない／当たらなかったなら、借金が返せませんよ。**如果沒中彩券的話，我就沒辦法還債喔。

d’ **宝くじが当たらない／当たらなかった場合（は）、借金が返せませんよ。**如果沒中彩券的話，我就沒辦法還債喔。

c’「**なら**」與 d’「**場合（は）**」之前，都可以加上「**～ない／なかった**」。「**～なかったなら**」、「**～なかった場合（は）**」的假設性比較強。

2-1. 假設性較弱的情況 1

這一節要介紹的是「假設性較弱的情況」。假設性較弱，就代表可行性較高。

敬體

2）A：エアコンが作動しないんですが……。
B：a　室温が上がったら、動き始めます。
b　室温が上がれば、動き始めます。
c　室温が上がると、動き始めます。
d　室温が上がった場合（に）、動き始めます。
A：ああ、そうですか。

2）A：空調沒有啟動耶……。
B：a　室溫如果上昇之後，就會開始啟動。
b　室溫如過上昇，就會開始啟動。
c　一旦室溫上昇，就會開始啟動。
d　當室溫上昇的情況下，就會開始啟動。
A：啊，是這樣啊。

常體

2）A：エアコンが動かないんだけど。
B：e　室温が上がったら、動き始めるよ。
f　室温が上がれば、動き始めるよ。
g　室温が上がると、動き始めるよ。
h　室温が上がった場合（に）、動き始めるよ。
A：うん、わかった。

2）A：空調沒啟動耶！
B：e　室溫如果上昇之後，就會開始啟動囉。
f　室溫如過上昇，就會開始啟動。
g　一旦室溫上昇，就會開始啟動。
h　當室溫上昇的情況下，就會開始啟動。
A：嗯，我知道了。

說明

敬體

對話 2）提到的條件句表示的是幾乎可以確定會發生的事情。（以確定會發生的事當作條件，也可以稱為確定條件。在本節則被稱為假設性較弱的條件句。）

a ～ d 的前句是動作動詞（變化動詞）。

假設性較弱的條件句，就如同 a ～ c 的「**～たら**」、「**～ば**」、「**～と**」等句型，而這三者表示的意思幾乎完全相同。a「**～たら**」是會話性質的用法，b「**～ば**」是較禮貌也比較正式的說法。c「**～と**」表示的是像自動化機制一樣，一啟動必然會發生的情況。另外，「**場合**」加上「**に**」的 d「**場合に**」，是把重點放在「那個時間點發生了什麼樣的事」這類表示動作或事態發展動向的說法，屬於較生硬的表達方式，會有公事化的感覺。

這種假設性較弱的條件句，是否可以使用表示條件的「**～なら**」？「**～なら**」的「假設」意味很強烈，用在確定性高的句子中，句子會變得難以理解。

？①室温が上がる（の）なら、エアコンが動き始めます。

？假如室溫有上昇，空調就會啟動。

？②このボタンを押す（の）なら、インスタントラーメンが出てくるよ。

？假如按下了這個按鈕，就會出現泡麵。

常體

A 最後說了一句「**うん、わかった**」，關係親近的人之間，常會以「**わかった**」取代「**ああ、そうですか**」、「**了解した**」、「**OK だ**」。

會話應用

〈父が子供に雲のでき方を説明している〉

子　：お父さん、雲はどうしてできるの？
父　：雲か。そうだね。
　　　夏になったら、地面が熱くなるね。（會話性質）
子　：うん。
父　：地面が熱くなると、地面近くの空気は暖められて上昇するんだ。（必然發生）
子　：上昇したら？（會話性質）
父　：うん、上空にも空気があるんだけど、上空の空気は気圧、つまり空気の圧力が低いんだ。
子　：ふーん。
父　：だから、空気は上昇したら、低い気圧のために膨張（ぼうちょう）するんだ。（會話性質）
子　：ふーん。
父　：膨張すれば、空気の温度は下がってくる。
　　　（那個時候，重點在前句）
子　：うん。
父　：低い気圧で、空気の温度が下がった場合（に）、上に向かって雲ができてくるんだよ。（那個時候）
子　：ふーん。

（父親向兒子說明雲是如何形成的）

兒子：爸，雲是怎麼形成的？
父親：雲嗎？我想想喔。到了夏天，地面就會變熱。
兒子：嗯。
父親：一旦地面變熱，地面附近的空氣就會變熱上昇。
兒子：上昇之後呢？
父親：嗯，高空中也有空氣，不過高空中的氣壓，也就是空氣的壓力比較低。
兒子：喔。
父親：所以如果空氣上升，就會因為低氣壓而膨脹。

兒子：喔。
父親：一旦膨脹，空氣中的溫度就會下降。
兒子：嗯。
父親：在低氣壓的環境中，當空氣中的溫度下降的話，向上昇的熱空氣就會形成雲。
兒子：喔。

否定的場合

對話2）條件句的否定，只要像下列的句子一樣，把動詞改為否定形即可。

a’ **室温が上がらなかったら、補助ヒーターが動き始めます。**
如果室溫沒上昇的話，就會啟動輔助加熱器。

b’ **室温が上がらなければ、補助ヒーターが動き始めます。**
如果室溫沒有上昇的話，就會啟動輔助加熱器。

c’ **室温が上がらないと、補助ヒーターが動き始めます。**
一旦室溫沒有上昇，就會啟動輔助加熱器。

d’ **室温が上がらない／上がらなかった場合（に／は）、補助ヒーターが動き始めます。**
如果室溫沒有上昇的情況下，就會啟動輔助加熱器。

d’的「**～場合**」，前面不論是「**～ない**」或「**～なかった**」皆可接續。「**～なかった（場合）**」給人強調事情未能實現的感覺。

2-2. 假設性較弱的情況 2

這一節要介紹的是前句為形容詞句的情況。在對話 3）中，對於 A 的提問，B 可以用數種不同的句型表達「假設性較弱的情況」。

敬體

3）A：暑いですか。 a　暑かったら、エアコンをつけてください。
b　暑ければ、エアコンをつけてください。
c　暑いなら、エアコンをつけてください。
d　暑いのなら、エアコンをつけてください。
e　暑い場合は、エアコンをつけてください。
B：はい、わかりました。

3）A：會覺得熱嗎？ a　如果覺得熱，請打開空調。
b　覺得熱的話，請打開空調。
c　假如覺得熱的話，請打開空調。
d　假如覺得熱的話，請打開空調。
e　覺得熱的時候，請打開空調。
B：是的，我知道了。

常體

3）A：暑い？ f　暑かったら、エアコンつけてね。
g　暑ければ、エアコンつけてね。
h　暑いなら、エアコンつけてね。
i　暑いのなら、エアコンつけてね。
j　暑い場合は、エアコンつけてね。
B：うん、わかった。

3）A：會覺得熱嗎？ f　如果覺得熱，請打開空調。
g　覺得熱的話，請打開空調。
h　假如覺得熱的話，請打開空調。
i　假如覺得熱的話，請打開空調。
j　覺得熱的時候，請打開空調。
B：是的，我知道了。

說明

敬體

a ～ e 的前句為形容詞句，後句則是表示促使他人的行動的「請求」。（「促使他人的行動的句型」是指邀請、請求、命令這類要求對方做某種行為的表達方式。）a 的「**～たら**」、b 的「**～ば**」、c 的「**～なら**」、d 的「**～のなら**」、e 的「**～場合(は)**」，這些句型的後句都可以使用「請求句型」表示。b「**～ば**」的後句雖然可以放表示「請求」的句子，但如果是像「命令」這種使役語氣過重的句子，那麼句子能否成立就會有疑慮了。

？①暑ければ、エアコンをつけろ。 ？很熱的話就打開空調。

？②安ければ、すべて買っておきなさい。
？很便宜的話就全都買下來。

「**～ば**」之所以難以跟「**行け**」、「**行きなさい。**」這類命令句型搭配連結，是因為「**～ば**」的後句基本上是表示說話者的認知及判斷，所以沒辦法表達直接的行為或是動作的執行的句型。（請參照 25「條件 2」2）

另外，這裡也不使用表示條件的「**～と**」。「**暑いと、エアコンをつけてください（？一旦覺得熱，就會請你開空調）**」會顯得不自然，因為「**～と**」的後句不能使用促使他人行動的句型。

c「**暑いなら**」和 d「**暑いのなら**」的差別在於，「**～のだ**」基本上必須要有某個前提或狀況才能用，如果這一句有「對方的表情看起來很熱」這個前提或狀況，看到這樣的表情，才能使用「**暑いのなら**」。如果沒有這一類的前提或狀況，只是說話者表達自己的假設，就會使用 c「**暑いなら**」表示。

e是將「**場合**」和「**は**」搭配，以「**～場合は**」表示。「**～場合は**」是把那個時候（覺得熱的時候）拿來作對比，話中帶有「**寒い場合はいいけれど、暑い場合は（如果覺得冷就算了，但如果覺得很熱）**」的比較語感。

常體

f～j的後句是把「**エアコンを**」的「**を**」和表示請求的「**ください**」省略，屬於會話性質的說法。

會話應用

〈病院で医者が薬について説明する〉

医者：痛みがひどい場合は、薬を飲んでください。（那個時候）
A　：はい。
医者：強い薬なので、痛みがひどくなければ、飲まないほうがいいでしょう。（建議）
A　：はい、わかりました。

〈Aが家に着いて、母親と〉

A　：痛かったら飲んで、痛くなかったら飲まないほうがいいって。（會話性質、直接）
母親：ふーん。今痛いの？
A　：うん。
母親：痛いのなら飲んだほうがいいよ。（有前提）
痛くないなら、我慢したほうがいいけど。（假設）

（醫院的醫生正在針對藥物進行說明）

醫生：如果感到劇痛時，請吃藥。
A　：是。
醫生：這個藥效很強，若沒有到很痛的話，就最好不要吃。
A　：好的，我知道了。

（回到家後和母親說明）

A　：醫生說覺得痛就吃藥，不痛的話最好別吃。

母親：喔，那你現在覺得痛嗎？

A　：嗯。

母親：覺得痛的話還是吃個藥比較好。如果沒那麼痛的話，就忍耐一下。

否定的場合

對話 3）條件句型的否定如下所示。以本節的例句來說，只要把形容詞類（本節為形容詞）改為否定形即可。

暑くないですか。
你不熱嗎？

a’ **暑くなかったら、エアコンを消してください。**
如果不熱的話，請關掉空調。

b’ **暑くなければ、エアコンを消してください。**
若是不熱的話，請關掉空調。

c’ **暑くないなら、エアコンを消してください。**
假如不熱的話，請關掉空調。

d’ **暑くないのなら、エアコンを消してください。**
假如不熱的話，請關掉空調。

e’ **暑くない場合は、エアコンを消してください。**
不覺得熱的時候，請關掉空調。

重點比較

假設性較弱的情況 1、2

	幾乎確定會發生的事	較生硬的表達方式	給人公事化的感覺	會話性質	後句可用促使他人行動的句型	必須要有前提或狀況
～たら	○			○	○	
～ば	○	○			△	
～と	○		○			
～なら					○	
～のなら					○	○
～場合	○	○	○		○	

- 「假設性較弱」的情況下，「～たら」、「～ば」、「～と」、「～場合」是表示幾乎確定會發生的事。
- 「～と」和「～場合」會帶有公事化的語感。
- 「～たら」是屬於會話性質的句型。
- 後句是否可使用請求句型的分類：「～と」不可用，「～たら」、「～（の）なら」、「～場合」可使用。
- 「～ば」無法用在促使他人行動的語氣過於強烈的句子中。
- 「～なら」和「～のなら」的不同之處之一是，是否有可供判斷的前提或狀況。不過如果是像以下的例句一樣是單純強調情感，有時會使用「～のなら」表達。（例：どうする？ やめたいの？ やめたいのなら、やめたらいいし、続けたいのなら、続ければいいよ。（你打算怎麼辦？想放棄嗎？如果想放棄就放棄，如果想繼續的話就繼續吧。））

25 條件 2

本課要介紹的是比「～たら、～ば、～と、～(の)なら」假設性更強的「**～としたら、～とすれば、～とすると、～とする(の)なら**」，還有用法很相似的「**～となったら、～となれば、～となると、～となる(の)なら**」。

1. ～たら・～としたら・～となったら

首先要介紹的是與「**～たら**」有關的句型。本節將比較「**～たら**」、「**～としたら**」、「**～となったら**」這三種句型。在對話 1）中，A 和朋友 B 在討論去英國留學的事。

敬體

1) A：イギリスに留学したいと思って（い）るんですが。
B：a　イギリスに留学したら、絶対遊びに行きますね。
b　イギリスに留学するとしたら、やっぱりロンドンがいいでしょう。
c　イギリスに留学するとなったら、準備が大変ですね。

1）A：我想去英國留學。
B：a　如果你去英國留學，我一定會去找你玩。
b　如果要去英國留學，果然還是倫敦比較好吧。
c　如果要去英國留學，準備工作會很辛苦。

常體

1) A：イギリスに留学したいと思って（い）るんだけど。
B：d　イギリスに留学したら、絶対遊びに行くね。
e　イギリスに留学するとしたら、やっぱりロンドンがいいと思う。

f　イギリスに留学するとなったら、準備が大変だね。

1）A：我想去英國留學。
　 B：d　如果你去英國留學，我一定會去找你玩。
　　　e　如果要去英國留學，我認為果然還是倫敦比較好。
　　　f　如果要去英國留學，準備工作會很辛苦。

說明

敬體

對話 1）的 a ～ c 都有「**たら**」，所以與「**～としたら**」、「**～となったら**」一 樣皆屬口語用法，屬於會話性質的表達方式。

a「**～たら**」和 b「**～としたら**」的不同之處在於，「**～としたら**」是屬於假設性較強的句型。「**～としたら**」的意思是「不管是否會實現，但如果假設為真情況下」。因為這是假設性較強的句型，所以後句大多是問句（例：**家を建てるとしたら、どんな家がいいですか。（如果要蓋房子，什麼樣的房子比較好？）**），或是比較不明確的內容（例：**明日伺うとしたら、午後になります。（如果明天要去拜訪的話，那就是下午去）**）。

b「**～としたら**」是從「**する**」衍生出來的句型，而 c「**～となったら**」則是從「**なる**」所衍生出來的句型。因此即使前句的內容還只是暫定，大多還是會視被為是已經確定的事。c「**～となったら**」就是把去英國留學當作是已經決定的事，所以後句就是很實際的內容。（是否要把某件事視為「已經成立（既定）的事，與說話者的心中的認知也有關係。即使是同一件事，如果說話者將之視為「未定」，就會使用「**～としたら**」表示；如果將之視為「既定」，就會用「**～となったら**」表示。另外，如果是與他人有關的事，即使原本被視為

「未定」，也可能會為了顧及他人的感受，而想把事情當成「既定」的事實來表達。）

接著我們就來看看「**たら**」、「**～としたら**」、「**～となったら**」的後句能不能使用促使他人按自己的請求行動的句型。

①東京に来たら、ぜひ私の家に泊まってください。
如果來到東京，請務必來我家住。
②東京に来るとしたら、ぜひ私の家に泊まってください。
如果來到東京，請務必來我家住。
③東京に来るとなったら、ぜひ私の家に泊まってください。
如果來到東京，請務必來我家住。

由上面的例句判斷，這三種句型的後句都可以使用表示請求的句型。

以前句與後句是否具備時間上的先後關係（前句的事比後句的事先發生）這一點來看，a「**たら**」的前句如果是動詞句，就必須要和後句有時間上的先後關係（先「**留学（留學）**」，之後才「**遊びに行く（去玩）**」），b「**～としたら**」和 c「**～となったら**」則不需要。

常體

敬體 b 句的句尾是「**いいでしょう**」。「**いいでしょう**」的常體是「**いいだろう**」。「**いいだろう**」如果直接以斷定的語氣表達，通常都是男性對下屬或晚輩的說話方式。如果改以「**～と思います**」或是「**～だろうと思います**」代替「**～だろう**」，則男女皆可使用。

重點比較

～たら・～としたら・～となったら

	會話性質	具備時間上的先後關係	假設性強	視為既定的事實	顧慮他人的心情	後句可接續促使他人行動的句型
～たら	○	○				○
～としたら	○		○			○
～となったら	○		○	○	○	○

- 「～たら」、「～としたら」、「～となったら」三者都是會話性質的口語表達方式。
- 三者皆是表示假設，「～たら」與「～としたら／～となったら」的性質不同，後者的假設性較強。
- 「～たら」的前句如果是動詞句，和後句就必須要有時間上的先後關係，「～としたら／～となったら」則無此限制。
- 「～としたら」、「～となったら」的差別在於，當說話者把事情視為既定的事情時，會使用「～となったら」表示。

會話應用

〈AとBは友達同士。Bは結婚するらしい〉

A：結婚するとしたら、どんな人がいい？（假設性強）
B：うん、実は……。
A：えっ。
B：うん、この9月に結婚するんだ。
A：そうなんだ。でも結婚するとなったら、家はどうするの？（視為既定的事，具體性）
B：家はもう見つけてあるんだ。
A：へー。おめでとう。
B：結婚したら、遊びに来てね。（時間上有前後關係）

（A與B是朋友，B似乎要結婚了）

A：如果要結婚的話，你覺得什麼樣的人比較好？
B：唔，其實我……。
A：咦？
B：嗯，我要在九月結婚了。
A：是這樣啊！不過你結婚的話，房子怎麼辦？
B：我已經找到房子了。
A：喔，恭喜你！
B：婚後你要來玩喔。

否定的場合

在對話1）提到的句型中，「**～たら、～としたら、～となったら**」之前的動詞若改為否定形，即如下所示。

a’ **今留学しなかったら、もう機会はないかもしれませんね。**
如果現在不去留學，或許以後就沒機會了。

b’ **留学しないとしたら、日本で何をするつもりですか。**
如果現在不去留學，那你在日本要做什麼？

c’ **留学しないとなったら、大学に早く連絡したほうがいいですよ。**
如果現在不去留學，那你最好早點和大學聯絡一下。

看來若要將這三種句型改以否定形表示也不會有什麼問題。

2. ～ば・～とすれば・～となれば

接下來要介紹的是「**～ば**」、「**～とすれば**」、「**～となれば**」。在對話2）中，A和朋友B正在討論去德國留學的事。

敬體

1）A：ドイツに留学したいと思って（い）るんですが。
　B：a　ドイツに留学すれば、ご家族はさびしくなりますね。
　　　b　ドイツに留学するとすれば、どのくらいお金がかかるのでしょうね。
　　　c　ドイツに留学するとなれば、この家は売りに出したほうがいいでしょう。

1）A：我想去德國留學。
　B：a　如果去德國留學，你的家人會很寂寞呢。
　　　b　如果去德國留學，要花多少錢呢？
　　　c　如果去德國留學，這間房子賣掉比較好吧。

常體

1）A：ドイツに留学したいと思って（い）るんだけど。
　B：d　ドイツに留学すれば、家族はさびしくなるね。
　　　e　ドイツに留学するとすれば、どのくらいお金がかかるの{かな／かしら}。
　　　f　ドイツに留学するとなれば、この家は売りに出したほうがいいと思う。

1）A：我想去德國留學。
　B：d　如果去德國留學，你的家人會很寂寞呢。
　　　e　如果去德國留學，要花多少錢呢？
　　　f　如果去德國留學，我認為這間房子賣掉比較好。

說明

敬體

a「**～ば**」是B談到留學之後的事。b「**～とすれば**」比a「**～ば**」的假設性更強，是表示「不管是否會實現，但若假設為真的情況下」的意思。

c「**～となれば**」和 b「**～とすれば**」相比，是把去德國留學這件事視為「已經決定的事」，所以後句才會是「**家を売りに出す**」這種很實際的內容。

b、c 的「**～とすれば**」、「**～となれば**」在語意及用法上，和「**～としたら**」、「**～となったら**」幾乎完全相同，但是是比「**～としたら**」、「**～となったら**」，更正式生硬的表達方式。

那麼接著我們一起來看看「**～ば**」、「**～とすれば**」、「**～となれば**」的後句能否使用促使他人按自己的請求行動的句型表達。我們將前句分為形容詞句以及動詞句來想想看。（請參考 24「條件 1」2-2）

（1）前句為形容詞句

①暑ければ、エアコンのある部屋に移動してください。

如果覺得熱，請移到有空調的房間。

②暑いとすれば、エアコンのある部屋に移動してください。

如果覺得熱，請移到有空調的房間。

③暑いとなれば、エアコンのある部屋に移動してください。

如果覺得熱，請移到有空調的房間。

（2）前句為動詞句

①林さんが来れば、これを渡してください。

林先生如果來了，請把這個交給他。

②林さんが来るとすれば、これを渡してください。

林先生如果來了，請把這個交給他。

③林さんが来るとなれば、これを渡してください。

林先生如果來了，請把這個交給他。

「～ば」、「～とすれば」、「～となれば」，的後句看來都可以使用表示請求的句型。

不過是否可以接續像命令這種促使他人按自己的請求行動的語氣較強烈的句子，則還有待商榷。

下面的句子可以用「渡しなさい」，但「渡せ」就不太能用。

①' 林さんが来れば、これを渡せ／渡しなさい。

林先生如果來了，就把這個交給他。

②' 林さんが来るとすれば、これを渡せ／渡しなさい。

林先生如果來了，就把這個交給他。

③' 林さんが来るとなれば、これを渡せ／渡しなさい。

林先生如果來了，就把這個交給他。

與「～たら」相同，「～ば」的前句如果是動詞句，前句與後句就必須具備時間上的先後關係，b「～とすれば」、c「～となれば」則無此限制。

常體

對話 2）敬體的 b 是「どのくらいお金がかかるのでしょうね」，這句話男女皆可用，不過如果是常體的話，會以 e 句的方式表達。雖然一般來說，「かな」為男性用語，「かしら」為女性用語，不過也有女性會使用「かな」，男性當中，特別是年長男性，也有人會使用「かしら」。（請參考 19「被動句」3）

重點比較

～ば・～とすれば・～となれば

	具備時間上的先後關係	假設性強	視為既定的事實	顧慮他人的想法	較為正式生硬的說法	後句可使用促使他人行動的句型
～ば	○				○	△
～とすれば		○			○	△
～となれば		○	○	○	○	△

- 「～ば／とすれば／となれば」相較於「～たら／としたら／となったら」，是較為正式生硬的說法。
- 「～ば／とすれば／となれば」的後句能否使用促使他人按自己的請求行動的句型表達？並不能一概而論。大多不適合使用語氣較強烈的命令句型。
- 「～ば」的前句如果是動詞句，就必須與後句有時間上的先後關係，「～とすればば／となれば」則無此限制。

會話應用

〈作家とその友達が小説の構想について話している〉

作家：そろそろ小説を書かなければ。

友達：今度書くとすれば、どんな小説になりそう？（假設性強）

作家：冒険小説かな。

友達：あなたのおじいさんのことを書けばおもしろいと思うよ。（判斷，期望的事）

作家：うーん。でも、書くとなれば、いろいろ問題が出てくるかな。（視為既定，具體的）

友達：そうだね。

（作家與他的朋友討論有關小說的構想）

作家：我差不多該寫小說了。

朋友：假如這次你要寫的話，會是什麼樣的小說？

作家：冒險小說吧。

朋友：我覺得把你爺爺的故事寫成小説的話，會很有意思。
作家：唔。不過如果要寫的話，可能會出現很多問題。
朋友：説得也是。

否定的場合

在對話 2）提到的「**ば／とすれば／となれば**」，如果把前句的動詞改為否定形則如下所示。

a’ **今留学しなければ、もう機会はないかもしれませんね。**
你如果不去留學，說不定再也沒機會了。
b’ **あなたが留学しないとすれば、大学側が困るんじゃありませんか。** 你如果不去留學，大學那邊不是會很困擾嗎？
c’ **あなたが留学しないとなれば、大学は再募集をするでしょう。**
你如果不去留學，大學那邊會再招募新的學生吧。

與「**～たら／としたら／となったら**」相同，改成否定形句子也一樣可以成立。

3. ～と ・ ～とすると ・ ～となると

接下來要介紹的是「**～と、～とすると、～となると**」。在對話 3）中，A 和朋友 B 在討論去中國留學的事。

敬體

3）A：中国に留学して、東洋史を研究したいと思って（い）るんですが。
B：a　中国に留学すると、寮に住むことになるんですか。
b　中国に留学するとすると、今の学校はどうなりますか。

c　中国に留学するとなると、あなたの中国語力が生かされますね。

3）A：我想去中國留學研究東洋史。
B：a　如果你去中國留學，那是要住在宿舍嗎？
b　如果你去中國留學，現在這間學校要怎麼辦呢？
c　如果你去中國留學，就可以發揮你的中文能力了。

常體

3）A：中国に留学して、東洋史を研究したいと思って（い）るんだけど。
B：d　中国に留学すると、寮に住むことになるの？
e　中国に留学するとすると、今の学校はどうなるの？
f　中国に留学するとなると、君の中国語力が生かされるね。

3）A：我想去中國留學研究東洋史。
B：d　如果你去中國留學，那是要住在宿舍嗎？
e　如果你去中國留學，現在這間學校要怎麼辦呢？
f　如果你去中國留學，就可以發揮你的中文能力了。

說明

敬體

B 在 a 句是用「**～と**」談到留學之後的住處問題。b「**～とすると**」的假設性比「**～と**」要來得強。b「**～とすると**」和 c「**～となると**」的不同之處，和「**～としたら／となったら**」、「**～とすれば／となれば**」這兩個組合相同，當說話者使用「**～となると**」表示時，是把那件事視為既定且實現的可能性較高的事。

「**～と**」的後句不能使用促使他人行動的句型，「**～とすると**」、「**～となると**」似乎也不能用。

？①林さんが来ると、これを渡してください。

？林先生如果來了，請把這個交給他。

？②林さんが来るとすると、これを渡してください。

？③林さんが来るとなると、これを渡してください。

與「～たら／ば」相同，「～と」的前句如果是動詞句，前句及後句就必須具備時間上的先後關係，b「～とすると」、c「～となると」則無此限制。

常體

敬體的c「あなた(の中国語力)」，常體則是f「君(の中国語力)」。「あなた」和「君」都不能對上級長官或長輩使用。通常會改用對方的名字代替。如果用「Aさん(の中国語力)」表達，是比較委婉的說法，無論對任何人都可以使用。

重點比較

～と・～とすると・～となると

	具備時間上的先後關係	假設性強	視為既定的事實	顧慮他人的感受	實現可能性高
～と	○				○
～とすると		○			
～となると		○	○	○	○

- 「～と／とすると／となると」基本上後句都不能使用促使他人行動句型。
- 「～と」有「接續發生」、「必定會發生」的意思，「～とすると」、「～となると」比較沒有那樣的含意。
- 從「～となると」同樣是將前句視為實現可能性較高的事來看，話中也帶有顧慮他人感受的語感。
- 「～と」的前句和後句必須具備時間上的先後關係，「～とすると／となると」則無此限制。

會話應用

〈小学校で、校長が統合の話をしている〉

校長：この学校は２年後に三英小学校と合併するかもしれません。

父兄：えっ。
合併する<u>とすると</u>、子供達はどうなりますか。（假設性強）

校長：合併する<u>と</u>、４年生以下の生徒は三英小学校に移ります。
（必定會發生）

父兄：〈困惑した様子〉

校長：合併する<u>となると</u>、父兄の皆さんのご協力をいただかなくてはなりません。（視為既定的事，具體的）
よろしくお願いいたします。

（小學裡，校長正在談有關併校的事）

校長：這間學校兩年後說不定會和三英小學合併。

家長：咦？如果合併，那孩子們要怎麼辦？

校長：如果合併，四年級以下的學生會轉學到三英小學。

家長：（看起來很困惑）

校長：如果合併，就必須仰賴各位家長的協助。到時還請各位多多幫忙。

否定的場合

對話３）提到的「**と／とすると／となると**」，如果把前句的動詞改為否定形則如下所示。

a’ **今留学しないと、もう機会はないかもしれませんね。**
你如果不去留學，說不定再也沒機會了。

b’ **あなたが留学しないとすると、今までにかかったお金がもったいないですね。** 你如果不去留學，至今所花的錢就都浪費了。

c’ **あなたが留学しないとなると、別の人が留学することになります。** 你如果不去留學，那就是別人去留學。

與「**～たら／としたら／となったら**」、「**～ば／とすれば／となれば**」相同，改成否定形後句子也一樣可以成立。

4. ～（の）なら・～とする（の）なら・～となる（の）なら

接下來要介紹的是「**～(の)なら、～とする(の)なら、～となる(の)なら**」。在對話 4）中，A 和朋友 B 討論明年舉辦比賽的事。

敬體

4）A：来年も大会を開（ひら）きたいと思って（い）るんですが。
B：a　来年も大会を開く（の）なら、もう少し工夫をしたほうがいいですよ。
？b　来年も大会を開くとする（の）なら、もう少し工夫をしたほうがいいですよ。
？c　来年も開くとなる（の）なら、もう少し工夫をしたほうがいいですよ。

4）A：明年我想舉辦比賽。
B：a　如果明年也要舉辦比賽，最好再多花點心思比較好。
？b　如果明年也要舉辦比賽，最好再多花點心思比較好。
？c　如果明年也會舉辦比賽，最好再多花點心思比較好。

常體

4）A：来年も大会を開きたいと思って（い）るんだけど。
B：d　来年も大会を開く（の）なら、もう少し工夫をしたほうがいいよ。

？e　来年も大会を開くとする（の）なら、もう少し工夫をしたほうがいいよ。
？f　来年も大会を開くとなる（の）なら、もう少し工夫をしたほうがいいよ。

4）A：明年我想舉辦比賽。
B：d　如果明年也要舉辦比賽，最好再多花點心思比較好。
？e　如果明年也要舉辦比賽，最好再多花點心思比較好。
？f　如果明年也會舉辦比賽，最好再多花點心思比較好。

說明

敬體

b「**～とする(の)なら**」、c「**～となる(の)なら**」都是與「**～(の)なら**」有關的用法，但屬於較少使用的表達方式。由於 a「**～(の)なら**」已經是假設性很強的句型，所以 b 一般都用來代換「**～とする(の)なら**」、c「**～となる(の)なら**」。也是因為如此，對話 4）的一般都用來代換 b、c 前才會被打上「**？**」。

至於後句能否使用促使他人行動的句型，a「**～(の)なら**」與「**～たら**」相同，可以使用表示請求或命令之類的句型。b「**～とする(の)なら**」、c「**～となる(の)なら**」的前句則因為本來就多屬於不自然的句子，所以難以判斷是否可用。

①林さんが来る(の)なら、これを渡してください。
林先生如果來了，請把這個交給他。
？②林さんが来るとする(の)なら、これを渡してください。
（？）林先生如果來了，請把這個交給他。

？③林さんが来るとなる(の)なら、これを渡してください。

（？）林先生如果來了，請把這個交給他

「**～(の)なら**」和「**～たら／ば／と**」不同，前句與後句不需具備時間上的先後關係（前句的事情先發生之後，才發生後句的事情）。

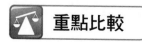

重點比較

～（の）なら・～とする（の）なら・～となる（の）なら

	假設性強	使用頻率低	後句可使用促使他人行動的句型
～（の）なら	○		○
?～とする（の）なら		○	
?～となる（の）なら		○	

- 「～とする（の）なら」、「～となる（の）なら」現在很少用。（尤其「～となる（の）なら」是比較不自然的用法）。而少用的原因在於「～（の）なら」已經是能夠充份表達強烈假設語氣的句型。

否定的場合

在對話4）提到的「**(の)なら／とする(の)なら／となる(の)なら**」，如果把前句的動詞改為否定形則如下所示。以否定形表達的句子中，除了「**(の)なら**」以外，都顯得不太自然。

a’ **大会をやらない(の)なら、早めに通知したほうがいいですよ。**

如果不舉辦比賽，你最好要提早通知。

？b’　大会をやらないとする（の）なら、早めに通知したほうがいいですよ。　？如果不舉辦比賽，你最好要提早通知。

？c’　大会をやらないとなる（の）なら、早めに通知したほうがいいですよ。　？如果不舉辦比賽，你最好要提早通知。

26 條件 3

「條件 3」要介紹的是與事情成立的「必要條件」有關的句型，以及「誇張的條件表現」。第 1 節要介紹的是「**〜ない限り(は)、〜ない以上(は)、〜ないようでは**」；第 2 節要介紹的是「**〜(た)うえで、〜ないことには、〜ことなしに(は)**」；第 3 節要介紹的是「**〜でもしたら、〜なんか／なんて〜(よ)ものなら**」等句型。

1-1. 必要條件 1「那是必要的」

本節要介紹的是表示與事情成立的「必要條件」有關的句型，有「**〜なければ、〜ないと、〜なくては、〜ない限り(は)、〜ない以上(は)、〜ないようでは**」。

在對話 1）中，A 問認識的 B 有關申請補助金的事。對於 A 的提問，B 可以用數種不同的句型表達「必要條件（那是必要的）」。

敬體

1）A：補助金は申請しないともらえないんですか。
　　B：ええ、a　申請しなければ、補助金はもらえません。
　　　　　　b　申請しないと、補助金はもらえませんよ。
　　　　　　c　申請しなくては、補助金はもらえませんよ。
　　　　　　d　申請しない限り（は）、補助金はもらえませんよ。
　　　　　　e　申請しない以上（は）、補助金は出ませんよ。
　　　　　　f　申請しないようでは、絶対補助金はもらえませんよ。

1）A：補助金如果不申請就拿不到是嗎？
　　B：是的。a　沒有申請就拿不到補助金。
　　　　　　b　若是沒申請就拿不到補助金。
　　　　　　c　如果不申請就拿不到補助金喲。

d　只要不申請就拿不到補助金。
e　只要你沒有申請，所以不會發放補助金。
f　如果不申請，那就一定拿不到補助金。

常體

1) A：補助金は申請しないともらえないの？
B：うん、g　申請 {しなきゃ／しなけりゃ} 、補助金はもらえない {んだよ／のよ} 。
h　申請しないと、補助金はもらえない {んだよ／のよ} 。
i　申請しなくちゃ、補助金はもらえない {んだよ／のよ} 。
j　申請しない限り（は）、補助金はもらえないからね。
k　申請しない以上（は）、補助金は出ないよ。
l　申請しないようでは、補助金はもらえないからね。

1）A：補助金如果不申請就拿不到是嗎？
B：是的。g　沒有申請就拿不到補助金。
h　若是沒申請就拿不到補助金。
i　如果不申請就拿不到補助金喲。
j　只要不申請就拿不到補助金。
k　只要你沒有申請，所以不會發放補助金。
l　如果不申請，那就一定拿不到補助金。

說明

敬體

前句的內容是決定後句能否實現的必要條件。表示必要條件的句型中，因為有表示「限度、上限」、「提醒、警告」的句型，所以是表示強烈主張的句型。

a「**～なければ**」並沒有那麼強烈的「提醒、警告」意味，而是從社會的層面、從公眾的角度來看，表示「如果不那麼做的話，就…（不允許、不應當）」的意思，是屬於正式生硬的表達方式。b 是表示一般條件的「**～と**」，與動詞的ナイ形（**～ない**）結合，用以表示提醒或警告的意思，是屬於口語的用法。

c「**～なくては**」是期盼對方可以做到前句所描述的內容（提出申請），並強烈表達「如果不做那件事，那麼你所期望的事就不可能實現」的意思。「**～なくては**」的後句通常為否定形，是比「**～なければ**」更委婉的說法，且相較於「**～なければ**」，「**～なくては**」通常是用於表示私領域、個人的情況。

d「**～ない限り(は)**」是把動詞的ナイ形放在「**限り(は)**」之前，表示限度、上限，在這裡的意思是「在那個範圍之內」、「在沒保持該狀態持續的期間」，以此向對方提出提醒及忠告，是一種帶有強烈個人情緒的說法。e「**～ない以上(は)**」的意思是「如果情況或狀態是那樣」，這裡帶有「說明理由」的意味，意思是「因為你沒有那麼做（提出申請）」。

d「**～ない限り(は)**」和 e「**～ない以上(は)**」的「**は**」，不管有或沒有，在語意上都沒有太大差別。如果加上「**は**」，表示說話者有意想特別強調這件事。

f「**～ないようでは**」是表示就現在的狀況來看，「如果連那樣的事都不做／沒辦法做，是不行的／很困擾」的意思，是一種強烈表達說話者的主張或責備語氣的說法，帶有說教的意味。

常體

敬體 a「**～なければ**」、c「**～なくては**」的口語用法大多會分別以 g「**～なきゃ／なけりゃ**」、i「**～なくちゃ**」的方式表達。

常體的句尾出現了「**からね**」。句末的「**から**」是作為終助詞用，

帶有「因為那個理由，所以請你要小心（喔）」這種提醒對方的心情。雖然沒有特別明白表明因果關係，但隱含說話者心理上認為這兩者之間具有因果關係的意思。

重點比較

必要條件 1「那是必要的」

	強烈的主張	在那個範圍內	提醒或警告	在那樣的狀況及狀態下不會改變	不行、很困擾	責備的心情	口語	生硬的說法
～なければ	△			△	○		○	○
～ないと	○		○	○	○		○	
～なくては	△		○	△	○		○	
～ない限り（は）	○	○	○	○				○
～ない以上（は）	○	○	○	○				○
～ないようでは	○		○	○	○	○	○	

- 包含「～なければ」、「～なくては」在內，全部都是表示強烈主張的句型。
- 所有的句型都有「在那樣的狀況及狀態下（沒辦法、辦不到、沒有改變）」的意思，「～ないと」、「～ない限り（は）」、「～ない以上（は）」、「～ないようでは」是就現在那樣的狀況提出提醒及警告。
- 其中的「～ないようでは」帶有說話者強烈的責備語氣。

會話應用

〈紛争地域でジャーナリストと担当官が話している〉

担当官：紛争が終わらない限りは、この地域には入れません。（在這個範圍內）

ジャーナリスト1：この地域に入れないと、私達は取材ができないんですよ。（忠告、警告）

担当官：そう言われてもダメなものはダメなんです。

ジャーナリスト2：実際に何が起こっているか見られないようでは、真実は書けないんです。（困擾、責備）
ジャーナリスト1：現地の人と話ができなくては、何もわからないんですよ。（不可能實現）
担当官　　：また、出直してください。
ジャーナリスト2：うーん。
どうしようか。
ジャーナリスト1：現地に入れない以上は、引き返すよりしかたがないよ。（強勢地說明理由）
ジャーナリスト2：そうだね。

（在衝突地區，記者和指揮官正在對話）

指揮官：只要衝突不結束，就不能進入這個地區。
記者 1：如果不進入這個地區，我們就不能採訪了。
指揮官：就算你這麼說，不行就是不行。
記者 2：沒看到實際上發生什麼事，就沒辦法寫下實情了。
記者 1：如果不能和當地的人對話，那就什麼都不清楚了。
指揮官：請你們以後再來。
記者 2：唔。該怎麼辦？
記者 1：既然不能進去當地，那就只能回去了。
記者 2：說得也是。

否定的場合

在對話1）提到的表現句型都已經是否定形，所以這裡不做介紹。

1-2. 必要條件 2「沒有那個就辦不到」

接下來要介紹的是表示「沒有那個就辦不到」之意的「必要條件」的相關句型，有「**～(た)うえで**、**～ないことには**、**ことなしに(は)**、**名詞＋なしに／抜きで**」。在對話 2）中，B 在做某個決定前想找父

母商量。對於 A 的提問，B 可以用數種不同的句型表達「必要條件（沒有那個就辦不到）」。

敬體

2）A：ご両親に相談しますか。
B：ええ、a　両親の許可をもらったうえで、決めたいと思います。
b　両親の許可をもらわないことには、決められません。
c　両親の許可をもらうことなしに（は）、仕事は続けられません。
d　両親の許可なしに（は）、決められません。
e　両親抜きで（は）、何事も決められません。

2）A：你要找你的父母商量嗎？
B：是的。a　我想先得到父母的同意後再決定。
b　如果沒有得到父母的同意，我就沒辦法決定。
c　沒有得到父母的同意，就無法繼續工作。
d　沒有父母的許可，我就沒辦法決定。
e　排除（沒有）父母，我就什麼事都做不了。

常體

2）A：両親に相談する？
B：うん。f　両親の許可をもらったうえで、決めたいと思う。
g　両親の許可をもらわないことには、決められない。
h　両親の許可をもらうことなしに（は）、仕事は続けられない。
i　両親の許可なしに（は）、決められないよ。
j　両親抜きで（は）、何事も決められないよ。

2）A：你要找你的父母商量嗎？
B：是的。f　我想先得到父母的同意後再決定。
g　如果沒有得到父母的同意，我就沒辦法決定。
h　沒有得到父母的同意，就無法繼續工作。
i　沒有父母的許可，我就沒辦法決定。
j　排除（沒有）父母，我就什麼事都做不了。

敬體

本節和必要條件 1 一樣，都是表達「這個是必要的」這件事，接下來要介紹的是表示「這是最基本一定要有的」、「沒有那個就辦不到」之意的句型。

a「**～(た)うえで**」的意思是看到前句所敘述的行為、行動的結果後，再去做後句的行為、行動。因此，前句的行為、行動是必須具備的條件，屬於較正式生硬的表達方式。

b「**～ないことには**」是帶有個人情緒的句型，意思是「不先做那件事就不會開始」。這個句型是以一種比較拐彎抹角的說話方式表達「所以一開始一定要先做那件事」。

c「**もらうことなしに(は)**」與「**もらわないで**」一樣，都是強烈表達「沒有那件事，後句的事情就不會成立」的意思，屬於生硬且較拐彎抹角的表達方式。

把 c 簡化後即為 d，是以「**名詞＋なしに(は)**」的形式表示，意思和 c 一樣。因為把「**句子／動詞＋ことなしに(は)**」改成以「**名詞＋なしに(は)**」表示，所以句子會變得比較簡潔。（**例:地域の人に助けてもらうことなしに(は)→地域の人の助け／援助なしに(は)**（**沒有當地人的協助**））

e 是使用表示「排除…」之意的「**～抜きで**」再加上「**は**」。就如例句的「**重大な決定において両親抜きでは決められない**（**做重大決定的時候少了父母就無法決定**）」，「**～抜き**」的意思是「排除通常應存在、應有的人、事物」。大部分的情況下，後句會搭配否定形，以「**～抜きでは～ない**」的形式表示。「**～抜きでは**」有時也會用「**～抜きには**」表達。

重點比較

必要條件 2「沒有那個就辦不到」

	看到結果後再做後續的行為	正式生硬的說法	口語	語氣較強烈	帶有個人情緒	拐彎抹角	搭配否定形
～（た）うえで	○	○					
～ないことには		△	○	○	○	○	○
～ことなしに（は）		○		○		○	○
名詞＋なしに（は）		○					○
名詞＋抜きで（は）			○		△		○

- 「～（た）うえで」並非直接表示「ない」，而是把「沒有看到前句的結果之前就無法決定」這一點納入必要條件。
- 「～ないことには」與「～ことなしに（は）」這兩者可互換，不過使用「～ないことには」時會表現出話者的認為該事物是不可或缺的強烈語氣。
- 「なし」和「抜き」的不同之處在於，「なし」是表示沒有的狀態，「抜き」則具有排除正常情況下應該存在的事物的意思。

會話應用

〈社員が不祥事を起こしたので、会社側がマスコミに説明をする〉

会社側　：よく調べたうえで、処分を決めたいと思います。（看到結果之後再做）まず、事実関係を調査することなしにやれませんので。（沒滿足該條件就無法成立）

マスコミ：社内でも検討されるのですか。

会社側　：もちろんです。社長にも相談したうえで、結論を出したいと思います。（視結果決定）

マスコミ：本人抜きで話し合いをされるのですか。（排除）

会社側　：いやいや、本人抜きでは何も決められません。（排除）本人の言い分も聞かないことには、結論は出せません。（有個人情緒，口語性質）

（公司職員引發醜聞，公司向媒體說明）

公司：我們在充分調查後再決定處份的內容。
　　　沒有調查清楚事實就不能進行處份。

媒體：公司內部也會進行檢討嗎？

公司：這是當然。我們希望在與社長商量之後再作出結論。

媒體：是在排除當事人的狀態下進行討論嗎？

公司：不不不，如果排除當事人就沒辦法做任何決定。
　　　沒有聽到本人的說明，沒辦法做出任何結論。

否定的場合

在對話 2）中提到的句型（表現句型）中，b「**～ないことに(は)**」已經是否定形，所以略過不提。d「**なしに(は)**」、e「**抜きで(は)**」是搭配名詞使用，所以也略過不提。接著我們就來想想看 a「**(た)うえで**」和 c「**ことなしに(は)**」之前能否使用否定形表達。

？a' **両親の気持ちは考えないうえで、自分で決心しました。**

　？沒有考量父母的感受，自己立下決心。

c' **ご両親のお気持ちを考えないことなしに(は)、自分だけで決心してはいけません。**

　考量父母的心情，我不能光憑自己立下決心。

a' 是把否定形放在「**うえで**」之前，c' 則是把否定形放在「**ことなしに(は)**」之前。這兩者都是屬於比較迂迴的說法，a' 的表達方式並未符合此句型的要求，c' 的說法感覺上則較為自然。

2. 誇張的條件表現

接著要介紹的是表示「如果做那種事就會導致狀況惡化，所以不能做」之意的句型。為求方便，我們把這類句型稱為「誇張的條件表現」，其中包含「**～でもしたら、～(よ)うものなら、～でも／なんか／なんて～(よ)うものなら**」等句型。以下對話 3）的情境是小孩子遭到霸凌，孩子的父母正在和孩子談這件事。對於 A 的提問，B 可以用數種不同表達「誇張的條件」的句型來回應。

敬體

3) A：どうして先生に言わないんですか。
　B：a　先生に告げ口でもしたら、袋叩きに遭うでしょう。
　　 b　先生に告げ口（を）しようものなら、仕返しされるに決まって（い）ます。
　　 c　先生に告げ口でもしようものなら、袋叩きに遭うでしょう。
　　 d　先生に告げ口｛なんか／なんて｝しようものなら、袋叩きに遭うに決まって（い）ます。
　A：そうかもしれませんが、それでいいんですか。

3）A：為什麼不跟老師說？
　B：a　如果向老師告狀，我應該會被圍毆吧。
　　 b　如果向老師告狀，我一定會被報復。
　　 c　如果向老師告狀，我應該會被圍毆吧。
　　 d　如果向老師告狀，我一定會被圍毆。
　A：話是這麼說沒錯啦！但這樣真的好嗎？

常體

3) A：どうして先生に言わないの？
　B：e　先生に告げ口でもしたら、袋叩きに遭うよ。
　　 f　先生に告げ口しようものなら、仕返しされるに決まって（い）るよ。
　　 g　先生に告げ口でもしようものなら、袋叩きに遭うよ。
　　 h　先生に告げ口｛なんか／なんて｝しようものなら、袋叩きに遭うに決まって（い）る。

A：そうかもしれないけど、それでいいの？

3）A：為什麼不跟老師說？
B：e　如果向老師告狀，我應該會被圍毆吧。
f　如果向老師告狀，我一定會被報復。
g　如果向老師告狀，我應該會被圍毆吧。
h　如果向老師告狀，我一定會被圍毆。
A：話是這麼說沒錯啦！但這樣真的好嗎？

說明

敬體

本節要介紹的是表示「萬一做了那種事／發生那種事，就會演變成嚴重的狀況。所以什麼都不能做」之意的句型。

a 是藉由副助詞「**でも**」來將「告狀」這項行為提出，並強力表達「雖然還有其他的方法，但如果做了像是『**告げ口（告狀）**』之類的行為，就會演變成很嚴重的狀況」這種擔憂的情緒。

b「**～(よ)うものなら**」是一種在語氣上更加強調「萬一做了那種事，就會演變成嚴重的狀況」的句型，屬於誇張的表達方式。

c 與 a 相同，都是利用副助詞「**でも**」來對「告狀」及「當然其他的方法也行不通，但還是不可以告狀」表示反對。

d 與 c 相同，不過是以「**なんか／なんて**」代替副助詞「**でも**」。「**なんか／なんて**」是以某件事為例，並對其表示輕視的一種說法，比「**でも**」更情緒化。這個句型裡的「**なんか**」和「**なんて**」的意思幾乎相同。

常體

敬體的a在句末使用「**でしょう**」，但常體對話的e卻將「**でしょう**」的常體「**だろう**」直接省略。如果是關係親近的人之間的常體對話，較偏好以不加「**だろう**」或「**でしょう**」的方式直接表達。

重點比較

誇張的條件表現

	舉例說明	語氣較強烈	稍嫌誇張	情緒強烈	輕視的說法
～でもしたら	○	△	△	△	
～（よ）うものなら		○	○	○	
～でも～（よ）うものなら	○	○	○	○	△
～なんか／なんて～（よ）うものなら	○	○	○	○	○

- 全部都屬於會話性質的表達方式。
- 本課提到的四種句型都是語氣較強烈、稍嫌誇張、情緒化的表達方式，如果使用「～ものなら」，則是語氣更強烈、更誇張、更情緒化的表達方式。
- 「～（よ）うものなら」搭配副助詞「なんか／なんて」，是在舉例的同時，表達對那件事的輕視或輕蔑之意。
- 藉由這種語氣強烈且誇張的說法，表示「所以最好什麼事都別做」、「什麼事都不能做」、「什麼都做不了」。

會話應用

〈AとBが最近の若者について話している〉

A：このごろの若者はこわいね。
　　ちょっと肩に触れただけなのに、にらみ返してくるんだ。

B：そうだよ。肩に触り<u>でもしたら</u>、ただじゃおかないって感じだよね。（舉例）

A：そうだね。ちょっとでも注意しようものなら、殴りかかってくるからね。（強調）

B：うん。注意なんかしようものなら、蹴飛(けと)ばされるよ。（情緒化，誇張）

（A與B在討論時下的年輕人）

A：現在的年輕人好恐怖。只不過是稍稍碰一下肩膀就被瞪了。

B：就是說啊！感覺上像是在說「敢碰我肩膀我就不放過你」。

A：沒錯。要是再稍微提醒他一下，就過來打人了。

B：嗯。不過是提醒一下而已，就會踹過來了。

否定的場合

在3）提到的句型（表現句型）中，a「**でもしたら**」的前面是名詞，所以略過不提。b「**〜(よ)うものなら**」、c「**〜でも〜(よ)うものなら**」、d「**〜なんか／なんて〜(よ)うものなら**」，則可試著改以否定形表示，請各位一起思考一下。

b' **宿題をしないでおこうものなら、怒鳴られるに決まっています。**
如果不先把功課做完，一定會被大罵一頓。

c' **宿題でもしないでおこうものなら、袋叩きに遭うでしょう。**
如果不先把功課做完，一定會慘遭圍剿。

d' **宿題なんか／なんてしないでおこうものなら、袋叩きに遭うでしょう。**
如果不先把功課做完，大概會慘遭圍剿吧。

雖然聽起來顯得有些拐彎抹角，但在這些句型的前面放否定形是可行的。

27 原因、理由 1

本課要介紹的是說話者如何表達「原因、理由」。此處不刻意區分「原因」與「理由」，而是將之視為一體來思考。第 1 節要介紹的是「**～から、～ので、～ため(に)**」等一般常用的句型；第 2 節要介紹的是「**～おかげで、～せいで**」這類帶有評價意味的句型，以及「**～ものだから、～の･んだから**」這類表示藉口或是進行說明時所使用的句型。

1. 一般的原因、理由

首先要介紹的是使用頻率很高的「**～から、～ので、～ため(に)、～し、名詞＋で**」。以下的對話 1）中，A 向同公司的 B 詢問關於今天早上的大雪和高速公路的情況。對於 A 的提問，B 可以用數種不同表達「原因、理由」的句型來回應。

敬體

1) A：大雪でしたが、高速道路は大丈夫ですか。
   B：いえ、a　大雪が降ったから、高速道路は不通になって（い）ます。
   b　大雪が降ったので、高速道路は不通になって（い）ます。
   c　大雪が降って、高速道路は不通になって（い）ます。
   d　大雪が降ったため（に）、高速道路は不通になって（い）ます。
   e　大雪が降った／降りましたし、高速道路も不通になって（い）ます。
   f　大雪で、高速道路は不通になって（い）ます。

1）A：早上下大雪，走高速公路沒問題嗎？
B：不，　a　因為下大雪，高速公路變得無法通行。
b　由於下大雪，高速公路變得無法通行。
c　下了大雪，所以高速公路變得不通。
d　因大雪所致，高速公路變得無法通行。
e　因為下大雪，高速公路變得無法通行。
f　因為大雪，高速公路變得無法通行。

常體

1）A：大雪だったけど、高速道路は大丈夫？
B：ううん、g　大雪が降ったから、高速道路は不通になって（い）るよ。
h　大雪が降ったので、高速道路は不通になって（い）るよ。
i　大雪が降って、高速道路は不通になって（い）るよ。
j　大雪が降ったため（に）、高速道路は不通になって（い）るよ。
k　大雪が降ったし、高速道路も不通になって（い）るよ。
l　大雪で、高速道路は不通になって（い）るよ。

1）A：早上下大雪，走高速公路沒問題嗎？
B：不，　g　因為下大雪，高速公路變得無法通行喲。
h　由於下大雪，高速公路變得無法通行喲。
i　下了大雪，所以高速公路變得不通了喲。
j　因大雪所致，高速公路變得無法通行喲。
k　因為下大雪，高速公路變得無法通行喲。
l　因為大雪，高速公路變得無法通行。

說明

敬體

表示「原因、理由」的 a「**～から**」和 b「**～ので**」的不同之處如下所示。

～から：口語用法。可用於直接表示說話者的主張、見解或情緒，但因為過於直接，所以有時聽起來會有些粗魯。後句可使用使役句型。

～ので：雖然是口語用法，但是比「**～から**」更有禮貌。比起用來表達情緒，更適合用來敘述、說明事物的因果關係。後句不太能夠使用具有強烈促使他人行動語氣的句型（請求、指示、命令等）。

a 是以口語用法直接表示大雪與高速公路無法通行之間的關係。b 也是說明兩者之間的因果關係，但是較為客觀有禮的說法。

c 是使用「**～て**」表示。「**～て**」本身並不具任何意思，而是依據前後關係來決定其所代表的意思（這裡是表示「原因、理由」與「結果」）。從這點來看，相較於其他表示原因、理由的句型，「**～て**」只能算是略帶因果關係的用法。

d「**～ため(に)**」是書信用語。雖然也可用於口語表達，不過是較為生硬的表達方式。由於比「**～から**」、「**～ので**」更明確地表示出原因、理由，因此如果要明確又有邏輯地說明因果關係時，是必備的句型。因為「**～ため(に)**」而引發的結果，大多是不好的事。

e「**～し**」有表示舉例及列舉的用法，就像是說話者邊思考邊舉例一樣，是以比較和緩的語氣表示原因、理由，為口語用法。

f 是以接在名詞後的格助詞「**で**」表示原因、理由。就如「**火事**

で家が焼けてしまった（因為火災房子燒掉了）」、「**恩師の一言で今まで生きてこられた**（因為恩師的一句話我才能活到現在）」等，是可以讓句子變得更為簡潔的表達方式。

常體

常體的會話通常都傾向以較簡短的方式表達，g～f中最簡潔的應該是i「**～て**」和l「**名詞＋で**」。h是使用「**～ので**」，雖然是常體，不過整個句子會給人比較委婉的感覺。j因為使用書面語「**～ために**」表示，所以是屬於帶有說明、解說意味的生硬說法。k是使用「**～し**」列舉出原因、理由，這裡會讓人感受到說話者「無可奈何」的心情。

重點比較

一般的原因、理由

	口語	書面語	帶有說話者的主張、感情	直接	稍嫌粗魯的說法	後句可用促使他人行動的句型	帶有說明、解說的意味	略帶因果關係的用法	生硬的說法	明確表示	和緩的語氣	委婉的說法	簡潔的表達方式
～から	○		○	○	○	○				○			
～ので	○			△		△	○					○	
～て	○							○			△		
～ため（に）		○		○			○		△	○			
～し	○		△			○					○	○	
名詞＋で	△						○						○

- 「原因、理由」的句型分為口語與書面用語。前者有「～から」、「～ので」、「～て」、「～し」，後者則有「～ため（に）」。
- 「原因、理由」還可分為直接表示（明確）與間接表示（語氣和緩）。前者有「～から」、「～ため（に）」，後者有「～て」、「～し」。「～ので」是屬於委婉地表達因果關係的用法。
- 還可依後句是否可使用表示意志、請求及命令之類的促使他人行動的句型而有所分別。可使用促使他人行動的句型的有「～から」、「～し」，不可使用的有「～て」、「～ため（に）」、「名詞＋で」，「～ので」則是介於二者之間，須視句子的內容決定是否可用。

會話應用

〈電気会社からの停電の「お知らせ」を見て〉

母親：明日停電があるから、電池買っとかなくちゃ。
　　（會話性質，直接）

息子：僕、行ってくるよ。今からコンビニ行くし、買ってくるよ。
　　（語氣和緩）

母親：ああ、お願い。

息子：停電になって、一番困るのは受験生の僕だしな。
　　（語氣和緩）

＊＊＊

〈コンビニで〉

息子：電池、見当たらないんですけど。

店員：すみません。たくさんの人が買いに来たので、売り切れになっちゃったんですよ。（客觀）

息子：あー、そうなんだ。

（看了電力公司的「停電通知」）

母親：因為明天要停電，得去買電池才行。

兒子：我去買。因為正好要去便利商店，我會買回來。

母親：啊，那就拜託囉。

兒子：因為一旦停電，最困擾的是身為考生的我啊。

＊＊＊

（便利商店）

兒子：我找不到電池耶。

店員：不好意思。因為有很多人來買，所以賣完了。

兒子：啊，是這樣啊。

否定的場合

如果將對話提到的句型（表現句型）a ～ e 改為否定形，即如下所示。因為 f 是「**名詞＋で**」，所以排除。（以下是以常體表示）

a’ **大雪にならなかったから、高速道路は問題ない。**
因為沒有下大雪，所以高速公路沒問題。

b’ **大雪にならなかったので、高速道路は順調に動いている。**
因為沒有下大雪，所以高速公路很順暢。

？c’ **大雪にならなくて、高速道路は順調に動いている。**
？因為沒有下大雪，所以高速公路很順暢。

？d’ **大雪にならなかったため(に)、高速道路は順調に動いている。**
？因為沒有下大雪，所以高速公路很順暢。

e’ **大雪にならなかったし、高速道路も順調に動いている。**
沒下大雪，高速公路很順暢。

a’「**から**」、b’「**ので**」，還有 e’「**し**」，只要把前面的述語改成否定形，即可表示否定意味的原因、理由。而 c’「**～なくて**」、d’「**～(なかった)ために**」則必須要再仔細檢視能否使用。

c’「**～なくて**」若要表示原因、理由，後句必須是表示事物狀態的句子。

①子供が歩かなくて、困った。 因為孩子不走路，所以很困擾。
？②子供は歩かなくて、走った。 ？孩子不走路，而是用跑的。

①和②的前句使用動作動詞「**歩く**」。①的後句是表示狀態的「**困る**」，所以「**歩かなくて**」可用於表示原因、理由。而②的後句因為是使用動作動詞「**走る**」，所以前句的「**歩かなくて**」就不能用

於表示原因、理由。c' 也一樣後句是使用「**動いている**」表示行為，所以是不自然的句子。後句如果是表示狀態的「**みんなほっとしている(大家都鬆了一口氣)**」，那麼使用「**～なくて**」就是很自然的用法。

c” **大雪にならなくて、みんなほっとしている。**
沒有下大雪，大家都鬆了一口氣。

「**～ため(に)**」是表示負面的事情。由於 d'「沒下大雪」和「高速公路很順暢」都是正向的事，所以 d' 是不自然的句子。如果改成像以下這種負面情況，就可以用「**否定形＋ため(に)**」表現。

d” **雪が降らなかったために、スキー場は困っている。**
因為沒下雪，滑雪場麻煩大了。

2. 評價、解釋及找藉口時使用的原因、理由句型

本節將介紹的是原因、理由帶有說話者個人的評價或情緒時的句型，以及解釋或找藉口時使用的句型。在對話 2）中，A 向 B 詢問他的小孩入學考試的結果。對於 A 的提問，B 可以用數種不同的句型，表示夾雜了評價、藉口等因素的「原因、理由」。

敬體

2) A：お子さんの入試はどうでしたか。
B：a　上の子は先生の指導がよかったおかげで、志望校に入れました。
　　b　下の子は先生の指導が今ひとつだったおかげで、入試に失敗しました。
　　c　下の子は先生の指導が今ひとつだったせいで、入試に失敗しました。

A：あー、そうですか。
B：d　下の子は全然勉強しなかったものですから、失敗してもしかたないです。
　　e　下の子は全然勉強しなかったわけですから、失敗してもしかたないです。
　　f　下の子は全然勉強しなかった｛の／ん｝ですから、失敗してもしかたないです。

2）A：你兒子的入學考怎麼樣了？
　　B：a　老大多虧老師教得好，如願考上了。
　　　　b　小兒子「多虧」老師教得不好，所以沒考上。
　　　　c　都要怪老師教得不好，所以小兒子沒考上。
　　A：啊，是這樣啊。
　　　　d　因為小兒子完全沒在唸書，沒考上也沒辦法。
　　　　e　因為小兒子完全沒在唸書，沒考上也沒辦法。
　　　　f　因為小兒子完全沒在唸書，沒考上也沒辦法。

常體

2）A：入試の結果、どうだった？
　　B：g　上の子は先生の指導がよかったおかげで、志望校に入れたよ。
　　　　h　下の子は先生の指導が今ひとつだったおかげで、入試に失敗したよ。
　　　　i　下の子は先生の指導が今ひとつだったせいで、入試に失敗したよ。
　　A：あー、そうなんだ。
　　B：j　下の子は全然勉強しなかったものだから、失敗してもしかたないよ。
　　　　k　下の子は全然勉強しなかったわけだから、失敗してもしかたないよ。
　　　　l　下の子は全然勉強しなかった｛の／ん｝だから、失敗してもしかたないよ。

2）A：你兒子的入學考怎麼樣了？
　B：g　老大多虧老師教得好，如願考上了。
　　h　小兒子多虧老師教得不好，所以沒考上。
　　i　都要怪老師教得不好，所以小兒子沒考上。
　A：啊，是這樣啊。
　　j　因為小兒子完全沒在唸書，沒考上也沒辦法。
　　k　因為小兒子完全沒在唸書，沒考上也沒辦法。
　　l　因為小兒子完全沒在唸書，沒考上也沒辦法。

說明

敬體

對話 2）的 a ～ c 是原因、理由帶有說話者評價或個人情緒時用的句型； d ～ f 則是在解釋或找藉口時使用的句型。首先我們來看看 a ～ c 的句型。

「頭が痛いので、今日は仕事を休む（因為頭痛，今天休息）」的「**～ので**」、「**用事ができたために、パーティーには行けない（因為有事，所以去不了派對）**」的「**～ために**」等句型，大多是由中立的立場來陳述原因、理由，而 a、b 的「**～おかげで**」、「**～せいで**」則是話中帶有說話者的心情及評價的句型。

a 的「**～おかげで**」是表示後句的主詞（這裡是指說話者）接受「恩惠、利益」，的情況，或是當要對對方或對為自己做事的某人表示感謝時使用的句型。

①あなたが手伝ってくれたおかげで、仕事がうまくいったよ。
多虧你的幫忙，工作進行得很順利。

另一方面，「～おかげで」並非只能用於表示受惠，有時也會用於表示遭受損害的情況。請看 b 句。b 雖然也是使用「～おかげで」，但 b 的「～おかげで」帶有說話者責備或諷刺的心情。

②(あなたが)間違った道を教えてくれたおかげで、倍の時間がかかってしまったよ。
多虧（你）告訴我錯的路，我可是多花了兩倍的時間呢。
③君のおかげで、何もかも失敗してしまった。
多虧你我才會做什麼都失敗。

c 的「～せいで」則與 a 的「～おかげで」正好相反，是表示「遭受損害」。從這點來看「～せいで」與 b 的「～おかげで」很相似，但「～おかげで」帶有開玩笑的口吻，「～せいで」則帶有較強的責備、批判的語氣。

④(あなたが)間違った道を教えたせいで、倍の時間がかかってしまったよ。 都是因為你告訴我錯的路，害我花了兩倍的時間。
⑤君のせいで、何もかも失敗してしまった。
都是你害的，我才會做什麼事都失敗。

有時也會像下面的例句⑥一樣，表示對自己的批判或反省。

⑥寝る前にコーヒーを飲んだせいで、ゆうべは眠れなかった。
都是因為睡前喝了咖啡，所以昨晚才會睡不著。

那麼，接著我們再來看看 d ～ f。

d 的「**ものだから**」中的「**もの**」，原本指的是物體的「物」，「物」是眼睛看得見、具體並且帶有客觀性質的東西。說話者使用「**ものだ**」能讓自己的原因、理由顯得較客觀，而這樣的說法，話中也都帶有「（期望對方理解）因為我有正當的原因、理由，所以才……」這種像是藉口、辯解的語感。「**ものだから**」的主詞可能是說話者本身，也可能是第三者。在下方⑦的對話中，主語是「子供（小孩子）」，而在⑧的對話中，主語則是「**私**（我）」。

⑦〈A があくびをしている〉　（A 打了哈欠）

A:あーあ。 啊…

B:**眠そうね。ゆうべ寝なかったの？**

你看起來很想睡覺。昨晚沒睡好嗎？

A:**うん、子供が夜泣きをするものだから、何度も起こされて……。**

嗯，因為小孩子整晚都在哭，起床好幾次……。

⑧ A:あーあ。 啊…

B:**眠そうね。ゆうべ寝なかったの？**

你看起來很想睡覺。昨晚沒睡好嗎？

A:**うん、寝る前にコーヒーを飲んだものだから、なかなか寝付けなくて……。**

嗯，因為睡前喝了咖啡，所以不太睡得著……。

「**～わけだ**」是表示依事實的根據推導出的合乎邏輯的結論。而整個句子所要表達的是以某個事實為根據，理所當然會發生後句所描述的事（請參照 6「推量、推定」2）。e「**～わけだから**」大多以「**～わけだから、～(する／なる)のは当然だ**」的形式表達，用於表示合乎邏輯地進行說明、解說、陳述理由。「**～わけだから**」的主詞大多是說話者以外的人或事物。

⑨あなたはみんなから選ばれたわけだから、頑張るのは当然だ。
因為你是大家選出來的，當然要努力。

「**～わけだから**」的主詞如果是說話者自己，就是一種不帶情感，以客觀的角度冷眼看待自己，或者是把自己當成旁觀者的說法。

⑩私も皆から選ばれたわけだから、頑張らなければならない。
因為我是由大家選出來的，所以我一定得努力。

f「**～の／んだから**」是比「**～ものだから**」、「**～わけだから**」更主觀的表達方式。後句大多是表示「**だからこのようにしてほしい／したほうがいい／してください**（所以我才希望你這樣做／所以你最好這樣做）」的促使他人行動的句型。「**～の／んだから**」的主詞可能是說話者本人，或者是第三者。

⑪私は知らないの／んだから、聞かないでください。
我不知道，所以別問我。
⑫彼が知っているの／んだから、彼に聞いてください。
他知道，所以請你去問他。

常體

「**～の／んだから**」的常體大多會以像1一樣以「**～んだから**」」表示，想要清楚明確地表達時，常體也會使用「**～のだから**」表示。

重點比較

評價、解釋及找藉口時使用的原因、理由句型

	正面評價（受益、感謝）	負面評價（受損、責備）	有諷刺的意味、像是在開玩笑	客觀	主觀	合乎邏輯的結論、像在找藉口	說明或解說、陳述理由	後句可接續促使他人行動的語氣強的句型
～おかげで❶*	○				△			
～おかげで❷*		○	○		○			
～せいで		○			○			
～ものだから				○		△	△	
～わけだから				○		○	○	△
～の／んだから					○		△	○

*表示受益的「～おかげで」為「～おかげで❶」；表示遭受損害的則是「～おかげで❷」

- 帶有說話者個人的評價及情緒的表達方式中，表示正面評價的是「～おかげで❶」，表示負面評價的是「～おかげで❷」與「～せいで」。
- 「～ものだから」、「～わけだから」、「～の／んだから」比起表示評價，大多是用於表示說話者做的解釋、辯解或藉口。
- 全部都是口語的表達方式。

會話應用

〈地震のニュースを聞いた A が、友達の B に電話をしている〉

A：家は大丈夫だった？

B：地震のせいで、屋根が崩れ落ちて……。（負面評價）

A：大変だったね。
　　でも、ボランティアの人達が手伝ってくれたんだろ？

B：うん、彼らのおかげで、後片付けは何とか……。
　　（正面評價）

A：家にはいつ戻れるの？

B：まだ水と電気が来ないものだから、しばらくはだめだね。
　　（客觀）

A：それは大変だね。

B：みんな困っているんだから、どんどん復旧工事を進めてほしいよ。（主觀）
A：うん、でも市のほうも一生懸命やっているわけだから……。（合乎邏輯的說明）

（A 聽到地震的消息，打電話給 B）

A：房子沒事吧？
B：都是地震害的，屋頂塌下來了。
A：真是糟糕。不過義工應該有去幫忙吧？
B：嗯，多虧他們，才有辦法進行清理工作……
A：那你什麼時候可以回家？
B：因為水電都還沒來，暫時還沒辦法。
A：那還真是辛苦呢。
B：大家都很傷腦筋，真希望修復工程能夠順利進行。
A：嗯，不過市政府應該很拼命在做事了……

否定的場合

對話 2）的 a、b 二句的「**おかげで**」以及 c 的「**せいで**」之前，若以否定形表示會是如何？（以常體表示）

a' b' **先生の指導がよくなかったおかげで、入試に失敗した。**
多虧老師教得不好，入學考試失敗了。
c' **先生の指導がよくなかったせいで、入試に失敗した。**
都怪老師教得不好，入學考試失敗了。

a' 和 b' 是以「**否定形＋おかげで**」表示說話者語帶諷刺的心情。c「**せいで**」本來就是表示受損的句型，所以可以搭配否定形使用。

d「**ものだから**」、c「**わけだから**」、f「**の／んだから**」就如對話 2）所示，可以使用否定形表示。

28 原因、理由 2

「原因、理由 2」要介紹的是「原因、理由 1」沒提到的句型。第 1 節要介紹的是含有「**～から**」的句型，有「**～からか、～からこそ、～からには**」。第 2 節要介紹的是「**～ばかりに、～ばこそ、～だけあって、～だけに、～ゆえに**」。第 3 節要介紹的是「**それで、だから、なぜなら、というのは**」這種連接兩個句子的連接詞。

1. 內含「から」的原因、理由句型

表示「原因、理由」的句型中，有一些內含「**から**」的句型。本節要介紹的就是這些句型。在對話 1）中，A 和 B（女）是朋友，他們在談論和體重有關的事。B 可以用數種不同的「**～から＋α**」的形式向 A 表示「原因、理由」。（關於「**～からといって**」請參照32「逆接 3」1）

敬體

1）A：やせましたね。
　B：ええ、a　5キロやせたから、動きやすくなりました。
　　　　　b　5キロやせたからか、体が軽いです。
　　　　　c　5キロやせたからこそ、彼が私を好きになってくれたのです。
　　　　　d　5キロやせたからには、あと3キロやせてみせます。

1）A：妳瘦了。
　B：是啊，a　我瘦了五公斤，動起來比較輕鬆。
　　　　　b　或許是因為瘦了五公斤，身體比較輕盈。
　　　　　c　正因為我瘦了五公斤，他喜歡上我了。
　　　　　d　既然已經瘦了五公斤，我就再瘦三公斤給你看。

常體

1) A：やせたね。

B：うん、e　5キロやせたから、動きやすくなったのよ。

f　5キロやせたからか、体が軽いのよ。

g　5キロやせたからこそ、彼が私を好きになってくれたのよ。

h　5キロやせたからには、あと3キロやせてみせる。

1) A：妳瘦了。

B：是啊，e　我瘦了五公斤，動起來比較輕鬆囉。

f　或許是因為瘦了五公斤，身體比較輕盈囉。

g　正因為我瘦了五公斤，他喜歡上我了囉。

h　既然已經瘦了五公斤，我就再瘦三公斤給你看。

說明

敬體

b「**～からか**」是以a表示理由的「**～から**」與表示不確定語氣的「**か**」結合而成，意思是「詳細情形我不太清楚，但也許是因為…」，是以曖昧的語氣表示原因、理由。就像這句「**昨夜よく眠ったからか、今日は頭がすっきりしている（或許是因為昨晚睡得很好，今天腦袋很清醒）**」一樣，含糊地表示原因、理由。

c「**～からこそ**」是以表示理由的「**～から**」與表示「特別提出某事物並加以強調」的副助詞「**こそ**」結合而成，是表示「因為那個理由（才會這樣／應該這麼做）」的說話者的判斷，而判斷的基準大多是基於社會觀感或是一般常識。有強調前句的意味，後句的句尾常是「**～のだ／んだ**」、「**～べきだ**」、「**～なければならない**」等表示強烈判斷意味的用法。

d「**～からには**」的意思是「既然已經變成這個狀況」，後句大多會接續表示「我一定要做」這一類表達決心、義務、願望，或者是表示執行及應對的句型。此外也常會接續表示請求、命令等促使他人行動的句型。

接著就來看看「**～からこそ**」、「**～からには**」的比較表。

	重點在於	句尾的用法（例）	語義功能
～からこそ	重點在前句 特別提出並強調前句	～のだ／んだ ～なければならない ～（する）べきだ	表示基於社會觀感、常識所做的判斷、理念
～からには	重點在後句 針對必要條件表示對應方法	～なければならない ～（する）べきだ ～たい 請求、命令句型	根據社會觀感、常識來執行、應對

①大企業であるからこそ、社会貢献も考えなくてはならない。
正因為是大企業，所以也必須要思考如何貢獻社會。
②大企業であるからには、社会貢献も考えなくてはならない。
既然是大企業，就必須要思考如何貢獻社會。

①②在語意上幾乎相同，可以互相交換。不過如果是以下的情形，就必須要分辨清楚「**からこそ**」和「**からには**」的用法。

③重役A:わが社も世界有数のIT企業になった。
董事A：我們公司成了世界上數一數二的IT企業。
重役B:そうですね。規模も収益もトップクラスですね。
董事B：你說得是。公司規模和收入也是頂級的。

重役 A:トップ企業である{?からこそ/〇からには}、そろそろ社会貢献も考えなくてはならない。

董事 A：既然身為頂級的企業，也該好好思考貢獻社會的事。

重役 B:ええ、しかし、まだそこまで考えなくてもいいでしょう。

董事 B：是的，不過應該還不需要想那麼多吧。

重役 A:いや、トップ企業になりつつある{〇からこそ/?からには}、社会貢献を考えなくてはならないんだ。

董事 A：不，正因為我們正逐步邁向頂級企業的規模，所以才必須要好好思考如何貢獻社會。

使用「**～からには**」的句子中，「我們公司是頂級企業」是董事 A 和 B 的共識，而 A 認為，能夠得以繼續維持頂級的必要條件，就是必須要實際「對社會做出貢獻」。

而使用「**～からこそ**」的句子中，是說話者特別提出「正逐步邁向頂級企業」，「**それだから**（因此）」、「**その理由のために**（因為該理由）」而主張自己的判斷及理念是必須要貢獻社會。

重點比較

內含「から」的原因、理由句型

	直接	含糊的説法	主觀	強調	因為那個理由、重點在前句	既然是這個狀況、作為必要條件	基於社會觀感、一般常識	重點在後句、應對方法	後句句尾常是「のだ／んだ」	後句可使用表示決心、促使他人行動語氣的句型
～から	○		○							○
～からか		○	△							
～からこそ	○		○	○	○		○		○	
～からには	○		○	○		○	○	○		○

- 因為是從口語用法的「～から」衍生而來的句型，所以全部都是口語用法。
- 「～から」、「～からこそ」、「～からには」有積極肯定的意味。
- 「～からか」是由語氣較直接的「～から」弱化後的表現。
- 「～からこそ」與「～からには」兩者都是主觀強調的説法，兩者都有強烈的「因為那個理由」的意識，從這點來看，這兩者很相似。兩者的不同之處在於，「からこそ」是把重點放在前句的事情，而「からには」則是把重點放在後句的事情上（大部分是表示決心、執行、應對）。

會話應用

〈AとBは同じ団地に住んでいる〉

A：この団地はペットを飼っている人が多いですね。

B：そうですね。
ペットを飼っているからか、皆さんお元気ですよ。（不確定）

A：ペットといっしょだから、元気なんでしょうね。（直接）

B：そうですね。

A：でも、ペットを飼うからには、ルールを守る必要がありますね。（應對方式）

B：もちろんです。
ルールを守るからこそ、人もペットも幸せになるんです。（因為那個理由）

（A 和 B 住在同一個住宅區內）

A： 這個住宅區養寵物的人很多。

B： 就是說啊。或許是因為有養寵物，大家都很有精神。

A： 因為和寵物在一起，所以才會很有精神。

B： 說得沒錯。

A： 不過既然要養寵物，就必須要遵守規則。

B： 當然。正因為大家都守規矩，人和寵物才會過得幸福。

 否定的場合

如果將否定形放在對話 1）提到的 a「から」、b「からか」、c「からこそ」、d「からには」之前，會是如何呢？（以常體表示）

a’甘い物を食べない／食べなかったから、2 キロやせた。
因為沒吃甜食，所以瘦了兩公斤。

b’甘い物を食べない／食べなかったからか、2 キロやせた。
或許是因為沒吃甜食吧！所以瘦了兩公斤。

c’甘い物を食べない／食べなかったからこそ、2 キロやせたんだ。 正因為沒吃甜食，所以瘦了兩公斤。

？d’甘い物を食べない／食べなかったからには、2 キロやせた。
？既然沒吃甜食，就瘦了兩公斤。

a’～ c’的否定形都沒問題，但 d’「～からには」就不太恰當。我們接著再來看一些例句，以釐清「～からには」與否定形之間的關係。

「～ないからには」

① **あいつがやらないからには、私がやってみせる。**
既然那傢伙不做，那我來做給你看。

② **飛べないからには、走るのだ！**
既然不能飛，那就用跑的！

③ **販売成績が伸びないからには、この商品は生産中止にするしかない。**
既然銷售數字沒有成長，就只能停產這項商品。

④ **それがまず決まらないからには何も決められません。**
既然那件事沒有先決定，就什麼都決定不了。

①、②是「**～からには**」原本的功用，表示「決心」。而③、④則是表示「既然…別無選擇，只能這麼做」的意思，是表達「無可奈何」這種「放棄」的心情。

「**～なかったからには**」也是相同的意思。①、②和⑤、⑥對應，③、④則是和⑦、⑧對應。

「～なかったからには」

⑤ **推薦をもらえなかったからには、意地でももっといい大学に入ってやろう。**
既然沒得到推薦，那我說什麼都要考上更好的大學。

⑥ **目標を達成できなかったからには、達成できるまでやってみる。**
既然沒辦法達成目標，那就做到達到目標為止。

⑦ **試験がうまくいかなかったからには研究開発は中止になるかもしれない。** 既然實驗不順利，或許研究與開發會中止。

⑧ **契約を守らなかったからには、多額の違約金を払わなければならないだろう。**
既然不遵守合約的規定，就必須支付高額的違約金。

綜觀以上內容，「**から**」、「**からか**」、「**からこそ**」之前可以自由地以否定形表達；「**からには**」如果搭配否定形，語意會有所改變，可用於表示「決心」，或是用於表示「無可奈何」的心情。

2. 其他表示原因、理由的句型

接著要介紹的是至今尚未提到的，表示原因、理由的句型。在對話 2）中，A 和 B 這對朋友在討論公司的薪水。對於 A 的提問，B 可以用數種不同的句型表達「原因、理由」。

敬體

2）A：今の会社はどうですか。
　B：a　給料が上がらなくて／上がらないで、困って（い）ます。
　　b　給料が上がらないせいか、仕事にも熱意がわきません。
　　c　給料が上がらないばかりに、家では肩身が狭いです。
　　d　高い給料が保証されていればこそ、従業員も頑張れるのです。
　　e　業績が伸びている企業だけあって、今年も給料が上がるそうですよ。
　　f　業績が伸びている企業だけに、給料を上げないわけにはいかないようです。
　　g　安月給のゆえに苦しんでいる従業員が大勢います。

2）A：你現在的公司怎麼樣？
　B：a　薪水一直沒增加，很困擾。
　　b　不知道是不是因為沒加薪，工作上也提不起勁。
　　c　就是因為沒加薪，我才會在家裡抬不起頭。
　　d　正是因為能保證高薪，職員也才能夠努力工作。
　　e　不愧是業績不斷成長的公司，今年聽說也會加薪。
　　f　不愧是業績不斷成長的公司，今年似乎不可能不加薪。
　　g　有許多職員正苦於低薪。

常體

2) A：会社はどう？
B：h 給料が上がらなくて／上がらないで、困って（い）る{よ／の}。
i 給料が上がらないせいか、仕事にも熱意がわかない{んだよ／のよ}。
j 給料が上がらないばかりに、家では肩身が狭いよ。
k 高い給料が保証されていればこそ、従業員も頑張れる{んだよ／のよ}。
l 業績が伸びている企業だけあって、今年も給料が上がるそう{だよ／よ}。
m 業績が伸びている企業だけに、給料を上げないわけにはいかないよう{だよ／よ}。

2) A：你的公司怎麼樣？
B：h 一直沒加薪，很困擾。
i 不知道是不是因為沒加薪，工作上也提不起勁。
j 就是因為沒加薪，我才會在家裡抬不起頭。
k 正是因為能保證高薪，職員也才能夠努力工作。
l 不愧是業績不斷成長的企業，今年聽説也會加薪。
m 不愧是業績不斷成長的企業，今年似乎不可能不加薪。

敬體

a ～ g 有各種表示原因、理由的句型。

a 是以動詞「**～ない**」的テ形表示。動詞「**～ない**」的テ形分為「**～ないで**」和「**～なくて**」二種用法。「**～ないで**」就如「**朝ごはんを食べないで会社に行く（我沒吃早飯就去公司）**」一樣，是表示沒有做那個動作就進行下一個行動的意思。而「**～なくて**」則像「**うちの子供は朝ごはんを食べなくて困る（我們家的孩子都不吃早餐很**

困擾）」一樣，是表示原因、理由（請參照27「原因、理由」1「否定形的表達方式」）。

動詞通常會使用「**～なくて**」表示原因、理由，但是在口語上有時也會使用「**～ないで**」表示原因、理由。一般會像「**子供が朝ごはんを食べないで困る（孩子不吃早餐很困擾）**」一樣，後句是表示狀態（**困る**、**うれしい**、**悲しい**等）。

b「**～せいか**」是表示「我不是很確定，但是……」，是一種不明確指出原因、理由的表達方式。而相對地「**あなたのせいで失敗した**」的「**～せいで**」（請參照27「原因、理由1」2）則是特別提出蒙受損失的原因、理由，並表達責備之情的負面語氣用法，「**～せいか**」則如下所示，正面、負面皆可使用。（參照重點句型與彙整1.2）

①着ているドレスのせいか、今日の彼女は一段と美しい。
（プラス評価）（正面評價）
或許是她身上那件裙子的關係，今天的她更美了。

②着ているドレスのせいか、今日の彼女は老けて見える。
（マイナス評価）（負面評價）
或許是她身上那件裙子的關係，今天的她看起來比較老。

c「**～ばかりに**」是是用於鎖定原因和理由的「正是因為那件事」，後句為負面評價，話中帶有「因為那件事才會導致現在的狀況」這種後悔或反省的意味。不只可用於表示說話者本身的事，也可用於表示對他人的想法。此時話中多是帶有對對方的批判或是同情的心情。

③彼は友人の保証人になったばかりに、ひどい目に遭ってしまった。 正是因為他擔任朋友的保證人，才會下場淒涼。

而相對於 c 的「**～ばかりに**」同樣是表示「並非應其他的事，而是那件事就是原因、理由」，但接續的卻是正面評價的句型 d「**～ばこそ**」。d 句是表示「因為／多虧保證高薪，所以後句的事情是可能發生的」。再來看看例句④。

④失敗すればこそ、敗者の気持ちがよくわかる。
正因為經歷過失敗，才能充分理解輸家的心情。

例句④就像「正是因為有小孩，痛苦時才能努力」這句話一樣，當中都含有感謝的心情。「**～ばこそ**」是書信用語。

「**～だけあって**」是表示人、物品、事情，就如同評價或期待一樣地好。員工期待這間「業績不斷增長的企業」，應該會把獲得的利益回饋到員工身上，而 e「**～だけあって**」就是表示這間企業符合員工的期待，「因此今年也會加薪」的意思。

f「**～だけに**」與「**～だけあって**」很相似，但「**～だけあって**」大多是表示正面評價，意思是「就如同評價或期待一般地好」、「合乎好評價及期待」。「**～だけに**」則不只可用於正面評價，後句也可接續「**そうであるから、そうなのであろう／そうであるべきである（因為是那樣，所以才會是這樣吧／應該是那樣）**」這種表示推測及判斷的句子。

「**～だけあって**」和「**～だけに**」的比較表如下所示。

	前文的形態	重點	句尾（例）	語意及作用
～だけあって	正面評價、評價良好的人、事、物	重點在前句	～だ／である	陳述正面評價對實際樣貌，本質的認同

～だけに	大多為正面評價，但有時也會是負面評價	重點應該是在後句 推測、必要性	～だろう ～にちがいない ～べきだ	陳述的是經評估後的說話者的推測、判斷

⑤ A：**あの会社は信頼されている{(1)○だけあって／○だけに}、不況にも強いね。**

不愧是間值得信賴的公司，不景氣的時候也表現亮眼。

B：**うん、そうだね。リストラをせずに頑張っているね。**

嗯。就是說啊。在沒裁員的狀態下一直很努力。

A：**信頼されている{(2)？だけあって／○だけに}、簡単にはリストラできないんだろう。**

正因為深受信賴，所以才沒辦法隨便裁員吧。

B：**そうだね。**說得也是。

A：**大企業{(3)？だけあって／○だけに}、本当はもっと多くの従業員を採用すべきなんだけど。**

正因為是大企業，其實應該要雇用更多員工才是。

(1) 在後句出現表示「承認現狀」之意的句子，所以「**～だけに**」、「**～だけあって**」皆可使用。(2) 乍看之下可以用「**～だけあって**」，但因為後句有表示負面意味的「**できないんだろう**」，所以使用「**～だけあって**」會顯得很不自然。(3) 在後句有表示建議的「應該要雇用」，所以使用「**～だけあって**」會顯得不自然。

g「**～ゆえに**」為書面語，是古語中表示原因、理由的說法。搭配名詞時是以「**～のゆえに**」表示，有時會省略「**の**」。

常體

g「**～ゆえに**」屬於古語的用法，所以不太會出現在常體的對話中。

重點比較

其他表示原因、理由的句型

	口語	書面語	生硬的表達方式	中立、客觀	含糊、不明確的說法	那件事正是原因、理由	負面評價	正面評價	與預期相符的	自然演變的結果
～なくて／ないで	○			○						
～せいか	○				○					
～ばかりに			○			○	○			
～ばこそ		○	○			○		○	○	
～だけあって			○					○	○	
～だけに			○					△	△	○
～ゆえに		○	○	○						

- 除了口語用法的「～なくて／ないで」、「～せいか」以外，其餘皆為書信用語或是生硬的表達方式。
- 後句的內容為正面評價的是「～ばこそ」、「～だけあって」。「～ばかりに」的後句通常是帶有負面意味的句子。
- 「ばこそ」、「だけあって」是以前句的事做評論，並在後句以「所以才會是這樣」給予正面的評價。與「～だけに」十分相似，「～だけに」是在說明「因為有這樣的原因才能自然演變出這樣的結果」時使用的句型。

會話應用

〈A と B は同じ団地に住んでいる〉

A：きのう歩きすぎたせいか、足が痛いです。（不明確）
無理して歩いたばかりに、足を痛めてしまったようです。
（負面評價）

B：大変ですね。
A：でも、こうやって運動すればこそ、病気もしないでいられるんですよ。（正面評價）
B：やっぱり、元ソフトボールの選手だけあって、強いですね。
（正面評價，與預期相符的）

A：そうですかね。

B：選手だっただけに、足腰の筋肉が強いんでしょうね。
（自然的演變過程）

A：いや、あまり長距離は歩けなくて……。
（以否定形表達的原因、理由）

B：そうですか。

A：まあ、年寄りゆえの喜びもありますがね。（古語的說法）

（A 與 B 住在同一個住宅區）

A：可能是昨天走太多路了，腳好痛。
就是因為太勉強自己，腳才會這麼痛。

B：辛苦你了。

A：不過就是因為有像這樣做運動，才會一直沒有生病。

B：果然不愧是前壘球選手，所以才這麼強壯。

A：是這樣嗎？

B：真不愧曾經是選手，腿部的肌肉很強壯。

A：沒有啦，我沒辦法走很長的距離……。

B：是嗎？

A：唉，年紀大了也有一點關係啦！

否定的場合

我們試著思考一下對話 2）提到句型（表現句型）的否定形該如何表示。

a ～ c 原因、理由的句型中，前句已經是否定形，因此僅就 d ～ g 的否定形做介紹。

d「**～ばこそ**」是在表達原因、理由的同時又摻雜了願望，後句通常是表示正面意味的事，所以在「**ばこそ**」之前不能使用否定形。

？d’ 高い給料が保証されなければこそ、誰も頑張らない。
正因為保證高薪，所以才沒有人要努力。

e「**だけあって**」則是只要內容正向積極，前面就可以使用否定形。

e’ **この山は人に知られていないだけあって、自然がそのまま残っている。** 正因為這座山不為人所知，自然環境才能保持原樣。

f「**だけに**」、g「**ゆえに**」可以使用否定形表示。

f’ **この企業はまだ名が知られていないだけに、投資先としておもしろい。** 正因為這間企業還不算知名，當作投資標的才有趣。

g’ **昇進ができないゆえに悩んでいる人々が大勢いる。**
因為無法升遷而苦惱的人非常多。

3. 連接兩個句子的連接詞

到目前為止介紹的都是在同一個句子中表示「原因、理由」的句型。本節要介紹的是連接兩個句子，表示「原因、理由」的連接詞用法。對話 3）的狀況與第 27 課（「原因、理由 1 」的對話 1）相同。對於 A 的提問，B 可以用數種不同的句型表達「原因、理由」。

敬體

3) A：雪の予報が出て（い）ましたが、高速道路は大丈夫ですか。
B：ええ、a 大雪が降りました。そのため（に）、高速道路は不通になって（い）ます。
b 大雪が降りました。それで、高速道路は不通になって（い）ます。
c 大雪が降りました。ですから、高速道路は不通になって（い）ます。
d 高速道路は不通になって（い）ます。なぜなら、大雪が降った｛から／ため｝です。
e 高速道路は不通になって（い）ます。というのは、大雪が降った｛から／ため｝です。

3）A：降雪預報已經出來了，高速公路的路況還好嗎？
B：是啊，a　下了大雪。所以高速公路無法通行。
b　下了大雪。所以高速公路無法通行。
c　下了大雪。所以高速公路無法通行。
d　高速公路無法通行究其原因，就是因為下了大雪。
e　高速公路無法通行，原因就是因為下了大雪。

常體

3）A：雪の予報が出て（い）たけど、高速道路は大丈夫？
B：うん、f　大雪が降って、そのため（に）、高速道路は不通になって（い）るよ。
g　大雪が降って、それで／で、高速道路は不通になって（い）るよ。
h　大雪が降って、だから、高速道路は不通になって（い）るよ。
i　高速道路は不通になって（い）る。というのは、大雪が降った{から／ため}だよ。

3）A：降雪預報已經出來了，高速公路的路況還好嗎？
B：是啊，f　下了大雪。所以高速公路無法通行喲。
g　高速公路無法通行，原因就是因為下了大雪喲。
h　高速公路無法通行，原因就是因為下了大雪喲。
i　高速公路無法通行，原因就是因為下了大雪喲。

說明

敬體

a～c是前句表示原因、理由，中間放入表示原因、理由的連接詞，接著再接續表示結果的後句，以「前句。連接詞、後句。」的結構表示的句型。

a「そのため(に)」是明確地表示原因、理由，屬於較生硬的表達方式。b「それで」是口語用語，給人較委婉的感覺。

「それで」大致上分為兩個意思，一是表示原因、理由，另一個是與「そのようにして」、「そして」一樣，用於表示事態、事物的原委、過程。因此 b 的「それで」可能是明確地表示原因、理由，也可能是表示事態的過程，兩種意思皆有可能。如果是用於表示原因、理由，「それで」在承接前後句子時的語氣，會比 c「ですから」及 h「だから」更為和緩。）。

d「なぜなら」是接續在表示結果的前句之後，表達「如果要說明理由」之意，之後再接續表示原因、理由的後句。為書面語，讀起來會有略帶翻譯腔（翻譯時直譯）的生硬感。

①今は公表できない。なぜなら、まだ検討の段階であるから。
目前還不能公開是因為目前仍在討論的階段。

可代替「なぜなら」，但較常用於口語表達的是 e 的「というのは」。相較於直接明白地說明原因、理由的「なぜなら」，「というのは」就如同下面的例句一樣，語氣較委婉，大多會像是追加的補充說明一樣，以較不明確的方式說明原因。

②今日は欠席します。というのは、用事もあるし、何となく気が進みませんので。 今天缺席。那是因為我有事，而且總覺得提不起勁。

「なぜなら」和「というのは」都會在句尾加上「～からだ」、「～ためだ」、「～のだ／んだ」、「ので」等。

（最近經常聽到年輕人之間會使用「なので」來代替「それで」、

「**だから**」。似乎是因為用「**だから**」說明理由，語氣顯得太強勢，用「**それで**」語氣又太軟，所以選擇使用說法比較委婉的「**なので**」。）

常體

f～h 不是用二個句子的形式表達，而是以「**～て**」連接前句和後句。因為比起在「**大雨が降った**」這裡斷句，不如以「**～て**」連接前後句，以日常會話來說，這麼做銜接上會較為順暢。

g「**それで**」有時在日常會話中也可以只用「**で**」表示。

h「**だから**」是「**ですから**」的常體，有時聽起來語氣會比較重（強烈的主張），容易給人愛講大道理的感覺，語氣上必須小心別過份強調。

d「**なぜなら**」不太能夠用在日常會話中，所以 i 改用連接詞「**というのは**」表示，屬於委婉的說法。

重點比較

連接兩個句子的連接詞

	口語	書面語	生硬的表達方式	委婉的表達方式	有禮貌	強調道理	明確的說法	語氣較重
そのため（に）		○	○			○	△	○
それで	○			○	○			
ですから	○			○	○	△		△
だから	○					○	○	○
なぜなら		○	○			○	○	○
というのは	○			○	△			

- 「そのため（に）」、「なぜなら」為書信用語，其餘皆為口語用語。
- 書面語的「そのため（に）」、「なぜなら」是生硬的表達方式，另一方面，「それで」、「ですから」、「というのは」則是較委婉的說法。
- 「だから」是常用於口語的表達方式，會依說話方式的不同，語氣給人有粗魯的感覺。

會話應用

〈Aが前日の研究会に来られなかった事情を説明をしている〉

A：きのうは来られなくてすみませんでした。

B：どうしたんですか。

A：車が故障してしまい、そのためにいろいろ……。
（生硬的語氣說明原因、理由）

B：電車で来ればいいでしょう？

A：アパートが駅から遠いもので、それで……。
（追加的補充說明、委婉的說法）

B：車はどうしたんですか。

A：すぐ修理を頼んだんですが、なかなか取りに来てくれなくて。
というのは、修理工場も手一杯だったようで。
（委婉地說明原因、理由）

B：こっちもあなたの来るのを待ってたんですよ。
A：ですから、さっき言ったように、車が……。
（禮貌地說明原因、理由）
B：こっちも大変だったんですよ。スピーカーの１人が急病で出られなくて、あなたに代わりをしてもらおうと思ったのに……。

（A 正在說明為什麼沒來參加前一天的研究會）

A：昨天沒辦法到真是不好意思。
B：發生什麼事了？
A：我的車子故障了，因此有一堆狀況要處理……
B：也可以搭電車啊。
A：我的公寓離車站很遠，所以……。
B：你的車子出了什麼問題？
A：我很快就請人家來修了，但對方一直沒來。
因為修車廠似乎也很忙。
B：我們也一直在等你來耶。
A：所以就像我剛剛說的，我的車子……。
B：我們這裡也很忙啊！其中一位演講者突然生病來不了，本來想請你代替他上場的……。

 否定的場合

連接詞是用來連接兩個各自獨立的句子（或語詞），所以前句和後句，不管是肯定句還是否定句皆有可能。

29 目的

本課的主題是表達意圖中的「目的」。主要介紹的是「**ロボット技術の研究に日本へ来た**（為了研究機器人的技術來到日本）」、「**日本料理をマスターするために日本へ来た**（為了精通日本料理來日本）」、「**日本料理をマスターするのにかなりの費用がかかる**（為了精通日本料理要花不少錢）」、「**日本料理をマスターするには 10 年はかかる**（精通日本料理要花上十年的時間）」等句子當中的「**～に、～ため(に)、～のに、～には**」等用法。

1. ～に ・ ～ため（に）・ ～ように

首先就從常用的「**～に、～ため(に)、～ように**」開始看起。在對話 1）中，A 詢問了他所認識參加就職測驗的 B 有關考試的事。對於 A 的提問，B 可以用數種不同的句型表達自己的「目的」。

敬體

1）A：一流企業への就職は大変ですね。
　B：ええ、a　明日、試験を受けに九州へ行きます。
　　　　　b　明日、試験を受けるため（に）九州へ行きます。
　　　　　c　明日、試験のため（に）九州へ行きます。
　　　　　d　一流企業に入れるように、毎日頑張って（い）ます。
　　　　　e　入社試験に失敗しないように、毎日頑張って（い）ます。

1）A：要進入一流企業工作很辛苦吧。
　B：是啊，a　明天我要去九州參加考試。
　　　　　b　明天我要去九州參加考試。
　　　　　c　明天我要去九州參加考試。

d　為了可以進入一流企業工作，我每天都很努力。
e　為了不在招聘考試中落榜，我每天都很努力。

常體

1）A：一流企業への就職は大変｛だね／ね｝。
B：うん、f　明日、試験を受けに九州へ行く。
g　明日、試験を受けるため（に）九州へ行く。
h　明日、試験のため（に）九州へ行く。
i　一流企業に入れるように、毎日頑張って（い）るよ。
j　入社試験に失敗しないように、毎日頑張って（い）るよ。

1）A：要進入一流企業工作很辛苦吧。
B：是啊，f　明天我要去九州參加考試。
g　明天我要去九州參加考試。
h　明天我要去九州參加考試。
i　為了可以進入一流企業工作，我每天都很努力。
j　為了不在招聘考試中落榜，我每天都很努力。

敬體

a是以「**動詞マス形的語幹＋格助詞『に』＋行く／来る／帰る**（移動動詞）」形式，表示為了進行「**に**」之前的行為、動作而移動。（例：**図書館へ本を借りに行く**（去圖書館借書）、**食堂へランチを食べに来た**（為了吃中餐來到食堂））

「**目的**」也可以像b一樣使用「**～ため(に)**」表示。如果使用「**～ため(に)**」表達，後句就不只可以表示「**移動**」，還可表示各種行為、動作。（例：**食べるために働く**（為了吃而工作）、**働くために食べる**（為了工作而吃））。

c是把「**試験を受ける**」以「**試験**」一詞表示，並於之後接續「**のため(に)**」，意思和b相同。d是使用「**ように**」表示目的，「**ように**」的前面可以放動詞可能形、自動詞、狀態動詞（**ある**、**いる**），還有像e的動詞ナイ形。反之，動作動詞（**食べる**、**働く**、**行く**等）不能放在「**ように**」的前面，但可以用辭書形和「**ため(に)**」結合來表示目的，如「**生きるため(に)**（為了生存）」、「**バイオを研究するため(に)**（為了研究生物）」。

b「**～ため(に)**」與d「**～ように**」的差別如下：

～ため(に)：明確地指示目的。表示朝向目的進行意志性的行為。而之後接續的是表示意志的動詞（動詞意志形「**～(よ)う**」）。

例：**成績が上げるために、全力を尽くします。**

我會盡全力提高成績。

～ように：重點放在結果，表示以獲得某個結果為目標而做某個行為。「**ように**」之前可以接自動詞、動詞可能形、ナイ形、狀態動詞等。

例：**成績が上がるように、全力を尽くします。**

我會盡全力提高成績。

表達「**目的**」時，若是要表示說話者的意志是使用「**～ため(に)**」；若是要表示事物的結果則使用「**～ように**」。若是要主張自己的意志或行為就選用「**～ため(に)**」，若是要將重點放在希望有何種結果就選用「**～ように**」。

e「**～ないように**」是表示為了不要變成預想中的結果，敦促說話者自己或對方小心注意。

常體

最近有把原本應該使用「**ように**」表達的句子，改用「**ため(に)**」表示的傾向。i、j 最適合的是「**ように**」，不過有愈來愈多人會使用「**動詞可能形＋ため(に)**」（**入**(はい)**れるために**（為了不能進入））、「**動詞ナイ形＋ため(に)**」（**失敗しないために**（為了不失敗））表示。大多見於口語表達，可以說在關係親近的人之間的對話中，「**ため(に)**」和「**ように**」的使用比較沒那麼嚴謹。不只年輕人會這麼用，年長者也漸漸地受到影響。

重點比較

～に・～ため（に）・～ように

	前面可放動作動詞	前面可放動詞可能形、狀態動詞	明確地指示目的	進行表示意志的行為	重點在結果	不要變成預想中的結果
名詞／動詞のマス形の語幹＋に＋移動動詞	○*					
～ため（に）	○		○	○		
名詞＋のため（に）			○	○		
～ように		○			○	
～ないように		○			○	○

＊如果為動詞的情況

- 明確地表示說話者的意志或目的時使用「～ため（に）」，重點在結果時使用「～ように」。
- 「～ように」之前除了動詞ナイ形，還可以放動詞可能形、狀態動詞（いる、ある等）、自動詞。
- 「本を借りるために図書館へ行く」可改為「図書館へ本を借りに行く」；「ロボット工学を勉強するためにこの大学へ来た」則可改為「ロボット工学を勉強しにこの大学へ来た」或「この大学へロボット工学を勉強に来た」。

會話應用

〈1人の外国人が日本料理の専門家に会いに来た〉

受付　：日本へいらっしゃった目的は？
外国人：日本料理を研究するために来ました。（意志性行為）
そして、今日は、日本料理研究家の高井先生に会いに来ました。（移動的目的）
高井　：ああ、私が高井です。
外国人：高井先生は外国人にわかるように、丁寧に説明してくださることで有名です。（重點在結果）
高井　：説明の前に、2つ言っておきたいことがあります。
1つは習ったことは忘れないように、必ずメモしてください。（重點在結果）
それから、料理教室は休まないように、頑張って毎日来てください。（重點在結果）
外国人：はい、わかりました。

（一位外國人為了見日本料理專家而來）

櫃台　：請問您來到日本的目的是？
外國人：為了研究日本料理而來。
而今天我是為了見日本料理研究家高井先生而來。
高井　：啊，我是高井。
外國人：高井老師講解日本料理是以仔細以及能讓外國人理解而聞名。
高井　：在開始説明之前，我有二件事要説。一是請務必做筆記以免忘記學過的內容。然後是請努力每天來上烹飪課。
外國人：好的，我知道了。

否定的場合

我們來想想看在對話1）提到的句型（表現句型）該如何以否定形表示。

表達「目的」時通常都是以肯定語氣表示，不太會搭配否定形表達。不過對話 1 的 e「**入社試験に失敗しないように、毎日頑張っています**」裡，在「**ように**」的前面就是否定形。這是用於表示期望事態不要演變成不希望的結果。

2. ～に向けて ・ ～を目指して ・ ～に ・ ～のに ・ ～には

接著要介紹的是「**～に向けて、～を目指して、～に、～のに、～には**」。對話 2）和對話 1）的情境相同，一樣是 A 詢問他認識，參加就職測驗的 B 有關考試的事。B 可以用數種不同的句型表達「目的」，來回答 A 的問題。

敬體

2）A：就職活動は大変ですね。
　B：ええ、a　内定に向けて、毎日頑張って（い）ます。
　　　　　b　内定を目指して、毎日頑張って（い）ます。
　　　　　c　就職活動にお金がかかります。
　　　　　d　就職活動するのにお金がかかります。
　　　　　e　就職活動するには企業や大学、友人、知人からの情報が必要です。

2）A：找工作很辛苦吧。
　B：對啊，a　我會朝著錄取這個目標每天努力。
　　　　　b　我會以錄取為目標每天努力。
　　　　　c　找工作很花錢。
　　　　　d　找工作很花錢。
　　　　　e　找工作必須要從企業、大學、朋友、熟人取得相關資訊。

常體

2）A：就職活動は大変{だね／ね}。
　B：うん、f　内定に向けて、毎日頑張って（い）るよ。
　　　　　g　内定を目指して、毎日頑張って（い）るよ。

h　就職活動にお金がかかるね。
i　就職活動するのにお金がかかるね。
j　就職活動するには企業や大学、友人、知人からの情報が必要｛だね／（よ）ね｝。

2）A：找工作很辛苦吧。
B：對啊，f　我會朝著錄取這個目標每天努力。
g　我會以錄取為目標每天努力。
h　找工作很花錢。
i　找工作很花錢。
j　找工作必須要從企業、大學、朋友、熟人取得相關資訊。

說明

敬體

a、b 是分別以「**名詞＋に向けて**」、「**名詞＋を目指して**」的形式表示，和表示目的的「**～ために**」的意思相同。「**に向けて**」的前面是可作為目標的事，意思是「朝向實現那件事的方向努力」。「**を目指して**」的意思是以實現那個目標為目的。兩者都是以「**～に向けて／～を目指して，為了達到該目的而做某事（正在做某事）**」的形式表達。

c～e 是表示目的，c、d 的後句大多是接續說明為達到目的需要什麼，或是需要花費多少金錢或時間的句子，後句（「**～に／～のに**」）（**就職活動に／就職活動するのに**）之後）通常是較短的句子。

①九州旅行に 10 万円かかりました。　九州旅行花了十萬日元。
②九州へ行くのに新幹線が便利です。　去九州搭新幹線很方便。

③部屋を借りるのに保証人が必要だ。 租房子必須要有保證人。

e 和 d「**～のに**」不同，「**～には**」是屬於可以開展話題的句型，後面可以接續較長的說明句。接在「**に**」後面的「**は**」，其作用可以想成是提出作為主題的內容。e 的用法如下所示，後句多為偏長的句子。

④長期間借りるには、家賃 2 か月分の他に保証金が要（い）ります。
長期租賃除了二個月的房租還要付保證金。

⑤子供を育てるには、お金と体力と、そして何より、愛情と思いやりと我慢が必要です。
養育孩子需要金錢和體力，還有最重要的是愛、體貼以及忍耐。

重點比較

～に向けて ・ ～を目指して ・ ～に ・ ～のに ・ ～には

	與表示目的的「～のために」意思相同	為了達到目的而做某事	為了達到目的需要什麼	為了達到目的要花費多少金錢、時間	後句大多較短	後句可用於開展話題
名詞＋に向けて	○	○				△
名詞＋を目指して	○	○				△
名詞＋に			○	○	○	
～のに			○	○	○	
～には			○			○

- 「に向けて」、「を目指して」的前面是作為目的、目標的事物，表示「為了目標」而努力的句型。
- 「～のに」、「～には」的用法相同。「～のに」的後句通常是表示「花費金錢、時間、人力」、「所需的事物」、「方便／不方便」等長度較短的句子。「～には」可以接續長度較長的說明句。

會話應用

〈インタビュアーＡと震災の復興地の人Ｂの会話〉

Ａ：震災の復興は進んでいますか。

Ｂ：ええ、私達は１日も早い復興を目指して頑張ってきました。（以實現為目的）

Ａ：大変でしたね。
復興するのに何が一番必要ですか。（手段、方法）

Ｂ：そうですね。復興には、お金と人の力と、そして何よりも、諦めないという気持ちが必要です。（說明目的）

Ａ：そして？

Ｂ：そして、やはり時間が必要です。

Ａ：時間ですか。

Ｂ：ええ、私達は時間をかけて、更なる復興に向けて頑張っていきたいと思っています。（以實現為目的）

（採訪者Ａ與震災當地的Ｂ之間的對話）

Ａ：地震後的重建工作仍在進行嗎？

Ｂ：是的。我們以盡早完成重建為目標一直努力至今。

Ａ：真是辛苦了。重建工作最需要什麼？

Ｂ：我想想。重建工作需要的是金錢、人力，最重要的是不放棄的心情。

Ａ：然後？

Ｂ：然後還需要時間。

Ａ：時間是嗎？

Ｂ：是的。我想我們會花上許多時間，以完成更多重建工作為目標而努力下去。

否定的場合

因為是以實現某事為目的而使用的句型，所以通常不會用否定形表示。

30 逆接 1

所謂的逆接，是指前句與後句的內容為相反的關係，或是兩個句子是以內容相互矛盾的關係來進行連接。第 1 節要介紹的是「**～が、～けれども、～のに**」等句型；第 2 節要介紹的是「**～ながら(も)、～にもかかわらず、～ものの**」等句型。

1. 一般的逆接

首先要介紹的是表示逆接最常見的「**～が、～けれども、～のに**」，以及「**～くせに**」。對話 1）是鄰居 A 和 B 的對話。二人正在聊關於「若菜小姐」的事。對於 A 的提問，B 可以用數種不同的表示「逆接」的句型來回應。

敬體

1）A：若菜さんって、40 歳ぐらいでしょうか。
　B：a　彼女は若く見えますが、もう 50 近いです。
　　　b　彼女は若く見えます｛けど／けれど｝、もう 50近いです。
　　　c　彼女は若くても、一家の家計を支えて（い）ます。
　　　d　彼女は若いのに、一家の家計を支えて（い）ます。
　　　e　彼女は若いくせに、いつも地味な格好をして（い）ます。

1）A：若菜小姐大概 40 歲左右吧？
　B：a　她看起來比較年輕，不過已經快 50 歲了。
　　　b　她看起來比較年輕，不過已經快 50 歲了。
　　　c　即使她很年輕，卻扛起一家的家計。
　　　d　她明明很年輕，卻扛起一家的家計。
　　　e　她明明就很年輕，打扮卻總是很樸素。

常體

1) A：若菜さんって、40 歳ぐらい？
B：f　彼女は若く見えるが、もう 50 近いよ。
g　彼女は若く見えるけど、もう 50 近いよ。
h　彼女は若くても、一家の家計を支えて（い）る。
i　彼女は若いのに、一家の家計を支えて（い）る｛んだよ／のよ｝。
j　彼女は若いくせに、いつも地味な格好をして（い）るね。

1) A：若菜小姐大概 40 歲左右吧？
B：f　她看起來比較年輕，不過已經快 50 歲了喲。
g　她看起來比較年輕，不過已經快 50 歲了喲。
h　既使她很年輕，卻扛起一家的家計。
i　她明明很年輕，卻扛起一家的家計喲。
j　她明明就很年輕，打扮卻總是很樸素耶。

說明

敬體

a「**～が**」、b「**～けど／けれど**」的意思幾乎相同。「**～が**」是較正式的書面語。「**けれども**」常以「**けど／けれど**」的形態表示，多用於委婉的口語表達（若簡化為「**～けど**」，則可用於敬體）。「**～が**」在敬體及書面語表達上，是表示逆接、相反，屬於較為簡潔明確的表達方式。

以「**～が**」、「**～けれども**」連接的前句與後句時的自由度極高。例句①、②中，前句與後句未必一定是相反關係或是逆接關係。

①両親は離婚しましたが／けれど、母親は作家と再婚しました。
我的父母離婚了，但是母親和作家再婚了

②両親は離婚しましたが／けれども、私は両親の気持ちを理解し

ているつもりです。

雖然我的父母離婚了，但我認為我理解我父母的心情。

例句①的前句與後句為對比關係；例句②的前句則屬引言性質的句子。「**～が**」和「**～けれども**」的後句可以是表示意志的句型或是促使他人行動的句型。

c的「**～ても**」很簡短，但卻可以像例句③一樣將順接的句子直接轉為逆接，或是像例句④一樣用於作為但書的附帶條件。

③順接：失敗をしたら、辞める。→逆接：失敗をしても、辞めない。

順接：如果失敗就辭職。→逆接：就算失敗也不辭職。

④頑張ってください。ただし、あなたが失敗しても、私は知りません。

請加油。不過即使你失敗了，也與我無關。

「**～ても**」不太會在話中摻入說話者的情緒，而其在句子中的作用，是明確地點出前句與後句為逆接關係。後句可以使用表示意志的句型或是促使他人行動的句型。

另外，d「**～のに**」的作用是讓說話者就前句所描述的內容表示意外、不滿、疑惑、責備的心情。「**～のに**」的後句大多是負面評價，另外，也不能使用表示意志的句型或是促使他人行動的句型。

e「**～くせに**」是口語用語，是表示說話者對對方（聽者）或第三者的強烈批判、責備（負面評價）。（可以說是一種專門用於批判、責備他人的句型，而句中的主詞通常不是說話者。與「**～のに**」不同，「**～くせに**」不會用來表達自己的事。「**～のに**」有表示遺憾的意思，「**～くせに**」則完全沒有遺憾的意思。

⑤あんなに頑張ったのに、失敗して残念だ。

明明這麼努力，卻還是失敗真是可惜。

？⑥あんなに頑張ったくせに、失敗して残念だ。

？都是因為這麼努力，卻還是失敗真是可惜。

常體

f「**～が**」是生硬的書面語，在常體的對話中，男女都會改用 g 的「**～けど**」表示。常體對話中的「**～が**」是男性用語，會給人年紀稍長又有威嚴的人以正式口吻說話的感覺。

重點比較

一般的逆接

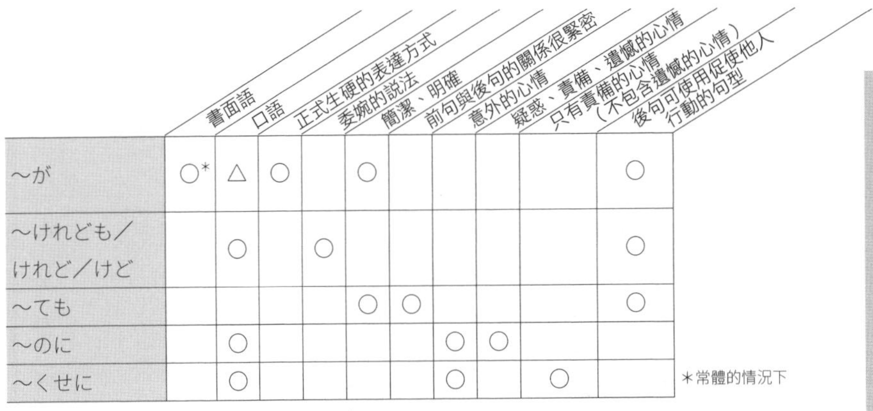

	書面語	口語	正式生硬的表達方式	委婉的說法	簡潔、明確	前句與後句的關係很緊密	意外的心情	疑惑、責備、遺憾的心情	只有責備的心情（不包含遺憾的心情）	後句可使用促使他人行動的句型
～が	○*	△	○		○					○
～けれども／けれど／けど		○		○						○
～ても					○	○				○
～のに		○					○	○		
～くせに		○					○		○	

＊常體的情況下

- 「～が、～けれども、～ても、～のに、～くせに」這五種句型中，前二者的前後句關係較鬆散，即使沒有逆接或相反的關係也一樣可以連接在一起。
- 「～ても」是將動詞、形容詞等語詞以「テ形＋も」的形態直接接續後句。
- 「～のに」是表示責備或意外的心情，而它的特徵是後句不會使用表示意志或是促使他人行動的句型。前句與後句的主詞也經常會不一致。
- 「～くせに」的後句也不會使用表示意志或是促使他人行動的句型，前句與後句的主詞一致，是專門用於批判或責備對方或第三者的句型。

會話應用

〈同じ会社に勤めるA（男）とB（女）が同僚を批判している〉

A：彼は知らないくせに、知っているような顔をするね。
（強烈的批判、責備）

B：そうですね。知らないのなら、知らないって言えばいいのに……。（不滿、責備）

A：でも、知っているのに黙っている人も困るね。
（不滿、責備）

B：そうですね。
知っていても、知らなくても正直に言ってほしいですね。
（逆接條件）

A：彼にそう言ってやったらどう？

B：前に1度言ったことがあるんですけど、無視されちゃった……。（委婉的說法）

A：彼もわかっているんだろうが、プライドの高い人だからね。
（生硬的說法，男性用語）

（同公司工作的同事A（男）與B（女）在批評同事）

A：他明明就不知道，還裝作知道的樣子。

B：就是說啊。不知道就說不知道就好啦……。

A：不過那種明知道又不說話的人也很麻煩。

B：說得也是。不管知道或不知道都希望他可以照實說。

A：如果直接這麼跟他說呢？

B：之前和他說過一次，但被他當耳邊風……。

A：他應該也知道吧！但他就是那種自尊心很高的人。

否定的場合

我們來想想對話1）提到的句型（表現句型）該如何以否定形表示。

a「**が**」、b「**けれども**」、d「**のに**」、e「**くせに**」就像「**若くないが／若くないけれども／若くないのに／若くないくせに**」一樣，可以使用否定形表達。c「**ても**」則是以動詞、形容詞、「**名詞＋だ**」轉為テ形的否定形來表示否定的意味。（內容稍作更動，以常體表示）

c’ **彼は努力しなくても、成績がいい。**
他就算不努力，成績也很好。

c” **おいしくなくても、黙って食べなさい。**
就算不好吃還是默默地吃下去。

c”’ **彼は正社員じゃなくても、毎日頑張っている。**
他就算不是正職員工，還是每天都很努力。

2. 書面語的逆接句型

接著要介紹的是書面語的逆接句型「**～ながら(も)、～にもかかわらず、～ものの、～にかかわらず、～によらず**」。對話2）與對話1）相同，是鄰居A和B正在聊關於「若菜小姐」的事。對於A的提問，B可以用數種不同的表示「逆接」的句型來回應。

敬體

2）A：若菜(わかな)さんはどんな人ですか。
　B：a　彼女は若いながら（も）、しっかりした女性です。
　　b　彼女は若いにもかかわらず、自分の力で家を建てました。
　　c　彼女は若く見えるものの、やはり体力的には弱いところがあります。
　　d　彼女は外見にかかわらず、しっかりした女性です。
　　e　彼女は見かけによらず、しっかりした女性です。

2）A：若菜小姐是什麼樣的人？
　B：a　她是位雖然年輕但卻很可靠的女性。
　　b　她雖然年輕，卻憑自己的力量蓋了間房子。
　　c　她雖然看起來很年輕，但在體力上還是有弱點。

d　無論她的外表如何，她是位可靠的女性。
e　不論她的外表如何，她是位可靠的女性。

常體

2）A：若菜さんはどんな人？
B：f　彼女は見かけによらず、しっかりした女性｛だね／ね｝。

2）A：若菜小姐是什麼樣的人？
B：f　不論她的外表如何，她是位可靠的女性呢。

說明

敬體

a～e為書面語的逆接句型，後句不能接續表示意志和促使他人行動的句型。

a「**ながら(も)**」為逆接句型，是接在表示狀態的用法之後，意思是「雖然是那樣的狀態，不過～」。加上「**も**」之後的「**～ながらも**」更具書面語性質，逆接的語氣也更強烈。大多是以「**若いながら(も)**」、「**子供ながら**」、「**貧しいながら**」、「**残念ながら**」、「**知りながら**」這類的慣用語形式表達。

b「**～にもかかわらず**」和「**～のに**」相同，是以後句來表示前句與當初預想的不一樣。不過與「**～のに**」不同的是，話中並未帶有責備或批判的心情。通常只是用於表示逆接關係的客觀說法，「**～にもかかわらず**」有時可以透過中間的副助詞「**も**」，將說話者心情摻入句子當中。像是「**忙しいにもかかわらず、友達が見舞いに来てくれた（雖然很忙，但朋友還是來探望我）**」，就是表示對朋友的感謝之意。

「**〜にもかかわらず**」大部分都是用於表示已經發生的事或是「現在」發生的事。下方例句①為過去發生的事，所以是正確的句子，但例句②所敘述的是未來的事，所以句子會顯得很不自然。

①彼は、私が反対しているにもかかわらず、会社を辞めてしまった。
他不顧我的反對，還是把工作辭掉了。
？②彼は、私が反対しているにもかかわらず、会社を辞めてしまうだろう。 ？他應該會不顧我的反對，把工作辭掉吧。

c「**〜ものの**」也是書面語，用於表示雖然大致上認同「**〜ものの**」之前所敘述的內容，但仍接著在後句提出與前句相反或者互相矛盾的事情或狀態。大部分的情況下，是像下方例句①一樣用於客觀地說明，但有時也會像例句②一樣帶有說話者反省或遺憾的心情。

①去年に比べ鈍化したものの、輸出量は依然増加を続けている。
雖然較去年趨緩，但輸出量仍持續增加中。
②私はそう言ったものの、心のどこかで胸が痛むような気がした。
雖然我那麼說，但心底深處還是覺得很心痛。

關於「**〜ものの**」有以下的新見解。

松下（2017）曾提出「前面的句子或子句與『**PもののQ**』的Q有關」。另外還提到「在**PもののQ**的句型中，P的主題不是與Q的主題相同，就是從屬於Q的主題」。

那麼我們以「**彼女は工場長をしている。若く見えるものの、なかなかしっかりした女性だ（她是廠長。雖然看起來很年輕，但卻是一位相當可靠的女性）**」為例來思考看看。句中P和Q的關係如下所示。

前面的句子：**彼女は工場長をしている**（她擔任廠長）

P:**（彼女は）若く見える**（（她）看起來很年輕）

Q:**なかなかしっかりした女性だ**（相當可靠的女性）

P ものの Q:**（彼女は）若く見えるものの、なかなかしっかりした女性だ（（她）雖然看起來很年輕，但卻是一位相當可靠的女性）**

若依照松下（2017）提出的見解來解釋這個例子，與前一句「**彼女は工場長をしている**」有關的不是句子中的P「**（彼女は）若く見える**」，而是Q「**なかなかしっかりした女性だ**」，P的主題也和Q的主題一樣都是「**彼女**」。就如松下（2017）所提到的，最前面的句子或子句與Q所表示的事態有關，而「與該句前後的語境不相襯的事態P也在句子中（此處是指「**彼女は若く見える**」），而事態P為該句的註解」。這就是「**Pものの**」在句中所扮演的角色。

d「**〜にかかわらず**」在形態上與b「**〜にもかかわらず**」很相似，但兩者的意思並不一樣。「**〜にかかわらず**」是「與那個無關」的意思。用法就如「**この会社には、年齢・性別・経験にかかわらず、応募できる（這間公司無論年齡、性別、經驗如何，都能提出求職）**」、「**父は、晴雨にかかわらず毎日散歩に出かける。（父親無論天氣是晴是雨，每天都出門散步）**」。在前面與其搭配的，大多是如「**晴雨、大小（晴雨、大小）**」、「**あるなし（有無）**」、「**良し悪し（好壞）**」、「**成功するかしないか（成功與否）**」這種前後意思相反的語詞或說法。

e「**によらず**」與d「**〜にかかわらず**」相似，意思是「與那些無關、那些都不成問題」，屬於較生硬的說法，作為口語使用。「**によらず**」的前面除了「**見かけ、年齢、性別、人種、理由、結果、方法**」這類語詞以外，還有「**何事、何(なに)**」等疑問詞。放在「**によらず**」之前大部分是名詞，但有時也會放如「**〜か否か**」這一類的句型。

①**彼は見かけによらず繊細なハートの持ち主だ。**

不論他的外表如何，他是個心思細膩的人。

②**父は何によらず新しいことには反対する。**

父親無論如何就是反對新事物。

常體

出現在敬體中的 a「**～ながら(も)**」、b「**～にもかかわらず**」、c「**～ものの**」、d「**～にかかわらず**」都是書面語，不太會用在常體的對話中。如果用在常體的對話中，就會是比較正式且帶有強調語感的說法。

敬體 a～d 這一類的句型若用於常體，a 與 b 會改成「**若いけど(雖然年輕)**」；c 會改成「**若く見えるけど(雖然看起來年輕)**」；d 會改成「**見ただけではわからないけど(雖然只看…的話看不出來)**」、「**外見と違って(與外表不同)**」。

重點比較

書面語的逆接

	生硬的說法	強調	客觀	摻雜說話者的心情	與預期有落差	把前句的事情當作註解	與那些無關
～ながら（も）	○	○		○	○		
～にもかかわらず	○	△	○	△	○		
～ものの	○		△	△		○	
～にかかわらず	○		○				○
～によらず	△		○				○

- 全部都是書面語的生硬說法。
- 雖然在程度上有些差異，話中摻雜說話者心情的句型是「～ながら（も）」、「～

にもかかわらず」、「～ものの」，除此之外基本上都是客觀的用法。

- 「にもかかわらず」與「にかかわらず」能否使用，要取決於前面語詞的性質（與後句是否為相反的意思）或前句的事情是否為既定（已經發生／正在發生）的事等內容。

小故事

息子の健一は大学の４年生で、今就活の真っただ中である。４年生は卒論の準備に時間をとられながらも、就職試験に挑戦しなければならない。（儘管如此）

健一も何度か就職試験を受けたようだ。前回は最終選考まで残ったものの、最後の面接で落ちてしまったらしい。（對前句的事表達認同）健一は理工系にもかかわらず、理工系とは関係ない会社ばかり受けている。（即使如此）

私は、通る通らないにかかわらず、○○研究所を受けてみたらと勧めてみた。（無關、慣用的）

彼が最終的にどうするかはわからないが、彼に合った就職先が見つかればいいと思う。見かけによらず気の弱いところがあるが、それを乗り越えていってほしい。（無關，慣用說法）

兒子健一是大學四年級的學生，目前正在找工作。雖然大四的學生要花時間準備畢業論文，但還是必須挑戰公司的招聘考試。

健一似乎也參加過好幾次的招聘考試。雖然上一次一直留到最後選拔的階段，但還是在最後的面試階段落榜。雖然健一是理工系的學生，但卻一直去考與理工專業無關的公司。

不管會不會考上，我都勸他去考考看○○研究中心。

雖然我不知道他最後會如何，但我希望他可以找到適合他的工作。不管他的外表如何，他是個性有些怯懦的人，但我希望他能夠克服。

否定的場合

我們來想想對話 2）中提到的句型（表現句型）該如何以否定形表示。

我們先來想想 a「**ながら(も)**」、b「**にもかかわらず**」、c「**ものの**」之前能否使用否定形表達。（以常體表示）

a’ **彼女は経験がないながら(も)、その仕事をやり遂げた。**
她雖然沒有經驗，但還是把那份工作完成了。

b’ **彼女は経験がないにもかかわらず、その仕事をやり遂げた。**
雖然她沒有經驗，但還是把那份工作完成了。

c’ **彼女は経験がないものの、強い精神力でその仕事をやり遂げた。** 雖然她沒有經驗，但靠著強大的精神力量，她還是把那份工作完成了。

雖然前後句仍須依各句型做調整，不過這些句型之前都可以使用否定形表達。

對話 2）d 的「**にかかわらず**」之前，通常是使用同時具有肯定與否定語意的相反詞（**あるなし、あるかないか、あるかどうか、あるか否か**等），所以不會單獨使用否定形表示。

？d’ **行かないにかかわらず、お金だけ払わされた。**
？無論去或不去，都已經付錢了。

31 逆接 2

「逆接 2」的第 1 節要介紹的是表示逆接條件的「**～としても、～にしても、～にせよ、～にしろ**」。而在第 2 節要介紹的是表示「即使這麼做也沒有用」之意的「**～(た)ところで**」等句型。

1. 表示「即使如此」的逆接句型

本節要介紹的是表示「即使如此」的逆接句型，有「**～としても、～にしても、～にせよ、～にしろ**」。在對話 1）中，A 找 B 商量去美國留學的事。B 可以用數種不同表示「逆接的條件」的句型來回應 A。

敬體

1）A：アメリカへの留学を考えて（い）るんですけど。
　B：a　アメリカに留学｛する／した｝としても、来年の秋あたりでないと無理ではないですか。
　　b　アメリカに留学するにしても、まず両親の許可をもらわなくてはなりませんよ。
　　c　アメリカに留学するにせよ、今の仕事先との関係をきちんとしておきなさい。
　　d　アメリカに留学するにしろ、今の仕事先はどうするのですか。

1）A：我在考慮去美國留學。
　B：a　即使要去美國留學，明年秋天不去就不可能去了吧？
　　b　就算你要去美國留學，還是得先取得父母的同意才行。
　　c　即使你要去美國留學，還是要和現在的公司之間維持良好的關係。
　　d　即使你真的要去美國留學，現在的公司你打算怎麼辦？

常體

1）A：アメリカへの留学を考えて（い）るんだけど。
B：e　アメリカに留学｛する／した｝としても、来年の秋あたりじゃないと無理じゃない？
f　アメリカに留学するにしても、まず両親の許可をもらわなくちゃいけないよ。
g　アメリカに留学するにせよ、今の仕事先との関係をきちんとしておきなさい。
h　アメリカに留学するにしろ、今の仕事先はどうするの？

1）A：我在考慮去美國留學。
B：e　即使要去美國留學，明年秋天不去就不可能去了吧？
f　就算你要去美國留學，還是得先取得父母的同意才行喲。
g　即使你要去美國留學，還是要和現在的公司之間維持良好的關係。
h　即使你真的要去美國留學，現在的公司你打算怎麼辦？

說明

敬體

a「**～としても**」的假設性較強，是「即使如此」的意思。「**～ても**」是否定前句的假設內容，表示「即使如此還是要進行／還是會發生」（例：**雨が降っても練習をする（就算下雨還是要練習）**）的意思。而相對地，「**～としても**」（是表示「現實中不可能發生，即使發生了，（也⋯⋯；～還是會發生）」的意思。「**～としても**」的前面可以用辭書形及タ形表示。使用タ形表示時，說話者「假設」的語氣較為強烈。

①それが本当｛だ／だった｝としても、もっと調べてみる必要がある。
就算那是真的，還是有必要調查看看。

b「**～にしても**」是對前句敘述的內容抱持「因為是假設所以不想認同，就算認同也……」這種消極的態度。相對於a「**～としても**」是假設性較強的句型，「**～にしても**」是把前面的部分視為事實，態度較為實際。

下面的例句②是視為假設，例句③是視為事實。

②それが本当{だ／だった}としても、このような対処方法は適切ではない。 即使那是真的，這樣的應對方式也不恰當。
③それが本当{だ／だった}にしても、このような対処方法は適切ではない。 就算那是真的，這樣的應對方式也不恰當。

c「**～にせよ**」、d「**～にしろ**」這兩者都是「**する**」的命令形，是表示「不受前句的事情影響（後句的事情還是會發生／進行）」的意思。後句是對前句的事情表達「無所謂、交給你」等說話者的意圖。

「**～にせよ**」、「**～にしろ**」比「**～にしても**」更具書信語感，為生硬的表達方式。「**～にせよ**」可說是比「**～にしろ**」更舊式的用法。另一方面，因為「**せよ**」、「**しろ**」為命令形，所以會給人比較強勢、像是說完話就走人的感覺。

常體

c「**～にせよ**」、d「**～にしろ**」都是書面語的表達方式，但也會用於常體的對話中。使用者大多為年長者，無論男女皆會使用。

重點比較

表示「即使如此」的逆接句型

	「假設」的語氣很強烈	態度較實際	帶有否定意味	書面語	生硬的說法	舊式的	強調
～としても	○						
～にしても		○	○				
～にせよ		△	○	○	○	○	○
～にしろ		△	○	○	○		○

- 都屬於對前句的內容有某程度的認同，但同時又在後句表示否定或是提出改善的想法。
- 「～としても」和「～にしても」的差別在於，「～としても」的假設性較強，「～にしても」則是在將前句的假設內容視為事實的情況下，以較實際的態度面對狀況。
- 「～にせよ」、「～にしろ」都是書面語，語意及用法都與「～にしても」很相似。

會話應用

〈AとBは同じ部に入っている。Bは部活動を辞めたいと思っている〉

A：部活、辞めるの？

B：うん。でも、辞めるとしても、今学期が終わってから。
（即使如此）

A：残念ね。
でも、辞めるにしても、先輩に相談したほうがいいよ。
（即便認同）

B：うん、先輩に相談するにしろ、もうちょっと考えてから。
（即便認同）

A：先生には相談しないの？

B：うん、でも、先生に相談するにせよ、もう少し考えてから。
（即便認同）

（**A 和 B 加入同一個社團，B 想要退出社團活動**）

A：你不參加社團活動了嗎？
B：嗯。但就算要退出，也會等到這學期結束之後再說。
A：真可惜。就算要退出，還是先和學長商量一下比較好喲。
B：嗯，就算要和學長商量，也先讓我再想一下。
A：你不和老師商量嗎？
B：嗯，但就算要和老師商量，也先讓我再想一下。

否定的場合

我們來想想對話 1）提到的句型（表現句型）a ～ d 該如何以否定形表示。

a’ **アメリカに留学{しない／しなかった}としても、外国へは行きたいのでしょう？**
就算你不去美國留學，也還是想出國，對吧？

b’ **アメリカに留学しないにしても、パスポートは取っておいたほうがいいですよ。**就算你不去美國留學，最好還是去辦護照喲。

c’ **アメリカに留学しないにせよ、パスポートは取っておいたほうがいいですよ。** 就算你不去美國留學，最好還是去辦護照喲。

d’ **アメリカに留学しないにしろ、パスポートは取っておいたほうがいいですよ。** 就算你不去美國留學，最好還是去辦護照喲。

「**としても、にしても、にせよ、にしろ**」的前面都可以使用否定形表達。a’「**としても**」與和以肯定形表示時相同，「**しない／しなかった**」兩種都可以用。使用「**しなかった**」表示時，代表說話者「假設～」的語氣較強烈。

2. 表示「就算這麼做也沒有用」的逆接

本節要介紹的是表示「就算這麼做也沒用」的逆接句型。這些句型都是表示強烈的負面評價。

對話 2）是公司發生了某個不好的狀況。A 與 B 是同事，A 可以用數種不同表達「就算真這麼做，也無法挽回」的句型來回應 B。

敬體

2）A：社長怒(おこ)って（い）ましたよ。
　B：そうですか。社長に謝りたいんですが。
　A：a　今さら謝っても、遅すぎますよ。
　　　b　いくら謝っても、許してくれませんよ。
　　　c　謝ったところで、許してくれませんよ。
　　　d　どんなに謝ったところで、無駄ですよ。

2）A：社長很火大喔。
　B：真的喔？我想向社長道歉。
　A：a　就算你現在去道歉，還是太遲了。
　　　b　你再怎麼道歉，他也不會原諒你呀。
　　　c　即使你道歉，他也不會原諒你呀。
　　　d　即使你再怎麼道歉也沒用呀。

常體

2）A：社長怒って（い）たよ。
　B：うーん、社長に謝りたいんだけど。
　A：e　今さら謝っても、遅すぎるよ。
　　　f　いくら謝ったって、許してくれないよ。
　　　g　謝ったところで、許してくれないよ。
　　　h　どんなに謝ったって、無駄だよ。

2）A：社長很火大喔。
　B：真的喔？我想向社長道歉。
　A：e　就算你現在去道歉，還是太遲了。

f　你再怎麼道歉，他也不會原諒你呀。
g　即使你道歉，他也不會原諒你呀。
h　即使你再怎麼道歉也沒用呀。

說明

敬體

搭配「**今さら、今ごろ、今になって**」表示即使再做任何事都沒有用、無法挽回的意思。

a「**～ても**」是表示逆接條件，前句是預想、期待的事，後句是與前句相反的內容。b是在前句加上「**いくら／どんなに**」等副詞，藉此強調前句的行為、狀態的假設性。

c是以「**動詞タ形＋ところで**」的形態，表示「即使做了那樣的行為，也不會得到期望的結果」，後句則是以否定的語氣表示「所以就算做那件事『也沒用、沒意義』」。整句所要表達的是「就算說那種話／做那種事也沒意義，所以最好別做」，是一種帶有說話者個人強烈的主張及獨斷想法的說法。「**～たところで**」的「**た**」是表示「假使你做了那件事」的假設語氣，通常是用タ形。

d是c的強調說法，與b一樣會與「**いくら／どんなに**」等副詞搭配使用。

常體

f的「**～だって**」是「**～ても**」的口語用法，用於關係親近的人之間。g的「**～(た)ところで**」，有時會像h一樣，以「**～だって**」代替。

重點比較

表示「就算這麼做也沒有用」的逆接

	沒用、沒意義	語氣強烈的獨斷說法	口語通俗的說法	摻雜個人情緒的說法	客觀
～ても					○
いくら／どんなに～ても		△		○	
～（た）ところで	○	○	○	○	
いくら／どんなに～（た）ところで	○	○	○	○	
～たって			○	○	

- 五種句型中，較客觀的是「～ても」。其他的句型都帶有說話者的心情、情緒。
- 「～（た）ところで」是先假設「做了那件事」，接著再強調這麼做也沒用。
- 「～だって」是用於關係相當親近的對象。

會話應用

〈病室で〉

患者　：私の病気は手術しても、治りませんよ。（客觀）
医者　：そんなことはありません。
患者　：いやいや、手術したところで治らないし、痛いだけですよ。（無用）
医者　：何度も言っているように、治る可能性はあります。
患者　：先生がいくら言っても、私は手術はしません。（強調）
医者　：私がいくら大丈夫だと言ったところで、あなたは信じないんですね。（主觀，無用）
奥さん：そうなんですよ。家族がどんなに言ったって、首を縦に振らないんですから。（主觀，無用）

（病房內）

患者　：我的病就算動手術也好不了了。
醫師　：沒那回事。

患者　　　：不不不，就算動手術也治不好，只是很痛而已。
醫師　　　：我說過很多次了，是有可能治好的。
患者　　　：不管醫生你再怎麼說，我都不會動手術的。
醫師　　　：就算我再怎麼跟你說「不會有事的」，你也不會相信吧。
患者的太太：就是說啊！不管家人再怎麼勸，他就是不肯點頭答應。

否定的場合

我們來想想對話 2）提到的句型（表現句型）該如何以否定形表示。首先先試著將否定形放在「**ても**」、「**(た)ところで**」之前。

a’ **彼と仲直りができなくても、痛くもかゆくもない。**
就算沒辦法和他和好，我也不痛不癢。

b’ **{〇いくら／？どんなに}彼と仲直りできなくても、痛くもかゆくもない。**〔〇就算怎麼樣／？無論怎麼樣〕沒辦法和他和好，我也不痛不癢。

c’ **彼と仲直りできなかったところで、痛くもかゆくもない。**
即使沒辦法和他和好，我也不痛不癢

d’ **{〇いくら／？どんなに}彼と仲直りできなかったところで、痛くもかゆくもない。**〔〇即使怎麼樣／？無論怎麼樣〕沒辦法和他和好，我也不痛不癢。

「**ても**」和「**(た)ところで**」之前就算放的是否定形，句子也一樣能夠成立。不過如果像 b’ 和 d’ 這樣在前面加上「**いくら**」、「**どんなに**」，句子的語感就會變得有些怪怪的。「**いくら**」還勉強能夠成立，但如果加上「**どんなに**」，句子就會變得很不自然。

「**だって**」也可說是相同的情況。

① **彼が謝らなくたって、私は大丈夫。**

就算他不道歉，我也無所謂。

② **{○いくら／？どんなに}彼が謝らなくたって、私は大丈夫。**

〔○就算他怎麼樣／？無論他怎麼樣〕不道歉，我也無所謂。

32 逆接 3

在「逆接 3」這一課中，第 1 節介紹的是表示「部分認同並提出其他想法」的句型，有「**～といっても、～とはいえ、～からといって、～といえども**」等。第 2 節要介紹的是連接二個句子的連接詞。

1. 部分認同並提出其他想法

本節要介紹的是使用「**という**」表示逆接的句型「**～といっても、～とはいえ、～からといって、～といえども、～とはいうものの**」。

對話 1）是公司中二位員工的對話。B 可以用數種不同表示「逆接」的句型來與 A 對話。

敬體

1）A：問題が解決したんですね。
　B：いやあ、a　解決したといっても、まだまだ不十分です。
　　　　　　b　解決したとはいえ、まだまだ不十分です。
　　　　　　c　解決した｛からといって／からって｝、安心してはいられません。
　　　　　　d　解決したといえども、安心してはいられません。
　　　　　　e　解決｛する／した｝ことはしたんですが、まだまだ不十分です。
　　　　　　f　解決したとはいうものの、まだまだ不十分です。

1）A：問題解決了。
　B：不，a　雖說是解決了，但還不算完全解決。
　　　　b　雖說是解決了，但還不算完全解決。
　　　　c　雖說是解決了，但還不能就此放心。
　　　　d　雖說是解決了，但還不能就此放心。
　　　　e　解決是解決了，但還不算完全解決。
　　　　f　雖說是解決了，但還不算完全解決。

常體

1）A：問題が解決したんだね。

B：いやあ、g 解決したといっても、まだまだ不十分｛だよ／よ｝。

h 解決したとはいえ、まだまだ不十分｛だよ／よ｝。

i 解決した｛からといって／からって｝、安心してはいられない。

j 解決｛する／した｝ことはしたんだけど、まだまだ不十分｛だよ／よ｝。

k 解決したとはいうものの、まだまだ不十分｛だよ／よ｝。

1）A：問題解決了。

B：不，g 雖説是解決了，但還不算完全解決。

h 雖説是解決了，但還不算完全解決。

i 雖説是解決了，但還不能就此放心。

j 雖説是解決了，但還不能就此放心。

k 解決是解決了，但還不算完全解決。

f 雖説是解決了，但還不算完全解決。

說明

敬體

a「**～といっても**」是在前句對敘述的事情表示部分肯定，並在後句提出其他想法，表現出「話是這麼說沒錯，但實際上那還不夠」語意。後句大多是以「**～ない**」或否定語氣表達。再者，「**いっても**」雖然是由「**言う／言った**」衍生而來，但未必和「**言う／言った**」有關，是一種慣用的表達方式，屬於說明、解釋的用法。如果要對說話者的判斷進行強調，可以加上「**は**」，以「**とはいっても**」表示。

比「**といっても**」更生硬的說法是 b「**～とはいえ**」，為書面語，兩者的意思幾乎相同。就如「**春とはいえ、(まだまだ寒い)（雖說是春天，但還是滿冷的）**」「**仕事とはいえ(やりたくないときもある)（雖說是工作，但還是有不想做的時候）**」一樣，大多為慣用的說法。

c 是在「**といって**」之前加上「**から**」。而後句通常會伴隨「**～ない**」等否定的用法，表示「那樣的理由我認同，但是只憑那個理由（還不能下結論）」的意思。這樣的表達方式有暗示這樣的理由不夠充份，還得考量其他狀況的意思。

①彼女とデートするからといって、そんなにおしゃれをしなくてもいい。 雖說是約會，但也不用打扮成那樣。

「**からって**」是「**からといって**」的簡略形。使用簡略形大多會降低句子的禮貌程度，不過若是對上級長官或長輩使用「**からって**」，是表示強烈的主張。

d「**～といえども**」是生硬的書寫語，口語上可以用「**～ても／でも**」、「**～(だ)けど／けれども**」代替。此句型通常會在「**～といえども**」的前面放「在社會觀感上認同的人、事、物」，並會在後句表達「（那些人、事、物）真實的期待和預想的不一樣，而應該／不應該做…」。

②父親といえども、子供に暴力を振るうべきではない。
雖說是父親，但還是不應該對小孩施暴。

d 是把動詞放在「**～といえども**」之前，意思是「姑且（以社會觀感來說）是解決了」但是還不能完全放心。

e 是表示「姑且（做）／雖然做了，但…／並非完全…」這種部分否定的意思，屬於口語用語。在前句反覆使用同一個動詞，就算是敘述過去的事實，第一個動詞也可能會使用非過去式（辭書形）表示。要表述缺乏自信或想表達顧慮對方的心意時，可藉由這樣的句型來避免使用斷定語氣，或是進行補充說明。

③ A：**息子さんはお手伝いをしますか。** 你兒子會幫忙嗎？
　B：**ええ、やることはやるんですが、どうもいい加減なんです。**
　　幫是會幫，但就是很敷衍。
④**行くことは行ったんですが。** 去是去了。
⑤**文句を言うことは言ったんだけど。** 會說幾句抱怨的話就是了。

由於是以反覆使用動詞的形態表示，所以是簡單易懂又有禮貌的說法。

f是使用「**～とはいうものの**」這個連語，表示「看起來是那樣，人們也那麼說，但實際上卻不盡然如此」。

⑥**中学生になったとはいうものの、子供の一人旅は親として心配だ。**
　雖然已經是中學生了，但孩子獨自旅行，作家長的還是會擔心。
⑦**男女平等だというものの、企業によっては不平等なところもある。**
　雖然男女平等，但依公司的不同還是會有不平等的情況。

⑥是表示「雖然世人的概念裡中學生已經是大人了，但身為父母，對於自己的孩子要獨自去旅行，還是會有些擔心」的意思。

常體

敬體的b「**～とはいえ**」雖然是書寫語，但有時也會像h一樣，用於常體的對話中。不過似乎只有年長者會這麼用。另一方面，敬體的d「**～といえども**」則不會用在常體的對話中。

g 是直接使用「**～といっても**」表示，不過有時「**と**」會轉而以「**って**」表示（例：**解決したっていっても（雖然是說解決了）…**）。然後也有些時候「**い**」會脫落，變成「**ってって**」、「**解決したってっても**」、「**書いたってっても**」的情況。

重點比較

部分認同後提出其他想法

	口語	書面語	客觀	具說明性、具解說性	生硬的說法	雖然有那種理由、因素，不過…	姑且算是～但並非完全做到
～といっても	○			○			
～とはいえ		○		○	○		
～からといって／からって	○			○		○	
～といえども		○	○	○	○		
～することはする／したが・～したことはしたが	○						○
～とはいうものの		○		○	○		

- 由後句對前句描述的事提出部分修正的意見或是表示其他想法。
- 「～といっても」、「～とはいえ」是認同前句的部分內容，並在後句提出修正的意見。
- 「～といえども」是書面語的客觀說法，其他的句型則是帶有說話者的心情，且主觀性較強的表達方式。
- 所有的句型中都有「いう」。可以將這些句型想成是說話者雖然基本上認同「人們或世人都這麼說……」，但仍在後句依自己的想法提出見解或主張。

小故事

先週 100 円ショップでコーヒーカップを買った。
安い<u>とはいえ</u>、形もよくて十分使える。（換個角度提出其他的想法，生硬）

友達が言っていたが、安いからといって馬鹿にできない。（只有那個理由仍不夠充份）

大手食器メーカーといえども、100円でこんな物は作れないだろう。（雖然是有名的人或事物但仍有不足之處）

100円ショップといっても、物が悪いわけじゃないと思う。（具說明性、具解說性）

もちろん、安くて便利だとはいうものの、100円の物はやっぱりそれなりの物なのかもしれないが。（認同但是並不完全認同）

上週在百元商店買了一個咖啡杯。

雖然很便宜，但杯子的形狀很不錯非常好用。

朋友也說過，不能因為便宜就小看它。

就算是大型餐具製造商，花 100 日圓也做不出這種東西吧！

雖說是百元商店，也不代表東西就很差。

當然，雖然既便宜又好用，不過 100 日圓的東西，也就是一分錢一分貨吧。

否定的場合

我們來想想對話 1）提到的句型（表現句型）該如何以否定形表示。由下列例句可知，可以使用否定形表示。（以常體表示）

a’ **解決しなかったといっても、かなりのところまで話し合えた。**
雖說還沒解決，不過已經談得頗有進展。

b’ **解決しなかったとはいえ、かなりのところまで話し合えた。**
雖說還沒解決，不過已經談得頗有進展。

c’ **解決しなかったからといって／からって、がっかりすることはない。** 雖說還沒解決，不過我並沒有失望。

d’ **解決しなかったといえども、かなりのところまで話し合えた。**
雖說還沒解決，不過已經談得頗有進展。

e’ **解決しなかったことはしなかったが、がっかりすることはない。**
解決是還沒解決，不過我並沒有失望。

f’ **解決しなかったとはいうものの、かなりのところまで話し合えた。**
雖說還沒解決，不過已經談得頗有進展。

2. 連接兩個句子的連接詞

到目前為止介紹的都是同一個句子的「逆接句型」。本節要介紹的是連接二個句子的連接詞的「逆接用法」。以下的對話 2），因為是採取對話的形式，所以連接詞是出現在句首。對於 A 的提問，B 可以用數種不同表示「逆接」的句型來回應。

敬體

2）A：プロジェクトは軌道に乗りましたね。
B：ええ、a　しかし、まだ注意が必要ですね。
b　けれども、まだ注意が必要ですね。
c　ですが、まだ注意が必要ですね。
d　でも、まだ注意が必要ですね。
e　もっとも、これからが大変ですが……。
f　ただし、今後も万全を期すことが必要ですね。

2）A：專案都已經上軌道了吧。
B：是的，a　不過還是需要特別注意。
b　不過還是需要特別注意。
c　不過還是需要特別注意。
d　不過還是需要特別注意。
e　不過，接下來才更辛苦……。
f　不過，今後還必須要力求完美才行。

常體

2）A：プロジェクトは軌道に乗ったね。
B：ええ、g　しかし、まだ注意が必要だね。

h　けど、まだ注意が必要だね。
i　だが、まだ注意が必要だね。
j　でも、まだ注意が必要だね。
k　もっとも、これからが大変だが……。
l　ただし、今後も万全を期すことが必要だね。

2）A：專案都已經上軌道了吧。
B：是的，g　不過還是需要特別注意。
h　不過還是需要特別注意。
i　不過還是需要特別注意。
j　不過還是需要特別注意。
k　不過，接下來才更辛苦……。
l　不過，今後還必須要力求完美才行。

說明

敬體

「**しかし**」基本上是當要承接前一句的內容，敘述與前一句的內容相反或部分不同的句子時使用的連接詞。a 是 B 對 A 所說的「專案已上軌道」表達反對之意或者是補充說明「還是需要特別注意」。可用於口語及書面語，是正式生硬的表達方式。

b「**けれども**」在意思及用法上都與「**しかし**」幾乎一樣，不過「**けれども**」較口語，語氣較委婉。「**けれども**」大多會簡縮為「**だけど／けど**」。

c「**ですが**」是「**だが**」的敬體，是針對前一句的內容陳述相反的事情或是相反的判斷時使用。「**ですが**」屬於禮貌的用法，但如果使用「**だが**」，就是表達強烈反對的說法。口語用法中的「**だが**」為男性用語。

比「**ですが／だが**」更委婉的是 d「**でも**」。與其說「**でも**」是表達邏輯上的逆接關係，其實是更傾向於表達情感的連接詞，大多用於找藉口、辯解或是陳述感想，以及表達疑問等情境。

e「**もっとも**」與 f「**ただし**」這兩者都具有由後句針對前一句的內容，進行補充說明或提出部分修正的功用。因為「**もっとも**」是比「**ただし**」更情緒性的用法，所以常用於陳述個人意見的情況。「**ただし**」則是客觀地補充說明，常於傳達與公眾事務有關的事實時使用。「**もっとも**」可用於口語表達也可用於書面語，屬於較生硬的表達方式，因此大多為年長者使用。「**ただし**」是正式生硬的說法，大多用於公告或通知等情況。

常體

b「**けれども**」是口語用法，在常體表達上大多會像 h 一樣以「**けど／だけど**」表示。「**けど**」的逆接語氣較弱，輕鬆看待前一句的內容或對方的發言的意味則較強。另外，c「**ですが**」的常體即為 i「**だが**」。不過連接詞「**だが**」為男性用語，女性不會使用。女性大多會使用「**でも**」表示。

重點比較

連接兩個句子的連接詞

	書面語	口語	生硬的表達方式	委婉的表達方式	會話性質	解說性質	男性用語
しかし	○		○			△	△
けれども／だけど／けど		○		○	○		
ですが		○		○			
だが		○	○			△	○
でも		○		○	○		
もっとも	○	△	○			○	
ただし	○		○			○	

- 連接詞分為口語的連接詞以及書面語的連接詞。「けれども／だけど／けど」、「ですが／だが」、「でも」都是口語的連接詞，「ただし」為書面語的連接詞。「しかし」雖然是書信用語，但也常用於口語表達。不過因為是正式生硬的表達方式，所以男性較常用。
- 常體的「だが」為書面語，且為男性用語。「でも」則是男女皆可使用。
- 「もっとも」與「ただし」都是針對前一句的內容補充說明，從這一點來看兩者很相似。「もっとも」傾向用於表達私人性質的事情，「ただし」則傾向用於公眾事務方面。

會話應用

〈工場長が従業員の北野さんに話している〉

工場長：北野さんは、今日から溶接ラインに入ってください。
北野　：えっ、ですが、私は溶接の経験はあまり……。（有禮貌）
工場長：しかし、溶接のほうが忙しくて、手が足りないんですよ。（生硬的說法）
北野　：そう言われましても……。
工場長：わかってます。だが、今回はしかたないんですよ。（強烈反對的說法，男性用語）

北野　：でも、……。（會話性質，情感上）
工場長：溶接に回ってくださいよ。もっとも、人手の足りない1か月だけだから。（部分修正、補充，生硬的說法）
北野　：……はい、1か月だけなら、わかりました。
工場長：〈皆に〉はい、じゃ、皆さん。
北野さんには今日から溶接ラインに入ってもらいます。
ただし、今日から1か月間だけです。
（部分修正、補充，生硬的說法）

（廠長正在和員工北野先生談話）

廠長　：北野先生，請你今天加入焊接的生產線。
北野　：咦？可是我沒什麼焊接的經驗……。
廠長　：不過，焊接那邊比較忙，人手不夠。
北野　：即使您這麼說……。
廠長　：廠長：我知道。不過這次真的是沒辦法。
北野　：可是……。
廠長　：拜託你轉去做焊接啦！不過就是人手不足的這一個月而已。
北野　：……是，既然只有一個月，那我知道了。
廠長　：（對著所有人）好的，那麼，各位。
我請北野先生從今天開始加入焊接生產線。
不過，只有從今天算起一個月以內。

否定的場合

連接詞是用於連接兩個各自獨立的句子，所以連接詞前後的兩個句子，不管是肯定句或否定句皆有可能。

33 對比

「對比」是將二件事物互相對照比較的用法。「對比」在人類的表達方式中隨處可見。指示詞「**これ、それ、あれ**」也是對比的一種。當說話者利用「**これは、これが、これを、これで**」指出事物時，就已經在與其他的事物做比較，或是從中做選擇。本課要介紹的就是「對比」的其中幾種表達方式。

1. 使用「は」的對比

其中一種表達對比的方式，是使用副助詞「**は**」。接下來我們就來看看如何用「**は**」表達對比。在對話 1）中，A 和 B 是朋友，他們正在聊買回來的麵包。B 可以用數種不同「使用『**は**』表達對比」的句型來回應 A。

敬體

1）A：おいしそうなパンですね。
　B：ええ、a　外は硬くて、中はふわふわなんです。
　　　　　b　外は硬いですが、中はふわふわなんです。
　　　　　c　外は硬いですけれども／けど、中はふわふわです。
　　　　　d　外は硬いのに、中はふわふわです。

1）A：麵包看起來很好吃。
　B：是啊，a　外皮很硬，裡面很蓬鬆。
　　　　　b　外皮很硬，但裡面很蓬鬆。
　　　　　c　外皮很硬，但裡面很蓬鬆。
　　　　　d　外皮明明很硬，裡面卻很蓬鬆。

常體

1) A：おいしそうなパン｛だね／ね｝。
B：ええ、a　外は硬くて、中はふわふわ｛なんだよ／なのよ｝。
b　外は硬いが、中はふわふわなんだよ。
c　外は硬いけど、中はふわふわ｛だよ／よ｝。
d　外は硬いのに、中はふわふわ｛だよ／よ｝。

1）A：麵包看起來很好吃。
B：是啊，a　外皮很硬，裡面很蓬鬆呀。
b　外皮很硬，但裡面很蓬鬆呀。
c　外皮很硬，但裡面很蓬鬆呀。
d　外皮明明很硬，裡面卻很蓬鬆呀。

說明

敬體

以「**〜は〜が／けれども、〜は〜**」的形態，將前句與後句的事情（大部分的情況下，是指「**は**」之前的事情）做比較。

a 是以「**〜て**」將前句與後句並列。「**〜て**」為口語用語，是用於將未有強烈邏輯關係的前後兩個句子連接在一起。

b 〜 d 則是利用「逆接」把前句與後句做對比。b「**〜が**」屬於正式生硬的說法，為書面語。c「**〜けれども**」與「**けど／けれど**」一樣，都是委婉的口語用法。

d「**〜のに**」是逆接句型中最具代表性的一種，是表示對於前句感到意外的心情，大多帶有責備之意，但有時也會像 d 一樣用來表示對比。d 是就麵包外皮的硬與內裡的蓬鬆柔軟做比較。表示對比的「**〜のに**」，雖然沒有語氣上沒有表示逆接時那般強烈，不過話中也同樣帶有出乎說話者意料的意思。（參照 30「逆接 1」1）

重點比較

使用「は」的對比

	前句和後句為並列關係	前句與後句為逆接關係	正式生硬的說法	書面語	口語	委婉的說法	出乎意料之外的心情
～は～て、～は～	○				○	○	
～は～が、～は～		○	○	○*			
～は～けれども／けど、～は～		○			○	○	
～は～のに、～は～		○			○		○

＊常體的狀況

- 使用「は」表示的對比，會在前句與後句分別以「名詞＋は」的形態明白表示這兩項事物為對比關係，所以立刻就能看出何者之間為對比關係。
- 「～は～て、～は～」的前句與後句為並列關係，其他使用「～が、～けれども／～けど、～のに」的用法，分別是表示前句與後句為逆接關係或對比關係。
- 表示對比的「～のに、～」和表示逆接的「～のに」一樣，都帶有說話者感到意外的心情。

會話應用

〈自転車売り場で〉

客　：この自転車は前輪は小さくて、後輪は大きいんですね。（並列的對比）

店員：ええ、最新式モデルになっています。
車輪は大きいですが、自転車自体はとても軽いです。（逆接的對比，正式生硬的說法）

客　：これはどこ製ですか。

店員：自転車そのものは日本製ですけど、車輪はドイツ製です。（逆接的對比）

客　：そうですか。

店員：いかがですか。

客　：ハンドルは高いのに、サドルの位置は低いんですね。（逆接的對比，意外性）

店員： ええ、このほうが乗っていて安定感があります。
若者にも人気がありますよ。

（自行車賣場）

客人： 這台自行車的前輪很小，後輪很大。
店員： 是的，這是最新的型號。
車輪雖然大，但自行車的車體非常地輕。
客人： 這台是哪裡製造的？
店員： 自行車的車體是日本製的，但車輪是德國製的。
客人： 這樣啊。
店員： 您覺得如何呢？
客人： 手把明明就很高，座椅的位置卻很低。
店員： 是的。這樣的話騎乘時會覺得比較安穩。
很受到年輕人的歡迎喔。

否定的場合

我們來想想對話 1）提到的句型（表現句型）該如何以否定形表示。把前句改為否定形後的結果如下所示。（以常體表示）

a’ **この小説は、前半はこわくなくて、後半はこわくなる。**
這部小說的前半部不恐怖，後半部變得很恐怖。

b’ **この小説は、前半はこわくないが、後半はこわくなる。**
這部小說的前半部不恐怖，但是後半部卻變得很恐怖。

c’ **この小説は、前半はこわくないけれども／けど、後半はこわくなる。** 這部小說的前半部不恐怖，但是後半部卻變得很恐怖。

d’ **この小説は、前半はこわくないのに、後半はこわくなる。** 這部小說的前半部明明就不恐怖，但是後半部卻變得很恐怖。

b'「**が**」、c'「**けれども／けど**」的前面即使是否定形，也一樣是表示對比。

a'「**〜なくて**」也是表示對比，但相較於「**が**」、「**けれども／けど**」，對比的意味較弱。但如果像這樣「**この小説は、前半はこわくなくて、後半がこわくなる**（這部小說的前半部不恐怖，後半部卻變得很恐怖）」，把後句的「**は**」改成「**が**」，利用可突顯句子重點的「**が**」，即可加強對比的意味。

d'「**〜のに**」與肯定形的時候相同，都帶有說話者感到意外的心情。

2. 利用副助詞「だけ・しか・ほど・も・は等」表達的對比

除了「**は**」以外，還有副助詞也可以表示「對比」。副助詞是「接在名詞以及句中各種語詞之後的助詞，除了可直接提出某一件事情，同時也有間接暗示這件事與其他事物之間存在著何種關係的作用」，有「**も、だけ、しか、さえ、こそ、ほど、くらい／ぐらい、なんて、なんか、でも**」等。接下來將從上述的副助詞中，挑出數個具有對比功能的副助詞來做介紹。在對話2）中，B是外國人，A針對日語的學習向B提出了提問。對於A的提問，B可以用數種不同表示「對比」的句型來回應。

敬體

2）A：ゆうべ日本語を勉強しましたか。
　B：はい、a　2時間勉強しました。
　　　　　b　2時間だけ勉強しました。
　　　　　c　2時間しか勉強しませんでした。
　　　　　d　2時間ほど／くらい／ぐらい勉強しました。
　　　　　e　2時間も勉強しました。
　　　　　f　2時間は勉強しました。

2）A：昨晚讀了日文嗎？
　B：是的。a　我讀了兩個小時。

b　我只讀了兩個小時。
c　我只讀了兩個小時。
d　我讀了兩個小時左右。
e　我讀了兩小時之久。
f　我才讀了兩個小時而已。

常體

2）A：ゆうべ日本語を勉強した？
　B：うん、g　2時間勉強したよ。
　　　　　h　2時間だけ勉強したよ。
　　　　　i　2時間しか勉強しなかった。
　　　　　j　2時間ほど／くらい／ぐらい勉強したかな。
　　　　　k　2時間も勉強したよ。
　　　　　l　2時間は勉強した。

2）A：昨晚讀了日文嗎？
　B：是的。g　我讀了兩個小時喲。
　　　　　h　我只讀了兩個小時喲。
　　　　　i　我只讀了兩個小時。
　　　　　j　我讀了兩個小時左右。
　　　　　k　我讀了兩小時之久。
　　　　　l　我才讀了兩個小時而已。

敬體

針對「**ゆうべ日本語を勉強したか**」這個問題，a 句沒有使用副助詞回答，b ～ f（b「**だけ**」、c「**しか**」、d「**ほど／くらい／ぐらい**」、e「**も**」、f「**は**」）都是使用副助詞回答問題。

沒有使用副助詞的 a，只是單純傳達讀了兩個小時這個事實。b「**2時間だけ**」是以肯定的語氣把範圍限定在「兩個小時」，表示不多不少就是「兩個小時」的意思。c「**しか**」必須在句尾搭配否定形，以「**2 時間しか～ない**」的形態，表示說話者認為「太少」的心情。

d「**2 時間ほど／くらい／ぐらい**」的「**ほど／くらい／ぐらい**」是表示大概的份量、程度或時間，意思是「大約」。比起「**くらい／ぐらい**」，「**ほど**」是屬於比較生硬、正式的說法。

e「**2 時間も**」是表示說話者將兩個小時視為一段較長的時間，意思是「我有兩個小時這麼長的時間都在讀日文」。而 f「**2 時間は**」是表示「至少有兩個小時」。意思是「或許再多花點時間比較好，但至少要讀兩個小時」。

重點比較

利用副助詞「だけ・しか・ほど・も・は等」表達的對比

	有限定的意思	覺得太少	「大約」的意思	覺得太長、太多	出乎意料之外的心情
だけ	○				
しか	○	○			
ほど／くらい／ぐらい			○		
も				○	
は					○

- 副助詞是表示說話者特別提出某件事情，來與其他事情進行區別的意思。
- 「だけ」和「しか」是表示限定，「だけ」是表示肯定語氣的限定，相對地「しか」則必須搭配否定形，表示說話者覺得「太少」。
- 「ほど」是透過程度來表現說話者的心情，如「彼女ほど美しい人はいない（沒有人比她更美）」、「見れば見るほど美しい（愈看愈美）」、「それほどのことはない（沒有事達到那種程度）」。而「2 時間ほど」則是把「ほど」接在表示份量或數量的語詞之後，單純表示大約的量。

會話應用

〈AとBは友人同士。睡眠時間について話している〉

A：あーあ、眠い……。
B：どうしたの、あくびばかりして。
A：ゆうべはあまり眠れなかったんだ。
B：何時間ぐらい寝たの？（大約）
A：うーん、5時間しか寝ていない。（覺得太少）
B：なーんだ、5時間も寝ていれば大丈夫よ。（覺得很長、很多）
A：いや、僕は7時間は寝ないと。Bさんはきのう何時間寝た？
（最低限度，至少）
B：私も5時間ほど。（大約）
あなたより少しだけ多いぐらいよ。（限定）、（大約）
A：なーんだ。おんなじぐらいか。

（A與B是朋友，兩人在討論有關睡眠時間的事）

A：啊～好想睡……。
B：你怎麼了，一直打哈欠。
A：昨晚幾乎沒怎麼睡。
B：你睡了幾個小時？
A：唔…只睡了五個小時。
B：什麼嘛！有睡到五個小時的話沒關係啦！
A：不，我至少得睡七個小時。你昨天睡了幾個小時？
B：我也差不多是五個小時。只比你再多一點點而已。
A：什麼嘛！和我差不多嘛！

3. ～一方（で）、～反面、～に対して、～にひきかえ

本節要介紹的是表示對比的「**～一方（で）、～反面、～に対して、～にひきかえ**」。在對話3）中，A和B是朋友，他們正在聊與頑固的「健二小弟弟」有關的事。對於A的提問，B可以用數種不同表示「對比」的句型來回應。

敬體

3) A：健二君ってどんな子供ですか。
B：a　非常に活発である一方（で）、頑固なところがあります。
b　非常に活発である反面、頑固なところがあります。
c　内向的な健一君に対して、弟の健二君は非常に活発です。
d　内向的な健一君にひきかえ、弟の健二君は非常に活発です。

3）A：健二是什麼樣的小孩子？
B：a　個性非常活潑，但也有頑固的一面。
b　個性非常地活潑，但另一方面，也有頑固的一面。
c　與內向的健一相比，弟弟健二非常地活潑。
d　和內向的健一相反，弟弟健二非常地活潑。

常體

3）A：健二君ってどんな子供？
B：e　非常に活発である一方（で）、頑固なところがあるね。
f　非常に活発である反面、頑固なところがあるね。
g　内向的な健一君に対して、弟の健二君は非常に活発｛だね／ね｝。
h　内向的な健一君にひきかえ、弟の健二君は非常に活発｛だね／ね｝。

3）A：健二是什麼樣的小孩子？
B：e　個性非常活潑，但也有頑固的一面喲。
f　個性非常地活潑，但另一方面，也有頑固的一面喲。
g　與內向的健一相比，弟弟健二非常地活潑喲。
h　和內向的健一相反，弟弟健二非常地活潑喲。

說明

敬體

a～d是表示前句的事情與後句的事情為並列或相反的（對照、對比）關係。通常a「**～一方(で)**」與b「**～反面**」這兩個句型的前句與後句為相同的主詞（主體），基本上是針對該主詞不同的兩個面向做比較。而c「**～に対して**」、d「**～にひきかえ**」則是針對不同的主詞、主體做比較。

a「**～一方(で)**」的意思是「從另一個方向來看」，或是「與前項並列來看」，是表示同一個主詞、主體（這裡是指健二）擁有的數個不同的面向。雖然是客觀的表達方式，但有時也會摻入說話者的評價，且大多為負面評價。（例：**彼は平等を主張する一方で、上司にうまく取り入っている（他主張平等，但另一方面卻又很會奉承上司）**）

b「**～反面**」是表示對某件事有一種看法，相對地「從其他的角度或相反的角度來看，還有另一個面向」的意思。通常在前句是正面評價，後句則大多是對該正面評價表達否定的意見，或是提出更正該評價的負面評價。

c「**～に対して**」、「**～にひきかえ**」不是針對同一人、同一事物表示對比，在本節是以兩個人（哥哥健一及弟弟健二）為比較對象，在前句及後句提相互對照或互為反面的事。

d「**～にひきかえ**」是較舊式生硬的說法，用於口語表達，意思是「和…相比」。當前句為負面評價時，後句就會以正面評價表示。

常體

「**～にひきかえ**」是屬於舊式的用法，通常大多是年長者使用的用法。

重點比較

～一方（で）・～反面・～に対して・～にひきかえ

	從另一面向來看	前後句的事情互為反面的關係	明確的對比	從反面來說	客觀	摻雜個人評價
～一方（で）	○		△		△	△
～反面	○	○	△	○	△	○
～に対して		○	○		○	
～にひきかえ		○	○			○

- 「～一方で」是以同一個主詞、主體為對象，提出與其有關的多個面向。
- 「～反面」是表示與前句不同的觀點，從相反的立場或是另一個面向來看時會是如何的意思。
- 將四種句型依照客觀程度的順序排列後，結果如下所示。

客觀　←　　　　　　　　　　　　　　　　　→　主觀

～に対して　　～一方（で）　　～反面　　～にひきかえ

會話應用

〈AとBは友人同士。スマホについて話している〉

A：スマホは便利な反面、使いにくいところもあるね。（其他的面向）

B：そうだね。
いろんなことができる一方で、機能が複雑でなかなか使いこなせないね。（從另一面來看）

A：機能満載のスマホにひきかえガラケーは単純で使いやすいよ。（比較）

B：うん。スマホに対してガラケーは通信料金も安いしね。（比較）

A：うん、でも、今さらガラケーには戻れないよね。

（A 與 B 為朋友，他們在討論智慧型手機）

A： 智慧型手機是很方便，但另一方面也還是有不好用的地方。

B： 的確是。
雖然可以做很多事，但另一方面功能卻很複雜不太容易完全上手。

A： 和功能超多的智慧型手機相反，日本的功能型手機既單純又容易使用。

B： 嗯，相較於智慧型手機，功能型手機的電話費也便宜多了。

A： 嗯，不過現在也沒辦法回頭去用功能型手機了。

 否定的場合

我們來想想對話 3）提到的句型（表現句型）該如何以否定形表示。（以常體表示）

a’ **健二君は活発でない一方(で)、時々乱暴になることがある。**
健二不太活潑，但有時卻會變得很暴力。

b’ **健二君は活発でない反面、非常に優しい一面がある。**
健二不太活潑，但另一方面卻又有很溫柔的一面。

c’ **弟の健二君が活発でないのに対して、兄の健一君は非常に活発だ。** 弟弟健二並不活潑，相對地，哥哥健一非常地活潑。

d’ **弟の健二君が活発でないのにひきかえ、兄の健一君は非常に活発だ。** 與不活潑的弟弟健二相反，哥哥健一非常地活潑。

a’～d’ 的前句即使都改成否定形，只要前句與後句為對比、對照的關係，句子即可成立。在否定句中，為了承接前句，會在 c’「**に対して**」、d’「**にひきかえ**」之前加上「**の**」。

34 比較

如果要拿好幾件事物做比較，各位會使用什麼句型表示呢？本課將以二者之間的比較和三者之間的比較為中心，好好想想該如何提問，又該如何回答。

1-1. 二者之間的比較 1（提問與回答）

本節要介紹的是從兩者當中選擇一個的比較句型。以下將分為提問以及回答兩種形式表示。在對話 1）中，朋友 A 招待 B 來家裡喝杯飲料。

敬體

1）A：a　コーヒーと紅茶と、どちらがいいですか。
　　　b　コーヒーと紅茶では、どちらがいいですか。
　　　c　コーヒーと紅茶は、どちらがいいですか。
　　　d　コーヒーと紅茶なら、どちらがいいですか。
　　B：e　コーヒーのほうがいいですね。
　　　f　コーヒーがいいです。
　　　g　コーヒーでいいです。

1）A：a　咖啡和紅茶，你要哪一個？
　　　b　咖啡和紅茶，你要哪一個？
　　　c　咖啡和紅茶，你要哪一個？
　　　d　如果是咖啡和紅茶的話，你要哪一個？
　　B：e　咖啡比較好
　　　f　我要咖啡。
　　　g　咖啡就好。

常體

1) A：h　コーヒーと紅茶と、どっちがいい？
　　　i　コーヒーと紅茶では、どっちがいい？
　　　j　コーヒーと紅茶は、どっちがいい？
　　　k　コーヒーと紅茶なら、どっちがいい？
　　B：l　コーヒーのほうがいい。
　　　m　コーヒーがいい。
　　　n　コーヒーで。
　　　o　コーヒー。

1）A：h　咖啡和紅茶，你要哪一個？
　　　i　咖啡和紅茶，你要哪一個？
　　　j　咖啡和紅茶，你要哪一個？
　　　k　如果是咖啡和紅茶的話，你要哪一個？
　　B：l　咖啡比較好
　　　m　我要咖啡。
　　　n　咖啡就好。
　　　o　咖啡。

說明

敬體

a 是使用並列助詞「と」列出可供對方選擇的項目。這種問法嚴格來說並沒有限制只能從兩個當中選一個，是一種比較不嚴謹的問法。b「では」因為有限定範圍，所以有把選項限制在兩個的意思。而把「では」以「は」代替的是 c。雖然也是提出兩個選項，但相較於 b，比較沒有明確限定在這兩個選項的意思。

d「なら」與「は」幾乎相同，都是表示主題。c 含有我接下來要去準備飲料的意味，d 因為「なら」具有「假設」的意思，所以與其說是表示接下來要去準備飲料，不如說是具有單純地提出該件事情作為話題的感覺。

B的回答中，e是使用表示從對方提供的兩個選項中，選出一個的「**～(の)のほうが**」，是對於A提供的選項明確表示自己選擇的回應方式。f省略了「**(の)のほうが**」，是直接告訴對方自己要什麼的回應方式。雖然很清楚明確，但會顯得有些太過直接。

相較於f「**～がいい**」的積極地從中選擇一個，g「**～でいい**」表示的是「哪一個都可以」這種比較曖昧的說法。g的表達方式雖然也可能帶有顧慮對方的想法，但會給人「我對於這兩種飲料都沒有很想要喝的感覺」的印象。所以「**～でいい**」在使用上有時會顯得有點失禮，使用時務必要特別小心。如果是要拜託別人幫自己準備飲料，不要直接說「**コーヒーでいいです**」，而是改說「**コーヒーでお願いします（麻煩你我要一杯咖啡）**」，才不會顯得失禮。

常體

常體會以「**どっち**」代替「**どちら**」。n「**コーヒーで**」是省略了「**お願いします**」的結果。若當下的情境很明顯是一起喝杯飲料，這時大多可以直接說「**コーヒーで**」。而比這種說法更直接的表達方式，是o「只講名詞（名詞止句）」的表達方式。而在日常會話中，最常用的是n的「**～で。**」和o的「只講名詞（名詞止句）」。

重點比較

兩者之間的比較 1（提問）

	不嚴謹的問法	只限兩個	選項範圍較不明確的問法	有強烈的「假設」意味
～と～と、どちらが	○		○	
～と～では、どちらが		○		
～と～は、どちらが	△	○	○	
～と～なら、どちらが		○		○

兩者之間的比較 1（回答）

	選擇很明確	簡短明確的回應	太直白、直接	曖昧、間接	有時會顯得失禮
～（の）ほうが	○				
～が	○	○	○		○
～で				○	○
名詞止め	○	○	○		○

- 四種形式的提問，在語意上及用法上幾乎相同。「～と～と」是以直接列舉的形態提供選擇；「～と～では」、「～と～は」、「～と～なら」都有限制範圍的意思。
- 「～と～なら」的「～なら」原本是表示假設語氣，用在這裡會讓句子有「如果列出這些選項」的意思。
- 回應的句型當中，「～（の）ほうが」是最常用的句型。省略了「のほう」的「～が」雖然不算錯，但話中會帶有較強烈的説話者的主張。「只講名詞（名詞止句）」是用於關係親近的人之間。
- 「～でいい」並非表示積極的選擇，而是表示「那個就可以了」這種消極的選擇。這樣的用法依據狀況不同，有的人可能會覺得是客氣的表示，但也有可能讓人誤以為是「隨便都可以」這種失禮的説法。

會話應用

〈原田さんが業者と壁の色について相談している〉

原田：この壁にはブルーとグリーンと、どっちが合いますかね。（並列）
業者：そうですね……。
原田：ブルーとグレーでは、どっちがいいですかね。（限定二個）
業者：そうですね……。
原田：ああ、グレーじゃなくて、ブルーとダークブルーは？（限定二個）
業者：うーん。
原田：じゃ、ブルーと白なら？（「假設」的心情）
業者：そうですね……。

原田：決めました。やっぱりブルーでいいです。（消極的選擇）

（原田先生和業者正在討論牆壁的顏色）

原田：這塊牆壁比較適合藍色還是綠色？
業者：我想想……。
原田：藍色和灰色哪一個比較好？
業者：我想想……。
原田：啊！不要灰色了，藍色和深藍色呢？
業者：嗯。
原田：那，如果是藍色和白色呢？
業者：我想想……。
原田：決定了！還是選藍色好了。

否定的場合

兩者之間的比較通常都是以肯定形表示，那麼是否可以使用否定形來提問或回答呢？以下我們就把提問及回答都改成以否定形表示，看看是否可行。

Q:**薬αと薬βと／では／は／なら、どちらが苦くないですか。**
薬品α和藥品β，哪一種比較不苦？

A:**薬αのほうが苦くないですね。** 藥品α比較不苦。

看起來當述語為否定形時，無論是提問或回答都沒問題。

1-2. 兩者之間的比較 2（在同一句中）

「兩者之間的比較 1」介紹的是提問與回答的比較句型，本節要介紹的不是回應，而是在同一個句子中表示兩者之間的比較。

在對話 2）中，A 與 B 是朋友，他們在討論不結婚的男性正在增加中。B 可以用數種不同表示「兩者之間的比較」的句型來回應A。

敬體

2）A：非婚の男性が増えて（い）るようですね。
　　B：a　独身のほうが快適ですよ。
　　　　b　結婚するより独身のほうが（ずっと）快適ですよ。
　　　　c　結婚するよりむしろ独身のほうが快適ですよ。
　　　　d　結婚は苦労するわりに（は）、楽しみが少ないですよ。
　　　　e　結婚より独身のほうがましですよ。

2）A：不婚的男性似乎正在增加當中。
　　B：a　單身生活比較自在喔！
　　　　b　比起結婚，單身自在多了呢。
　　　　c　與其結婚，我寧可單身還比較自在喲。
　　　　d　結婚很辛苦但樂趣卻很少呀。
　　　　e　比起結婚，單身更好喔。

常體

1）A：非婚の男性が増えて（い）るよう｛だね／ね｝。
　　B：f　独身のほうが快適｛だよ／よ｝。
　　　　g　結婚するより独身のほうが（ずっと）快適｛だよ／よ｝。
　　　　h　結婚するよりむしろ独身のほうが快適｛だよ／よ｝。
　　　　i　結婚は苦労するわりに（は）、楽しみが少ないよ。
　　　　j　結婚より独身のほうがまし｛だよ／よ｝。

1）A：不婚的男性似乎正在增加當中。
　　B：f　單身生活比較自在喔！
　　　　g　比起結婚，單身自在多了呢。
　　　　h　與其結婚，我寧可單身還比較自在喲。
　　　　i　結婚很辛苦但樂趣卻很少呀。
　　　　j　比起結婚，單身更好喔。

說明

敬體

a ～ e 是以二者做比較的句型。a 的回應是在選定的項目後方加上「**～(の)ほうが**」。加上「**～ほう**」是明確地表示自己的選擇，所以和「**～は～より～だ**」（**独身は結婚より快適だ。（單身比結婚更自在。）**）相比，在選擇的表達上較為清楚明確。

b 是 a 加上「**～より**」，是更仔細地解釋單身是更好的選擇。而加上「**ずっと**」是為了強調「**～ほうが**」。

c 是 b 加上「**むしろ**」之後的結果。使用「**むしろ**」代表話中摻雜了說話者的價值判斷，以及「相較於那個，我選了這個」的個人主張。「**むしろ**」為副詞，在句中暗示了說話者將會選擇接續在「**むしろ**」之後的那件事物，屬於生硬的說明性質的用法。

d 的「**わりに(は)**」本來是「依照比例」的意思，在這裡是表示「稍微超出預想的程度」。後句的內容為負面的事情，但有時也會用於正面評價，如「**予想したわりには、給料は高かった（薪水比我預想中的高多了）**」。而 d 這個句子要表示的是「與辛苦的程度（比例）相比，明明樂趣會更多才是，但卻並非如此，樂趣好少」這種「讓人有些失望」的心情，屬於口語的用法。

e「**ましだ**」是以「**αより，βのほうがましだ（比起α，β 比較好）**」的形式，表示「雖然不認為 α、β 這兩者之間有哪一個特別好，但如果要選擇一個的話，『β 比較好』」這種消極的選擇。

重點比較

兩者之間的比較 2（在同一句中）

	選擇的表達很明確	仔細的、說明性質的	強調	強烈的主張	生硬的說法	摻雜個人評價	口語	消極的選擇
～（の）ほうが	○							
～より～（の）ほうが（ずっと）	○	○	○*				△	
～よりむしろ～（の）ほうが	△	○	○	○	○	○		
～わりに（は）						○	○	
～より～（の）ほうがましだ						○	○	○

＊在有加「ずっと」的情況下

- 兩者之間的比較最基本的句型是以「～（の）ほうが（～より）＋述語」、「～より～（の）ほうが＋述語」的形態表示。
- 在句中加入「ずっと」、「よほど（よっぽど）」並放在形容詞等語詞之前，會強化語詞所表示的程度，「αよりむしろβ（比起α我寧願選β）」是表示選擇後者。「わりには」是在話中帶入「比我的預想更…）」這種說話者的評價。
- 「～ほうがましだ」是一種消極的心態，帶有「只好從中選一個」的意思。

會話應用

〈A と B は友人同士。冬のスポーツについて話している〉

A：スキーとスノボと、どっちが好き？
B：スノボの<u>ほうが</u>おもしろいよ。（兩者之間的比較）
A：そうかな。私はスノボ<u>よりむしろ</u>スキーのほうが好きだな。（兩者之間的比較，主張）
スノボは遊びに近いし。
B：ちがうよ。そう見える<u>わりには</u>、ずっと大変なスポーツなんだよ。（和預想比較）
A：そうかな。

B：そうだよ。スキーやるくらいなら、スケートのほうがましだよ。（消極的選擇）
A：スケートと比べたら、スノボのほうがずっといいとは思うけど……。（二者之間的比較，強調）

（A 和 B 是朋友。他們在討論冬季的運動。）

A：雙板和單板滑雪，你喜歡哪一種？
B：單板滑雪比較好玩。
A：是這樣嗎？比起單板滑雪，我還比較喜歡雙板滑雪。單板滑雪比較像是在玩。
B：你搞錯囉。雖然表面上是如此，但單板滑雪其實是一種非常辛苦的運動。
A：是這樣嗎？
B：沒錯。如果要玩雙板滑雪，滑冰還比較好玩。
A：如果是和滑冰相比，我覺得單板滑雪好玩多了。

否定的場合

我們來想想出現在對話 2）中二者之間比較的句子，是否能夠以否定形表示。

a’ **独身じゃないほうが快適だ。** 非單身比較自在。
b’ **結婚するより結婚しないほうが（ずっと）快適だ。**
比起結婚，不結婚自在多了。
c’ **結婚するよりむしろ結婚しないほうが快適だ。**
與其結婚，不結婚還比較自在。
d’ **彼女は結婚していないわりには、所帯じみた感じがする。**
她雖然沒結婚，但卻有黃臉婆的感覺。
e’ **結婚するより結婚しないほうがましだ。**
比起結婚，不結婚好多了。

d' 以內容來說雖然不算是個好句子，不過以否定形搭配「**わりには**」的例子還有很多，如「**勉強していなかったわりには、いい成績がとれた（雖然沒怎麼唸書，卻得到好成績）**」、「**このジュースは、果汁 1% がしか入っていないわりには、味がいい（這款果汁飲料，雖然只加了 1% 的果汁，但味道很不錯）**」等都是很自然的句子。

2-1. 三者以上的比較 1（提問與回答）

本節要介紹的是從三者以上的選項中選擇一項的比較句型，我們可以分別從提問及回答的形式來思考。在對話 3）中，A 跟 B 相互認識，A 招待 B 到家裡喝飲料。對於 A 的提問，B 可以用數種不同表達「三者以上的比較」的句型來回應。

敬體

3）A：a　コーヒーと紅茶とコーラと、どれが一番いいですか。
　　　b　コーヒーと紅茶とコーラでは、どれが一番いいですか。
　　　c　コーヒーと紅茶とコーラの中で、どれが一番いいですか。
　　　d　飲み物の中で（は）、何が一番いいですか。
　　B：e　コーラがいいですね。
　　　f　コーラが一番いいです。
　　　g　コーラでいいです。

3）A：a　咖啡、紅茶和可樂，你最想喝哪一個？
　　　b　咖啡、紅茶和可樂，你最想喝哪一個？
　　　c　在咖啡、紅茶、可樂當中，你最想喝哪一個？
　　　d　在飲料當中你最想喝哪一種？
　　B：e　我要可樂。
　　　f　我最想喝可樂。
　　　g　可樂就可以了。

常體

3）A：h　コーヒーと紅茶とコーラと、どれが一番いい？
　　　i　コーヒーと紅茶とコーラでは、どれが一番いい？
　　　j　コーヒーと紅茶とコーラの中で、どれが一番いい？
　　　k　飲み物の中で、何が一番いい？
　B：l　コーラがいい。
　　　m　コーラが一番いい。
　　　n　コーラで。
　　　o　コーラ。

3）A：h　咖啡、紅茶和可樂，你最想喝哪一個？
　　　i　咖啡、紅茶和可樂，你最想喝哪一個？
　　　j　在咖啡、紅茶、可樂當中，你最想喝哪一個？
　　　k　在飲料當中你最想喝哪一種？
　B：l　我要可樂。
　　　m　我最想喝可樂。
　　　n　可樂就可以了。
　　　o　咖啡。

說明

敬體

本節為三者之間的比較。a 是以並列助詞「**と**」列出選項，是比較不嚴謹的提問方式。b 是以「**では**」限定選項內容，是表示限定這三種飲料的意思。c 是以「**中で**」代替「**では**」，利用「**中**」把選項明確限定在這三種。

d 是以分類位階更高的「飲料」來代替飲料的種類（咖啡、紅茶、可樂等）向 B 提問。因為飲料有許多種類，所以疑問詞是使用「**何**」表示。雖然也可以使用「**どれ**」，不過「**どれ**」是和「**これ**、**それ**、**あれ**」對應的疑問詞，使用「**どれ**」會讓人聯想到眼前有數種飲品

可供選擇。也就是說，當有限定幾種選項可供選擇時，就會用「**どれ**」表示；。像「飲料」這種選擇範圍較廣的情況，還是比較適合用「**何**」。

e是簡短明確的回應方式。f也是適當的答案。答案中並不一定要有「**一番**」，不過有時會順著提問的內容，在答案中加入「**一番**」；有時候也會利用「**一番**」加以強調。

g是使用「**で**」表示。此用法和我們在對話1）二者之間的比較看到的「只好從二個中選一個」有相同的意思，但也有些時候，是表示說話者以謙虛的態度選擇其中一項。

常體

n的「**コーラで。**」是將「**コーラでお願いします**」的「**お願いします**」省略後的結果。並不是表示「**コーラで一番いいです**」的意思。

重點比較

三者以上的比較1（提問）

	不嚴謹的問法	限定為三種	明確地限定	以位階更高的事物（分類）作為代表	選項很多
～と～と～と、どれが一番～	○				
～と～と～では、どれが一番～	△	○	△		
～と～と～の中で（は）、どれが一番～		○	○		
～の中で、何/どれが一番～				○	○

三者以上的比較 1（回答）

	簡短明確的回應	標準的回答方式	曖昧、間接	過於直白、直接	有時會顯得失禮
～が	○			○	○
～が一番～		○		△	
～で			○		○
名詞止め	○			○	○

- 使用「～と～と」提問的三種形式，在語意及用法上幾乎完全相同。「～と～と～と」是以完全列舉的方式提供選擇；「～と～と～では」、「～と～と～の中で（は）」都具有限制範圍的作用，尤其是「～と～と～の中で（は）」，限定選項範圍的意識最為強烈。
- 「～の中で、何／どれが一番～」的句型，不是直接列舉數個具體的事物作為選項，而是使用分類位階更高的名詞做為代表，以這個大分類中的東西做比較。疑問詞通常是用「何」表示。
- 回答的句型中最常用的是「～が一番～」。也常會省略「一番」，只用「～が」表示。有時會刻意不説「一番」，使回應更為簡潔。
- 「～で」與二者之間的比較相同，都不是表示積極的選擇，而是表示「選這個也沒關係」的消極選擇。依據情況不同，有時會被認為是在表示客氣之意，但有時也會給人「隨便都可以」的感覺。這一點和二者之間的比較是相同的。
- 只講名詞（名詞止句）的用法僅限於關係親近的人之間使用。

會話應用

〈A と B がスポーツについて話している〉

A：ラグビーとサッカーとバスケットボールと、どれが一番おもしろい？（並列）

B：うーん、難しい。

A：じゃ、テニスとバドミントンとスカッシュでは？（限定在範圍之內）

B：うーん、それも難しい。

A：じゃ、柔道と空手とテコンドーの中で、どれが好き？（限定在範圍之內）

B：うーん、どれもあまり……。
A：じゃ、スポーツの中で、何が一番好きなの？（類別內的選擇）
B：野球だよ。

（A 與 B 在討論運動相關的話題）

A：橄欖球、足球和籃球，哪一種最好玩？
B：唔，好難選。
A：那如果是網球、羽球和壁球呢？
B：唔，這也很難選。
A：那柔道、空手道和跆拳道之中，你喜歡哪一種？
B：唔，哪一種都……。
A：那在運動項目中，你最喜歡哪一種運動？
B：棒球。

否定的場合

三者之間的比較通常是以肯定形表示，那麼是否可以使用否定形來提問或回答呢？和二者之間的比較相同，接下來我們把提問、回答的後句述語都改成否定形來表示，看看是否可行。

① Q:**薬αと薬βと薬γと／では／の中で、どれが一番苦くないですか。** 藥品α、藥品β和藥品γ／在這幾種／當中，哪一種最不苦？
A:**薬αが一番苦くないですね。** 藥品α最不苦。

② Q:**薬の中で、どれが一番苦くないですか。**
在藥品當中，哪一種最不苦？
A:**薬αが一番苦くないですね。** 藥品α最不苦。

看起來當述語為否定形時，無論是提問或回答都沒問題。

2-2. 三者以上的比較 2（在同一句中）

在「三者以上的比較 1」中介紹的是提問與回答的比較句型，本節要介紹的不是回應，而是在同一個句子中表示三者以上的比較（即比較級最高級）。對話 4）是學生 B 找朋友 A 商量自己的將來。A 可以用數種不同表示「三者以上的比較（肯定句）」來回應 B。

敬體

4) A：進路はもう決まりましたか。
B：ええ、公務員がいいかなと思って（い）るんですが。
A：ああ、a　公務員が一番いいですよ。
b　公務員より安定した仕事はありませんよ。
c　公務員ほど安定した仕事はありませんよ。
d　公務員くらい／ぐらい安定した仕事はありませんよ。
e　将来リストラにおびえるくらい／ぐらいなら、公務員のほうがいいですよ。

4）A：你已經決定將來要做什麼了嗎？
B：是的，我覺得當個公務員挺不錯的。
A：是呀，a　當公務員最棒了。
b　沒有比公務員更穩定的工作了。
c　沒有比公務員更穩定的工作了。
d　沒有比公務員更穩定的工作了。
e　如果你擔心將來會被裁員的話，當公務員比較好喲。

常體

4) A：進路はもう決まった？
B：うん、公務員がいいかなと思って（い）るんだけど。
ああ、f　公務員が一番いいよ。
g　公務員より安定した仕事はないよ。
h　公務員ほど安定した仕事はないよ。
i　公務員くらい／ぐらい安定した仕事はないよ。
j　将来リストラにおびえるくらい／ぐらいなら、公務員のほうがましだよ。

4）A：你已經決定將來要做什麼了嗎？
B：是的，我覺得當個公務員挺不錯的。
A：是呀　f　當公務員最棒了。
g　沒有比公務員更穩定的工作了。
h　沒有比公務員更穩定的工作了。
i　沒有比公務員更穩定的工作了。
j　如果你擔心將來會被裁員的話，當公務員比較好喲。

說明

敬體

a ～ e 是以比較的最高級的說法回答。a 是最標準的回應方式。

b ～ d 都是以「**～もの（這裡是指工作）はない**」的基本形態表示。這三個句型的基本形態是在句末以否定形來表示「沒有更好的東西（工作）」，也就是「那是最好的」的意思。b 的「**～より**」是單純做比較而已，話中並未帶有說話者的心情。這或許是因為「**より**」是格助詞的關係。c 的「**ほど**」、d 的「**くらい／ぐらい**」都是副助詞，用在這裡是表示說話者有意將「公務員」特別提出來與句末的「**～ない**」結合，表達沒有任何東西可以超越的強烈主張。「**ほど**」和「**くらい／ぐらい**」相比，是較為正式生硬的說法。

e 句是先在「**くらい／ぐらいなら**」的前面舉出極端的例子，帶有「**我不要做那件事。比起做那件事，我還不如…**」這種想要規避「**くらい／ぐらいなら**」之前那件事的心情。

結婚するのはいやだ。結婚をするくらい／ぐらいなら一生独身のほうがいい。 我不要結婚。如果要我結婚，還不如一輩子單身。

常體

敬體的 e 在句末使用了「**～ほうがいい**」，j 則使用了規避心態更強烈的「**～ほうがましだ**」。在常體的對話中，這樣的表達方式可以直率地展現出說話者的心情。

重點比較

三者以上的比較 2（在同一句中）

	明確、標準的回應方式	使用否定形	強烈的語氣	正式的說法	消極的選擇
～が一番～	○				
～より～ものはない		○	○		
～ほど～ものはない		○	○	○	
～くらい／ぐらい～ものはない		○	○		
～くらい／ぐらいなら、～ほうがいい／ましだ			○		○

- 最常用的形態為「～が一番＋述語」。
- 「～より／ほど／くらい／ぐらい～ものはない」是以否定形強調沒有任何事可以超越前面提到的那件事、那件事就是最好的。
- 「～くらい／ぐらいなら、～ほうがいい／ましだ」是對「くらい／ぐらいなら」前的事情帶有強烈的規避心態。

會話應用

〈春、公園で〉

A：桜が咲いてますね。
B：今が桜の一番きれいなときですね。（使用肯定表示「最…」）
A：そうですね。桜ほど日本人に合っている花はありませんね。（使用否定表示「最…」）

B：でも、桜ぐらいはかない花もありませんね。
（使用否定表示「最…」）
A：そうですね。
B：すぐ散ってしまいますからね。
A：でも、散るときの花吹雪ぐらい幻想的なものはありませんよ。（使用否定表示「最…」）
B：そうですか。
すぐ散るくらいなら、植えないほうがましじゃありませんか。（規避的心態）
A：とんでもない。
日本に住んでいれば、桜の本当のよさがわかりますよ。

（在春天的公園）

A：櫻花開了。
B：現在是櫻花最美的時期。
A：就是說啊，沒有花比櫻花更適合日本人了。
B：不過，也沒有花比櫻花更易逝了。
A：說得也是。
B：因為櫻花很快就散落了。
A：不過，沒有任何東西比櫻花散落時的櫻吹雪更夢幻。
B：是這樣嗎？如果很快就會散落，那一開始就別種不是更好。
A：你說的這是什麼話。如果你住在日本，就會瞭解到櫻花真正的優點。

否定的場合

我們來想想對話4）提到的三者之間比較的句子能否改以否定形表示。（以常體表示）

a’ **リストラにおびえないのが一番いい。** 不怕裁員是最棒的。
？b’ **リストラにおびえないことより幸せなことはない。**
沒有任何事比不怕裁員更幸福。

c’ リストラにおびえないことほど幸せなことはない。
沒有任何事比不怕裁員更幸福。

d’ リストラにおびえないことくらい／ぐらい幸せなことはない。
沒有任何事比不怕裁員更幸福。

b’ 雖然不算有錯，不過是一種稍嫌繞圈子的說法。使用 c’「ほど」、b「くらい／ぐらい」來表示，句子會顯得較自然。

35 比例

一方的份量或程度產生變化，另一方的量或程度也隨之產生變化，這樣的關係就稱為「比例」。接著就來看看表示「比例」的句型。表示比例的句型有「**～につれて、～にしたがって、～とともに、～(の)にともなって**」等。

1. 一般常見的比例句型

首先我們就從最常用的「**～につれて、～にしたがって、～とともに、～(の)にともなって、～ば～ほど**」開始看起。在對話 1）中，剛剛開始在新職場工作的 B，正在接受朋友 A 提問。對於 A 的提問，B 可以用數種不同表達「比例」的句型來回應。

敬體

1）A：新しい職場には慣れましたか。
B：ええ、a　時間がたつにつれて、楽しくなってきました。
b　時間がたつにしたがって、自分のやるべきことがわかってきました。
c　時間がたつとともに、楽しさもわかってきました。
d　時間がたつのにともなって、楽しさもわかってきました。
e　時間がたてばたつほど、楽しくなってきました。

1）A：你習慣新的工作了嗎？
B：是的，a　隨著時間經過，變得愈來愈有趣。
b　隨著時間經過，愈來愈清楚自己該做什麼事。
c　隨著時間經過，愈來愈明白工作的樂趣。
d　隨著時間經過，愈來愈明白工作的樂趣。
e　時間經過愈久，就愈覺得有趣。

常體

1）A：新しい職場には慣れた？
B：うん、f 時間がたつにつれて、楽しくなってきたよ。
g 時間がたつにしたがって、自分のやるべきことがわかってきた。
h 時間がたつとともに、楽しさもわかってきたところ｛だ／よ｝。
i 時間がたてばたつほど、楽しくなってきた。

1）A：你習慣新的工作了嗎？
B：是的，f 隨著時間經過，變得愈來愈有趣了。
g 隨著時間經過，愈來愈清楚自己該做什麼事。
h 隨著時間經過，愈來愈明白工作的樂趣囉。
i 時間經過愈久，就愈覺得有趣。

說明

敬體

a「**～につれて**」是把重點放在前句，像例句①一樣，表示前句的事情發生變化，後句的事情也隨之發生變化及變遷的意思。

①場内の歓声が高まるにつれて、実況アナウンサーの声も大きくなっていった。 隨著場內的歡呼聲愈來愈大聲，實況播報的主播也愈來愈大聲。

表示隨著變化的程度增加的「**～につれて**」，後句不會接續表示意志、請求、命令等促使他人行動的句型。

b「**～にしたがって**」也和「**～につれて**」一樣，是表示「配合某事態的變化、變遷」的意思。與「**～につれて**」不同的是，「**～にし**

たがって」是把重點放在後句，大多用於表示配合變化、變遷要怎麼做、會變得如何。

②乗客が増えるにしたがって、バス会社はバスの本数を増やした。
隨著乘客增加，巴士公司增加了巴士的數量。

也可以像以下的例句③，在後句接續表示意志或促使他人行動的句型。

③気温の変化にしたがって、ケース内の温度を変えてください。
請隨著氣溫的變化，改變箱子內部的溫度。

「**～にしたがって**」為書面語的句型。

c「**とともに**」是接在表示變化的動詞之後，意思是「配合某事態的變化、變遷」。表示以前句的變化為契機，後句也跟著發生變化。

④秋風が立ち始めるとともに、公園の樹々も色づき始めた。
隨著秋風吹起，公園的樹木也開始變色。

與「**～にしたがって**」一樣，後句可以接續促使他人行動的句型。

⑤成長するとともに、子供さんの学習環境を変えてあげてください。
請隨著孩子的成長調整他們的學習環境。

c也可以用「**名詞＋とともに**」的形態表示「**時間(の経過)とともに、楽しさもわかってきました**（隨著時間（的經過），也漸漸明白工作的樂趣）」。

d「**～(の)にともなって**」和c的語意和用法幾乎相同。c、d皆為書面語，d的「**～(の)にともなって**」是較為生硬的用法。通常是接在「社會變遷、社會的變化」、「生活多元化、生活的多元化」、「人數增加、人數的增加」、「採用新系統、引進新系統」等語詞或句子之後，以表示社會的、制度上的事態，而非個人事務，因此都是敘述客觀的事態。「**(の)にともなって**」基本上是接在動詞之後，若為名詞是以「**名詞＋にともなって**」表示。

⑥社会の変化にともなって、人々の働き方も変わってくる。
隨著社會變遷，人們的工作方式也隨之改變。

e「**～ば～ほど**」就如「**知れば知るほど、彼女が魅力のある人に思えてくる（愈了解她，就愈覺得她是個很有魅力的人）**」一樣，是表示「隨著某事態的程度增加」，後句的事態的份量、程度也跟著增加。相對於「**～につれて**」、「**～にしたがって**」是客觀地敘述事態成比例的變化，「**～ば～ほど**」則是描述對於狀態變化的感受。不只用於表達正面的評價，也可用於表示負面評價。

⑦時間がたてばたつほど、彼女のことが嫌いになっていく。
時間愈久，就愈來愈討厭她。

常體

c「**とともに**」為書面語，但也不是不能像h一樣用於常體會話中。通常會給人很像年長者在說話的感覺。d「**～(の)ともなって**」也是一樣，不過因為會顯得不太自然，所以在本節常體的對話中略過不提。

當應用「**～につれて**」、「**～にしたがって**」等變化的表現，後句的句尾同時也會接續產生變化的表現。例如「**～く／になる**」、「**～なってくる**」、「**～ていく**」等。（請參照 17 課「變化」）

若剛好處於該種狀態之下時，就會使用常體的h的「**～ところだ**」來表示。

重點比較

一般常見的比例句型

	隨著前句的事態變化而發生變化	書面語	較生硬的說法	重點在程度	描述對於變化的感受	後句可接續促使他人行動的句型
～につれて	○			△	○	
～にしたがって	△	○	△			○
～とともに	△	○	△			○
～（の）にともなって	△	○	○			
～ば～ほど	○			○	○	

- 成比例變化的句型中，「～つれて」、「～ば～ほど」適合用於表示眼睛、耳朵可以感知得到的現象之間的連鎖反應。
- 其他三種句型「～にしたがって」、「～とともに」、「～（の）にともなって」都是書面語，是一種説明性質的用法。
- 「～にしたがって」具有「遵照我的指示做」這種「遵照…」的意思，但在此是表示成比例的連鎖性變化。

會話應用

〈A と B が社会について話している〉

A：時代が変わるにつれて、いろいろなことが変わってきましたね。（重點在前句）

B：やはりコンピューターの普及が一番でしょうね。

A：そうですね、世の中、コンピューターの普及<u>とともに</u>進んできましたね。（契機，和…一起）
B：それから、女性の社会進出も大きいですね。
A：女性の社会進出<u>にともなって</u>、家庭や企業も変わりましたね。（契機，和…一起）
B：女性が進出する<u>にしたがって</u>、男性も意識を変えていったと言えます。（重點在後句）
A：働く女性が増えれ<u>ば</u>増える<u>ほど</u>、もっと元気な世の中になりますよ。（程度的增加）

（A 與 B 在聊與社會有關的話題）

A：隨著時代變遷，有許多事跟著改變了。
B：電腦的普及果然還是影響最大的。
A：說得也是。世界也隨著電腦的普及愈來愈進步。
B：還有女性走入社會也很重要。
A：隨著女性走入社會，家庭和企業也有了改變。
B：可以說隨著女性走入社會，男性的意識也隨之改變。
A：職業女性愈是增加，世界就會變得更有活力。

否定的場合

對話 1）中提到的比例相關句型「**につれて、にしたがって、とともに、(の)にともなって**」之前，通常不會使用表示否定的「**～ない**」。不過像以下這樣的句子也還是有人使用。

論文の執筆が進まないにつれて、私は焦りを感じ始めた。
隨著論文的撰寫沒有進展，我開始感到焦躁。

以這個句子作為參考，我們再來試著想想對話 1）的「否定形的表達方式」。（以常體表示）

a’ **仕事が進まないにつれて、私は焦りを感じ始めた。**
隨著工作沒有進展，我開始感到焦躁。

b’ **仕事が進まないにしたがって、私は焦りを感じ始めた。**
隨著工作沒有進展，我開始感到焦躁。

c’ **仕事が進まないとともに、私は焦りを感じ始めた。**
隨著工作沒有進展，我開始感到焦躁。

d’ **仕事が進まないのにともなって、私は焦りを感じ始めた。**
隨著工作沒有進展，我開始感到焦躁。

e’ **仕事が進まなければ進まないほど、私の焦りは大きくなっていった。** 隨著工作愈來愈沒有進展，我變得愈來愈焦躁。

對於 a’ ～ e’ 的表達方式是否適切，應該仍有討論的餘地，但並不會讓人覺得有那麼不合適。因此以結論來說，比例相關句型「**につれて、にしたがって、とともに、(の)にともなって**」的否定表達方式，雖然很少使用，但還是要視內容而定，有些內容還是有可能會用到。

e’ 的後句並非「**焦りを感じ始めた**」，而是要改成「**私の焦りは大きくなっていった**」在語感上才會顯得比較自然。這是因為「**～ば～ほど**」並非表示事物的開端，而是表示事情進行或發展的程度增加。

2. 比例句型的書面用語

本節要介紹的是比對話 1）提到的句型更為正式的書面語用法。也就是「**～につれて**」、「**～にしたがって**」以及另一個作為書面語使用的「**～に応じて**」的連用中止形。

敬體

2) A：新しい職場には慣れましたか。
B：a　時間がたつにつれ、慣れてきました。
b　時間がたつにしたがい、慣れてきました。

c　時間がたつ（の）にともない、慣れてきました。
d　時間がたつのに応じて、慣れてきました。

2）A：習慣新的工作環境了嗎？
B：a　隨著時間經過，我愈來愈習慣。
b　隨著時間經過，我愈來愈習慣。
c　隨著時間經過，我愈來愈習慣。
d　隨著時間經過，我愈來愈習慣。

常體

2）A：新しい職場には慣れた？
B：e　時間がたつにつれ、慣れてきたよ。
f　時間がたつにしたがい、慣れてきたよ。
g　時間がたつのに応じて、慣れてきたよ。

2）A：習慣新的工作環境了嗎？
B：e　隨著時間經過，我愈來愈習慣了。
f　隨著時間經過，我愈來愈習慣了。
g　隨著時間經過，我愈來愈習慣了。

說明

敬體

a「**～につれ**」、b「**～にしたがい**」、c「**～(の)にともない**」分別是將「**～につれて、～にしたがって、～(の)にともなって**」這些句型的テ形轉為連用形（マス形的語幹），是更為生硬的書面語，用於書面文件的表達。在語意及用法上都與テ形完全一樣。c「**～(の)にともない**」通常會加上「**の**」，但在更為生硬的報告或說明文（注釋）中，有時會不加「**の**」。

①一連のプロセスが電子化されるにともない、研究の形も変化している。 隨著一系列流程的數位化，研究的形態也正在轉變。

d的「**～(の)に応じて**」是表示「配合變化而做出反應」的意思，為書面語。若前面為名詞是以「**名詞＋に応じて**」表示，若前面為句子則是以「**句子＋のに応じて**」表示。雖然也會使用「**～(の)に応じ**」表示，不過大多會用在像這樣的句子，「**子供の人数に応じ、補助金の額が決まる（對應於小孩子的人數，決定補助金的額度）**」，表示「對應於…」的意思，因此本節使用的是表示變化的「**～(の)に応じて**」。以下為表示變化的例句。

②このマテリアルは刺激の強さに応じて、色が変化する。
這個材質的顏色會隨著刺激的強度而改變。

常體

因為常體 e ～ g 的比例句型為書面語，所以單就能否用於常體會話這一點來看，基本上這些句型不太會用在生硬的說明文以外的地方。

重點比較

比例句型的書面用語

	較生硬的說法	可用於常體的會話	後句可使用促使他人行動的句型
～につれ	○	△	
～にしたがい	○	△	○
～（の）にともない	○		
～（の）応じて	△	○	○

- 「～につれ」、「～にしたがい」、「～（の）にともない」都是書面用語，在語意上和「～につれて」、「～にしたがって」、「～（の）にともなって」完全相同。
- 「～につれ」、「～にしたがい」有時會用於説明性質及解説性質的常體會話中。
- 「～に応じて」還有「對應於…」的意思，本節介紹的是表示變化的「～（の）に応じて」。

小故事

時代が進むにつれ、いろいろなことが変わってきた。（比例，重點在前句）

世の中はコンピューターとともに進んできた。また、女性の社会進出にともない、家庭や企業も変わった。（契機，和…一起）

女性が社会へ進出するにしたがい、男性も意識を変えていったと言える。（比例，重點在後句）

各企業は女性の従業員の増加に応じて、より快適な職場を提供する必要に迫られている。（配合程度）

隨著時代的進步，許多事已經有了改變。

世界隨著電腦一起進步。此外，隨著女性走入社會，家庭和企業也有所改變。

隨著女性走入社會，男性的意識也隨之改變。

隨著各個企業女性職員增加，迫切地需要提供更舒適的工作環境。

否定的場合

關於「2. 比例句型的書面用語」的否定形，我們以和「1. 一般常見的比例句型」相同的方式來思考看看。

a' 仕事が進まないにつれ、私は焦りを感じ始めた。

隨著工作沒有進展，我開始感到焦躁。

b' **仕事が進まないにしたがい、私は焦りを感じ始めた。**

隨著工作沒有進展，我開始感到焦躁。

c' **仕事が進まないのにともない、私は焦りを感じ始めた。**

隨著工作沒有進展，我開始感到焦躁。

？ d' **仕事が進まないのに応じて、私は焦りを感じ始めた。**

？隨著工作沒有進展，我開始感到焦躁。

當「**にともない**」的前面為否定形的「**～ない**」時，在「**にともない**」前加上「**の**」，是比較自然的表達方式。a' ～ c' 是否合適或許在意見上仍有分歧，但這裡是可以成立的用法。不過 d' 的「**～ないのに応じて**」在這裡則是不太自然的說法。

36 並列、舉例 1

把物品或事情並排列出，或是列出並加以說明就稱為「並列」。而「舉例」是指以列出的物品或事情為例進行說明。以「**日曜日には、買い物に行ったり、部屋を掃除したりする（週日我去買東西和打掃房間）**」這個句子為例，從把行為並排列出這一點來判斷是屬於並列，但從舉出行為為例進行說明這一點來看，也可以算是舉例。本書未將這兩者分開，而是一併當作「並列、舉例」來看待。

另外，如果是指逐項列出的這個動作，是使用「列舉」一詞。

1. 名詞的並列、舉例

首先要介紹的是名詞的「並列、舉例」。對話 1）是公司裡的一段對話。A 和 B 在聊誰會參與這次的活動。對於 A 的提問，B 可以用數種不同表達「並列、舉例」的句型來回應。

敬體

1）A：誰が参加しますか。
B：a　社長と専務が参加します。
b　社長や専務（など）が参加します。
c　社長、専務、そして、部長が参加します。
d　社長をはじめ、専務や部長が参加します。
e　社長とか専務とかが参加します。
f　社長か専務（か）が参加します。

1）A：誰會參加？
B：a　社長和董事要參加。
b　社長或董事（等人）會參加。
c　社長、董事還有部長會參加。

d　有社長，還有董事和部長會參加。
e　社長或董事之類的都會參加。
f　社長或董事會來。

常體

1）A：誰が参加するの？
　B：g　社長と専務が参加するよ。
　　h　社長や専務（など）が参加するよ。
　　i　社長、専務、それから、部長が参加するよ。
　　j　社長をはじめ、専務や部長が参加するよ。
　　k　社長とか専務とかが参加するよ。
　　l　社長か専務（か）が参加するよ。

1）A：誰會參加？
　B：g　社長和董事要參加喲。
　　h　社長或董事（等人）會參加喲。
　　i　社長、董事還有部長會參加喲。
　　j　有社長，還有董事和部長會參加喲。
　　k　社長或董事之類的都會參加喲。
　　l　社長或董事會來喲。

說明

敬體

a 是使用連接兩個語詞的並列助詞「と」。「と」屬於全部列舉，是把所有的事物全都列舉出來（此處是指公司內所有會出席的人）。

b 是使用並列助詞「や」來表示並列、舉例。「や」屬於部分列舉，是從所有的事物中列舉出一部分的事物，有暗示尚有其他事物的意味。e 的「とか」和「や」一樣是表示部分列舉。「と」和「や」

可用於書面語及口語，但「**とか**」只在日常會話中使用。

c是不用「**と**」和「**や**」而是用「**、**」表示舉例或列舉的表達方式。因為不是用「**と**」和「**や**」，所以整體顯得較為簡潔，不過這是屬於公事性質的書面語用法。通常是以「**～、～、～、そして／それから／それに、～**」的形式表示，可以列舉較多的事物，是適合用於說明的表達方式。

d是在一開始的列舉項目後加上「**～をはじめ**」。先以「**～をはじめ**」舉出最具代表性的事物，之後再舉出與前項同一範圍內的事物。

①**会議にはアメリカをはじめ、イギリス、フランス、中国、ドイツが参加した。** 這場會議是以美國為首，英國、法國、中國、德國也都一起參與其中。

f是使用助詞「**か**」列舉出數件事物，表示欲從中選出一項，或是用於描述情況尚未明朗的狀態。f是表示尚不清楚「社長」與「董事」這二人之中，誰會來參加的意思。

② A: **先週貸したCD返してくれない？**
上週借你的CD可以還我嗎？
B: **ああ、明日かあさって持って来るよ。**
啊，明天或後天我帶來還你。

常體

雖然在敬體中c使用的是「**そして**」，但是在常體中i將「**そして**」改成了「**それから**」。這兩者都是口說的用語，但「**それから**」則是又更加口語的表現。

重點比較

名詞的並列、舉例

	全部列舉	部分列舉	書面語	會話性質	先列舉代表性的事物（依序列舉）	公事性質的說法	慣用的説法	選擇性、曖昧
～と～	○							
～や～		○						
～、～、そして／それから～	△	△	△		△	○		
～をはじめ、～や～		○	○		○		○	
～とか～とか		○		○				
～か～								○

- 並列助詞「と」、「や」、「とか」是名詞的並列及舉例的句型中最具代表性的句型。
- 列舉分為全部列舉與部分列舉，「と」屬前者，「や」、「とか」屬於後者。
- 先舉出最具代表性的事物，接著再列舉其他項目的句型有「～、～、そして／それから～」、「～をはじめ、～や～」。
- 會話性質的説法是「～とか」。
- 「名詞1 ＋か＋名詞2 ＋か」是表示名詞1 或名詞2 的「其中一個」的意思，是帶有選擇意涵且語意曖昧不明的用法。

會話應用

〈駅のプラットホームで。外国人と日本人は知人同士〉

駅弁屋：お弁当とお茶いかがですか。（全部列舉）
外国人：あの人は？
日本人：ああ、あの人はお弁当とお茶を売ってるんです。（全部列舉）
外国人：そうですか。
　　　　売店にもお弁当がありますね。

日本人：ええ、売店では、お土産品をはじめ、お弁当やつまみなど、いろんな物を売っていますよ。（依序列舉）
外国人：「つまみ」って？
日本人：ビールや日本酒を飲むときのスナックですね。（部分列舉）
するめ、ソーセージ、それからピーナツ……。（依序列舉）
外国人：ああ、わかりました。
日本人：売店では、新聞や雑誌も売ってるんですよ。（部分列舉）
外国人：そうですか。何でもあるんですね。
日本人：ちょっと待ってください。コーヒーかお茶買ってきます。（選擇，不明確）

（車站月台上，外國人和日本人是朋友）

月台的便當店：要不要來一份便當和茶？
外國人：那個人是？
日本人：喔，那個人是賣便當和茶水的。
外國人：是這樣啊。月台的商店還有賣便當啊。
日本人：是啊，商店裡有賣伴手禮，還有賣便當和下酒小菜等各式各樣的東西。
外國人：「下酒小菜」是指？
日本人：就是喝啤酒或日本酒時吃的零食。
有烏賊、香腸，還有花生……。
外國人：啊，我懂了。
日本人：月台的商店還有賣報紙和雜誌喔。
外國人：是這樣啊。真是什麼都有賣呢。
日本人：你等我一下，我去買個咖啡或茶。

2. 形容詞的並列、舉例

本節要介紹的是利用「**～て、～し、～たり**」搭配形容詞表示列舉

的用法。在對話 2）中，A 與 B 在談論關島產的芒果。對於 A 的提問，B 可以使用數種不同表示形容詞的「並列、舉例」的句型來回應。

敬體

2）A：グアムのマンゴーはどうですか。
　B：a　甘くて、すっぱいです。
　　 b　甘く、（かつ）すっぱいです。
　　 c　甘いし、すっぱいです。
　　 d　甘かったり、すっぱかったりします。
　　 e　甘くもあり、すっぱくもあります。

2）A：關島的芒果怎麼樣？
　B：a　酸酸甜甜的。
　　 b　又甜又酸。
　　 c　又甜又酸。
　　 d　有時甜甜的，有時又酸酸的。
　　 e　有甜味，也有酸味。

常體

2）A：グアムのマンゴーはどう？
　B：f　甘くて、すっぱいよ。
　　 g　甘～く、すっぱいマンゴーよ。
　　 h　甘いし、すっぱいし……。
　　 i　甘かったり、すっぱかったり｛だね／ね｝。
　　 j　甘くもあり、すっぱくもあるってところかな。

2）A：關島的芒果怎麼樣？
　B：f　酸酸甜甜的。
　　 g　又甜又酸。
　　 h　又甜又酸。
　　 i　有時甜甜的，有時又酸酸的。
　　 j　有甜味，也有酸味。

說明

敬體

本節為形容詞的並列、舉例。a 是使用「**～くて**」，b 是使用「**甘い**」和「**すっぱい**」的連用中止形表示並列。「**甘い**」和「**すっぱい**」是語意上相反、相互對照的形容詞，這裡是表示關島的芒果同時兼具「**甘い**」和「**すっぱい**」二種味道，這二種味道為並列的關係。b 的連用中止形往往很容易把句子切成一段一段的，所以要加上「**そして**」這類連接詞才會比較自然。這裡是放入了書面語常用的「**かつ（＝そして）**」。連用中止形通常是用於書面語，很適合和「**かつ**」搭配使用。

以「**～て**」或連用中止形表示並列時，並列的事物（語詞）必須是同一類別（團體、種類）下的狀態事物。這裡是要表達芒果的味道，所以必須是和味道有關的語詞。「**（グアムのマンゴーは）甘くて、高い（（關島的芒果）既甜又貴）**」、「**甘くて、硬い（既甜又硬）**」就給人很不協調的感覺。

另外，關於形容詞在並列時的排列順序，表示顏色或形狀等外觀的形容詞在前，接著才是「**おいしい、いい、楽しい、つまらない**」這類表示說話者的評價及判斷的語詞，這樣句子才會顯得比較自然。

①グアムのマンゴーは甘くて、すっぱくて、おいしい。
關島的芒果酸酸甜甜的，很好吃。
②この小説は長くて、難しくて、つまらない。
這部小說既長又難懂，很無聊。

c「**～し**」為口語用法，是列舉出與「**～**」有關的事，或是說話者想到的與「**～**」有關的事。因為帶有說話者的個人情緒，所以有時會有強調的意思。

d 是使用「**～たり～たり**」表示，因為「**～たり～たり**」與形容詞搭配使用時具有「看時間決定」或是「反覆交替發生」的意思，所以 d 的意思是「有時有甜味，有時又有酸酸的味道」。以這點來看，d 和 a ～ c 中其他句子的意思並不相同。

e 是使用「**～もあり、～もある**」的形態，表示該件事物有兩個面向（或是多個面向），為較生硬的書面語用法。

常體

敬體的 b「**連用中止形**」為書面語，不太會用於常體的對話中。不過有時會像 g 一樣，以拉長音之類的方式表示強調。

h「**～し**」有說話者想到什麼就直接列舉出來的性質，如果想不出來的時候，大多會像 h 的「**～し……**」一樣，句子停在「**し**」這裡就結束了。

常體的 i 也同樣都是帶有「有時候」意味的用法。「**～たり～たりする**」的「**する**」在 i 是變成了「**だ**」，是一種省略的、會話性質的說法。j 因為改成口語用法，所以加上了較適合口語表達的「**ってところかな**」。這是為了讓句尾更有日語語感的說法。

重點比較

形容詞的並列、舉例

	句子有中斷的感覺	書面語	口語	不嚴謹的列舉	帶有「有時候」的意思	比較生硬的說法
～くて			○			
～く、（かつ）～（連用中止（形））	○	○				○
～し			○	○		
～たり～たりする			○	△	○	
～くもあり、～くもある		○		△	△	○

- 並列、舉例的表達方式中，有全部列舉的「～て、連用中止形」以及從同類的詞語中選擇部分列舉的用法「～し、～たり、～もあり」。
- 列舉方式分為有規則地依序列舉的「～て、連用中止形」，以及無明顯特定規則的「～し、～たり、～もあり」。
- 形容詞的「～たり、～たり」，就像「暑かったり、寒かったり（忽冷忽熱）」、「おいしかったり、まずかったり（有時好吃，有時難吃）」一樣，有「有時候」、「反覆交替發生」的意味。

會話應用

〈家の台所で〉

娘　：お母さん、オムレツを作って。
母　：オムレツ？
　　　どんなオムレツがいいの？
娘　：甘くて、柔らかいの。（テ形並列）
母　：甘～く、柔らかいオムレツね。（連用中止形的並列）

＊＊＊

母　：はい、できました！
娘　：お母さんはオムレツが上手ね。

母　：ううん、時々軟らかかったり、硬かったりするのよ。
（交互發生）
今日のはどうかな？
娘　：軟らかくもあり、硬くもありで、ちょうどいい。
（有兩個面向）
母　：それはよかった。
娘　：色もいいし、味もいいし、最高！（不嚴謹的列舉）

（家裡的廚房）

女兒：媽，你做歐姆蛋好不好？
母親：歐姆蛋？你想吃什麼樣的歐姆蛋？
女兒：甜甜軟軟的那種。
母親：甜～甜的，軟軟的歐姆蛋是吧。

＊＊＊

母親：做好了！
女兒：媽妳真的很會做歐姆蛋耶！
母親：才不呢，有時做得太軟，有時又做得太硬。今天的怎麼樣？
女兒：又軟又硬，剛剛好。
母親：那太好了。
女兒：顏色很漂亮，味道也很好，讚！

否定的場合

我們來想想對話 2）提到的句型（表現句型）該如何以否定形表示。並列的句型若改為否定形將如下所示。（以常體表示）

a' b' グアムのマンゴーは甘くもなく、すっぱくもない。
關島的芒果既不甜也不酸。

c'　グアムのマンゴーは甘く（も）ないし、すっぱくもない。
關島的芒果既不甜也不酸。

d’ **グアムのマンゴーは甘くなかったり、おいしくなかったりする。**
關島的芒果有時不甜，有時不太好吃。

？e’ **グアムのマンゴーは甘くなくもあり、すっぱくなくもある。**
？關島的芒果既沒有甜味，也沒有酸味。

肯定語氣的「**～くて**」（**甘くて**）若改為否定的並列，不是以「**～なくて**」（**甘くなくて**）表示，而是要像 a’ 一樣，改為「**～なく**」（**甘くなく**）的形態表達，感覺起來會較為簡潔、句子也會比較自然。

「**～もあり～もある**」的否定形會變成像 e’ 這種句子，讓人摸不著頭緒，也不知道說話者到底要說什麼的句子。

3. 形容動詞、「名詞＋だ」的並列、舉例

接著要介紹的是形容動詞以及「**名詞＋だ**」的並列、舉例句型。在對話 3）中，對於 A 的提問，B 可以使用數種不同表達形容動詞的「並列、舉例」的句型來回應。

敬體

3) A：ご主人はどんな方ですか。
B：a まじめで、誠実な人です。
b まじめな、誠実な人です。
c まじめだし、誠実な人です。
d まじめだったり、ときにふまじめだったりします。
e まじめでもあり、ふまじめでもあります。
f まじめな人間で、誠実な人です。

3）A：請問您的先生是什麼樣的人？
B：a 他是個認真誠實的人。
b 他是個認真、誠實的人。
c 他是個既認真又誠實的人。
d 他有時很認真，有時又不認真。

e　他有認真的一面，也有不認真的一面。
f　他是個既認真又誠實的人。

常體

3) A：ご主人はどんな人？
　B：g　まじめで、誠実な人だよ。
　　h　まじめな、誠実な人だよ。
　　i　まじめだし、誠実な人だよ。
　　j　まじめだったり、ふまじめだったりする。
　　k　まじめでもあり、ふまじめでもあるってところかな。
　　l　まじめな人間で、誠実な人だよ。

3) A：請問您的先生是什麼樣的人？
　B：g　他是個認真誠實的人。
　　h　他是個認真、誠實的人。
　　i　他是個既認真又誠實的人。
　　j　他有時很認真，有時很不認真。
　　k　他有認真的一面，也有不認真的一面。
　　l　他是個既認真又誠實的人。

說明

敬體

a 是把「**まじめだ**」、「**誠実だ**」以形容動詞的テ形並列。b 是把「**まじめだ**」轉為修飾「**人**」的「**まじめな**」並在稍做停頓之後，接著再和「**誠実な**」一起修飾「**人**」這個名詞。「**まじめで**」和「**まじめな**」的意思相同，不過「**まじめな**」是預告後面將會出現一個名詞，屬於比較正式的說法。

前一節介紹的以形容詞表示並列的句型，其排列順序的規則也

同樣適用於形容動詞。就如這句「**彼は素直で親切で、とてもすてきな人だ（他既直率又親切，是個很棒的人）**」，接續時，表示評價的語詞是置於後方。

c 是以「**常體＋し**」的形態，將「**まじめだ**」和「**誠実だ**」並列。「**～し**」是較不嚴謹的列舉，如果摻雜了說話者的情緒，有時聽起來會有強調的意思。

d 和前一小節形容詞並列、舉例句型的 d 一樣，都帶有「有時候」、「反覆交替發生」的意思。e 也與形容詞並列、舉例句型的 e 情況相同，是表主詞（主體）具有二個面向（或多個面向）的意思。

a ～ e 為形容動詞的並列、舉例，f 則是透過「**人間だ**」這種「**名詞＋だ**」的形態，以「**名詞＋で**」來表示並列、舉例。f 是透過將與主語（主題）有關的敘述並列（**まじめな人間だ、誠実な人だ**）來進行說明。

常體

k 和形容詞並列、舉例句型的 j 相同，也在句尾加上了「**ってところかな**」。

重點比較

形容動詞、「名詞＋だ」的並列、舉例

	在中間停頓	預告後面將修飾名詞	口語	不嚴謹的列舉	帶有「有時候」的意思	比較生硬的說法
～で			△			
～な	○	○	△			○
～し			○	○		
～たり～たりする			○	△	○	
～でもあり、～でもある				△	△	○

- 並列的表達方式和形容詞幾乎相同。
- 「まじめな、優しい人」這種並列修飾名詞的方式，也可以像「マンゴーは甘い、すっぱい果物だ」一樣使用形容詞的並列表示。不過形容動詞的「甘い」會給人言語中斷的感覺，在語感上不太能夠像「～な」一樣直接修飾後面的名詞。

會話應用

〈Aが自分の家の周りのことを話している〉

A：家が小学校の前なんですよ。
B：じゃ、うるさいでしょう？
A：いや、むしろおもしろいですよ。
　　子供達は元気だし、活発だし……。（不嚴謹的列舉）
B：でも、うるさいでしょう？
A：まあ、学校はにぎやかだったり、静かだったりですね。
　　（交互發生）
B：住み心地はどうですか。
A：そうですね。便利でもあり、不便でもありってところですかね。（有兩個面向）

（A在聊自己家附近的事）

A：我家就在小學的前面。
B：那應該很吵吧？
A：不會啊！其實還蠻有意思的。
　　小孩子很有活力又很活潑……。
B：不過應該很吵吧？
A：學校本來就是個有時吵鬧，有時安靜的地方。
B：那住起來的感覺如何？
A：我想想喔。有方便的地方，也有不方便的地方啦。

否定的場合

接下來，我們將對話3）提到的句型（表現句型）a～d改以否

定形表示。（以常體表示）

a’ **彼はまじめでもなく、誠実でもない（人だ）。**
他既不認真，也不誠實。

b’ **彼はまじめでも、誠実でもない（人だ）。**
他既不認真，也不誠實。

c’ **彼はまじめでもないし、誠実（な人）でもない。**
他既不認真，也不是個誠實的人。

d’ **彼はまじめじゃなかったり、ふまじめじゃなかったりする。**
他有時不認真，有時又很認真。

e「**～でもあり、～でもある**」的否定形是「**彼はまじめでもなく、ふまじめでもない（他既不認真，也不會不認真）**」。f 的「**名詞＋で**」的否定形與 e 一樣是「**彼はまじめな人間でも（なく）、誠実な人間でもない（他既不是個認真的人，也不是個誠實的人）**」。

4. 動詞的並列、舉例

最後要介紹的是動詞的並列、舉例的句型。在對話 4）中，對於 A 的提問，B 可以使用數種不同表達動詞的「並列、列舉」的句型來回應。

敬體

4) A：お出かけは楽しかったですか。
B：a　ショッピングに行って、（それから）映画も見ました。
　　b　ショッピングに行き、そして、映画も見ました。
　　c　ショッピングに行ったり、映画を見たりしました。
　　d　ショッピングにも行ったし、映画も見ました。
A：それはよかったですね。

4）A：這次出門好玩嗎？

B：a　我去購物，（然後）也看了電影。

b　我去購物，然後也看了電影。

c　我去購物和看電影。

d　我去購物，也看了電影。

A：那很好啊。

常體

4）A：楽しかった？

B：うん、e　ショッピングに行って、（それから）映画も見たよ。

f　ショッピングに行き、そして、映画も見たよ。

g　ショッピングに行ったり、映画を見たりした。

h　ショッピングにも行ったし、映画も見たよ。

A：ふーん。

4）A：好玩嗎？

B：嗯。　e　我去購物，（然後）也看了電影。

f　我去購物，然後也看了電影。

g　我去購物和看電影。

h　我去購物，也看了電影。

A：喔。

說明

敬體

a 是使用「**～て**」表示 B 只做了購物和看電影這二件事。

另一方面，c「**～たり～たり**」則是暗示除了看電影和購物以外，還做了其他的事。基本上「**～て**」是表示全部列舉，「**～たり**」則是表示部分列舉。

「**～たり**」搭配「**形容詞、形容動詞、名詞＋だ**」時，是表示事物交替發生，如「**甘かったりすっぱかったり（一下甜一下酸）**」、「**雨だったり晴れだったり（一下雨天一下晴天）**」。「**動詞＋たり**」則有以下兩種語意。

(1)動作・事態が交互に起こる。 動作、事態交替發生。

例:トラックが家の前を行ったり来たりする。

例：貨車在房子的前面來來去去。

(2)動作・事態を一部列挙する。 列舉部分的動作、事態。

例:きのうは銀行へ行ったり、役所へ行ったりして忙しかった。

例：昨天去了銀行，還去了政府機關，很忙碌。

b 是利用マス形語幹表示的連用中止形的用法。與「**～て**」的不同之處在於連用中止形是書面語的用法。且「**～て**」具有連接下個動作、行為的性質，連用中止形則給人中間停頓的感覺。

d「**～し**」為口語用語，給人說話者一邊回想出去玩的事，一邊將想到的事慢慢地、一項一項地列舉出來的感覺。

常體

敬體的開頭是詢問「**お出かけは楽しかったですか**」，常體則是省略了「**お出かけ**」，只問了「**楽しかった？**」。這是因為 A 與 B 的關係很親近，所以不需要特別說「**お出かけ**」，對方也知道在問什麼。

重點比較

動詞的並列、舉例

	書面語	口語	全部列舉	部分列舉	接續下一個動作、行為	句子有中斷的感覺	不嚴謹的列舉
～で		○	○		○		
連用中止（形）／マス形の語幹	○		○			○	
～たり～たりする		○		○			△
～し		○		○			○

- 這四種句型可分為全部列舉及部分列舉。「～て」和「連用中止形」為全部列舉，「～たり」、「～し」為部分列舉。
- 「～て」和「連用中止形」的差別在於，後者為書面語，會給人表達中斷的感覺。
- 「～し」（還有「～たり」）都是口語用語，給人説話者是隨著自己想到什麼慢慢地將這些事物一一列舉出來的感覺。

會話應用

〈キャンプの話〉

A：先週はキャンプに行ってきました。
B：へー、いいですね。
A：両親や子供も連れて行ってきました。
B：それはよかったですね。
A：バーベキューをして、そのあと、キャンプファイヤーをしました。（全部列舉）
B：そうですか。
A：翌日は釣りをしたり、山に登ったり……。（部分列舉）
その次の日は魚を釣って、料理を作りました。（全部列舉）
B：どんな料理ですか。
A：いやあ、簡単なバーベキュー料理ですよ。

（關於露營的話題）

A： 上週我去露營。
B： 咦，很不錯耶！
A： 我帶了父母和小孩子一起去。
B： 那很好啊。
A： 我們烤了肉，之後還點了營火。
B： 這樣啊。
A： 隔天就去釣釣魚、爬爬山……。再隔天我們釣魚，還有做菜來吃。
B： 做了什麼菜？
A： 沒什麼啦，就是簡單的烤肉料理。

否定的場合

接下來，我們將對話 4）提到的句型（表現句型）改以否定形表示，內容如下。（以常體表示）

？a’ **買い物にも行かないで、映画も見なかった。**
？我沒有去買東西，也沒有看電影。

b’ **買い物にも行かず、映画も見なかった。**
我沒有去買東西，也沒有看電影。

？c’ **買い物に行かなかったり、映画を見なかったりしました。**
？我沒有去買東西，也沒有去看電影。

d’ **買い物にも行かなかったし、映画も見なかった。**
我既沒去買東西，也沒有去看電影。

a’「**～ないで**」與這句「**朝ご飯を食べないで学校に行く（沒吃早飯就去學校）**」的句型是一樣的，是用於說明後句發生什麼狀況的句型，所以看起來此一並列、舉例的句型無法以否定形表示。c’

也是，表示部分列舉的「**買い物に行ったり、映画を見たりした**」以否定形表示會顯得很不自然。不過「**～なかったり、～なかったりする**」倒也不是絕對不能使用，如果是像以下這種表示「有時會做…」的情況就可以使用。

c” **日曜日、面倒なときは、ひげを剃らなかったり、洋服に着替えなかったりすることもある。**
週日如果覺得麻煩，有時也會不剃鬍子或是不換衣服。

另外，a’ 可用 b’ 代替，c’ 可用 d’ 代替。

37 並列、舉例 2

本課要介紹的是「並列、舉例 1 」以外的句型。第 1 節要介紹的是「**～といい～といい、～といわず～といわず、～であれ～であれ**」等句型；第 2 節要介紹的是「**～なり～なり**」等句型，第 3 節要介紹的是幾個並列助詞。

1. 舉例並引導至評價性的結論

接著要介紹的是舉出多個例子（通常是兩個），表示所有的事皆是如此的句型。有「**～といい～といい、～といわず～といわず、～にしても～にしても、～であれ～であれ、～にしろ～にしろ、～にせよ～にせよ**」。對話 1）是日本人 A 詢問外國人 B 有關日本電視節目的事。

敬體

1）A：日本のテレビ番組はどうですか。
　B：ええ、a　お笑いもクイズ番組も、とてもおもしろい／退屈です。
　　　　　b　お笑いといいクイズ番組といい、つまらない物ばかりです。
　　　　　c　お笑いといわずクイズ番組といわず、よく似た内容ですね。
　　　　　d　お笑いにしてもクイズ番組にしても、つまらない物ばかりです。
　　　　　e　お笑いであれクイズ番組であれ、多くの人が見ているようですね。
　　　　　f　お笑いにしろクイズ番組にしろ、もっと工夫したほうがいいですね。

g　お笑いにせよクイズ番組にせよ、もう一工夫ほしいですね。

1）A：日本的電視節目怎麼樣？
B：是的，a　搞笑節目和猜謎節目都很有趣／無聊。
b　搞笑節目也好，猜謎節目也好，全都是很無聊的節目。
c　不論是搞笑節目還是猜謎節目，都是差不多的內容。
d　無論是搞笑節目還是猜謎節目，都是無聊的節目。
e　不論是搞笑節目還是猜謎節目，好像都有很多人看。
f　無論是搞笑節目還是猜謎節目，好像都要再多花點心思比較好。
g　無論是搞笑節目還是猜謎節目，真希望能再多花點心思。

常體

1）A：日本のテレビ番組はどう？
B：うん、h　お笑いもクイズ番組も、すごくおもしろい／退屈だ。
i　お笑いといいクイズ番組といい、つまらない物ばかり。
j　お笑いといわずクイズ番組といわず、よく似た内容｛だね／ね｝。
k　お笑いにしてもクイズ番組にしても、つまらない物ばかり｛だね／ね｝。
l　お笑いであれクイズ番組であれ、多くの人が見ているよう｛だね／ね｝。
m　お笑いにしろクイズ番組にしろ、もっと工夫したほうがいい。
n　お笑いにせよクイズ番組にせよ、もう一工夫ほしいね。

1）A：日本的電視節目怎麼樣？
B：是的，h　搞笑節目和猜謎節目都很有趣／無聊。

i　搞笑節目也好，猜謎節目也好，全都是很無聊的節目。
j　不論是搞笑節目還是猜謎節目，都是差不多的內容。
k　無論是搞笑節目還是猜謎節目，都是無聊的節目。
l　不論是搞笑節目還是猜謎節目，好像都有很多人看。
m　無論是搞笑節目還是猜謎節目，好像都要再多花點心思比較好。
n　無論是搞笑節目還是猜謎節目，真希望能再多花點心思。

說明

敬體

a ～ g 是將同樣的用法多次使用（大部分的情況是兩次）來表示並列、舉例，並在後句表達評價、判斷。

a「**～も～も**」的意思是「～也～也」，用於表示同一種事物的列舉，而後句則是用來表示評價。評價的內容可能是正面也可能是負面的。

b「**～といい～といい**」的後句可能會是像這句「**この車は色といい形といい、申し分ない（這部車無論是顏色或形狀都無可挑剔）**」一樣，表示正面的評價，但也可能像 b 一樣表示負面評價，表示負面評價時，大多是表達訝異的情緒，是屬於生硬的口語用法。

c 是使用「**～といい**」的否定形「**～といわず**」。「**～といい**」是從多件事物中，選擇數件有共同特徵的事物來做列舉，「**～といわず～といわず**」則是一把撈，表示「一切都」、「無論是誰」這種強調全面性的列舉。

①彼女の家は、小さい子供が３人もいるためか、壁といい柱といい、

至る所に落書きがしてあった。

應該是她家有三個小孩子的緣故吧，牆壁也好，柱子也好，到處都是塗鴉。

②彼女の家は、小さい子供が3人もいるためか、壁といわず柱といわず、至る所に落書きがしてあった。

應該是她家有三個小孩子的緣故吧，不論是牆壁還是柱子，到處都是塗鴉。

例句①和②可以互相代替，例句①的「**～といい～といい**」是以牆壁和柱子為例來說明狀況，相對地，例句②的「**～といわず～といわず**」則是強調到處都是塗鴉。

d「**～にしても**」原本是表示「就算我肯認同那件事」這種消極的認可（參照31「逆接2」1）。「**～にしても～にしても**」則是表示就算對列舉出的這些事都表示認同，「無論如何，情況都一樣，變化不大」的意思。「**にしても**」之前放的，通常是像例句③一樣，為對照性質或類似性質的事物，或是像例句④一樣同時將肯定、否定並列表示的情況。

③部長にしても課長にしても、自分の地位が大切なだけだ。

部長也好，課長也好，還是只有自己的地位最重要。

④参加するにしても参加しないにしても、連絡だけは早くしたほうがいい。 無論你參加還是不參加，還是盡早連絡比較好。

e「**～であれ～であれ**」與d「**～にしても～にしても**」很相似，不過是更客觀地表示列舉。前句通常不是個人性質的事物，而是「男和女、大人和小孩、大企業和中小企業」（例：**男であれ女であれ**（不論是男人還是女人）、**大人であれ子供であれ**（不論是大人還是小孩）、**大企業であれ中小企業であれ**（不論是大企業還是中小企業）

這種一般或社會性質的事物。前句是表示「無論是哪一種情況」、「無論是什麼情況」，後句則是表示「事態都不會有什麼不同」。屬於書面語，為說明性質、解說性質的句型。

f「**～にしろ～にしろ**」與 g「**～にせよ～にせよ**」無論在語意上及用法上都與 d「**～にしても～にしても**」幾乎相同。兩種都屬於書面語，「**～にせよ**」是比較舊式的說法，「**～にしろ**」則是感覺上較為正式。置於「**にしろ**」、「**にせよ**」之前的可以是個人事務，也可以是一般或社會性質的事物。以下的例句⑤為個人事務，例句⑥為一般或社會性質事物的例子。

⑤**この会社には、田中にしろ／せよ山田にしろ／せよ信頼できる者はいない。**
在這間公司裡，無論是田中還是山田，沒有任何人能夠信賴。

⑥**大企業にしろ／せよ中小企業にしろ／せよ、毎年安定した業績を上げるのは容易なことではない。** 無論是大企業還是中小企業，要每年都穩定的提高業績絕非易事。

f「**にしろ**」、g「**にせよ**」與 b、c 不同，f、g 的後句可以接續表示意志的句型或是促使他人行動的句型。而透過這樣的接續，可以清楚地表明說話者的心情，有時甚至會是帶有強烈主張的說法。

⑦**引き受けるにしろ／せよ引き受けないにしろ／せよ、今日中に返事をください。**
無論你接受還是不接受，都請你在今天之內回覆。

常體

c「**～といわず**」、e「**～であれ**」兩者皆為書面語，所以用在常體的對話中會有格格不入的感覺，但有些年長者仍是會在日常說明、解說的會話情境中使用。

重點比較

舉例並引導至評價性的結論

	口語	書面語	客観	後句為負面評價	全面性的列舉	語氣強烈的説法	生硬的説法	説明性質、解説性質、一般的説明	舊式的説法
～も～も	△		△		○	△			
～といい～といい	○			△	△	△	○		
～といわず～といわず		○		△	○	○	○		○
～にしても～にしても	○			△	△				
～であれ～であれ		○	○		○		○	○	○
～にしろ～にしろ		○			△	○	○		
～にせよ～にせよ		○			△	○	○		○

- 這些並列、舉例的句型可分為口語用語以及書面用語。口語用語有「～といい～といい」、「～にしても～にしても」，而「～も～も」則兩方皆可使用。
- 書面用語有「～といわず～といわず」、「～であれ～であれ」、「～にしろ～にしろ」、「～にせよ～にせよ」。
- 表示全面性列舉的是「～も～も」、「～といわず～といわず」、「～であれ～であれ」；從中選擇數個的是「～といい～といい」、「～にしても～にしても」、「～にしろ～にしろ」、「～にせよ～にせよ」。
- 無論是全面性列舉還是選擇性列舉，在語意上都差不多，不過全面性列舉是屬於語氣比較強烈的說法。「～であれ～であれ」為全面性列舉，不過與其說是語氣強烈，應該算是較客觀的說明性質的列舉。

會話應用

〈会社で〉

社員1：あ～あ、去年も今年も同じ仕事で、やる気が出ないよ。
（同類事物的列舉）

社員2：社長といい部長といい、上層部は頭が古いんだから。
（不想搭理的心情）

社員1：女子社員といわず男子社員といわず、やる気をなくしてるね。（全面性地）

社員2：そうだね。
社員1：女子社員であれ男子社員であれ、みんないい仕事をやりたいと思ってるんだよ。（客觀）
社員2：僕にしても君にしても何かやらなければと思ってはいるんだけど。（消極的）
社員1：社長にしろ部長にしろ、もっと社員の意見を聞くべきだよ。（語氣強烈的說法）
社員2：そうだよ。
人数削減にせよロボットの導入にせよ、もっと現場の意見を聞いてほしいよ。（語氣強烈的說法）

（在公司）

職員1：唉，去年和今年一樣，工作上一點都提不起勁。
職員2：社長也好，部長也好，高層的想法都很守舊。
職員1：無論是女職員還是男職員都沒什麼幹勁。
職員2：就是說啊。
職員1：不論是女職員還是男職員，大家都想做好工作啊。
職員2：無論是你還是我，都覺得應該要做點什麼才對。
職員1：無論是社長還是部長，都應該多聽聽員工的意見。
職員2：就是說啊。無論是削減人數，還是引進機器人，都希望他們多聽聽第一線工作人員的意見。

否定的場合

在對話1）中提到的句型（表現句型）全部都是接在名詞之後，所以此章節的否定形略過不談。

2. 舉例並建議「做法」

本節要介紹的是以舉例說明的方式建議對方該怎麼做的句型。在對話2）中，高中生B建議A該怎麼做。

敬體

2）A：どうやって調べればいいですか。
　B：a　先生に聞くとか自分で調べるとかしたらどうですか。
　　 b　先生に聞いたり自分で調べたりしたらどうですか。
　　 c　先生に聞くなり自分で調べるなりしたらどうですか。

2）A：我該怎麼調查才對？
　B：a　不妨問老師或是靠自己調查，如何？
　　 b　不妨問老師或是靠自己調查，如何？
　　 c　不妨問老師或是靠自己調查，如何？

常體

2）A：どうやって調べればいい？
　B：d　先生に聞くとか自分で調べるとかしたら（どう）？
　　 e　先生に聞いたり自分で調べたりしたら（どう）？
　　 f　先生に聞くなり自分で調べるなりしたら（どう）？

2）A：我該怎麼調查才對？
　B：d　不妨問老師或是靠自己調查，如何？
　　 e　不妨問老師或是靠自己調查，如何？
　　 f　不妨問老師或是靠自己調查，如何？

說明

敬體

從同屬一組的人、事、物中選擇其一，並建議對方「要這麼做」、「這麼做的話最好」的句型是c「**～なり～なり**」。「**～なり**」可以單獨使用，不過大多都會舉出二個左右的例子，以「**～なり～なり**」表示。後句不只可以接續表示建議的句型，也可以接續表示指示、命令的句型，還可以接續表示義務或表示意志等促使他人行動，語氣較強烈的句型。

a「**～とか～とか**」、b「**～たり～たり**」不像c「**～なり～なり**」具有特殊的語意及用法，只是以並列的方式呈現出人、事、物而已。就如「**インターネットを調べるとかしたらどうですか**（不妨在網路上查查看，如何？）」、「**辞書を調べたりしたらどう？**（不妨查查字典，如何？）」一樣，「**とか／たり**」若只有表達一個時也可以使用。

c「**～なり～なり**」是用在說話者對於不作為者感到不耐煩（焦躁）而要對方動起來的情況，不但是一種欠缺禮貌的句型，也是生硬的說法，大多是年長者在使用。

常體

常體的d～f大多會省略掉最後的「**どう**」（參照9「建議」1）。

重點比較

舉例並建議「做法」

	以並列的方式呈現	促使他人行動的語感較強烈	後句常會接續表示建議、指示、命令的句型	較生硬的說法
～とか～とか（したらどうか）	○			
～たり～たり（したらどうか）	○			
～なり～なり（したらどうか）		○	○	○

- 「～とか～とか」、「～たり～たり」只是單純用於舉例，「～なり～なり」則帶有要對方實際去做的意思，是具有強烈一要他人動起來的語氣句型。
- 「～とか～とか」、「～たり～たり」為會話性質的說法，「～なり～なり」則是比較生硬的說法。

會話應用

〈家で、母親が息子に文句を言っている〉

母親：今日は休みなんだから、公園へ行くとか、映画見に行くとかしたらどう？（會話性質）
息子：1人じゃつまんないよ。
母親：だったら、友達を誘ったり、電話をかけたりしたらいいでしょ？（以舉例來表示建議）
息子：友達は用事があるんだって。
母親：しょうがないわね。部屋を掃除するなり、布団を干すなりしなさいよ。（語氣強烈的說法）

（母親向待在家裡的兒子抱怨）

母親：今天是休假日，你怎麼不去公園走走，或是去看個電影？
兒子：只有我自己去很無聊嘛。
母親：那你可以邀朋友去玩或是打電話找人聊天不是嗎？
兒子：朋友說他有事。
母親：真拿你沒辦法。不然你就去打掃房間或是把棉被拿去曬。

否定的場合

我們來看看對話 2）提到的句型（表現句型）中，這些表示「建議」的句型是否可以用否定形表示。以下是為了不被老師罵的建議。（以常體表示）

a’ **授業中はしゃべらないとか、よそ見をしないとかしたらどう？**
如果你上課中不要說話，不要東張西望呢？

？b’ **授業中はしゃべらなかったり、よそ見をしなかったりしたらどう？** ？如果你上課中不要說話，不要東張西望呢？

c’ **授業中はしゃべらないなり、よそ見をしないなりしたらどう？**
如果你上課中不要說話，不要東張西望呢？

a'「**～ないとか～ないとか**」可以使用，但b'的「**～なかったり、～なかったり**」就顯得不自然。c'「**～ないなり、～ないなり**」的使用頻率或許比較低，但似乎可視情況使用。

c" **あの人が苦手だったら、話しかけないなり、顔を見ないなりしたらどう？** 你如果不喜歡面對那個人，那就不要和他說話，或是不要看他的臉如何？

3. 使用並列助詞「の・だの・やら等」的並列、舉例

本節要介紹的是使用「**の、だの、わ、やら**」等並列助詞表示的並列、舉例。在對話 3）中，A 向房東 B 詢問有關寄宿生的事。對於A的提問，B可以使用以並列助詞表達的「並列、列舉」來回應。

敬體

3) A：下宿人はうるさいですか。
B：ええ、a 暑いとか寒いとか、とてもうるさいです。
b 暑いの寒いのと、文句ばかり言って（い）ます。
c 暑いだの寒いだのと、文句ばかり言って（い）ます。
d 暑いわ寒いわと、とてもうるさいです。
e 暑いやら寒いやらと言って、とてもうるさいです。

3）A：寄宿生很煩嗎？
B：是啊，a 一下説很熱，一下説很冷，煩死了。
b 一直抱怨個不停，一下説很熱，一下又説很冷。
c 一直抱怨個不停，一下説很熱，一下又説很冷。
d 又是好熱又是好冷的，煩死了。
e 又是好熱又是好冷的，煩死了。

常體

3) A：下宿人はうるさい？
B：うん、f 暑いとか寒いとか、すごくうるさい{んだ／のよ}。

g　暑いの寒いのって、文句ばかり言って（い）るよ。
h　暑いだの寒いだのって、文句ばかり言って（い）るよ。
i　暑いわ寒いわって、すごくうるさい。
j　暑いやら寒いやらって、すごくうるさいよ。

3）A：寄宿生很煩嗎？
B：是啊，f　一下説很熱，一下説很冷，煩死了。
g　一直抱怨個不停，一下説很熱，一下又説很冷呀。
h　一直抱怨個不停，一下説很熱，一下又説很冷呀。
i　又是好熱又是好冷的，煩死了。
j　又是好熱又是好冷的，煩死了。

說明

敬體

英語要表示事物的並列、舉例時，是以 and 或是英文的「,」等方式表示，能使用的表達方式算是相對較少的，不過日語中可用來表示事物的並列、舉例的，除了先前提過的句型之外，還有像對話3）提到的那些並列助詞。

a「**～とか～とか**」是用於表示舉例、列舉的口語用語。屬於通俗的說法，有些年輕人會刻意加強「**とか**」的發音，而這樣的發音有時會讓人感到不快。

b「**～の～の**」有「將事物列出並視為一種狀況」的意思，這裡是指將寄宿生一直說「很熱、很冷」視為一種狀況，並描述這是個很煩人的狀況。「**～の～の**」在使用上搭配的通常會是相似的、互為反義、或是以肯定形、否定形並列表示的形容詞、動詞。

①選手達は、料理がおいしいのまずいのって、いつも文句ばかり言っている。 選手們一直抱怨個不停，一下說料理好吃一下又說不好吃。

②娘はアイドルのコンサートに、行くの行かないのって大騒ぎしていた。 女兒為了去偶像的演唱會而大吵大鬧，一下說要去，一下又說不去。

「**〜の〜の**」並沒有「**名詞＋の　名詞＋の**」的形態。

？③ダイエットしている娘は、野菜の果物のって、食べる物にうるさい。 ？減肥中的女兒對食物要求很多，一下說要吃蔬菜，一下說要吃水果。

c「**〜だの〜だの**」是使用表示斷定的「**だ**」加上「**の**」，所以和 b「**〜の〜の**」很相似。不過「**〜だの**」還帶有「說話者不願發生的事態，或心理上想保持距離的事物」（鈴木，2004）的意思。與 b「**〜の〜の**」相比，c「**〜だの〜だの**」是屬於態度比較冷淡的說法。

d 的「**わ**」原本是表示感嘆或感動的終助詞，這裡是將它連續使用以「**〜わ〜わ**」的形態來表示負面的事態。描述事情一度全擠在一起導致混亂的情況。「**わ**」是直接接在動詞、形容詞之後。（例：**食べるわ飲むわ**（又吃又喝）、**辛いわすっぱいわ**（又辣又酸）），但不能直接接在名詞之後（例：**？野菜わ果物わ**）。

e 的「**やら**」是表示不確定語氣的助詞，前句是表示「雖然狀況還不明確，但還是舉了這個和那個當例子」，後句則是表示「**うるさい**（吵鬧）」、「**大変だ**（糟糕）」、「**尋常ではない**（不尋常）」這類狀態或感覺。

常體

g～j是使用「って」代替表示引用的格助詞「と」，語氣會變得較為直接。

重點比較

使用並列助詞「の・だの・やり等」的並列、舉例

	表示負面情緒	將事物列出並視為一種狀況	嫌煩的樣子	不希望發生、冷淡的說法	同時發生導致大混亂	不確定的語氣、列舉其中二項
～とか～とか		△				
～の～の	○	○	○			
～だの～だの	○	○	○	○		
～わ～わ	○	○			○	
～やら～やら	○	○				○

- 本節所列出的五個並列助詞都是口語用語。
- 除了「～とか～とか」以外全都是表示負面的評價或情緒。
- 「～だの～だの」帶有些許說話者態度冷淡的感覺。「～やら～やら」是表示語氣有些不確定。

會話應用

〈AとBは友達同士。Bは民宿を手伝っている〉

A：民宿って大変でしょう？
B：ほんと。
お客さんからは、部屋が狭いだの、海が見えないだの、文句が来るし。（不期望的事態）
A：料理も大変でしょ。
B：そう、刺身が食べられないとか、卵アレルギーだとかいろいろあるね。（會話性質）

A：そうでしょうね。
B：そのたびに私達は、料理を作り直すやら、取り替えるやら……。（不確定的語氣）
A：大変ね。
B：子供さんはスープをひっくり返すわ、コップを割るわ……。（事情擠在一起發生）
A：へー。
B：ゆかたも、長いの短いのって、大騒ぎよ。（嫌煩的樣子）
A：ふーん。
B：でも大丈夫、それが仕事だから。

（A 和 B 是朋友，B 在民宿幫忙）

A：在民宿工作很辛苦吧？
B：真的。客人整天抱怨，一下説房間太小，一下又説看不到海。
A：做料理也很辛苦吧。
B：對啊。一下説不能吃生魚片，一下又説對蛋過敏，問題一大堆。
A：我想也是。
B：結果我們都得重做料理或是換其他的菜……。
A：好辛苦。
B：小孩子又是打翻湯，又是打破杯子……。
A：咦。
B：還為了浴衣大吵大鬧，一下説太長一下又説太短。
A：嗯…
B：不過沒問題的，那都是工作嘛。

否定的場合

我們試著將使用並列助詞表達的並列、舉例改成否定形表示。在句首加上「**下宿人は料理について**」後，利用對話 3）中提到的句型（表現句型），思考看看該如何表達。（以常體表示）

下宿人は料理について、 寄宿生對於料理

a’ おいしくないとか味がないとか、とてもうるさい。

一下說不好吃，一下又說沒味道，煩死了。

b’ おいしくないの味がないのと、文句ばかり言っている。

一直抱怨個不停，一下說不好吃，一下又說沒味道。

c’ おいしくないだの味がないだのと、文句ばかり言っている。

一直抱怨個不停，一下說不好吃，一下又說沒味道。

d’ おいしくないわ味がないわと、とてもうるさい。

一下說不好吃，一下又說沒味道，煩死了。

e’ おいしくないやら味がないやらと、いろいろ言っているようだ。

又是東西不好吃，又是沒味道的說了一大堆，。

本節提到的五種並列助詞，看起來都可以搭配否定形表達。

38 無關

本課要介紹的是表示無論什麼樣的條件，「最後都與該條件無關」的句型。從語意上來看，也可以理解為「逆接」，不過本課是將這一類的句型彙整為表示「無關」的句型。

第1節要介紹的是「**～でも～でも**」等句型;第2節要介紹的是「**どんなに～ても**」等句型；第3節要介紹的是「**～によらず、～に問わず、～にかかわらず**」等句型。

1. ても～ても ・ ～（よ）うと～まいと等句型

本節要介紹的是在前句以肯定、否定的形態並列，接著在後句表示「即使如此也與之無關」的這種評價、判斷的句型。對話1）是一對朋友在討論與金錢有關的事。B可以用數種不同表達「無關」的句型來回應A。

敬體

1）A：お金のある人がうらやましいですね。
　B：a　お金があってもなくても、人の価値に変わりはありません。
　　b　お金があろうとなかろうと、人の価値は同じです。
　　c　お金があろうとあるまいと、人の価値に変わりはありません。
　　d　お金があろうがなかろうが、人の価値は同じです。
　　e　お金があろうがあるまいが、人の価値に変わりはありません。

1）A：真羨慕有錢的人。
　B：a　無論有沒有錢，人的價值都沒有改變。
　　b　不管是有錢還是沒有錢，人的價值都是一樣的。
　　c　有錢還是沒錢，人的價值都沒有改變。

d　不管是有錢還是沒錢，人的價值都是一樣的。
e　不管有沒有錢，人的價值都沒有改變。

常體

1）A：お金のある人がうらやましいね。
　B：f　お金があってもなくても、人の価値に変わりはないよ。
　　g　お金があろうとなかろうと、人の価値は同じ｛だよ／よ｝。
　　h　お金があろうとあるまいと、人の価値に変わりはないよ。
　　i　お金があろうがなかろうが、人の価値は同じ｛だよ／よ｝。
　　j　お金があろうがあるまいが、人の価値に変わりはないよ。

1）A：真羨慕有錢的人
　B：f　無論有沒有錢，人的價值都沒有改變。
　　g　不管是有錢還是沒有錢，人的價值都是一樣的。
　　h　有錢還是沒錢，人的價值都沒有改變喲。
　　i　不管是有錢還是沒錢，人的價值都是一樣的。
　　j　不管有沒有錢，人的價值都沒有改變喲。

說明

敬體

a ～ e 是像「**お金がある、お金がない**」這樣以肯定、否定的形態並列，或是將對比及相似的內容並列，接著在後句表示「與前述的事無關」、「沒有那麼大的差別」、「狀況是相同的」的意思。

a「**～ても～ても**」為口語用語，b ～ e 為書面語，是較為生硬的說法。因為書面用語會讓人感覺比較有份量，所以文句中也會帶有些許強調的感覺。

b「**あろうとなかろうと**」是書面語，意思和「**～ても～ても**」一樣。c是使用表示否定的推量「**まい**」。「**あるまい**」為書面語，和「**なかろう**」是相同的意思，不過「**あるまい**」是一種表達強烈主張的說法。（**五段動詞是使用辭書形＋まい**，如「**行くまい**」。一段動詞是使用辭書形或マス形的語幹接續**まい**，如「**見るまい／まい**」。「**する**」、「**来る**」則是以不規則的方式接續**まい**，像是「**するまい／すまい／しまい**」、「**来るまい／来まい**」。）

比b、c更古語的說法是d「**あろうがなかろうが**」、e「**あろうがあるまいが**」。雖然語意分別與b、c相同，不過因為使用了古語式的表達方式，以句子來說會比較有份量，大多為年長者使用。

常體

g～j為書面語，尤其是i、j在常體的日常會話中幾乎不太使用，不過年長者有時會當成一種慣用的說法。

重點比較

ても～ても、～（よ）うと～まいと等句型

	口語	書面語	簡短直接	語氣較強烈	古語的	慣用的說法
～ても～ても	○		○			
～（よ）うと～（よ）うと		○		○	△	○
～（よ）うと～まいと		○		○	△	○
～（よ）うが～（よ）うが		○		○	○	○
～（よ）うが～まいが		○		○	○	○

- 「～ても～ても」以外的全都是書面語的用法。
- 「～（よ）うと～（よ）うと」、「～（よ）うと～まいと」是具有強烈主張的說法，使用「まい」就是為了強調否定的語氣，是語氣更強烈的說話方式。
- 「～（よ）うが～（よ）うが」、「～（よ）うが～まいが」是比「～（よ）うと～

（よ）うと」、「～（よ）うと～まいと」更古語、更慣用的說法。

會話應用

〈年配の女性 A と B が最近の若い母親について話している〉

A：このごろの若いお母さんってしようがないね。

B：どうしたの？

A：電車の中で、子供が走り回ろうが暴れようが、注意しないのよ。（古語的，強調）

B：へー。乗客も注意しないの？

A：うん。子供が泣こうと泣くまいと、皆知らん顔をしてる。（書面語，強調）

B：それもよくないよね。
子供が聞いても聞かなくても、注意すればいいのに。
（口語用語，一般常見的用法）

A：若いママさんも大変なんだろうけど。

（年長的女性 A 和 B 在聊最近的年輕媽媽。）

A：真是拿現在的年輕媽媽沒辦法。

B：怎麼了？

A：小孩子在電車上不管是到處跑來跑去，還是橫衝直撞，都不出聲制止一下。

B：誒。乘客也都沒人制止嗎？

A：嗯，不管小孩子哭或不哭，全都裝作沒看到。

B：那還真的不太好。不管小孩聽不聽得進去，出聲制止一下也好啊。

A：年輕的媽媽也很辛苦啦。

否定的場合

對話 1）提到的句型（表現句型）全都是以肯定、否定並列的形態建構而成的，所以否定形的表達方式在此略過不提。這裡我們來看看是否能夠把肯定、否定改為相反的順序，也就是以否定、肯定的方式表達。

a’ **お金がなくてもあっても、人の価値には変わりはありません。**
不管是沒錢還是有錢，人的價值都沒有改變。

b’ **お金がなかろうとあろうと、人の価値は同じです。**
沒錢也好，有錢也好，人的價值都是一樣的。

？c’ **お金があるまいとあろうと、人の価値には変わりはありません。** ？沒錢也好，有錢也好，人的價值都沒有改變。

d’ **お金がなかろうがあろうが、人の価値は同じです。**
不管沒錢還是有錢，人的價值都是一樣的。

？e’ **お金があるまいがあろうが、人の価値には変わりはありません。** ？不管是沒錢還是有錢，人的價值都沒有改變。

c’、e’ 是把「**～まい**」放在前面，是不自然的表達方式。b’、d’ 雖然可以用，但還是有些怪怪的。果然還是應該依照慣用的用法以肯定、否定的順序表達比較好。a’ 即使是把否定放在前面，也幾乎也不會有怪怪的感覺。

2. いくら／どんなに／いかに～ても／～（よ）うと等句型

第 1 節主要是介紹以肯定、否定的形態並列的情況，第 2 節要介紹的是將「**いくら／どんなに／いかに**」等副詞置於句首，後句則是「以「即便如此也一樣無關」表示評價、判斷的句型。在對話 2）中，A 和 B 在討論優秀的人是什麼樣的人。

敬體

2) A：優秀な人がうらやましいですね。
B：a　いくら優秀でも、性格が悪ければだめです。

b　どんなに優秀｛だろう／であろう｝と、性格が悪ければだめです。
c　いかに優秀｛だろう／であろう｝が、性格が悪ければだめです。

2）A：真是羨慕優秀的人。
B：a　不管再怎麼優秀，如果個性很差勁就不行。
b　無論多麼優秀，如果個性很差勁就不行。
c　無論多麼優秀，如果個性很差勁就不行。

常體

2）A：優秀な人がうらやましいね。
B：d　いくら優秀でも、性格が悪かったらだめ｛だね／ね｝。
e　どんなに優秀｛だろう／であろう｝と、性格が悪ければだめ｛だね／ね｝。
f　いかに優秀｛だろう／であろう｝が、性格が悪ければだめ｛だね／ね｝。

2）A：真是羨慕優秀的人。
B：d　不管再怎麼優秀，如果個性很差勁就不行。
e　無論多麼優秀，如果個性很差勁就不行。
f　無論多麼優秀，如果個性很差勁就不行。

說明

敬體

與對話1）不同，對話2）表示無關的句型都先在句首加上了「**いくら、どんなに、いかに**」等副詞，然後才再接續「**～でも、～だろうと／であろうと、～だろうが／であろうが**」。和對話1）將二者並列的句型相比，在句首加上「**いくら**」、「**どんなに**」等副詞句型的優點是能夠以較為簡短明確的方式表達。相較於「**いくら**」、「**どんなに**」，「**いかに**」是比較古語式的用法，不過現代語中也有使用「**いかに**」表達的慣用句型。

後句是表示「與那件事無關、沒有那麼大的差別、都一樣」的意思。大部分的情況下，聽到（讀到）前句，就能夠預測後句會是表示「與那件事無關」的內容。

對話2）是使用形容動詞（「**名詞＋だ**」也是一樣）表示「無關」。a是以「**形容動詞的テ形＋も**」的形態表示，b是使用「**だ**」的推量形加上「**と**」，以「**だろうと**」或是「**であろうと**」表示，c是把b的「**と**」改成「**が**」，以「**だろうが**」」或是「**であろうが**」表示。「**であろう**」是書面用語，是較為生硬的說明語氣的表達方式

常體

d是使用更具會話性質的「**悪かったら**」取代「**悪ければ**」，e、f也可以這樣用。

敬體的b、c都是書面用語，但年長者進行說明、解說時，也可能像e、f一樣用於日常會話中。

重點比較

いくら／どんなに／いかに～ても／～（よ）うと等

	口語	書面語	簡短直接	古語的	慣用的說法
いくら／どんなに／いかに～ても	○		○		
いくら／どんなに／いかに～（よ）うと		○	△	△	○
いくら／どんなに／いかに～（よ）うが		○	△	○	○

• 把「いくら／どんなに／いかに」等副詞放在句首的句型，和以並列的形態做

列舉的「～ても～ても」、「～（よ）うと～（よ）うと」等句型，在語意上及句子的形態上幾乎相同。使用「いくら／どんなに／いかに」的句子更為簡短直接，是語氣比較強烈的表達方式。

- 「いくら／どんなに／いかに～（よ）うと」是較為古語式的說法，大多為慣用的用法。
- 和「いくら」、「どんなに」相比，「いかに」為書面用語，但也會用在日常會話中，是一種強調的說法。

會話應用

〈夫が妻に謝っている〉

妻：いくらあなたが謝っても、許さない。（語氣強烈的說法）
夫：ごめんごめん。
妻：だめ、どんなに謝ろうと許さない。
　　（生硬的，語氣強烈的說法）
夫：すみません。
妻：だめです。
　　いかに謝ろうが、私は許しません。
　　（古語的，語氣更強烈的說法）

（丈夫向妻子道歉。）

妻：不管你再怎麼道歉，我絕不原諒你。
夫：抱歉抱歉。
妻：不要，無論你再怎麼道歉我絕不原諒你。
夫：對不起。
妻：不行。不論你再怎麼道歉，我絕不原諒你。

 否定的場合

對話 2）提到的句型（表現句型）若改為否定形則如下所示。句子做了些許更動。（內容稍作更動，以常體表示）

a’ いくらおもしろくなくても、我慢したほうがいい。

就算再怎麼不有趣，也還是忍耐一下比較好。

b’ どんなにおもしろくなかろうと、我慢したほうがいい。

無論再怎麼不有趣，也還是忍耐一下比較好。

c’ いかにおもしろくなかろうが、我慢したほうがいい。

無論再怎麼不有趣，也還是忍耐一下比較好。

對話 2）是使用形容動詞「**優秀だ**」，這裡是改成形容詞「**おもしろい**」。那麼我們再來看看如果是動詞的話又是如何呢。首先是肯定語氣。

a” いくら頑張っても、給料は上がらない。

不管再怎麼努力，薪水都沒漲。

b” どんなに頑張ろうと、給料は上がらない。

無論再怎麼努力，薪水都沒漲。

c” いかに頑張ろうが、給料は上がらない。

無論再怎麼努力，薪水都沒漲。

接著是動詞的否定形。

a”’ いくら給料が上がらなくても、仕事は続けたい。

無論薪水再怎麼不上調，我還是想繼續工作。

？b”’ どんなに給料が上がらなかろうと、仕事は続けたい。

？無論薪水再怎麼不上調，我還是想繼續工作。

？c”’ いかに給料が上がらなかろうが、仕事は続けたい。

？無論薪水再怎麼不上調，我還是想繼續工作。

b”、c”的句子都有點怪怪的。這是因為使用動詞的否定形表示

的「**上がらなかろうと**」、「**上がらなかろうが**」都讓人覺得不太自然的緣故。

3. ～によらず・～を問わず・～にかかわらず等句型

接下來要介紹的是「**～によらず、～を問わず、～にかかわらず**」等表示「無關」的句型。在對話 3）中，A 和 B 這對朋友正在討論稅金。B 可以使用「**～によらず**」、「**～を問わず**」等表示「無關」的句型來回應 A。

敬體

3）A：毎年税金が大変ですね。
　B：ええ、a　財産の多少によらず、税金はかかってきますね。
　　　　　b　財産の多少を問わず、税金はかかってきますね。
　　　　　c　財産の多少にかかわらず、税金はかかってきますね。
　　　　　d　財産と関係｛なく／なしに｝、税金はかかってきますね。
　　　　　e　国民の苦しみをよそに、税金はかかってきますね。

3）A：每年都要繳稅很辛苦。
　B：是啊，a　不論財產多寡，都會課稅呀。
　　　　　b　無論財產多寡，都會課稅呀。
　　　　　c　無論財產多寡，都會課稅呀。
　　　　　d　與財產無關，都會課稅呀。
　　　　　e　無論國民痛苦與否，都會課稅呀。

常體

3）A：毎年税金が大変ね。
　B：そう｛だね／ね｝、f　財産の多少によらず、税金はかかってくるし。
　　　　　　　　　　g　財産の多少を問わず、税金はかかってくるし。

h 財産の多少にかかわらず、税金はかかってくるし。
i 財産と関係｛なく／なしに｝、税金はかかってくるし。
j 国民の苦しみをよそに、税金はかかってくるし。

3）A：每年都要繳稅很辛苦。
B：是啊，f 不論財產多寡，都會課稅。
g 無論財產多寡，都會課稅。
h 無論財產多寡，都會課稅。
i 與財產無關，都會課稅。
j 無論國民痛苦與否，都會課稅。

敬體

a～e是在名詞之後加上「表示無關的句型」，來表達「不考量前面敘述的事、與前面的事無關、無視前面的事」之類的意思。a「**～によらず**」、b「**～に問わず**」、c「**～にかかわらず**」的意思幾乎完全相同，「**～によらず**」是「不視為根據、基準」，「**～に問わず**」是「不視為問題」，「**～にかかわらず**」則是「不相關」的意思。三者皆為正式生硬的用法，大多用於文件或注意事項等處。小林（2005）曾就放在這些句型前的名詞進行分析、調查。以下便是以小林（2005）的說明為基礎，再加上例句（由筆者撰寫）所彙整的解釋。

・「**にかかわらず**」、「**を問わず**」、「**によらず**」不會單純置於表示事物名稱的名詞之後（地震、人、公司等），而是會

置於含有內容資訊（表示該名詞的屬性或性質）的名詞之後。例如地震的強度或程度、人的素質、公司的方針或員工人數等。

・最常用來搭配成對的名詞（大小、男女、晝夜、晴雨等）的是「**を問わず**」，「**にかかわらず**」、「**によらず**」也會搭配這類名詞。

這三種句型的後句大多都是使用陳述事實的表達方式，「**にかかわらず**」、「**を問わず**」的後句可以使用使役句型。

①この庭園は四季それぞれに美しい花が咲きますので、季節{○にかかわらず／○を問わず／？によらず}おいでください。
這個庭院四季都會分別開出不同美麗的花朵，所以〔無論是〕哪一個季節都歡迎你來。

d「**～と関係なく／なしに**」是比 a ～ c 更為口語的說明性用法。

e「**をよそに**」的前面通常是表示「擔心、擔憂、期待、不滿、緊張」等情緒的語詞，意思是「刻意不去理會」、「與那無關」。因為是在不知道或不理會他人的擔心或期待的情況下行動，所以大部分的句子會像例句②一樣是表示負面評價，但也仍然有像例句③一樣用於非負面評價的情況。

②人々の期待をよそに、彼は{？優勝した／○最下位になってしまった}。 無視了人們的期待，他〔？獲得優勝／○得到最後一名〕。

③親の心配をよそに、彼は独立独歩の人生を歩んでいる。
他不管父母的擔心，走向自力更生的人生道路。

另外，「**をよそに**」大多會如以下的例句，用於表示既成的事實（已經發生或正在發生）。

④彼は周囲の期待をよそに、大学を中退して{○しまった／？しまうだろう}。 他無視身邊人們的期待，從大學休學。

「**をよそに**」為書面語，是稍嫌生硬的表達方式。

常體

f～h是屬於生硬的說法，會用於常體對話的似乎都是年長者。句末加上「**し**」，相較於表示理由的「**から**」，語氣較模糊也較弱。以說話者的心情來看，會讓人覺得說話者是在補充說明「繳稅很辛苦」的理由。

重點比較

～によらず・～を問わず・～にかかわらず等

	口語	書面語	生硬的說法	前面是包含內容資訊的名詞	前面是成對的名詞	負面評價	刻意無視	用於文件、注意事項	後句可以使用促使他人行動的句型
～によらず		○	○	○	○			○	
～を問わず		○	○	○	○			○	○
～にかかわらず		○	○	○	○			○	○
～と関係なく／なしに	○								○
～をよそに		○	△			○	○		

- 「～によらず」、「～を問わず」、「～にかかわらず」皆為書面語，屬於生硬的表達方式。前面常搭配成對的名詞（大小、晴雨），共通點是都會用於文件或注意事項。
- 本節介紹的句型主要是用於事物的敘述。另外，除了「～によらず」、「～をよそに」以外，其他句型皆可在後句使用促使他人行動句型。

• 「～をよそに」是表示「無視於（前面的事情），而做…」的意思，大多是表示負面評價的句子。另外，多用於表示既成的事實。

小故事

〈求人広告〉

当社で働いていただける社員を募集しております。

経験のあるなしを問わず、熱意のある人を求めています。（不視為問題）

給料は、経験によらず厚遇対応します。（非作為判斷依據）

既婚、独身と関係なく、社員寮を提供します。（無關）

年齢、性別にかかわらず、ご応募ください。（無關）

詳細については、電話でお問い合わせください。

☎ 0120-123-1××

（徵人廣告）

本公司正在募集正職人員。

經驗不拘，我們徵求對工作有熱情的人。

薪資優渥，非以經驗決定薪資。

已婚、單身皆可，我們提供員工宿舍。

年齡、性別不拘，請都前來應徵。

詳細內容請來電詢問。

☎ 0120-123-1XX

否定的場合

對話3）提到的句型（表現句型）之前為「財產多寡」、「財產」、「國民的痛苦」這些名詞，我們來想想看是否可使用動詞表示。首先為肯定語氣。（內容稍作更動，以常體表示）

a' **国民が受け入れるかによらず、その政策は進めたほうがいい。**
不管國民能否接受，那項政策還是要繼續進行比較好。

b' **国民が受け入れるかを問わず、その政策は進めたほうがいい。**
無論國民能否接受，那項政策還是要繼續進行比較好。

c' **国民が受け入れるかにかかわらず、その政策は進めたほうがいい。** 無論國民接受與否，那項政策還是要繼續進行比較好。

d' **国民が受け入れるかと関係なく／なしに、その政策は進めたほうがいい。** 與國民能否接受無關，那項政策還是要繼續進行比較好。

e' **国民が受け入れるかをよそに、その政策を進めている。**
不管國民能否接受，那項政策已在繼續進行中。

事實上，「**によらず**」、「**を問わず**」等句型之前，大多會搭配「**～か～か／～か～ないか／～か否か**」或是搭配「**誰が／どう／どちらに／いつ～か**」等疑問詞，比較少單獨搭配「**動詞＋か**」。不過倒也不是完全不能使用，像以下的例句即可成立。

①**気に入った学校が見つかったら、実際に通うかによらず、資料請求するといい。** 如果發現喜歡的學校，不論是否實際去上過課，都可以索取資料。

②**当会館は、会員であるかを問わず、どなたでもご利用いただけます。** 本會館無論是否為會員，任何人皆可使用。

那麼，我們再來看看是否可以使用否定形。

? a”国民が受け入れないかによらず、その政策は進めたほうがいい。

?不管國民是否不接受，那項政策還是要繼續進行比較好。

? b”国民が受け入れないかを問わず、その政策は進めたほうがいい。

?無論國民是否不接受，那項政策還是要繼續進行比較好。

? c”国民が受け入れないかにかかわらず、その政策は進めたほうがいい。

?無論國民是否不接受，那項政策還是要繼續進行比較好。

? d”国民が受け入れないかと関係なく／なしに、その政策は進めたほうがいい。

?與國民是否不接受無關，那項政策還是要繼續進行比較好。

? e”国民が受け入れないかをよそに、その政策を進めている。

?不管國民是否不接受，那項政策還是要繼續進行比較好。

以否定形表達的所有句子都顯得有些奇怪。

39 附加說明

將事物或是說明以補充的方式表達即為「附加說明」。說話者會藉由補充的內容來傳達更多的資訊。第 1 節要介紹的是沒有輕重之分的「**～だけで(は)なく(て)、～ばかりで(は)なく(て)**」；第 2 節要介紹的是有輕重（重點）之分的「**～はもちろん、～はおろか**」等句型。而第 3 節要介紹的則是與連接兩個句子的連接詞「**それに、しかも、そのうえ**」等有關的句型。

1. ～し・～だけで（は）なく（て）・～ばかりで（は）なく（て）・～うえに等句型

本節是「附加說明」句型的第一個章節，首先要介紹的是夾在前後句之間，未特別區分輕重程度的「補充」。在對話 1）中，一般上班族的 A 和 B 正在聊與第三者「他」有關的話題。B 可以使用數種不同表示「附加說明」的句型來回應 A。

敬體

1）A：彼は言うことが大げさですね。
　B：ええ、a　大げさに言うし、それに／しかも時々嘘もつくんです。
　　　　　b　大げさに言うだけで（は）なく（て）、時々嘘もつくんです。
　　　　　c　大げさに言うばかりで（は）なく（て）、時々嘘もつくんです。
　　　　　d　大げさに言うのみならず、時々嘘もつくんです。
　　　　　e　大げさに言ううえに、時々嘘もつくんです。

1）A：他説話都很誇張。
B：是啊，a　他説話很誇張，而且有時候還會説謊。
b　他不只説話很誇張，有時還會説謊。
c　他不光只是説話很誇張，有時還會説謊。
d　他不只説話很誇張，有時還會説謊。
e　他説話很誇張，而且有時候還會説謊。

常體

1）A：彼は言うことが大げさ｛だね／ね｝。
B：うん、f　大げさに言うし、それに／しかも時々嘘もつく｛んだよ／のよ｝。
g　大げさに言うだけで（は）なくて、時々嘘もつく｛んだよ／のよ｝。
h　大げさに言うばかりで（は）なくて、時々嘘もつく｛んだよ／のよ｝。
i　大げさに言ううえに、時々嘘もつく｛んだよ／のよ｝。

1）A：他説話都很誇張。
B：是啊，f　他説話很誇張，而且有時候還會説謊。
g　他不只説話很誇張，有時還會説謊。
h　他不光只是説話很誇張，有時還會説謊。
i　他説話很誇張，而且有時候還會説謊。

説明

敬體

a是用表示並列、舉例的「**～し**」，再加上連接詞「**それに／しかも**」，以及副助詞「**も**」形成的表示「附加説明」的句子。「**～し**」本身就帶有説話者想要補充説明的心情，若加強「**～し**」的發音，聽起來主張會比較強烈。

b～d的句子形態很相似，都是表示「不只有前句提到的事，除此之外還有…」的意思。前句與後句是以並列、追加的方式表達，且前句與後句並未特別區分事情的輕重程度。與a相同，b～d也加上了表示同一類別的副助詞「**も**」。

b～d當中，b是最標準且使用頻率很高的句型，c「**～ばかりで(は)なく(て)**」是比較生硬的說法，給人較為正式的印象。相對於「**～だけで(は)なく(て)**」的清楚直接，「**～ばかりで(は)なく(て)**」則屬於較為委婉有禮的表示方式。

①**彼はITに詳しいだけではなくて、企画力もあります。**
他不只對IT很熟悉，還具備企畫的能力。
②**彼はITに詳しいばかりではなくて、企画力もあります。**
他不只對IT很熟悉，還具備企畫的能力。

b、c可以像「**～だけで／ばかりで(は)なく**」一樣用連用中止形表示，也可像「**～だけで／ばかりで(は)なくて**」一樣以テ形表示。但若使用連用中止形，會給人生硬的感覺。「**は**」可加可不加，不過因為後面有「**ない**」，所以為了表現出否定語氣的判斷，所以加「**は**」句子會顯得較為自然。

d「**～のみならず**」為書面語，幾乎不會出現在口語表達中。意思和「**～だけで(は)なく(て)**」一樣。

e「**～うえに**」是在後句補充比前句提到的內容更好的事，屬於較為生硬的表達方式。相對於b～d是以並列的方式說明「還有其他的事」，「**～うえに**」表達的是除了前句的內容之外，「還有其他的事喔」這種說話者想要補充說明的心情。

③彼はITに詳しいうえに、企画力もあります。

他對IT很熟悉，而且還具備企畫的能力。

常體

常體的對話中，比起連用中止形，使用テ形更合適，因此g～h都是以テ形表示。敬體d的「**～のみならず**」為書面語，所以未列於常體對話的部分。

重點比較

～し・～だけで（は）なく（て）・～ばかりで（は）なく（て）・～うえに等句型

	口語	書面語	生硬的表達方式	正式的表達方式	「不只限於那個」的意思	補充説明的意味很強烈
～し、それに／しかも	○					○
～だけで（は）なく（て）	○				○	
～ばかりで（は）なく（て）	○		○	○	○	
～のみならず		○	○	○	○	
～うえに		△	○	○		○

- 在五個句型中，「～し、それに／しかも」、「～うえに」的作用是讓説話者在後句針對前句，補充自己認為重要的事。
- 「～だけで（は）なく（て）」、「ばかりで（は）なく（て）」、「～のみならず」是以並列、舉例的方式，補充「除此之外（非限定於），還有這一面」的內容。
- 「～だけで（は）なく（て）」、「ばかりで（は）なく（て）」的用法幾乎完全相同。「ばかりで（は）なく（て）」是較為生硬正式的表達方式。

會話應用

〈デパートで販売員がフライパンを売っている〉

販売員：このフライパンは、軽くて持ちやすいですし、それに、取っ手が取り外しできます。（「再加上」的意思）
客　　：取り外しできるんですか。
販売員：取り外しできるだけではなくて、取っ手が熱くならない仕組みになっています。（不僅限於……）
客　　：それは便利ですね。
販売員：このフライパンは、炒め物ばかりでなく、蒸すこともできます。（不僅限於……，較生硬的說法）
客　　：へー、便利ですね。
販売員：私達は、タンパク質、脂肪、炭水化物のみならず、ビタミンもとる必要があります。
（不僅限於……，較生硬的說法）
客　　：ええ。
販売員：このフライパンは、熱を加えてもビタミンがこわれないように工夫されています。
客　　：ほおー。

（百貨公司的銷售員正在促銷平底鍋）

銷售員：這個平底鍋又輕又好拿，而且把手還可以取下。
客　人：把手可以拿掉嗎？
銷售員：不只可以取下，而且把手還有防止過燙的設計。
客　人：那還真方便呢。
銷售員：這款平底鍋，不只可以炒菜，還可以用來蒸東西。
客　人：咦！好方便。
銷售員：我們不僅需要蛋白質、脂肪、碳水化合物，還需要維生素。
客　人：嗯。
銷售員：這款平底鍋的設計，就算加熱維生素也不會因此流失。
客　人：是喔。

否定的場合

我們來看看對話1）「附加說明」句型的前句能否以否定形表示。（以常體表示）

a’ **今朝は食欲もないし、それに／しかも好きなコーヒーも飲みたくない。** 今天早上沒食慾，而且也不想喝最喜歡的咖啡。

b’ **今朝は食欲がないだけで（は）なく（て）、好きなコーヒーも飲みたくない。** 今天早上不只沒食慾，還不想喝最喜歡的咖啡。

c’ **今朝は食欲がないばかりで（は）なく（て）、好きなコーヒーも飲みたくない。** 今天早上不只沒食慾，還不想喝最喜歡的咖啡。

d’ **今朝は食欲がないのみならず、好きなコーヒーも飲みたくない。** 今天早上不僅沒食慾，也不想喝最喜歡的咖啡。

e’ **今朝は食欲がないうえに、好きなコーヒーも飲みたくない。** 今天早上沒食慾，而且也不想喝最喜歡的咖啡。

看來這五種句型的前句都可以使用否定形表示。

2. ～はもちろん・～はもとより・～はおろか・～どころか等句型

「附加說明」句型的第二節要介紹的是補充的內容與原本的事物有輕重之分的情況。通常在大部分的情況下，難以判斷原本與補充的事物熟輕熟重，因為說話者只是單純透過「附加說明」的句型，傳達「整件事就是那麼……（程度重大）」。本節將介紹的是「**～はもちろん、～はもとより、～はおろか、～どころか、～に限らず**」。對話2）是摔角選手B在和A討論關於比賽前減重的事。對於A的提問，B可以用數種不同表示「附加說明」的句型表達自己的意見。

敬體

2) A：もうすぐ試合ですね。減量は大丈夫ですか。
B：いや、今は a スイーツはもちろん、ジュースさえ飲めないんですよ。
b スイーツはもとより、ジュースさえ飲めないんですよ。
c スイーツはおろか、ジュースさえ飲めないんですよ。
d スイーツどころか、ジュースさえ飲めないんですよ。
e スイーツに限らず、ジュースさえ飲めないんですよ。

2）A：很快就要比賽了，減重沒問題嗎？
B：不，我現在 a 別說是甜點，就連果汁都不能喝呀！
b 別說是甜點，就連果汁都不能喝呀！
c 別說是甜點，就連果汁都不能喝呀！
d 別說是甜點，就連果汁都不能喝呀！
e 不但是甜點，就連果汁都不能喝呀！

常體

2) A：もうすぐ試合だね。減量は大丈夫？
B：うーん、今は f スイーツはもちろん、ジュースさえ飲めない｛んだよ／のよ｝。
g スイーツはもとより、ジュースさえ飲めない｛んだよ／のよ｝。
h スイーツはおろか、ジュースさえ飲めない｛んだよ／のよ｝。
i スイーツどころか、ジュースさえ飲めない｛んだよ／のよ｝。
j スイーツに限らず、ジュースさえ飲めない｛んだよ／のよ｝。

2）A：很快就要比賽了，減重沒問題嗎？
　B：不，我現在　f　別説是甜點，就連果汁都不能喝。
　　　　　　　　g　別説是甜點，就連果汁都不能喝呀！
　　　　　　　　h　別説是甜點，就連果汁都不能喝呀！
　　　　　　　　i　別説是甜點，就連果汁都不能喝呀！
　　　　　　　　j　不但是甜點，就連果汁都不能喝呀！

說明

敬體

a ～ e 是藉由在後句補充與前句類似的事，進而對整體的情況表示否定的句型。各類表示附加說明的關鍵字都在前句，後句則統一是以「**名詞＋さえ～ない**」的形態表示。雖然可以用「**も**」代替「**さえ**」不過為了要強調是針對附加說明的內容表示否定，所以還是使用「**さえ**」比較好。a ～ d 皆為慣用句型。

a 的意思是「甜點（＝甜的東西）當然不吃，連果汁這種飲料都不喝」。「**～はもちろん**」不只可用於否定句，也可以像「**彼は英語はもちろん中国語までも話せる（他別說是英文了，甚至連中文都會說）**」一樣，用於肯定句。

b 是使用「**もとより**」代替「**もちろん**」。「**～はもとより**」是「一開始」、「連說都不用說」的意思，是表示「毫無疑問是如此」的意思。和 a 的「**～はもちろん**」相比，「**～はもとより**」為書面語，屬於生硬的說法。與「**～はもちろん**」一樣，「**～はもとより**」也可以用於肯定句。

①アニメは、子供はもとより大人も楽しめる。
別說是小孩子，連大人都能享受動畫的樂趣。

c「**～はおろか**」多以「**～はおろか、～ない**」的否定形態表示。就像這句「**彼は漢字はおろか、ひらがなも十分に読めない（他別說是漢字了，就連平假名都還不太會唸）**」，藉由前句難以實現的事情，以及後句容易實現的事來表達「前句的事（閱讀漢字）難度很高，不僅如此，連更基本的、更簡單的後句的事（讀平假名）都辦不到」的意思。

c「甜點是甜食的代表，對於正在減重的選手而言是不能吃的食物，就連飲料的果汁也不能喝」的意思。「**～はおろか**」為書面語，給人老派的感覺。

「**～はおろか**」雖然多用於否定句，不過有時也會用於肯定句。像下列句子，前句反而是「容易實現的事」，後句才是「難以實現的事」。

②彼は英語はおろか、スペイン語、中国語、ドイツ語まで話すことができる。 他別說是英語，就連西班牙語、中文、德語都會說。

③この製品は、アジアはおろかアフリカ諸国にまで売られている。 這個產品別說是亞洲，就連非洲各國都有賣。

例句②的意思是不只是許多人會說的英語，連其他的幾種語言都會說。例句③的意思是，不只附近的亞洲國家，連遠方難以將商品帶入販售的非洲都有銷售。

d「**～どころか**」為口語用語，是一種較為誇大的說法。話中帶有「不只如此，連這樣的東西都……」這種讓人驚訝、出乎意料之外、以及「難以置信」的心情。就如以下的例句④，後句是敘述超出前句的事情所描述的程度，使聽者覺得驚訝或是難以置信的表達方式。

④忙しくて、休憩するどころかトイレへ行く時間もありません。

太忙了，別說休息了，連上廁所的時間都沒有。

e「**～に限らず**」與其說是表示附加說明，不如說是表示限定、範圍的句型，意思是「不只甜點／除了甜點之外還有……（連果汁都不能喝）」。

常體

g「**～はもとより**」、h「**～はおろか**」都是書面語，雖然不適合用於常體的對話中，但如果是年長者的話就有可能會用，所以還是列出以供參考。

重點比較

～はもちろん・～はもとより・～はおろか・～どころか等句型

	口語	書面語	強調	慣用的說法	古語感	略為誇大	驚訝或難以置信的意思	「不僅限於…」的意思
～はもちろん	○		△	○				
～はもとより		○	△	○	○			
～はおろか		○	○	○	○			
～どころか	○		○	○		○	○	
～に限らず		○						○

- 「～はもちろん」、「～はもとより」、「～はおろか」、「～どころか」是表示說話者認為「不只如此」，是一種強烈想要補充、附加說明的心情。大多為慣用句型。
- 「～はもとより」、「～はおろか」為書面語，「～はもちろん」、「～どころか」為口語。
- 「～に限らず」是表示補充、附加說明，意思是「不僅限於…」。

會話應用

〈サラリーマンのAとBとCがコンビニについて話している〉

A：コンビニの「コーダ」の進出はすごいですね。

B：そうですね。本社のある名古屋はもとより、北は札幌、南は沖縄にまで出店しています。（理所當然的事，慣用的）

A：そうですか。若者に限らず、年寄りにも受けているみたいですね。（超出範圍）

B：今では、日本はもちろんアジア地域にまで進出してますよ。（理所當然的事，慣用的）

A：アメリカは？

B：北米どころか、南米にまで広がっています。（誇張的說法）

A：ヨーロッパは？

B：ヨーロッパはまだまだです。遠い北欧はおろか近い国にも出していません。（強調的、慣用的）

（上班族A、B和C在討論有關便利商店的事）

A：便利商店「CODA」的發展很厲害耶！

B：就是說啊。
別說是總公司所在的名古屋，北至札幌，南到沖繩都有分店。

A：這樣啊。不只是年輕人，年長的人的接受度似乎也很高。

B：現在除了日本以外，甚至還到亞洲地區去開分店。

A：美國呢？

B：別說是北美，連南美都有分店。

A：歐洲呢？

B：歐洲還沒有。別說是遙遠的北歐了，連鄰近的國家都還沒有去開店。

否定的場合

在對話2）中提到的句型（表現句型），前面使用的是「**スイーツ**」這個名詞，我們一起來想想這裡是否可以改以動詞表示。首先是肯定形。（內容稍作更動，以常體表示）

a’ 漢字を読むのはもちろん、ひらがなさえ読めないんですよ。
別說是閱讀漢字了，就連平假名都不會讀。

b’ 漢字を読むのはもとより、ひらがなさえ読めないんですよ。
別說是閱讀漢字了，就連平假名都不會讀。

c’ 漢字を読むのはおろか、ひらがなさえ読めないんですよ。
別說是閱讀漢字了，就連平假名都不會讀。

d’ 漢字を読むどころか、ひらがなさえ読めないんですよ。
別說是閱讀漢字了，就連平假名都不會讀。

e’ 漢字を読むのに限らず、ひらがなさえ読めないんですよ。
不但是閱讀漢字，就連平假名都不會讀。

動詞的肯定形沒有問題。那麼，接下來是否定形。

a” 漢字が読めないのはもちろん、ひらがなさえ読めないんですよ。
別說不會讀漢字，就連平假名都不會讀。

b” 漢字が読めないのはもとより、ひらがなさえ読めないんですよ。
別說不會讀漢字，就連平假名都不會讀。

？c” 漢字が読めないのはおろか、ひらがなさえ読めないんですよ。
？別說不會讀漢字，就連平假名都不會讀。

d” 漢字が読めないどころか、ひらがなさえ読めないんですよ。
別說不會讀漢字，就連平假名都不會讀。

？e” 漢字が読めないのに限らず、ひらがなさえ読めないんですよ。
？不只不會讀漢字，就連平假名都不會讀。

c’「～ないのはおろか（別說不…）」會有不自然的感覺，不過或許有人會認為以下的句子可以成立。

①彼の話は意味が通じないのはおろか、内容も全然理解できない。
他說的話別說是沒道理了，連內容都完全無法理解。

②そうした「いじめ」はやめさせられないのはおろか、事前に封じることさえできない。 那樣的「霸凌」別說制止了，就連防患未然都辦不到。

e"的「**〜ないのに限らず**」屬於不自然的用法。

3. 連接兩個句子的連接詞

截至目前為止介紹的都是在同一個句子中表示「附加說明」的句型。接下來要介紹的是連接兩個句子的連接詞要如何表示「附加說明」。另外，在思考時請將具有「並列」意味的連接詞也包含在內。在對話 3）中，B 可以用數種不同表示「附加說明」的連接詞來回應 A。

敬體

3) A：彼は言うことが大げさですね。
B：ええ、a　いつも大げさです。それに、時々嘘もつくんです。
b　いつも大げさです。しかも、時々嘘もつくんです。
c　いつも大げさです。そして、時々嘘もつくんです。
d　いつも大げさです。それから、時々嘘もつくんです。
e　いつも大げさです。そのうえ、時々嘘もつくんです。
f　いつも大げさです。また、時々嘘もつくんですよ。

3）A：他說話都很誇張。
B：是啊，a　他說話總是很誇張。而且有時還會說謊。
b　他不只說話很誇張，有時還會說謊。
c　他說話總是很誇張。然後有時還會說謊。
d　他說話總是很誇張。然後有時還會說謊。
e　他說話總是很誇張。不但如此，有時候還會說謊。
f　他說話總是很誇張。此外，有時候還會說謊。

常體

3) A：彼は言うことが大げさ｛だね／ね｝。

B：そう、g　いつも大げさ。それに、時々嘘もつく｛んだ／のよ｝。

h　いつも大げさ。しかも、時々嘘もつく｛んだ／のよ｝。

i　いつも大げさ。そして、時々嘘もつく｛んだ／のよ｝。

j　いつも大げさ。それから、時々嘘もつく｛んだ／のよ｝。

k　いつも大げさ。そのうえ、時々嘘もつく｛んだ／のよ｝。

l　いつも大げさ。また、時々嘘もつく｛んだ／のよ｝。

3）A：他說話都很誇張。

B：是啊，g　他說話很誇張，而且有時候還會說謊。

h　他不只說話很誇張，有時還會說謊。

i　他說話很誇張，而且有時候還會說謊。

j　他說話很誇張，而且有時候還會說謊。

k　他說話總是很誇張。不但如此，有時候還會說謊。

l　他說話總是很誇張。此外，有時候還會說謊。

說明

敬體

a「**それに**」、b「**しかも**」、c「**そのうえ**」是連接句子（有時是語詞）的連接詞，作用是讓後句可以針對前句的內容進行補充說明。a「**それに**」是會話性質的口語用語，可隨意地進行補充說明。以「**それに**」連接的二個句子，前句通常為事情的本質，後句則大多是前句內容的補充說明。

①彼女はなかなか有能だ。それに美人だ。

她相當有能力，而且又是個美人。

b「**しかも**」的作用是讓後句重新審視前句所描述的事情，並使句子有新的視點。與「**それに**」不同，「**しかも**」的重點在後句。

②高品質で、しかも、無料！ 高品質，而且還免費！

③この店は落ち着いた雰囲気がいい。しかも清潔だ。
這間店的氣氛讓人很放鬆，而且很乾淨。

「**しかも**」可用於口語及書面語，屬於較生硬的表達方式。

c「**そして**」、d「**それから**」、f「**また**」比起「**それに、しかも、そのうえ**」，附加說明的語氣較弱，比較接近是以並列的方式把事情列舉出來。d「**それから**」是比 c「**そして**」更加口語的表達方式。

e「**そのうえ**」與「**それに**」很相似，但「**そのうえ**」更強調「附加說明」的心情。且相較於「**それに**」，「**そのうえ**」是強調後句的事情。

f「**また**」是透過並列、對照或是補充說明的方式來描述同一件事時使用的句型。

④自分の理想を実現するため、また、世界の平和のために、私は頑張るつもりだ。 為了實現自己的理想，此外，也為了世界和平，我打算好好努力。

常體

g ～ l 是將「**(彼は)いつも大げさです**」省略之後，以「**(彼は)いつも大げさ。**」表示。省略「**だ／です**」的形態常用於日常會話中。

重點比較

連接兩個句子的連接詞

	口語	可隨意地補充說明	生硬的說法	前句較重要	後句較重要	強調	並列	對前句的補充說明	時間上有先後關係
それに	○	○		△				○	
しかも	△		○		○	○		○	
そして			△				○		○
それから	○	○					○		○
そのうえ			△		○	○		○	
また			△				○	△	

- 「それに」是以前句為主，「しかも」、「そのうえ」是以後句為主，「しかも」的作用是從另一個角度重新理解前句的內容，再補充新的看法。
- 「そして」、「それから」、「また」是將前句及後句以並列的方式表達。
- 「そして」、「それから」有並列及補充説明的功用，也可用於表示時間上的先後關係。

（例：買い物した。そして／それから映画を見た（我買了東西。然後看了電影））

- 「それに」、「それから」為口語用語，「しかも」、「そして」、「そのうえ」、「また」可用於口語，但是屬於較生硬的表達方式。

會話應用

〈夏祭りの準備で〉

A：佐藤さん達が踊りに参加してくれるって。
B：え、佐藤さん達が？
C：それに太鼓も演奏してくれるって。（隨意地補充說明）
B：へー。
A：それから、田中先生も何かしてくれるそうよ。（隨意地補充說明）
B：え、田中先生が？
C：そして、教頭先生も。（並列）

B：え、教頭先生も？
A：そのうえ、校長先生も来てくれるって。（強調）
C：しかも、校長先生はみんなに差し入れをしてくれるそうよ。
（新視點的補充說明）
B：へー。豪華で、また、にぎやかなお祭りになるね。（並列）

（夏季慶典的準備）

A：佐藤同學他們據説會參加跳舞的部分。
B：咦？佐藤同學他們嗎？
C：而且據説還要演奏太鼓。
B：是喔。
A：然後，田中老師好像也會幫一點忙。
B：咦？田中老師嗎？
C：還有副校長也會幫忙。
B：咦？副校長也是？
A：而且校長也會來。
C：此外，校長會帶慰勞品來給大家。
B：看來，這次會是既豪華又熱鬧的慶典。

否定的場合

連接詞的作用是連接二個獨立的句子（有時是語詞），所以前句或後句無論是肯定或否定皆有可能。

40 類似、比喻

一件事物與另一件事彼此很相似時日文稱為「**類似**」。而像「**彼は宇宙人だ（他是太空人）**」一樣，將某件事比擬為對方熟悉的事情的用法時日文稱為「**比喻**」。而像這句「**今日は温かくて春のようだ（今天溫暖的像春天一樣）**」一樣使用「**ようだ**」、「**みたいだ**」等表達的句型就稱為「**比況**」。本課並未嚴格區分**類似、比喻、比況**，接著就一起來看看要如何表達「相似的事物」。

1-1. 類似 1「～に／と似ている ・ ～に／とそっくりだ」等句型

首先要介紹的是表示彼此很相似的句型。在對話 1）中，A 和 B 是鄰居，他們在討論 B 的小嬰兒。A 可以用數種不同的句型表達「類似」。

敬體

1）A：赤ちゃん、かわいいですね。
　B：ありがとうございます。
　A：a　お兄ちゃん｛に／と｝似て（い）ますね。
　　b　お兄ちゃん似ですね。
　　c　お兄ちゃん｛に／と｝そっくりですね。
　　d　お兄ちゃんと瓜（うり）二つですね。
　　e　赤ちゃんとお兄ちゃんはよく似て（い）ますね。

1）A：小寶寶好可愛。
　B：謝謝。
　A：a　和哥哥長得很像呢。
　　b　長得好像哥哥呀。
　　c　長得與哥哥一模一樣呀。

d　和哥哥是一個模子刻出來的呢。
e　小寶寶和哥哥真的好像呢。

常體

1）A：赤ちゃん、かわいいね。
B：そう？
A：f　お兄ちゃん｛に／と｝似て（い）るね。
g　お兄ちゃん似｛だね／ね｝。
h　お兄ちゃん｛に／と｝そっくり｛だね／ね｝。
i　お兄ちゃんと瓜二つ｛だね／ね｝。
j　赤ちゃんとお兄ちゃんはよく似て（い）るね。

1）A：小寶寶好可愛。
B：謝謝。
A：f　和哥哥長得很像呢。
g　長得好像哥哥呀。
h　長得與哥哥一模一樣呀。
i　和哥哥是一個模子刻出來的呢。
j　小寶寶和哥哥真的好像呢。

說明

敬體

日本普遍認為親子或兄弟姊妹長得像是好事。雖然因為現在的社會風氣重視的是每個人獨特性，所以比較沒有那樣的想法，不過與某位家人長得很像至今仍被認為是誇獎小孩子的一種說法。

通常用於表示類似的字是 a「**似ている**」。助詞會使用「**に**」、「**と**」。「**と**」是比較口語的用法。

b 是將 a 以「**名詞＋～似（像…）**」改寫而成的，是表示長得像家人或親人的意思，有「**父(親)似、母(親)似、祖父似、祖母似**」等，給人既簡短又簡潔的感覺。

c「**～に・とそっくりだ**」是表示非常相像的意思，搭配的助詞同樣是「**に／と**」，但「**と**」是較為口語的用法。

d「**～と瓜二つだ**」為慣用的說法。通常若把瓜切成二半，切口會十分相似，由此引申為「十分相似」的意思。瓜是指可結出相對較大的果實的植物（這裡是指果實）。

a～d的主詞、主題為「**赤ちゃん**」，相對地，e則是以「**赤ちゃんとお兄ちゃん**」作為主詞、主題。相對於前者是提出單一項目來當主題，後者則是將二個項目（有時會有更多）一起提出來做主題。一般大多是以對等的形式將這二個項目一起提出，或者是將這二個項目彙整成單一項目再提出。

重點比較

類似1「～に／と似ている ・ ～に／とそっくりだ」等句型

	一般常見的表達方式	簡短的表達方式	給人簡潔的感覺	十分地相似	慣用的說法
～に／と似ている	○				
名詞＋似だ		○	○		
～に／とそっくりだ				○	○
～と瓜二つだ				○	○
～と～は似ている	○				

- 「似ている」和「～似だ」是單純傳達很相似的意思，「そっくりだ」「瓜二つだ」則是表示極為相似的意思。
- 「に」和「と」（「AがBに（似ている）」）與「AがBと（似ている）」）的不同之處在於，用「に」是「A（相似於）B」的意思，從話中會讓人感覺是單向性的敘述；用「と」則會讓人感覺到「彼此都很相似」的這種「雙向性」。不過這二者之間的差異很微妙。「と」是屬於較口語的用法。

會話應用

〈B（男）が父親の知人のA（男）に自分の似顔絵を見せる〉

A：これは君？
B：ええ、そうです。
A：よく似ているね。（類似）
　そっくりだよ。（慣用的用法）
B：そうですか。上野で描いてもらったんです。
A：これを描いた人は腕がいいんだね。
B：僕、こんな鼻してないですよ。
A：いや、君はお父さん似だね。（簡潔的感覺）
　同じ鼻だよ。
　お父さんと君は本当に瓜二つだよ。（慣用的用法）

（B（男）給父親的朋友A（男）看自己的肖像畫）

A：這是你嗎？
B：嗯，是的。
A：很像吔。一模一樣呢。
B：是嗎？我在上野請人家幫忙畫的。
A：畫這幅畫的人技巧很不錯。
B：我的鼻子不是長這樣的。
A：不會啊，你和你的父親很像。
　一樣的鼻子。
　你和你父親真的是一個模子刻出來的。

否定的場合

我們來想想對話1）提到的句型（表現句型）該如何以否定形表示。下列的句子是表示不相像的意思。（以常體表示）

a'　彼は父親には／とはあまり／そんなに似ていない。
　他和父親並不是很相像。

b’ **彼は父親似じゃない。** 他長得不像父親。

e’ **彼とお父さんはあまり／そんなに似ていない。**
他和父親長得不太像。

對話 1）的 c「**～に／とそっくりだ**」、d「**～と瓜二つだ**」因為是極為相像的意思，所以不太會用否定形表達。

1-2. 類似 2「帶有評價的類似」

本節要介紹的是話中帶有說話者評價（特別是負面評價）的句型。下列對話 2）中的 A 和 B 都在設計公司工作，他們在討論公司這次向外徵件收到設計。對於 A 的提問，B 可以用數種不同的句型表達帶有評價的「類似」。

敬體

2）A：いいデザインが集まりましたか。
B：いやあ、a どれもこれも似たり寄ったりですね。
b どれもこれも似たようなものですね。
c どれもこれも似通って（い）ますね。
d どれもこれも同じですね。
e どれもこれも代わり映えしませんね。

2）A：有收集到很棒的設計作品嗎？
B：沒有， a 每一個作品都大同小異。
b 每一個作品都很相似。
c 每一個作品看起來都很像
d 每一個作品都一樣。
e 每一個作品都差不了多少。

常體

2）A：いいデザインが集まった？
B：いやあ、f どれもこれも似たり寄ったり｛だね／ね｝。

g　どれもこれも似たようなもん｛だね／ね｝。
h　どれもこれも似通って（い）るね。
i　どれもこれも同じ｛だね／ね｝。
j　どれもこれも代わり映えしないね。

2）A：有收集到很棒的設計作品嗎？
B：沒有，　f　每一個作品都大同小異。
g　每一個作品都很相似。
h　每一個作品看起來都很像。
i　每一個作品都一樣。
j　每一個作品都差不了多少。

說明

敬體

如果「長得像」這件事不是指家人之間，而是在講求創意與個性的設計界，反而會是負面評價。這則對話的情境就是如此。

a 的「**似たり寄ったり**」是慣用的句型，是表示沒什麼差異、大同小異的意思。b「**似たようなものだ**」的「**似たようなもの**」是單純表示東西很相似的意思（例：**これと似たようなものがあったら、ください。（如果有和這個很像的東西，請給我。）**），加上「**だ**」的「**似たようなものだ**」，意思和「**似たり寄ったりだ**」一樣，都是負面的意涵。

c「**似通っている**」是表示「相似的同時，二者之間還有共通之處」。大多用於表達像是「意思、性質、思想、思考方式、目的」這類有「內容」的事情。通常也會像這一句「**この民族の顔かたちは現代人のそれに似通ったとことがある（這個民族的臉型與現代人的臉型有相似之處）**」一樣，用於表示外表上的事，但不會用於表示個人性質的事（例：**？この赤ちゃんはお兄ちゃんに似通っている。（？這個小寶寶長得很像哥哥）**），大部分是用於社會上、心理上的情況。「**似通っている**」沒有特別用於表示正面評價或負面評價，但在講求個性的設計界，就有可能是表示負面評價。

d 的「**同じ**」這個字本身並沒有正面評價或負面評價的意思，不過在本節是用於表示缺乏獨特性這種負面評價。

e「**代わり映えしない**」是指即使換成其他人或物品，也不會變得更好，不會有任何變化的意思，屬於負面評價的用法。

常體

對話 2）提到的句型皆為口語用語，所以經常用於常體的對話中。順道一提，在設計界中，代表正面評價的說法有「有個性、特色、有獨特性、獨特」等。

重點比較

類似 2「帶有評價的類似」

	慣用的表達方式	口語	非正面或負面評價	負面評價	沒有任何變化
似たり寄ったりだ	○	○		○	○
似たようなものだ	○	○		○	○
似通っている		△	○		
同じだ		△	○		○
代わり映えしない		○		○	○

- 「同じだ」、「似通っている」原本是屬於不帶正面評價或負面評價意味的用法。
- 「似たり寄ったりだ」、「代わり映えしない」是屬於負面評價的用法。「似たようなもの」這個詞組本身並不具有正面或負面評價的含意，但「似たようなものだ」是表示負面評價的用法。
- 「似通っている」是解說性質的生硬說法。

會話應用

〈部長と課長が社員から募集した企画案を見ている〉

部長：どの企画も似たり寄ったりだね。（負面評價，慣用的）
課長：ええ、似たようなものですね。（負面評價，慣用的）
部長：若い社員の企画は似通っている感じがするんだが。
（有共通性）
課長：そうですね。相談して作ったんでしょうか。
部長：そうかもしれない。この部分はほとんど同じだ。（相同）
課長：そうですね。
部長：今までの企画と比べても代わり映えしないな。
（沒有變化）
課長：そうですね。どうしましょうか。

（部長與課長正在看員工交來的企畫案）

部長：每個企畫都大同小異。
課長：是啊，看起來都差不多。
部長：總覺得年輕員工的企畫案看起來都很相似。
課長：就是說啊。他們該不會是先討論過了？
部長：搞不好。這個部分真的一模一樣。
課長：說得也是。
部長：與到目前為止收到的其他企畫相比，都差不了多少。
課長：說得也是。該怎麼辦才好？

否定的場合

a「**似たり寄ったりだ**」、b「**似たようなものだ**」、e「**代わり映えしない**」都已經含有否定的意味，或是以否定形表示，所以略過不提。至於 c「**似通っている**」、d「**同じだ**」這兩個句型，我們來想想能否以否定形表達。

c’ **似ているところもあるが、他の部分は似通って(は)いない。**

雖然有相似之處，但其他的部分並不相似。

d’ **似ているところもあるが、同じではない。**

雖然有相似之處，但並不一樣。

看起來，c「**似通っている**」、d「**同じだ**」都可使用否定形表示。

2-1. 比喻 1

「比喻 1」要介紹的是表示「比喻」的句型。對話 3）的 A 和 B 是朋友，他們在聊天時把「玉川先生」比喻為「外星人」。對於 A 的提問，B 可以用數種不同日文表達「**比喻、比況**」的句型來回應。

敬體

3）A：玉川さんはどんな人ですか。
B：a　玉川さんは宇宙人です。
b　玉川さんはいわば宇宙人です。
c　玉川さんは宇宙人｛のよう／みたい｝です。
d　玉川さんは宇宙人のように見えます。

3）A：玉川先生是什麼樣的人？
B：a　玉川先生是外星人。
b　玉川先生可以說是外星人。
c　玉川先生就像外星人一樣。
d　玉川先生看起來像外星人。

常體

3）A：玉川さんってどんな人？
B：e　玉川さんは宇宙人｛だよ／よ｝。
f　玉川さんはいわば宇宙人｛だよ／よ｝。
g　玉川さんは宇宙人｛のよう／みたい｝｛だね／ね｝。

h　玉川さんは宇宙人のように見えるね。

3）A：玉川先生是什麼樣的人？
　B：e　玉川先生是外星人。
　　f　玉川先生可以說是外星人。
　　g　玉川先生就像外星人一樣。
　　h　玉川先生看起來像外星人。

敬體

a、b 是以「玉川先生＝外星人」的形態，將玉川先生比喻為外星人。c、d 則是拿「外星人」來比喻，是以「**ようだ／みたいだ／（よう）に見える**」的形態，表示「他是那樣的東西」。

b 是把「**いわば**」放在名詞「宇宙人」之前，「**いわば**」是「若要試著比喻的話、試著換句話說」的意思。

a、b（特別是 a）是直接把人和比喻對象畫上等號的比喻方式，會給人簡潔又獨特的感覺，但太過直接，有過於武斷的危險。

c、d 的意思是「像外星人」，因此是比 a、b 間接溫和的表達方式。c 的「**（の）ようだ**」、「**みたいだ**」的意思幾乎相同，「**みたいだ**」是比較口語的用法。

d 沒有使用「**（の）ようだ／みたいだ**」這種直接表明相似的用法，而是以「看起來很像」來表達，是比 c 更委婉的說法。

重點比較

比喻 1

	直接畫上等號的比喻方式	簡潔又獨特的感覺	直接	間接	溫和委婉的說法
～だ	○	○	○		
いわば～だ	○	○	○		
～（の）ようだ／みたいだ				○	○
～（の）ように見える				○	○

- 「～だ」、「いわば～だ」是很犀利地直接畫上等號的比喻方式。只有用「～だ」會太過直接，所以大多會在前面加上「いわば」或「言ってみれば」等語詞。
- 「～（の）ようだ」、「～みたいだ」、「～（の）ように見える」為間接的比喻方式，給人一看到就脱口而出的感覺。

會話應用

〈ホームステイ先の生田家で。アイダは留学生、洋子と道子は生田家の姉妹〉

アイダ：生田さんは本当に親切で、私のお母さんのようです。（間接）

母親　：……。〈照れている〉

洋子　：2人並ぶと、本当の親子のように見えるよ。（間接）

道子　：ほんと。

アイダ：そうでしょう。生田さんは、いわば、私の日本のお母さん。（直接）

洋子　：そうね。じゃ、私達はアイダさんの家族。（直接）

アイダ：ありがとう。じゃ、洋子さんは1番上のお姉さん、道子さんは2番目のお姉さん。（直接）

（在寄宿家庭的生田家，艾妲是留學生，洋子和道子是生田家的兩姊妹）

艾妲：生田太太真的很親切，好像我的媽媽一樣。

母親：……。（害羞）
洋子：兩個人站在一起，看起來就像真的母女。
道子：真的。
艾妲：是這樣嗎。生田太太可以說是我的日本媽媽。
洋子：是啊。那我們就是艾妲的家人。
艾妲：謝謝妳們。那洋子就是大姊，道子就是二姊了。

否定的場合

我們來想想看，能否使用對話 3）提到的句型（表現句型）來表示否定的比喻。我們使用「**宇宙人じゃない**」來試試看。（以常體表示）

a' **彼は宇宙人じゃない。** 他不是外星人。
? b' **彼はいわば宇宙人じゃない。** ？他可說是不是外星人。
c' **彼は宇宙人のよう／みたいじゃない。** 他不像外星人。
d' **彼は宇宙人のようには見えない。** 他看起來不像外星人。

a' 在以下的這則對話中似乎是可以成立的。

a" A: **彼は宇宙人だ。考えていることがあまりにも普通の人からかけ離れている。** 他是外星人。他腦中在想的事和一般人相差很多。
B: **いや、彼は宇宙人じゃない。考え方が普通の人と少し違うだけだ。** 不，他不是外星人。只是想法和一般不太一樣而已。

b' 的「**いわば**」是屬於肯定語氣的用法，以否定表示時會顯得

有些不自然。c' 雖然有些怪怪的，但若是在以下的這則對話中即可成立。

c" A:**彼は宇宙人だよ。** 他是外星人。

B:**いや、彼の考え方を聞いていると、宇宙人のよう／みたいじゃないよ。むしろ、僕らと同じ人間だよ。**

不，聽了他的想法之後，就會發現他並不像外星人，倒不如說和我們一樣是人類。

這是對於 A 的「比喻」，一邊提出佐證一邊陳述意見的表達方式。d' 則可用於以下這樣的對話中。

d" A:**彼は宇宙人だよ。** 他是外星人。

B:**でも、話を聞いていると宇宙人のようには見えないよ。**

不過，只要聽過他說話，就不會覺得他像外星人。

2-2. 比喻 2

本節要介紹的是將實際上尚未發生的情況，描述地像是眼看著就要發生的句型。在對話 4）中，A 與 B 是公司的同事（同為女性），B 昨天回家比較晚，她和 A 在討論兒子如何在家裡等她回家。對於 A 的提問，B 可以用數種不同表示「比喻」的句型來回應。

敬體

4) A：息子さんはどうして（い）たんですか。

B：a 息子は今にも泣き出さんばかりの顔をして、私を待って（い）ました。

b 息子は今にも泣き出しそうな顔をして、私を待って（い）ました。

c 息子は今にも泣き出すかのごとき顔をして、私を待って（い）ました。

d 息子は今にも泣き出すかと思うような顔をして、私を待って（い）ました。

4）A：妳兒子怎麼了？

B：a 我兒子一臉快要哭出來的表情等著我回家。

b 我兒子一臉快要哭出來的表情等著我回家。

c 我兒子一臉看起就像要哭出來的表情等著我回家。

d 我兒子一臉看起就像要哭出來的表情等著我回家。

常體

4）A：息子さんはどうして（い）たの？

B：e 息子は今にも泣き出さんばかりの顔をして、私を待って（い）たの。

f 息子は今にも泣き出しそうな顔をして、私を待って（い）たの。

g 息子は今にも泣き出すかと思うような顔をして、私を待って（い）たの。

4）A：妳兒子怎麼了？

B：e 我兒子一臉快要哭出來的表情等著我回家。

f 我兒子一臉快要哭出來的表情等著我回家。

g 我兒子一臉看起就像要哭出來的表情等著我回家。

說明

敬體

a 是使用慣用句型的「**～んばかりの～**」表示。從這句話可以看到她的兒子眼看著就快哭出來的樣子。並不是實際上真的哭了出來，而是「看起來像是」，單純是一種比喻。

a 是將舊式的說法直接用於現代，而把這樣的說法以現代語的方式表達的是 b，b 使用的是表示外觀上的徵兆、樣態的「**～そうだ**」。與 a 相比是較為口語的用法。

c 是使用「**～ような**」的古語「**～ごとき**」。「**～かのごとき**」之後是接續名詞，為慣用的句型。使用慣用句型表達的 c 和 a，是以稍嫌誇張的表達方式描述那個場面。

d 是把 a、c 以較溫和的方式表達的說法，表示「看來好像是那樣」的意思。當然只是「看起來好像」，並不是實際真的哭出來了。

常體

敬體的 c 是過於古老的說法，不會用於常體對話中。a 雖然也不太使用，不過有時要以誇飾法表達時還是會用到，並以 e 的形式表示。

重點比較

比喻 2

	書面語	口語	舊式的	慣用的說法	有臨場感
～んばかり（の）	○		○	○	○
～そうな		○			△
～かのごとき	○		○	○	○
～かと思うような		○			△

- 在比喻的句型中常會看到以古語表達的慣用句型。使用這一類的慣用句型表達，比較有臨場感，但是在語氣上會稍嫌誇張。
- 「～んばかり」很容易和表示眼看著就要開始動作的動詞結合使用，如「泣き出す－泣き出さん（哭出來－快要哭出來）」「飛び出す－飛び出さん（跳出來－快要跳出來）」「飛びかかる－飛びかからん（猛然撲上去－快要撲上去）」「倒れる－倒れん（倒下－快要倒下）」。

會話應用

〈A と B が会社の同僚の原田さんのことを心配している〉

A：原田さん、悲しそうな顔してたね。

B：うん、部長に怒鳴られて、今にも泣き出さんばかりだった。（舊式的，臨場感）

A：ほんとに。
泣き出すかと思うような、悲しそうな顔をしていたね。（口語）

B：うん。あのときの部長も目が飛び出すかのごとき形相だったね。（舊式的，臨場感）

A：原田さん、大丈夫かな。

（A 與 B 正在擔心公司同事原田先生）

A：原田先生的表情看起來很難過。

B：嗯，被部長罵了，一副快哭出來的表情。

A：真的。他那個悲傷的表情，讓人覺得他是不是快哭出來了。

B：嗯。那時部長的樣子好像眼睛都快凸出來了。

A：原田先生，不會有事吧。

否定的場合

對話 4）提到的句型（表現句型）是表示彷彿真的發生一般，具臨場感的比喻句型。這些句型通常是以肯定語氣表示，所以不可能以否定形表示。不過如果是以「**～ないとでもいう(ような)顔／格好／形相（不…（般的）表情／打扮／樣子）**」的形式，就可以使用否定形表示。在意義上並沒有實際發生般的臨場感，只是單純陳述出看起來時的那種樣貌而已。

①息子は絶対に泣かないとでもいう（ような）顔をして、いすに座っていた。 兒子擺出一副我絕對不哭的表情，坐在椅子上。

②彼女はまるで自分は知らないとでもいう（ような）顔をして、黙って立っていた。 她擺出一副像是她什麼都不知道的表情，沈默地站著。

41 根據、立場及觀點

我們在描述人或事物，或是做某種判斷時，大多會以外表、外觀或是由他處得到的相關資訊當作判斷的依據。本課我們就來看看這些作為判斷依據的資訊來源該如何表達。1-1、1-2 要介紹的是「外表、外觀」，1-3 是「言談資訊」，第 2 節要介紹的則是表示由說話者的「立場、觀點」所做的判斷。

1-1. 根據 1「外表、外觀 1」

本節將介紹的是如何傳達從外表得到的資訊所做的判斷。對話 1）為朋友之間的對話。A、B 在談論北野先生的態度。對於 A 的提問，B 可以用數種不同的句型表達從「外表、外觀」所做的判斷。

敬體

1）A：北野さんは私達の決定に不満なんでしょうか。
　B：ええ、a　あの態度から言って、不満なようですね。
　　　　　b　あの態度からして、不満なように見えますね。
　　　　　c　あの態度からすると、不満にちがいありません。
　　　　　d　あの態度から見て、不満にちがいありません。
　　　　　e　見るからに、不満そうですね。

1）A：北野先生對我們的決定是不是很不滿？
　B：是。　a　從他的態度來看，他看起來很不滿。
　　　　　b　從他的態度來看，他看起來很不滿。
　　　　　c　從他的態度來看，他一定很不滿。
　　　　　d　從他的態度來看，他一定很不滿。
　　　　　e　他一看就是一副很不滿的樣子。

常體

1）A：北野さんは私達の決定に不満なのかな？
　　B：うん、f　あの態度から言って、不満なよう｛だね／ね｝。
　　　　　　g　あの態度からして、不満なように見えるね。
　　　　　　h　あの態度からすると、不満にちがいない。
　　　　　　i　あの態度から見て、不満にちがいない。
　　　　　　j　見るからに、不満そう｛だね／ね｝。

1）A：北野先生對我們的決定是不是很不滿？
　　B：是啊，f　從他的態度來看，他看起來很不滿。
　　　　　　g　從他的態度來看，他看起來很不滿呀。
　　　　　　h　從他的態度來看，他一定很不滿。
　　　　　　i　從他的態度來看，他一定很不滿。
　　　　　　j　他一看就是很不滿的樣子

說明

敬體

對話 1）使用了數種句型敘述從外表、外觀對「北野先生」所做的判斷。a ～ e 全都屬於慣用句型。

a 是使用「**言う**」，b、c 是「**する**」，d 是「**見る**」。b、c 的「**する**」可以想成是「**判断する（判斷）**」的意思。d「**見る**」就如字面的意思，是表示依據雙眼所見而做判斷，有時也會與「**言う**」、「**する**」相同，用於表示以抽象的事物為依據所做的判斷。

b、c 的「**～からして**」與「**～からすると**」，前者給人一直持續說話未中斷的感覺，後者則是因為「**すると**」而給人話說到一半稍作停頓，稍稍思考一下才再繼續說話的感覺。

e「**見るからに**」是「看一眼馬上就明白」的意思，是表示從外

表來看，立刻可以做出「簡直就是如此」的判斷。

①上司からほめられて、彼は見るからにうれしそうだった。
被上司誇獎，他看起來就是一副很開心的樣子。
②手術が長引いて、執刀医は見るからに疲れた様子だった。
手術時間拉長，執刀的醫生看起來就是一臉很疲憊的樣子。

a～d 的後句通常會搭配「**ようだ**」、「**見える**」、「**にちがいない**」這類表示推測的句型，以及「**そうだ**」這種表示樣態的句型。

重點比較

根據 1「外表、外觀 1」

	未停頓地說出結論	中途停下來思考	肯定地說就是如此
～から言って	○		△
～からして	○		△
～からすると		○	△
～から見て	○		△
見るからに	○		○

- 表達由外表、外觀得到的資訊來判斷的句型，大多為慣用句型，本課介紹的五個句型皆是如此。
- 「～から言って／して／すると／見て」分別使用不同的動詞，都是表示判斷的根據。
- 「見るからに」如字面所示，意思是「一看就知道」。

會話應用

〈寿司屋の水槽の前で客同士が話している〉

A：この魚は見るからに新鮮で、おいしそうですね。
（簡直就是如此）

B：カツオですかね。

A：うーん、大きさから言って、カツオではないですね。
（從外表判斷）

B：この青い色から見て、サバかな。（從外表判斷）

A：いや、形からすると、アジの一種かな。
（略作思考後才做出判斷）

B：そうですね。しっぽの形からして、アジの仲間かもしれないですね。（從外表判斷）

（客人在壽司店的水槽前聊天）

A：這些魚一看就很新鮮，看起來很美味呀。

B：這是鰹魚吧。

A：唔……從大小來看，這不是鰹魚吧。

B：從這個藍色來看，這是鯖魚吧。

A：不，從形狀來看，這是竹筴魚的一種喲。

B：說得也是。從尾巴的形狀來看，或許和竹筴魚是同類。

否定的場合

基於「外表、外觀」所做的判斷，也有以否定形表示的情況。

a' あの態度から言って、彼にはおもしろくないようです。
從那個態度來看，他似乎不覺得有趣。

b'～e' 也是以相同的方式表達，此處略過不提。不過「**から言って**」、「**からして**」之前不能使用否定形。

1-2 根據 2「外表、外觀 2」

本節我們一起來看看其他從外表、外觀獲得資訊的判斷句型。對話 2）的場景是位於高樓大廈的高樓層辦公室。B 正從窗戶向下眺望。對於 A 的提問，B 可以用數種不同表達從「外表、外觀」做判斷的句型來回應。

敬體

〈ビルの上層階の１室で〉

2）A：外は雨ですか。

B：a 傘（かさ）をさして（い）る人がいますから、雨が降り出したみたいですね。

b 傘をさして（い）る人がいる｛の／ところ｝を見ると、雨が降り出したみたいですね。

c 傘をさして（い）る人がいるくらい／ぐらいですから、雨が降って（い）るんですよ。

（在大樓高樓層的其中一間辦公室）

2）A：外面在下雨嗎？

B：a 有人在撐傘，好像開始下雨了。

b 我看到有人在撐傘，好像開始下雨了。

c 既然有人在撐傘，所以現在一定在下雨。

常體

2）A：外は雨？

B：d 傘をさして（い）る人がいるから、雨が降り出したみたい｛だね／ね｝。

e 傘をさして（い）る人がいる｛の／ところ｝を見ると、雨が降り出したみたい｛だね／ね｝。

f 傘をさして（い）る人がいるくらい／ぐらいだから、雨が降って（い）る｛んだよ／のよ｝。

2）A：外面在下雨嗎？

B：d 有人在撐傘，好像開始下雨了。

e　我看到有人在撐傘，好像開始下雨了。
f　既然有人在撐傘，所以現在一定在下雨。

說明

敬體

對話 2）是指由大樓高樓層的窗戶往下看，由眼前所看到的外在景象來做判斷。

a 因為實際看到有人在撐傘，於是使用「**～から**」來表示以此為由所做的結論。b「**～の／ところを見ると**」不像 a 一樣是敘述理由，而是敘述經客觀的觀察得出的想法、判斷。

b 不管用「**の**」還是「**ところ**」都是表示從整體的狀況來看，兩者在使用上可以相互替換，不過「**ところ**」是把該狀況視為單一的動作或現象，而相對地，「**の**」感覺上則是把該狀況或動作視為整體的態勢或動向。此外，「**の**」為口語的用法。

c「**～くらい／ぐらいだから**」是指「因為是那樣（高）的程度、狀態」，在句中是作為理由依據來表示說話者基於常識及經驗所做的判斷，而結論通常是「所以相信一定會／當然會發生（後句的事）。」

重點比較

根據 2「外表、外觀 2」

	從理由到結論	視為整體的態勢或動向	視為單一的動作或現象	因為是那樣的程度、狀態（常識上、經驗上的判斷）	相信一定會／當然會～だ／吧
～から	○				
～の／ところを見ると		○	○*		
～くらい／ぐらいだから				○	○

＊使用「ところ」的情況下

- 「～から」是表示判斷的理由；「～の／ところを見ると」是表示要視整體的狀況所做的判斷；「～くらい／ぐらいだから」是表示基於常識或經驗所做的判斷。
- 「～くらい／ぐらいだから」的後句通常是以「相信一定是／當然是」來表示說話者所做的結論。

會話應用

〈人が集まっているのを見て。B は男性〉

A：何かあったのかしら。
B：人が集まっているから、何かあったにちがいない。
（原因、理由，直接）
A：救急車が今行ったところを見ると、けが人が出てるのかもしれない。（判斷為單一的動作）
B：煙が出てるよ。
A：ほんと。煙が出てるのを見ると、火事かな。（整體的判斷）
B：消防車が何台か来てる。
A：消防車が来ているくらいだから、きっと火事ね。
（依據常識及經驗做出結論）

（看到一群人聚集在一起，B 為男性）

A：發生什麼事了？
B：因為有人群聚集，一定是發生什麼事了。

A： 看到救護車出動了，或許是有人受傷了。
B： 有煙飄出來了。
A： 真的。看到煙飄出來，應該是火災。
B： 來了好幾台消防車。
A： 既然有消防車來了，那一定是火災。

否定的場合

對話 2）「外表、外觀 2」等表示根據的句型（表現句型），若改以否定形表示，則如下所示。（內容稍做更動，以常體表示）

a’ **誰も来ないから、今日のイベントは中止みたいだね。**
因為沒有人來，所以今天的活動好像取消了。

b’ **誰も来ないの／ところを見ると、今日のイベントは中止みたいだね。** 從都沒人來的這點來看，今天的活動似乎是取消了。

c’ **誰も来ないくらい／ぐらいだから、今日のイベントは中止だね。**
既然都沒有人來，所以今天的活動一定是取消了。

「**から**」、「**の／ところを見ると**」、「**くらい／ぐらいだから**」之前即使用否定形表示，句子也依然可以成立。

1-3 根據 3「言談資訊」

本節要介紹的是表示以言談做為資訊來源的句型。其中會牽涉到一些曾在第 7 課「傳聞」中提到的內容。在對話 3）中，B 可以用數種不同以「言談資訊」做為判斷根據的句型來回應 A 的提問。

敬體

3) A：山田さんはどうしたのですか。
B：a 田中さんによると、（山田さんは）食中毒にかかったそうです。
b 田中さんの話では、（山田さんは）食中毒にかかったそうです。
c 田中さんが言って（い）たんですが／だけど、（山田さんは）食中毒にかかったそうです。
d 田中さんが言うには、（山田さんは）食中毒にかかったそうです。
e 噂では、（山田さんは）食中毒にかかったそうです。

3）A：山田先生怎麼了？
B：a 據田中先生説，（山田先生）食物中毒了。
b 據田中先生説，（山田先生）食物中毒了。
c 田中先生説，（山田先生）食物中毒了。
d 田中先生説，（山田先生）食物中毒了。
e 傳聞（山田先生）食物中毒了。

常體

3) A：山田さんはどうしたの？
B：f 田中さんによると、食中毒にかかったそう{だよ／よ}。
g 田中さんの話では、食中毒にかかったんだって。
h 田中さんが言って（い）たんだけど、（山田さんは）食中毒にかかったんだって。
i 田中さんが言うには、食中毒にかかったそう{だよ／よ}。
j 噂では、食中毒にかかったそう{だよ／よ}。

3）A：山田先生怎麼了？
B：f 據田中先生説，（山田先生）食物中毒了。
g 據田中先生説，（山田先生）食物中毒了。
h 田中先生説，（山田先生）食物中毒了。
i 田中先生説，（山田先生）食物中毒了。
j 傳聞（山田先生）食物中毒了。

說明

敬體

a 是以言談作為資訊來源最具代表性的句型，以「**～によると**」進行引導，後句再以表示傳聞的「**～そうだ**」總結，屬於正式生硬的表達方式。

b「**～の話では**」是傳達特定某個人的說話內容，所以感覺上，說話者與資訊來源的關係會比使用「**～によると**」來得親近。除了 b 以外，還可以像 c、d 一樣，使用「**田中さんが言う**」這句話表示。

c 是像要開啟話題的緩衝用語一樣以「**〇〇さんが言って(い)たんですが／だけど（〇〇先生說）**」的說法表示，聽起來較委婉。d 的「**～が言うには**」是在語感上帶有說話者很瞭解說出該項資訊的人，可能是家人或是親近的友人。

e是沒有限定是由誰說的，而是以「傳聞」含糊地帶過資訊來源。這表示比起是誰說的，傳聞的內容更重要。

常體

在對話 3）中，資訊來源是「田中先生」，而話題中的人物（主題）是「山田先生」。在不影響理解的情況下，省略主題（山田先生）是很常見的表達方式。因為省略主題也會影響句子的禮貌程度，所以在對話 3）的敬體都在主題的部分加上了括號。在常體的部分，除了 h 以外的句子都省略了主題。而像 h 這種前句較長的句子，為了避免混亂，一般認為最好還是要在句子裡放入主題（山田先生）。

重點比較

根據 3「言談資訊」

	正式生硬的説法	慣用的説法	親近的感覺	像緩衝用語一樣	資訊來源大多為親近的人、友人、家人	曖昧、含糊地帶過	與資訊來源相比內容更重要
〜によると	○	○					
〜の話では	△		△				
〜が言っていたんですが／だけど			○	○			
〜が言うには		○			○		
噂では		○				○	○

- 「〜によると」是正式生硬的説法，其他四種句型為口語的用法，屬於委婉的説法。
- 「噂では」是用於不想讓人得知資訊來源，或是沒有必要告知資訊來源，或判斷為不告知比較好的情況時也會使用。

會話應用

〈スーパーの閉店について話している〉

A：噂によると、スーパーJが9月に閉店するんだって。
（曖昧、含糊的表達方式）

B：店長の話では、閉店しないってことだったけど。
（資訊來源為特定對象）

A：Jで働いている友人が言ってたんだけど、重役会議で決まったんだって。（像緩衝用語一樣）

B：ふーん。

A：友人が言うには、去年から閉店は決まってたらしいよ。
（從親近的人得到的資訊）

B：そんな前から……。

A：業績報告によると、ずっと赤字が続いてたみたいよ。
（正式生硬的説法）

B： そうなんだ……。

（討論有關超市倒閉的事）

A： 傳聞 J 超市九月要收掉了。
B： 不過店長說不會收掉。
A： 在 J 工作的朋友說，是董事會決定的。
B： 喔。
A： 朋友說，似乎去年就決定要把店收掉了。
B： 那麼久之前就……
A： 根據業績報告，那間店似乎一直都是赤字。
B： 是這樣啊……

否定的場合

表示資訊來源的 a「**によると**」、b「**の話では**」之前不能使用否定形。而 c「**言っていた**」、d「**言うには**」通常不會以否定形表示，若刻意要以否定形表示，那麼結果應該會是如下所示。

c' 田中さんが言っていたわけではないんですが／だけど、～
那並不一定是田中先生說的…

d' 田中さんが直接言っているんじゃないんですが／だけど、～
雖然不是田中先生直接告訴我的，但…

使用 c'、d' 的形式，是委婉地向聽者傳達資訊來源。

2 立場、觀點

本課要介紹的是作為根據及判斷的另一項要素，也就是說話者的「立場、觀點」。對話 4）是發生在會議室。對於 A 的提問，B 可以用數種不同表達自己的「立場、觀點」的句型來回應。

敬體

4) A：直井さんはこの案についてどう思いますか。
B：a 私は、その案には反対です。
b 私としては、その案には反対です。
c 私としても、その案には賛成できません。
d 私から言うと、その案には問題点がありますね。
e 私から見て、その案はあまりいいとは言えません。

4) A：直井先生覺得這個方案怎麼樣？
B：a 我反對這個方案。
b 就我而言，我反對這個方案。
c 就算是我，也不贊成這個方案。
d 就我而言，我對這個方案有疑問。
e 從我的立場來看，我沒辦法說這個方案很好。

常體

4) A：直井さんはこの案についてどう思う？
B：f 私は、その案には反対｛だよ／よ｝。
g 私としては、その案には反対｛だよ／よ｝。
h 私としても、その案には賛成できない。
i 私から言うと、その案には問題点があるよ。
j 私から見て、その案はあまりいいとは言えないね

4) A：直井先生覺得這個方案怎麼樣？
B：f 我反對這個方案。
g 就我而言，我反對這個方案。
h 就算是我，也不贊成這個方案。
i 就我而言，我對這個方案有疑問。
j 從我的立場來看，我沒辦法說這個方案很好。

說明

敬體

日本社會一直以來普遍都存在一種想法，認為當要表達自己的意見或立場時，不要使用「**私は**」或「**私としては**」，比較不會有強迫別人接受你的意見的感覺，即使是現在的日本人，也仍然保有這樣的想法。不過若是在會議這類必須正式表達自己的意見或主張的場合，也還是必須要表明自己的立場。只不過會搞不太清楚自己的立場可以表達到什麼程度。

a 是以「**私は**」開頭，簡潔地陳述自己的立場、意見。句尾通常會搭配「**賛成／反対です**」、「**～と思います**」這一類的用法。使用「**私は～**」表示時，即使不特別使用其他的句型，也能表達自己的立場。不過「**私は**」是表示強力的主張，如果使用太頻繁，不但容易顯得咄咄逼人，有時也會給人留下幼稚的印象。當要以說明的、解說的方式陳述意見時，句中若有向對方表明自身立場的關鍵字（b「**としては**」、c「**としても**」、d「**から言うと**」、e「**から見て**」等），聽者也會更容易理解。

b「**～としては**」是表示立場最具代表性的句型，屬於正式生硬的說法。以「**も**」代替「**は**」的 c「**～としても**」，是較委婉的說法。雖然使用了表示同類的「**も**」，但並不一定是表示贊成某人的意見，而是藉由「**も**」使語氣顯得較委婉。

d「**～から言うと**」是說話者針對話題的內容或其他的意見積極地表達自己的意見，大部分的情況下，會在後句提出相反或修正的意見。比較有禮貌的說法是「**(私から)言わせていただく／言わせていただきますと……（如果以我立場來說）**」，而這樣的說法雖說看起來像是積極地表達意見，但有時會顯現出表面上對對方十分客套，但心裡卻一點也不尊敬對方的感覺。

e「**～から見て**」與 d「**～から言うと**」幾乎同義，不過「**～から言うと**」是比較客觀間接的說法。

重點比較

立場、觀點

	簡潔	常用於表示立場的說法	委婉的說法	積極地表明意見	客觀	容易演變為幼稚的說法
私は	○	○				○
私としては		○				
私としても			○			
私から言うと				○		
私から見て					△	

- 表明立場在會議上或是正式發表意見的場合雖然是有必要的，但聽起來會有些咄咄逼人，所以要小心別過度使用。特別要注意「私は」的使用。
- 「私から言うと」、「私から見て」是當接續某一個話題後使用，或話題中出現其他的意見，而說話者打算以自己的意見來回應時的用法。

會話應用

〈先輩が新人の指導をしている後輩に注意をしている〉

先輩：新人指導はもっと厳しくやってください。
後輩：私としては厳しくやっているつもりです。
（表明立場，正式的說法）
先輩：私から見て、そうは思えません。（客觀）
後輩：そうでしょうか。
先輩：私としてもこんなことは言いたくないんだけど。
（委婉的說法）
後輩：私は一生懸命やっているつもりです。（強力地主張）
先輩：……。

後輩：私から言わせていただくと、先輩も甘いんじゃありませんか。（對其他意見積極表明想法，會有看似有禮，但又帶有狂妄之氣的感覺）

先輩：ええっ！

（前輩提醒正在負責指導新人的晚輩）

前輩：指導新人的時候要再嚴格一點。

晚輩：以我的立場而言，是打算要嚴格地執行。

前輩：在我看來並非如此。

晚輩：是這樣嗎？

前輩：我也不想這麼說。

晚輩：我很努力在做了。

前輩：……。

晚輩：若要讓我來說，前輩不也很寵新人嗎？

前輩：啊？！

42 緩衝用語

當要開始一段對話，通常會在進入正題之前，藉由說一、二句相關的話來導入正題。而這個「一、兩句相關的話」就稱為「緩衝用語」。本課將介紹的就是可使話題或對話順利展開的句型。

1. 主動攀談

本節是「緩衝用語」1，要介紹的是向對方主動攀談以便進入話題的相關句型。在對話 1）中，A 向朋友 B 搭話並開始聊天。A 可以用數種不同的「緩衝用語」主動找對方說話。

敬體

1）A：あのう、a　ちょっとすみません｛が／けど｝……。
b　申し訳ありません｛が／けど｝……。
c　ちょっとお話があるんです｛が／けど｝……。
d　ちょっとご相談したいことがあるんです｛が／けど｝……。
e　この間のことでちょっと……。
B：はい、何ですか。
A：実は……。

1）A：那個，a　不好意思……。
b　不好意思……。
c　我有些事想跟你說……。
d　我有點事想找你商量……。
e　關於上次那件事……。
B：是的，有什麼事嗎？
A：其實……。

常體

1）A：あのう、 f　ちょっと｛すまない／すまないんだ｝けど……。
g　｛申し訳ない／申し訳ないんだ｝けど……。
h　ちょっと話があるんだけど……。
i　ちょっと相談したいことがあるんだけど……。
j　この間のことでちょっと……。
k　ちょっと｛悪い／悪いんだ｝けど……。
B：うん、なあに？
A：実は……。

1）A：那個， f　不好意思……。
g　不好意思……。
h　我有些事想跟你說……。
i　我有點事想找你商量……。
j　關於上次那件事……。
k　不好意思喔……。
B：嗯，什麼事？
A：其實……。

說明

敬體

當你要叫住對方並引導對方進入話題時，a ～ e 是最具代表性的緩衝用語說法。

日語會使用 a「**すみませんが／けど**」或 b「**申し訳ありませんが／けど**」這類表示歉意的句子來叫住對方。這可以想成是因為自己有話要說而叫住對方，導致對方的行動被迫中止，為此而表達道歉之意。

a 和 b 相比，b 雖然比較禮貌，不過日常生活中當要選擇有禮貌的說法時，通常會使用 a「**すみませんが／けど**」。b「**申し訳ありま**

せんが／けど」是屬於較為正式生硬的說法。

c、d 也常用於叫住對方，通常是利用「**ちょっと**」來觀察對方的反應。d 的句子是因為加上了「**こと**」，才會有「**ちょっとご相談したいことがあるんですが／けど**」的結果。若不加「**こと**」，以「**ご相談したいんですが／けど**」表示，是更為間接的表達方式，語氣會顯得更有禮貌。

e 是想就先前曾提過的話題再繼續聊，而主動找對方說話時的緩衝用語。重要的不是之前的話題談到何種地步，而是透過先前的話題來做連結，會比較容易和對方搭話。

常體

常體的對話若在句尾使用「**～が**」，即為男性用語。如果用「**～けど**」則在口語上會顯得較委婉，男女皆可使用。

f、g 是使用「**すみません**」、「**申し訳ありません**」的常體「**すまない**」、「**申し訳ない**」，常體的「**すまない**」、「**申し訳ない**」為男性用語，大多為年長者使用。如果談話者之間的關係較為親近時，不論男女都常見使用「**悪い**」。這裡的「**悪い**」並非是「**良い good**、**悪い bad**」的「**悪い**」，而是表示「**申し訳ない（不好意思）**」之意。因為是比較輕鬆的口語表達方式，大多會搭配「**～けど**」一起使用。

重點比較

主動攀談

	表示歉意的句型	間接的	稍稍生硬的說法	禮貌	會話性質
ちょっとすみませんが／けど	○			○	
申し訳ありませんが／けど	○		○	○	
ちょっと（お）話があるんですが／けど				○	
ちょっと（ご）相談したいことがあるんですが／けど		○	○	○	
この間のことでちょっと		○		△	○
ちょっと悪いけど／悪いんだけど	○				○

- 將表示歉意的句型作為緩衝用語使用的有「すみません／すまないが／けど」、「申し訳ありません／申し訳ないが／けど」、「悪い／悪いんだが／けど」。這些句型都是用於表達對於主動找對方說話感到抱歉的心情。
- 其他的緩衝用語還有以「話がある（我有事要說）」、「相談がある（我有事要商量）」的說法和對方搭話。
- 還有一種是以先前發生過的事做為緩衝用語，像是「この間お話ししたんですが（之前和你說過的那件事）」、「この間△△さんにお会いしたんですが（我之前遇到△△先生）」等。
- 「悪いけど／悪いんだけど」即使是以較有禮貌的「悪いです／悪いんですが／けど」表達，禮貌程度仍較低，所以不太能夠用於正式的場合。以常體表達時男女大多都是使用「悪いけど／悪いんだけど」的說法。

會話應用

〈オフィスで〉

山下：課長、ちょっとすみませんが……。（主動攀談）
課長：はい。

山下：ちょっとご相談したいことがあるんですが……。
（引導入正題，禮貌）
課長：はい。
山下：この間のことでちょっと……。実は、打ち合わせの日を変えていただけないかと……。（以先前的話題做連結）

〈電話のベルが鳴る〉

課長：もしもし……。
〈電話で話している。山下のほうを振り返って〉
山下君、ちょっと悪いんだけど、あとでもう一度来てくれないか。（會話性質，輕鬆隨意）
山下：はい、わかりました。

（辦公室）

山下：課長，不好意思……。
課長：是。
山下：我有點事想和您商量……。
課長：什麼事。
山下：就是之前說的那件事……。
其實我是想……不知開會的日子是否能夠改成別的日子……。

（電話鈴聲響起）

課長：喂……。（正在講電話，回頭看看山下）
山下，不好意思，你可以晚點再過來嗎？
山下：是，我知道了。

否定的場合

主動攀談時的緩衝用語大多都是固定的句型，所以直接使用對話 1）中 a ～ e 的句子是很常見的表達方式。如果一定要以否定形表示，則會如下的例子。

①あのう、大したことじゃないんですが、～

那個，雖然不是什麼大不了的事，但…

②あのう、お時間とらせたくないんですが、～

那個，我也不想浪費您的時間，但…

③あのう、今じゃなくていいんですが、～

那個，不是現在也沒關係，但…

因為大多都是一邊猶豫一邊說話，所以一開始以「**あのう**」開頭會比較自然。以「**大したことじゃない**」、「**時間をとらせたくない**」、「**今じゃなくてもいい**」這幾個句子來說，或許有些人會覺得沒必要特別提出來說，不過各位還是要知道這些句子一般被視做是日語中的委婉語。

2. 先表示「這件事先前已經提過」再陳述自己的想法

我們在陳述自己的想法或意見之前，有時會先說一句「**以前にすでに話したことがある（我先前已經提過這件事）**」、「**誰でも知っていることである（任誰都知道的事）**」，先提起過往的事之再進入話題。這麼一來說話者比較容易把話題帶入，也可以挑起聽者的興趣。在對話 2）中，受訪中的足球選手 B 就是以這一類的句型來切入話題。

敬體

2）〈サッカーの試合の前に。A はインタビュアー〉

A：今年も優勝をねらって（い）ますね。

B：a　前にも言いましたように、今年も日本一をねらいます。

b　前にも言いました｛が／けど｝、今年も日本一をねらいます。

c　前にも言った（か）と思います｛が／けど｝、今年も日本一をねらいます。

d　（今さら）言う必要はないと思います｛が／けど｝、今年も日本一をねらいます。

2）（足球比賽前的採訪，A 為採訪者）

A：今年也是以冠軍為目標吧。

B：a　就如我先前說過的，今年還是以日本第一為目標。

b　我先前也說過，今年還是以日本第一為目標。

c　我想我先前也說過，今年還是以日本第一為目標。

d　我想大家都知道，今年我還是以日本第一為目標。

常體

2）A：今年も優勝をねらって（い）るね。

B：e　前にも言ったように、今年も日本一をねらうよ。

f　前にも言ったけど、今年も日本一をねらうよ。

g　前にも言った（か）と思うけど、今年も日本一をねらうよ。

h　（今さら）言う必要はないと思うけど、今年も日本一をねらうよ。

2）A：今年也是以冠軍為目標吧。

B：e　就如我先前說過的，今年還是以日本第一為目標。

f　我先前也說過，今年還是以日本第一為目標。

g　我想我先前也說過，今年還是以日本第一為目標。

h　我想大家都知道，今年我還是以日本第一為目標。

敬體

對話 2）中，說話者是敘述自己以冠軍為目標的決心，在陳述自己的想法、見解、意見之前，我們透過 a ～ d 的四個句子來想想看該如何以緩衝用語開頭。

問句提到「**ねらって(い)ますね（瞄準）**」，而為表示決心，所以用「**ねらいます**」回應。

a 和 b 分別是以「**～言いましたように**」和「**～言いましたが／けど**」作為緩衝用語。像 a、b 這樣的表達方式，是常見的緩衝用語句型。和 a 相比，使用 b 的「**～が／けど**」會給人比較委婉有禮的感覺。

c 是在句中加入「**と思います**」，話中帶有反問對方「你還記得嗎」的語感。如果像「**言ったかと思います**」一樣在句中加入「**か**」，是更委婉有禮貌的說法。

d 的「**（今さら）言う必要はない**」是在話中帶有「推測對方應該知道，為求保險起見才說」的意味。雖然是有禮貌的說法，但在語感上帶有強烈主張的意味。

常體

敬體可以用動詞的マス形「**ねらいます**」宣告自己的決心，但在常體的對話中，如果只使用辭書形（**今年も日本一をねらう。**），語氣就會像是一般的直敘句。這時就必須要加上終助詞「**よ**」，以表示這是向對方發話。另外，常體若使用「**～が**」會變成生硬的男性用語，所以改用「**～けど**」。

重點比較

先表示「這件事先前已經提過」再陳述自己的想法

	常用的緩衝用語說法	委婉的說法	有禮貌	給人反問的感覺	強烈的主張	為求保險起見
前にも言いましたように	○	△	○		△	△
前にも言いましたが／けど	○	○	○		△	△
前にも言った（か）と思いますが／けど		○	△	○	△	△
（今さら）言う必要はないと思いますが／けど					○	○

- 緩衝用語的目的是「更容易引導對方進入正題」。以和過去經驗有關的事情作為開啟話題時的緩衝用語，是最方便合理的做法之一。
- 「前にも言った／言いました（我先前也提過）」是為了讓對方想起先前提過的事，有時依據前後句的脈絡也可能變成是強調的說法。
- 本節介紹的四種句型中的前兩種提到了「前にも言った」，而後兩種則都提到了「あなたも知っているはずだ」。但後兩種使用上要特別注意，很有可能會因為說話的語氣而使對方覺得自己是被質疑「你該不會不知道」，反而顯得失禮。後面這兩種說法如果要以更有禮貌的方式表達，可以在話中加入「か」，以「前にも言ったかと思いますが／けど」表示。另外，像「（今さら）言う必要はないかもしれませんが／けど」的句子，則可以把語氣較強烈的「今さら」省略，並加上表示不確定語氣的「かもしれません」。

會話應用

〈A が B に、貸したお金の返済を求めている〉

A：お貸ししたお金を返していただきたいのですが。
B：あ、すみません。
A：前にも言いましたように、私のほうも物入りなので。
（以過去做為連結）
B：はい、わかっています。

42 緩衝用語

A：前にも言ったと思いますが、期限には必ず返すということでお貸ししたのです。（以過去做為連結）
B：はい。
A：私のほうもお金が余ってるというわけではありませんので。
B：はい。明日必ずお返しします。
A：言う必要はないと思いますが、あなたにはもう二度とお貸しすることはありません。（強烈的主張）

（A 要求 B 還錢）

A：我想請你把借的錢還我。
B：啊！對不起。
A：就如我先前也提過的，我的開銷也不小。
B：是的，我知道。
A：我想我之前也說過，借錢給你的條件就是到期一定要還。
B：是。
A：我也不是閒錢很多的人。
B：是的，我明天一定會還。
A：我想你應該很清楚，我以後不會再借你錢了。

否定的場合

「**前にも言いましたように（就如我先前提過的）**」這一類的開場白，大部分的情況下都是以肯定形表示。雖然不是以對話 2）的句子來進行改寫，但如果要以否定形表示則有以下的說法。

①この前お話しできなかったんですが、～
先前沒能和你說，…

②この前お話しできなかったことなんですが、～
這件事先前沒能和你說，…

③この前お話ししなかったんですが、～

先前沒和你提過，…

3. 慣用的緩衝用語

本節將介紹的是一般慣用的緩衝用語。對話 3）的場面是即將競選國會議員的 A，正在對多數人發表演說，A 可以用數種不同針對多數人的「緩衝用語」句型來開啟這段演說。

敬體

3）A：皆さん、こんにちは。
- a　ご存じのように、4 月には国会議員の総選挙があります。
- b　ご周知のように、4 月には国会議員の総選挙があります。
- c　ご案内のように、4 月には国会議員の総選挙があります。
- d　ご承知のように、4 月には国会議員の総選挙があります。
- e　言うまでもありません｛が／けど｝、4 月には国会議員の総選挙があります。

3）A：大家好。
B：
- a　誠如各位所知，四月有一場國會議員的總選舉。
- b　猶如各位所知，四月有一場國會議員的總選舉。
- c　正如各位所知，四月有一場國會議員的總選舉。
- d　誠如各位所知，四月有一場國會議員的總選舉。
- e　我想大家都知道，四月有一場國會議員的總選舉。

常體

3）A：
- f　皆さんが知っているように、4 月には国会議員の総選挙がある。
- g　周知のように、4 月には国会議員の総選挙がある。
- h　皆さんご承知のように、4 月には国会議員の総選挙がある。
- i　言うまでもない｛が／けど｝、4 月には国会議員の総選挙がある。

3）A：f　誠如各位所知，四月有一場國會議員的總選舉。
g　猶如各位所知，四月有一場國會議員的總選舉。
h　誠如各位所知，四月有一場國會議員的總選舉。
i　我想大家都知道，四月有一場國會議員的總選舉。

說明

敬體

這一節要介紹的是以一句「那件事大家都知道」來開頭，先引起大家對後續內容的興趣，再進入正題的緩衝用語說法。a ～ e 的說法大多是在公開場合（特別是多用於選舉演說或政治場合）演講、說明或陳述意見時使用。全都是慣用的說法。

a「**ご存じのように**」是使用「**知る**」的敬語，所以不能算是慣用句，不過是很有禮貌且很常用的說法。b「**ご周知のように**」、c「**ご案内のように**」都是固定的說法。兩者皆屬於生硬正式的說法，「**ご周知**」是「大家都知道」的意思；「**ご案内**」是向對方表示「如你所知」的意思。也有不少情況是實際上對方並不知情，不過在形式上還是要使用這一類的說法作為緩衝用語。

d 的「**ご承知**」和 a 的「**ご存じ**」的意思幾乎完全相同，話中帶有不只是知情，而且也理解內容是什麼的含意。

a ～ d 可以用「**のとおり**」代替「**のように**」（**ご存じ／(ご)周知／ご案内／ご承知のとおり**）。「**のとおり**」是比「**のように**」更生硬的說法。

e「**言うまでもありませんが／けど**」是一種說明性質的說法，是表示「就如各位知道的」、「沒有必要在這裡再說一次」的意思。「**言うまでもありませんが／けど**」可以用「**言うには及びませんが／けど**」代替。

常體

對話 3）的緩衝用語說法，是用於正式場合的生硬的表達方式，因此基本上沒辦法用於常體的對話中。通常是年長的男性單方面地報告事情的情況才有可能出現這一類的說法。但即使如此，敬體 c 句的「**ご案内のように**」還是太過正式，所以不能用在常體對話中，故略過不提。而敬體 b 句的「**ご周知**」，在常體 g 句則是改以「**周知**」表示。

重點比較

慣用的開場白

	固定的句子	正式的說法	生硬的說法	正式場合的說法	具說明性質的
ご存じのように		○		△	
（ご）周知のように	○	○	○	○	
ご案内のように	○	○	○	○	
ご承知のように	○	○	○	○	
言うまでもありませんが／けど				○	○

- 這一節介紹的句子中，前四句為固定的說法，而且皆是用於正式場合的緩衝用語。「（ご）周知のように」、「ご案内のように」大部分都是用於向多數人發表演說，以及在書面文件中表示寒暄之類的情況。也可以用「（ご）周知の通り」、「ご案内の通り」表示。
- 「言うまでもないが」、「言うには及ばないが」若改以「言うまでもありませんが」、「言うには及びませんが」表示，就不會給人失禮的感覺。

會話應用

〈図書館長がスピーチをしている〉

当図書館では、現在、今年度購入する図書の選定作業を行っております。

ご周知のように、図書の選定におきましても予算的に大変厳しい状況にあります。（大家都知道，慣用）

言うまでもありませんが、近年、図書単価の高騰に加えて補助金の削減があり、当図書館は苦しい状況にあります。（保險起見，說明性質）

このような状況の中で、当図書館では、すでにご案内のように、皆様から寄付金を募ることになりました。（已知，慣用）

今さら言うには及びませんが、図書は子供の成長の糧でございます。（保險起見）

どうか以上の趣旨にご賛同いただきますとともに、ご協力よろしくお願い申し上げます。

（圖書館館長正在演講）

本館目前正在遴選本年度將購入的圖書。

誠如各位所知，在書籍的選購預算上面臨極為嚴峻的情況。

我想各位都知道，近年來書籍的價格上漲，再加上補助金削減，本館正處於困境當中。

在這樣的情況下，正如各位所知，本館將向在座的各位募款。

至今我想不必贅言，書籍是孩子們成長的食糧。對於前面提到的困境，我們懇請各位的支持與協助。

否定的場合

對話 3）中作為緩衝用語的句子，因為都是慣用的說法，所以直接使用即可。否定形會以「**ご存じないかもしれませんが、〜（您或許不知道，…）**」的方式表達。

43 敬語 1（尊敬語）

敬語是說話者向對方（聽者）或是「話題中的人物」表現敬意的方式。日語會依據對象不同，或是「話題中人物」的社會地位、年齡、和對方之間的親疏關係而使用不同的敬語。另外，敬語也會因場合的正式與否而有所不同。即使同一個對象，也可能在說話的過程中，逐漸轉而使用不同禮貌程度的敬語。

近年來還有一種觀點，認為敬語應該體現對對方的「顧慮」。所謂的「顧慮」就是「擔心」、「關懷」的意思，而顧慮對方及其身邊的狀況，則可以想成是將上下關係等因素都納入考量，從較大的視點來理解敬語。也就是當對對方及其周遭的情況、狀況、時間有所顧慮之時，敬語就會體現於言行之中。

敬語大致上可分為三種：

尊敬語：用於表示對方或者是「話題中人物」的動作、狀態等。
謙讓語：用於表示說話者（包含家人、夥伴等）的動作、狀態等。只用於表示與對方有關的情況。
鄭重語：與對象是誰無關，單純是說話者想以禮貌的態度表達時的用法。

敬語 1 要介紹的是「尊敬語」，敬語 2 要介紹的是「謙讓語」（包含「鄭重語」）。另外，還會介紹當敬意對象（以下將「對方」或「話題中的人物」稱為「敬意對象」）是眼前的交談對象，以當敬意對象不在場且僅於話中提及時的表達方式。

1-1. 敬意對象 1「老師與學生的對話」

「尊敬語」是說話者在提及敬意對象的動作、狀態之類的情況時使用的敬語表達方式。以下的對話情境是學生直接與老師面對面交談，我們來看看該如何表達敬意（尊敬）。以下的對話 1）是學生和戴著口罩的老師之間的對話。請問你會選擇 a ～ c、d ～ h 中的哪一個句子來表達呢？

敬體

1）〈マスクをした先生を見て〉
学生：先生、 a　どうなさったんですか。
　　　　　　 b　どうされたんですか。
　　　　　　 c　どうしたんですか。
先生：いや、ちょっと。
学生：d　風邪をお召しになったんですか。
　　　e　風邪をお引きになったんですか。
　　　f　風邪を引かれたんですか。
　　　g　お風邪ですか。
　　　h　風邪ですか。
先生：そうなんだよ。

1）〈見到戴著口罩的老師〉
學生：老師，a　請問您怎麼了？
　　　　　　b　請問您怎麼了？
　　　　　　c　你怎麼了？
老師：不，只是有點不舒服。
學生：d　請問您感冒了嗎？
　　　e　請問您感冒了嗎？
　　　f　請問您感冒了嗎？
　　　g　您是感冒了嗎？
　　　h　你感冒了嗎？
老師：沒錯。

說明

下方的表 1，是把尊敬語依照敬意的程度分為 A、B、C 三個層次。A 的敬意程度最高，B、C 的敬意程度則依序遞減。A 與 B 在使用上有時並沒有明確的區別。各個句型的位置則是表示敬意程度高低的變化（看是在左邊、右邊還是中間）。A 和 B 的欄位內，愈靠左邊表示敬意程度愈高。

表格最左邊為基本動詞，A 是以尊敬動詞（指「**いらっしゃる**」、「**なさる**」等表示尊敬之意的特殊動詞）為主；B 是以「**お＋マス形的語幹＋になる**」的形態為主。例如「**来る**」這個動詞，敬意最高的是「**おいでになります**」，「**いらっしゃいます**」、「**お見えになります**」的敬意較低。（「**お＋マス形的語幹＋になる**」也包括「**ご出発になる**」、「**ご注文になる**」這種「**ご＋名詞＋になる**」的句型。這裡的名詞通常是指和「**する**」搭配使用會變成「**出発する**」、「**注文する**」這種漢語動詞的名詞。）C 是使用被動形表示的敬語（這裡我們稱為「表尊敬的被動形」），是比 A 和 B 敬意程度低的用法。（空白處是表示沒有適當的表達方式。表格內是一般情況下的基本用法。）

表 1

	A ← → B	C（表尊敬的被動形）
行く （去）	おいでになります 　　いらっしゃいます	行かれます
来る （來）	おいでになります 　　いらっしゃいます 　　お見えになります	来られます ＊見えます
いる （存在）	おいでになります 　　いらっしゃいます	
食べる （吃）	お召し上がりになります 　　召し上がります	食べられます

飲む（喝）	召し上がります お飲みになります	飲まれます
言う（說）	おっしゃいます	言われます
見る（看）	ご覧になります	見られます
する（做）	なさいます	されます
着る（穿）	お召しになります	着られます
死ぬ（死）	お亡くなりになります	亡くなられます
帰る（回去）	お帰りになります	帰られます
使う（使用）	お使いになります	使われます
授受 あげる（給）		
授受 もらう（得到）		
授受 くれる（給）	くださいます	

＊雖然不是表尊敬的被動形，不過表達敬意的程度差不多。

表示授受的「**あげる**」，若要表示居上位者給予居下位者某項東西時，是使用「**渡す、授与する、与える**」等用語。另外，有時也會使用「**くれる**」的尊敬語「**（～が）くださる**」表示。「**もらう**」的敬語有「**おもらいになる**」、「**もらわれる**」的形態可用，但大部分還是使用「**贈呈される**」或是「**お受け取りになる**」、「**受け取られる**」等。

對話 1）是老師和學生的對話。老師當然是居上位者，不過老師和學生之間的關係有時會隨著時間愈來愈親近。對話 1）的 a ～ c

中，使用a的敬語動詞（**なさる**）會比用b的表尊敬的被動形（**される**）要來得更有禮貌。不過如果是關係較親近的老師，用 b 的方式表達應該也可以。

c 是直接使用基本動詞（**する**），如果直接對老師使用會顯得很失禮。

d 是非常禮貌的表達方式。e 雖然也很有禮貌，但禮貌的程度比 d 要低。以學生來說，f、g 已經是能夠充分表達敬意的說法。f 是使用表尊敬的被動形，目前不光是年輕人會用，而是廣泛地被一般大眾使用，甚至可以說，當你不知道該使用哪一種說法表示尊敬時，只要使用表尊敬的被動形就對了。

g 是以「**お～です**」的形態表示禮貌。雖然較簡短，但是是委婉溫和的表達方式。

h 的說法則未帶有敬意，用在老師身上會顯得很失禮。

1-2. 敬意對象 2「職員與上司的對話」

本節的場景是在公司這個組織之中，接下來我們就來看看職員該如何對上司表示敬意（尊敬）。請問你會選擇 a ～ c、d ～ h 中的哪一個句子來表達呢？

敬體

2) 〈マスクをした部長を見て〉
社員：部長、 a　どうなさったんですか。
　　　　　　　b　どうされたんですか。
　　　　　　　c　どうしたんですか。
部長：いや、ちょっと。
社員：d　風邪をお召しになったんですか。
　　　e　風邪をお引きになったんですか。
　　　f　風邪を引かれたんですか。

g　お風邪ですか。
h　風邪ですか。
部長：そうなんだよ。

2）〈見到戴著口罩的部長〉
職員：部長，a　請問您怎麼了？
b　請問您怎麼了？
c　你怎麼了？
部長：不，只是有點不舒服。
職員：d　請問您感冒了嗎？
e　請問您感冒了嗎？
f　請問您感冒了嗎？
g　您是感冒了嗎？
h　你感冒了嗎？
部長：沒錯。

說明

敬體

對話2）是上司與部下之間的對話，對話的內容與對話1）相同。由於職員是隸屬於公司這個組織之中，所以和上司之間除非是相當親近的關係，否則就不能以太粗魯的方式說話。如果對象是部長，那麼使用a、b的說法比較不會有問題。c的說法過於直接，最好別用。

至於d～g的部分，只要一開始寒暄時是使用敬語，後面不見得要使用尊敬程度像d、e一樣高的說法，只要使用f這種表尊敬的被動形的說法就已足夠。加上「お」的g也是適當的說法。如果和部長之間的關係很親近，就可以用h的說法表示，但一般來說還是別用比較好。

2-1. 敬意對象不在場 1「同學之間的對話」

敬意對象不在場而只在話中提及時，敬語的表達方式有何不同呢？我們就來看看作為敬意對象的老師不在場的情況下，同學們會如何談論與老師有關的話題。對話 3）是同學之間的對話。請問你會選擇 a ～ f、g ～ l 中的哪一個句子來表達呢？

常體

3）〈休講の掲示を見て〉
学生 A：午後の石原先生の授業、休みだね。
学生 B：うん、石原先生、a 風邪をお召しになったんだって。
b 風邪をお引きになったんだって。
c 風邪を引かれたんだって。
d 風邪を引いたんだって。
e お風邪だって。
f 風邪だって。
学生 A：来週も休みかな。
学生 B：g 来週はおいでになると思うよ。
h 来週はいらっしゃると思うよ。
i 来週はお見えになると思うよ。
j 来週は来られると思うよ。
k 来週は見えると思うよ。
l 来週は来ると思うよ。

3）〈看到停課的公告〉
學生 A：下午石原老師的課停課了耶！
學生 B：嗯，聽說石原老師 a 感冒了。
b 感冒了。
c 感冒了。
d 感冒了。
e 感冒了。
f 感冒了。
學生 A：下週也會停課嗎？
學生 B：g 我想他下週就會來上課了。

h　我想他下週就會來上課了。
i　我想他下週就會來上課了。
j　我想他下週就會來上課了。
k　我想他下週就會來上課了。
l　我想他下週就會來上課了。

說明

常體

這裡的問題是當老師這位敬意對象不在身邊，學生在使用敬語時該對老師表達多少程度的敬意。

敬意對象不在場時的敬語用法會因人而異，也會因性別而有所不同。首先，就先來看看對話 3）的 a ～ f。a、b 是即使老師不在場也仍舊使用敬意程度最高的敬語，c 則是使用敬意程度稍低的表尊敬的被動形。d 則完全沒有使用任何敬語。

現代的年輕人似乎較常使用 c、d 或 f 的說法。因為敬意對象不在場，所以通常都會認為就算使用敬意程度稍低的說法也不會失禮。偏好禮貌說法的女性大多是使用 c、d 的說法，而男性則大多是使用 d、f 的說法。

接著我們再來看看 g ～ l。

g 是屬於正式的說法，以這個情境來說或許會顯得過於禮貌。而 h 的「**いらっしゃる**」的使用頻率很高，是大家最為熟悉的敬語用法，和 j 的表尊敬的被動形是同一個等級。i、k 的「**見える**」是「**来る**」的尊敬語，常用於日常生活中。「**お見えになる**」則是比「**見える**」更有禮貌的說法。l 的說法則完全不帶敬意。不過老師不在場的情況下，男性特別常以這種說法表示。

2-2. 敬意對象不在場 2「職員之間的對話」

我們接著再來看看當公司裡的上司這個敬意對象不在場時，職員之間會如何談論與上司有關的話題。對話 4）是職員之間的對話。請問你會選擇 a ～ f、g ～ l 中的哪一個句子來表達呢？

常體

4) 社員 A：川上部長、今日は休みだよ。
社員 B：川上部長、a　風邪をお召しになったんだって。
b　風邪をお引きになったんだって。
c　風邪を引かれたんだって。
d　風邪を引いたんだって。
e　お風邪だって。
f　風邪だって。
社員 A：しばらく休みかな。
社員 B：g　来週はおいでになると思うよ。
h　来週は出ていらっしゃると思うよ。
i　来週はお見えになると思うよ。
j　来週は出てこられると思うよ。
k　来週は見えると思うよ。
l　来週は出てくると思うよ。

4）職員 A：川上部長今天請假。
職員 B：嗯，聽說川上部長 a 感冒了。
b 感冒了。
c 感冒了。
d 感冒了。
e 感冒了。
f 感冒了。
職員 A：我想他下週就會來上班了。
職員 B：g　我想他下週就會來上班了。
h　我想他下週就會來上班了。
i　我想他下週就會來上班了。
j　我想他下週就會來上班了。
k　我想他下週就會來上班了。
l　我想他下週就會來上班了。

說明

常體

與對話 3）同學之間的對話相比，似乎是因為這些人都身處於公司這個組織中，所以即使部長不在，還是會多少表示一下敬意。首先，我們就來看看 a ～ f。

a、b 太過禮貌，通常女性大多是使用 c、e 的說法。而完全不帶任何敬意的 d、f，則大多被用於男性同儕之間的對話。

h、j、l 是以「**出てくる**」代替「**来る**」。不是單純表示來到公司，還有表示原本因為休息而不在公司的人出現在公司的意思。「**出てくる**」是對出現在公司的人表示親近的用法。

以這則對話來說，g ～ i 給人過於禮貌的感覺，不過部分的女性，或是特別想對部長表示敬意的人還是可能會使用這種說法。最保險的說法應該還是表尊敬的被動形的 j，或是 k 的「**見える**」。l 因為完全不帶敬意，除非是不小心脫口而出（或可以直言直語）的情況，否則還是不要使用比較好。

重點比較

尊敬語

	有時會顯得過於禮貌	有時會顯得失禮	基本上各種情況皆可使用	因為很失禮最好別用
尊敬動詞（いらっしゃる、なさる等）	○			
お＋動詞マス形の語幹＋になる	○			
尊敬受身			○	
お／ご～です			○	
デス・マス形		△	△	
動詞・形容詞・「名詞＋だ」の普通形		○		○

- 不知該使用哪一種尊敬語時，就用尊敬的被動形「～れる／られる」表示即可。尊敬動詞「いらっしゃる」也是使用頻率很高的動詞。
- 在公司之類的組織中，使用尊敬語必須要特別小心。若對方的位階較高，在某些情況下不能只以尊敬的被動形表示，而是必須使用「お＋動詞マス形的語幹＋になる」的形態表示。
- 學習者（特別是日語學習資歷尚淺的學習者）若不知該使用哪一種尊敬語，就使用尊敬的被動形「～れる／られる」或使用デス、マス形，就足以應付大部分的情境或狀況。
- 「お～です」由於既簡短又能表達敬意，所以非常方便好用，但未必能夠和所有的動詞、形容詞、名詞結合。（常用的例子：お出かけです（か）（您要外出（嗎））、お泊まりです（か）（您要投宿（嗎））、お急ぎです（か）（您趕時間（嗎））、お済みです（か）（您完成了（嗎））、お忙しいです（か）（您很忙碌（嗎））、お風邪です（か）（您感冒了（嗎））等）

會話應用

〈学生主催のお別れ会の会場で〉

女子学生：三角(みすみ)先生、送別会に<u>おいでいただいて</u>、ありがとうございます。（尊敬動詞）

三角先生：ああ、いやいや。

女子学生：先生は何を飲まれますか。ビールですか。
（尊敬的被動形）
三角先生：あ、車の運転があるので、ジュースで。
女子学生：あ、ジュースですね。
はい、どうぞ。
先生はどちらにお住まいですか。
（「**お～です**」，委婉的說法）
三角先生：八王子だよ。

＊＊＊

〈会のあとで〉

女子学生：三角先生は、八王子に住んでいらっしゃるんだって。（尊敬動詞）
男子学生：ふーん。八王子か。
先生、ビール飲んだ？（常體）
女子学生：ううん、車の運転があるからって、ジュースだけ。
（常體）
男子学生：先生は車で通ってるんだ。（常體）
女子学生：そうみたい。
男子学生：先生は途中で帰ったの？（常體）
女子学生：うん、7時ごろ帰られた。（尊敬的被動形）
このあと会議があるんだって。（常體）
男子学生：ふーん、忙しいんだね。
女子学生：うん、お忙しいみたい。（「**お～です**」，委婉的說法）

（在學生主辦的送別會會場）

女學生　：三角老師，謝謝您光臨送別會。
三角老師：啊，哪裡哪裡。
女學生　：請問老師要喝什麼？啤酒好嗎？
三角老師：啊，待會還要開車，果汁就好。
女學生　：您要果汁是吧。
請。
請問老師您住在哪裡？
三角老師：我住八王子。

＊＊＊

（送別會結束後）

女學生　：三角老師說他住在八王子。
男學生　：喔，八王子嗎？
　　　　　老師有喝啤酒嗎？
女學生　：沒有，他說還要開車，所以只喝了果汁。
男學生　：老師是開車來的啊！
女學生　：好像是。
男學生　：老師中途就回去了？
女學生　：嗯。七點左右就回去了。
　　　　　他說之後還要開會。
男學生　：喔，他還真忙耶。
女學生　：嗯，他似乎很忙。

否定的場合

尊敬語的否定形如下所示（只舉了幾個例子來做說明）

尊敬動詞:いらっしゃいません／いらっしゃらない（不來）
　　　　発表なさいません／発表なさらない（不發表）
お＋マス形＋になる:
　　　　お話しになりません／お話しにならない（不說）
　　　　ご覧になりません／ご覧にならない（不看）
尊敬的被動形:話されません／話されない（不說）
　　　　来られません／来られない（不來）
お～です:**お風邪じゃありません／お風邪じゃない**（並非感冒）
　　　　お忙しくありません／お忙しくない（不忙碌）

與肯定形相同，否定形也可以配合敬意對象的行動或狀態使用不同的說法。

44 敬語 2（謙讓語、鄭重語）

接續「敬語 1 」的內容，本課是以謙讓語為主，但會連同鄭重語一併介紹。

1-1. 對方為敬意對象 1「老師與學生的對話」

本節要介紹的是「謙讓語」（包含鄭重語）。對話 1）的情境是學生和老師在大學的研究室直接地面對面談話。我們一起想想說話者要如何表達自己的行為及狀態。請問你會選擇 a 與 b、c ～ e、f ～ i 中的哪一個句子來表達呢？

敬體

1）〈大学の研究室で〉
先生：明日のフィールドワークは行きますか。
学生：はい、 a　まいります。
b　行きます。
先生：じゃ、ちょっと早めに研究室に来てください。
学生：はい、 c　伺います。
d　まいります。
e　来ます。
先生：ちょっと準備を手伝ってほしいんですよ。
学生：はい、 f　お手伝いさせていただきます。
g　お手伝いいたします。
h　お手伝いします。
i　手伝います。

1）〈大學的研究室〉
老師：明天的田野調查你要去嗎？
學生：是的， a　我會去。

b　我會去
老師：那請你提早到研究室來。
學生：是的，c　我會提早到。
d　我會提早到。
e　我會提早到。
老師：我想要請你幫忙準備一些東西。
學生：是的，f　請讓我幫忙。
g　我會幫忙。
h　我會幫忙。
i　我會幫忙。

說明

敬體

所謂的「謙讓語」，是說話者為了能在敘述、描述自己的動作、狀態時，向「敬意對象」表示敬意所使用表達方式。「**謙譲（謙讓）**」這個詞的意思是「謙卑退讓」，是指以向後退一步來表示不爭先的這種日本人固有的、謙虛謹慎的精神，絕對不是貶低自己的意思。「**謙譲（謙讓）**」也可稱為「**謙遜（謙遜）**」。

謙讓語與鄭重語的不同之處在於所描述的這件事，「敬意對象」是否參與其中。若有參與，就是使用「謙讓語」表示；若沒有參與，但還是想要以有禮貌的方式表達，就可以使用「鄭重語」表示。

謙讓語就如表 2，根據敬意的程度大致可分為 A、B 二個層次。A 是以謙讓動詞（是指「**伺う**」、「**まいる**」等表示謙讓的特殊動詞）為主，B 則是以「**お＋マス形的語幹＋する／いたす**」的句型為主。（「**お＋マス形＋する／いたす**」是像「**お説明する／いたす**」、「**ご案内する／いたす**」、「**ご紹介する／いたす**」一樣的用法，並包含

「**ご＋名詞＋する／いたす**」在內。這裡的名詞，通常是指會與「**する**」結合成「**説明する**」、「**案内する**」、「**紹介する**」這一類漢語動詞的名詞）。A、B 都是敬意程度高的說法，靠近 A 那一邊的詞，敬意的程度比較高。此外，表 2 中的 C 為鄭重語。

表 2

	謙讓語	C 鄭重語
	A ← → B	
行く （去）	伺います まいります	まいります
来る （來）	伺います まいります	まいります
訪ねる （拜訪）	お伺いいたします お伺いします 伺います まいります	まいります
いる （存在）		おります
食べる （吃）	いただきます	いただきます
飲む （喝）	いただきます	いただきます
言う （說）	申し上げます 申します	申します
見る （看）	拝見します	
する （做）	いたします	いたします
手伝う （幫助）	お手伝いいたします お手伝いします	
話す （說）	お話しいたします お話しします	

		謙讓語	C 鄭重語
		A ← → B	
待つ（等待）		お待ちいたします お待ちします	
授受	あげる（給）	さしあげます	
	もらう（得到）	いただきます	
	くれる（給）		
ある（有）			ございます*
である（是）			でございます*

＊デス／マス形是屬於丁寧語，此處為求方便起見，與鄭重語並列。

表示授受的「**くれる**」並沒有謙讓語與鄭重語的形態。因為是表示從居下位者之處得到東西，所以只要使用「**くれる**」即可。

對話 1）的主題「**フィールドワーク（田野調查）**」可以理解為與老師無關的事，也可以理解為由老師主辦的事。如果與老師無關，那麼使用「**行きます**」就已足夠，如果想要以更有禮貌的方式表達，也可以使用「鄭重語」的「**まいります**」表示。另外，如果「田野調查」是由老師主辦，就可以使用對老師表達敬意的謙讓語「**まいります**」。

關於 c ～ e，因為這則對話是發生在「老師的研究室」裡，所以用謙讓語的c、d中的哪一個都可以。c「**伺います**」有時會過於禮貌，或許改用禮貌程度稍低的「**まいります**」會比較好。e雖然不帶敬意，但卻使用了表示禮貌的マス形，對於還不習慣使用敬語的年輕學生而言，使用マス形通常不會被認為是太失禮的說法。

f ～ i 的「**手伝い**」是與老師有關的事，所以選用 g、h 的謙讓語

應該比較好。但使用「**いたします**」表示的 g 或許還是有稍微過於禮貌的問題。f 的「**使役形＋ていただく**」以老師和學生的關係來說絕對是過於禮貌的說法，這種場合沒有必要使用這麼禮貌的表達方式。

1-2. 對方為敬意對象 2「職員與上司的對話」

對話 2）是職員和上司面對面直接談話。我們一起想想說話者該如何表達自己的行為及狀態。請問你會選擇 a 與 b、c ～ e、f ～ i 中的哪一個句子來表達呢？

敬體

2）〈会社の上司の部屋で〉

部長：明日のＴ社との打ち合わせだが、君も行ってください。
社員：はい、a　まいります。
　　　　　　b　行きます。
部長：じゃ、明日はちょっと早めにここに来られますか。
社員：はい、c　伺います。
　　　　　　d　まいります。
　　　　　　e　来ます。
部長：ちょっと準備を手伝ってほしいんですよ。
社員：わかりました。f　お手伝いさせていただきます。
　　　　　　　　　　g　お手伝いいたします。
　　　　　　　　　　h　お手伝いします。
　　　　　　　　　　i　手伝います。

2）〈上司的房間〉

部長：明天要和 T 公司開會，你也去吧。
職員：是的，a　我會去。
　　　　　　b　我會去。
部長：那麼，明天請你提早到這裡來。
職員：是的，c　我會（提早）到。
　　　　　　d　我會提早到。
　　　　　　e　我會提早到。

部長：我想要請你幫忙準備一些東西。
職員：我知道了。 f　請務必讓我幫忙。
g　我會幫忙。
h　我會幫忙。
i　我會幫忙。

說明

敬體

對話 2）是上司與部下的對話，內容和對話 1）相同。對話 1）的關係是老師與學生，對話 2）的對話場景則是在公司這個組織當中，所以相較於對話 1），對話 2）對於敬語的使用有比較嚴格的要求。首先先來看看 a 和 b。

b 的「**行きます**」看起來沒什麼問題，不過因為是上司的指示，所以使用謙讓語的 a「**まいります**」比較恰當。c ～ e 也是，使用 d「**まいります**」就可以了。c 的「**伺います**」以這個場面來說太過禮貌。

f ～ i 中的 g 或 h 都是適當的回應方式。f 稍嫌禮貌過頭，i 以部下來說不夠禮貌。

2-1. 敬意對象不在場 1「同學之間的對話」

接著我們一起來想一想，敬意對象的老師不在場的情況下，該如何表達自己的行為、狀態。請問你會選擇 a 與 b、c ～ e 中的哪一個句子來表達呢？

常體

3）学生Ａ：明日のフィールドワーク、君も行くの？
学生Ｂ：うん、？a　まいるよ。
b　行くよ。
学生Ａ：何時ごろ行くの？
学生Ｂ：ちょっと早めに行くんだ。
？c 出発前に準備をお手伝いいたすことになって（い）る。
d 出発前に準備をお手伝いすることになって（い）る。
e 出発前に準備を手伝うことになって（い）る。

3）學生Ａ：明天的田野調查你也會去嗎？
學生Ｂ：嗯，　？a　我會去啊。
b　我會去啊。
學生Ａ：大概幾點左右要去？
學生Ｂ：我會提早到。
？c 出發前我要去幫忙準備。
d 出發前我要去幫忙準備。
e 出發前我要去幫忙準備。

說明

因為老師這位敬意對象不在場，所以可以用常體的 b「**行くよ**」表示。a 是使用「**まいる**」表示，而不是丁寧形的「**まいります**」，像這樣的情況，通常不會用常體的「**まいる**」表示。

c ～ e 的部分，一般來說會使用沒有謙讓語的 e，部分女性或是想要以禮貌的方式表達的人或許會使用 d 表示。c 太過禮貌反而是不自然的說法。

2-2. 敬意對象不在場 2「職員之間的對話」

若敬意對象是上司，我們一起來想想當上司不在場的狀況下提到他時該如何表示敬意。請問你會選擇 a ～ c、d ～ f 中的哪一個句子來表達呢？

常體

4）社員Ａ：部長、明日出張だって。
社員Ｂ：君も行くの？
社員Ａ：うん、？a　お供いたすよ。
b　お供するよ。
c　行くよ。
社員Ｂ：今日は忙しいそうだね。
社員Ａ：うん。
？d 出張の準備をお手伝いいたすことになって（い）る。
e 出張の準備をお手伝いすることになって（い）る。
f 出張の準備を手伝うことになって（い）る。

4）職員 A：部長説他明天要出差。
職員 B：你也要去嗎？
職員 A：嗯。　？a 我會一起去。嗯。？
b 我會一起去。
c 我會去。
職員 B：今天似乎會很忙。
職員 A：嗯。
？d 我要幫忙準備出差的事宜。
e 我要幫忙準備出差的事宜。
f 我要幫忙準備出差的事宜。

說明

常體

因為部長不在場，所以基本上並不需要使用謙讓語。如果是 a ～ c，可選擇 b 或 c。b「**お供する**」是「**いっしょに行く**」的謙讓語，為慣用的說法。在這個情境下，a 使用過於禮貌的「**いたす**」反而是不自然的用法。

如果是 d ～ f，可使用 e 或 f 表達。對於不在場的人使用 e 的說法有些過於禮貌，應該是女性會使用的說法。d 與 a 一樣，在這個情境下都是不自然的說法。

重點比較

謙讓語、鄭重語

	有時會顯得過於禮貌	有時會顯得失禮	基本上各種情況皆可使用	因為很失禮最好別用
謙讓動詞（伺う、まいる等）	○			
お＋動詞マス形の語幹＋いたす	○			
お＋動詞マス形の語幹＋する	△		○	
使役形＋ていただく	○			
丁重語（まいる、おる等）	○		△	
デス・マス形		△	△	
動詞・形容詞・「名詞＋だ」の普通形		○		○

- 「お＋動詞マス形的語幹＋いたす」的禮貌程度很高，通常使用「お＋動詞マス形的語幹＋する」的禮貌程度就已足夠了。
- 若還無法靈活運用謙讓語、鄭重語，就使用如「手伝います、話します」的デス、マス形就可以了。
- 「使役形＋ていただく」（例：お手伝いさせていただく、手伝わせていただく、拜見させていただく、待たせていただく）是非常有禮貌的說法。不過，並非

所有動詞都有這樣的用法，而且不但使用上較為困難，有時也會有過於禮貌的問題。大多是在公司之類的場合，由居下位者對居上位者使用。

會話應用

〈学生主催のお別れ会の会場の外で。雨が降っている〉

女子学生：三角(みすみ)先生、お帰りですか。
三角先生：うん。
女子学生：雨が降っていますので、駐車場までお送りします。
（對老師表達敬意）
三角先生：いや、大丈夫だよ。
女子学生：いえ、ぬれますので、この傘(かさ)にお入りください。
三角先生：じゃ、ありがとう。

＊＊＊

〈そのあとで〉

女子学生：三角先生を車のところまでお送りしたよ。
（對於不在場的老師表示敬意）
男子学生：あ、送ってくれたの？　ありがとう。

（學生主辦的送別會會場外，天空正下著雨）

女學生　：三角老師，您要回去了嗎？
三角老師：嗯。
女學生　：現在正在下雨，我送您到停車場吧。
三角老師：不用了，沒關係的。
女學生　：不，您會淋溼的，請移駕到傘下來。
三角老師：那就謝謝你了。

＊＊＊

（稍晚）

女學生　：我送三角老師到停車的地方。
男學生　：啊，你幫我送他過去了？謝謝。

否定的場合

謙讓語的否定形如下所示（只舉了幾個例子來做說明）。「**お＋動詞マス形的語幹＋いたす**」的常體否定形，以及鄭重語的常體否定形，因為不常使用所以略過不提。

謙讓動詞:伺いません／伺わない（不拜訪）
拝見しません／拝見します（不看）
お＋マス形的語幹＋する／いたす:
お手伝いしません／お手伝いしない（不幫忙）
お手伝いいたしません／ー（不幫忙）

鄭重語　:まいりません／ー（不去）
いたしません／ー（不做）
おりません／ー（不在）

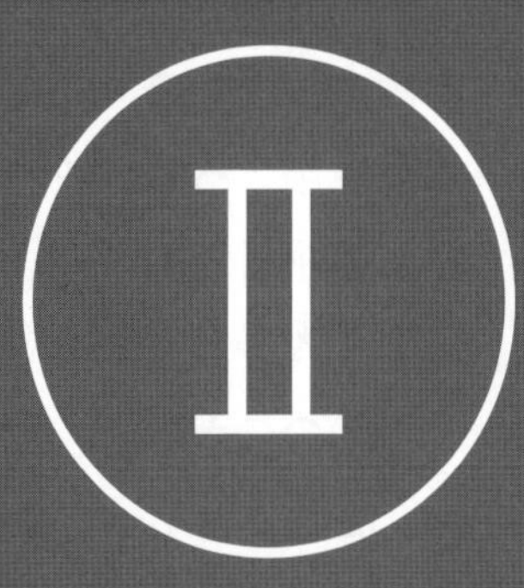

第 II 篇

重點句型與彙整

1 主題

1. 提示話題（主題）

1) ～って

這個用法就如「**林さんってどんな人ですか**」，是要將「**って**」之前的詞提出來作為主題時使用。當說話者對於要拿來當做話題的事物（稱為主題、Topic）為未知的狀態，或是認為「對方不知道」時，就會使用「**って**」把該件事物帶進對話中。「**って**」是「**という人／もの／事柄**（這樣的人、事、物）」的簡略形，也可以用於敬體的對話中。大多會如例句①、②以問句的形式表示。

①〇〇さんってどの人（ですか）？ 〇〇先生是什麼樣的人？

②△△さんって議員の△△さん（ですか）？

△△先生是指議員△△先生嗎？

2) ～という＋名詞＋は

將某件事物以「**～という〇〇は**」的形態提出來當作話題（談話的主題），並針對該話題進行說明、定義、解說。一般是當話題事物為說話者未知，或是說話者認為「對方不知道」時使用。

①剱（つるぎ）岳という山はどこにありますか。劍岳這座山在哪裡？

②ヨンさんという留学生はどこの国の人ですか。

Yon 這位留學生是哪一國的人？

3) ～というのは（所謂的…就是…）

此句型是把「**～という＋名詞＋は**」的名詞簡化為「**の**」的形態。用於將事物提出來當作主題，或是用於表示對方提出的主題。

①剱岳というのは、登るのが難しい山だ。

所謂的劍岳，是座很難攀登的山。

②今おっしゃったトリスというのはどんなものですか。

你說的 TORYS 是什麼東西？

因為如果用在人的身上可能會顯得失禮，要特別小心。別在對方面前以此來代稱對方。

？③山田さんというのはあなたですか。？所謂的山田，就是你嗎？

4）～は

表示主題最具代表性的用法。基本上是用於說話者將自己已知的事物提出作為話題（主題）的情況。另外，當說話者提到對方提出的話題時也會用「は」。

①私は大阪出身です。我是大阪人。

② A：日本語はどうですか。日語怎麼樣？

B：日本語はおもしろい言葉ですね。日語是很有趣的語言。

2. 陳述與話題（主題）中的人或事物有關的內容

1）～は

說話者將某件已知的事物提出並說明，可用於肯定句、否定句、疑問句。可以用於有疑問詞的疑問句，或是很長的說明句。

①この方は〇〇中学の校長先生です。

這一位是〇〇中學的校長。

② A：これはどうやって使うんですか。這個要怎麼用？

B：これは曲げたままでも伸ばしても使えるんですよ。

這個不管彎曲或拉直都能使用。

2) ～って

屬於口語的用法，用於陳述話題中的事物。可用於正面或負面評價，以及簡略敘述的情況，亦可以用於需有禮的對話。比起鄭重地對事物給予定義或進行解說，大多還是用於對主題做簡略的敘述、說明或判斷。

①林さんって朝寝坊なんです。林先生這個人會賴床。

②若者が故郷にＵターンするのっていいことだと思う。
我認為年輕人回到故鄉是件好事。

3) ～（っ）たら（說起…；我說…）

以親暱的口吻敘述與人、小孩、寵物有關的事。因為對對象抱持著親近感，所以是以有點撒嬌的口吻提出對對方的行為感到困擾、驚訝、批評的心情。最好別在敬體的對話中使用，主要使用者為女性及小孩子。

①子供：〈犬に向かって〉クッキー、クッキー‼
（對著小狗）Cookie ！ Cookie ！
〈母親に〉お母さん、クッキーったら、知らん顔してこっちへ来ないよ。（對著母親）媽，Cookie 老是一副聽不懂的樣子，叫都叫不過來。

②娘：〈母親に〉お母さん、お父さんたらこんなところで寝てるよ。
（對著母親）媽，爸爸睡在這種地方啦！

4) ～なら（如果）

相對於「～は」是與主題保持較近的距離，「～なら」的口吻比較冷淡，是當作別人的事來敘述。可用於敬體及常體。

① A：Ｃさんはどこ？ C 先生在哪裡？
B：Ｃさん？　ああ、Ｃさんなら公園で見かけたよ。

C 先生嗎？啊，我在公園看過他。

② A：論文の相談にのっていただいて、ありがとうございました。

勞煩您和我商量我的論文，非常謝謝您。

B：論文の話は来週にでももう一度しましょう。

論文的事看是下週還是什麼時候再來談談吧！

A：あの、それから就職の話は？

那…請問，那之後求職的事呢？

B：ああ、就職の話なら、山田さんに聞いてみてくれる？

啊，如果你要談求職的事，請你去問山田先生好嗎？

5) ～ときたら（提到）

對於提到的對象帶有厭煩或責備的情緒。男女皆可用，屬於通俗的說法，最好不要用在敬體的對話中。

①うちの息子ときたら、今日も学校へ遅刻して行ったよ。

說到我們家的兒子，他今天去學校又遲到了。

②妻：あなた、聞いているの？ 你有在聽我說話嗎？

夫：うん、うん……。嗯，嗯……

妻：あなたときたら、全然聞いていないんだから。

我說你喔！根本沒在聽我說嘛。

2 意志

1. 說話者的意志

1) ～ます／動詞辭書形

「～ます」能夠禮貌明確地表示說話者的意志、決心。實現程度很高。但有時會因為這樣的說話方式不夠「委婉」，導致禮貌程度較低。動詞辭書形也能表示說話者的意志、決心，但與マス形相比，辭書形的強度較低。

①これからちゃんと仕事します。

今後我會好好工作。

②来週北海道へ行く。

下週去北海道。

2)～(よ)と思う／思っている（想要…；打算…)

「**～(よ)う**」是表示說話者的意志。只要加上「**と思う／思っている**」，即為禮貌地向聽者傳達意志的句型。「意志」的實現可能性較「**～ます**」為低，但還是很高。在說話的那個時點是真的打算要執行。不過說到底這個句型的作用就是表達意志，並不保證百分百會實行。屬於委婉有禮的意志句型。

①これからちゃんと仕事をしようと思う。今後我打算要好好工作。

②会社を辞めようと思っている。我想辭掉工作。

3)～たいと思う／と思っている（想要…)

與「**～(よ)と思う／思っている**」很相似，是屬於委婉有禮的意志句型。因為含有表示願望的「**～たい**」，所以實現的可能性比「**～(よ)と思う／思っている**」低。帶有期望如此的意味，因為加上了「**～と思う／思っている**」，所以是禮貌傳達事物的句型。

① 30 歳までには結婚したいと思う。

我想在 30 歲之前結婚。

②近いうちに両親を引き取りたいと思っている。

過陣子我想把父母接過來住。

4) ～つもりだ（打算）

「**～つもりだ**」是指心裡的打算，並非當場決定要這麼做，而是從以前就一直想著的念頭。不過這只是單純表示從以前就一直想要，是否實現則無法保證。因為是以「**つもりだ**」的形態將自己心中的打算明白地說出來，所以禮貌程度稍低。

① 3 時には戻るつもりだけど、少し遅れるかもしれない。
本來打算三點回家，或許會晚一點。

②今月中に引っ越すつもりです。
我打算這個月的月中搬家。

5) ～予定だ（預定）

因為是表示已決定且預定要做的事，所以並不清楚話中含有多少說話者的意志。屬於客觀且實現可能性高的說法。

①今度の同窓会は広島で行う予定です。
這次的同學會預定在廣島舉行。

② 20 人ぐらい集まる予定だ。
預計會聚集 20 個人左右。

2. 決定

1) ～ます／動詞辭書形

除了表示意志、決心之外，還可以表示「決定」。至於是表示意志、決心還是決定，須視上下文或實際的情況來做判斷，不過大多是無法判斷。當涉及到調職、出差、發表等與組織有關的情況，大多是表示「決定」。

①この春から九州支店に出向します。
自今年春天起要調職到九州分店。

②アルバイトを 5 人募集する。要募集五名時薪人員。

2) ～ことになる（決定）

「**～ことになった**」是表示事物已決定的意思。向對方傳達已經定案的事是使用「**～ことになった／なりました**」的形態表示。「**～ことになる**」是以較委婉的方式傳達說話者的意志，大多有表示顧慮對方的意思。適合用於對居上位者報告事情，是一種慣用的說法。

① A:**来月結婚することになりました。**我下個月要結婚了。

B:**おめでとう。**恭喜。

A:**それで、仲人をお願いしたいのですが。**

所以我想拜託你當媒人。

B:**ああ、いいですよ。**啊，好啊。

②**オーケストラの指揮をすることになった。自信はないが頑張ろう。**

我要擔任交響樂團的指揮。雖然沒有自信，但我會加油的。

3) ～ことに決まる（決定）

與「**～ことになる**」幾乎相同，是表示在和別人經過討論、檢討後，決定要這麼做的意思。「**協議の結果、離婚することに決まった**」是「**在經過某些協商之後，（我）要離婚**」的意思。

①**投票の結果、山田さんに議長をやっていただくことに決まりました。**

投票的結果，我們決定請山田先生擔任議長。

②**両社は協議を重ねて、合併することに決まった。**

兩間公司在經過協商後，決定要合併。

4) ～ことに決める（決定）

把重點放在行為而非結果的說法，當要表達是「自己決定的事」時使用。大多用於關係較親近的人。日本社會中，即使是自己決定的事，大多偏好以「**～ことになった**」、「**～ことに決まった**」的方式告知結果，會顯得較為鄭重有禮。

①いろいろ迷ったが、この企画はもう少し続けることに決めた。

雖然很猶豫，不過還是決定這個企畫將再持續一段時間。

②資金作りのためにこの絵を売ることに決めました。誰か買ってくれませんか。

為了籌措資金，我決定要賣掉這幅畫，有沒有人要買？

5) ～ことにする（決定）

與「**～ことに決める**」的意思幾乎相同，是表示自己是做決定的主體。為慣用的說法，相較於「**～ことに決める**」是比較間接的表達方式，因此是較有禮貌的說法。指出行為者的句型，優點是可以明確地劃分責任的歸屬，但日本大多時候仍舊偏好「**～ことになった／なりました**」這種從結果來看的句型。

①進学はやめて、就職することにしました。

我決定放棄升學去工作。

②相談の結果、この企画は取りやめることにしました。

商量的結果，決定要停止這個企畫。

3 願望

1. 說話者對自己的期望

1) ～たい（想要）

表示說話者對自己的願望。因為是非常直接的表達方式，所以只能對關係親近的人使用。雖然加上表示禮貌的「**です**」會比較沉穩，但最好還是別對居上位者使用。「**～たい**」如果想以有禮貌的方式表達，可以用「**～たいんですが**」。

①のどがかわいた。水が飲みたい。

口好渴。我想喝水。

②のどがかわいたので、水が飲みたいんですが。

因為口很渴，所以我想喝水。

2) ～たいと思う／思っている（我想要…）

「**～たい**」只是將自己的願望表達出來，當要向別人傳達時最好在後面加上「**と思う**」或「**と思っている**」。如此一來，原本直接的表達方式會變得較為間接，禮貌程度也增加。

①京都に行きたいと思っています。我想要去京都。

②家族に会いたいと思います。我想要見我的家人。

3) 動詞可能形＋たら／といいなあ（如果能…就好了）

表達說話者心中期望的某件事可以發生的句型。帶有自言自語的語感，看到某人得償所願而覺得羨慕時，常會使用這樣的用法。這是用於關係親近的人的會話性質用法。

①彼女みたいに英語がぺらぺらしゃべれたら／しゃべれるといいなあ。

如果可以像她那樣流利地說英文就好了。

②僕も誕生日プレゼントがいっぱいもらえたら／もらえるといいなあ。

如果我生日也能拿到一大堆禮物就好了。

4) 動詞可能形＋たら／といいなあと思う／思っている（如果能…就好了）

和「**～たら／といいなあ**」幾乎相同，藉由加上「**と思う**」會產生客觀性，也能向對方傳達自己的心情。話中不再帶有羨慕的情緒。

①家族といっしょに住めたら／住めるといいなあと思います。

我覺得要是能夠和家人一起住就太好了。

②連休にUSJに行けたら／行けるといいなあと思う。

我想要是連續休假時可以去 USJ 就太好了。

5) **動詞可能形＋たら／といいんだけど／が**（…當然很好）

和「**～たら／といいなあと思う**」幾乎相同，由於後面接續的是「**んだけど／が**」這種非斷定語氣的用法，所以會轉為較為間接、有禮的說法。相對於「**～たら／といいと思う**」是直接傳達自己的心情，此句型是謹慎地陳述願望。

①予約が取れたらいいんだけど……。どうだろうか。
如果能夠預約到的話當然最好……。你覺得如何？

②あの子と友達になれるといいんですが……。
如果能夠和那個孩子成為朋友當然很好……。

6) **動詞可能形＋ないかなあ（と思う／思っている）**（不知道能否…）

雖然是以否定形表示，但並不具否定的意思，而是表示說話者自己的願望。在語意上和「**動詞可能形＋たら／といいなあ**」幾乎相同，是一種彷彿自言自言般地盼望某件事能夠成真的說法，有時會帶有委婉地向對方傳達期望事情能夠實現的意思。

①野球のチケットが取れないかなあ。
不知道能不能拿到棒球賽的票。

②早く退院できないかなあと思います。不知道能不能儘快出院。

2. 對他人的願望

1) **～てほしい**（希望…；想要…）

表示自己對對方或者其他人的願望。以「**～てほしい**」俐落結尾的句子，大多是直接且強而有力的指示、命令。用於居下位者或是關係親近的人。

①この仕事は今すぐやってほしい。我要你立刻做這個工作。

後面若接續「んですが／けど」、「と思います／思っています」，語氣會變得較委婉有禮。不過還是有直接傳達要求的感覺。

②この仕事は今すぐやってほしいんだけど。

我希望你立刻做這個工作。

如果想要有禮貌地敘述願望，就不是用「～てほしい」，而是使用「していただけないでしょうか（是否可以麻煩您…）」「～していただけたらありがたいのですが（如果您能夠…的話就太感激了）」等句型。

③この書類、チェックしていただけないでしょうか。

可以麻煩您確認這份文件嗎？

2）～てもらいたい（我希望…）

和「～てほしい」相同，都是表示對他人的願望。屬於比較正式的說法，也可用於表示居上位者對居下位者的指示、命令，是比「～てほしい」間接客觀的表達方式。大多用於公務性質的場合。如果要以更有禮貌的方式表達，就使用「～ていただきたい」表示，並在後面加上「んですが／けど」、「と思います／思っています」就好。

①私の代わりに会議に出てもらいたい（と思う）。

我想請你代替我出席會議。

②もう一度説明していただきたいんですが。請您再說明一次。

3）～てほしいと思う／と思ている（我希望…）

「～てほしい」是直接的表達方式，但只要加上「と思う／思っている」就會是間接的語氣，與「～てもらいたい」幾乎同義。向對方傳達自己的願望或要求時，這是比較禮貌的說法，不過不能用於居上位者。與「～てほしい」相同，是與指示、命令相近的說法。

①親はいつも子供に幸せになってほしいと思っている。

父母總是希望孩子能夠幸福。

②世界が１日も早く平和になってほしいと思います。

希望世界盡快邁向和平。

4) ～ないかなあと思う／と思ている（多希望…）

就如同這句「**彼女が来ないかなあと思う（多希望她來）**」一樣，是表示說話者對他人的願望。就如「**彼女が来られないかなあと思う（多希望她可以來）**」一樣，也可以使用可能形表示。這是期望難以實現的事情得以實現的表達方式。如果只有「**～ないかなあ**」就是自言自語的用法，藉由加上「**と思う**」，就可以轉為向對方傳達訊息的形態。

①給料が上がらないかなあといつも思っているけど、現実は厳しい。

我總是想著多希望可以加薪，但現實是殘酷的。

②誰か英語が簡単に上達する方法を教えてくれないかなあと思っている。多希望有人可以教我簡單就能提昇英文程度的方法。

5) ～たらいいんだけど／が（如果…就好了）

「**たら**」之前也可以以可能形表示。以「**彼女が来たら／来られたらいいんだけど（她來／能來的話就好了）**」的形態，表示期盼事情能夠實現。如果只有「**～たらいい**」會顯得過於直接，藉由加上「**んだけど**」，就能以委婉的語氣表示盼望的心情。「**～たらいいんだけど／が**」可以像例句①一樣，表示對他人的願望，同時也可以像例句②一樣，表達自己的願望。

①社長が給料を上げてくれたらいいんだけど、今年も難しいだろう。

社長如果可以幫我加薪就好了，但今年大概很難。

②今晩仕事が早く終わって、参加できたらいいんだけど。

今晚的工作要是能夠早點結束去參加就好了。

6) ～たらいいのに（如果…就好了）

相對於「**～たらいいんだけど**」是以委婉的語氣表示盼望的心情，「**～たらいいのに**」的語氣較強烈，帶有「為什麼不那麼做」這種責備的心情，或是遺憾的心情。例如當你聽到對方或是別人不會來的時候就會說「**来たらいいのに（如果有來就好了）**」。看似在表達自己的願望，但實際上通常是在表達對他人的期望。

①あんなことぐらい自分でやったらいいのに。

那種事自己做不就好了。

②あの人も参加できたらいいのに。

那個人如果也能參加就好了。

4 義務

1. 義務

1) ～なければならない（必須…）

大多用於表示基於社會常識所判斷的「義務」。由於屬於正式生硬的句型，所以不太會用於正式場合以外的情況。通常是用於居上位者對居下位者、法官對被告、老師對學生、父母對小孩這類上對下的情況。聽起來較有說教的感覺。也會用於對自己說或對自己發誓的情況。

①お年寄りには優しくしなければならない。

一定要對老人家好一點。

②私は責任をとらなければならない。我必須承擔責任。

2) ～なくてはならない（必須…）

與「**～なければならない**」的意思幾乎相同。感覺上比「**～なければならない**」要來得委婉。可以像例句①一樣對他人使用，同時也可以像例句②一樣對自己使用。

①**おまえは責任を果たさなくてはならない。**你必須要善盡職責到底。

②**私は責任をとらなくてはならない。**我必須承擔起責任才行。

3) ～ないわけにはいかない（非…不可）

具相當生硬的、說明性及解說性的表達方式。意思是「若不那麼做就不合道理」，基本上是以社會觀感及道德作為判斷基準，而不是依自己的心情來做判斷。

①**あなたは辞めるなと言うけど、私としては辞めないわけにはいかないんです。**雖然你叫我別辭職，但我非辭不可。

②**やると言った以上、やらないわけにはいかない。**
既然已經說要做了，就非做不可。

4) ～ないといけない（必須…）

表示個人性質的「義務」時使用的句型。為口語用語，除了「**いけない**」，還會搭配「**だめだ**」、「**困る**」等語詞。因為含有「**いけない**」這種表示禁止的用法，所以大多是語氣較強烈的說法。

①**（あなたは）もっと勉強しないといけない。**
（你）必須要更用功才行。

另外，也可以像例句②一樣用於表示對自己的警告、忠告。

②**たばこはやめないといけない。今日からやめよう。**
一定得戒菸才行。就從今天開始吧。

5) ～ざるを得ない（不得不…）

把「義務」套到自己身上，表示「沒辦法只能那麼做」的句型。為書面語，原則上只有上了年紀的男性會在日常會話中使用，年輕人不太會使用。

①あんなに頼まれては、引き受けざるを得ない。
如果是你來拜託我，我就不得不答應。

②行きたくはないが、いつも世話になっているから行かざるを得ない。
雖然不想去，但因為一直受到照顧所以不得不去（露個臉）。

6) ～べきだ（應當…、應該…）

屬於對他人表達的句型，向對方或第三者傳達一定要那麼做。為正式生硬的說法，如果直接說會讓人覺得語氣很強烈。「**べきだ**」帶有「**～したほうがいい**」這種表示建議的意味。至於是表示義務還是建議，須視說話方式、上下文或情境、與對方之間的關係而定。

①学生は学業に専念す(る)べきだ。
學生就應當專心學業。

②せっかく九州へ行くんだから、屋久杉を見てくるべきだ。
都特地去了九州，就應當要去看看屋久杉。

2. 必然、命運

1) ～ます／動詞辭書形

用於表示像「**太陽は東から昇る（太陽從東邊昇起）**」、「**人は死ぬ（人都會死）**」這種必然會發生的事或是命中注定的事。大多用於說教、說明、勸說。因為是斷定的語氣，所以是稍稍帶有強迫語感的說法。

①人に親切にすれば、いつか自分に戻ってくる。
只要對別人親切，總有一天會得到回報。

②正直者は必ず報われる。正直的人一定會有回報。

2) ～てしまう（表示感概）

以「**～てしまう**」這種非過去式的形態，表示事物「最終皆會變成那樣」的真理或慣例。話中包含對於事情演變至此的「遺憾心情」。當用來談論這些真理或慣例時，常有對別人進行勸說、說教、說明的情況。

①このごろの若者は、待遇が悪いとすぐ仕事を辞めてしまう。

現在的年輕人，只要待遇差就立刻辭掉工作。

②どんな災難でも、人はすぐ忘れてしまう。

無論是什麼樣的災難，人們總是很快就會忘掉。

3) ～ものだ（本來就是…、就該…）

不是用於敘述自己的個人意見，而是依照社會觀感，敘述「本質上即為如此」時使用。大多用於勸說、說教、說明等情況。

①子供は親に従うものだ。孩子就該遵從父母。

②学生は勉強するものだ。學生就該唸書

女性當中也有人會在常體的對話中以「**～ものよ**」表示。

③お年寄りにはもっと優しくするものよ。

對老人家本來就應該要更溫柔。

4) ～なきゃならない（必須…）

「**～なければならない**」的簡略形。如果句尾以「**なりません**」表示，還能用於敬體的對話中。「**～なきゃならない**」再縮減為「**～なきゃ**」即為會話性質的說法。

①動物は結局は自然の中で生きていかなきゃなりません。

動物畢竟還是必須生活在大自然中。

②私達人間ももっと努力して、自然と共存していかなきゃ。

我們人類必須也要更努力與大自然共存。

5) ～なくちゃならない（必須）

「**～なくてはならない**」的簡略形。與「**～なきゃならない**」相同，如果句尾以「**なりません**」表示，還能用於敬體的對話中。

①世間の言うことには従わなくちゃなりませんよ。

必須聽從世人所說的話。

「**～なくちゃならない**」還可再簡化為「**～なくちゃ**」。

②もっと両親に感謝しなくちゃ。必須要更感謝父母。

6) ～ざるを得ない（不得不…）

以「**～しなければならない**」表示義務時，同時也表達了「即使反對也無可奈何」的心情。「**～ざるを得ない**」帶有放棄的心情，為書面語的用法。

①年をとったら、子供に従わざるを得ない。

上了年紀就不得不照孩子的話做。

②彼の言うことはもっともだから、認めざるを得ない。

他說的是對的，我不得不同意。

7) ～ないわけにはいかない（不能不…；必須…）

和「**～ざるを得ない**」的意思非常相近。是表示「不那麼做不行」、「不可能」的意思。

①いくら大変だからといって、親の面倒をみないわけにはいかない。

不管再怎麼辛苦，還是得照顧父母。

②困っている人を放っておくわけにはいかない。

不能對有困難的人置之不理。

5 推量、推定 1

1. 可能性

1) ～と思う（我認為…；我想…）

加上「**と思う**」的作用是語氣會較有禮貌，還可以把說話者自己的想像、期待、意見傳達給對方。使用「**と思う**」表示，斷定語氣會較弱。

①ロボット化は今まで以上に進むと思います。
我認為機器人化將比以往進展得更快。

②頑張れば、2、3 か月で話せるようになると思う。
我認為只要努力，花兩、三個月就會說。

2) ～だろうと思う（我覺得應該會…）

加上表示不確定的「**だろう**」，在語感上會比只有「**～と思う**」更曖昧，但也顯得更有禮貌。可用於以更有禮貌的方式傳達自己的意見時。此外，也可以用於沒把握的情況或是時間表仍未確定的情況。

①旅行には参加できるだろうと思います。
我想我應該可以參加旅行。

②彼も来週は来るだろうと思う。我想他下週應該會來。

3) ～んじゃないかと思う（我覺得應該是…）

因為內含「**～じゃないか**」反問對方的用法，所以是用於謹慎地陳述自己的想法或意見。雖然是有點模糊的說法，但會較為委婉有禮。是當想要委婉地傳達自己的推測或意見時使用的句型。

①あんなことを言ったから、彼女は腹を立てているんじゃないかと思う。

我覺得應該是你說了那種話，所以她才那麼生氣。

②この考え方はちょっと間違っているんじゃないかと思うんですが。

我覺得應該是這個想法有問題。

4）～かもしれない（說不定…）

「**～かもしれない**」（日常會話有時會使用「**～かもわからない**」的說法）和「**～んじゃないかと思う**」一樣，也是表示可能性較低的事。而從可能性低這一點來看，有時可能是表示說話者缺乏自信（或者是仍有疑慮）。另外，以含糊的方式表達可能性很低，由於是較為較隱晦的表達方式，所以大多會顯得較有禮貌。

①今月中に就職先を見つけるのは難しいかもしれない。

這個月月中要找到工作或許很困難。

②すみません、私は出席できないかもしれません。

不好意思，我可能沒辦法出席了。

2. 有根據的推量、推定

1）～そうだ（樣態）（看起來…）

表示樣態的「**～そうだ**」（例：**おいしそうだ**（看起來很好吃）、**雨が降りそうだ**（看起來快下雨了）是從外表、外觀、徵兆等客觀的資訊作為判斷、推測的依據。基本上是就外在所見的事物進行推測或表達自己的感覺時使用的句型。

①彼は忙しそうだから、彼にはあとで話すよ。

他看起來很忙，我之後再和他說。

②雨もやんだから、試合ができそうですね。

雨也停了，看起來可以比賽了。

2) ～ようだ（好像…）

「～ようだ」的客觀資訊大多是來自於親眼所見，基本上是根據說話者的體驗、經驗所做的類推、判斷。不像「～そうだ（樣態）」是當下立即的判斷，而是得花一些時間才能做出的判斷。

①ノックしたが返事がない。彼はまだ戻ってきていないようだ。
我敲了門但沒有回應。他好像還沒有回來。

②彼はつまらなさそうな顔をしていた。興味がないようだ。
他一臉無聊的表情。好像沒什麼興趣。

3) ～みたいだ（好像…、似乎…）

與「～ようだ」幾乎相同，是作為口語用語使用。日常對話中多用來代替「～ようだ」。

① A：彼女、夜もバイトしているんだね。她晚上也在打工對吧。
B：うん、昼の仕事だけじゃ苦しいみたいだよ。
嗯，光是白天的工作似乎難以維生。

②このラーメン屋にはたくさんの人が並んでいる。人気があるみたいだ。這間拉麵店有好多人排隊。似乎很受歡迎。

4) ～らしい（似乎…）

屬於較生硬的說法。以得到的訊息為基礎所做的推測，資訊多是聽來的（言談資訊），所以大多是表示傳聞。有時會像這一句「どうも風邪を引いたらしい（看來我好像是感冒了）」一樣，也能用於表示自己的事，但大多還是用於有禮貌地說明聽聞而來的訊息。

①○○先生は来年広島の大学に移るらしい。
○○老師明年好像要轉到廣島的大學去。

②この建物はオリンピックが終わったあとで、マンションとして売り出すらしい。這棟建築物在奧運結束後，好像要當作公寓賣出。

5) **～はずだ（應該…、理應…）**

表示「依自己目前的認知來判斷理應如此」（太田，2014）。這是表示說話者認為理應如此所做的推測判斷。與「**～そうだ**」、「**～らしい**」不同，「**～はずだ**」是說話者基於自己的認知而做出極具說服力的推測、判斷時使用的句型。

①午後 2 時の新幹線に乗ったのだから、京都にはもう着いているはずだ。
因為是搭乘下午兩點的新幹線，應該已經抵達京都了。

② A: **倉庫の鍵はどこ？** 倉庫的鑰匙在哪裡？
B: **玉川さんが持っているはずだ。さっき倉庫に用事があると言って(い)たから。**
應該在玉川先生手上。他剛才說有事要去倉庫。

6) **～と思う（我認為…）**

可用於表達各種不同自信程度的推量、推定、判斷、想法。書面語及口語都相當常用。若以マス形變成「**～と思います**」，即可使句子或說話的語氣變得有禮貌。

①近い将来、大地震があると思う。
我認為不久的將來會有大地震。

②あの人はまじめな人だと思います。
我認為那個人是個性認真的人。

6 推量、推定 2

1. 推量判斷

2. 認同

1) ~はずだ（應該…）

太田（2014）曾就「**~はずだ**」做過以下的分類。

「**~はずだ**」是說話者認為「依自己目前的認知來判斷理應如此」時使用的句型。說話者針對某一件事所做的判斷，可能是在未經確認的情況下所做的判斷，也可能是在經過確認的情況下所做的判斷。例如被別人問到「**田中さん（田中先生）**」是否會參加時，前者可能會以「**はっきりとわからないけど、たぶん参加するはずです（我不是很清楚，但應該會參加吧）**」回答（（未經確認的）回應），後者則可能回答（以）「**きのう私が尋ねたら参加すると言っていたから、参加するはずです（昨天我問他的時候他說會參加，所以他應該會參加）**」回答（排除疑點後的回應）。

若經過確認後「**田中さん**」還是沒來參加，可能會以「**田中さんは参加すると言っていたはずなのに……（田中先生明明說他會參加的……）**」（陳述疑點、責備）來回應，或是直接對「**田中さん**」說「**田中さん、参加すると言ったはずですよね（田中，你明明說過你會參加的吧）**」（確認式的詢問）等。

「**田中さん**」的這個例子，是表示「認知與現實不一致」的情況，而當一個人對於「**このケーキ、500 円もするの。（這個蛋糕要價 500 日圓）**」這句話，會以「**それなら、おいしいはずね（那應該很好吃）**」來表「認同」，則是「認知與現實一致」的情況。

①A　:社長はいらっしゃいますか。請問社長在嗎？

秘書:もうそろそろ帰ってくるはずです。（（未經確認的）回應）應該差不多快回來了。

〈社長が戻ってくる〉（社長回來了）

A　:貸したお金を返してほしいんですが。我希望你把借的錢還我。

社長:大丈夫ですよ。来月にはお返しできるはずです。（排除疑點）沒問題啦！下個月應該就可以還你了。

A　:ええっ、今日返してくれるとおっしゃってたはずですが……。（陳述疑點、責備）咦？你明明說過今天會還我錢的……。

社長:ああ、そうでしたか。啊，是嗎？

A　:今日返してくれるとおっしゃったはずですよね。（確認式的詢問）你明明說過今天會還我錢的，對吧！

②〈BはAの友人〉（B為A的朋友）

B:社長さん、お金返してくれた？那位社長把錢還你了嗎？

A:いや、来月だって。沒有，他說下個月。

B:やっぱりね。あの会社、倒産寸前らしいよ。果然。那間公司好像快要破產了。

A:あ、そうか……。それなら、返せないはずだね。

A：啊，這樣啊……。（認同）這樣的話，應該還不了錢了吧。

2) ～わけだ（應該…；怪不得…）

表示某件事的結果理應如此的意思（自然的、合乎邏輯的結論）。表達的方式通常會如同這個句子:「休みの日はテレビばかり見てごろごろしているから、奥さまが文句を言ったわけだ（休假日光看電視，什麼事都沒做，怪不得太太會抱怨）」。

「**このケーキ、500円もするの**（這個蛋糕要價500日圓）」「**それなら、おいしいわけね**（那應該很好吃吧）」的「**〜わけだ**」是自然的、合乎邏輯的結論，是用於表示「認同」。

①**今日は街に人がたくさん出ている。きのう給料日だったから、買い物客が多いわけだ。**今天街上人好多，昨天是發薪日，所以買東西的客人很多。

② A：**このメガネ、もうこわれちゃったの。**這副眼鏡壞掉了。

B：**100均で買ったんだろう？**你在百元商店買的吧？

A：**うん。**嗯。

B：**100均なら、すぐこわれるわけだよ。**

在百元商店買的，怪不得這麼快就壞了。

另外，也可以像這句「**なぜそんなことするわけですか**（到底為什麼要做那種事）」一樣，用於要求對方說明的情況。雖然語氣不夠強烈，但還可以用於表示輕微質問的語氣，像是「**なんでそんなことするわけ？**（為什麼要做那種事？）」、「**だからそう言ったわけ？**（所以你才那麼說？）」、「**それで辞めるわけ？**（這樣你就不做了？）」。

也常會像下面的句子一樣，以「**〜わけだ**」表示合乎邏輯的解釋、說明。

③**〈講義で〉これらの分子から生物体が作られているわけですが、分子の間に何らかの関係が生じなければ、新しい生物体は生まれてきません。**（課堂上）你可以利用這些分子製造出生物體，但只要分子之間沒有產生任何關係，就沒辦法產生新的生物體。

3) ～のだ／んだ（表示說話者的理解）

基本的用法是針對一個前提、狀況「要對方求說明」、或是「自己加以說明」，接著再「強調說明的內容（主張）」或是表達「認同」。

①どうして遅れたんですか。（要求說明）
你為什麼遲到？

②途中で事故があったんです。（說明）
我在途中發生意外。

③事故があったから、遅れたんですよ。（說明、主張）
因為發生意外，所以我才遲到的。

④ああ、それで遅れたんですか。（認同）
啊，所以你才遲到的嗎？

7 傳聞

1. 傳聞

1) ～そうだ（聽說）

「**～そうだ**」為「傳聞」最具代表性的句型，是表示將從別人那裡得到的消息傳達給對方。對關係親近的人大多是使用「**～そうだよ／よ**」的形態，對居上位者則是使用「**～そうです(よ)**」的形態表示。因為傳達的是聽來的事，所以若對方是關係親近的人，在傳達時常會帶有羨慕、開心、驚訝之類的情緒。

①〈妻が夫に話しかける〉お隣さん、来週ヨーロッパへ旅行に行くそうよ。うちも行きたいなあ。（妻子對丈夫說）聽說隔壁他們下週要去歐洲。我也好想去喔。

向上司報告之類的正式場合，就不是用「**～そうだ**」，而是用「**～**

と言っていました」感覺較為正式。

② a **田中から電話がありました。急用ができたので、少し遅れるそうです。** 田中打電話來過。聽說他因為突然有急事，所以會晚一點到。

b **田中から電話がありました。急用ができたので、少し遅れると言っていました。**田中打電話來過。他說因為突然有急事，所以會晚一點到。

2) ～らしい（好像…）

原本是表示推量、推定的句型，但常會用於表示傳聞。相較於帶有說話者的情緒的「**～そうだ（傳聞）**」，以「**～らしい**」傳達訊息時，則會給人冷淡、漠不關心的感覺。單就「**あの映画、おもしろいそうだよ（那部電影聽說很有趣）**」、「**あの映画、おもしろいらしいよ（那部電影好像很有趣）**」這兩個句子來看，前者有勸人可以去看看的感覺，後者感覺上只是單純把聽到的轉達給聽者。

① A:**明日歌手の山中みゆきが来るそうだよ。**

明天聽說歌手山中美雪要來耶！

B:**うん、そうらしいね。**嗯，好像是。

②**来月からマヨネーズやバターが値上がりするらしい。**

下個月美奶滋和奶油好像要漲價。

3) ～と／って言っていた（曾經說過…）

這裡的「**って**」是「**と言っていた**」的格助詞「**と**」（引用）較通俗的說法。「**～と／って言っていた**」大部分的情況是將重點放在「誰說的」。

①**これ、田中さんがおもしろいって言っていた。**

田中先生曾說這個很有趣。

②**山田さんが担当者に連絡したって言っていた。**
山田先生曾說他和負責人聯絡過。

4) ～と／って聞いた（聽過…）

以「**私が聞いた（我聽過）**」的形態表示。最初的用法反而多用於確認資訊，而非傳達資訊。

① **A:田中さん、結婚するんだって。**聽說田中要結婚了。
B:ええっ、本当？　うそでしょう？咦？真的嗎？騙人的吧。
A:ううん、本人から結婚するって聞いたよ。
嗯，我聽本人說要結婚了。

② **A:お隣からBさんが引っ越されるとお聞きしましたが……。**
我聽鄰居說B搬走了……。
B:ああ、そうなんですよ。九州のほうへ。
啊，就是說啊！搬去九州了。

5) ～ということだ（據說…、也就是說…）

「**～ということだ**」原本是用於表示某件事的定義、說明。

①**黙っているということは賛成したということだ。**沉默就表示贊成。

事物的定義、說明或是解說，而這些通常都是對聽者做的事，也可以算是具備「傳聞」的功能，因此是屬於以生硬的口吻說明傳聞內容的句型。至於「**～ということだ**」是表示事物的定義還是傳聞，須視上下文來判斷。

② **A:Cさんってどんな人？**C先生是什麼樣的人？
B:わからないのよね。看不出來對吧？
A:みんなそう言うね。神秘的な人ということだね。
大家都這麼說耶！據說是個神秘的人。（定義）

③**実は、事件の真相は、本人以外誰にもわからないということです。**

関係者がそう言っていました。其實事件的真相，據說除了本人以外沒有人知道。關係人士是這麼說的。（傳聞）

6）～とのことだ（聽說…；據說…；他說…）

把別人說的話，以生硬正式的口吻轉達給別人的句型。「**田中さんがよろしくと言っていました（田中先生說請多多指教）**」若以「**～とのことだ**」表示，就會是「**きのう田中さんにお会いしました。よろしくとのことでした（我昨天見過田中。他說請多多指教）**」。

不只是轉達別人說的話，有時也會用來把聽到的事情（傳聞），當作別人說的話禮貌地轉達給說話的對象。

①田中さんは来月には出発するとのことです。
田中先生說他下個月出發。

說話者在傳達這個訊息時並不確定是否有受到田中的託付，但卻是以看似將田中說的話直接報知對方的方式來傳達。

②A社の林さんから電話があって、打ち合わせを中止したいとのことです。A社的林先生打電話來，他說會議要取消。

③官房長官の話では、午後緊急に記者会見をするとのことだ。
官房長官說，下午要召開緊急記者會。

7）～みたいだ（似乎…）

由於「**～みたいだ**」原本用於表示推量，所以當被用來表示「傳聞」時，也伴隨說話者個人的想像、推測的模糊語感。而這樣的語感會讓語氣顯得較委婉，因此常被使用於日常會話中。女性在使用時，通常大多會像這句「**田中さんが怒（おこ）っているみたい（田中似乎在生氣）**」一樣，偏好以「**～みたい**」結尾，男性則大多會使用「**～みたいだね**」、「**～みたいだよ**」的說法。

①事件の真相は誰にもわからないみたい(だよ)。小川さんがそう言ってた。似乎沒人知道事件的真相。小川先生曾這麼說過。

② A:Cさん、今日休み？ C先生今天休息嗎？

B:うん。嗯。

A:病気？ 生病了？

B:そうみたい。風邪引いたみたい。好像是。他似乎感冒了。

8) ～って（據說…；聽說…）

用於關係親近的人之間的對話。放在句尾是表示「據說是…」、「他說是…」、「聽說…」的意思。在與關係親近的人對話時，通常會優先選擇又簡短又快速的表達方式，所以「**～って**」的出現頻率很高。就如例句①～③一樣，可用於隨意地向對方傳達訊息。

①彼女、結婚するって。聽說她要結婚了。

②彼、海外へ行くんだって。 聽說他要出國。

③この本、おもしろいんだって。聽說這本書很有趣。

9) ～という（書面用語）

專門作為書面語使用的句型，表示說話的內容是基於傳聞。是誰說的並不重要，通常是用於報紙的報導、小說、遊記等。

①建物の修復には時間がかかるという。

據說建築物的修復需要時間。

②この家には幽霊が住むという。據說這間房子有鬼魂棲息。

2. 以言談作為消息來源（請參照41「根據、立場及觀點」的重點句型與彙整1-3.）

1) ～によると（根據）

表示資訊的出處，屬於正式生硬的說法。通常用於表示新聞、天氣預報等出處很明確的消息來源，但也會用於表示出自個別人士的消息來源。

①今朝6時の天気予報によると、午後から気温が下がるようです。
根據今天早上六點的天氣預報，下午開始氣溫似乎會下降。

②田中さんによると、林さんは元気だそうだよ。
根據田中先生表示，林先生很好。

2) ～では（根據…）

和「**～によると**」幾乎同義。相對於「**～によると**」是屬於生硬的說法，「**～では**」則是一種既簡短又簡潔的表達方式。日常生活中很常用。基本上是以「**消息來源＋では**」（例：**ニュースでは（根據新聞）、新聞の記事では（根據報紙的報導）**）的方式表達，如果是從別人那裡聽來的消息，就是以「**人の＋話では**」（例：**田中さんの話では（根據田中先生說）**）。

①テレビのニュースでは、火事の原因は放火だという。
根據電視新聞報導，火災的原因是縱火造成的。

②小林さんの話では、来月学長選が行われるそうだ。
據小林先生所說，下個月要舉行校長選舉。

3) ～は

當以「**消息來源＋は＋～と／って言っていた／書いていた**」等形態來表示主題（Topic）時，表示這件事不是自己聽到的，而出自於是「**～は**」之前的消息來源。

①テレビの天気予報は、夕方雨が降るって言っていたよ。
電視的天氣預報說，傍晚會下雨喔。

②新聞はそう書いていたけど。報紙上是這麼寫的。

4) ～で

想要傳達自己聽到的消息的來源時，是以「**消息來源＋で＋～と／って聞いた／言っていた／読んだ**」等形態表示。就像這句「**さっきテレビで言っていたけれど、駅の近くで事故があったみたいだよ（剛才電視上有提到，車站附近好像發生事故了）**」一樣，多以「**～で聞いた／言っていた／読んだけど**」的形態，在後句說明消息的內容。

①新聞で読んだけど、流氷の漂着が去年よりも遅いそうね。
我在報紙上讀到的，流冰靠岸會比去年晚。

② A：C さん、大変だったんだって。據說 C 先生出事了。
B：私もテレビのニュースで知ったんだけど、正面衝突だったみたい。我也是看電視才知道的，好像是迎面相撞。

5) 噂では（有傳言說）

未指出消息來源的說法。大多用於沒有明確消息來源的情況，當不想讓人知道消息來源時，也會使用這樣的用法，是一種模糊不明確且有些不負責任的說法。

①噂では、近々金利が下がるそうですね。
有傳言說，最近利率會下降。

②噂では、お隣の A さんは昔 B さんと結婚を約束していた仲なんだって。有傳言說，隔壁的 A 和 B 曾有過婚約關係。

8 許可、請求許可

1. 典型的許可及請求許可

1) ～て(も)いい（可以…）

為表示許可最典型且最常用的句型，無論何時何地都能使用。「**も**」不管加或不加都可以，但若不加「**も**」，會比較偏會話性質。（2）～5）的「**も**」也是相同的道理）

①**本は 10 冊まで借りて(も)いいですよ。**書最多可以借十本喔。

②**〈ノックの音が聞こえて〉入って(も)いいよ。**

（聽到敲門聲）請進。

2) ～て(も)かまわない（即使…也可以）

「**かまわない**」原本是「沒問題」、「別在意」的意思，與「**～て(も)いい**」比起來帶有更多的個人情感，是溫和地表示許可的意思。不過用法與「**～て(も)いい**」幾乎相同。

①**〈個人の工房で〉**（個人的工作室）

A:すみません。入って(も)かまいませんか。

不好意思，我可以進去嗎？

B:ああ、どうぞ。自由に見てくれてかまわないからね。

啊，請進。請隨意看看。

②**ここにある道具は、どれを使ってもかまいません。**

這裡的工具隨便你用。

3) ～て(も)いいですか／でしょうか（即使…也可以嗎？）

以提問的形式要求許可。比起「**～ですか**」，「**～でしょうか**」

是比較委婉有禮的說法。

①これ、お借りしてもいいですか。這個可以借我嗎？

②ここに座ってもいいでしょうか。我可以坐這裡嗎？

4) 〜て(も)よろしいですか／でしょうか（即使…也可以嗎？）

禮貌地要求許可的句型。比「**〜て(も)いいですか／でしょうか**」更有禮貌，可用於正式場合或是對居上位者使用。如果要請求許可的是難以啟齒的事時，說話者大多會以謙卑的語氣表示。屬於有些生硬的說法。

①これ、お借りしてもよろしいですか。這個可以借我嗎？

②お忙しいところ申し訳ありませんが、見せていただいてもよろしいでしょうか。在您這麼忙碌的時候真是不好意思，可以請您讓我看一下嗎？

5) 〜て(も)かまいませんか（即使…也可以嗎？）

與「**〜て(も)いいですか／でしょうか**」幾乎完全相同。將重點放在對方心情的句型，是表示「你不在意嗎」的意思，因此最好是在想要尊重對方感受時使用。

①お話を録音してもかまいませんか。請問我可以錄音嗎？

②初歩的なことをお尋ねしてもかまいませんか。

請問我可以問您一些基本的問題嗎？

2. 請求許可的禮貌說法

1) 〜(さ)せてください（請允許…、請讓…）

禮貌地請求許可的句型。對於居上位的人（者）（上司、老師、客人等），要以有禮貌的方式來請求許可。在公司或學校若想要休假，可以藉由「**明日休みます（我明天要休假）**」、「**明日休んでも**

いいですか（我明天可以休假嗎）」的句型，向對方表達「你同意了我才會休假」。

只有「**～(さ)せてください**」在語氣上會顯得很強硬，所以對居上位者最好改用「**～(さ)せてくださいませんか**」、「**～(さ)せていただけますか／ませんか**」、「**～(さ)せていただけるとありがたいんですが**」等句型表示。

①**明日休ませてくださいませんか。**明天可以請您讓我休假嗎？

②**午後早退させていただけませんか。**
可以請您下午讓我提早下班嗎？

2) ～(さ)せてほしい（請讓我來…）

與「**～(さ)せてください**」幾乎完全相同，但並不是以「**ください**」表示請求，而是以「**ほしい**」陳述自己的願望。「**～てほしい**」是直接的說法，大多都帶有強烈的指示、命令的語氣，此句型是在表達願望的同時，強烈地希望能夠實現的說法。請求許可時，不要以「**～てほしい**」結尾，而是使用「**明日休ませてほしいんですが／けど**」、「**明日休ませてほしいと思っているんですが／けど**」等說法表達，也可以使用「**～(さ)せてください**」的禮貌說法「**～(さ)せてくださいませんか**」、「**～(さ)せていただけますか／ませんか**」、「**～(さ)せていただけるとありがたいんですが**」等句型表示。

①**今日の午後、早引きさせてほしいんですが、よろしいですか。**
今天下午我想請您讓我提早離開，不知您意下如何？

②**話し合いに参加させてほしいと思っているんですが。**
我想請您讓我參與討論。

3) ～(さ)せてもらって(も)いいですか／でしょうか

「**使役(させる)＋授受(てもらう)＋許可(てもいい)**」是以較複雜

的句型請求許可，是比「～させてください」、「～させてほしい」要禮貌許多的請求許可句型。對於居上位者可以使用此句型表達。向對方要求「明天休假」的句子則如例句①所示。

①明日休ませてもらって(も)いいでしょうか。

可以請您明天讓我休假嗎？

②この話し合いに参加させてもらって(も)いいですか。

可以請您讓我參加這次的討論嗎？

4) ～(さ)せていただいて(も)よろしいですか／でしょうか

比「～(さ)せてもらって(も)いいですか／でしょうか」更禮貌的說法。屬於正式的說法，是最適合用來表示禮貌地請求許可的句型。例句①是向對方要求「提早回家」的句子。不過在職場上或是商務上等必須以簡潔的方式表達的場合，有時最好還是別使用這種會顯得過度禮貌的說法。這時可以改以 3）的「～(さ)せてもらって(も)いいですか／でしょうか」表示。

①今日は早めに帰らせていただいて(も)よろしいでしょうか。

今天是否可以請您讓我提早回家呢？

②昼ご飯、ごいっしょさせていただいて(も)よろしいですか。

是否可以請您讓我和您一同用餐呢？

5) ～(さ)せていただいて(も)かまいませんか

「かまいませんか」是詢問對方是否在意，因此與「いいですか／でしょうか」、「よろしいですか／でしょうか」相比，比較有給人詢問對方意願的感覺。不過在用法上與「～(さ)せていただいて(も)よろしいですか／でしょうか」幾乎完全相同。

①明日休ませていただいて(も)かまいませんか。

我明天是否可以休假呢？

②そろそろ帰らせていただいて(も)かまいませんか。

我是否可以回家了呢？

6) ～ならいい／かまわない

帶有條件的許可句型。針對「**明日ちょっと遅れてきてもいいですか（我明天可以稍微晚點來嗎？）**」，可以如例句①、②的方式回應。

① 30 分ぐらいならいいですよ。如果只有 30 分鐘左右就可以。

② 1 時間以内ならかまわないよ。

如果是一個小時之內的話倒是無所謂。

建議

1. 典型的建議

2. 二擇一的建議

1) ～たらいい（做…較好）

沒有相互比較的意思，而是單純陳述說話者心中的想法。請求建議時是以「**どうしたらいい(ですか)**」表示。想要禮貌地提供建議時則是以「**～したいくらいと思います**」、「**～したらいいと思うんですが**」表達。若以常體表示，則如同「**そんな仕事、辞めたらいいよ（那種工作辭掉就好了）**」一樣是說法較粗魯的建議表達方式。

以否定表示的「**～なかったらいい**」（例：**行かなかったらいい、やらなかったらいい**）是較不自然的說法。這時要用「**～ないほうがいい**」代替「**～なかったらいい**」（例：**行かないほうがいい、やらないほうがいい**）。

① A：プレゼントもらったんだけど、お返しはどうしたらいい？
我拿到一份禮物，回禮該怎麼辦？
B：すぐに返すんじゃなくて、相手の誕生日に何か小さな物でも渡したらいいよ。不用立刻回禮，對方生日的時候送一點小禮物給他就可以了。

②遠慮しないで思ったことを言ったらいいですよ。
別客氣，想說什麼就直說。

2）～といい（請你（做）…；你最好（做）…）

大多用於表示說話者有自信地提出建議。因此有時會給人強迫推銷的印象。若要以較委婉的的方式表達，則是使用「～といいと思います（が）」的句型（例：行くといいと思います（が）（我認為你最好還是去））會比較恰當。

請求建議不會使用「どうするといい（ですか）」，會改以「どうしたら／どうすればいい」表示。另外也不會使用否定形的「～ないといい」（例：行かないといい（不要去的好））表示。

① A：この仕事は誰に頼めばいいでしょうか。
這份工作要交給誰比較好呢？
B：そうですね。吉田さんか大谷さんに頼むといいですよ。彼らは暇そうにしているし。我想想。交給吉田或大谷比較好。他們似乎都很閒。

②あなたは赤が似合いますね。これからも赤い服を着るといいですよ。你很適合紅色。以後最好都穿紅色的。

3）～ばいい（請你做…）

表示禮貌地提供建議。請求建議時使用「どうすればいい（ですか）」，是委婉有禮貌的說法。

① A:**商品を取り出したいんですが。**我想把商品拿出來。
B:**それなら、このレバーを引けばいいんですよ。**
你拉那個把手就可以了。

② A:**僕は何をすればいいんですか。**我該做什麼才好？
B:**奥さんのそばにいてあげればいいんですよ。**
只要待在你太太身邊就可以了。

當被問到「**どうすればいい**」時，若向對方以溫柔的語氣說「**ああ、こうすればいい(ん)ですよ（你只要這麼做就好了）**」，會給人委婉有禮的感覺，但如果以像是在生氣的語調說「**そんなこともわからないんですか。こうすればいい(ん)ですよ（你連那個都不知道嗎？你只要這麼做就好了）**」，就會變成冷言冷語地提供建議。至於建議的方式是委婉還是冷淡，須視情境、上下文的內容、語調而定。

4) ～ほうがいい（還是做…比較好）

建議二者之中該選擇哪一個。大多是像例句①「**～たほうがいい**」及例句②「**～ないほうがいい**」，以肯定或否定的語氣表示。

①**出席したほうがいいですよ。**你還是出席比較好。

②**出席しないほうがいいですよ。**你還是不要出席比較好。

「**～たほうがいい**」和「**～たらいい**」在多數情況下可以交換使用，不過如果是像「**北海道はどこがいいでしょう（北海道的哪裡比較好）**」這種答案的選項很多（這裡是指要去的地點）的問題，就沒辦法使用表示二擇一的「**～たほうがいい**」。像例句③這種從多個選項中擇一的，就比較適合使用「**～たらいい**」。

③**小樽へ行ったらいいですよ。**去小樽的話不錯喲。

5) ～たらどう(ですか)（如果…怎麼樣呢？）

將決定權交給對方的說法「**どう(です)か**」，可用於代替表示建議及推薦的「**～たらいい(です)よ**」。因為是採取將決定權交給對方的形態，所以大多是以詢問對方的形式表達「這麼做比較好」的建議或主張。在大部分的情況下，「**今の家をお売りになったらどうですか（你覺得把現在的房子賣掉如何？）**」和「**今の家を売ったほうがいいですよ（現在的房子還是賣掉比較好）**」這二句要表達的意思是一樣的。

①**自伝をお書きになったらどうですか。皆さん喜びますよ。**
你覺得寫本自傳如何？大家會很開心的。

②**自分のことは自分でやったらどう？** 自己的事自己做如何？

6) ～べきだ（應該）

雖然是表示義務，但也可表示建議。「**あなたが発表するべきですよ（你應該要發表）**」、「**今買うべきですよ（你現在應該要買）**」、「**あんな人、あなたから別れてやるべきよ（那種人，應該要由你來甩掉他）**」等。

至於是表示義務還是表示建議，與上下文、情境有關。「**～べきだ**」是語氣比較強硬的說法。否定形則是「**～べきじゃ／ではない**」。

①**若者はお年寄りを敬うべきだ。また、お年寄りは若者に尊敬されるような振る舞いをすべきだ。** 年輕人應該要尊敬老年人。而老年人也應該要做出受年輕人尊敬的行為。（義務）

② A: **家を手放したいんですが。** 我想把房子脫手…

B: **今手放すべきじゃないですよ。もう少ししたら土地の値段が上がりますから。** 現在還不應該脫手喲。再過一陣子土地的價格還會上漲。（建議）

7) ～たら？・～ば？（做…如何？）

會話性質的建議。以疑問的形態表示，但可能會因為說話方式不同而變成冷言冷語的說法。這兩種說法都是用於親近的人之間。「**〜たら？**」給人的感覺是說話者一想到有什麼建議就毫不猶豫地順口提出，並沒有思考該建議的對錯與否、是否值得做。「**〜ば？**」有時感覺上會比「**〜たら？**」有禮貌，但也可能會因情境不同，而給人冷冷地搭話的感覺。

① A:**こんなアイデアがあるんですが……。**
竟然有這樣的創意……。
B:a **自分でやったら？** 你自己做做看如何？
b **自分でやれば？** 你自己做做看如何？

② A:**インドカレーが食べたいなあ。** 好想吃印度咖哩喔！
B:a **自分で作ったら？** 你自己做做看如何？
b **自分で作れば？** 你自己做做看如何？

10 邀請、提議、要求及請求

1. 邀請

1) 〜ませんか・〜ない

「**〜ませんか**」是表示禮貌的邀請，「**〜ない**」則是關係親近的人之間表示邀請的用法。主詞為聽者（你），所以是尊重聽者的意志的說法。另外，若以否定形表示，即是以間接委婉的語氣詢問對方。

①**この真珠、お値打ちですよ。買いませんか。**
這顆珍珠很值得買喔，要不要買呢？

②**遅いから、もうそろそろ帰らない？**
已經很晚了，是不是該回家了？

2) ～てみませんか・～てみない（要不要試試…？）

因為加上了「～てみる」，所以是表示試著隨口邀請對方。期望透過這種隨口邀請的方式，可以降低對方心理上的負擔。

①大丈夫だから、1度やってみませんか。

沒問題的，要不要再試一次看看？

②ヨガでもして、気分を変えてみない？

要不要試試做瑜珈轉換一下心情？

3) ごいっしょにどうですか・いっしょにどう？（要不要一起…？）

邀請對方「一起做某事」最典型的說法。屬於委婉有禮的說法。如果使用「いかが」代替「どう」，會更有禮貌。

①夕飯でもごいっしょにどうですか。

你要不要和我一起用晚餐嗎？

②今度の祇園（ぎおん）祭、ごいっしょにいかがですか。

您要不要和我一起去參加今年的祇園祭？

4) ごいっしょしませんか？（要不要一起…？）

與「ごいっしょにどうですか」的意思幾乎相同，是邀請別人時慣用的說法。屬於委婉有禮的說法。

① A：これからどちらへ？ 你接下來要去哪裡？

B：駅まで歩こうと思います。我想步行到車站去。

A：私もそうです。駅までごいっしょしませんか。

我也是。我們要不要一起走到車站？

B：ええ、いいですね。好啊，聽起來很不錯。

②昼ご飯、ごいっしょしませんか。你要不要和我一起吃中飯？

2. 提議

1) ～ます／動詞辭書形

「**～ます**」、「**動詞辭書形**」若直接使用，基本上是表示說話者的「意志」。而表現意志也可以用來當作「提議」。在表示「提議」時，就如「**私が行きます（我要去）**」一樣，不是使用「**(私)は**」，而是使用「**(私)が**」表示。回答「**誰が行くか（誰要去）**」時，也同樣必須以「**私が**」回應，這裡的「**が**」是表示強調的重點在前面的「**私**」。

① A:**この仕事、誰か代わってくれない？**
這份工作誰可以代替我做？
B:**ああ、私が代わります。**啊，我來代替你。

② A:**明日は誰が発表する？**明天是誰要發表？
B:**誰もいなければ、私が発表するよ。**
如果沒人的話，那我來發表。

2) ～ましょう・～(よ)う（一起…吧）

「**～ましょう**」、「**～(よ)う**」分為主詞（主體）是「我們」的情況，以及「我」的情況。主詞是「我們」時，是表示說話者將多個主詞（主體）納入考量，以「**～ましょう**」、「**～(よ)う**」提議共同做某個行為。

①**このまま会社に直行しましょう。**就這樣直走走去公司吧！

②**念のため、もう一度みんなで調査しよう。**
為以防萬一，我們大家再一起調查一次吧！

另一方面，當主詞（主體）只有說話者單獨一人的情況，就是表示提議由自己來做某件事。

③**暑いから、窓を開けよう。**因為很熱，所以我來開窗吧。

④**私がお手伝いしましょう。**我來幫忙吧！

與「**～ましょうか**」、「**～(よ)うか**」不同，沒有表示疑問的終助

詞「か」。因此是直接明確地向對方表示「提議」。基本上是一種不太顧慮對方，並且藉由積極地提議，以事情的執行及實現為優先的表達方式。

3) ～ましょうか・～(よ)うか（要不要…？）

「**～ましょうか**」、「**～(よ)うか**」分為主語（主體）為複數的「我們」，以及單獨一人的「我」二種情況。

如果是「我們」，說話者是把複數的主語（主體）與意志設定為一個整體，並在以「**～ましょうか**」、「**～(よ)うか**」詢問整體的共同意圖的同時表示提議。

①**そろそろ失礼しましょうか。**我們是不是差不多該走了？

②**〈外での仕事が終わって〉みんな、このまま会社に直行しようか。**
（外面的工作結束）各位，我們就這樣直接回公司吧。

若為單獨的「我」，說話者則是一邊詢問對方的意圖，一邊提議自己要做的行為。

③**私がもう一度調べましょうか。**我再去調查一次好嗎？

④**電気、つけようか。**我來開電燈好嗎？

4) ～(さ)せてください／てくれ／てちょうだい（請讓我來…）

「**動詞使役形＋てください**」的句型是用於像「**明日休ませてください（明天請讓我休息）**」、「**(質問させてください)（請讓我提問）**」這類的句子，表示「請求許可」。因此作為「提議」使用時，是在請求許可的同時表示提議，為禮貌的說法。

①**その仕事はぜひ私にやらせてください。**
請務必讓我來做那份工作。

②**ちょっとわからないところがあるので、質問させてください。**
因為有一些不懂的地方，所以請讓我提問。

「**休ませて。**」為簡略形。「**休ませてくれ**」為男性用語，「**休ませてちょうだい**」則是女性用語，不過男性也會在關係親近的人之間使用。

3. 要求及請求

1) ～てください・～て。（請…）

基本上是屬於禮貌的請求句型，但會依照場面、情境、說法等，變成表示「推薦」、「要求及請求」、「指示及命令」的語感。例如「**座ってください**（請坐下）」也可能會因為情境不同，變成表示①建議就座的位置、②要求及請求、③指示及命令等不同的意思。

①**どうぞここに座ってください。**請於此處就座。

②**すみません。見えないので、座ってください。**

不好意思，因為會看不到，所以麻煩你坐下。

③**ご来場の皆さんは１列に座ってください。**

請在場的各位坐成一排。

「**～て。**」為會話性質的說法，會因為說話方式不同，而有不同的意思，如「**どうぞ座って**（請坐下）」、「**早く座って！**（快點坐下）！」等。

2) ～てくれますか／くれませんか・～てくれる／くれない？（可以幫我…？）

「**～てくれますか**」是比較直接的表達方式。若改以否定疑問句的形式「**～てくれませんか**」會較有禮貌。而這二種句型若對居上位者使用會有些不夠禮貌，大多是用於工作場合或商務場合，想要明確地傳達內容的情況。

①**これ今日中にやってくれますか。**

你今天這一整天可以幫我做這個嗎？

②ここは短くしてくれませんか。你可以幫我修短嗎？

「～してくれる？」、「～てくれない？」是用於關係親近的人之間。拜託關係親近的人時，不管使用這二種的哪一種說法，意思幾乎完全相同。

③この仕事、引き受けてくれる？ 你可以接受這份工作嗎？

④返事はちょっと待ってくれない？ 你可以等我回覆你嗎？

3) ～てくださいますか／くださいませんか・～てくださる／くださらない？

「～てくださいますか」雖然也很有禮貌，但如果想要不失禮於人，使用「～てくださいませんか」這種否定疑問句的形態會更有禮貌。「～てくださいませんか」目前有逐漸被「～ていただけませんか」取代的趨勢。因為「～てくださいませんか」帶有「對我個人提供…」的語感，所以才會改以「～ていただく」、「～ていただけませんか」這種更客觀的說法表達敬意。

①もう一度説明してくださいませんか。

是否可以請您再說明一次？

②その店まで私を連れて行ってくださいますか。

是否可以請您帶我到那間店那裡？

常體的「～てくださる？」、「～てくださらない？」為女性用語，用於關係親近的人之間。

③ A:そのコップ、取ってくださる／くださらない？

你可以幫我拿那個杯子嗎？

B:はい、どうぞ。來，給你。

4) ～てもらえますか／もらえませんか・～てもらえる／もらえない？

「～てもらえますか／もらえませんか」為禮貌的「要求、請求」。若以店面、公務機構或是日常的工作場合來說，已經是相當禮貌的

說法。不過可能會因為說話方式（在語氣上特別強調「**～てもらえる／もらえない**」的部分之類的），而變成強迫的語氣，所以必須要特別小心。

①お貸しした本、そろそろ返してもらえませんか。
你向我借的書，是不是可以請你還給我呢？

②会議、私の代わりに出てもらえる／もらえない？
可以請你代替我出席會議嗎？

5) ～ていただけますか／いただけませんか・～ていただける／いただけない？

「**～ていただけますか／いただけませんか**」是禮貌地表示「要求、請求」時最常用的表達方式。「**～ていただけませんか**」比起「**～ていただけますか**」是更間接也更委婉的表達方式。

常體的「**～ていただける？**」、「**～ていただけない？**」是女性使用的說法。年輕人則不太使用

①お貸しした本、そろそろ返していただけませんか。
您向我借的書，能不能麻煩您還給我呢？

②会議、私の代わりに出ていただけない／いただける？
可以麻煩您代替我出席會議嗎？

6) ～てもらって(も)いいですか・～てもらって(も)いい？

這是現代的說法，是在請求許可的同時提出要求。大多是店面或醫院的工作人員使用的說法。可以想成是在請求許可的同時，做出指示、命令。

〈看護師が患者に〉（護理師對患者）

①もう少し右を向いてもらっていいですか。麻煩您稍微轉向右邊。

②ここに横になってもらっていいですか。麻煩您躺在這裡。

10 邀請、提議、要求及請求

③**もう少し上に上がってもらっていいですか。**麻煩您再往上抬高一些。

「**～てもらって(も)いい？**」是男女都可使用的說法。給人小心翼翼地向對方提出請求的感覺。「**ここ押さえておいてもらっていい？**」和「**ここおさえておいてもらえる？**」的意思幾乎完全相同。

11 指示、命令、禁止

1. 從請求到指示

1) ～てください（請…）

基本上是禮貌的請求用語，但會因上下文、情境而帶有「指示」、「命令」的語氣。通常是在禮貌地傳達一件事的同時，要求執行、實現該件事情。

①**そこの人、座ってください。**那裡的人請坐下。

②**静かにしてください。**請安靜。

2) ～ように(してください)（請做到…；請設法做到…）

「**～ように。**」前為動詞辭書形，常用於表示「指示、命令」，若加上「**してください**」，「指示、命令」的意味比「**～てください**」更強。「**～ように。**」為書面語。

①**時間を厳守するようにしてください。**請務必守時。

②**時間を厳守するように。**請守時。

3) ～(よ)う／ましょう（一起…吧！）

原本是表示「邀請」或「提議」，有時也會用於表示「指示」。

表面上是委婉的邀請，實際上是指示對方去執行、實現這件事。

①**時間を厳守しましょう。**我們一起守時吧。

②**遅刻しないようにしよう。**我們不要遲到了。

4) ～こと（規定）

書面用語。多用於注意事項等以條列式表達的內容。簡潔地表示指示、命令句型。

①**時間を厳守すること。**嚴格守時。

②**廊下を走らないこと。**不在走廊奔跑。

5) ～てもらいます／いただきます（讓…；請…）

若使用「**～てもらいます／いただきます**」代替「**～てください**」，是表示公事性質的指示、命令，會給人冷淡不帶感情的感覺，大多用於公事性質的場合。

①**〈病院で〉まずここで着替えていただきます。診察はそのあとで行います。**（在醫院）請先在這裡更衣，隨後再進行診療。

②**この青いラインに沿って行ってもらうと、受付があります。**
請沿著這條藍線走，接待處在前方。

2. 從指示到命令

1) しろ・せよ（表示命令）

兩者皆為動詞「**する**」的命令形。「**せよ**」為書面用語，「**しろ**」為口語用語。「**しろ・せよ**」並非個人性質的命令，大多是用於表示對外或公開場合的命令。（在日常會話之類的情境中，「**しろ**」為男性用語）

除了「**しろ・せよ**」，也可以讓動詞直接以命令形表示，例如「**行**

け」、「**立て**」、「**座れ**」等。

①**静かにしろ／せよ。**給我安靜。

②**警報が鳴ったら、すぐ逃げろ／逃げよ。**警報一響，就立刻逃離。

2) ～なさい（表示命令或指示）

雖然是表示命令，不過和「**しろ・せよ**」不同，用法上有一些限制。大多用於有明確上下關係的情境，像是父母對孩子說「**早く起きなさい**（起床！）」、老師對學生說「**わかった人は手を挙げなさい**（知道的人舉手）」等。

另外，也用於表示測驗或題目中的「指示」。

①**〈試験問題〉次の中から正しい答えを選びなさい。**

＜試題＞請於下列的選項中選出正確答案。

與「**～てください**」相比，「**～なさい**」是語氣較為獨斷的命令。雖然可用於關係親近的人之間，但這時就沒有那麼強的命令語氣，而只有些許的命令意味。

②**やめなさい、冗談を言うのは。**別再開玩笑了。

③**鼻をほじるのはよしなさい。**請停止挖鼻孔。

3) ～こと（表示規定）

為書面語，用於文件或注意事項。因為因為是簡單明確的說法，所以用於表示命令可以一目瞭然。

①**無断で遅刻しないこと。**別擅自遲到。

②**私語は慎むこと。**勿私下交談。

4) ～ように。（請做到…；請設法做到…）

以「**～ように。**」表示時，大多是作為書面語用。命令的意味很強烈，與「**しろ／せよ**」的強度相等。

①**外から戻ったときは、手を洗うように。**
從外面回來時，務必洗手。

②**見学先では勝手な行動はしないように。**
在參觀的地方請勿任意行動。

5) ～て（ください）（請…）

「**～てください**」原本是表示禮貌的請求或要求，也會作為命令使用。這樣的用法既能以禮貌的方式表達，還具有不容對方拒絕的強度。省略「**ください**」的「**～て。**」（例：**立って。座って。**）也是表示請求、要求或命令，如果以語氣較重的方式說出口，就會是強烈的命令語氣。為口語的用法，有時居上位者會在正式場合以命令的口吻對居下位者使用。

①**すぐやり直してください。**請立刻重做。

②**すぐやり直して。**立刻重做。

6) 名詞止句（以名詞結尾）

為防止句子過長，而以精簡直接的方式表達。大多是把「**漢語名詞＋する**」的「**する**」去掉，單純以名詞來表達。相關的例子有「**整理整頓（維持整潔）**」、「**頭上注意（注意上方）**」、「**スリップ注意（小心滑倒）**」、「**保護メガネ着用（務必配戴防護眼鏡）**」等。這種表現的優點是因為簡潔，所以相當好記。

①**ヘルメット着用。**務必配戴安全帽。

②**取扱注意。**小心輕放。

3. 禁止

1) ～な（不要…、禁止…）

表示禁止。與「**しろ・せよ**」相對的說法是「**するな**」。基本上是口語用法，具有強烈的禁止意味。

①〈公園で〉芝生に入るな。（在公園）禁止踐踏草皮。

②〈美術館で〉作品に触るな。（在美術館）禁止碰觸展品。

2) ～ない（動詞的ナイ形）（不要…）

原本為動詞的否定形，也可用於表示禁止。比「**～な**」更容易理解，語氣較委婉。大多是用於小孩子。

①こんなときは慌てない。這種時候別慌張。

②押さない！押さない！ 別按！別按！

在注意事項也會看到「**ここには入らない（此處勿入）**」、「**触らない（別碰）**」、「**崖のほうへ行かない（別去懸崖）**」等。

3) ～ないで（ください）（請不要…）

表示禮貌的請求。為「**～てください**」的否定形，是以否定的形式，表示禮貌的請求、要求。不過有時會依情境及語氣而變成嚴厲的禁止命令。

①あ、そこの人、写真を撮らないでください。

喂，那邊的人請不要拍照。

②あ、触らないでください。喂，請不要碰。

經常會省略「**ください**」而僅以「**～ないで**」的形態表示，是口頭上的呼籲。

③〈公園で〉芝生には入らないで。（在公園）請不要踐踏草皮。

④〈通勤電車で〉押さないで！（在通勤的電車上）請不要推擠！

4) ～ないこと。（不要…）

以「**～こと。**」形式斷句來表示書面語的命令。「**～ないこと。**」是以否定形式的命令來表示禁止。與肯定語氣的「**～こと。**」相同，兩者皆為書面用語。

①**この上に何も載せないこと。**此處上方請勿推放物品。

②**〈宅配便の荷物〉乱暴に扱わないこと。**

（宅配的貨物）請勿重摔。

5) ～てはいけない（不能…；不准…）

以「**～てはいけない**」表示禁止是比「**～な**」更具說明性的用法。使用時，除了有「**～することはだめだ（不可以做某件事）**」的意思，也與「**～な**」一樣表示強烈的禁止。「**タバコを吸うな（禁止吸菸）**」、「**タバコを吸わないで（ください）（請勿吸菸）**」、「**タバコを吸ってはいけない（不准吸菸）**」，這三個句子的意思幾乎一樣，都是口語的說法。

①**お寺の中では写真を撮ってはいけません。**寺廟裡不准拍照。

②**廊下を走ってはいけない。**在走廊不准奔跑。

6) ～ないように。（請不要…）

「**～ように。**」的否定形，一般作書面語使用是表示禁止的意思，是一種生硬的表達方式。「**～ように。**」與其說是呼籲，反而更像是在說教的感覺。

①**廊下は走らないように。**請不要在走廊奔跑。

②**作品には触らないように。**請不要碰觸作品。

7) ～ないようにしよう／しましょう（請設法做到不要…）

原本是表示「邀請」或「建議」，有時也會表示「禁止」。「～

ないように」若加上「**しよう／しましょう**」，是雖然從字面來看是委婉地表示邀請，但實際上卻是要對方去執行或實現某件事情的要求。而從句中隱含的「命令」以及語氣的強烈程度可知，此句型為否定形式的命令，也就是表示禁止的意思。

①**授業中はおしゃべりをしないようにしよう。**上課中請不要說話。

②**遅刻しないようにしよう。**請不要遲到。

8) 名詞止句（直接以名詞結尾）

非以句子而是以簡短的名詞直接地表示禁止。優點是容易理解又容易記住。常見於海報或是注意事項之類的地方，常見例子有「**禁煙**（禁煙）」、「**開放厳禁**（嚴禁開門）」、「**立(ち)入(り)**（禁止進入）」「**駐車禁止**（禁止停車）」「**使用禁止**（禁止使用）」「**作動停止**（禁止啟動）」等。

①**タバコのポイ捨て禁止。**禁止亂丟菸蒂。

②**ドアの開放禁止。**嚴禁開門。

12 感情 1（喜歡、討厭、驚訝）

1. 喜歡

1)（～は～が）好き（喜歡）

適用的範圍從「**いい**（很好）」、「**いい感じだ**（感覺很不錯）」這種輕微的正向感受，到「**人を愛してる**（愛一個人）」皆可使用。「**好き**」、「**好きだ**」、「**好きだよ／よ**」、「**好きです**」，會因說話者的性別、與對方的親疏關係而有不同的表達方式。

①**今日の君のヘアスタイル、好きだよ。**我喜歡你今天的髮型。

②先生が書く小説は全部好きです。老師寫的小說我全都喜歡。

2)（～は～が）大好きだ（最喜歡）

「好きだ」是程度非常高時的用法，為會話性質的說法，有時會給人孩子氣的印象。

①このチョコレートおいしいね。大好き。

這個巧克力好好吃，我超喜歡。

②日本の料理は全部大好きです。日本的料理我全都超喜歡。

3)（～は～が）嫌いじゃ／ではない（不討厭）

「嫌いじゃない」大多有兩種意思。一種是像例句①一樣表示「雖然沒有那麼喜歡，但也不到討厭的地步」，另一種是像例句②一樣間接地表示「好きだ」的意思。

①魚は嫌いじゃないけど、やっぱり肉のほうが好き。

我雖然不討厭吃魚，但還是最喜歡吃肉。

② A：彼女のことをどう思ってるの？ 你覺得她怎麼樣？

B：嫌いじゃないよ。我不討厭啊。

A：それは好きってことだろ？ 那就是喜歡囉！

B：うん、まあ。嗯，算是吧。

4) ～は＋名詞だ（（明確表示）是…）

以名詞表示某事物以某種狀態存在的說法。表示就是如此的典型，沒有任何模糊空間。有時會變成是獨斷的說法。

①僕はコーヒー党です。我是咖啡族。

②彼女は紅茶派だ。她是紅茶派的。

③彼はワイン通だ。他是葡萄酒通。

5) いつも～ている（表示習慣）

表示習慣的用法，通常會像「**いつもコーヒーを飲んでいる（都是喝咖啡）**」這個句子一樣，用於告知對方自己對某件事的喜愛（這裡指的是咖啡）。如果是某位歌手的粉絲大概就會像例句①、②那麼說吧。

①**いつも△△さんの CD を買っている。**我都是買△△的 CD。

②**いつも〇〇のコンサートに行っています。**

我都是去〇〇的演唱會。

2. 討厭

1)（～は～が／は）ちょっと／あまり……（有點…；不太…）

日語認為清楚地說出「**嫌いだ（討厭）**」是對對方很失禮的事，因此當被別人推薦了自己討厭的事物時，一般大多會像「**〇〇はちょっと……（對於〇〇我有點…）**」、「**△△はあまり……（△△的話我不太…）**」一樣，以不把話說完也不清楚表明的方式回應。而在表達否定語氣時，也會特別將語尾的語調降低。直白地說出「**私はこれは嫌いです（我討厭這個）**」，是孩子氣的說法，在大多數的情況下，使用「**ちょっと／あまり……**」才是比較自然、體貼對方感受的日語表達方式。

①**店員:このセーターはいかがですか。**您覺得這件毛衣如何？

客　:あのう、色がちょっと……。客人：呃，這個顏色有點……。

② **A:お酒をどうぞ。**請喝杯酒。

B:お酒はあまり……。我不太喝酒的……。

2)（～は～が／は）好きじゃ／ではない（不喜歡…）

「**好きじゃない（不喜歡）**」並不代表「**嫌いだ（討厭）**」，但大多給人的感覺十之八九是偏近「**嫌いだ**」的意思。因為日語並不

喜歡直接使用「**嫌いだ**」表達，所以大多會使用「**好きじゃない**」代替「**嫌いだ**」。「**好きじゃない**」前常會加上「**あまり**」、「**そんなに**」表示。

① A:**猫はどうですか。**你覺得貓怎麼樣？
B:**あまり好きじゃないんです。**我沒有很喜歡。
A:**お嫌いですか。**你討厭貓嗎？
B:**そうですね。はっきり言えば……。**
是啊。如果要明說的話……。

②**彼女はいい人なのだけど、人の悪口を言うところは好きじゃない。**
她是個好人，但說別人的壞話這一點我不喜歡。

3)（〜は〜を／は）〜ない（動詞ナイ形）（不太…）

藉由「**コーヒーであれば（あまり／そんなに）飲まない（如果是咖啡的話，我不太喝／我沒喝那麼多）**」的說法表示「討厭」。不表現出自己的好惡或情緒，而是藉由自己平日的習慣或行動來表達自己的意志。這應該可以說是一種成熟大人才會使用的委婉說法。

① A:**ケーキ、どうぞ。**請吃蛋糕。
B:**いや、甘い物はあまり食べないんです。**
不了，我不太吃甜食。

②**スポーツはやらないんです。見るだけです。**
我不運動的，光看而已。

4)（〜は〜が／は＋）動詞可能形的否定形（不能…）

像3）的「**飲まない（不喝）**」一樣，不直接說自己的意志或習慣，而是利用可能形的否定形「**できない（飲めない（不能喝））**」來表示「**嫌いだ／好きじゃない（討厭／不喜歡）**」，是比「**飲まない**」更委婉有禮貌的表達方式。另外，當被別人勸酒時，有些人即便自己可以喝，有時也仍會以「**いや、(車で来ているから)、飲めないんですよ（不了，（因為我開車），所以不能喝酒）**」的說法來拒絕對方。

① A:**ビールをどうぞ。**請喝啤酒。

B:**すみません、飲めないんです。**不好意思，我不能喝。

② A:**パーティーでのご挨拶、お願いしますよ。**

派對的致詞就拜託您了。

B:**いやあ、私は人前ではしゃべれないんで……。**

不了，我沒辦法在人前說話……。

5)(～は～が／は)苦手だ（不擅長…）

藉由「不擅長」的說法表示「**嫌いだ／好きじゃない（討厭／不喜歡）**」。與4）使用「動詞可能形的否定形」表示的情況很相似。當要拒絕他人的建議時，可以用1）用過的「**〇〇はちょっと／あまり……（〇〇我有點／不太……）**」或是以「**△△はちょっと苦手で……（△△我不太擅長……）**」回應。

①**私は人前で話すのは苦手で……。**我不擅長在人前說話……。

②**私はにょろっとした物は苦手なの。**

我對細細長長扭來扭去的東西沒轍。

6) ～から／ので等（陳述理由）(因為)

不直接說，而是以陳述理由的方式表達「**嫌いだ（討厭）**」。既具說明性又很有禮貌，也可用於表示拒絕。若對象是關係親近的人可以使用「**～から**」。

① A:**コーヒーをどうぞ。**請喝咖啡。

B:**あ、眠れなくなりますので……。**

啊，我（喝了）會睡不著……。

② A：お魚のポワレを召し上がってください。請享用香煎魚。

B：ああ、もうおなかがいっぱいなので……。

啊，我已經吃得很飽了……。

3. 驚訝

1) えっ、本当／ホント（ですか）？（咦？真的嗎？）

這是當聽到出乎意料的事時，最先會脫口而出的話。雖然有時是用於詢問自己聽到的是否為真，但大多是作為表示驚訝語氣的感嘆詞使用。雖然是比較口語的說法，不過一直被廣泛地使用。

A：1 等に当選だよ。我得到第一了，

B：えっ、ホント？ うれしい！ 咦？真的嗎？好開心喔！

2) えっ、そうですか／そうなんですか（咦？是嗎／是這樣嗎？）

「**そうですか**」、「**そうなんですか**」大多是對別人說話的內容表示驚訝時使用的說法。「**そうなんですか**」是把驚訝表現出來，「**そうですか**」在表達時則更偏重在對對方說的話感到理解的心情，給人一種即使感到驚訝也不表現出來的感覺。相對於「**ホントですか**」是表示難以置信的心情，這二種句型則都是以較冷靜的態度理解聽到的消息）

A：杉浦さん、事故で今日来られないって。

杉浦說因為發生意外，今天不能來了。

B：えっ、そうですか／そうなんですか。残念ですね。

咦？是嗎／是這樣嗎？好可惜喔。

3) びっくりした（嚇了一跳）

感到驚訝時脫口而出的類似感嘆詞的說法。如果是突發的驚嚇場面，例如被人從後面突然很用力地拍肩膀，或是被大聲地叫住之

類的情境，使用「あっ、びっくりした。山田さんじゃないの！（啊！嚇了我一跳。這不是山田嗎！）」會比「あっ、驚いた。山田さんじゃないの！（啊！好驚訝。這不是山田嗎！）」的說法更自然。

①びっくりしたよ。早苗に赤ちゃんが生まれたなんて。
我嚇了一大跳呢！早苗竟然生小孩了。

②〈肩をたたかれて〉なあんだ、丈二か。ああ、びっくりした。
（被拍肩膀）什麼嘛！原來是丈二。啊，嚇死人了。

4) 驚いた（感到驚訝的）

比「びっくりした」更客觀的說法。可作口語也可作書面語使用。在 3）的例句當中，若他是在意識到是山田之後，向對方說明自己被對方嚇一跳，就比較適合用「驚いた」表示，「山田さんだったとは驚いた（竟然是山田，你嚇了我一跳）」。

①驚いたよ。百合が司法試験に通るなんて。
好驚訝。百合居然通過司法測驗了。

② 3 歳でひらがなが読めるんだね。驚いたよ。
三歲就會讀平假名了，真讓我驚訝。

5) ～てびっくりした／驚いた（…而嚇了一跳／感到驚訝）

「聞いて／見て／読んで」等表示驚訝的理由是以「～て」表達。與「聞いたからびっくりした（因為聽到了所以感到驚訝）」這個句子不同，這裡不是用「から／ので／ために」表示原因、理由，而是用「～て」表達。

① A：本当のことを知って、びっくりしました。
知道事實之後嚇了一大跳。

B：そうなんです。他の皆さんはご存じないんです。
就是說啊。其他的人都還不知道。

②家がめちゃくちゃになっているのを見て、驚きました。

看到家裡變得一團亂，我感到很驚訝。

6) ～てびっくりしてしまった／しちゃった・～て驚いてしまった／驚いちゃった（…而嚇了一大跳／驚訝極了）

「**びっくりする／驚く**」加上「**～てしまった**」，就會多了「完全地」、「徹底地」的意涵，因此可用於表示極為驚訝的意思，是一種強調的說法「**～ちゃった**」是「**～てしまった**」簡略形，屬於通俗的口語表達方式，用於關係親近的人之間。

①**大事故のニュースを聞いて、びっくりして／驚いてしまった。**

聽到發生大型事故，嚇了一大跳／驚訝極了。

②**彼女が麻薬をやっていたと聞いてびっくりしちゃった／驚いちゃった。**聽到她在吸食毒品，我嚇了一大跳／驚訝極了。

7) えっ、そんな。（咦？怎麼會！）

此句型是將「**そんなことはあり得ない（不可能有那種事）**」的後句，以省略的方式表示，為一種表示驚訝的說法。對於事情演變成那樣而感到驚訝、覺得不可置信，甚至帶有些許批判的心情。

① A：**来週から仕事に来なくてもいいです。**

下週起你可以不用來工作了。

B：**えっ、そんな。**咦？怎麼會！

② A：**責任者が変わりましたので、今までのことは白紙に戻します。**

因為換了負責人，所以到目前為止的一切都撤消回到原點。

B：**えっ、そんな。**咦？怎麼會！

8) えっ、まさか。（咦？怎麼可能！）

當遇到自己心中認定「怎麼想都不覺得會發生的事」時，脫口

而出的話。「**えっ、そんな。**」是帶有批判的心情，「**えっ、まさか。**」則是表現出驚訝不可置信的心情。

① A:**田中さん、1 位ですよ。**田中是第一名喔！

田中：えっ、まさか、私が！

田中：咦？怎麼可能！竟然是我！

② A:**キャンプファイヤーの残り火が、火事の原因だったんだって。**

據說營火的殘火是造成火災的原因。

B:**えっ、まさか。**咦？怎麼可能！

9) えっ、うそ！（不會吧！）

聽到消息後發出的感嘆語，是表示無法置信的心情。屬於年輕人較偏好使用的說法，不過在關係親近的人之間，則是不論年紀大小都常會使用的說法。

① A:**あいつ、仕事辞めたよ。**那傢伙把工作辭掉了。

B:**えっ、うそ！** 不會吧！

② A:**君が 1 番だよ。**你是第一名喔。

B:**えっ、うそ。**不會吧！

13 感情 2（喜歡、討厭、驚訝）

1. 喜悅

1) ありがとう(ございます)（謝謝你）

贏了比賽、通過考試、當選等情況，雖然也可以直率地以「**うれしい**（好開心）」、「**よかった**（太好了）」等等說法表達自己的情緒，不過也有不少人是透過表達感謝之意的「**ありがとう(ございま**

す）（謝謝）」來表示。這樣的表示方式雖然呈現了說話者心情上由喜悅到感謝的轉變，但最主要是想傳達這件事光憑自己的力量無法達成，都是多虧大家的協助這種謙虛的心情。

① A：**おめでとうございます。よかったですね。うれしいでしょう？**
恭喜你。真是太好了，你應該很開心吧？
B：**はい、ありがとうございます。**是的，謝謝您。

② A：**仕事見つかってよかったね。**找到工作真是太好了。
B：**うん、ありがとう。**嗯，謝謝。

2) よかった（太好了）

「**よかった**」雖然是過去式，不過是用於表示現在的心情。一般是在事情順利發展時使用，大多是表示放下心來的意思。當一方說出「**よかった（です）**」，另一方通常會以「**よかったね**」、「**よかったですね**」或是重覆以「**よかったよかった**」來回應。但當事情尚未完結的時候，如以下的例句①，就不能以這樣的說法表示。「**よかった**」大多還是會如同「**合格してよかった**」，搭配「**〜て**」一起使用。

① A：**今晩わが家で食事でもどうぞ。**今晚在我家吃頓飯吧。
B：**{？よかったです／○うれしいです／◎ありがとうございます}ぜひ伺います。**
（？太好了／○好開心／◎謝謝您）我一定會到府上拜訪。

② A：**ただいま。**我回來了。
B：**お帰りなさい。無事に帰ってきて、よかったよかった。**
歡迎回家。你安全回到家，太好了太好了。

3) うれしい（好開心）

直接表達喜悅之情的說法。關係親近的人之間常會直接以「**うれしい**」展現自己的情緒，然而若是對居上位者，比起使用「**うれし**

いです」，更適合以「ありがとうございます」表示。

① A:これ誕生日のプレゼント。這是生日禮物。

B:うれしい。ありがとう。我好開心，謝謝。

也可以用「うれしい、ああ、うれしいな（好開心喔！啊！真是太開心了）」這種自言自語的方式表達。除此之外，也常會如「上司から声をかけてもらってうれしい（上司和我說話我好開心）」一樣，搭配「～て」一起使用。

②自分の企画が通って、とてもうれしい。

自己的企畫通過，我感到非常地開心。

4) ほっとした（鬆了一口氣）

當掛念或是擔心的事總算解決而感到安心時使用的說法。表示的是因緊張感解除而感到安心的心情。

① A:すべてうまくいきましたよ。所有的事都進行的很順利喔。

B:そうですか、ほっとしました。是嗎？我鬆了一口氣。

② A:発表終わってよかったね。發表結束太好了。

B:うん、ほっとした。嗯，我鬆了一口氣。

大多會像「子供が無事に帰ってきてほっとした（小孩子安全回來讓人鬆了一口氣）」一樣，搭配「～て」一起使用。

5) 本当／ホント（ですか）？（真的嗎？）

現代通俗的說法。不僅年輕人會使用，年長者也會使用。這是在接獲某個值得開心的消息時，自然流露出來的反應，表達的是「不敢相信」的這樣又驚又喜的情緒。之後才會接續對這個消息感到開心的「うれしい」、「よかった」。「ホント？」是對關係親近的人使用的說法，通常是以短促的「ホント」表示。如果把「ほんとう」拉長音來說，聽起來會是懷疑的語氣。

① A:あなたが選ばれたのよ。你獲選了。

B:ホント？　信じられない。ありがとう。

真的嗎？真不敢相信！謝謝。

當消息是由居上位者告知時，最好不要用這樣的說法表達是比較保險的做法，如果是「**本当ですが、ありがとうございます（真的嗎？謝謝您）**」就是比較禮貌的說法。

② A:100 人目の入場者です。記念品をどうぞ。

你是第 100 位的入場者。這是紀念品。

B:本当ですか。ありがとうございます。真的嗎？謝謝您。

6) うそ！・うそでしょ(う)？（你騙人！／不可能吧！？）

使用和「**ホント？**」意思相反的詞來傳達同樣的驚喜之情。年輕人偏好使用的說法，屬於只能用於親近的人之間的說法，對居上位者使用會顯得非常失禮。男性大多會使用「**うそだろ？**」。

① A:あなたの作品が 1 番だって。你的作品獲得第一名。

B:うそ！／うそだろ／うそでしょ？　ホント？　うれしい！

不會吧！／你騙人！／不可能吧！？真的嗎？我太開心了！

② A:合格だよ。你合格了。

B:うそでしょう？ 不可能吧。

2. 悲傷

1) あー、そうですか（啊…，這樣啊。）

「**あー、そうですか**」在使用時，聲調可因應情境來進行變化，是可以適用於各種情境的說法。如果是用於表示「悲傷」，通常是在剛聽到消息不知道該說什麼時僅能有的回應。而此時的說話時聲調應該要降低。

① A:**〇〇さんはお亡くなりになりました。**〇〇先生過世了。

B:**あー、そうですか。**啊…，這樣啊。

②**〈B は遺失物係の担当者〉**（B 為遺失物品處的負責人）

A:**財布落としたんですが、届いてますか。**

我的錢包掉了，有人送來嗎？

B:**いえ、届いてません。**不，沒有人送過來。

A:**あー、そうですか。**啊…，這樣啊。

2) 残念だ（真遺憾）

將無法滿足、悲傷、懊悔的心情直接表達出來時使用的說法。

① A:**失敗でしたね。**失敗了。

B:**はい、残念です。**是的，很遺憾。

② A:**だめだったね。**還是不行。

B:**うん、残念。**嗯，很遺憾

通常會像「**出場できなくて残念だ（不能出場真是遺憾）**」、「**気持ちをわかってもらえなくて、残念です（我的心情無法得到體諒，真是遺憾）**」這兩句一樣，與「**～て**」搭配使用。

3) それは残念だ（那真是遺憾）

相對於第一時間直接表達遺憾情緒的「**残念だ**」，「**それは残念だ**」則是花了點時間先接受事實，才緩緩道出感受的表達方式，帶有客觀的性質。而此用法多半也不是用在自己身上，而是用於對他人的事感到悲傷的情況。

① A:**山川さん、受験に失敗したんですって。**山川沒通過考試。

B:**そうか。それは残念だね。**是嗎。那真是遺憾。

② A:**来週帰国します。**我下週回國。

B:**そうですか。それは残念ですね。**這樣啊。那真是遺憾。

4) **残念に思う（感到遺憾）**

「**残念だ**」加上「**と思う**」，可將自己遺憾的心情以較客觀的方式傳達給對方，是禮貌的說法。

① A：**だめでしたね。**還是沒辦法吧。

B：**はい、残念に思います。**是的，我感到很遺憾。

② A：**認められなかったのは残念に思うけど、また頑張ればいいよ。**

對於沒得到認可我感到遺憾，不過只要再努力就好了。

B：**はい、頑張ります。**是的，我會努力。

5) **悲しい（傷心）**

直接表達悲傷之情的說法。對關係親近的人可以像例句①一樣直接使用「**悲しい（很傷心）**」表示，但對於居上位者則大多是使用「**悲しく思います（我覺得很傷心）**」、「**残念です（很遺憾）**」、「**残念に思います（我感到遺憾）**」表示。大多會像「**みんながいなくなって悲しい（大家都不在我覺得很傷心）**」一樣，搭配「**～て**」一起使用。

① A：**彼、行っちゃったね。**他走了。

B：**うん、すごく悲しい……。**嗯，我好傷心……。

②**親友が亡くなって本当に悲しい。**好朋友過世我真的很傷心。

6) **悲しく思う（我覺得很難過）**

情緒表達上最為直接的「**悲しい**」加上「**と思う**」，可以將情緒轉而以較為客觀的方式傳達給對方。基本上是比「**残念に思う**」更富有情感的用法。大多會搭配「**～て**」一起使用。

①**こんなことになって悲しく思います。**

事情變成這樣我覺得很難過。

②理解してもらえなくて悲しく思います。

你沒辦法理解，我覺得很難過。

7) くやしい（不甘心）

「**悲しい**」表達的是自己心痛想哭的情緒，「**くやしい**」表達的則是經歷失敗或恥辱之後，心中那股無法放棄、無法忘懷的激烈感受。雖然有時是為自己，但大多數是為別人覺得不甘心。

① A:**結果はどうだった？** 結果怎麼樣？

B:**2 番です。くやしいです。**第二名。真不甘心。

② A:**どうだった？** 怎麼 ？

B:**負けちゃった。くやしい。**輸了。真不甘心。

大多會像「**負けてくやしい（輸了真不甘心）**」一樣，搭配「**～て**」一起使用。

8) どうしよう（我該怎麼辦？）

「**どうしよう**」並不是表達感情的句型，而是過於傷心不知所措，對接下來該怎麼做感到疑惑時的表達方式。

①**契約に失敗した。どうしよう。**簽約失敗了。我該怎麼辦？

②**株が下がってしまった。どうしよう。**股票跌了。我該怎麼辦？

3. 感謝

1) ありがとう（謝謝）

表達感謝之意最具代表性的說法。「**ありがとう**」是比較通俗、輕鬆的說法。另外還有「**ありがとうございます**」、「**どうもありがとうございます**」。「**どうもありがとうございます**」的禮貌程度比「**ありがとうございます**」及「**ありがとう**」都更加的高，「**ありがとう**」是對關係親近的人使用的說法。

① A：**これ、ありがとう。**這個，謝謝。

B：**いいえ、またどうぞ。**不會，歡迎您再度光臨。

②**今日は来てくれてありがとう。**今天謝謝你來。

2) ありがとうございます／ありがとうございました（謝謝您）

「**ありがとうございます**」和「**ありがとうございました**」的不同之處在於，「**ありがとうございました**」是在事情完結、實現之後使用的說法。

①**先輩：仕事、終わってよかったね。**

前輩：工作結束了真是太好了。

後輩：はい、いろいろありがとうございました。

後輩：是的，謝謝您所做的一切。

② A：**お借りしていた本、長い間ありがとうございました。**

這本書向您借這麼久真是謝謝您了。

B：**いえいえ、役に立ちましたか。**不會，有幫上忙嗎？

不過實際上「**ありがとうございます**」的使用範圍很廣，有時也會用來代替「**ありがとうございました**」。

③**先輩：仕事終わってよかったね。**

前輩：工作結束了真是太好了。

後輩：はい、いろいろありがとうございます。

後輩：是的，謝謝您所做的一切。

④**お借りしていた本、長い間ありがとうございます。**

這本書向您借這麼久真是謝謝您。

例句③、④中，雖然工作已結束、書本也已歸還，但仍然選擇以「**ありがとうございます**」表示感謝，這是代表說話者自己認為「感謝的心情永遠不會結束」。

一般而言，在工作結束以及書本歸還之後，若要對此表達感謝，「**ありがとうございました**」是最合適的說法。其他的例子還有像是外國人士即將回國，不知道會不會再見面之類的情況，考量句子的完成性及完結性，「**いろいろありがとうございました**」，是比較適合表達感謝的說法。

3) すみません（不好意思）

原本是道歉的說法，也可用於表示感謝的心情。這個說法日本人實際使用的頻率與「**ありがとうございます**」差不多。如果判斷當下的狀況比起直接道謝，更適合以間接的說法表達感謝之意，就會使用「**すみません**」。有時對居上位者會使用「**どうもすみません。ありがとうございます／ございました（真是不好意思。謝謝您。）**」的說法表達。

①**〈借りた辞書を返す〉辞書すみません。助かりました。**
（歸還借來的書）謝謝你的辭典。幫了大忙。

②**〈お裾分け〉**（分贈物品）
A:**これたくさん作ったので、どうぞ。**這個我做了很多，請收下。
B:**ああ、いつもすみません。**啊，總是麻煩你，謝謝。

4) ～てくださって／いただいてありがとう（ございます／ございました）

以「**～て**」說明理由的感謝表達方式。雖然有很多人覺得「**～ていただいてありがとう**」的說法怪怪的，但「**～ていただいて**」是最近很常用的說法。

①**手伝ってくださってありがとう。**謝謝您幫我的忙。

②**遠いところから来ていただいて、ありがとうございます。**
勞煩您不遠千里而來，非常謝謝您。

5) **感謝します**（感謝你）

生硬正式的說法。如果認為「**ありがとうございます／ありがとうございました**」還不足以表達謝意時，可以再補一句「**感謝します**」，以「**ありがとうございます。感謝します。**」的形態表示。這也是一種高度表達謝意的說法。

①**応援していただいて、感謝します。**
能夠得到您的支持，真的很感謝您。

②**日頃のご協力に感謝します。**感謝您平日的協助。

6) **お世話になりました**（承蒙照顧）

若受到別人的援助或恩惠，可以在事後將那些援助及恩惠以「**世話**（添麻煩）」一詞概括，來表達感謝之意。大多是在接受照顧的時間以及受到的援助和恩惠的份量上都有一定程度時使用。住院期間受到醫師及護理師的照顧、搬家、辭職等情況常會以例句①、②表示。

①**どうもお世話になりました。**承蒙您的關照。

②**長い間お世話になりました。**承蒙您長久以來的關照。

常體的對話會把「**お世話になりました**」簡化，以「**お世話様**」表示。大多是女性使用的說法。

7) **どうも**（謝謝）

因為「**どうもありがとうございます／ありがとうございました**」很長，所以只取最前面的部分來用。雖然是省略過後的形態，但即使是正式的場合也能使用。大多是用於工作場合或是商務場合表示感謝之意。關係親近的家人或是朋友之間則不太使用。

① A:**〈名刺を差し出しながら〉どうぞ。**（拿出名片）請收下。
B:**あ、どうも。**喔，謝謝。

②A:代わりにやっておきました。我來代替他。

B:あ、どうも。喔，謝謝。

8) 悪かった（不好意思）

原本是道歉的說法，但關係親近的人之間有時也會用來表示感謝。若用在給對方添麻煩或是造成困擾的情況，話中帶有道歉的意味。

①**忙しいのに来てくれたありがとう。悪かったね。**

百忙之中還麻煩您前來，真是不好意思。

②**学生:荷物、持って来ました。**

學生：我把行李拿來了。

先生:ああ、悪かったね。

老師：啊，不好意思。

14 感情 3（道歉、後悔及反省）

1. 道歉

1) すみません（不好意思）

「道歉」最具代表性的說法。「**すみません**」是既不會過於正式，也不會過於隨便的說法，所以非常常用。「**でした**」則是在事態結束一段時間後的用法。例如你隨手拿了一枝筆來用，然後有人對你說「那是我的筆」，像這樣的情況你當下立刻要說的是「**あ、すみません（啊，不好意思）**」，但如果是事後正式道歉，就要說「**（お借りしていて）すみませんでした（（借了你的筆來用，）不好意思）**」。

①A:**あなたがほしがってた本、持って来たよ。**

我把你想要的書帶來了。

B:ああ、お手数かけてすみません。啊，麻煩你真是不好意思。

②すみません、今いいですか。不好意思，現在可以嗎？

2) 申し訳ありません（非常抱歉）

相對於「**すみません**」是在道歉時可以隨口使用的說法，「**申し訳ありません**」是屬於正式的、鄭重地表示歉意的說法。有時會因應場合、對象以及事情的內容，而必須以更有禮貌的態度表示歉意，光是「**すみません**」的禮貌程度，不足以在這類情境中表示歉意。

① A:どうしてこんなことになったんですか。
為什麼事情會演變至此？
B:本当に申し訳ありません。以後、気をつけます。
真的非常地抱歉。以後我會注意的。

通常不用「**でした**」就足以表示歉意，但若事態已完全結束，或是想要表達更深切的歉意時，大多就會加上「**でした**」。

② A:これから気をつけてくださいよ。今後請特別注意。
B:はい、今回は申し訳ありませんでした。
是的，這次真的非常地抱歉。

「**申し訳ありませんでした**」的常體是「**申し訳ない**」。「**申し訳ない**」的說法主要為男性使用。

3) ご迷惑をおかけしました／いたしました（給您添麻煩了）

判斷給對方添了麻煩（讓對方感到困擾或是感到不快），並要對此表達歉意時使用的說法。可用在像是打破別人家的玻璃、刮傷汽車、在工作上犯了錯被上司強迫重做等情況使用。

①ご迷惑をおかけしました。申し訳ありません。
給您添了麻煩，非常地抱歉。

②工事が遅れて、ご迷惑をおかけいたしました。

工程延誤，給您添麻煩了。

4) 申し訳ないことをしました／いたしました（做了非常對不起您的事）

「**申し訳ない**」、「**申し訳ありません**」是當場表達歉意的說法，加上「**～ことをしました／いたしました**」則是過了一段時間之後表達歉意，以及恭敬地致歉時的說法。屬於正式禮貌的道歉說法，是比「**どうもすみませんでした**」更有禮貌的歉意表達方式。

①〈1 週間前、A の自転車が子供にぶつかった〉

（一週前，A 的汽車撞到小孩子）

A：先日は申し訳ないことをしました。

前幾天做了非常對不起您的事。

B：いやいや。不會不會。

A：息子さんは大丈夫ですか。您的兒子沒事吧？

B：ええ、ケロリとしていますよ。嗯，一點事都沒有。

②ご連絡をさしあげるのを忘れるとは、申し訳ないことをいたしました。忘記和您連絡，真是萬分抱歉。

5) 許してください（請原諒我）

正式的道歉說法。與「**ごめん**」、「**すみません**」、「**申し訳ありません**」等慣用的道歉說法不同，這是認真向對方乞求原諒的說法。通常會說「**本当にすみません。許してください（真的很抱歉，請您原諒我）**」，是透過信件或郵件訊息正式向對方道歉時也會使用的表達方式。

①すみません、許してください。何でもしますから。

不好意思，請原諒我。要我做什麼都可以。

②勝手なことをしてご迷惑をおかけしました。許してください。

我的任意妄為給您添麻煩了，請您原諒我。

6) ごめん(なさい)（抱歉）

「**すみません**」的會話性質說法，用於關係親近的人以及小孩子。「**ごめん**」、「**ごめんね**」、「**ごめんなさい**」、「**ごめんなさいね**」這幾種說法，的禮貌程度是依序遞減（由高到低）。前二者男女皆會使用，後二者或許是因為感覺上語氣比較溫柔，所以女性較為常用。

①**さっきはきついこと言ってごめん／ごめんなさい。**
剛才說了很過份的話，抱歉／抱歉。

② A:**私の辞書は？** 我的辭典呢？
B:**ごめん、明日持って来る。**抱歉，我明天拿來。

7) 悪い／悪かった（不好意思）

因為給對方添麻煩而感到抱歉時隨口道歉的說法。用於關係親近的人，屬於會話性質的道歉說法。「**悪い**」這個詞並不含有bad（壞的）的意思。

① A:**明日のコンサート、行けなくなっちゃった。**
明天的演唱會我不能去了。
B:**えっ。**咦？
A:**悪い、悪い、ごめんね。**不好意思，不好意思，抱歉啦。

② A:**100円貸して。**借我100日圓。
B:**はい。**好的。
A:**悪いね、すぐ返すから。**不好意思啊，我很快就回來。

8) これから注意します／気をつけます（今後我會小心）

通常是接在「**すみません**」、「**申し訳ありません**」等表示歉意的詞句之後，是以對外宣告絕不再犯的方式來表明自己的決心。

①これから注意します。二度と繰り返しません。

今後我會注意。絕不會再犯。

② A:こんなことをしては困りますよ。

你做出這種事我感到很困擾。

B:すみません。これから気をつけます。

不好意思。今後我會小心的。

2. 後悔及反省

1) ～てしまった／ちゃった（表示種種感慨）

敬體是使用「**～てしまいました**」的形態；常體則是使用「**～てしまった**」、「**～ちゃった**」的形態，表示後悔、反省之意。

「**～ちゃった**」是東京一帶的人們所使用的簡略說法。以「**部長、すみません。失敗しちゃいました（部長，不好意思，我失敗了）**」這個句子來說，不管是關係親近的人之間，或是使用敬體對話的場合都可以使用，但如果是會議之類的正式場合，以「**～ちゃいました**」表達則是不恰當且較失禮的說法。

①会議でちょっと失礼な言い方をしてしまった。あとで課長に注意された。會議上不小心用了失禮的說法。之後就被課長警告了。

② A:この布、高いんだから、気をつけて切ってね。

這塊布很貴，所以要小心地切割喔。

B:あ、やっちゃった。啊！搞砸了。

A:どうしたの？ 怎麼了？

B:ちょっと切りすぎちゃった。どうしよう。

我有點切過頭了，怎麼辦？

2) ～ば／なければ／なきゃよかった（如果…的話就好了）

對自己做的事表示後悔或反省的說法。使用假設語氣表示與事實相反的假設，表示主觀的後悔、反省之意。

①すみません。失敗しました。やらなければよかったです。

不好意思。我失敗了。如果沒做就好了。

②言わなければよかったです。部長を怒(おこ)らせてしまいました。

如果沒說那些話就好了。我惹部長生氣了。

「**～なきゃ**」和「**～ちゃった**」都是因發音簡化而形成的簡略形，不過與「**～ちゃった**」不同的是，「**～なきゃ**」幾乎可以用於大部分的正式場合。

③申し訳ありません。私がやらなきゃよかったんです。私の責任です。真是非常抱歉。如果我沒做就好了，都是我的責任。

3) ～べきだった・べきじゃなかった（應該…；不應該…）

「**～べきだった**」是表示義務的「**～べきだ**」的過去式，而其用法就如同這句「**寒いなあ。セーターを持って来るべきだった（好冷喔。真應該帶毛衣來的）**」一樣，是對於自己沒做的事表示後悔、反省。另一方面，「**～べきじゃなかった**」的用法則像這句「**暑いなあ。セーターを着てくるべきじゃなかった（好熱啊！真不該穿毛衣來的）**」一樣，是對於自己做過的事表示後悔、反省。

無論是肯定或是否定語氣，都是以自認為自己這麼做或沒那麼做是不恰當或是不妥當的方式，客觀地表示後悔、反省。

表示義務或建議的「**～べきだ**」是針對他人行為的說法，而相對地，表示後悔、反省的「**～べきだった／べきじゃなかった**」，則可用於他人和自己。

①　a〈他者へ〉もっと頑張るべきだ。／老人を尊敬するべきだ。

（對他人）你應該更努力。／應該要尊敬老人。

？b 〈自分自身へ〉私はもっと我慢すべきだ。

？（對自己）我真應該再忍耐一下的。

② a 〈他者へ〉あなたは辞めるべきじゃなかったんです。もっと続けるべきだったんです。（對他人）你真不應該辭職的。應該要繼續做下去才對。

b 〈自分自身へ〉ああ、俺は辞めるべきじゃなかった。もっと頑張るべきだった。（對自己）啊，我真不應該辭職的。應該要再更努力才是。

4) ～ておけば／とけばよかった（當初如果有做…就好了）

「～ば」的前面放表示事先做某事的「ておく」，是進一步加強當初應該先做的事卻沒有做的這種後悔、反省的心情。

這個句型是使用「～ておく」以及簡略型「～とく」表示（例：買っておく→買っとく（事先購買）、準備しておく→準備しとく（事先準備））。

①高校時代にもっとスポーツをしておけばよかった。

高中時代我如果有多做一些運動就好了。

②若いころ、もっと恋をしとけばよかった。

年輕的時候有多談幾場戀愛就好了。

5) ～んだった・～んじゃなかった（當初真應該…；當初真不應該…）

「～んだ」的用法是像「行くんだ（我要去）」、「やるんだ（我要做）」表示強烈的主張。相對於「パーティーに行かなかったこと（沒有去派對）」的「パーティーに行くんだった（我當初真應該去派對的）」；以及相對於「あんなことをやったこと（當初做了那種事）」的「あんなことをやるんじゃなかった（我當初真不應該做那種事）」，兩者都是表示強烈的後悔、反省。大多是對自己的行為表示後悔、反省。「**～んじゃなかった**」與「**～べきじゃなかった**」很相似，「**～べきじゃなかった**」是比較客觀地表示後悔、反省，「**～んじゃなかった**」則是表示說話者在主觀上及情感上的後悔、反省。

①事故が起こってしまった。息子に気をつけるように言っておくんだった。發生事故了。我當初應該要和兒子說要他小心一點的。

②先生にあんなこと言うんじゃなかった。先生を怒らせてしまった。

我不該對老師說那種話的。我惹老師生氣了。

「**～んだった**」、「**～んじゃなかった**」可以用「**～のだった**」、「**～のじゃなかった**」代替。這是比較生硬正式的說法。

15 感情 4（放棄、過度的情緒）

1. 放棄、死心

1) ～ざるを得ない（不得不…）

表示「除此之外別無他法」、「無可奈何」這種放棄（只好妥協）的心情，屬於生硬的書面用語。放棄是指最終由個人在經過綜合性的判斷後所做的決定。

①これだけの反対があるのなら、撤退せざるを得ない。

既然有這麼多人反對，那就不得不撤出。

②お世話になっているから、頼まれれば引き受けざるを得ない。

因為承蒙你的照顧，所以只要是你開口，我就不得不答應。

2) ～ないわけにはいかない（不能不…、不得不…）

這樣的說法是表示從社會的層面以及道德的角度來思考，認為這麼做才是正確的做法。說話者放棄自己的意志或需求，而是以社會公理作為優先考量的基準。

①**彼の言っていることは正論だから、認めないわけにはいきません。**因為他所說的話是正確的，所以不能不認同。

②**心残りは多いが、祖母が危篤なので帰国しないわけにはいかない。**雖然很遺憾，但因為祖母病危所以我不能不回國。

3) ～ないでは／ずにはすまない（不能不…；不得不…）

「**～しないままでは許さない（無法容許不做…）／～しないことは不可能である（不可能不做…）／～しないと事が終わらない（要是不做…事情不會結束）**」的意思。從自己的義務、社會共識等方向來思考，認為如果不那麼做無法被容許，或是事情不會解決時使用的說法。「**～ずにはすまない**」為書面用語。

①**部下の失敗に対して、上役は責任をとらないではすまないものだ。**針對部下的失敗，上司不能不負起責任。

②**何度も悪いことをしたのだから、今度は彼も逮捕されずにはすまないだろう。**都做了好幾次的壞事，他這次總該被逮捕了吧。

4) ～なければならない（非…不可；不得不…）

大多是表示社會性質的義務，不過就如「**今こそやめなければならない（我現在非停下來不可）**」「**自分が責任をとらなければならない（自己非負起責任不可）**」這兩句一樣，也經常用於表示個人的責任。這時話中就會帶有放棄的心情。

①**妻：明日は何時起き？** 明天幾點要起床？

夫：いつもより早く。得意先に行かなければならないから。
要比平常早。我非得先去客戶那裡一趟不可。

妻：大変ね。真是辛苦。

夫：仕事だからしかたないよ。這是工作沒辦法。

②彼のこと、好きだけど、諦めなければならない……。

雖然很喜歡他，但還是不得不放棄……。

5) ～ほうがいい（最好是…；還是…比較好）

就像在回答「**辞めるか辞めないか（辭掉與否）**」、「**続けるか続けないか（繼續與否）**」這類二擇一的問題一樣，是表示從中選擇一個的意思。在選擇的時候，並不是自己積極地從中挑出一個，而是在考量別人說的話等各種情況下，無可奈何地選出一個，因此這樣的用法會給人一種說話者自我放棄的感覺。

①**私なんかいないほうがいいんだ。**我這種人不在比較好。

②**何も言わず黙っていたほうがいい。**

什麼都別說，沉默以對比較好。

2. 過度的情緒

1) ～てしかた／しよう／しょうがない（…得不得了）

「只能努力克服或忍耐」的意思，表示的是一種強烈且無法壓抑的情緒，為會話性質的說法。「**～てしょうがない**」是最口語的用法，接著依次是「**～てしようがない**」、「**～てしかたがない**」。「**て**」之前通常是動詞或形容詞。

①**政治家の話を聞いていると、腹が立ってしかたがない。**

聽了政治家說的話之後，讓人火大到不行

②**彼は彼女ができて、うれしくてしようがないようだ。**

他能夠交到女朋友，開心得不得了。

③**この仕事は、いやでいやでしょうがない。**

這份工作我真是討厭得不得了。

「**～てしかたがない**」也經常會將當中的「**が**」去掉，以「**～てしかたない**」的形態表示，如「**残念でしかたない（真是萬分遺憾）**」。

2) ～てたまらない（…得不得了）

表示「某種情緒、感覺、需求無法壓抑」，是一種情緒非常高昂強烈的說法。主要用於口語，是比「**～てしかた／しよう／しょうがない**」更生硬的句型。

①国へ帰りたくてたまらない。我想回國想得不得了。

②寒くて寒くてたまらない。天氣冷得不得了。

3) ～てならない（…得不得了；不禁…；不由得…）

表示「無法克制地那麼想或產生那樣的情緒」的意思。「**～てならない**」屬於比較舊式的說法，大多用於書面語。

①あの人が結婚しないなんて、不思議に思えてならない。

那個人竟然還沒結婚，我不禁覺得不可思議。

②独りぼっちで、毎日さびしくてならない。

一個人孤零零地，每天都寂寞得不得了。

4) ～すぎる（過於…；太…）

接在動詞、形容詞之後，表示超出一般的常態。使用「**～すぎる**」表達，是表示該狀態是不好的狀態，讓人覺得很不快。

①ほしいけど、高すぎて買えない。

雖然我很想要，但太貴了買不起。

②コンピューターをやりすぎて、目が痛くなってきた。

電腦用太久了，眼睛愈來愈痛。

5) ～こときわまりない（沒有比這更…的了；非常…）

表示程度已經是高到無極限、無止盡的狀態，為生硬的書面語。

①人前であんなことをするなんて、恥ずかしいこときわまりない。

在人前做那種事，實在是丟臉到不行。

②女性にあんなことを言うとは、失礼なことこきわまりない。

女性說出那種話，沒有比這更失禮的了。

大多是如例句①、②表示負面評價，有時也會像「**お母さまは美しいことこきわまりない（令堂真的非常地美麗）**」這個句子一樣表示正面評價。

6) **～ことこのうえない（無比；到極點）**

意思是「再也沒有更好的東西」、「再也沒有比這個程度更高的」，是表示程度極高。與「**～ことこきわまりない**」相似，為生硬的書面用語。正面及負面評價皆可使用。

①うちの子猫はいつもじゃれついてくる。かわいいことこのうえない。

我們家的小貓總是打打鬧鬧的。真是可愛到極點。

②うちの母の小言はうるさいことこのうえない。

我媽很愛碎念，簡直囉嗦到極點。

16 開始、進行中、結束

1. 動作開始前

1) ～ます／動詞辭書形

「接下來要開始做」、「現在開始做」是表達說話者意志的同時，也表達了該動作正處於即將發生的狀態。大多會搭配「**これから**」、「**今から**」這類「時間副詞」一同使用。

①今から名古屋シティマラソンを行います。

現在要去名古屋城市馬拉松。

②ただ今よりソフトボール大会の開会式を始めます。

壘球大賽開幕式現在正式開始。

2) ～(る)ところだ（正在…）

「～(る)ところだ」是表示該動作正處於即將發生的狀況及狀態。

①今出発するところだ。現在正要出發。

②今からお風呂に入るところなんですが。現在正要去洗澡。

對於「まだ出発しないのか（你還沒出發嗎）」、「今お邪魔ですか（現在會打擾到你嗎）」這類的問題，藉由說明自己正處於即將開始做某動作的狀態，向對方主張自己的立場，或是拒絕對方的提議。

3) ～(よ)うと思っていたところだ（我正想要…）

表示說話者一直想著現在要開始做。例如腦中一直想著一定得打電話給對方，這時對方正好打來，就可以和對方說「啊，我正想著要打電話給你」。大多用於使溝通更順暢，是一種較為圓滑的表達方式。

① A：貸した金、返してくれないか。

借你的錢，可以還我了嗎？

B：あ、今返しに行こうと思っていたところだよ。

啊，我正想著要拿去還你。

②ちょうどいいところに来てくれた。今メールしようと思っていたところなのよ。你來的正好。我正想著要傳訊息給你。

4) ～(よ)うとしていたところだ（我正打算…）

「～(よ)うと思っていたところだ」只是停留在「想」的階段，「～(よ)うとしていたところだ」則是表示動作正處即將開始的狀態，因此

相較於前者，後者行為行為實現的可能性較高。

例句①是表示正準備要去還錢，例句②是表示正要傳訊息，雖然並不清楚話中有多少真實性，但至少說話者是這麼主張的。此句型常被當作是一種使溝通交流更為順暢的手段來使用。

① A:**貸した金、返してくれないか。**借你的錢，可以還我了嗎？
B:**あ、今返しに行こうとしていたところだよ。**
啊，我正打算拿去還你。

②**ちょうどいいところに来てくれた。今メールしようとしていたところなのよ。**你來的正好。我正打算傳訊息給你。

2. 動作進行中、持續中

1) ～ている最中だ（正在…）

表示動作、狀態目前正處於進行中。相較於「**～しているところだ**」，是強調事情在極盛（最高潮）時期。為口語用語。

藉由「**最中だ（正在進行）**」，向對方傳達「別打擾我」、「別擔心」、「再等等」等意思。

①**今やってる最中だから、話しかけるな。**
我現在正在忙，別和我說話。

② A:**夕飯は？** 晚飯呢？
B:**今作ってる最中よ。**現在在正在做。

2) ～ている途中だ（正在…）

「**途中**」在空間上是表示到達目的地為止的半途中，在時間上則是表示工作或讀書的「中途」。「**～ている途中だ**」是指事情在通往完成這條路上的半途中，因此是在說明並強調「事情還沒結束」。

①**今やっている途中だから、邪魔しないで。**
我事情正做到一半，別吵我。

②彼はテストを受けている途中で、教室を出ていってしまった。

他測驗考到一半就從教室出來了。

3) ～ているところだ（正在…）

比起「**～ている最中だ**」、「**～ている途中だ**」，「**～ているところだ**」是就整體而言客觀地說明目前正處於進行中的狀態。當被問到「你現在在做什麼」，如果回答「**今勉強しているところ**（正在唸書）」，就只是說明自己目前的狀況，但如果是針對他人問說「我可以進去房間嗎」用這個句型回答時，則有拒絕對方進入房內的意味。

①母親：宿題できた？ 功課做完了嗎？

息子：今やっているところ。 現在正在做。

②今検討しているところです。もうしばらくお待ちください。

今晚正在討論中。請您再等一下。

4) ～ている（正在…）

表示事情正處於進行中的狀態。與「**～ているところだ**」相同，都帶有說明的意思。當被別人要求「**早く返事をくれ**（快回答我）」，這時若是以「**今考えている**（我正在思考中）」回應，則「**～ている**」通常帶有說明或是表示拒絕的藉口的意涵。

①母親：ちょっと手伝って。 你來幫我一下。

子供：今宿題やっているの。 我正在寫功課。

② A　：もしもし、健太君、いますか？ 喂，健太在嗎？

母親：すみません。今お風呂に入っています。

不好意思，他正在洗澡。

こちらからお電話させましょうか。

我再叫他回你電話好嗎？

5) ～つつある（正在…）

「**～つつある**」是表示以事物的完成（結束）為目標，而目前正處於完成（結束）的中途。非表示完成、結束意味的行為或動作，不能使用「**～つつある**」。（例：**？食べつつある**、**？買いつつある**、**○完成しつつある**（正在完成）、**○実現しつつある**（正在實現））。屬於書面用語，通常不會用於口語表達，不過有時會以敘述的方式說明事情正處於完成（結束）的中途。

① A:**ロボット、できた？** 機器人完成了？
B:**うん、今完成しつつあるんだ。**嗯，目前正在完成中。

②父親:**ほら、蟬(せみ)だよ。今脱皮しつつあるんだ。**
看，是蟬！現在正在蛻皮中。
子供:**ほんとだ！** 小孩：真的耶！

3. 動作的結束、完結

1) ～(た)ところだ（剛剛）

以敘述自己目前正處於某個動作、行為、事情才剛結束的狀態來進行說明。大多會搭配「**今**」、「**たった今**」、「**さっき**」等「時間副詞」一起使用。

① A:**作業は？** 工作呢？
B:**あ、今終わったところ。**啊，剛剛才結束。

② A:**昼ご飯は？** 午飯呢？
B:**あ、さっき食べたところだよ。**啊，我剛剛才用完餐。

2) ～(た)ばかりだ（剛剛）

表示距離動作、行為結束、完結才過沒多久。例如有人跟你說「**ケーキをどうぞ**（請吃蛋糕）」，而你回說「**要(い)らない。昼ご飯を食べたばかりです**（不用了，**我才剛吃完午餐**）」，就是以才剛吃完飯

16 開始、進行中、結束

沒多久來做為拒絕的理由。下面的例句①也是一樣，是表示才剛到沒有多久，沒辦法立刻開始的意思。

① A：まだ、始めないんですか。還沒開始嗎？
B：今ここに着いたばかりなので、ちょっと待ってください。
我才剛到這裡，麻煩請稍等一下。

②今起きたばかりだから、食欲がない。
因為才剛起床，所以沒有食慾。

3) ～た

動作、行為、事態的結束，可以使用動詞過去式（タ形）表示。以文字或話語陳述曾經發生過的動作、行為、情況。

①さっき昼ご飯を食べた。剛剛才吃過午飯。

②今ここに着いた。目前剛剛抵達。

17 變化

1. なる・～てくる・～ていく等

1) なる

前面是放形容詞、形容動詞或名詞，表示事物的變化。「**なる**」是表示習慣或真理，「**なった**」是表示事物已經發生變化。另外，也可以表示因變化而引發的狀態。

①暑くなりましたね。天氣變熱了。

②子供はすっかり元気になった。小孩子的精神已完全恢復。

2) なっている

「**變化動詞＋ている**」是表示正處於變化發生之後的狀態。雖然「**なった**」也可以表示變化後的狀態，但若以「**なっている**」表示，則是更明確地表示目前正處於變化發生後的狀態之中。另外，「**なっている**」也可以用於表示目前正處於變化進行中的狀態。

①**子供はすっかり元気になっている。**小孩子的精神完全恢復。

②**この 2、3 年はどんどん暑くなっている。**

這兩、三年天氣愈來愈熱。

3) ～てくる（愈來愈…）

表示狀態開始發生變化，感覺是朝著說話者逼近。可用於表示正面評價及負面評價。

①**この町では子供が増えてきた。**

這個城鎮的孩子有增加的趨勢。

②**子供達は新しい学校に慣れてきたようだ。**

孩子們似乎愈來愈習慣新學校。

4) ～なってくる（愈來愈…）

接在形容詞、形容動詞、名詞之後，表示狀態的變化愈來愈接近。

①**これからどんどん暑くなってくるよ。**今後天氣會變得愈來愈熱。

再者，「**なってきた**」可用於表示具體可見的變化，或是表示說話者個人眼中所發生的變化。

②**暑くなってきましたね。**天氣漸漸熱起來了。

③**最近娘の考え方が大人っぽくなってきたように思う。**

我覺得最近女兒的想法開始變得像大人了。

5) ～ていく（愈來愈…；漸漸…）

表示變化一直持續下去。可依前面搭配的動詞（**消える、消滅する、なくなる、死ぬ、枯れる**等）表示消失不見的意思。

①**希少動物が減少していく。**稀有動物愈來愈少。

②**貯金がどんどんなくなっていく。**存款慢慢地消失不見。

6) ～なっていく（愈來愈…；漸漸…）

接在形容詞、形容動詞、名詞之後，表示變化今後將會一直持續下去。

① A：**暑くなってきたね。**天氣變熱了。

B：**いやいや、これからもっと暑くなっていくよ。**

不不不，接下來天氣還會愈來愈熱。

②**子供が 2 歳になった。大きくなっていくのが楽しみだ。**

小孩子兩歲了。期待他漸漸長大。

7) ～てきている（なってきている）（正開始變成…）

「**～てくる**」再加上「**ている**」的形態。表示在說話者個人的眼中，事情正開始發生變化。

①**暑くなってきているので、熱中症に注意してください。**

因為天氣正逐漸變熱，請小心中暑。

②**妻は回復してきている。あともう少しで退院だ。**

妻子正漸漸康復中，再過一陣子就出院了。

8) ～ていっている（なっていっている）（正在愈變愈…）

「**～ていく**」再加上「**ている**」的形態。表示已發生的變化將會持續進行，且改變後的狀態也會持續地維持下去。

①**南部ではどんどん暑くなっていっているようだ。人々の体が心配**

だ。南部的天氣似乎正愈來愈熱。真擔心人們的身體。

②この町では若者数がどんどん減っていっている。

這個城鎮的年輕人正在漸漸減少當中。

9) ～つつある（正在…）

表示變化本身正處於完成、實現途中的狀態。為書面語，通常不會用在口語中。另外，「**～つつある**」可用於描述將完成、實現視為可預見結果的現階段狀態。

①スナック菓子がメインの食事になりつつある。

零食正漸漸變成主餐。

②状況は改善されつつあるが、時間がかかる。

情況正在改善中，要花一些時間。

2. 自動詞 ～ようになる・～化（する）・～まる

1) 自動詞（変わる、増える、減る等動詞）

自動詞中可單獨表示變化的動詞。而其中包含「**なる**、**変わる**、**上がる**、**下がる**、**増える**、**増す**、**減る**、**伸びる**、**縮む**、**太る**、**やせる**」等。

①あの子は変わった。きれいになった。

那孩子變了。變漂亮了。

②ここ 10 年でこの町の人口が減った。

這十年來這個城鎮的人減少了。

2) ～ようになる（變得…；逐漸會…）

接在動詞之後表示變化。表示隨著時間經過逐漸產生變化。

①あの先生は教え方が上手だ。先生の授業を何度か受けると、わからなかったことがだんだんわかるようになる。

那位老師很懂得教學。只要上了幾次老師的課，原本不懂的地方也變得能夠漸漸理解。

②**前は日本語が話せなかったが、今ではたいていのことは話せるようになった。**之前不會說日文，現在大部分的日語都會說了。

3) ～化（する）（…化）

主要接在名詞之後表示「形態或性質改變或是產生變化」。就如「**日本では高齢化と少子化が大きな問題になっている**（在日本，**高齡化與少子化成為很大的問題**）」中的「**高齢化**」與「**少子化**」，可作為名詞使用，也會加上「**する**」當動詞使用。

①**この町では住民が高齢化している。**

這個城鎮的居民有高齡化的趨勢。

②**新しい薬を実用化するには時間がかかる。**

新藥的實用化需要時間。

4) ～まる（高まる、強まる等）（變得…）

主要是以形容詞的語幹加上「**まる**」來表示變化。「**高まる**」、「**深まる**」與「**高くなる**」、「**深くなる**」這兩類動詞的意思是一樣的，大多是像「**関心が高まった**（注意程度提昇）」、「**二人の仲はどんどん深まっていった**（二人的感情愈來愈深）」一樣，用於表示抽象的事物。這類的動詞有「**強まる（強くなる）、弱まる（弱くなる）、低まる（低くなる）、薄まる（薄くなる）**」等等。

①**反政府の声が強まってきている。**反對政府的聲浪愈來愈強。

②**水を加えたら、味も色も薄まってしまった。**

加水之後，味道和顏色都變淡了。

③**仏教は6世紀に伝来し、徐々に広まっていった。**

佛教在六世紀時傳入日本，並逐漸傳開。

3. 快速變化及單方面的變化

1) ～一方だ（一直…；愈來愈…）

表示事物的變化是處於持續發展無法停止的狀況、狀態。可用於表示「**新人選手にはファンの期待も高まる一方だ**（粉絲對新選手的期待一直不斷地提高）」這類正面評價，也可用於表示「**仕事が増える一方で、休む暇もない**（工作一直增加，連休息的時間都沒有）」這類負面評價，而大多是用於表示負面事態。若用於表示負面事態，話中帶有對於該負面事態感到遺憾或是不滿的心情。

①大雨で川の水かさが増していく一方だ。

因為大雨，河水的水量一直不斷地增加。

②税金が上がって、生活が苦しくなっていく一方だ。

稅收增加，生活愈來愈困難。

2) ～ばかりだ（一直…）

表示事物的變化是處於持續發展無法停止的狀況、狀態，與「**～一方だ**」相似。相對於「**～一方だ**」是試圖由外部的趨勢（客觀的）來理解事物變化的傾向，「**～ばかりだ**」則是試圖以個人的、主觀的觀點來理解，多用於負面事態。「**生活が苦しくなっていく一方だ**（生活愈來愈艱難）」與「**生活が苦しくなっていくばかりだ**（生活愈來愈艱難）」雖然可以互換，但「**～一方だ**」給人對外表達自己的主張的感覺。

①働いても働いても生活は苦しくなっていくばかりです。

再怎麼努力工作，生活還是愈來愈艱難。

②いくら彼女に尽くしても、彼女の心は遠のいていくばかりだ。

不管再怎麼對她盡心盡力，她的心還是愈離愈遠。

3) ～だけだ（只是）

使用表示界限、分界的「**だけ**」來表示只限於單一方向的變化。與「**～ばかりだ**」很相似，以「**人口は減っていくばかりだ（人口一直不斷地減少）**」和「**人口は減っていくだけだ（人口只會一直減少）**」這兩句來看，前者的話中包含對於人口一直持續減少的感嘆，後者雖然在話中帶有對人口減少一事已不抱希望的意味，但也帶有一口咬定這已是「界限、分界」，情況不會再惡化的意涵。

①このまま何もしなければ、収穫量は減っていくだけだ。

再這樣什麼都不做，產量只會一直減少下去。

②そんなことをしても事態は悪くなっていくだけだ。もっと根本的な対策が必要だ。

就算做那種事，狀況也只會變得更糟。必須要有從根本解決問題的對策。

4) ～しかない（只有）

與「**～だけだ**」幾乎相同，是以消極的態度看待變化，話中含有遺憾的心情。對事情抱有除此之外別無他法的悲觀想法。

①住む人がいないため、家はこのまま荒れていくしかない。

由於無人居住，房子就只能這麼荒廢。

②少子化を止める手立てがなければ、子供の数は減っていくしかないのではないか。

若沒有阻止少子化的方針，孩童的數量就只會一直減少下去，不是嗎？

5) ～の一途（いっと）をたどっている（正不斷地…）

表示事情正朝向單一的方向變化，屬於具有說明性、解說性的書面用語。可用於正面評價及負面評價。

①○○候補の支持者は増加の一途をたどっている。

候選人○○的支持者正不斷地增加當中。

②ウィルスの感染は拡大の一途をたどっている。

病毒的感染正不斷地擴大當中。

18 經驗

1. 普通的經驗

2. 罕見的經驗

1) ～(た)ことがある（曾經…過）

將自己經歷時心態與自覺，以個人經驗的形式向對方報告。如果只是單純陳述自己做過某件事，就不會以「**～ことがある**」表示。此用法的作用是藉由述說自己的經驗來炒熱話題，或是串連前後句的對話。

① A:**きのう富士山に登りました。**昨天登上了富士山。

B:**そうですか、私も登ったことがあるんですよ。**

是嗎？我也登上過富士山。

上のほうは曇ってませんでしたか。

山上的天氣是不是陰陰的？

② A:**納豆を食べたことある？** 你吃過納豆嗎？

B:**うん、2 度ほど。**嗯，兩次左右。

A:**私はまだ食べたことないの。おいしい？**

我還沒吃過，好吃嗎？

2) ～た

表示過去的動詞タ形也可用於表示經驗。下面例句①中是以「**～ことがある**」詢問 B，B 則是以使用タ形陳述事實的形式來回應。至於是否是表示經驗，對方會根據上下文及狀況判斷。

① A:**カラオケ行ったことある？** 你去過卡拉 OK 嗎？
　B:**うん、1 度行ったよ。** 嗯，去過一次。

②**交通違反で警察に 2 度つかまった。1 度目はスピード違反、2 度目は駐車違反。**
違反交通規則被警察抓到兩次。第一次是超速，第二次是停車違規。

3) ～ている

「**3 度も九州に行っている**（去了九州三次之多）」也可以用來表示經驗。刻意不把它當作經驗來分享，而是把它當作自己經歷的一部份來回應。當有人問你「**富士山に登ったことある？（你曾爬過富士山嗎？）**」，而你回答「**うん、2、3 度登っている（嗯，爬過兩、三次）**」，對方就會認為你是「習慣爬富士山的人」、「有經驗的人」。

①**あの人はいくつか小説を書いている。そして、何度か賞をとっている。**那個人寫了幾本小說。而且還拿了幾次獎。

②**彼は警察に 2 度もつかまっている。1 度は万引き、2 度目は詐欺事件だ。**他被警察逮捕兩次。一次是順手牽羊，第二次是詐欺。

4) ～てみた（嘗試過…）

下面的例句①是 A 被問到滑雪的經驗，B 以表示嘗試的「**～てみた**」回應。

①A：**スキーやったことがありますか。**你有滑雪過嗎？

B：**ええ、1度北海道でやってみました。**

有，在北海道嘗試過一次。

從嚐試這個意思衍伸表示這不是什麼大不了的經驗，只不過是稍微試著體驗看看的意思。例句②是以「**～てみた**」表示曾經攀登過立山的經驗。

②**去年は立山に登ってみたけど、なかなか難しい山でしたよ。**

去年曾試著攀登立山，真的是座很難攀登的山。

5）～（た）経験がある（曾有過…的經驗）

因為使用「經驗」這個詞，所以是比「**～ことがある**」語氣上更嚴謹的說法。雖然像是「**寿司を食べた経験がある**（有吃過壽司的經驗）」、「**カラオケをした経験がある**（有唱過卡拉**OK**的經驗）」之類的說法，也不是沒人用，但相較之下，「**～ことがある**」應該是比較常見的表達方式。此外，在徵才廣告方面，比起「**営業の仕事をしたことがある人**（曾做過業務工作的人）」，比較常見的是「**営業の仕事をした経験がある人**（曾有業務工作經驗的人）」。像徵才這一類的情況，「**経験**（經驗）」這個詞所要求的並不是單純的「體驗」，而是「確實學會相關知識和技術」。

①**私は会計士として仕事をした経験があります。**

我有從事會計師工作的經驗。

②**私はまだ働いた経験がありません。**

我還沒有工作過的經驗。

19 被動句

1. 受害被動句 1～3

1) 被動句

說話者（我）為主詞的被動句，有表示說話者受到傷害或是感到困擾的意味。當以他人為主詞時，若這個「他人」是說話者的家人、親人、朋友、熟識的人，也常會帶有受害或是感到困擾的意味。

①あなたの友達の洋二君が殴られたんだよ。

你的朋友洋二被打了。

但若主詞是完全不相干的第三者，則是像新聞報導的這一句「**きのう 80 歳代の男性が殺害されました（昨日有位八十歲的男性遭到殺害）**」一樣，為中性被動句。

至於說話者（我）的所有物、所屬物品的受害被動句（也稱為間接被動句），則是把受害的「我」作為主詞或主題並置於句首，以「**私はかばんを盗られた（我的包包被偷了）**」的方式表示。而不會以「**私のかばんを盗られた**」或是「**私のかばんが盗られた**」的說法表達。受害的是「我」，所以要以「**私は**」為句首。）說話者自己就是「**私**」，「**私**」為已知的事，因為「**私**」是已知的事，所以實際上大多會省略「**私は**」。

②帰宅途中、男にハンドバッグをひったくられた。

回家的途中，我的手提包被一個男的搶走了。

在傳達受害及因某事感到困擾的同時，多半帶有期盼對方或機構等對象能夠處理這些情況的訴求。

③お宅の猫に花壇を荒らされたんです。何とかしてくださいよ。

你家的貓把花圃弄得亂七八糟的。請你想想辦法呀。

2) 一般句（主動句）

通常句子問的是「誰做／做過什麼」，因此在下列例句①、②中，最重要的是「誰」做的。

①泥棒が私のかばんを盗った。小偷偷了我的包包。

② 30 歳の男が同僚を殺した。30 歲男子殺了同事。

無法確認主詞是什麼的時候，還有不需要提到主詞時，就會以被動句表示。

③林の中で男性が殺された。樹林中有一名男性被殺。

若要以主動句表示說話者的所有物受害並因而感到困擾時，會像例句①的「**泥棒が私のかばんを盗っだ**」一樣，使用「**私の～**」表示。

2. 自動詞被動句

1) 被動句

所謂的自動詞，是指不需要以「**～を**」表示受詞的動詞，如「**行く**、**来る**、**泣く**、**死ぬ**、**消える**、**こわれる**、**決まる**、**つく**」等。像例句①、②這種句子即為自動詞的被動句。

①電車の中で子供に泣かれて困った。

小孩子在電車裡哭鬧，我覺得很困擾。

②忙しいときに、客に来られて迷惑した。

客人在忙碌的時候來，我覺得很煩。

主語（主體）為說話者，表示說話者覺得困擾或麻煩時，多以「**～て**」的形態表示覺得困擾的理由、原因。此外，大多會像「**祖母に死なれて……（祖母過世……）**」一樣省略句子的後半部。

用在將自己感到困擾的事向關係親近的人抱怨或表達不滿的情況。不太會用於公共場域。

2) 一般句（主動句）

自動詞的被動句若改為一般的句子，即為「**電車の中で子供が泣いて困った**（小孩子在電車裡哭鬧讓人很困擾）」、「**忙しいときに客が来て困った**（客人在忙碌的時候來讓人厭煩）」、「**祖母が死んで**……（祖母過世……）」。一般的句子只是報告事實，雖然直接又簡單易懂，但基本上不帶有被動句所具有的受害、感到麻煩及困擾的情緒。年輕人似乎較偏好用一般的句子表達，但日語為母語的人士，大多會在無意識的狀態下使用自動詞的被動句表示。或許是希望藉由述說自己感到困擾的經驗，能夠獲得同情或是得到共鳴。

①**雨が降って、びしょびしょになってしまった。**

下雨全身淋得濕答答的。

②**夜友達が来て、勉強ができなかった。**

晚上朋友來，沒辦法唸書。

3. 中性被動句

1) ～が／は＋被動形

就如「**このビルは 50 年前建てられた**（這棟大樓是 **50** 年前建造的）」、「**主に鉄と銅が輸出されている**（主要輸出鐵或銅）」、「**『雪国』は川端康成によって書かれた**（《雪國》是由川端康成所寫的）」這幾個句子一樣，大多是以無生物或事情作為主詞。這一類的句子基本上不帶有受害、困擾的情緒，而是敘述事實。由於屬於書面語，所以是用於報紙、論文、報告、公文等，又因為是傳達事物的狀態，所以是說明性、解說性的用法。

①**この新薬は 10 年前に開発が始められた。**

這款新藥是十年前開始開發的。

②**ここは沼地だったが、今では宅地として造成されている。**

這裡原本是沼澤，現在被開發為住宅用地。

2) ～が／は＋自動詞

「**～が／は＋自動詞**」有好幾種意思。以「**壁がこわれた**（牆壁壞了）」為例，一個意思是像「**大風で壁がこわれた**（因為風大所以牆壁壞了）」一樣，表示自然發生的事態、現象；另一個意思是像「**1989年にベルリンの壁がこわれた**（**1989年柏林圍牆倒塌**）」一樣，是將該事態作為一項事實來做說明。

也可以像「**計画が決まった**（計劃定案）」、「**財布が見つかった**（找到錢包）」、「**電気が消えた**（燈關了）」一樣，用於報告某個事態的發生。

例句①「**～が／は＋自動詞**」的句子，和例句②的中立被動句幾乎是相同的意思，但因為中立被動句為書面語，所以在口語表達上會以「**～が／は＋自動詞**」表示。

① A:このビルは50年前に建ったんだよ。
這棟大樓是50年前建造的喔！

②〈説明文の中で〉このビルは50年前に建てられた。
（敘事句中）這棟大樓是50年前被建造的

3) ～が／は～を＋他動詞

指主詞（主體）對其他事物做動作的句子，如「**子供が本を読む**（孩子閱讀書籍）」、「**太郎が次郎を殴る**（太郎打次郎）」、「**私はブログを更新する**（我更新部落格）」。其中「**～を**」的部分為句中的受詞。

以「**～が／は～を＋他動詞**」表示的句子中，最重要的是「誰做／做過」，「做／做過什麼」次之。特別是以「誰」為中心思考時，就會以「**～が／は～を＋他動詞**」的句型表示。

①大手企業の○○建設がこの住宅団地を建てた。
大型建設公司○○建造了這個住宅區

②日本では国民が選挙で国会議員を選ぶ。

日本是由國民透過選舉選出國會議員。

20 時間 1

1. ～とき・～ときに・～ときには・～ときは

1) ～とき（…時；…的時候）

表示事情、事態發生的時點。「**～とき**」表示的「時間」並不精確，主要用於口語表達。

①ご飯を食べるとき、日本人ははしを使う。

日本人吃飯時是使用筷子。

②道で会ったとき、田中さんは彼女といっしょだった。

遇到田中先生時，他是和女朋友一起。

若是文件之類的書面資料，為了在表達上更嚴謹，通常會使用「**ときに**」、「**ときには**」、「**ときは**」等。

2) ～ときに（…時）

因為在「**とき**」後方加上了表示時間點的格助詞「**に**」，所以後句表示的大多是「某個時間做／做過什麼，或是發生／發生過什麼」這類動態性質的事。

①朝起きたときに、ぐらぐらっと地震が来た。

早上起床時，搖搖晃晃地發生了地震。

②このペンは小説を書くときに使う。這支筆是我寫小說時用的筆。

3) ～ときには（…時）

利用「**は**」將「**～ときに**」提出，有將某個「時間點」與其他的「時間點」相比的意思，而「**～ときには**」這個用法即是以像這樣對比的方式陳述事情的狀況。像在「**私が行ったときには、彼はもういなかった（我到的時候他己（已）經不在了）**」這個句子中，就有暗示「我抵達之前他或許還在」的意思。

①a **今度来るときには、借りた本を持って来るよ。**
我下次來的時候會把借的書帶來。
b **今度来たときには、いっしょに食事をしよう。**
我下次來的時候一起吃頓飯吧。

②a **私が教室に入ったときには、とても静かだった。**
我進去的時候，教室非常地安靜。
b **私が起きたときには、部屋は真っ暗だった。**
我起床的時候，整個房間一片漆黑。

4) ～ときは（…時）

「**～ときは**」是利用「**は**」將「**とき**」提出。先在前句特別提出「某個時間點」，接著才在後句說明該時間點的情況、狀態。

①**きのう会ったときは、彼は元気だったよ。**
昨天碰面的時候，他很有精神。

②**困ったときは、助け合いが大切だ。**
有困難的時候，互相幫助很重要。

另外也可以想成是「**～ときには**」省略了「**に**」，這時後句即可接續動態性質的句型。

③**今度来るときは、借りた本を持って来るよ。**
我下次來的時候會把借的書帶來。

④**今度来たときは、いっしょに食事をしよう。**

我下次來的時候一起吃頓飯吧

2. ～とき・～たら・～と・～てすぐ（に）・～と同時に

1) ～とき（…時）

與 1. 的 1) 相同，是表示在前句事情、行為發生的時間點，發生後句的事情、行為。前句與後句之間沒有因果關係。

①**わからない単語が出てきたとき、電子辞書は便利です。**
遇到不懂的單字時，電子辭典就很方便。

②**日本人は子供から老人まで、ご飯を食べるときはしを使う。**
日本人從小孩到老人，吃飯時都是使用筷子。

2) ～たら（若是…）

「**～たら**」是表示假設條件以及確定條件。假設條件就如例句①，是帶有假設意味的句型。而所謂的「確定條件」，則如例句②，不是以假設性的句型而是以某件確定會發生的事來當作條件。

①**雨が降ったら、試合は中止だ。**若是下雨比賽就會取消。

②a **仕事が終わったら、話し合いましょう。**
工作結束後，我們再來談。

b **毎日家へ帰ったら、母の介護をしている。**
每天回到家，就是照顧母親。

假設條件、確定條件都是以非過去式的句子來表示，「**～たら**」若以過去式表示，則帶有「碰巧／偶然」的意味。而對於偶然發生的事，大多都會帶有驚訝的情緒。

③**ドアを開けたら、猫が飛び込んできた。**
一打開門，貓就飛奔過來。

④**きのう町を歩いていたら、知らない人に挨拶をされた。**
昨天走在鎮上，有個不認識的人和我打招呼。

3) ～と（一…就…）

「～と」因為具有一定會發生、接續發生的意味，若用於非過去式的句子中，大多表示習慣。

①家へ帰ると、いつも母の介護をする。

一回家就是在照顧母親。

②席に着くと、すぐパソコンを立ち上げる。

一坐在位子上就立刻啟動電腦。

另一方面，「～と」若用於過去式的句子中，有兩種用法。一種與「～たら」相同，是表示「碰巧／偶然」的意思。而相較於「～と」，「～たら」帶有較高程度的意外、驚訝的情緒。

③ドアを開けると、猫が飛び込んできた。

一打開門，貓就飛奔過來。

④きのう町を歩いていると、知らない人に挨拶をされた。

昨天走在鎮上，有個不認識的人和我打招呼。

「～と」在過去式句子中的另一個用法，是表示在前句的行為、事態成立的情況下，「以原來的狀態／接續」進行或發生後句的行為、事態。

⑤彼女は店に入ると、すぐさま 2 階の婦人服売り場へ向かった。

她一進店裡，就立刻往二樓的女性服飾賣場走去。

⑥彼はかばんから本を取り出すと、夢中で読み始めた。

他一從包包裡拿出書本，就開始讀到忘我。

4) ～てすぐ（に）（一…立刻…）

表示在前句的事情、行為發生之後緊接著發生／進行後續的事情、行為。僅用於表示在時間上連續發生，前後不具因果關係。

①家へ帰ってすぐ、宿題をする。

一回到家就立刻寫功課。

②高校を出てすぐ、東京に出てきました。

一從高中畢業就立刻到東京。

5) ～と同時に（同時…）

明確地表示前句與後句的事情、行為是同時發生／進行。下方例句①是表示聲音和爆炸是發生在同一個「時間點」，而例句②則是表示畢業和結婚是發生在「同一個時期」。「と同時に」之前可以是非過去式，也可以是過去式。

①バンという音がすると同時に、爆発が起こった。

「砰」的聲響發出的同時，發生了爆炸。

②彼らは卒業すると同時に、結婚した。

他們在畢業的同時結婚了。

21 時間 2

1-1. 時間上的先後關係 1「～てから・あとで・～たら・～次第」

1-2. 時間上的先後關係 2「『～てから』與『～あとで』的不同之處」

1) ～てから（…之後再…）

「**～てから**」和「**～あとで**」都是將重點放在時間的用法，但「**～てから**」有以下的特徵。

「**～てから**」是表示前句比後句先發生，大部份的情況下是表示「前句的事情必須先發生，後句的事情才會發生」的意思。「**手を洗ってから、おやつを食べなさい（先洗手之後再吃零食）**」的意思是「要吃零食就必須要先洗手」。「**これが終わってから、それをやる（這裡結束之後再去做那件事）**」則是表示若想要做那件事，就要

先把這裡的事完結。「**～あとで**」相對來說則是將重點放在時間上的先後關係，兩者的不同之處即在於此。

①白衣とマスクをつけてから、実験室にお入りください。
請在穿上白袍及戴上口罩之後再進入實驗室。

②毎晩薬を飲んでから、ベッドに入る。
每晚都在吃了藥之後才上床睡覺。

2) ～あとで（之後）

「**～あとで**」是將重點放在時間上的先後關係。即使事情非接續發生亦可使用。由於「**～あとで**」在使用時，腦中會有強烈的「一件事完成之後要去做下一件事」的意識，所以經常會搭配表示完結的動詞（**終わる**、**済む**、**決まる**等）一起使用。

①仕事が終わったあとで、来てください。
請在工作結束之後再來。

②父が死んだあとで、こんな手紙が出てきた。
父親過世之後才出現這種信。

3) ～たら（…了…就）

在「**この仕事が終わったら、相談しよう（這份工作結束之後我們再商量）**」這個句子中，「**～たら**」是作為「確定條件」使用，表示「幾乎確定會發生的事」。這一點與「**～あとで**」幾乎完全相同。不過「**～あとで**」是把重點放在時間上的先後關係，而「**～たら**」則是以前句的事作為後句成立的條件，所以具有「完成這份工作很重要，等到工作完成之後再…」的含意。為口語的用法。

① 12 時になったら、外で待っているよ。12 點之後我在外面等你。

②卒業したら、公務員になるつもりだ。畢業之後我打算成為公務員。

4) ～次第（…之後馬上）

表示「在某個動作之後立刻就…」的意思，屬於正式生硬的說法。大多是像例句①、②一樣用於職場、商務等環境或場合。通常會如「**満員になり次第、締め切ります**（額滿就立刻截止）」、「**送金があり次第、現物をお送りします**（我們會在收到匯款後立刻出貨）」這兩個句子一樣，用於文件或公告之類的情況。

①わかり次第、お知らせします。
一旦我們知道之後就馬上通知您。

②担当が戻り次第、連絡を差し上げます。
負責人回來之後就立刻和您聯絡。

5) ～て

就如「**あっちへ行って話そう**（我們到那邊之後再說）」、「**兄は戦争が終わって、戻ってきた**（哥哥在戰爭結束之後回來了）」一樣，「**～て**」所表示的是兩個行為、事項是接續進行的關係。「**～て**」與「**～てから**」很相似，不過「**～てから**」還帶有「**あとで**」的意味，而「**～て**」相較於時間上的先後順序，更著重於「接連」的意思。

①もう遅いから、パジャマに着替えて、すぐ寝ましょう。
已經很晚了，換好睡衣就馬上去睡吧。

②あなたが悪いんだから、お父さんに謝って、許してもらいなさい。
這件事是你不對，去和父親道歉並請求原諒。

6) 名詞＋のあとで

以「**のあとで**」接續於名詞之後的形態表示，相關的例子有「**戦争のあとで**（戰爭後）」、「**話し合いのあとで**（討論之後）」、「**ビルの建設のあとで**（建設大樓之後）」。透過片語的形式，即可以較為簡短的方式來進行表達。重點在於時間的先後關係。

①震災のあとでこの町は大きく変わった。
震災後這座城鎮有了很大的變化。
②戦争のあとで人の考え方は変わってしまった。
戰爭後人的想法會改變。

2. 表示某個時間點之後的「～(て)以来・～てからというもの」等用法

1) ～てから(從…)

「**～てから**」是表示在某件事情、行為之後，接著發生其他的事情、行為，也可用於表示後續的事情、行為仍在持續的狀態，也就是「接續在前一句之後所發生的事情、行為，就這麼持續下去」的意思。

①卒業してから、今の会社で働いている。
自從畢業之後，我就一直在現在的公司上班。
②彼女と会ってから、彼女のことが忘れられない。
自從見過她之後，就一直忘不了她。

2) ～をきっかけに(以…為契機；…的原因)

某件事是促成了另一個事件、行為發生的契機或原因，可用於正面評價及負面評價。

①いじめられたことをきっかけに、息子は不登校になった。
霸凌是我兒子拒絕上學的原因。
②文学賞受賞をきっかけに、彼は会社を辞めて、小説家になった。
以獲得文學獎為契機，他辭掉工作成了小說家。

3) ～(て)以来(從…以來；自從…之後)

表示「從某個時間點開始到今天為止，一直維持在某個狀態」的意思。「**以来**」之前為名詞或動詞的テ形。

①**去年の5月以来、Y選手の不調が続いている。**
去年五月以來，Y 選手的狀態就一直不好。

②**震災以来、原発に対する反発が高まっている。**
自從震災之後，反對核能發電的聲浪高漲。

③**税金が上がって以来、各店の売上高が落ちている。**
自從加稅之後，各店的營業額都下滑。

4) ～てからというもの（自從…一直…）

表示「以某件事的發生為契機、原因，自此之後便有了很大的改變，而這樣的狀態也一直持續」，為書面語。在語意上和「**～以来**」相同，不過「**～てからというもの**」比較著重在事發之後有了很大改變的這個部分，並強調「狀態一直持續」。

①**結婚してからというもの、彼は毎日張り切って仕事をしている。**
自從結婚之後，他就每天努力工作。

②**大地震が起こってからというもの、ちょっとした地震にもびくびくしている。**
自從發生大地震之後，只要有一點小地震我就戰戰兢兢的。

時間 3

1. 在一段時間或期間之內結束的狀態或行為

1) ～とき／ときに（…的時候）

「**皆がいるときに、決めておきたいことがある**（有件事我想趁大家都在的時候先做好決定）」。這一句是指在那一段時間、期間之內「做好決定」，是表示結束某件事情、行為的意思。這裡的「**とき**」

指的是一定的時間長度。就像「**留学しているときに、彼女と出会った**（**留學期間，我遇到了她**）」一様，「**とき**」經常接續在「**ている**」之後。

①その話は社長のいるときにしてください。
那件事請在社長在的時候說。

②社長がいないときにそんな話をしてもしかたがない。
社長不在的時候，就算談那件事也沒用。

2) ～あいだに（在…期間的；趁著…）

「**あいだ**」是指一定長度的時間、期間。「**～あいだに**」是表示在一定的時間、期間之內結束某件事情、行為。

①子供が寝ているあいだに、買い物に行った。
趁小孩睡覺的期間去買東西。

②雨がやんでいるあいだに、洗濯物を干してしまおう。
趁雨停的時候把衣服曬一曬吧。

與表示最好在一段時間、期間之內將某件事情、行為結束的「**～うちに**」不同，「**～あいだに**」是把重點放在整段的時間或期間。

3) ～うちに（趁著…；在…之前；在…的過程中）

「**～うちに**」有兩種意思。第一種意思是在某個狀態持續的時間、期間之內，並且在該狀態有所變化之前，把事情做完。「**うちに**」的前面是表示狀態的「**～ている**」，帶有對於狀態的變化感到憂慮的心情。不過比起 6) 的「**～ないうちに**」，「**～うちに**」對於狀態變化的憂慮程度較低。

①子供が寝ているうちに、買い物に行ってこよう。
趁著小孩還在睡覺去把東西買一買吧。

②スペインに留学しているうちに、フラメンコを習っておきたい。
我想要趁著還在西班牙留學的期間學會佛朗明哥舞。

「**〜うちに**」的另一種意思，是表示在一定長度的時間、期間之內，同時引發了其他的現象。「**〜うちに**」前為表示狀態的用法。

③日本語を勉強しているうちに、だんだん日本語が好きになっていった。在研讀日語的過程中，漸漸喜歡上了日語。

④彼の説明を聞いているうちに、ますますわからなくなってしまった。
在聆聽他的說明的過程中，愈來愈搞不懂是怎麼回事。

4) 名詞＋中に（…中）

「**漢語名詞＋する**」（**勉強する**、**食事する**、**入院する**）為動詞形態中的一種。而這裡的用法是取其中的名詞，並在之後加上表示正在進行中的「**中**」，用以表示某段包含一定長度的時間、期間。和「**〜あいだに**」所表示的是相同的時間概念。置於「**中**」之前的名詞，是必須要耗費一定的時間才能做的事。

「**食事中に（用餐中）**」與「**食事しているあいだに**」同義、「**仕事中に（工作中）**」則與「**仕事しているあいだに**」意義相同。像這樣簡潔明瞭地把一個句子濃縮成一短句加以應用的表現其實相當常見。

①仕事中に私的な電話はかけてこないでほしい。
工作期間希望你不要打電話到我的私人電話。

②運転中にスマホをいじることは禁止されている。
開車時禁止使用智慧型手機。

5) 〜前に／までに（…之前；…為止）

「**〜前に**」是表示時間上的先後關係，「**〜までに**」是表示到某件事實現為止。「**入院しているあいだに（住院的期間）**」若換個說法，可以改以「**退院する前（出院之前）**」、「**退院するまでに（到出院為止）**」的說法表示。相對於「**〜あいだに**」是指「一定的時間、期間之內」，「**〜前に／までに**」則是表示「在那段時間、期間結束之前」。

①子供が帰ってくる前に／までに、夕食の支度をしておこう。

在小孩回家之前／到小孩回家為止，先做好晚餐的準備吧。

②予算が決まる前に／までに何度も話し合った。

在預算定案之前／定案到預算定案為止商量了好幾次。

6) ～ないうちに（還沒有…之間；趁還沒有…時）

「**うちに**」接在動詞的否定形之後，是表示趕在某個狀態發生變化之前「做完」的意思。話中帶有對於狀態變化強烈的憂慮。

①社長の気持ちが変わらないうちに、決めてしまおう。

趁社長還沒改變心意之前決定吧。

②暗くならないうちに帰ったほうがいい。

最好趁天還沒黑之前回家。

2. 在一段時間或期間內一直持續的狀態或行為

1) ～ときは

就如「**先生がいるときは、生徒は静かに勉強しているが、いないときは、遊んでいる（老師在的時候，學生都安靜地唸書，老師不在的時候，學生都在玩）**」的這個句子，「**～ときは**」是表示在一段時間或期間內一直持續著某種的狀態。因為特別以「**は**」提示，所以大多有將「某一段時間」（老師在的時候）的狀態，與「其他的時間」（老師不在的時候）的狀態對比的意味。例句①就會讓人聯想到「不受歡迎的時候，人們就遠離」。

①人気があるときは、人は近づいてくる。

受歡迎的時候，人們就會靠近。

②仕事がうまくいっているときは問題はないが、うまくいかないときは、いろいろ問題が出てくるものだ。

工作順利的時候沒什麼問題，但工作不順利的時候就會出現一大堆問題。

2) ～あいだは（…期間）

表示在一段時間或期間內一直持續著某種狀態。與「**～ときは**」相同，「**～あいだは**」也是利用「**は**」來突顯「**あいだ（期間）**」，所以大多也是將「某段時間」的狀態與其他時間的狀態做對比。例句①也有暗示「如果沒錢的話就幫不上忙」的意思。

①お金があるあいだは、助けてあげる。
有錢的期間我會幫你。

②働けるあいだは、働きたいと思っている。
在還可以工作的這段時間，我想一直工作下去。

3) ～うちは（在…的時候）

與「**～ときは**」、「**～あいだは**」相同，是表示在一段時間或期間內一直持續著某種狀態。「**～うちは**」是表示某個狀態持續的期間還不錯，但當情況不是如此時就不好；或者是某個狀態持續的時間並不好，但當情況不是如此時就很不錯的意思。大多會像下面的例句一樣，用於表示對比。

①若いうちは働く場所があるが、年をとったら働く場所がなくなる。
年輕的時候還有地方工作，年紀大了就沒有地方工作了。

②健康なうちは働けるが、病気になったら働けなくなる。
健康的時候還能工作，一生病就沒辦法工作了。

4) 名詞＋中は(…中)

就如「**入院中は（住院中）**」、「**食事中は（用餐中）**」、「**仕事中は（工作中）**」，是把「**中は**」與「**漢語名詞＋する**」中的名詞部分結合，表示在那段時間或期間之內。與「**〜ときは**」、「**〜あいだは**」的語意及用法一樣。

①仕事中はあまり話しかけないでください。
工作的期間請盡量不要和我說話。
②旅行中は盗難に気をつけましょう。旅行的期間要小心扒竊。

5) 〜前は／までは（之前…；…為止）

「**〜前は／までは**」是表示「在某段時間或期間結束之前」的用法。「**〜前は／までは**」分別以「**は**」突顯「**前**」和「**まで**」，所以容易讓人(聯想到「之後」的狀況，或是與「之後」的狀況做比較。

① A: 日本語、お上手ですね。いつ勉強なさったんですか。
你的日語說得很好呢。什麼時候學的？
B: 日本へ来てからです。来る前は／までは全然しませんでした。
我來日本之後才學的。來日本之前／為止完全沒學過。
②リフォームする前は／まではあばら家だったが、リフォーム後は見違えるようになった。
重新裝修之前／為止是間破舊的房子，裝修之後看起來完全不一樣。

「**〜前は**」的重點在於時間點，「**〜までは**」的重點則在於到事情實現為止。例句①②中的「**〜前は／までは**」可以互換，但如果要強調的是時間點，就要像例句③一樣使用「**〜前は**」，如果要強調的是到事情實現的期限，就要像例句④一樣使用「**〜までは**」表示。

③寝る前はコーヒーを飲まないでください。
睡前請不要喝咖啡。
④私が帰ってくるまでは、パソコンを使っていてもいいですよ。
在我回來之前，你可以使用電腦。

6) **～ないうちは**（還沒有…之前；趁還沒有…時）

「**うちは**」接在動詞的否定形之後，是表示只要某個狀態沒有發生變化，或是仍在持續，就不會發生／不進行下一件事情或行為。「**～ないうちは**」帶有「雖然只要在那段期間之內，該項動作或狀態仍會持續進行，但不知道那段期間結束之後，情況會如何演變」的這種心情（憂慮）。比起「**～ときは**」、「**～あいだは**」，以「**～ないうちは**」表現時這種憂慮的心情較為強烈。

①論文が書き終わらないうちは、遊びに行く気にはなれない。
論文沒有寫完之前，我沒心情去玩。

有時會帶有說話者強烈主張，這時也可以用於表示忠告或提醒。

②貸したお金を返してもらわないうちは、帰りません。
借你的錢沒有還給我之前，我不回家。

③簡単な仕事だが、慣れないうちは時間がかかるかもしれない。
雖然是很簡單的工作，但在尚未習慣之前或許得花點時間。

23 時間 4

1. 同時發生的動作、狀態

1) **～ながら**（一邊…一邊…）

表示同一個主詞（主體）同時進行兩件事。例句①是表示短時間之內同時做兩件事，也可以像例句②一樣表示長時間同時進行兩件事。

①歌を口ずさみながら、掃除をする。我一邊哼著歌，一邊打掃。

②大学時代は、アルバイトをしながら研究を続けた。
大學時代我一邊打工一邊持續做研究。

2) ～かたわら（一邊…一邊…；一方面…另一方面…）

「**～かたわら**」的意思是「在主要的生活、活動之外，也進行其他的事」，表示在一段期間之內持續進行兩件事。通常多用於表達生活或長時間持續進行的活動等情況，屬於書面語的用法。「**かたわら**」前若為名詞則以「**名詞＋の**」的形態表示。

①彼女は子育てをするかたわら、大学院に通っている。
她一邊養育孩子一邊讀研究所。

②彼は会社勤務のかたわら、俳句を始めた。
他一方面在公司上班，另一方面也開始寫俳句。

3) ～たり（或者…或者…）

「**～たり**」為口語用法，而其主要的意思是「從數件事情或行為中，選取其中的數件為例」。像這樣選擇性舉例的用法，通常暗示了還有其他的事情或行為沒被提到。此外，選擇性舉例有時也會被用來以較隱晦的方式向人傳達資訊。

①A:きのうどこへ行ったの？ 你昨天去哪裡了？
B:うん、スポーツ店へ行ったり……。
嗯，我去了運動用品店……。

大部分的情況是像「**～たり～たり**」一樣，使用二個**たり**表示，不過也有像例句①一樣只使用一個**たり**表示。

「**～たり～たり**」還可用於表示「事情或行為一再交互發生」。以下的例句②是類似的事情或行為，例句③～⑤則是對比性質的事情或行為。

②きのうは歌ったり踊ったり、とても楽しかった。
昨天又是唱歌又是跳舞，非常地開心。

③人生は泣いたり笑ったりの繰り返しだ。

人生就是一再地哭哭笑笑。

④このところ暑かったり寒かったりで、服装の調節が大変だ。

這陣子一下冷一下熱的，很難穿衣服。

⑤息子は、学校へは行ったり行かなかったりしている。

我兒子有時去上課有時不去上課。

4) ～し（又…；既…）

具有列舉事情或行為的功用。可用於列舉同時發生的事或是互有關聯的事。屬於比較不嚴謹的列舉，為口語用法。

①彼女は歌も歌えるしダンスもできる。她既會唱歌也會跳舞。

②あの子は勉強もできるし、家の手伝いもするし、明るいし……。

那孩子既會唸書，還會幫忙家務，個性又開朗……。

5) ～つつ（一邊…一邊…）

表示一個主詞（主體）在做一件事的同時，也在做其他的事。與「**～ながら**」很相似，不過「**～つつ**」為書面用語。「**つつ**」是描述前句中的動作或行為目前仍在進行中。

①彼は今までの経過を振り返りつつ、研究の概略を説明した。

他一邊回顧到目前為止的過程，一邊說明研究的大綱。

②いろいろな分野と連携しつつ、学際的な研究を行っていく。

一邊與各種不同的領域合作，一邊展開跨學科的研究。

6) ～てもあり～でもある（既是…也是…）

把相似的性質或內容並列的說法，大多是指職業種類、領域等同一類別下的事物。為書面語。

①彼女は私にとって、妻でもあり同志でもある。

她對我而言，既是妻子也是志趣相投的好友。

②これは古くからの問題でもあり、新しい問題でもある。
這個既是從古到今一直存在的問題，也是新課題。

2. 一件事結束後立刻發生下一件事

1) ～てすぐ（に）（立刻…）

表示「事情或行為在間隔極短的時間之內接連發生／進行」。

①炎が出てすぐ、爆発が起こった。才冒出火焰接著就發生爆炸。

②ご飯を食べてすぐに横になるのは、よくないそうだ。
剛吃完飯就躺下似乎不太好。

2) ～とすぐ（に）（一…立刻…）

與「**～てすぐ**」一樣是表示事情或行為接連發生，但因為「**～とすぐ**」是以「**～と**」表示條件，所以前後句之間帶有條件、結果的語感。

①薬を液体に注ぐとすぐに、泡が出てきた。
一把藥注入液體就立刻冒出了泡泡。

②彼はアルコールを１滴でも飲むとすぐ、真っ赤になる。
他只要喝一滴酒，就立刻滿臉通紅。

雖然大部分的情況下不太會有條件、結果的語意，不過話中大多帶有說話者對緊接在前句之後，究竟會發生什麼事所抱持的期待已久或是感到意外的心情。

③私は新製品を見るとすぐに買ってしまう。
我一看到新產品就會立刻買了。

3) ～たらすぐ（に）（一…就立刻…）

與「**～とすぐ（に）**」幾乎相同，為口語的用法。由於「**～たら**」帶有條件的意味，因此會比使用「**～とすぐ**」更能表現出對緊接在前

句之後，究竟會發生什麼事所抱持的期盼或是意外的心情。下面的例句①是強調他一坐下來就立刻睡著的事情經過，相對地，例句②則更能表現出說話者出乎意料、感到意外的心情。

①彼は席に着くとすぐに、眠り始めた。

他一坐下就立刻開始打瞌睡（入睡）。

②彼は席に着いたらすぐに、眠り始めた。

他才剛坐下就立刻開始打瞌睡（入睡）。

4) ～と同時に（…的同時）

表示「後句的事與前句的事幾乎在同一時間發生／進行」。

①ドアを開けたと同時に、猫が飛び込んできた。

開門的同時，貓飛奔過來。

②ボタンを押すと同時に、ベルが鳴り始めた。

按下按鈕的同時，鈴聲開始響起。

5) ～とたん（に）（剛…；剎那…）

表示前句的行為或動作發生後，接著立刻（同時）發生另一件事。大多是說話者沒有料想到的事。後句的內容常是描述某事的發生、事情產生變化之類的現象。

①ボタンを押したとたん、ベルが鳴った。

一按下按鈕，鈴聲就響了。

②首相が代わったとたん、いろいろな問題が噴出し始めた。

首相一換人，就開始出現各種問題。

後句不會使用表示意志或使役的句型，屬口語的用法。

6) ～や否や（剛…就…；一…立刻就…）

表示某件事情或行為之後隨即發生下一個行為或動作。具有「時間短到前件事才剛做甚至還來不及做，下一件事就發生」、「一…立刻就…」的意味，常用於表示「等待」下一個動作或行為發生的意思，屬於生硬的說法，為書面語。

①店が開店するや否や、客はどっと入り口に押し寄せた。
才剛開店，客人就一下子全湧進入口。

②その話を聞くや否や、彼はだめだと言った。
一聽到那件事，他就立刻說不行。

7) ～が早いか（剛一…就…）

表示某件事情或行為之後隨即發生下一個行為或動作。主要搭配具速度感的動作或行為，是屬於具體描繪畫面的表達方式，為書面語。

①ベルが鳴ったが早いか、生徒達は教室を飛び出していった。
鈴聲一響，學生們就從教室飛奔出去。

②パトカーが駆けつけるが早いか、暴走族はさあっと逃げていってしまった。巡邏車一來，飆車族一下子就逃跑了。

8) 動詞辭書形＋なり（剛…就立刻…；一…就…）

表示某件事情或行為之後隨即發生下一個行為或動作。雖然在這一點上與「**～や否や**」、「**～が早いか**」等用法很相似，但「**～(る)なり**」是把視點放在前句所描述的動作或行為之後，大多是指發生意料之外的事。

①彼は家に帰るなり、自分の部屋に閉じこもって出てこない。
他一回到家，就把自己關在房裡不出來。

②彼女は「キャー！」と言うなり、倒れてしまった。
她才剛說了聲「啊～～！」就倒下去。

3. 界限、分界、限度

1) ～(た)きり（自從…就一直…）

會話中常用的表達方式。「**～(た)きり**」是以前句的事情或行為作為最後的分界點，表示原本期待會發生的事後來沒有發生，後句通常是以否定形表示。話中帶有說話者期待落空或是遺憾的心情。

重點放在時間、期間，大多會如例句①給人從那之後又過了一段時間的感覺。

①父は出ていったきり、1 年たっても戻ってこない。
父親自從出門之後，過了一年都沒回家。

②彼女は黙ったっきり、一言(ひとこと)も話さなかった。
她自從閉上嘴之後，就一句話也沒說過。

也常會如以下的例句③，將後句省略不說。

③ A:**C さん、帰ってきた？**先生回來了嗎？
B:**ううん、ゆうべ出ていったきりよ。**
沒有，他昨晚出門後就沒回來。

2) ～(た)まま（保持原樣）

表示在前句的狀態維持不變的情況下，發生／進行後句的事情或行為。和「**～(た)きり**」很相似，但「**～(た)まま**」是把著眼點放在前句的狀態、狀況一直持續不變，並以具體描繪畫面的方式描述該狀態、狀況。以「**彼女はキャーと言ったまま／言ったきり、倒れてしまった（她說了聲「啊～」就這麼／隨即倒了下去）**」這一句來看，「**～(た)まま**」是把重點放在她說出「啊…」時的狀態，「**～(た)きり**」則是把重點放在她說出「啊…」之後事態所發生的變化。

①テレビをつけたまま、眠ってしまった。開著電視就這麼睡著了。

大多會像下面的例句②一樣省略後句。

②A:Cさん、帰ってきた？ C先生回來了嗎？

B:ううん、ゆうべ出ていったままよ。

有，他昨晚出門後就這麼沒回來。

3) ～(た)なり（一…就（不）…）

以「**動詞タ形＋なり**」的形態，表示「某種事態或動作發生後，接連導致另一件事的發生，或是原本的事情或狀態因此中斷」。「**～(た)なり**」是把重點放在動作或行動，是一種較為生硬的說法。

①**彼女はキャーと言ったなり、倒れてしまった。**

她一說「啊～」就倒了下去。

②**2人は抱き合ったなり、泣き崩れてしまった。**

二人一相擁就崩潰痛哭。

而從以下的例句③可知，「**～(た)なり**」的後句難以省略。

③ A:Cさん、帰ってきた？ C先生回來了嗎？

?B:ううん、ゆうべ出ていったなりよ。

?沒有，他昨晚出門後就……

相對於後句可以省略的「**～(た)きり**」、「**～(た)まま**」，「**～(た)なり**」之所以不能省略，原因在於此句型在表達時，說話者的意識與後句有較強的連結，使得句子無法於前句中斷。

4) ～たら最後（一旦…就…）

表示一旦發生那件事，因為人的決心、個性，或者是事物的性質等因素，就必定會是那樣的狀況，為口語的用法，也算是一種比較誇張的表達方式。大多是以「**～たら最後、絶対～ない**」的形態表示。

①**彼女はカラオケで、マイクを握ったら最後、絶対放さない。**

一旦讓她在卡拉OK拿到麥克風，她就絕對不會放手。

②社長はダメだと言ったら最後、絶対考えを変えない。

社長一旦說了不行，就絕對不會改變想法。

「**～たら最後**」是口語的用法，書面語是以「**～(た)が最後**」表示。

③彼女の魅力に取りつかれたが最後、離れることはできないだろう。

一旦臣服於她的魅力，大概就再也無法離開她了吧。

④あいつをつかまえたが最後、本当のことを言わせてみせる。

一旦抓到他，我一定會讓他說實話。

24 條件 1

1. 假設性較強的情況

2-1. 假設性較弱的情況 1

2-2. 假設性較弱的情況 2

1）～たら

從例句①這種假設性較強的條件，到例句②這種假設性較弱的條件（確定條件），都能使用「**～たら**」表達。至於假設性的程度，得由句中文意的走向或情境來判斷。而在使用時，前句與後句必須要有時間上的先後關係（前句的事要比後句的事先發生），後句可使用表示意志或促使他人行動語氣的句型（請求、命令等），為口語的用法。

由於屬會話性質的表達方式，所以基本上不會用在報告、論文、說明書等文件。

蓮沼（1993）曾表示，「『**～たら**』要求句中文意的走向必須是說話者以實際體驗的方式認識新事態，因此無法用於以外部觀察者的角色，客觀地敘述事態的發生的情況」。由此可知，「**～たら**」是一

種很容易將說話者最真實的感受直接代入的句型，而在表示假設時也有相當大的自由度，可用於表示說話者的預測、假想、判斷。

①それが本当だったら、逆立ちしてやるよ。
如果那是真的，那我就倒立。

②先生:わかりましたか。わかったら、手を挙げてください。
懂了嗎？懂了的話，請把手舉起來。

生徒:はーい。是。

「**～たら**」若用於表示過去的狀況，會帶有強烈的「偶然」語氣。這時的話中大多帶有預料之外的心情，或是驚訝的情緒。

③きのうショッピング街を歩いていたら、高校時代の友達に会った。
昨天走在商店街，偶然遇到高中時代的朋友。

2) ～ば

用於表示假設條件（例：**雨が降れば、私は行かない（如果下雨我就不去）**）以及一般條件（例：**暖かくなれば、雪が溶ける（天氣變暖和，雪就融化）**）。主要是用於表達說話者的認知、判斷，不適合搭配像是命令語氣或強烈意志這類表示說話者的行為或動作的用法。雖然也會用在口語表達上，不過是較為正式生硬的表達方式。

「**～ば**」的後句通常是用於表示期望發生的事，所以後句常是符合說話者期望的事。在例句①的 a 中，後句是「**病気が治る（病會治好）**」這種正向的內容，由於符合說話者的期望，所以是適當的用法；b 的「**病気が悪化する（病情會惡化）**」則是不符合說話者期望的負面內容，所以句子會顯得不自然。

① a **この薬を飲めば、病気が治る。**
只要吃了藥，病就會好。

？b **あの薬を飲めば、病気が悪化する。**
？只要吃了藥，病情會惡化

常以「**どうすればいいですか（該怎麼做才好）**」以及「**～ばいいです（…就可以）**」的形態表示向人尋求或對人提出建議。

前句與後句必須有時間上的先後關係。

② A：**この危機を乗り越えるにはどうすればいいだろう？**
該怎麼做才能跨越這次的危機？
B：**お金の使い方を精査して、無駄遣いを減らせばいいと思う。**
我認為只要仔細檢查用錢的方式，減少不必要的花費即可。

「**～ば**」基本上很少以過去式表達，若使用過去式，大多是用於表示過去的習慣。

③**子供のころは日曜日になれば、友達と山へ探検に行った。**
小時候只要到了週日，就會和朋友一起去山上探險。

3) ～と

「**前句＋と、後句**」是表示在前句之後接著發生後句的事，或是必定會發生的事。因此可用於表示「**春が来ると、花が咲く（春天一到花就開）**」這種一般的事實。

由於這類用法的後句不會使用意志或促使他人行動的句型（請求、命令等）。而前後句又必須有時間上的先後關係，所以容易給人機械化的感覺。

①**小学校では、午後4時になると、下校の音楽が流れる。**
小學一到下午四點，就會播放放學的音樂。
②**このボタンを押すと、映像が切り替わります。**
只要按下這個按鈕，就會切換影片。

「**～と**」用於過去的狀況時，是表示「接連／很快地」進行下一個行為，或者是表示「偶然」的意思。若為後者，雖然在語氣上比「**～たら**」弱，不過大多都帶有出乎意料的心情或驚訝的情緒。

③彼女は座席に座ると、化粧をし始めた。
她一坐在位子上，就開始化妝。

④きのうショッピング街を歩いてると、高校時代の友達にばったり会った。昨天走在商店街上，偶然遇見了高中時代的朋友。

4) ～なら

多用於假設性較強烈的條件。因此不會以像「？春が来るなら、花が咲く」這樣的用法來表示一般的事實。此句型的前句與後句不須要有時間上的先後關係。後句可以使用表示意志或是促使他人行動的句型。可同時用於口語及書面語。

①あなたが行くなら、私も行きます。你如果要去的話，我也要去。

②やりたくないなら、やらなくてもいいよ。
不想做的話，可以不要做。

還有像以下的例句一樣用於表示主題（Topic）。

③旅行に行くなら、パプアニューギニア。
如果要去旅行，可以去巴布亞新幾內亞。

④果物なら、りんごが好き。水果的話，我喜歡蘋果。

「～なら」不能用於表示過去的狀況。

5) ～のなら（若是…）

大多和「～なら」的用法相同。因為加入了「のだ／んだ」的「の」，所以有時會用於表示前提或有事發生的情況。看到別人一副肚子痛的表情，可以向對方說「おなかが痛いのなら、少し休んだほうがいいよ（如果肚子痛的話，最好還是休息一下比較好）」，此即為「～のなら」的用法。

① A:これ、捨てるの？ 這個你要丟掉嗎？
B:うん。嗯。

A:**捨てるのなら、私にちょうだい。**如果你要丟掉的話就給我。

有時也會像例句②一樣加上「**の**」單純用於強調。

②あの人が来るのなら、私は帰ります。

若是那個人要來，我就回家。

「**～のなら**」與「**～なら**」一樣不能用於表示過去的狀況。

6) ～場合（時候；情況；場合）

用於表示假設條件與確定條件。「**～場合に**」是把重點放在「那個時候」，說明到那個時候可能可以怎麼做，或是可能會需要什麼這類表示可能性的用法。因為只是表示一種（是表示）「可能性」，所以不能用於表示過去已發生的事態。

？①彼を訪ねた場合、彼はうちにいなかった。

？去拜訪他的時候，他不在家。

「**～場合に**」是生硬、公事化的表達方式。後句可以使用請求或命令等促使他人行動的句型。

大多會搭配助詞一起使用。「**～場合に**」是把重點放在「那個時間點」；「**～場合は**」則大多會讓人想到是與其他的時候或狀況做對比。

②不具合が見つかった場合にこの番号に電話ください。

若發現故障，請打電話到這個電話號碼。

③パスワードを忘れてしまった場合は、パスワードを設定し直してください。若遺忘密碼，請重新設定密碼。

7) ～ものなら（如果能…）

表示實現的可能性很低的假設，意思是「那種事怎麼可能發生，如果真的發生的話」，通常給人態度冷淡的感覺。整體而言是表示說話者對於事件抱持著消極否定的心態，屬於會話性質的用法，是比較誇張的表達方式。

①北海道？　行けるものなら、すぐにでも行ってみたいよ。
北海道？　如果能去的話，我倒是想立刻就去看看。

② A：まだ彼女のこと考えてるの？ 你還在想她的事嗎？
B：そうだよ。忘れられるものなら、忘れたいんだけど。
是啊！如果忘得了她的話，我很想忘記她。

25 條件 2

1. ～たら ・ ～としたら ・ ～となったら
2. ～ば ・ ～とすれば ・ ～となれば
3. ～と ・ ～とすると ・ ～となると
4 ～（の）なら ・ ～とする（の）なら ・ ～となる（の）なら

1）～たら
（參照 24「條件 1」的重點句型與彙整 1. 及 2.1））

2）～ば
（參照 24「條件 1」的重點句型與彙整 1. 及 2.2））

3）～と
（參照 24「條件 1」的重點句型與彙整 1. 及 2.3））

4）～（の）なら
（參照 24「條件 1」的重點句型與彙整 1. 及 2.4）5））

5) **～としたら**（要是；如果）

比「**～たら**」的假設性強，表示「如果那件事是真的，會是如何／何種狀態呢？」。前句與後句不需要有時間上的先後關係。後句可以搭配表示意志或促使他人行動的句型，為口語用法。大多像例句①一樣，以疑問句的形式表達。

① A：**海外に移住するとしたら、どこがいい？**
如果要移居海外，哪裡比較好呢？
B：**そうね。海外に移住するとしたら、ニュージーランドあたりがいい。**我想想。如果要移居海外，紐西蘭那一帶很不錯。

②**ホテルで働くとしたら、もっと英語を勉強したほうがいいよ。**
如果要在飯店工作，最好再多學一點英語。

6) **～とすれば**（如果…）

「**～とすれば**」與「**～としたら**」相同，都是表示「如果那件事是真的」的意思。此外，「**～とすれば**」在使用時也與「**～としたら**」一樣，前句與後句不需具備時間上的先後關係。而就假設性而言，「**～とすれば**」比「**～としたら**」稍弱，所以後句的內容會比「**～としたら**」更具體。一般是作口語使用。

①**海外に移住するとすれば、かなりお金がかかるね。**
如果要移居海外，會花不少錢呢。

② A：**フィアンセは高給取りなの？** 妳的未婚夫收入很高嗎？
B：**とんでもない。今結婚するとすれば、私も働かないといけないのよ。**沒那回事。如果現在要結婚的話，我也得工作才行。

7) **～とすると**（如果；假如）

「**～とすると**」與「**～としたら／とすれば**」相同，都是表示「如果那件事是真的，」。比起「**～としたら／とすれば**」，以這三種用

法而言，「**～とすると**」是最貼近現實的假設。一般是作為口語使用。使用時，前句與後句不需具備時間上的先後關係。後句不會使用表示意志或使役的句型。

①海外に移住するとすると、今の家はどうしよう。
如果要移居海外，那現在的房子要怎麼辦？

②今結婚するとすると、2 人の収入ではやっていけないかもね。
假如現在要結婚，以我們二個人的收入可能沒辦法生活。

8) ～とする(の)なら（若是要…）

使用頻率很低，幾乎不太使用。通常會使用「**～(の)なら**」代替「**～とする(の)なら**」（例：**行くとする(の)なら→行く(の)なら**）。

？a **料理を作るとするのなら、あのスーパーで買い物するのがいいですよ。**？若是要做菜的話，可以在那間超市買東西。

b **料理を作るのなら、あのスーパーで買い物するのがいいですよ。**若是要做菜，可以在那間超市買東西。

9) ～となったら（如果）

表示「如果事情演變至此，會是如何／該怎麼辦」的意思。與「**～としたら**」一樣為假設性較強的句型，不過因為對於事情的發展有一定程度的預期，所以比「**～としたら**」的假設更貼近現實。前句與後句不需具備時間上的先後關係。後句可以搭配表示意志或ㄘ務使他人行動的句型（請求、命令等），為口語的用法。

①引っ越しするとなったら、できるだけ早く準備を始めてください。
如果要搬家，請儘早開始準備。

②ここで店を開(ひら)**くとなったら、まず改装しなくちゃ。**
如果要在這裡開店，就得先改裝才行。

10) ～となれば（如果…）

表示「如果事情演變至此」的意思。前句與後句不需具備時間上的先後關係。雖然是假設性較強的句型，不過說話者看待事情的態度會比使用「**～となったら**」時更實際，後句也會是較為具體的內容。雖然和「**～となったら**」相比，後句沒有那麼適合搭配表示意志或促使他人行動的句型，不過基本上還是可以使用。

①自分で起業するとなれば、綿密な資金計画が必要だ。
如果要自行創業，就必須要做縝密的資金計劃。
②引っ越しするとなれば、できるだけ早く準備を始めてください。
如果要搬家的話，請儘早開始準備。

11) ～となると（如果…；要是…）

表示「如果事情演變至此」的意思。前句與後句不需要有時間上的先後關係。雖然是假設性較強的句型，不過說話者看待事情的態度會比使用「**～となったら／なれば**」更為實際，後句的內容也更為具體。後句不能搭配表示意志或促使他人行動的句型（請求、命令等）。

①引っ越しするとなると、費用はどのくらいかかるんだろう。
如果要搬家，費用大概會是多少呢？
②引っ越しするとなると、どこの引っ越し業者に頼むかが問題だ。
如果要搬家，問題在於要委託哪裡的搬家公司。

12) ～となる(の)なら（若是要…）

通常不會使用。通常會使用「**～(の)なら**」代替「**～となる(の)なら**」（例：**行くとなる(の)なら→行く(の)なら**）。

？自分で起業するとなるのなら、綿密な資金計画が必要になる。
？如果要自行創業，就必須要做縝密的資金計劃。

26 條件 3

1-1. 必要條件 1「那是必要的」

1) ～なければ（非…不…；沒有…不…）

利用表示條件的「**～ば**」，搭配動詞、形容詞、「**名詞＋だ**」的否定形，以「**～なければ**」的形態表達「若非如此，就會發生令人擔憂的事」，因此是表示「必須要那麼做」的意思。

①保健所の許可がなければレストランを開（ひら）くことはできない。
沒有衛生所的許可，不能開餐廳。

②会員登録しておかなければ、保証は受けられない。
不登錄會員資格，就不能獲得保障。

2) ～ないと（不…就…）

利用表示條件的「**～と**」，搭配動詞、形容詞、「**名詞＋だ**」的否定形，以「**～ないと**」的形態陳述「困難或是感到困擾」的事，如例句①，又或者是如例句② 一樣表示提醒、忠告、警告。

① a **お金がないと困る。** a 沒有錢很困擾。
b **仕事がないと、生きていけない。** b 沒有工作就無法生活。

② a **勉強しないと、わからなくなるよ。** a 不學就什麼都不懂喲。
b **今手術しないと、手遅れになるよ。**
b 現在不做手術就太遲了喲。

3) ～なくては（若非…；如果不…）

使用否定形的「**～なくて**」，表示在那樣否定的狀態下，後句的事情是「辦不到的」、「不可能的」、「不行的」。

①試合は勝たなくては、何にもならない。

如果不贏得比賽，就什麼都不是。

②思いやりがなくては、人はついてこない。

如果沒有體貼別人的心，別人是不會跟隨你的。

③相手のすべてを受け入れなくては、愛しているとは言えない。

如果無法接受對方的一切，就不能算是愛。

以上的例句①～③，如果換句話說，就是分別在提示告知「**だから、試合に勝て。（所以要贏得比賽）**」、「**だから、思いやりを持て。（所以要有體貼別人的心）**」、「**だから、相手のすべてを受け入れよ（所以要接受對方的一切）**」的意涵。由此可知，這個句型是在進行說明、解說或是說教的同時，向對方表示提醒或提出建議的說法。

4）～ない限り（は）（只要不…就…；除非…否則就…）

前句先將範圍設定在「那種狀態、狀況持續的期間」，暗示「如果不處於那種狀態、狀況下，那麼情況將會有所改變」的含意，為語氣強烈的條件設定。以下的例句①是表示強烈的決心，例句②是向對方表示提醒、忠告。

①首相：重大な事態が起こらない限り、消費税は上げる。

除非發生重大事件，否則一定會提高消費稅。

②タバコをやめない限り、長生きできないよ。

只要不戒菸，就不會長壽。

5）～ない以上（は）（既然不…就…）

表示「因為目前已是如此的狀況、狀態」的意思，是一種強而有力的理由。一般是以前句的狀況做為條件，後句通常會是表示決心、忠告、建議、不可能等句型。

①働かない以上は、給料は出さないよ。

既然不工作，那我就不會發薪水。

②現状を変えられない以上、今の会社でしばらく頑張ってみたらいい。

既然無法改變現狀，那就暫時在現在的公司試著努力看看。

③証拠がない以上、釈放せざるを得ない。

既然沒有證據，就只能釋放他了。

6) ～ないようでは（如果不…，那就…）

後句伴隨表示否定的句型，意思是「如果連那種事都不做／都辦不到，那就會很困擾／那就沒救了」。用於表達強而有力的提醒或是給予忠告。話中帶有「如果可以改善目前的狀態，還有機會挽救。」這種請對方針對大方向進行改善的勸告。

①こんなことがやれないようでは、困るね。

連這種事都不做，那就難辦了。

②こんな問題もわからないようでは、これからの勉強が心配だ。

連這種問題都不懂，讓人擔心之後的學習該怎麼辦。

1-2. 必要條件 2「沒有那個就辦不到」

1) ～(た)うえで（在…之後）

表示「要先看到前句所敘述的行為、行動的結果，才會進行後句的行為、行動」。表達的是說話者不當場提出結論，而是在稍做思考或商量之後才做決定的態度。

①両親と相談したうえで、決めたいと思います。

我想在和父母商量之後再決定。

②これは、十分考えたうえでの結論です。

這是在充分思考過後的結論。

2) ～ないことには（如果不…；要是不…）

表示「如果沒有某樣行為或事物，就沒辦法進行下一件事」，為生硬的說法，但也會用於口語。以下的例句①、②分別是主張「要先吃中飯」、「要先遵守契約」。先陳述必要條件，再以警告或要求必須履行前項的必要條件。

①昼飯を食べないことには、体がもたない。
如果不吃中飯，身體會受不了。

②契約を守ってもらわないことには、仕事は続けられない。
要是你不遵守契約，就沒辦法繼續工作。

3) ～ことなしに(は)（不…（而…））

「**こと**」前為動詞，是表示「如果沒有某件事，就沒辦法進行(發生)下一件事」。「某件事」是下一件事得以成立的必要條件，為書面語。意思和「**～ないことには**」幾乎完全相同，不過「**～ないことには**」多是基於說話者的主觀看法，「**～ことなしに(は)**」則較為客觀，是條理分明的說明。

①努力することなしに(は)、成功はあり得ない。
不努力就不可能成功。

②リスクを負うことなしに(は)、新しいことに挑戦はできない。
不承擔風險，就不可能挑戰新事物。

4) 名詞＋なしに(は)（不…就不…）

和「**動詞＋ことなしに(は)**」的語意及用法都相同，不過要把「**動詞＋こと**」中的動詞改為名詞。「**人は愛することなしには、生きられない**（人沒有愛就無法生存）」、「**努力することなしには、成功はあり得ない**（不努力就不可能成功）」中的「**愛することなしには**」與「**努力することなしには**」分別改為「**愛なしに(は)～**」、「**努力なしに(は)～**」。

①銀行からの借り入れなしには、会社の立て直しはできない。
銀行不放款，公司就不可能重建。

②親からの援助なしには、一人暮らしはできないだろう。

沒有父母的援助，大概不可能獨自生活。

5) 名詞＋抜きで（は）（撇開…；去掉…；省去…）

表示「除去…」的意思。話中帶有把「原來應該存在的事物」刻意排除的意圖。

①今晩はうるさい女房抜きで、一杯やろう。

今天不用管我那囉嗦的老婆，來喝一杯吧！

「**～抜きで**」之後如果加上「**は**」，後句常會以否定語氣表示，意思是「如果沒有…，就沒辦法／會很困擾」。

②寿司はわさび抜きではおいしくない。

壽司若沒有芥末就一點也不好吃。

③朝ご飯抜きで仕事に行くのは、体によくない。

不吃早飯就去上班對身體不好。

2. 誇張的條件表現

1) ～でもしたら（一旦…就會…；如果就…（糟了））

接在名詞或動詞マス形的語幹之後，表示「如果／萬一變成那樣」的意思，例如「**けがでもしたら**（一旦受傷）」、「**車にぶつかりでもしたら**（被車子撞到）」。後句會接續「**大変、困る、どうするの**（**糟糕了、傷腦筋、該怎麼辦**）」之類的用法，基本上是就整體狀況提出提醒及忠告。「**でも**」是以突顯的方式將句中所描述的事情或行為提出來當作例子。

①そんなところに財布を入れて、落としでもしたらどうするの？

把錢包放在那種地方，如果弄丟的話該怎麼辦？

②旅行中に病気でもしたら、大変なことになる。

如果在旅行途中生病的話，會很辛苦。

2) ～(よ)うものなら（如果打算…）

這是一種稍嫌誇張的表達方式，是表示「萬一真的那麼做，情況會變得很糟糕」的意思。因此大多用於表示最好別那麼做的忠告、建議。

①社長を批判しようものなら、大変なことになる。
如果批評社長，情況會變得很糟糕。

②あの人にお金を借りようものなら、あとでひどい目に遭うよ。
如果向那個人借錢，之後下場會很慘。

3) ～でも…(よ)うものなら（如果打算…、那怕只是打算…）

以「でも」舉一個例子，強調「萬一真的那麼做，情況會變得很糟糕」。比起「～(よ)うものなら」，「～でも～(よ)うものなら」是情緒較強烈的表達方式。表示最好別那麼做的忠告、建議。

①社長を批判でもしようものなら、即座に首になるよ。
對社長哪怕只是批評一下，就會被當場解僱。

②あの人にお金でも借りようものなら、あとでひどい目に遭うよ。
如果和那個人借錢，之後下場會很慘喲。

4) ～なんか／なんて…(よ)うものなら（如果打算…）

與「～でも～(よ)うものなら」在語意及用法上幾乎完全相同。「～なんか／なんて～(よ)うものなら」是以副助詞「なんか／なんて」代替「でも」。使用「なんか／なんて」表達時，話中帶有對前面的詞語表示輕視、不予理會的語感，因此是一種強調最好別做那種事的表達方式。

①社長を批判なんか／なんてしようものなら、即座に首になるよ。
如果對社長說出批評之類的話，就會被當場解僱。

②あの人にお金なんか／なんて借りようものなら、あとでひどい目に遭うよ。如果和那個人借錢，之後下場會很慘喲。

27 原因、理由 1

1. 一般的原因、理由

1) ～から（因為）

表示說話者直接、主觀的理由，為口語用法。後句可使用表示意志或促使他人行動的句型，因為語氣很直接，所以最好別用於正式的場合，也別對地位較高的人使用。

①**うるさいから、静かにしてください。**因為很吵，所以請安靜。

②**遅くなったから、帰ろう。**因為已經很晚了，所以回家吧。

2) ～ので（因為）

客觀地表示事物、事態的因果關係，例如「**時間切れになったので、試合は引き分けになった（因為時間到了，比賽雙方打和）**」。另外，「**～ので**」是比「**～から**」更有禮貌的說法。後句不能接續表示命令等促使他人行動且語氣較強烈的句型。

①**警官が時間をかけて説得したので、犯人は人質を解放した。**
因為警官花時間遊說，所以犯人才釋放人質。

②**食べ盛りの子供が多いので、食費がかさむ。**
因為正處於食慾旺盛時期的孩子很多，所以伙食費變多了。

3) ～て（因為）

「**～て**」本身並沒有表示理由的功能，因此必須透過前後句的關係來判斷是否為表示理由的句型。前句若為形容詞、狀態性動詞或可能形的テ形，則能夠表示原因、理由。

①ゆうべは寒くて寝られなかった。

昨晚因為太冷所以睡不著。

②こわい先生がいて、意見が言えなかった。

因為有很兇的老師在，所以沒辦法表達意見。

若為表示理由的「**～て**」，後句不會使用表示意志或是促使他人行動的句型。

4) ～ため(に) (因為…)

表示原因、理由的書面語用法。可透過前後句的內容，明白地表示整件事情的因果關係。後句不會使用表示意志或是促使他人行動的句型。大部分的情況下，因為「**～ため(に)**」而引發的結果，大多為不好的事態。

①雨のために試合は中止になった。

因為下雨所以比賽取消。

②事故があったために、遅刻してしまった。

因為發生事故，所以遲到。

5) ～し (表示原因、理由)

表示原因、理由。與直接表示理由的「**～から**」或「**～ので**」相比，是屬於因果關係較不明確的說法，因此讓人覺得是比較偏會話性質的用法，也讓人有種故意繞圈子說話的感覺。而當以「**し**」表示強調時，代表說話者想向對方解釋的心情非常強烈。若是將「**し**」以並列的句型表示時，則大多是說話者將想到的事直接提出來表示原因，而通常會在最後針對提出原因進行說明。

①雨が降ってるし、風もあるし、今日は出かけるのはやめる。

下了雨又刮起風，今天還是不出門了。

後句可以使用表示說話者意志的句型或是使役的句型。

②**熱があるし、頭も痛いし、病院へ連れて行ってください。**

我發燒了，頭又很痛，請帶我去醫院。

6) 名詞＋で（因為）

一般是像「**大雪で、新幹線が遅れている**（因為大雪，所以新幹線誤點）」、「**爆発で、大勢の人が死んだ**（因為爆炸死了許多人）」等句子一樣，是以「**名詞＋で**」的形態表示原因、理由。而「**で**」之前的名詞就是表示原因、理由的詞語（**爆発**、**事故**、**大雨**、**大雪**（爆炸、事故、大雨、大雪）等）。另外，如果要詳細說明原因、理由時，就會以像「**友達との喧嘩で**（因為和朋友吵架）」、「**高速道路での事故で**（因為在高速公路上的車禍）」、「**トラックとの接触で**（因為和卡車相撞）」這些句子的用法，把「**で**」置於「**名詞＋格助詞**（**で、と**等）**＋の**」之後。

①**事故で多数のけが人が出ている。**

車禍造成許多傷患。

②**高速道路のトンネル内での事故で、多数の死者が出た。**

高速公路隧道內的車禍造成多人死亡。

2. 評價、解釋及找藉口時使用的原因、理由句型

1) ～おかげで❶（多虧…）

從與他人有關的行為、事情中得到恩惠或利益，說話者表達感謝之意的說法。

①**（あなたが）親切にしてくださったおかげで、（私／息子は）やり通すことができました。**

多虧（你）對我這麼好，（我／兒子）才能堅持到底。

「**おかげで**」常會接續在「**～てくれた／くださった**」、「**～てもらった／いただいた**」這類授受表現之後，後句不會使用表示意志或促使他人行動的句型。

②来ていただいたおかげで、会が盛り上がりました。

多虧你來，才能炒熱派對的氣氛。

2) ～おかげで❷（多虧…）

為 1）「**～おかげで❶**」的衍生用法。是表示說話者因別人為自己做的事不如預期，而覺得蒙受損失的心情。與表達相同意思的「**～せいで**」相比，「**～おかげで**」帶有些許諷刺、揶揄的語氣。不能對長輩使用。

①（君／あなたが）間違った道を教えてくれたおかげで、倍の時間がかかってしまったよ。

多虧（你）告訴我錯的路，我可是花了兩倍的時間呢。

②あの人のおかげで、何もかも失敗してしまった。

多虧那個人，我才會做什麼都失敗。

3) ～せいで（由於…；怨…；因為…）

主要是說話者針對造成自己損失的行為或事件表達責備之意。被點名者會有受到責備的感覺，是語氣很強烈的說法。

①あなたのせいで、失敗してしまった。

都是因為你，我才會做什麼事都失敗。

②寝る前にコーヒーを飲んだせいで、ゆうべは眠れなかった。

都是因為睡前喝了咖啡，所以昨晚才會睡不著。

4) ～ものだから（就是因為…）

由於「**ものだ**」帶有「與道德規範或一般社會常識對照」的意味，因此「**～ものだから**」是表示「因為某個大家理所當然一定會懂（事關重大）的原因、理由」的意思。而這裡的「某個（事關重大的）

原因、理由」，是指就說話者個人的角度而言，因此常會給人找藉口、辯解的印象。

①忙しいものだから、ひげも剃ってこなかったんだ。
就是因為很忙碌，所以連鬍子都沒刮。

②時間がなかったものだから、おみやげを買えなかったんだよ。
就是因為沒時間，所以才沒買伴手禮。

5) ～わけだから（因為…當然就…）

以客觀的態度說明原因、理由。表示因為前句的事是以確切的事實為根據，所以後句事情的發生是理所當然的結果。大多是以「～わけだから、～する／なるのは当然だ」的形態表示。

①みんな一生懸命やっているわけだから、相手の非ばかり責めるのはよくない。
因為大家都盡力了，就理所當然地把錯怪到對方身上是不對的。

②せっかく選ばれたわけだから、頑張るのは当然だ。
既然好不容易被選上了，當然就應該好好努力。

課堂上或是演講時經常會聽到「～わけですから、～」

③≪教授が講義で≫空気の密度によって圧力が上下するわけですから、音とは伝播（でんぱ）する空気圧の波であると言えます。
（教授在上課）由於壓力是隨著空氣的密度而增減，因此可以說聲音是空氣傳播的壓力波。

6) ～の／んだから（因為…）

提出說話者和聽者都知道的事作為理由，表示「因為如此」的意思，後句常接續「～てほしい」、「～てください」、「～しろ」這類使役的句型，表示說話者的強烈主張。

27 原因、理由1

①あなたのせいで失敗したのだから、あなたが弁償すべきですよ。
因為你的關係才失敗，所以你應該要賠償。

若為口語的用法，多以「**～んだから**」的形態表示。

②冬は寒いんだから、ちゃんと厚着をしなさい。
因為冬天很冷，所以衣服要穿厚一點。

③私は知らないんだから、聞かないで。我什麼都不知道，別問我。

28 原因、理由 2

1. 內含「から」的原因、理由句型

1) ～から（因為…）

以前句表示原因、理由，後句表示結果。「**～から**」為口語用語，表示的是說話者心態上認知的直接理由。

①涼しくなったから、エアコンを消してください。
因為天氣變涼了，所以請關掉空調。

②今日はいい天気だから、洗濯をしよう。
因為今天天氣很好，所以來洗衣服吧。

2) ～からか（可能是因為…；或許是因為…）

表示原因、理由的「**から**」，加上表示不確定語氣的「**か**」，「**～からか**」是以不確定的語氣提出原因、理由。除了可用於原因、理由不明確的情況，也可用於說話者不願明確表達原因、理由的情況。與同樣是表示原因、理由不明確的「**～せいか**」幾乎同義，但有以下的不同點。

～からか：「**からか**」之前為句子。與「**せいか**」相比，說話者仍有想將原因、理由明確地表達出來的意思。

～せいか：「**せいか**」前面可以是句子，也可以是「**名詞＋の**」的形態。在原因、理由的判斷上大多比「**からか**」更以說話者的心情為依據。

①台風が近づいているからか／せいか、風が生暖かい。
可能是因為颱風正在靠近，風有點熱。

②年をとったからか／せいか、目が覚めるのが早くなった。或許是因為上了年紀，現在都比較早醒來。

3) ～からこそ（正是因為…）

「為了那唯一的理由」而去做／做了某事，表示強而有力的理由。此用法的重點是放在「**からこそ**」之前的敘述。後句多是接續表示說話者個人強烈判斷的「**～のだ／んだ**」、「**～べきだ**」、「**～なければならない**」等句型。屬於口語的用法。

①子供：うるさいなあ。小孩：囉嗦死了！
母親：あなたのことを大事に思っているからこそ言うんです。まじめに勉強しなさいって。
正是因為重視你所以才跟你這麼說。你要認真唸書。

②遠距離恋愛でなかなか彼に会えない。会えないからこそ、会いたい気持ちが強くなる。
因為是遠距離戀愛所以很難和他見面。正是因為無法見面，想見面的感覺才愈是強烈。

4) ～からには（既然…）

因為某個理由、原因而「必須這麼做」、「一定得／應該／想要這麼做」，表示的是說話者強烈的決心、願望、視為義務之事、以及面對事情時的執行或應對方式，為口語用法。

①この学校に入ったからには、1番になってみせる。

既然進入這所學校，就一定要成為第一名給你看。

類似的句型有「**～からこそ**」，不過「**からこそ**」的重點在前句，「**～からには**」的重點則是在後句。

②オリンピックがあるからこそ、毎日の厳しい練習に耐えている。

正因為有奧運，所以才耐得住每天嚴苛的練習。

③オリンピックに出るからには、毎日の厳しい練習に耐えなければならない。既然參加奧運，就必須忍受每天嚴苛的練習。

例句②是主張「有奧運」是唯一的理由，例句③的說話者，則是因為參加奧運，才主張必須「忍受每天的練習」。另外，「**からには**」之前，不會放「**ある**」之類的狀態動詞或形容詞，只會放具有意志性的動作動詞。由此可知，「**～からには**」是強烈表達意志的句型。

？④家族があるからには、家の1軒も建てたいものだ。

？既然有家人，就想要蓋一間房子。

2. 其他表示原因、理由的句型

1) ～なくて／ないで（不…；沒有…）

「**～なくて**」是表示原因、理由。「**～ないで**」搭配動作動詞時是表示「動作沒做就…」的意思。只有在如以下例句①、②的情境，「**～ないで**」才會用於表示原因、理由，也就是在日常會話之類的場合用於代替「**～なくて**」。

① A:**どうしたの？** 怎麼了？

B:**うちの子は野菜を食べないで困るの。お宅は？**

我們家的孩子都不吃蔬菜很傷腦筋。你們家呢？

A:**うちの子は魚を食べないで困るのよ。**

我們家的孩子是不吃魚很傷腦筋。

②優秀な人は、失敗した人の気持ちがわからないで困る。

優秀的人都不懂失敗的人的心情，真是傷腦筋。

2) ～せいか（也許是（因為）…；可能是（因為）…）

「**～せいで**」（例：**あなたが変なことを言ったせいで失敗した。（都是因為你說了奇怪的話才會失敗）**）是在說話者因為某些原因、理由而蒙受損害時使用的說法，但「**～せいか**」則並不一定只能用於蒙受損害的情況。由於助詞「**か**」是表示不確定性，所以可以用在「雖然不清楚確切的原因為何，但應該就是這件事了吧」的情況。

①ヘアスタイルのせいか、今日の彼女は若く見える。

不知道是不是因為髮型的關係，她今天看起來很年輕。

②ゆうべあまり寝なかったせいか、あくびばかりしている。

不知道是不是因為昨晚沒怎麼睡，一直打呵欠。

一般多以「**年のせいか～（不知道是不是上了年紀的關係）**」「**気のせいか～（不知道是不是錯覺）**」這類慣用語的形式表達。

3) ～ばかりに（就因為…）

鎖定某件事為唯一的原因、理由。用於因為某件事而導致期待的事沒有發生，或是白費工夫的情況。「**～せいで**」有責備別人的意思，「**～ばかりに**」則帶有「**惜しかった（可惜）**」、「**残念だ（遺憾）**」、「**くやしい（不甘心）**」等意思，說話者反省的意味較為強烈。

①保証人になったばかりに、借金を抱えてしまった。

就因為當了保證人，才揹上了負債。

②稼ぎが少ないばかりに、家では小さくなっている。

就因為賺得少，在家中的地位變小了。

4) ～ばこそ（正因為…才…）

表示「沒有其他原因，就是因為如此」，是強調原因、理由的說法。基本上表達的多是正面事物，不太用於負面事物。屬於書面用語，通常是用在文章中或是作為正式的說法使用。後句是陳述事實或判斷的說法，不會使用表示意志或是促使他人行動的語氣的句型。

「**～ばこそ**」雖然與「**～からこそ**」相似，但因為它是書面用語，所以常用於慣用的表現中。

①体が健康であればこそ、こうやって毎日働けるのだ。

正因為身體健康，才能像這樣每天工作。

②君を愛すればこそ、こんな苦言も言うのだよ。

正因為愛你，才會說這些忠言逆耳的話。

「**～ばこそ**」雖然與「**～からこそ**」相似，但因為它是書面用語，所以常用於慣用的表現中。

5) ～だけあって（不愧是…）

「**だけあって**」之前通常是在社會上廣受好評或是受期待的人物或事情，意思是「如同評價、期待中的樣子」。後句通常是正面評價的判斷，可用於口語，也可用於書面語。

① A:**どう、おいしい？** 怎麼樣？好吃嗎？

B:**うん、高いだけあって、おいしいね。**

嗯，不愧是名貴的東西，好好吃。

②モデルをやっていただけあって、彼女はスタイルがいい。

不愧是模特兒，她的身材真好。

6) ～だけに（正因為是…）

前句是敘述「因為是… 這種（特別的）狀況」，後句則是表示「所以理所當然會有如此的預想、期待」。評斷的內容可以是正面也可以是負面的評價。屬於生硬的表達方式，可用於口語也可用於書面語。

①彼女はモデルをやっているだけに、スタイルがいい。
正因為她是從事模特兒的工作，身材才會這麼好。

②古くからの友人だっただけに、亡くなったのは悲しい。
正因為是老朋友，我才會對他的過世感到如此悲傷。

「**～だけあって**」是把重點放在前句並對前句做正面評價，相對地，「**～だけに**」則是把重點放在後句，並對前句的事進行推測或判斷。

7) ～ゆえに（由於…原因；因…緣故）

表示「…為原因／理由」的意思。與表示原因、理由的「**～ために**」類似。為古語用法，作為書面語使用，通常是用於生硬的文章中。「**ゆえに**」前若為動詞則以「**がゆえに**」表示。

①教育を受けられないがゆえに、ストリートチャイルドになる子供がいる。因為無法受教育，有些孩子成了街童。

「**ゆえに**」之前若為名詞，則以「**名詞＋(の)ゆえに**」的形態表示。

②政府の無策のゆえに国内は内乱状態に陥った。
因為政府毫無對策，國內陷入內亂的狀態。

③貧困ゆえに教育を受けられない人も多い。
因為貧困而無法受教育的人也很多。

如果不加「**の**」，就是更接近古語的用法。

3. 連接兩個句子的連接詞

1) そのため(に)（因此…）

「**そのため(に)**」是以表示「以此為原因、理由」來承接前後

的句子。明確、有條理地傳達了句子之間的因果關係，為書面語。

①適切な対策をしなかった。そのために、事故が起こったのではないか。沒有採取適當的對策。因此才發生事故的，不是嗎？

②彼の話が長くなりすぎた。そのために、質問の時間がなくなってしまった。他的演說太長了。因此沒有時間提問。

2) それで（因為…所以…；那麼…）

表示原因、理由，是以較委婉的語氣連接句子。為連接詞，在日常會話等情境中用於開展話題，是禮貌的表達方式。因為沒有明確地主張原因、理由，所以有時會分不清楚是表示原因、理由，還是單純接續句子。

①主人が喜んでおりました。それで、今日は一言(ひとこと)お礼を申し上げようと思いまして……。我先生很開心，所以我今天想向您說句道謝的話。

②天候が不順になった。それで、登山を断念した。

天候不佳，所以我放棄去登山了。

3) ですから／だから（所以…）

表示原因、理由。「**ですから**」是禮貌的開場白，是一種委婉的表達方式。不過若使用強調或是提高音調的方式表達，雖然還算是禮貌的說法，不過會變成表示強而有力的主張。

①彼はとてもいい方です。ですから、今でもお付き合いさせていただいています。

他是一位很好的人，所以我現在還是和他有往來。

「**だから**」是用於與關係親近的人之間的對話。由於含有表示斷定語氣的「**だ**」，所以是相當強烈的理由表示方式。依據說話方式不同，則可能會是帶有強烈主張的說法。最近常會看到有些人明

明並非表示理由，卻在句首加上「**だから**」的現象。

② A：**こんなやり方していてもできないでしょ。**
就算是這樣的做法也行不通吧？
B：**だから、もっとお金をかけるべきなんですよ。**
就說了應該要再多花一點錢了。
A：**無理だよ。お金がないんだから。**
不行啦！因為我已經沒錢了。
B：**だから、だめなんですよ。けちけちしているから。**
所以才說你沒用。因為你太小氣了。

4) なぜなら（因為…）

不知是不是因為「**なぜなら**」容易讓人聯想到英語的 because，有些日語學習者會使用像是「**今日休みます。なぜなら、熱があります（今天休息。因為我發燒了。）**」這樣的說法表達。「**なぜなら**」為書面用語，現代人的使用方式會給人一種不太像日語的感覺。雖然正常自然的日語不太會用這樣的說法表達，不過當要明確地表示主張或是說明因果關係時，是很方便好用的連接詞，所以有時候還是會使用。

①**保育園の先生はすばらしい。なぜなら、先生方がつくっているものは、子供達の未来なのだから。**
幼稚園的老師很棒。因為老師們在打造的，是孩子們的未來。

②**誰でも一生に1冊は本が書ける。なぜなら、人の一生はドラマなのだから。**無論是誰一輩子都能寫出一本書。因為人的一生就像連續劇一樣。

5) というのは（那是因為…；因為…）

與「**なぜなら**」相同，都是承接前句，說明原因、理由的連接詞。

相對於「**なぜなら**」是帶有外國語感的連接詞，「**というのは**」則是能以委婉的語氣承接前句，並能以更有禮貌的態度說明原因、理由。為口語的用法。

①明日は参加できません。というのは、国の病父が倒れてしまって……。我明天無法參加。因為鄉下的父親病倒下了……。

②授業中、私はずっと下を向いていた。というのは、その日はまったく予習をしてきていなかったから。

上課中我一直低著頭。因為那天我完全沒有預習。

29 目的

1. ～に、～ため（に）、～ように

1) 名詞／動詞的マス形語幹＋に＋移動動詞

我們改變位置時多半都有目的地，「**～に＋移動動詞(行く、来る、帰る等)**」就是以較簡短的形式表示移動的目的地。

①今から図書館へ本を借りに行く。

我現在要去圖書館借書。

②わからないことがあったので、事務所へ聞きに行った。

因為有事不太了解，我要去事務所詢問。

「**この大学へ IT を勉強しに来ました（我來這所大學讀 IT）**」也可以改以「**この大学へ IT の勉強に来ました**」表示。若為「**漢語名詞＋する**」（**食事する、研究する、旅行する等**），在「**に**」之前的名詞，必須是可作為目的的詞語。「**？心配に行く**」、「**？後悔に来た**」的「**心配**」或「**後悔**」都並非表示目的的詞語，所以會顯得很不自然。

2) ～ため(に)（為了…）

「～ため(に)）」若要表示目的，一般會搭配動詞使用，這時會如同「生きるため(に)」、「食べるため(に)」，動詞是使用辭書形。若搭配タ形，則會如「大雪が降ったため(に)（因為下大雪）」一樣，表示原因、理由。。表目的的「～ため(に)」是表示說話者朝向目的的意志性行為。

①生きるために必死で働く。為了活下去拼命工作。

②食べるためには何でもする。為了吃什麼事都做。`

3) 名詞＋のため(に)（為了…）

2) 的～ため(に)若搭配名詞時，是以「名詞＋の」的形態表示。

①子供のために、頑張る。為了孩子而努力。

②彼女は結婚もせず、仕事のために一生を捧げた。
她沒有結婚，為了工作奉獻一生。

「の」之前的名詞並非什麼詞語都可以，必須要是可用於表示目的的詞語（例：？机のため(に)（？為了桌子）、？ソファのため(に)（？為了沙發）、〇家のため(に)（為了家）、〇会社のため(に)（為了公司））。

4) ～ように(為了…)

「～ために」是表示「朝向目的本身」的意志性行為，而相對地，「～ように」則是想像到達到目標以後的結果，以該結果為目的所做的行為。兩者同樣都是表達說話者的意志，但說話時的重點不一樣。「漢字を覚えるために、毎日勉強する（為了記住漢字，每天都唸書）」可以改以「漢字を覚えられるように、毎日勉強する」表示。若說話者要表達的是自己的目的與決心時，是使用「～ために」，若是想要向包括聽者在內的第三者表達朝向某個目標努力時，則大多使用描述結果的「～ように」。

①私は国立大学に入るために、頑張っています。

我為了就讀國立大學而努力。

②国立大学に入れるように、頑張りなさい。

請你為了就讀國立大學而努力。

5) ～ないように（為了不…）

在心裡以否定的語氣（～ない）拒絕某個結果的發生，並以不讓該結果發生為目標的說法。如果是對自己說，就如例句①；如果是提醒對方則如例句②。

① a 失敗しないように頑張ります。

為了不要失敗，我要好好努力。

b 栄養が偏（かたよ）らないように、料理を工夫しよう。

為了不要營養失衡，在料理上下工夫吧。

② a これからは遅刻しないように、10 分前には来てください。

為了以後不要遲到，請在十分鐘前到。

b お金を無駄遣（むだづか）いしないように、半分は貯金しなさい。

為了不要亂花錢，請把一半的錢存起來。

2. ～に向けて ・ ～を目指して ・ ～に ・ ～のに ・ ～には

1) 名詞＋に向けて（朝著…方向努力）

原本是「為了面對某個方向、對象而改變臉部或身體的角度」的意思。名詞常搭配「**未来、合格、完成、発表、実現、成功、到達目標、契約**」等可作為目標的事情一起使用。「**新製品の完成のために（為了完成新產品）**」、「**科学誌ニュートンへの発表のために（為了在科學雜誌牛頓上發表）**」分別是表示「朝著完成新產品（而努力）」、「朝著在科學雜誌牛頓上發表（而寫）。」

①若者達よ。明日に向けて飛び立とう。

年輕人啊！起身飛向明日吧！

②よりよい癌（がん）の治療薬の開発に向けて、製薬会社の競争が始まっている。為了開發更好的癌症藥物，製藥公司之間展開競爭。

2) 名詞＋を目指して（以…為目標）

「以某處為目標前進」、「把某處當成行動的目標」的意思。「**～に向けて**」並未表示要如何接觸目標，「**～を目指して**」則是將目標鎖定在某一點上。至於前面詞語接續的問題，「**～を目指して**」所遵循的是與「**～に向けて**」相同的原則。

①戦争のない社会を目指して、頑張ろうではないか。

不是應該以沒有戰爭的社會為目標而努力嗎？

②多くの若者が漫画家を目指して、日々努力を重ねている。

許多年輕人以成為漫畫家為目標，日復一日地努力。

3) 名詞＋に（目的）

就如「**買い物に１時間かかった**（買東西花了一小時）」、「**この洗剤は洗濯にいい**（這款洗衣劑對洗衣服很有好處）」一樣，「**名詞＋に**」之後接續的是「**お金／時間／費用がかかる**（花費金錢／時間／費用）」、「**使う**（使用）」、以及「**いい／よくない**（好／不好）、**使える／使えない**（可以用／不能用）、**便利だ／不便だ**（方便／不方便）」這類表示評價的內容。「名詞」通常是「**漢語名詞＋する**」中的名詞部分。

①私立の学校は入学に多額のお金がかかる。

私立學校就讀要花費高額的金錢。

②この機器は老人の介護に適している。

這台機器適合用於照護老人。

4) ～のに（為了…；用於…）

3)「**名詞＋に**」中的名詞以「**辭書形＋の**」代替。後句和「**名詞＋に**」一樣，是接續如「**お金／時間／費用がかかる**（花費金錢／時間／費用）」、「**使う**（使用）」以及「**いい／よくない**（好／不好）、**使える／使えない**（可以用／不能用）、**便利だ／不便だ**（方便／不方便）」這類表示評價的內容。

①ゲームはストレスを発散するのにちょうどいい。
遊戲最適合用來排解壓力。

②このカメラは持ち運びするのにちょうどいいサイズだ。
這台攝影機是適合攜帶的大小。

5) ～には（向…）

以表示目的的格助詞「**に**」與副助詞「**は**」結合的形態，表達「為了達成某個目的，何者是好的或何者是必須的」。「**～のに**」的後句基本上是比較固定的句型（例：**お金／時間がかかる**（花費金錢／時間）），相對地，「**～には**」則可接續較長的句子。另外，「**～のに**」多是與說話者或聽者有關的具體事項（例：**仕事に行くのに車が必要だ。**（去上班必須要有車）），「**～には**」則多指一般事項。

①長生きするには、栄養と適度の運動が必要だ。
要長壽，營養和適度的運動都是必要的。

②店を開(ひら)くには、事前の調査とかなりの資金が要(い)る。
要開店，就要在事前進行調查並且要有相當多的資金。

③あの会社に入るには、日本の会社で働いた経験があったほうがいい。要進入那間公司，最好有在日本公司工作的經驗。

30 逆接 1

1. 一般的逆接

1) ～が

表示前句、後句為逆接、相反或對比的關係。另外，有時也能讓前句作為緩衝用語使用。所謂的逆接、相反是指像例句①一樣，後句敘述的內容是與前句的預期相反。而對比則是如例句②，是指前句與後句為對比性質的內容。此外，使用「**～が**」連接的前後句之間的關係較不嚴謹，有時也會像例句③一樣，兩個句子之間並不具備逆接或相反的關係。至於緩衝用語則是像例句④一樣，在正式進入話題之前，有引導話題的作用。

「**～が**」的後句可以接續表示意志或促使他人行動的句型。為書面用語，是比較正式生硬的表達方式。在常體的對話中，「**～が**」為男性用語，女性通常是使用「**～けれども**」、「**～けど／けれど**」。口語用語中，「**～が**」為男女通用的用法。

①きのうはいい天気だったが、どこへも出かけなかった。
昨天的天氣很不錯，但我哪裡都沒去

②この車は形はいいが、色は悪い。
這部車的外形很不錯，但顏色不好看。

③本を買いましたが、まだ読んでいません。
雖然買了書，但還沒有看

④苦しいだろうが、頑張ってくれ。
雖然可能會很痛苦，不過你要加油。

2) ～けれども／けれど／けど

用法和意思和「**～が**」幾乎完全相同，是比「**～が**」更為口語的說法，常見於日常會話中。「**けれども**」大多會簡化為「**けれど**」、「**けど**」，而「**けど**」是最常用於日常會話的說法。「**けれども**」即使簡化為「**～けど**」，也一樣也可以用於敬體。1)的例句中的「**～が**」若改以「**～けれども**」表示，整個句子會顯得更委婉。

①**きのうはいい天気だったけれども／けど、どこへも出かけなかったよ。**雖然昨天的天氣很好，但我哪裡也沒去。

②**この車は形はいいけれど／けど、色は悪い。**
這部車雖然外形很不錯，但顏色不好看。

3) ～ても

「**が**」、「**けれども**」的前面為完整的句子，「**～ても**」的前句則通常是動詞、形容詞等詞語的テ形。只以單一的テ形接續，代表前句不會是表示說話者的判斷或情緒的句型（情態表達）。通常是直截了當地表示逆接的條件關係，也就是一氣呵成地連接前後句，中間的語氣不會中斷。

①**雨が降っても行く。**就算下雨我也要去。

②**何度やっても失敗した。**無論做幾次都還是失敗。

後句可以接續表示意志及使役的句型。

③**どんなことがあっても、やり抜いてください。**
無論發生什麼事，都請把事情完全做完。

4) ～のに（然而…；卻…）

表示逆接。後句帶有說話者責備或不滿的情緒，不會使用表示意志或促使他人行動的句型。

①助言してあげたのに、彼は私の言う通りにしない。
都給他建議了，他卻不照我的話做。

另外，也可以像例句②一樣，用於表示前句與後句之間為對照、對比的關係。

②奥さんは教育熱心なのに、ご主人は子供のことに関心がない。
太太對教育很熱衷，先生卻不關心孩子的事。

5) ～くせに（雖然…，卻…）

因為發生的事不同於前句的預期，說話者在後句表示責備或苛責之意。

①やると言ったくせに、どうしてやらないの？
明明說要做，為什麼沒做？

②彼はお金があるくせに、いつも人におごってもらう。
他明明有錢，卻老是讓人家請客。

「**～のに**」雖然也有責備、批判的語氣，但話中帶有遺憾的心情，這點與「**～くせに**」不同。「**～くせに**」基本上是用於對對方及第三者表示責備之意。前句與後句為同一個主詞。

2. 書面語的逆接句型

1) ～ながら(も)（雖然…但是…）

表示前句與後句之間是逆接、相反或對照性質的關係。「**～ながら**」為書面語，「**～ながらも**」是比較強調的說法。逆接的「**ながら(も)**」之前是表示狀態的用法（**ある**、**いる**、**知っている**、**貧しい**等）。

①彼は弁護士という立派な仕事がありながら、ろくに働こうとしない。雖然他從事的是律師這種了不起的工作，但他卻沒打算好好工作。

②彼女の、小さいながらも頑張っている姿には心を打たれる。

我被她那個頭雖小卻很努力的身影打動。

多為慣用的說法，像是「**ずっと知りながら、知らん顔をしている**（雖然一直都知道，卻裝作一副不知道的樣子）」、「**いけないとわかっていながら、やめられない**（雖然知道不對，但就是停不了手）」、「**若いながらも頑張っている**（雖然年輕卻很努力）」、「**子供ながらも、力持ちだ**（雖然是小孩子，卻很有力氣）」等句子。

2) ～にもかかわらず（雖然…，但是…）

表示前句與後句為逆接或相反的關係，在這一點上和「**～が**」、「**～けれども**」很相似，不過從後句是表示出乎意料之外的事情、事態這點來看，則與「**～のに**」很類似。不過「**～のに**」帶有批判、責難的意味，「**～にもかかわらず**」則沒有這樣的意思。雖然話中多少會帶有個人情緒，但通常是客觀的書面用語。

①私が帰るなと言ったのに、彼は帰ってしまった。

我都叫他不要回去，他卻回去了。

②私が帰るなと言ったにもかかわらず、彼は帰ってしまった。

雖然我叫他不要回去，他卻回去了。

「**～にもかかわらず**」是用於論說文等書面文件。後句不會使用表示意志或促使他人行動的句型。

3) ～ものの（雖然…，但是…）

①きのう転んで足をくじいた。痛みは取れたものの、腫（は）れがまだひかない。

昨天跌倒扭傷了腳。雖然不再疼痛了，但腫脹還沒消。

例句①要傳達的是發生了「**きのう転んで足をくじいた**」這件事，因而使得「**腫れがまだひかない**」。而在「**転んで足をくじいてまだ腫**

れがひかない（跌倒扭傷腳到腫脹還沒消）」的事態過程中，使用「**～ものの**」表示的「**痛みは取れたけれど（雖然不再疼痛）**」則是在其中扮演著補充說明（注釋）的作用。

「**～ものの**」在句中所扮演的角色，是表達雖然在整件事或是文章的走向當中，有部分的情況看似與前後的語境並不相襯，但仍存在於其中。（松下，2017）

「**～ものの**」雖然是書面用語，不過是比較舊式的表達方式。大多帶有說話者反省，或是遺憾的心情。

②**彼は金塊強奪の容疑で尋問されている。証拠はないものの、彼が犯人である確率は高い。**他因為搶奪金條的嫌疑而受到訊問。雖然沒有證據，但他是犯人的可能性很高。

③**ブランド品を見るとつい買ってしまう。このバッグも高い値段で買ったものの、一度も使っていない。**看到名牌的商品就忍不住買了。雖然這個包包是以很高的價位買的，但一次都沒用過。

4) ～にかかわらず（無論…）

雖然是以「**～にもかかわらず**」去掉「**も**」的形態表示，但兩者的語意和用法並不相同。「**～にかかわらず**」並不像「**～のに**」、「**～くせに**」一樣帶有批判、責備或不滿的情緒。通常是接在「**晴雨、大小、好むと好まない（晴雨、大小、喜好不喜好）**」等前後意思相反的語詞，或是「**年齢、距離、性別（年齡、距離、性別）**」等語詞之後，表示「與那個無關」的意思。後句可以用表示意志和促使他人行動的句型，為書面語。

①**好むと好まないにかかわらず、バスケットチームのメンバーに入れられた。**無論你喜不喜歡，你都是籃球隊的一員。

②**年齢・経験にかかわらず、応募してください。**
無論年齡、經驗為何，都請提出申請。

5) ～によらず（不論…）

意思是「與那些無關、那些都不成問題」。屬於比較生硬的說法，也可作為口語使用。「**によらず**」之前接續的除了「**見かけ、年齡、性別、人種、理由、結果、方法**（外表、年齡、性別、人種、理由、結果、方法）」這類詞語，還有「**何事、何**（なに）」等疑問詞。

①**レポートの提出が遅れた場合は、理由によらず受け付けません。**

如果報告遲交，不論理由為何我一律不收。

②**何事によらず、過ぎたるは及ばざるがごとしである。**

不論任何事都是過猶不及。

31 逆接 2

1. 表示「即使如此」的逆接句型

1) ～としても（即使…也…）

表示強烈的假設，意思是「即使真是如此」、「即使真的如假設一樣」。以「**雨が降っても試合は行う**（就算下雨比賽仍會舉行）」與「**雨が降る／降ったとしても試合は行う**（即使下雨比賽仍會舉行）」這兩句來看，後者的假設性較強。

以辭書形的「**降るとしても**」與タ形的「**降ったとしても**」來看，普遍認為說話者使用タ形的「**～たとしても**」表達時，「假設」的語氣較強烈。

①**明日この世を去るとしても、今日の花に水をあげなさい。**

就算明天將說再見，也要給今天的花澆水。

②**結婚に失敗したとしても、結婚しないよりましだ。**

即使婚姻失敗，也比不結婚好。

2) **～にしても（就算…也…）**

表示對前句敘述的內容抱持因為是假設所以不想認同，「就算認同也……」這種消極的態度。與「**～としても**」的不同之處在於，「**～としても**」的假設性較強，而「**～にしても**」雖然也是假設的句型，但語氣上會較為實際。以下便試著以「**新幹線に乗ったとしても**」與「**新幹線に乗ったにしても**」這二個句子比較看看。

①**(彼が)新幹線に乗ったとしても、今からでは会議には間に合わない。**即使是搭乘新幹線，(他)現在才去也還是趕不上會議。

②**(彼が)新幹線に乗ったにしても、まだ着いていないのはおかしい。**
就算是搭乘新幹線好了，但（他）到現在就是還沒抵達，這點很奇怪。

例句①只是單純假設現在搭上新幹線，例句②則是表示原則上認同「（他）搭上了新幹線這個假設」，並且在這樣的假設之下說出「到現在都還是沒抵達感到很奇怪」。

3) **～にせよ（即使）**

意思是「不受前句的事影響（發生／進行後句的事）」，可以和「**～にしても**」互換。

①**仕事を断るにせよ／にしても、頼んできた相手にきちんと事情を説明しなさい。**
即使要拒絕那份工作，也要去和委託人好好地把事情說清楚。

與4) 的「**～にしろ**」同義，不過「**～にせよ**」是比較舊式的用法，也是比「**～にしろ**」更委婉的說法。

②**あなたの言っていることが正しいにせよ、今は黙っていたほうがいい。**即使你說的話是對的，現在還是希望你沉默以對。

③**将来どこかの会社に就職するにせよ、今は基礎学力を付ける時期だ。**無論你將來要在哪一間公司工作，現在是培養基礎學習力的時期。

4) ～にしろ（就算是…也…）

與「**～にせよ**」幾乎同義。兩者皆為「**する**」的命令形，屬於較為強勢的說法，而「**～にしろ**」又給人更強勢的感覺。和「**～にしても**」的意思相同，都是表示「不受前句的事影響（發生／進行後句的事）」。後句可使用表示意志及促使他人行動的句型。和人面對面說話時，多用於表示建議、命令或請求。

①辞めるにしろ、挨拶（あいさつ）に行ったほうがいい。

就算要辭職，最好還是去打聲招呼。

②おまえの考えが正しいにしろ、今は黙っていろ。

就算你的想法是對的，現在最好還是沉默以對。

2. 表示「就算這麼做也沒有用」的逆接

1) ～ても（就算…）

在後句表示與前句預想的結果相反的內容。「**～ても**」用於表示假設時，通常會與副詞「**もし／万一／たとえ**」等一起搭配使用。「**～ても**」基本上是表示中立的逆接條件，本身並未帶有正面或負面評價的意涵。

①雨になっても、運動会は決行します。

就算下雨，運動會一定會舉行。

如果是要表示「即使沒有幫助／無法挽回」的意思，後句就必須要接續「**だめだ**」這類表示否定語意的句型。

②頑張って働いても、給料は増えない。

就算努力工作，薪水也不會增加。

2) いくら／どんなに～ても（無論再怎麼…也…）

為 1)「**～ても**」的強調說法。意思和用法都和 1) 的「**～ても**」一樣。

①いくら働いても、給料は増えない。
無論再怎麼工作，薪水都不會增加。
②どんなに説明しても、彼はわかってくれない。
無論再怎麼說明，他也還是不懂。

3) ～(た)ところで（即使…也…）

表示「即使做了那樣的行為，也不會得到期望的結果」。後句是使用動詞、形容詞等的否定形，或是表示「沒用、沒意義」的否定語氣用法，強調「絕對辦不到」的意思。為口語用語。

①今から頑張ったところで、試験には受からない。
即使現在開始努力，也考不上。
②勤め先を変えたところで、同じような問題は出てくるものだ。
即使換工作，還是會出現同樣的問題。

4) いくら／どんなに～(た)ところで（再怎麼…也…）

為3)「**～(た)ところで**」的強調說法。意思和用法都和3)「**～(た)ところで**」相同。

①いくら頑張ったところで、試験はダメだろう。
再怎麼努力，考試大概也不會通過。
②どんなに言って聞かせたところで、あの子は聞く耳を持たない。
再怎麼說教，那孩子也聽不進去。

5) ～たって（就算…）

「**～ても**」的通俗會話用語，用於關係親近的人之間。「**～だって**」的用法如下所示。

動詞　：**言っても→先生に言ったって、聞いてくれない。**
就算跟老師說，他也不會聽。

読んでも→ **いくら本を読んだって、わからない。**

無論再怎麼讀書，我還是不懂。

形容詞：**おいしい→おいしくたって、食べすぎはよくない。**

就算再怎麼好吃，吃太多就是不好。

悲しい→悲しくたって、私は泣かない。

就算再怎麼傷心，我都不會哭。

形容動詞：**きれいだ→いくらきれいだって、性格がよくない人もいる。**就算長得再漂亮，也還是有個性不好的人。

名詞＋だ：**先生だ→先生だって、間違うこともある。**

就算是老師也會犯錯。

形容詞若要表示強調，有時會像「**悲しくったって（就算傷心）**」、「**寂しくったって（就算寂寞）**」一樣，在「**たって**」之前加上促音的「**っ**」。

「**～たって**」為口語的用法，也可以用於代替「**～(た)ところで**」。

①**今から行ったって、新幹線には乗れないよ。**

就算現在去也搭不到新幹線。

②**頑張ったって、100 点はとれない。**

就算努力，也拿不到一百分。

32 逆接 3

1. 部分認同並提出其他想法

1）～といっても（雖說…，但實際上）

「**～といっても**」是在前句對敘述的事情表示部份肯定，然後才在後句提出其他想法來表示「實際上那還不夠」。大多是以「**～ない**」

或否定語氣表達。

①秘書といっても、仕事の内容は電話番やお茶くみ程度のものだ。
雖說是秘書，但工作內容只不過是負責接電話或倒茶這種程度的瑣事。

②降水量の少ない 12 月といっても、今年は 2、3 日に 1 度くらいは雨が降っている。
雖說是降雨量很少的十二月，但今年兩、三天才下一次雨。

2) ～とはいえ（雖說…）

與「**～といっても**」同義。「**～といっても**」為口語用法，「**～とはいえ**」為書面語。前句先敘述「話是這麼說沒錯，但…」，後句再表示「實際上那還不夠」的內容。

①暑くなってきたとはいえ、夜は寒いときもある。
雖說天氣變熱了，但晚上有時還是會冷。

②世界的に国際化が進んだとはいえ、すべての国がそうなのではない。雖說全世界都在朝向國際化邁進，但並非所有的國家都是如此。

3) ～からといって／からって（雖說…）

表示說話者的想法、主張的句型，意思是「那樣的理由我認同，但是只憑那個理由（還不能下結論）」。後句通常會伴隨「**～ない**」等否定的用法，為口語用語。

①貧乏だからといって、恥じる必要はない。
雖說你很貧窮，但沒有必要感到羞愧。

②受験に失敗したからといって、母親の私を責めてはいけないよ。すべて自分の責任なのだから。雖然你沒考上，但不能因為這樣就怪到媽媽我身上。因為你自己要負全責。

「**～からって**」為「**～からといって**」的簡略形，屬於口語會話的用法。

③年下だからって、子供扱いしないで！
雖說我年紀小，但別把我當成小孩子！

4) といえども（雖說）

為書面語。口語的表達可以改用「**けれども**」表示。前句大多是「在社會觀感上認同的人、事、物」（名詞），並會在後句表達「（那些人、事、物）的真實情況和預想的不一樣，應該／不應該做…」。「**といえども**」的前面也可以使用像例句①一樣的動詞表示。

①コンピューターは進歩したといえども、人間には劣る部分がある。
雖說電腦進步了，但還是有比不上人類的部分。

②少子化の影響で、たとえT大学といえども、学生を集めるのが大変になるだろう。因為少子化的影響，即使是T大學，招生大概也很辛苦吧。

5) ～することはする／したが・…したことはしたが（…是…但…）

前句承認自己的行為的同時，在後句對該行為做部份否定的表達方式。若用於陳述過去事實時，「**ことは**」之前可以使用動詞的非過去式（辭書形）與タ形表示。缺乏自信或是顧慮對方的心情時，可以透過此句型來避免使用斷定的語氣或是針對前句進行補充說明。

① **A:テスト、どうだった？** 考試考得怎麼樣？
B:一応できたことはできたけど、あまり自信がない。
基本上我能做的都做了，但我沒什麼信心。

② **A:すばらしい作品ですね。**很棒的作品耶。
B:いやいや。描いてみることは描いてみたんですが、なかなか

うまく描けません。哪裡。畫是試著畫了，但總覺得沒辦法畫得很好。

6) ～とはいうものの（雖說…）

表示「一般而言看起來是那樣，人們也那麼說，但實際上卻不盡然如此」。為口語用語，是比較生硬的說法。在前句提出世上一般人都這麼說的事，然後在後句對前述內容表示實際上並不盡然如此的事實或判斷。

①K国の裁判制度は二審制をとっているとはいうものの、事実上は一審制である。
雖說K國的審判制度採二審制，但實際上是一審制。

②ネット上には有益な情報が溢れているとはいうものの、信頼できないものも多い。
雖說網路上有一大堆有用的資訊，但也有很多不能相信的資訊。

2. 連接兩個句子的連接詞

1) しかし（但是…）

可應用的語意範圍相當廣泛，下面的例句①是表示「逆接」；例句②是表示「對比」；例句③是表示「轉折語氣」；例句④是表示「補充」。

①すぐに応急処置をした。しかし、間に合わなかった。
立刻做了緊急處置。但還是來不及。

②兄は遊び人だ。しかし、弟は働き者だ。
哥哥是個遊手好閒的人。不過弟弟是個勤勞的人。

③彼には困ったものだ。しかし、今日は別のことを話し合おう。
真的對他很傷腦筋。不過我們今天來談談別的事吧。

④今日は別のことを話し合おう。しかし、話し合いは3時には終わ

りにしよう。

今天來談談別的事吧。不過，我們將談話訂在三點結束。

「**しかし**」基本上是用於承接先前的話題，接著再敘述與之相反或是部分不符的內容。為書面語，若用於口語則是在正式場合使用。口語用法多為男性使用。在日常會話中常會以「**でも**」、「**けれども／けど**」取代。

2) けれども／だけど／けど（但是…）

用法及語義幾乎都和「**しかし**」相同，但是是比較委婉的口語用法。與「**しかし**」一樣具有表示逆接、對比、轉折語氣、補充的功用。「**けれども**」雖然也會用，但在日常會話中還是較常以「**だけど／けど**」表示。因為語氣較委婉，所以很常使用。

①**彼に仕事を引き受けてくれるように頼んだ。けれど、彼はできないと言って断ってきた。**我拜託他接下這份工作。不過他拒絕我了，說他辦不到。

②**参加するつもりでいた。だけど、急用ができて欠席せざるを得なかった。**我本來打算參加的。不過後來突然有急事不得不缺席。

3) ですが（但是…）

後句是與前句內容相反，或者是相互對立的敘述或判斷，是委婉有禮的口語說法。

①**私達は一生懸命勉強に取り組んでいるんです。ですが、うまくいかないんです。**我們都很努力唸書了。但就是不如我們所願。

②**花火大会はすごかったです。ですが、そのあとに残されたゴミの量もすごかったです。**

煙火大會很棒。但是之後留下的垃圾量也很誇張。

4) だが（但是…；不過…）

「**ですが**」的常體。與「**ですが**」相同，後句是與前句內容相反，或者是相互對立的敘述或判斷。或許是因為含有表示斷定語氣的「**だ**」的關係，會給人語氣較強烈的感覺。作為書面語使用時不分男女皆可使用，但作為口語使用時則為男性用語。（女性主要是使用「**でも**」代替「**だが**」。）

①私達は一生懸命勉強に取り組んでいる。だが、うまくいかないんだ。我們都很努力唸書了。但就是不如我們所願。

②彼はお金も地位もある。だが、まだ独身だ。

他有錢又有地位。不過他是單身。

5) でも（但是…；不過…）

「**でも**」與「**しかし**」、「**けれども**」一樣都是表示逆接。但「**でも**」是比「**しかし**」更為通俗的會話用語，也不會作書面語用。此外，「**でも**」大多用於找藉口、辯解的情境，或是在陳述感想以及表達疑問時使用。與其說是表達邏輯上的逆接關係，其實是更傾向於表達情感的連接詞。

①コンビニ弁当は手軽に買えて、うまい。でも、どこか味気ない。

超商便當能輕鬆買到又好吃。但總覺得有點單調無趣。

②別に用事はない。でも、私は行かない。

我沒什麼特別的事要做。不過我不會去。

6) もっとも（但是…；不過…）

具有由後句針對前一句的內容，進行補充說明或提出部分修正的功用。常用於個人性質的談話或是文章中，而這裡的文章，指的大多是陳述個人意見的文章（陳述說話者的判斷、主張的句子）。後句不會使用表示意志或促使他人行動的的句型，句末常以「**が**」結尾。

①いつでも相談に乗るよ。もっとも、彼が承知すればだが。
隨時都可以來找我商量。不過是在他知情的情況下。
②森さんは必ず優勝しますよ。もっとも、林さんが出場しなければの話ですが。 森先生一定會贏。不過前提是林先生沒出場。

7) ただし（但是…；不過…）

前句先陳述說話者最想傳達的事，接著在「**ただし**」之後補充前句沒有說完的重要資訊。常用於傳達與公眾事務有關（客觀）的事實，或是公告、通知等情況。後句可以使用表示意志或促使他人行動的句型。

①レポートの提出を1週間延長します。ただし、それ以後の延長は認めません。
交報告的時間延長一週。不過，在那之後不接受遲交。
②当公民館の使用を認める。ただし、市に在住、または在勤の者に限る。
本活動中心開放使用。不過僅限在本市居住、工作的人。

33 對比

1. 使用「は」的對比

1) ～は～て、～は～

就像「**父親は大人しくて、母親は口うるさい**（父親很穩重，母親很嘮叨）」、「**妻は料理を作って、夫は食器を洗う**（妻子做菜，丈夫洗碗）」這兩個句子，前句與後句之間夾著的「**～て**」是表示對照的意思。這是以「**～て**」簡單連接前後句的句型，為口語的用法。而接下來這句「**この家は日本風で、中はヨーロッパ風だ**（這間房子的

外觀為日本風格，內部為歐洲風格）」，則是先以「は」提示大主題（這間房子），接著再就房子的部分內容（外觀、內部）做對比。後句的副助詞「は」多會轉為格助詞「が」。這時的「名詞＋が」是表示強調。

①a 我が家では母親は仕事優先で、父親は家庭優先である。
在我們家中，母親是以工作為優先，父親是以家庭為優先。(對比)

b 我が家では母親は仕事優先で、父親が家庭優先である。
在我們家中，母親是以工作為優先，父親則是以家庭為優先。(強調)

②休みが 2 日続くときは、1 日は家の片付けをして、1 日は外に出かける。二天的連假，一天用來整理房子，一天外出。

2) ～は～が、～は～

1) 的「～は～て、～は～」是使用表示並列的「～て」來表示對比，而這裡是使用表示逆接、相反的「～が」來代替「～て」，以「～は～が、～は～」的形態來表示對比。如果用「～が」，是更明確地表示前句與後句之間為對比、對照的關係。

①父親は静かだが、母親は口うるさい。
父親很安靜，母親卻很嘮叨。

②妻は料理をするが、夫はしない。
妻子會做菜，丈夫卻不做菜。

3) ～は～けれども／けど、～は～

將 2)「～は～が、～は～」中的「～が」以「～けれども」代替，句子會更偏向會話性質，也會變得較為委婉。「けれども」常會以「けど／けれど」表示。

①父親は大人しいけれど、母親は口うるさい。
父親很穩重，母親卻很嘮叨。
②奥さんは料理はするけど、ご主人はしない。
太太會做菜，先生卻不做菜。

4）～は～のに、～は～

同樣是表示對比的意思，只不過這裡是將 2)、3)「**～は～が／けれども、～は～**」中的「**～が／けれども**」以「**～のに**」代替。使用「**～のに**」表示對比的同時，通常會帶有說話者感到意外的心情，以及從意外的情緒轉變而來的責備之情。

①父親は大人しいのに、母親は口うるさい。
父親很穩重，母親卻很嘮叨。
②妻は料理をするのに、夫はしない。妻子會做菜，丈夫卻不做。

2. 利用副助詞「だけ・しか・ほど・も・は等」表達的對比

1）だけ（只有）

就如這句「**あなただけに話したのよ。2人だけの秘密よ（我只告訴你喔！這是我們兩人之間的秘密喔）**」，「**だけ**」有限定範圍的意思。以「**だけ**」表示限定時並未帶有否定其他事物的意味。如果有人詢問你雙親是否健在，這時就不適合回答「**母だけいます（只有母親）**」，而是必須要以「**母しかいません（只剩下母親還在）**」回應。

①母だけが私のことを理解してくれている。只有母親理解我。
②このごろは忙しい。休めるのは日曜日だけだ。
這個時期很忙碌。只有週日休息。

2）しか（只有）

與「**だけ**」一樣是表示限定，後句會搭配否定語氣一起使用。「**しか**」是表示說話者「只有一點點」的心情。就算實際上並沒有那麼

地「少」，日本人也傾向以否定的語氣表達，如「**お金は少ししかない**（我只有一點錢）」「**英語はちょっとしか話せない**（我只會說一點英語）」。「**だけしか**」是「**しか**」的強調說法。

①信頼できる人はあなたしかいない。我能相信的人只有你。

②財布には 100 円しか／だけしかない。錢包裡只有 100 日圓。

3) ほど／くらい／ぐらい（左右…）

副助詞「**ほど**」是表示「大概的程度、份量」。就算是正好讀了兩個小時的書，也常會以概略的「2 小時左右」來表示。因為日本人將這種模糊不清的表達方式視為有禮的表現。

「**ほど**」與「**くらい／ぐらい**」很相似，不過「**ほど**」是屬於比較正式禮貌的說法。以「**ほど**」表達程度時，大多可以如例句①將兩者互換，不過「**ほど**」並不像例句②中的「**くらい／ぐらい**」，帶有「輕視」的意思。

①寝る時間がない{○ほど／○くらい}忙しい。
忙到快沒有時間睡覺。

②そんなこと{○ぐらい／？ほど}自分でやってください。
那種程度的小事請自己做。

4) も（也…、又…）

副助詞「**も**」有很多意思和用法。基本上是像例句①、②，表示「同類的事物」。

①私も行く。我也要去。

②今年は米も果物も不作だ。今年米和水果的收成都不好。

其他的用法還有像例句③是表示「完全否定」，例句④是表示「覺得很多」，例句⑤、⑥則是「在話中增添感情、感概」等用法。

③朝から何も食べていない。從一早開始就什麼都沒吃。

④ゆうべは10時間も寝た。昨晩居然睡了有十個小時。

⑤今年も終わりだ。今年也要結束了。

⑥子供も大きくなった。孩子也長大了。

5) は

副助詞「**は**」可表示主題或是對比。至於該如何區別，可以從以下的方式來判斷，「**は**」有表示對比的意思，如果「**は**」所搭配的是對比程度較低（或是零）的事物，即可判斷「**は**」是用於表示主題。「**は**」不僅可搭配名詞，也可搭配名詞＋格助詞（名詞片語）（例：**今日からは頑張る（從今天開始努力）**）或動詞（例：**わかってはいるけど、やめられないんだよ（知道歸知道，但我無法放棄）**。「**～は**」所表示的對比有像下面例句①的情況，明白表示兩者之間的對比關係，也有像例句②一樣，藉由「**明日は（明天）**」暗示與「**今日は（行かない）**（今天（不去））」之間的對比關係。

①明日は行くが、今日は行かない。明天會去，但今天不去。

②わかった、明日は行く。我知道，我明天會去。

此外，也有如下方的例句一樣，當「**は**」接續在副詞或是表示數量的用語之後，也有表示「最低限度」的意思。由於其有暗示對比的意涵，所以表示說話者的表達帶有「至少（也）…」的心情。

③〈母親が息子に〉航太郎、少しは手伝ってよ。

（媽媽對兒子說）航太郎，你也多少來幫點忙呀！

④毎日2時間は日本語の勉強をしている。

每天有學習兩個小時的日語。

3. ～一方（で）・～反面・～に対して・～にひきかえ

1) ～一方（で）（(另) 一方面…)

表示在做某事的同時，也在做另一件事。以同一個主詞、主體為敘述對象，提出與其有關的事。為生硬的說法，用於說明或解說。有時會帶有說話者的評價。

①彼は仕事ができる一方で、かなりの遊び人でもある。
他工作很能幹，但另一方面，他也是相當花心的人。

②医師は診察や手術を行う一方で、基礎研究にも励んでいる。
醫師除了要一邊看診或做手術，還要一邊努力做基礎研究。

2) ～反面（一方面…，另一方面）

3)「**～に対して**」、4)「**～にひきかえ**」的前句與後句大多是相反的兩件事，「**～反面**」的用法則是暗示一件事有不同的面向，而在表達時通常會將事情於前句提出，並會在後句提出此事的另一個面向。而在習慣上也多半會在前句先提出正面評價，接著才在後句提出負面評價。

①彼女は陽気な反面、さびしがり屋である。
她有活潑的一面，也有很怕寂寞的一面。

②代表に選ばれてうれしい反面、身の引き締まる思いがする。
獲選為代表一方面很開心，另一方面也覺得很緊張。

3) ～に対して（和…相比）

前句與後句為相互對照或互為反面的不同主詞、主體，以將二者並陳的方式客觀地進行比較。「**に対して**」之前若為動詞、形容詞等語詞時，要以「**～のに対して**」表示。

①兄がまじめなのに対して、弟は遊んでばかりいる。
哥哥很認真踏實，相較之下，弟弟就只會玩樂。

②日本語が高低アクセントを用いるのに対して、英語は強弱アクセントを用いる。

日語的用聲音的高低來區分語調，相較之下英語用聲音的強弱來區分語調。

③**非正規雇用者に対して、正規雇用者は責任の重さが違う。**
與非正式員工相較之下，正式員工的責任重大。

4) ～にひきかえ（與…相反）

與 3)「**に対して**」相同，都是針對前後句相互對照或互為反面的主詞、主體做比較，意思是「與…相比」，比較大多會以正、負面評價並陳的方式表示。以「**無口な旦那さんにひきかえ、奥さんはおしゃべりだ（與不多話的先生相反，太太很愛說話。）**」為例，這一句是拿先生和太太做比較，先以不多話的先生為例，藉此強調太太的多話。屬於舊式的說法，通常大多是年長者才會使用。「**にひきかえ**」之前若為動詞、形容詞等語詞時，要以「**～のにひきかえ**」表示。

①**台風被害の多かった北海道にひきかえ、関東地方は今年も豊作である。**與經常遭遇風災的北海道相反，關東地區今年還是豐收。

②**兄が慎重なのにひきかえ、弟は向こう見ずなところがある。**
與哥哥的謹慎個性相反，弟弟有時會有些莽撞。

34 比較

1-1. 二者之間的比較 1（提問與回答）

提問

1) ～と～と、どちらが（…和…，哪一個…？）

以「**～と～と**」將二者並列做比較的方式來詢問對方要選擇哪一個的疑問句。此句型給人一種說話者把想到的東西直接當作選項供對方選擇的感覺。

①この時計とあの時計と、どちらがいいと思う？
這個時鐘和那個時鐘，你覺得哪一個比較好？
②鈴木さんと川口さんと、どちらが当選するでしょうね。
鈴木和川口，不知道是哪一位會當選呢。

2) ～と～では、どちらが（…和…，哪一個…？）

與 1)「**～と～と、どちらが**」一樣是透過兩者之間的比較來詢問對方要選擇哪一個的疑問句。而其中是利用「**～では**」來限定選項的內容。

①この時計とあの時計では、どちらがいいと思う？
這個時鐘和那個時鐘，你覺得哪一個比較好？
②鈴木さんと川口さんでは、どちらが当選するでしょうね。
鈴木和川口，不知道是哪一位會當選呢。

3) ～と～は、どちらが（…和…，哪一個…？）

與 1)、2) 一樣，都是在兩者選項之間選擇其中一個的疑問句。因為「**～と～は**」的「**は**」是表示主題，所以會給人這二個選項成為話題主軸的感覺。

①この時計とあの時計は、どちらがいいと思う？
這個時鐘和那個時鐘，你覺得哪一個比較好？
②鈴木さんと川口さんは、どちらが当選するでしょうね。
鈴木和川口，不知道是哪一位會當選呢。

4) ～と～なら、どちらが（如果是…和…，哪一個…？）

因為使用了表示假設的「**～なら**」，所以話中帶有「試想一下」的意味。此外，也可以如例句①，先詢問一次，接著再改用另一個選項來詢問對方「如果是這樣你覺得如何」。之所以能這麼使用都是因為「**なら**」本身的作用就是表示假設的緣故。

① A:**赤いのと白いのと、どちらがいい？**
　紅色的和白色的，哪一個比較好？
B:**わかんない。**我不知道。
A:**じゃ、赤いのと黒いのなら、どちらがいい？**
　那如果是紅色的和黑色的，哪一個比較好？
B:**黒いの。**黑色的。

② A:**一軒家とマンションなら、どちらに住みたい？**
　如果是獨棟的房子和高級公寓，你想住在哪一種？
B:**うーん、迷うね。マンションかな。**
　唔，好難選喔！高級公寓吧。

回答

5) ～(の)ほうが

在兩者比較或兩者擇一的選項中，選出其中一項時，是使用「**～(の)ほうが**」表示。但若是選出偏好的那一方，則大多會用「**～(の)ほうがいい**」表達。

① A:**京都と奈良と、どちらへ行きたい？**
　京都和奈良，你想去哪一個城市？
B:**京都のほうがいい。**京都比較好。

② A:**赤ちゃんは男の子と女の子と、どっちがほしい？**
　小寶寶你比較希望是男生還是女生？
B:**女の子のほうがいい。**B：女生比較好。

6) ～が

從兩者比較或兩者擇一的選項中選出一個時，不會使用「**ほう**」，而是直接以「**が**」表示，如「**コーヒーがいい（咖啡比較好）**」、「**あれがいい（那個比較好）**」。「**が**」與其說是在比較之後做選擇，其實更偏向是直接指名或是指定其中一件東西，是一種直接的表達方式。

① A：**赤いのと青いのとどっちがいい？**
紅色的和藍色的哪一個比較好？
B：**青いのがいい。**藍色的比較好。

② A：**邦画と洋画と、どちらが好き？**
日本電影和外國電影，你喜歡哪一種？
B：**うーん、やっぱり洋画がいい。**唔，還是外國電影比較好。

7) ～で

當被要求從二者擇一時，若以「**～で**」回應，在語感上大多會給人並非積極地挑選，而是消極地從中選擇一項的感覺。有時是表示無可奈何的選擇，有時則會如例句②，帶有不想麻煩對方的心情。

① A：**オレンジジュースとコーラと、どちらがいい？**
橘子果汁和可樂，你要哪一種？
B：**コーラでいい。**可樂就好。

② A：**熱いのと冷たいのとでは、どっちがいい？**
熱的和冰的，你要哪一種？
B：**冷たいのでいいよ。**冰的就可以了。

雖然有時說話者會刻意不表現出自己的喜好，以較不帶感情的方式表達自己的選擇，但若對話情境是對方想要瞭解說話者的喜好之類的情況，這時大多較適合用「**が**」表示。

8) 名詞止句(以名詞結尾)

這是當被問到「**オレンジジュースとコーラ、どちらがいい?(柳橙汁和可樂,你要哪一種)**」時,直接以名詞的「**オレンジジュース。(柳橙汁)**」或是「**コーラ。(可樂)**」的形態回應的表達方式。雖然常用於關係親近的人之間,但若對長輩或地位較高的人使用),有時會顯得失禮。如果可以加上「**です**」,以「**コーラです**」回應,就會顯得比較禮貌。

① A:**大きいのと小さいのと、どちらがいい?**
　大的和小的,你要哪一個?
　B:**もちろん、大きいの。**當然是大的。

② A:**ベッドと布団と、どっちがいいですか。**
　床和棉被,你要哪一種?
　B:**布団です。**我要棉被。

1-2. 二者之間的比較 2(在同一句中)

1) ~(の)ほうが

「**~(の)ほうが**」若用於敘述句中,是表示在二者比較或二者擇一的情境中,特別強調選項裡的其中一項。

①**佐藤さんのほうが仕事熱心だ。**佐藤對工作比較有熱情。

②**どちらかというと、A 選手のほうが有利だ。**
如果要說是哪一位,A 選手比較有利。

2) ~より~(の)ほうが(ずっと)(比起…,…更…)

就如同「**オレンジジュースよりコーラのほうが好きです(比起柳橙汁,我更喜歡可樂)**」的這個句子,若是針對二者做比較,選中的事物搭配的是「**ほうが**」,沒選中的則是搭配「**より**」,如果要加強「**~ほうが**」的語氣,就會再加上「**ずっと**」。

①にぎやかなところより静かなところのほうがほっとする。

比起熱鬧的地方，我覺得安靜的地方比較讓人放鬆。

② A:出かける？ 要出門嗎？

B:いや、出かけるより家にいるほうがずっといい。

沒有，比起出門，待在家裡好得多。

3) ～よりむしろ～(の)ほうが（與其…還不如…；與其…寧可…)

在 2)「**～より～(の)ほうが**」中的「**～(の)ほうが**」之前，加上表示「這個比較好」之意的「**むしろ**」，代表話中摻雜了說話者的價值判斷，以及「相較於那個，我選擇這個」的個人主張，屬於生硬的說明性質的用法。

①重役 1:A 案と B 案とではどちらがいいだろうか。

董事 1：A 案和 B 案哪一個比較好？

重役 2：私は A 案よりむしろ B 案のほうがいいと思います。

董事 2：我覺得與其選 A 案，還不如選 B 案。

②ここで連絡を待つより、むしろ家で待っていたほうがいい。

比起在這裡等對方連絡，我還寧願在家裡等。

4) ～わりに(は)（(比較起來）雖然…但是…)

表示「超過或未達到依常識預設、期待的程度、基準」，為口語的用法。後句可以接續正面評價及負面評價。例句①是指待在日本五年日語程度應該會很不錯，但實際上卻未達到預期，屬於負面評價。例句②則是表示比預期更好，為正面評價。

①彼は日本に 5 年いたわりには、日本語がそんなにうまくない。

他雖然在日本待了五年，但是日語卻沒有想像中的那麼厲害。

②このバッグは値段のわりにはいい物に見える。

這個包包雖然價格不貴，但是看起來是好東西。

5) ～より～（の）ほうがましだ（和…相比，…更好）

此用法有「雖然不認為有哪一邊比較好，但如果非得選一個的話…」的意味。下面的例句①的意思是「不管是繼承家業，或是到其他公司工作都不想做，但與繼承家業相比，到其他的公司工作還是比較好」，像這種消極的選擇，就會使用「**ましだ**」表示。

①親のあとを継ぐより、他の会社に就職するほうがましだ。

比起繼承家業，不如到其他的公司工作更好。

②結婚するより独身のほうがましだと考える若者が増えている。

愈來愈多的年輕人認為比起結婚，單身更好。

2-1. 三者以上的比較 1（提問與回答）

提問

1) ～と～と～と、どれが一番～（…和…和…，哪一個最…）

以「**～と～と～と**」將三者並列做比較，並詢問對方要從三者之中選擇哪一個的疑問句。此句型給人給人一種說話者把想到的東西直接當作選項供對方選擇的感覺。「物品」的比較會如例句①，使用「**どれ**」作為疑問詞；如果是「時間」的比較則如會例句②，使用「**いつ**」作為疑問詞。如果比較的是「場所」，會以「**どこ**」表示；如果比較的是「人」，則會以「**誰／どなた／どの人**」表示。

① A：**マグロとタコとイカと、どれが一番おいしい？**

鮪魚、章魚和花枝，哪一個最好吃？

B：**もちろんマグロですね。**當然是鮪魚。

② A：**金曜日と土曜日と日曜日と、いつが一番都合がいいですか。**

週五、週六和週日，你什麼時候最方便？

B：**そうですね。金曜日の午後にお願いします。**

我想想。麻煩你，我選週五的下午。

2) ～と～と～では、どれが一番～（…和…和…，哪一個最…）

與 1)「～と～と～と、どれが一番～」一樣是以三者做比較，並詢問對方要選擇哪一個的疑問句。而其中的「では」是用來限定選擇的範圍。

①金沢と富山と福井では、どこが一番楽しめる？
金澤、富山和福井，哪裡最好玩？

②佐藤さんと深野さんと玉川さんでは、誰／どの人が一番働き者ですか。佐藤、深野和玉川，誰最勤勞？

3) ～と～と～の中で(は)、どれが一番～（…和…和…之中，哪一個最…）

三個選項並列，然後在第三個選項的後面加上「の中で(は)」的疑問句。比 2)「～と～と～では」更明確地限制選擇的範圍。

①これとそれとあれの中で、どれが一番いい？
這個、那個和那個之中，哪一個最好？

也可以改用「～と～と～と、3 つの中／うちで」表示。

②これとそれとあれと、3 つの中／うちでどれが一番いい？
這個、那個和那個，這三個之中哪一個最好？

4) ～の中で、何(なに)／どれが一番～（…當中，哪一個最…）

不是直接列舉數個具體的事物作為選項，而是使用像是飲料、運動、音樂、老師這些分類位階更高的名詞做為代表，要求對方從大分類中選擇一項的疑問句。請對方從不特定多數的事物中進行選擇時，基本上是使用「何」。若說話者在腦中有想到具體的事物，也可能會使用「どれ」。

①スポーツの中で何／どれが一番好きですか。
運動項目中，你最喜歡哪一個？

②音楽の中で何／どれが一番好きですか。

音樂類型中，你最喜歡哪一種？

回答

5) ～が

當有三個以上的選項，不使用「**一番**」，只以「**～が**」回答時的用法。一般是在即使不使用「**一番**」，也可以表達想法的情況下使用。

① A:**3つの中でどれが一番好き？** 這三個當中最喜歡哪一個？
B:**これが好き。**我喜歡這個。
② A:**金土日で、いつが都合いいですか。**
五、六、日當中，什麼時候最方便？
B:**そうですね。土曜日がいいですね。**我想想。週六最方便。

6) ～が一番（…是最…）

從三個以上的選項中選出一個，並以「這個是最…」來回應的表達方式，為最常見的說法。藉由「**一番**」可以用來強調被選中的事物。

① A:**3つの中でどれが一番好き？** 這三個當中你最喜歡哪一個？
B:**これが一番好き。**我最喜歡這個。
② A:**京都、奈良、鎌倉の中で、どこへ一番行ってみたいですか。**
京都、奈良、鎌倉，你最想去看看的是哪裡？
B:**そうですね。奈良が一番いいですね。**
我想想。我最想去奈良。

7) ～で

「**～で**」表示的不是積極的選擇，而且大多帶有消極地從中選出一個的語感。有時也會有「因為無可奈何所以選這個」的意思。

①A:3 種類しかないんだけど、どれがいい？
只有三種，你要選哪一種？
B:うーん、これでいいよ。これで何とかするよ。
嗯，那選這個好了。我再看看要怎麼辦。

另外，有時也會帶有積極配合對方的語感。

②A:**今日はこれしかないんですが……。**今天只有這個……。
B:**ああ、これでいいですよ。**啊，這個也可以啦。

8) 名詞止句（以名詞結尾）
（參照重點句型與彙整的 2-1.8)）

2-2. 三者以上的比較 2（在同一句中）

1) ～が一番（…是最…）
（參照 2-1.6 的重點句型與彙整的)）

2) ～より～ものはない（沒有比…更…）

以「**～より～ものはない**」的形態，表示「沒有事物可以超越」、「那就是最…的」的意思。例句①是表示「**平和が他の何よりも大切なものである（和平是比其他任何事都更重要的事）**」的意思。如果是人物，則如例句②所示。

①**平和より大切なものはない。**沒有比和平更重要的事。
②**あの先生より教え方の上手な人はいない。**
沒有人比那位老師更擅長教學。

3) ～ほど～ものはない（沒有什麼…比…更…）

這是把 2) 的「**～より**」改成「**～ほど**」的形態。2) 「**～より～ものはない**」是以比較為主，「**～ほど～ものはない**」則是把重點放在

「～ほど」，表示「沒有事物可以超越」、「那就是最棒的」的意思。「親ほど子供のことを真剣に考えているものはない（沒有任何人比父母更認真思考孩子的事）」的重點並不是比較，而是表達「真正認真思考孩子的事的是父母」的意思。

①学生時代ほど楽しいものはない。沒有什麼比學生時代更開心。

②人間にとって無視されるほどつらいものはない。

沒有什麼比被人當空氣更痛苦。

4) ～くらい／ぐらい～ものはない（沒有什麼…比…更…）

這是把 3) 的「～ほど～ものはない」當中的「～ほど」改成「～くらい／ぐらい」的用法。兩者的意思幾乎相同。但「～ほど」是禮貌的說法，「～くらい／ぐらい」則是更偏向會話性質的用法。

①親の子供に対する愛ぐらい、ありがたいものはない。

沒有什麼比父母對子女的愛更難能可貴。

②友達から無視されるくらいつらいものはない。

沒有什麼比被朋友當空氣更痛苦。

5) ～くらい／ぐらいなら、～ほうがいい／ましだ（與其～還不如～）

在「～くらい／ぐらいなら」前舉極端的例子，表示「我才不要做那種事。與其做那件事，還不如選擇…」的意思。屬於主張自己想法的說法，同時也是會話性質的用法。

①泥棒をするくらいなら、死んだほうがましだ。

如果要當個小偷，還不如死了算了。

②人に迷惑をかけるぐらいなら、やらないほうがいい。

如果要給別人添麻煩，還不如別做。

35 比例

1. 一般常見的比例句型

1) ～につれて（隨著…）

表示前句的事情發生變化，後句事情變化的程度也隨之增加。

①試合が緊迫してくるにつれて、場内の歓声が大きくなった。
隨著比賽愈來愈緊張，場內的歡呼聲愈來愈大聲。

②付き合っていくにつれて、彼女は彼を批判的に見るようになっていった。隨著兩人交往，她開始以批判的角度看他。

「**～につれて**」是指兩項變化同時同步發生，並將此事以眼睛可見的形式表達。由於是專門用於表示前句與後句之間的連鎖變化，所以後句不會使用表示意志的句型或促使他人行動的句型。

2) ～にしたがって（依照指示；隨著…）

「**～にしたがって**」具有二個意思。一是「依照指示（行動）」（例：**担当者の指示に従って行動してください（請依照負責人的指示行動）**），另一個與「**～につれて**」一樣是表示「配合某事態的變化、變遷」的意思。「**～につれて**」表示的是同時性、同步性，但表示變化、變遷的「**～にしたがって**」，就算時間有些許的落差也一樣可以使用。表示時間上的落差的「**やがて**（不久）」可以搭配「**～にしたがって**」使用，但若搭配「**～につれて**」就會有些不自然。

①付き合うにしたがって、やがて彼女は彼を批判的に見るようになっていった。

隨著交往才沒多久的時間，她就開始以批判的角度看他。

？②付き合うにつれて、やがて彼女は彼を批判的に見るようになっていった。

？隨著交往才沒多久的時間，她就開始以批判的角度看他。

另外，表示變化、變遷的「**～にしたがって**」，後句可以使用表示意志或促使他人行動的句型。

③子供が成長するに{○したがって／？につれて}、叱り方も変えてください。請隨著孩子的成長，改變責罵的方式。

3) ～とともに（隨著）

就如「**子供とともに歩んでいきたい（我想陪著孩子一起走下去）**」的這個例子，「**～とともに**」有「一起」、「攜手」的意思，不過在本節是如「**降雨量が増えるとともに、川の水位の上がっている（隨著降雨量增加，河川的水位也上昇）**」，表示「配合某事態的變化、變遷」的意思。為書面語，屬於生硬的說法。「**ともに**」前是搭配表示變化的名詞或動詞。「**～とともに**」用於表示變化、變遷時，後句可以使用表示意志或促使他人行動句型。

①子供が成長するとともに、叱り方も変えてください。

請隨著孩子的成長，改變責罵的方式

②川の水位が上がるとともに洪水の危険性が出てくる。

隨著河川的水位上漲，洪水的危機也隨之浮現。

4) ～(の)にともなって（隨著…）

和「**～につれて**」、「**～にしたがって**」相同，是表示「以…為原因」以及「配合某事態的變化、變遷」的意思。表示變化、變遷的「**～(の)にともなって**」之前，放的是表示變化、變遷的名詞（例：**難民の増加にともなって（隨著難民増加）**），或者是動詞（例：**難民が増えるのにともなって（隨著難民増加）**），為書面語、是生硬

的表現，多用於正式場合。而此句型所表達的大多是一般或社會上的事。

①核分裂にともなって、放出される中性子が増加する。
隨著核分裂，釋出的中子增加了。

②体重が増えるのにともなって、運動量が減っていく人が多い。
許多人隨著體重增加，運動量愈來愈少。

5) ～ば～ほど（愈…愈…）

就如「**考えば考えるほどわからなくなる**（愈思考就愈搞不清楚）」、「**宝石は大きければ大きいほどいいというものではない**（寶石並不是愈大愈好）」這兩個例子，把相同的詞分別放在「**ば**」和「**ほど**」之前，表示配合「**～ば～ほど**」的變化程度，後句的事情也隨之產生變化的比例關係。後句通常是「**いい・悪い**」這類表示判斷、評價或者是陳述事實的句子。

①値段を下げれば下げるほど、客は増える。
價格愈是下跌，顧客就愈是增加。

②彼の気持ちがわかればわかるほど、注意できなくなる。
愈是了解他的心情，就愈沒辦法對他提出警告。

2. 比例句型的書面用語

1) ～につれ（隨著…）

「**～につれて**」的書面語用法。語意和「**～につれて**」相同，表示後句是隨著前句變化的程度同步增加。例句②的意思是「歌謠會受到時代的影響，社會也會受到歌謠的影響」。

①時間がたつにつれ、このあたりもどんどん変わってきている。
隨著時間經過，這一帶的變化也愈來愈大。

②歌は世につれ、世は歌につれ。歌謠反映世態，世態影響歌謠。

2) ～にしたがい（依照指示；隨著…）

「**～にしたがって**」的書面語用法。具有例句①所表示的「依照指示（行動）」之意，以及如例句②所示，和「**～につれて**」一樣表示「配合某事態的變化、變遷」的意思。

①担当者の指示にしたがい、行動してください。
請依照負責人的指示行動。

②子供の成長にしたがい、親も成長する必要がある。
隨著孩子成長，父母也必須要跟著成長。

如果在網路搜尋「**したがい**」，會發現例句最多的不是比例的用法，而是「依照指示」的用法。「**要領に従い（遵照要點）**」、「**条例に従い（遵從條例）**」、「**下記事項に従い（遵照以下事項）**」這一類的例句佔壓倒性的多數。看來就書面用語而言，原本「依照指示」的用法似乎已深植人們的腦中。

3) ～(の)にともない（隨著…；伴隨…）

「**～(の)にともなって**」的書面語用法。表示「配合某事態的變化、變遷」的意思。列舉的事情大多是一般社會上常見的事。

①各企業でのロボット化にともない、失業する労働者が増えている。
隨著各別企業的機器人化，失業的勞工也隨之增加。

如果在網路搜尋「**～(の)にともない**」，會發現表示比例的用法很少，多數的例子都是表示「以…為原因」之意的用法。常見的都是如以下的這些多用於公告、通知之中的句子。

②台風 21 号接近にともない、台風情報に注意してください。
隨著颱風靠近，請注意颱風相關資訊。

③停電に伴い、サービスが一部制限されます。
隨著停電，部分服務將有所限制。

4) ～(の)に応じて（與…相應）

就如「**人々は自分の人生設計に応じて、働き方を変えている（人們會隨著自己的人生規劃，改變工作方式）**」的這個句子，是表示配合前句的情況變化，後句的情況也隨之改變。為書面語，可用於正式場合，多用於文件。而列舉的大多是一般社會上常見的事。後句可以使用表示意志或促使他人行動的句型。「**～に応じて**」前面若為動詞，會使用「**～のに応じて**」表示。

①学費は履修する単位数に応じて変動する。
學費會隨學分數而變動。

②環境が変化するのに応じて、人々のニーズも変化する。
隨著環境變化，人們的需求也會有所改變。

36 並列、舉例 1

1. 名詞的並列、舉例

1) ～と～（…和…）

「**と**」是連接兩個語詞的並列助詞。以「**と**」並列的事物，即是當下全部的內容。當對方說「**ノートとペンを取ってください（請把筆記和筆拿來）**」，要交給對方的東西就只有「筆記和筆」而已。當說話者表示「**あそこに田中さんと小川さんがいる（田中和小川在那裡）**」，就代表他看見的就只有田中和小川兩人而已。由於「**と**」是把所有的事物全部列舉出來，所以也稱為「全部列舉」。

①参加するのは田中さんと小川さんです。參加的人是田中和小川。

②その商品は、東京と大阪と福岡の支店で取り扱っています。
那件商品在東京、大阪和福岡的分店販售。

2) ～や～（…和…；…或…）

「や」是和 1)「と」互為對照的並列助詞，是從數件事物中選擇少數幾件來表示並列、舉例。「**あそこに田中さんや小川さんがいる（田中、小川等人在那裡）**」，是表示除了田中和小川以外，還有其他數個人在場的意思。「**や**」是選擇性舉例，所以又稱為「部分列舉」。

①**日本には京都や奈良など古い町がたくさんある。**

日本有京都、奈良等許多古老的城市。

②**最近のデパートには、子供の遊び場や広い休憩所などが設けられている。**最近的百貨公司都設有兒童遊戲場、寬敞的休息區等設施。

「**や**」雖然是表示部分列舉，但即使沒有暗示其他事物的意思也同樣可以使用。以「**正月には神社や寺に行って参拝する（正月時會去神社或寺廟參拜）**」、「**彼女は休みになると、海外や国内を旅行する（她只要一休假，就會去國外或國內旅行）**」這兩個句子來說，能夠參拜的不是神社就是寺廟，卻還是以「**神社や寺**」表示，另外，旅行的地點國外和國內全都提到了，卻還是以「**海外や国内**」表示。

3) ～、～、そして／それから～（…、…、還有…）

不使用助詞（並列助詞）連接，而是先將列舉的事物並列（若為書面文件則以逗號的「、」分隔），再搭配連接詞「**そして**」、「**それから**」來列舉最後一項事物的用法。屬於書面語，給人公事化的印象。通常是用於文件、通知或公告、論文或報告，以及公務上的說明等情況。

①**会議にはアメリカ、中国、フランス、そしてドイツ等が参加した。**

這次會議參與的有美國、中國、法國以及德國等國。

②店を開（ひら）くためには、資金調達、店舗探し、店員募集、それから、材料の調達も考えなくてはならない。為了開店，必須將資金調度、尋找店面、募集店員，還有材料的調度納入考量。

例句①為部分列舉，例句②為全部列舉。

4) ～をはじめ、～や～（以…為代表）

先以「**～をはじめ**」舉出最具代表性的事物，之後再以「**や**」列舉出與前項同一範圍內的事物。當列舉的項目中，有需要被特別提出來強調的事物時，就會以此句型表示。

①本日は首相をはじめ、幹事長や官房長官にもご出席いただいております。今日特別感謝首相，以及秘書長、官房長官的出席。

②アメリカをはじめ、各国の代表が参加した。

有以美國為首的各國的代表參加。

5) ～とか～とか（或…，或…）

與「**～や～**」的用法及語意相同。「**や**」可用於書面及口語表達，「**とか**」則只能用於口語，屬於會話性質的表達方式。這兩種句型在列舉最後一個項目時，使用「**や**」表達的句型不會加上「**や**」，但使用「**とか**」表達的句型，有時會加上「**とか**」。

①子育てには努力とか忍耐とか我慢が必要だ。

耐心是養育孩子所需的努力、忍耐的必要條件。

②子育てには努力とか忍耐とか我慢とかが必要だ。

養育孩子需要努力、忍耐以及耐心。

「**とか**」若使用太多次就會變得過於口語，要特別小心。此外，若加重並拉長「**とか**」的發音，就會顯得很孩子氣，聽起來也會很冗長，所以要小心。

6) ～か～（…或…）

表示欲從列舉的數件事物中選出一項，或是用於描述情況尚未明朗的狀態。

①**オレンジジュースかコーラが飲みたい。**
我想喝柳橙汁或是可樂。

②**1時か2時(か)に戻ってきます。**我會在一點或兩點時回來。

有時會像例句②一樣，在最後一項加上「**か**」。

2. 形容詞的並列、舉例

3. 形容動詞的並列、舉例

1) ～くて

「**～くて**」是連接形容詞表示並列，當要提到一件事物複數的性質與特徵，常會需要列舉相關的形容詞。例如講到車子常會用到速度很快／很慢；外形、顏色、性能、燃油消耗很不錯／很不好；價格高／低；好／不好開等形容詞。

而形容詞在並列時的排列順序，通常是表示顏色、形狀等外觀的形容詞在前，最後才是「**いい、悪い、つまらない（好的、不好的、無趣的）**」這類表示說話者心中的評價的形容詞。

①**新幹線は速くて、モダンで、安全である。**
新幹線快速、摩登又安全。

②**この車は、形がスマートで、中が広くて、性能がいい。**
這部車子的外形很漂亮，內部很寬敞，性能很好。

2) ～く、(かつ)～（連用中止形）

表示形容詞的並列時，有時不使用テ形（**～くて**），而是以連用中止形（**～く**）表示。

①このりんごは大きく、甘い。這顆蘋果又大又甜。

②彼は強く、たくましく、男らしい。他很堅強、可靠、有男子氣概。

「**～くて**」為口語的用法，連用中止形則是書面語的用法。「**かつ**」是相當於「**そして**」的連接詞，為書面語。

3) ～で

形容動詞的並列是使用「**～で**」表示。通常作為口語使用。

①彼はハンサムで親切だ。他又帥又親切。

「**名詞＋だ**」也可以選擇以此用法表示。

②彼は私の父で、小学校の校長をしている。

他是我的父親，目前是小學的校長。

4) ～な／～い

形容詞修飾名詞的形態（例：**元気な子供**（活潑的小孩）、**新しい家**（新家））。

兩個以上的形容詞修飾一個名詞時，形容動詞是以「**～な**」的形態表示，而且可以隔著其他的修飾語修飾名詞（例：**あの子は元気な、明るい子供だ（那個小孩是一個活潑開朗的孩子）**。意思和「**あの子は元気で、明るい子供だ**」一樣）。

形容詞也可以隔著其他的修飾語修飾名詞（例：**先生が赤い、きれいな花をくださった**（老師給了我一朵美麗的紅色花朵））。如果覺得這樣的表達方式不夠清楚，像是這句「**先生が赤い、小さい、きれいな花をくださった**」就可以改成「**先生が赤くて、小さくて、きれいな花をくださった**」，改以「**くて**」表示即可。

①都会にはにぎやかな、楽しい場所がたくさんある。

都市有很多熱鬧又有趣的地方。

②私は大人しい、ちょっとニヒルな感じの人が好きだ。

我喜歡成熟穩重，感覺有點冷傲的人。

5）～し

將與某主題有關的事、或是說話者想到與該主題有關的事列舉出來的用法，是比較不嚴謹的列舉用法。如果是形容動詞或名詞並列，要用「**～だし**」表示。

①今日は日曜日だし、暇だし、何をしようかな。

今天是週日而且又有空，要做什麼好呢。

一般大多是依照想到的順序排列。如果說話時特別強調「**し**」，是則是說話者表達強烈主張時的說法。

②あの子はよく遅刻するし、やる気がないし、困ったもんだ。

那孩子常常遲到又沒什麼幹勁，真是傷腦筋。

6）～たり～たりする

形容詞和形容動詞若搭配「**～たり～たりする**」使用，是表示該狀況、現象一直交替發生。話中帶有「有時候」的意思。「**～たり～たりする**」中的「**する**」有時會像下面例句②一樣，改以「**だ／です**」表示。

①このごろは暑かったり寒かったりする。這個時期忽冷忽熱。

②学校のテストは簡単だったり、難しかったりだ。

學校的測驗有時簡單，有時困難。

若為形容動詞或是「**名詞＋だ**」的情況，則會如這句「**このごろは雨だったり、曇りだったりして、晴れの日はほとんどない**（這個時期有時多雲有時下雨，幾乎不太有放晴的日子）」，以「**～だったり～だったり**」的形態表示。

7) ～く／でもあり、～く／でもある（既是…，也是…）

將一件事物的數個面向以並列的方式表示，為書面語。形容詞是以「**～くもあり、～くもある**」的形態表示；形容動詞則是以「**～でもあり、～でもある**」的形態表示。

①**子供が独り立ちすることは、親にとってうれしくもあり、さびしくもある。**
孩子獨立，對父母而言既開心又寂寞。

②**IT の急激な進化は脅威（きょうい）でもあり、危険でもある。**
IT 的急遽發展既是威脅也很危險。

此外，「**名詞＋だ**」和形容動詞相同，是以「**～でもあり、～でもある**」的形態表示。

③**彼は私にとって友でもあり、ライバルでもあった。**
他對我而言既是朋友也是競爭對手。

4. 動詞的並列、舉例

1) ～て

動詞、形容詞、「**名詞＋だ**」等詞的テ形，可用於表示多種意思。本節僅介紹動詞的並列。假設有人問你「**ゆうべ彼女とどこへ行ったの？（昨晚和她去了哪裡？）**」，而你的回答是「**お茶を飲んで、少し話して、別れたよ（我們去喝了杯茶，聊了幾句話，就各自回家了）**」。這是表示你和對方分開前只做了「**お茶を飲む**」、「**少し話す**」這兩件事而已。「**～て**」的性質就是像這樣，可用於列舉所有的動作、行為，也稱為「全部列舉」。與表示部分列舉的「**～たり～たりする**」互為對照。

①**日曜日には部屋中を掃除して、衣服は全部洗濯する。**
週日打掃了整個房間，洗了所有的衣服。

②**午後はスーパーへ行って、買い物して、クリーニング屋へも行ってくる。**下午去超市買東西，還去了乾洗店。

2) 連用中止形／マス形的語幹

「**国へ帰って仕事を探す**（回國找工作）」也可以改成「**国へ帰り、仕事を探す**」。這裡的「**帰り**」是使用動詞マス形的語幹表示的「連用中止形」。屬於書面用語，有以下三種用法。

（1）表示動作的「接連發生」

例：**食事をとり、すぐ出発する。**（吃完飯立刻出發）

（2）說明事物的順序

例：**野菜を細かく切り、鍋に入れて煮る。塩を足し、味を見る。**（蔬菜切細後放入鍋中煮熟。加入鹽巴並試味道）

（3）並列

例：**花が咲き、草が生（は）える。**（花綻放了、草長出來了）

連用中止形和「**～て**」的不同之處在於，「**～て**」有表示連接下一個動作的意思，連用中止形則給人中間停頓的感覺。

3) ～たり～たりする（一下…一下…）

動詞的「**～たり～たりする**」是從數個動作中挑出幾個來敘述時的用法。

① **A:休みの日は何をしてるの？**休假的時候都在做什麼？

B:部屋を片付けたり、洗濯したり……。

有時是在整理房間、有時是在洗衣服……。

「**～たり～たりする**」如果搭配的是互為對照的動詞，或者是以肯定、否定的形態表示時，是表示動作交替反覆發生。「**～たり～たりする**」的「**する**」，有時會如例句③一樣，改成「**だ／です**」。

②**アパートの前を大型トラックが、終日行ったり来たりしている。**

百貨公司前一整天都有大型卡車來來去去。

③**予習はしたりしなかったりだ。**有時預習有時沒預習。

4) ～し

此句型是說話者直接將自己想到的事物，以一一列舉的方式表達。若為動詞句的並列，辭書形或タ形的肯定形、否定形皆可使用。

①雨が降っているし、何もすることがないし、どうしようかな。

現在正在下雨，又沒有事要做，該做些什麼呢？

②カレーは作ったし、サラダもできているし、ワインも揃(そろ)ったし、これで完璧(かんぺき)だ。

咖哩煮好了，沙拉做好了，紅酒也準備好了，這樣就完美了。

37 並列、舉例 2

1. 舉例並引導至評價性的結論

1) ～も～も（…和…都…）

將同類的事物多次（通常是兩次）以「**～も～も**」並列，表示「每一個都是／全部都是／都不是」的意思。後句是陳述事實或是表示判斷、評價。雖然有時是主觀敘述的說法，但與 2) 之後的句型相比，還算是中性客觀的表達方式。

①父も母も出かけた。父親和母親都出門了。

②父も母もいない。父親和母親都不在。

2) ～といい～といい（不論…還是…；…也好…也好）

前句先提出「類似或是互為對照兩件事物」，然後在後句表示「其他的事物也是如此」。後句大多是表示評價、批評或特別的感情（厭煩的心情、欽佩、斷念之類的心情）。

可表示優點和缺點，提到缺點時特別會給人挑毛病的感覺。口語慣用的用法，大多是年長者較常用。

①彼は息子といい娘といい、親孝行な子供を持っている。

他的兒子也好，女兒也好，都是孝順的孩子。

②うちの子は息子といい娘といい、自分勝手ばかりしている。

我家的孩子無論是兒子還是女兒，都是自私任性的孩子。

3）～といわず～といわず（無論是…還是…）

使用「**といい**」的否定形「**といわず**」表示的句型。就像「**～といい～といい**」的用法一樣，指的不是特定的事物，從表達時的態度可以感受到「所有的一切」、「無論是誰」在說話者的腦中所形成的強烈意識。書面慣用的用法。後句是陳述事實，或是表示判斷、評價。

①強盗は宝石といわずがらくたといわず、全部持って行ってしまった。強盜無論是寶石還是不值錢的東西，全部都帶走了。

②中山といわず川中といわず、役に立たない者ばかりだ。

無論是中山還是川中，都是沒用的人。

4）～にしても～にしても（不管是…還是…；無論…都…）

消極地認同列舉的事情，表示「就算是那種情況、無論是哪一種情況（都一樣、沒有任何改變）」的意思。「**にしても**」的前面是類似或是互為對照的事物，也可能是以肯定、否定並列的形態表示。

①行くにしても行かないにしても、返事は早くしたほうがいい。

無論去還是不去，最好都要早點回覆。

②地震が大きいにしても小さいにしても、警戒はしておくべきだ。

地震無論大小，應當都要事先戒備。

5）～であれ～であれ（無論…還是…；不論…還是…）

「**であれ**」之前是並列或是互為對照的事物，表示「（包含前

項列舉的事物）無論任何情況」，或者是「無論是哪一種情況」的意思。後面接續的是表示「事態沒有任何改變」的用法。屬於書面語。相較於個人的事物，大多是用於表示一般的、社會層面的事。

①人であれ動物であれ、幸せになる権利がある。
無論是人還是動物，都有幸福的權利。

②正社員であれパートであれ、同一労働には同一賃金で報いるべきだ。無論是正式員工還是兼職員工，都應該要同工同酬。

6) ～にしろ～にしろ（無論…還是…都…）

前句列舉多件事物（通常是兩件），並在後句暗示「前句提到的事物符合後句所表示的內容」。「**にしろ**」通常會搭配兩項類似或是互為對照的事物。用於列舉的事物可以以肯定、否定並列的形態表示。

①小林にしろ大林にしろ、悪意があってやったわけではない。
無論是小林還是大林，都不是出於惡意才那麼做。

②辞めるにしろ辞めないにしろ、早く態度を決めたほうがいい。
無論要不要辭職，最好還是儘早確定自己的態度。

為口語用法，由於是以命令形的「**しろ**」表示，所以有時聽起來會有些粗魯。和2)「**～といい～といい**」、3)「**～といわず～といわず**」不同，後句可以使用表示意志或使役的句型。

7) ～にせよ～にせよ（不管是…還是…）

和6)「**～にしろ～にしろ**」類似。前句列舉多件事物（通常是兩件），後句是暗示「前句提到的事物符合後句所表示的內容」。因為「**～にしろ**」含有命令形的「**しろ**」，所以語氣較為強烈，聽起來會有些粗魯，「**せよ**」則為書面語，屬於委婉的表達方式，所以「**～にせよ～にせよ**」的語氣也比較委婉。

①**大企業にせよ中小企業にせよ、課題が多いという点では同じである。**不管是大型企業還是中小企業，要面對的課題很多這一點是一樣的。

②**やめるにせよ続けるにせよ、結論は早く出すように。**
不管是要停手還是繼續，都請儘早提出結論。

與「**～にしろ**」相同，後句可以使用表示意志或使役的句型。

2. 舉例並建議「做法」

1) ～とか～とか(したらどうか)（（不妨）…或是…或是…（，如何？））

對於感到困惑的對象先在句子前半部以「**～とか～とか**」舉例，之後才在句子後半部向對方提供做法的建議。可以如例句①搭配名詞表示，也可以像例句②一樣搭配動詞表示。

①**先生とか事務の人とかに聞いたらどうですか。**
不妨詢問老師或是行政人員如何？

②**インターネットで調べるとか、図書館で調べるとかしたらどうですか。**
不妨透過網路或是圖書館進行調查如何？

2) ～たり～たり(したらどうか)（（不妨）…或是…或是…（，如何？））

舉例並建議做法這一點和 1)「**～とか～とか**」相同，主要是使用動詞表示。

①**インターネットで調べたり、図書館で調べたりしたらどうですか。**
不妨透過網路或是圖書館進行調查如何如何？

②**テレビばかり見ていないで、部屋を片付けたり、掃除をしたりしたらどう？**

別只顧著看電視，不妨把房間整理整齊或打掃乾淨如何？

3) ～なり～なり(したらどうか)（（不妨）…或是…或是…（，如何？））

此句型也一樣是舉例並建議做法，這一點和 1)「**～とか～とか**」、2)「**～たり～たり**」相同，不過「**～なり～なり**」在使用時，會因為對方完全不打算有任何行動而在心情上感到些許焦慮，所以會以相當強烈的語氣責怪對方「還有這些方法，你就試試看嘛」。「**～とか～とか**」、「**～たり～たり**」則不帶有這種情緒，只是單純地舉例而已。

子供：宿題のやり方がわかんない。我不知道作業要怎麼寫。

母親：先生言わなかったの？老師沒說嗎？

子供：言ったけど、忘れちゃった。老師有說，可是我忘記了。

母親：しょうがない子ね。隼(しゅん)君に聞くなり、翔(しょう)君に電話するなりしたらどうなの？

真是拿你這孩子沒辦法，不然你去問問小準或是打電話給小翔，好不好？

3. 使用並列助詞「の・だの・やら等」的並列、舉例

1) ～とか～とか（…或…或；…啦…啦）

為口語用法，表示隨意地舉例。大多不帶說話者的情緒，為中立的表達方式，不過有時也會像例句①、②一樣，在舉例之後順口說些抱怨的話。

①まずいとかまずくないとか、いろいろ言うのはやめてください。

什麼難吃不難吃的，請不要在那說一些有的沒的。

②親は、あれをしちゃダメとか、これをしちゃダメとか、とてもうるさい。

父母一下老是這個不可以，那個不可以的，囉嗦死了。

2) ～の～の（…啦…啦）

前句先以話題主角喋喋不休的情景為例，後句則對此狀況表示嚴厲地批評。「**の**」不是搭配名詞，而是搭配動詞或形容詞使用。而這二個位置擺放的，通常是相似的、互為反義或是同時以肯定、

否定的形態並列表示的兩個詞語。前句的例子大多會以「**と言って**」、「**と／って**」結尾。

①大きいの小さいのって、どれも同じでしょ！

什麼大的小的，還不是都一樣！

②（子供達は）食べるの食べないのと、うるさいことこのうえない。

（孩子們）要吃不吃的，再也沒有比這個更煩人的事。

3) ～だの～だの（…啦…啦）

與 2)「**～の～の**」很相似，不過是用於列舉說話者不願發生的事，或是在心理上想保持距離的事物。後句有時是用於單純陳述事實（例：**箱にはりんごだのみかんだのがいっぱい入っている。（箱子裡有蘋果啦橘子啦，放了一大堆水果）**），不過大部分都是表示負面的評價。

①うちの子は虫が好きで、ミミズだの毛虫だの、芋虫だのを取ってくる。我家的孩子喜歡昆蟲，他抓了蚯蚓啦、（有毛的）毛毛蟲啦、（沒毛的）毛毛蟲回來。

②好きだの嫌いだの言わないで、さっさと食べなさい。

別說什麼喜歡討厭的，快點吃一吃。

4) ～わ～わ（…啦…啦；又…又…）

表示事情一度全擠在一起導致混亂的情況。一般是以相似或是互為反義的詞語並列表示。

①タイヤがパンクするわ、ガス欠になるわで、大変な１日だった。

輪胎又是爆胎，又是沒氣的，真是辛苦的一天。

②水は出ないわ、停電になるわで、みんな右往左往していた。

又是沒水又是停電的，大家手忙腳亂。

5) ～やら～やら（又…又…）

前句是表示狀況雖然還不明確，但仍舉了這個和那個當例子，後句則是表示「**大変だ（糟糕）**」、「**尋常ではない（不尋常）**」的情況。

①値上がりすると聞いて、肉やら魚やらをたくさん買い込んだ。
聽說即將漲價，又是肉又是魚的，買了一大堆。

②泣くやらわめくやら大変な騒ぎだった。
又是哭又是尖叫的，整個亂成一團。

③息子が帰ってきて、うれしいやら面倒くさいやら、複雑な気持ちだ。
兒子回家，又是開心又覺得麻煩，心情很複雜。

38 無關

1. ても～ても ・ ～（よ）うと～まいと等句型

1) ～ても～ても（不論…不論…）

前句以相似或是互為對照的事物為例，後句是表示「不管前句的狀況如何」、「都會是一樣的狀況」。為口語用語，是一種簡短直接的說法。

①息子は、口で言っても叩いても、言うことを聞かない。
兒子不論打還是罵，就是不聽我的話。

②彼は、メールしても電話しても、連絡をくれない。
他不論是電子郵件還是打電話，都不和我聯絡。

也可以使用肯定、否定並列的形態表示對比，像是「**授業はおもしろくない。出ても出なくても同じだ（上課一點都不有趣。出不出席都一樣）**」。

2) ～(よ)うと～(よ)うと（不管是…還是…；…也好…也好…）

用法與 1)「～ても～ても」類似，但是是比「～ても～ても」語氣更生硬、強烈說法。前句是語意相似或是互為對照的句型，後句則是「即使如此／儘管如此」這類表示說明或意志的句型。多半為慣用的說法。

①泣こうとわめこうと、だめなものはだめだ。
哭也好，叫也好，不行就是不行。

②馬鹿にされようと無視されようと、自分の考えは貫きたい。
不管是被人瞧不起還是被人被人當空氣也好，我都想貫徹自己的想法。

由於是語氣較為強烈的說法，若對長輩或地位較高的人使用，可能會顯得有些失禮。

3) ～(よ)うと～まいと（做…不做…都…）

2)「～(よ)うと～(よ)うと」是將語意相似或互為對照的句型並列、舉例，「～(よ)うと～まいと」則是以肯定、否定並列的形態表示的句型。「～(よ)うと」是搭配肯定形，如「行こうと、食べようと、しようと、来ようと」；「まいと」則是搭配否定形，如「行くまいと、食べまいと／食べるまいと、するまいと／しまいと、来るまいと／来まいと」。

①彼が来ようと来るまいと、私には関係ない。
他要來不來都與我無關。

②引き受けようと引き受けまいとあなたの自由だが、みんなの気持ちも考えてあげてください。接不接受是你的自由，但請你也要考量大家的感受。

由於語氣較為強烈的說法，若對長輩或地位較高的人使用可能會顯得有些失禮。

4) ～(よ)うが～(よ)うが（不管是…還是…）

此句型是把 2)「**～(よ)うと～(よ)うと**」的「**と**」改成「**が**」，屬於舊式的說法，是一種語氣很強烈的表達方式。在現代的日常會話中，仍是慣用的說法，使用者以年長者為主。

①**犯人達は、人質が死のうがけがをしようが、まったく気にかけない連中だ。**

這些犯人就是一群不管人質是死是傷都完全不在意的傢伙。

②**赤ん坊が泣こうが叫ぼうが、パチンコに夢中になっている夫婦もいる。**

無論寶寶是哭是叫，仍是只顧著打小鋼珠的夫妻也還是有。

5) ～(よ)うが～まいが（不管是…不是…；不管…不…）

為 4)「**～(よ)うが～(よ)うが**」的否定說法。與 3)「**～(よ)うと～まいと**」幾乎同義。屬於舊式的說法，是一種語氣很強烈的表達方式。最好別對長輩或地位較高的人使用。

①**国民が悲しもうが悲しむまいが、年金は毎年少しずつ減っていく。**

不管人民憂不憂慮，年金仍舊逐年減少。

②**電車の中で赤ん坊が泣こうが泣くまいが、知らん顔をしている乗客が多くなった。**電車裡不管寶寶是哭還是不哭，愈來愈多的乘客選擇視而不見。

2. いくら／どんなに／いかに～ても／～（よ）うと等句型

1) いくら／どんなに／いかに～ても（無論…也…；儘管…也…）

不是以「**～ても～ても**」表示並列、列舉，而是搭配「**いくら／どんなに**」之類的副詞，表示無論再怎麼嚐試，結果都不會改變的意思。聽者聽到（讀到）「**いくら**」、「**どんなに**」等語詞，即可想像得到後句可能會是結果不會改變，或者是否定語氣的說法。「**いくら**

／どんなに」為口語，「いかに」為書面語。

①いくら言っても、だめなものはだめだ。
不管你再怎麼說，不行就是不行。

②どんなに反対しても、私達は結婚します。
無論你再怎麼反對，我們都會結婚。

2) いくら／どんなに／いかに～(よ)うと
(無論再…也…；無論多麼…也)

把 1)「いくら／どんなに／いかに～ても」的「ても」改成「～(よ)うと」的說法。搭配形容詞、形容動詞、「名詞＋だ」使用，就會是「～かろう／なかろうと」（例：寒かろうと／寒くなかろうと）和「～だろう／であろう／でなかろうと」（例：元気だろうと／元気であろうと／元気でなかろうと、金持ちだろうと／金持ちであろうと／金持ちでなかろうと）。有時也會使用書面語「いかに」來代替前面的「いくら／どんなに」。

①あなたがどんなに謝ろうと、私は許さない。
無論你再怎麼道歉，我也不會原諒你。

②いかに貧乏であろうと、心までは貧しくはない。
無論再怎麼貧窮，也不能連心靈都貧窮。

3) いくら／どんなに／いかに～(よ)うが
(無論再…也…；無論多麼…也…)

把 2)「いくら／どんなに／いかに～(よ)うと」的「～(よ)うと」改為「～(よ)うが」的說法，是比「～(よ)うと」更接近古語的表達方式。大多會使用書面語「いかに」來代替前面的「いくら／どんなに」。

①いくら／どんなに／いかに弁解しようが、私は許さない。
無論你再怎麼辯解，我也不會原諒你。

②波がいくら／どんなに／いかに高かろうが、今日は船を出す。

無論浪多大，今天船都會出海。

3. ～によらず・～を問わず・～にかかわらず等句型

1) ～によらず（不論…；不按…）

「**～によらず**」的意思是「與…無關」，但因為是從表示依據、根據的「**拠**(よ)**る**」延伸而來的句型，所以有「不視為根據」、「不會成為基準」的意思，為書面語。

①この奨学金は、個人の事情によらず、誰でも応募できます。

這個獎學金無論個人情況如何都能申請。

②免許を持っているかいないかによらず、採用する。

不論有沒有駕照都會錄取。

2) ～を問わず（無論…；不管…；…不問…）

與「**～によらず**」類似，為書面語。「**問う**」是指「將資格、條件視為問題」的意思。以否定形表示的「**～を問わず**」，是表示對於人或組織「不問條件、不把條件視為問題」。一般會如例句①～③，多以慣用的句型表示「與…無關、不限範圍」的意思。

①年齢・経験を問わず、どなたでも応募してください。

不問年齡、經驗，請儘管提出申請。

②国内外を問わず、ハッキング被害が多発している。

無論國內外都頻繁地發生駭客入侵事件。

③この商品は、老若男女を問わずお使いいただけます。

這款商品無論男女老幼皆可使用。

3) ～にかかわらず（無論…都…；無論…與否）

搭配「晴雨、大小、喜不喜歡」這種相互對立的語詞，或是「年

齡、距離、性別」之類的語詞，表示「與…無關」的意思。句末可以使用表示意志或促使他人行動的句型。為書面用語。要特別注意的是，加上「**も**」的「**～にもかかわらず**」，語意和「**～にかかわらず**」並不相同。

①好むと好まないとにかかわらず、参加しなければならない。
無論你喜不喜歡，都一定得參加。

②サイズの大小にかかわらず、ナイフを保持しているということが問題である。無論刀的尺寸是大是小，重點在於要把刀握好。

4) ～と関係なく／なしに（不論…；不管…）

1)「**～によらず**」、2)「**～を問わず**」、3)「**～にかかわらず**」皆為生硬的書面用語，「**～と関係なく**」、「**～と関係なしに**」則是可用於書面，也可用於口語表達的一般句型。「**なく**」和「**なしに**」可互相替換，使用「**なしに**」表達時是比較委婉的說法。此外，句末可以使用表示意志或促使他人行動的句型。

①選手は、年齢・経験と関係なく、実力で選ばれた。
選手不論年齡、經驗，都是憑實力獲選。

②この企画は本社とは関係なしに進めている。
這項獨立於總公司之外的企畫目前正在進行中。

5) ～をよそに（不關心；漠視；不管）

「**よそ**」有「別處」、「別人家」的意思。「**～をよそに**」則是表示「與…無關」、「漠視」、「不關心」的意思。例句①帶有「無視於、輕視」「父母的擔心」的意思。「**をよそに**」常會搭配「心配、懸念、期待（擔心、憂慮、期待）」之類的語詞，有時也會像例句②一樣，搭配和人有關的語詞。

①息子は親の心配をよそに、毎日遊び回っている。

兒子無視父母的擔心，每天四處遊玩。

②車の中で眠っている赤ちゃんをよそに、パチンコにふけっている。

不顧在車內沉睡的嬰兒，沉迷於打小鋼珠。

39 附加說明

1. ～し・～だけで（は）なく（て）・～ばかりで（は）なく（て）・～うえに等句型

1) ～し、それに／しかも（…而且還…）

表示並列、列舉，但是從說話者是將想到的事物直接在句中補充的這一點來看，也可以用來表示「附加說明」。屬於委婉的口語。後面若再加上表示補充的連接詞「**それに**」、「**しかも**」，就會更強調補充的意思。若加強「**～し**」的發音，聽起來會是比較強烈的主張。

①彼を採用しよう。熱心だし、勉強家だし、それに経理のことをよく知っている。我要錄取他。他很熱心，又努力，而且還懂會計。

②この本はなかなかよい。ストーリーがおもしろいし、しかも小さなことまで丁寧に描かれている。

這本書很不錯。故事有趣，而且連細節都很仔細地描寫。

2) ～だけで（は）なく（て）（不只…還…；不僅…也…）

表示「不只有前句提到的事，除此之外還有…」的意思。因為是以「**～なく**」表示否定的判斷，所以大多會加入「**は**」，以「**だけではなく**」的形態表示。可用於口語及書面表達。後句常會加上「**も**」、「**まで**」，來強調後句的內容。

①**彼は中東だけではなく、アフリカにも足を延ばした。**
他不只去過中東，連非洲都有他的足跡。
②**雨だけでなく風まで吹いてきた。**不只下雨還颳風。

3) ～ばかりで(は)なく(て)（不只是…）

與 2)「**～だけで(は)なく(て)**」同義，表示「不只有前句提到的事，除此之外還有…」的意思。雖然是比「**～だけで(は)なく(て)**」生硬的說法，不過比較有禮貌。

①**この店はおいしいコーヒーばかりではなく、おいしいケーキも出す。**這間店不只有好喝的咖啡，還有好吃的蛋糕。
②**企業は利益を追求するばかりでなく、社会貢献も必要だ。**
企業不只是追求獲利，也必須要貢獻社會。

4) ～のみならず（不僅…也…；不僅如此…）

與 2)「**～だけで(は)なく(て)**」、3)「**～ばかりで(は)なく(て)**」同義。相對於前二者可用於口語、也可用於書面表達，「**～のみならず**」是只能用於書面表達。「**のみならず**」之前若為形容動詞或「**名詞＋だ**」，要以「**～であるのみならず**」表示。後句常會加上「**も**」或「**まで**」，以強調後句的內容。

①**彼女は地方紙のみならず、全国紙でも話題になった。**
她不僅在當地的報紙，連在全國性的報紙都成為話題。
②**彼はこの町の英雄であるのみならず、日本の英雄でもある。**
他不只是這個城鎮的英雄，還是日本的英雄。
③**彼は中東のみならず、アフリカにまで足を延ばした。**
他不只去過中東，連非洲都有他的足跡。

5) ～うえに（加上…、而且…）

在後句補充說明前句的內容，屬於較為生硬的表達方式，多用於說明或解說。大部分情況下，前句和後句的內容為同類的評價（負面評價或正面評價），若同為正面評價，後句補充的通常比前句更好的事；若同為負面評論，則後句補充的通常比前句更不好的事。

①**子供を出産すると、一時金がもらえるうえに、毎月子供手当までもらえる。**生下孩子後，除了可以拿到一筆補助金，每個月還可以領一筆育兒津貼。

②**この会社は給料が安いうえに、残業が多い。**
這間公司除了薪水低，還經常加班。

2. ～はもちろん・～はもとより・～はおろか・～どころか等句型

1) ～はもちろん（…不必說；…不用說，當然…）

前句舉出一件說話者認為理所當然包含在某個範圍之內的事，接著再列舉同一範圍內的其他事物。話中帶有說話者積極地認為「當然是如此」的想法。

①**彼は英語はもちろん、中国語もぺらぺらです。**
他別說是英語，中文也說得很流利。

②**パソコンはもちろん、スマホからでも申し込めます。**
別說是個人電腦，就連智慧型手機都可以申請。

2) ～はもとより（當然…；不用說…）

與 1)「**～はもちろん**」幾乎同義，只是「**～はもちろん**」為口語，「**～はもとより**」則是生硬的書面語。前句舉出最基本且最具代表性的事物，接著再表示後續列舉的事物也一樣如此。

①**日本全国はもとより、海外からも応援のメッセージが届いている。**
別說是日本全國，連國外也送來加油打氣的訊息。

②この薬は、花粉症はもとよりほとんどの鼻炎にも効果があります。這款藥物別說是花粉症，幾乎對所有的鼻炎都有效。

3) ～はおろか（不要說…就連…也…）

「**～はおろか**」通常是以「**～はおろか～も／さえ／まで～ない**」的形態強調否定語氣的內容，為書面語。

①彼は漢字はおろかひらがなも読めない。
他別說是漢字了，就連平假片都不會唸。

藉由前句難以實現的事情，以及後句容易實現的事來表達「不僅前句難度很高的事（閱讀漢字）無法做到，連更基本的、更簡單的後句的事（讀平假名）都辦不到」的意思。後句多為否定語氣的內容。

另一方面，「**～はおろか**」也可以如下面例句②用於肯定句。以肯定句表達時，是把「容易實現的事（讀平假名）」放在前句，再把「難以實現的事（閱讀漢字）」放在後句。藉此表示「容易實現的事本來就辦得到，但就連難以實現的事都辦到了」的意思。

②彼は勉強家で、「ひらがな」はおろか「漢字」まで読める。
他很努力用功，別說是「平假名」，連「漢字」都會唸。

4) ～どころか（別說…連…）

先對前句的事表示「不只如此，連這樣的東西都……」，再連接後句。對於前句提出的事，在後句以「完全不是如此，事實上情況完全相反」來表達說話者強烈驚訝、出乎意料的心情。為口語用法，由於是較為誇大的表達方式，所以對長輩或地位較高的人使用有時會顯得失禮。可用於表示正面及負面的事。以下的例句①為正面，例句②則為負面的事。

① A:あの商品は売れてないんじゃないですか。

那件商品不是不暢銷嗎？

B：**売れないどころか、売れて売れて……。ありがたいことです。**

不只是暢銷，暢銷得不得了呢。真是謝天謝地。

② A：**あの商品は売れてないんじゃないですか。**

那件商品不是不暢銷嗎？

B：**売れないどころか評判が悪すぎて、廃棄処分になりました。**

評價太差，別說賣不出去，連最後都只能報廢處理。

5) **〜に限らず（不只…）**

意思與「**〜だけでなく**（不只…）」、「**〜ばかりでなく**（不只…）」相同，是表示範圍不僅限於前句所表示的內容。

①**この方法は中高生に限らず、大人でも使える。**

這個方法不只國高中生，連大人都能用。

②**これは家の中に限らず、公園などでもできるゲームです。**

這個遊戲不只在家裡，連在公園之類的地方都能玩。

3. 連接兩個句子的連接詞

1) **それに（而且；再加上…）**

為口語用語，大多用於輕鬆的場合。雖然有「附加」的功用，不過前句通常為事情的本質。「**それに**」始終還是以前句為基礎，後句則是前句內容的補充說明。與連接詞「**そのうえ**」的意思及用法很相似，不過「**そのうえ**」後句內容的重要程度較高，而且「**そのうえ**」本來就有強調後句內容的意思。

①**この家は狭くて日当たりが悪い。それに、駅からも遠い。**

這間屋子很狹窄且日照不佳。而且離車站也很遠。

② A：**アフリカの人達とコミュニケーションはとれるかな？**

可以和非洲人溝通嗎？

B：まずは英語を使って、それに、絵を描いたり、ジェスチャーをしたりすれば何とか通じるよ。

一開始先用英文溝通，要是能再加上畫圖或手勢，總會有辦法可以溝通的。

2) しかも（而且…）

針對前句所敘述的判斷、評價，在後句補充說明前句的不足之處是「**しかも**」最典型的用法。後句的內容比較重要這點與「**そのうえ**」類似。「**しかも**」為生硬的說法，可用於口語也可用於書面語。

①スマホはどんどん薄くなっている。しかも、操作しやすくなっている。

智慧型手機愈來愈薄。而且變得更容易操作。

②彼女は聡明で、しかも美人だ。她很聰明而且很漂亮。

3) そして（然後…）

有多種意思及用法，最基本的用法是像下面例句①「將事情以並列表示」。另外就是像例句②一樣，表示「在那之後接著……」的意思。

①父は教師です。そして、私も教師です。

父親是老師。然後我也是老師。

②京都へ行った。そして、金閣寺を訪ねた。

我去了京都。然後拜訪了金閣寺。

與「**それから**」的用法相似，但「**そして**」為偏書面語的用法，是比較生硬的表現。

此外，有時也能表述對照性內容的話題。

4) それから（然後…）

表示「補充說明某事」如下面的例句①，或是如例句②，表示

「時間上的先後關係」。主要用於口語。不能用在因果關係、換別的說法，也不能用來表示說法、話題以及行為的轉換。

①社長が来ている。それから、専務も来ている。

社長來了。然後，董事也來了。

②買い物をした。それから、映画を見に行った。

我買了東西。然後去看了電影。

5) そのうえ（而且…）

對前句的事情、事態進一步補充說明時使用的句型。這裡的補充指的並不是單純的追加內容，而是為了填補內容的不足，或是為了強調所刻意進行的附加說明。以「**そのうえ**」連接前後句時，重點是在後句。

①彼らは有り金を全部盗んでいった。そのうえ、店の商品もあらかた持って行ってしまった。 他們把所有的錢都偷走了。而且還把店內大部分的商品都帶走了。

②先生はたくさんの宿題を出した。そのうえ、自由研究までしてこいと言った。 老師出了很多作業。而且還說要做自由研究。

6) また（又…；而且…）

表示的是「同樣地」的意思，是想要在後句透過並列或是補充說明的方式，表達同一個話題時使用的句型。此外，有時也能表述對照性內容的話題。

①彼女は主婦であり、また、エッセイストでもある。

她是家庭主婦，而且她也是隨筆作家。

②木々は緑の木陰（こかげ）をつくる。また、枯れ葉で大地に栄養を与える。

樹木創造綠蔭。而枯葉會為大地供給養分。

40 類似、比喻

1-1. 類似 1「～に／とにている・～に／とそっくりだ」等句型

1) ～に／と似ている（相似）

表示A「類似於」B。「**に**」與「**と**」幾乎沒什麼差別，不過「**と**」是較為口語的用法。

①この子は父親と似ている。這孩子和父親很像。

②この絵はモネの絵にタッチが似ている。

這幅畫和莫內的畫筆觸很相似。

2) 名詞＋似だ（像…）

由「**～に／と似ている**」歸納簡化而成的用法。不過，「**名詞＋似だ**」並不會用來表示「**この絵はモネの絵似だ**」這樣的句子。「**名詞＋似だ**」是用於表示親子、兄弟、親人等具有血緣關係的情況。

①この子は母親似だ。這孩子像母親。

②この子はおじいさん似ですね。這孩子像祖父。

3) ～に／とそっくりだ（一模一樣；極為相似）

「**そっくり**」原本的意思是「全部合而為一」，「**そっくりだ**」則是表示極為相似的意思。這個詞本身並未帶有正面評價或負面評價的意思，通常是依據前後文、情境來決定「**そっくりである**」是屬於正面評價還是負面評價。

①この子は父親にそっくりだ。這孩子和父親長得一模一樣。

②この絵はモネの絵とタッチがそっくりだ。

這幅畫和莫內的畫筆觸極為相似。

4) ～と瓜（うり）二つだ（一模一樣；極為相似）

與 3)「～に／とそっくりだ」同義。「**～と瓜二つだ**」是以瓜這個植物做為比喻的慣用說法。主要是用於表示容貌很相似。屬於有點舊式的說法，最近尤其是年輕人似乎都不太使用。「**似ている**」所表達的「相似」指的是輪廓型態相似，是個較為模糊的概念，「**そっくりだ**」、「**瓜二つだ**」表示的則是仔細觀察，連細部都十分相似的意思。

①この子は死んだ兄と瓜二つだ。兄の生まれ変わりかもしれない。
這孩子與過世的哥哥長得一模一樣。搞不好是哥哥轉世投胎的。

②あの 2 人は他人同士だが、顔かたちが瓜二つだ。
那二個人雖然互不相識，但長相卻一模一樣。

5) ～と～は似ている（…和…很相似）

並非以「A が B に似ている（**A** 相似於 **B**）」的形態表示，而是以 A 和 B 為主詞，並透過「A と B は似ている（**A** 和 **B** 很相似）」的形態表示。「**似ている**」可以用「**そっくりだ**」、「**瓜二つだ**」代替。

①この歌とあの歌はメロディーが似ている。
這首歌和那首歌的旋律很相似。

②この学生の答案とその学生の答案はよく似ている。カンニングの可能性がある。
這位學生的答案和那位學生的答案很相似。可能是作弊。

1-2. 類似 2「帶有評價的類似」

1) 似たり寄ったりだ（大同小異）

表示哪一個都差不多、沒什麼差異。當受評價的作品、申請人、候補累積達到一定的數量，要給予負面評價時使用。一般是以「**どれもこれも似たり寄ったりだ**（不管哪一個都大同小異）」的說法表示。

屬於慣用的句型，其他還可以使用「**大同小異だ（大同小異）**」「**どっこいどっこいだ（不分上下）**」等說法表示。

①空港は世界中どこも似たり寄ったりだ。
全世界的機場都大同小異。

②応募作品は似たり寄ったりで、ユニークなものがない。
參賽作品都大同小異，沒什麼獨特的作品。

2) 似たようなものだ（相似）

與「**似たり寄ったりだ**」幾乎同義，表示負面評價。「**似たようなもの**」本身並不帶有正面評價及負面評價的意涵，但加上「**だ**」的「**似たようなものだ**」，則是表示「一成不變」、「沒什麼新意」的意思。

①この皿と、同じでなくてもいいんですが、似たようなものはありませんか。沒有完全一樣也沒關係，有沒有和這個很相似的盤子。

②私達日本人の英語力は似たようなものだ。
我們日本人的英語能力都差不多。

3) 似通っている（相似）

表示「彼此很相似、有共通點」的意思。通常是用於表示事物、作品、景色、性質、手段或方法等有「內容」的事物。此句型不會如「**この子は母親に似通っている**」這個句子，用來描述人物長相這種具體的內容，而是會像「**この子の行動…性質は母親と似通っている（這孩子的行動、特質和母親很相似）**」這個句子一樣，用來描述與行動、特質等有關的事物。大多不會用來敘述單一的個別事物，而是用於描述社會上、心理上的情況。為書面語。

①長く連れ添った夫婦は、考え方まで似通っている。
在一起很久的夫妻，連思考方式都會很相似。

②日本とモンゴルは地理的に離れているが、文化や習慣が似通っている。日本與蒙古雖然在地理位置上距離遙遠，但文化和習慣有相似之處。

4) 同じだ（一樣）

當要形容人長相相似，雖然有「**顔が同じだ（臉都一樣）**」的說法，不過「**同じだ**」通常表示的是外表、尺寸或是內容一樣，而不是其他東西一樣，而且還必須具有共通之處。此外，「**同じだ**」也沒有特別表示正面或負面評價的意思。

①彼と職場が同じだ。我和他是同一間公司。

②この味は母が作るのと同じだ。這個味道和我媽做的一樣。

5) 代わり映えしない（一成不變）

原本的意思是「與其他的事物交換也不會更好」，是表示「和之前一樣」、「沒有變化」、「沒有新意」這類負面評價。用法如「**この作品はほかの作品と比べて、代わり映えない**（這個作品和其他的作品相比，沒什麼不同）」、「**どれもこれも代わり映えしない**（所有的東西都一成不變）」等句。

①新内閣には代わり映えしない顔が並んでいる。

新內閣的成員都是一成不變的臉孔。

②代わり映えのしない毎日なので、退屈である。

每天都一成不變，真的很無聊。

2-1. 比喻 1

1) ～だ

猶如「**彼は宇宙人だ**（他是外星人）」這個例句一樣，是以 A ＝

B 的形態，將主詞比擬為其他事物。這種比喻的方式很直接，給人簡潔又獨特的感覺。不過因為很直接，有時也會給人過於武斷的感覺。

①**子供からお金を巻き上げるなんて、彼は鬼だ。**

連小孩子的錢都搶，他是魔鬼。

②**彼女は上品で美しい。今世紀のお姫様だ。**

她既有氣質又漂亮，是本世紀的公主。

2) いわば～だ（好比；比喻為）

以「**いわば**」加上 1) 的「**だ**」的形態表示。「**いわば**」是「試著用其他的詞表達」、「如果試著比喻看看」的意思。

①**三重苦を乗り越えた彼女は、いわば日本のヘレンケラーだ。**

克服盲、聾、啞這三種身體障礙的她，就好比是日本的海倫凱勒。

②**ここはいわば私の第二の故郷(こきょう)だ。**

這裡就好比是我的第二個故鄉。

3) ～（の）ようだ／みたいだ（像…一樣）

像 3) 4) 這種加上「**～（の）ようだ／みたいだ**」之後，用來表示相似的句型就稱為比況。「**彼は鬼だ（他是日本長角妖怪）**」是直接以斷定的方式表示，「**鬼のようだ（他像是日本長角妖怪一樣）**」則是間接地比喻。比起「**～ようだ**」，「**～みたいだ**」是更為口語的表達方式。若加上「**まるで**」，則是強調兩者非常相似。

①**彼女は皆にちやほやされて、まるでお姫様みたいだ。**

她被大家捧在手掌心上，簡直就像公主一樣。

②**彼の言動は子供のようだ。**他的言行就像小孩子一樣。

4) ～（の）ように見える（看起來就像…）

並不是以 3)「**～（の）ようだ／みたいだ**」這種表示斷定的句型來表達，而是以看起來很像的方式表達。屬於比較委婉的表達方式。

①ちやほやされている彼女は、お姫様のように見える。
被捧在手掌心上的她，看起來就像公主一樣。

②彼の行動は子供のように見える。
他的言行看起來就像小孩子一樣。

2-2. 比喻 2

1) ～んばかり（の）（幾乎…；眼看就要…）

表示「幾乎就快要…」的意思。另外，也可以用來比喻某事的程度很誇張。例如「**言わんばかり（の）（幾乎就要說出口）**」並不是實際上真的「說」，而是從態度之類的來看，給人有這樣的感覺。「**ばかり（の）**」的前面是動詞否定形的語幹＋「**ん**」（**言わん、泣かん、倒れん、飛びかからん**等）。

「**～んばかりの＋名詞**」中的名詞，大多是表示「樣子、態度、表情、語調」之類的名詞。為書面語，且為慣用句型。

①彼女は泣き出さんばかりの表情で、私に訴えてきた。
她一副快要哭出來的表情來找我訴苦。

②彼女は飛びかからんばかりの迫力で、私に向かってきた。
她幾乎飛也似的朝著我衝過來。

③会場は割れんばかりの拍手と歓声に包まれていた。
會場充滿了如雷的掌聲與歡呼聲。

2) ～そうな（看起來…；快要…）

這是以表示樣態的「**～そうだ**」表達的用法。「**～そうな**」之後接續的是名詞。此句型是書面語「**～んばかり（の）**」比較簡單的說法，而像是前面的例子就可以改以「**泣き出しそうな**（就快哭出來的表情）」、「**飛びかかってきそうな迫力**（飛也似的衝過來）」的方式表達。

①彼女は泣き出しそうな顔で、私を見た。
她一副快要哭出來的表情看著我。

②今にも雪が降りそうな空模様だ。
天空看起來就快下雪了。

3) ～かのごとし（就好像…；當作是…）

「**光陰矢のごとし**（光陰似箭）」這個諺語的意思是「時間消逝如飛箭一樣地迅速」，而此主要句型中的「**～ごとき**」便是此古語的「**～ごとし**」的名詞修飾形，是表示「**～ような**」的意思。

①金星はダイヤモンドのごとき美しさで輝いている。
金星如鑽石般地美麗地閃爍著。

「**かのごとき**」的「**か**」除了可以表示讚嘆（感動的心情），也可以在話中添加表示疑問的情緒。

②ニュースでは、まるで戦争が始まるかのごとき報道をしている。
節目中正在播報的新聞，簡直就像是戰爭即將開始一樣。

③彼女は当然であるかのごとき顔をして、500 万円を受け取った。
她一臉像是理所當然的樣子收下了五百萬。

4) ～かと思うような（彷彿…般）

雖然實際上並未發生，但「彷彿現實就是那個樣子、狀態」的意思。

①この鉛筆画は、写真かと思うような精密なタッチで描かれている。
這幅鉛筆畫，是以細膩的筆觸描繪出彷彿照片般的畫像。

②その映像を見たときは、心臓が止まるかと思うようなショックを受けた。

看到那段影片時，我感受到彷彿心臟差點停止一般的震憾。

41 根據、立場及觀點

1-1. 根據 1「外表、外觀 1」

1) ～から言って（從…來看）

「**～から言って**」、「**～からして**」、「**～から見て**」都是表示判斷的根據，雖然分別使用三種動詞「**言う**（說）」、「**する**（做）」、「**見る**（看）」表示，不過幾乎都使句型表達出同一個意思，都是表示「以…為根據來判斷」的意思。嚴格來說，「**～から言って**」是表示「判斷之後再以言語表達」的意思。為慣用的句型。

①我が家の経済状態から言って、浪人するのは無理だ。

從我們家的經濟狀態來看，要重考是不可能的。

②あの大学は難易度から言って、比較的入りやすい。

從那所大學的難度來看，比較容易考上。

2) ～からして（從…來看）

意思是「以…為判斷的根據」，為慣用的句型。比起 1) 的「**～から言って**」，「**～からして**」是更常用的慣用句型，感覺上是理所當然地覺得本來就應該要以此原因做為判斷的根據。

①我が家の経済状態からして、浪人するのは無理だ。

從我們家的經濟狀態來看，要重考是不可能的。

②あのときの表情からして、彼はきっと驚いたにちがいない。

從那時的表情來看，他肯定嚇了一大跳。

「**～からして**」的第二種用法是「先舉出一個例子，強調整體都是如此」。以「**この刺身は色からして古い感じがする（這個生魚片從顏色來看，感覺放得有點久）**」的這個句子為例，「從顏色來判斷」只是表面上的意思，這個句子真正想傳達的是「**この刺身は古い（這個生魚片放得有點久）**」的這個結論，而「顏色」只不過是其中一項判斷根據。所以這個句型在語意上與「**～をはじめとして（以…為代表）**」比較接近。若以「**あの男は目つきからして怪しい（那個男的從他的眼神來判斷感覺很可疑）**」這個句子來說，即可解釋為「首先那個男人的眼神就很可疑，其他的部分也有可疑之處。所以他是個可疑的人」。

3) ～からすると（從…來看）

與 2)「**～からして**」的意思相同。

①我が家の経済状態からすると、浪人するのは無理だ。

從我們家的經濟狀態來看，要重考是不可能的。

②彼のあのときの表情からすると、きっと驚いたにちがいない。

從他那時的表情來看，他肯定嚇了一大跳。

「**～からして**」給人的感覺是句子一直持續下去，「**～からすると**」則給人話說到一半稍作停頓，接著再敘述結果的感覺。另外，2)「**～からして**」的第二種用法「先舉出一個例子，強調整體都是如此」，「**～からすると**」則沒有這個用法。

？③この刺身は色からすると、古い感じがする。

？這個生魚片從顏色來看，感覺放得有點久。

4) ～から見て（從…來看）

與 1)「～から言って」、2)「～からして」相同，都是表示「以…為根據來判斷」的慣用句型。「見る」這個詞具有判斷的意味，雖然親眼所見是其中一項判斷的要素，但並不一定要親眼看過才能用「見る」表示。

①全体から見て、設計はうまくできていると思う。
從整體來看，我覺得設計得很不錯。

②裁判の成り行きから見て、彼が無罪になる確率は高い。
從審判的過程來看，他獲判無罪的機率很高。

5) 見るからに（一看就知；看起來就…）

「看一眼就知道」的意思，是藉由外觀所得的資訊來判斷的句型。「見るからに」是表示「就是這麼回事」的強調說法。而以此慣用句型表達的例子有「見るからに金持ちな人（一看就知道是有錢人）」、「見るからにこわそうな男（看起來就很恐怖的男人）」。

①彼女はいつも見るからに高級そうな服を着ている。
她總是穿著看上去就很高級的服裝。

②見るからに怪しげな男が門のそばに立っている。
門邊站了一個看起很可疑的男人。

1-2. 根據 2「外表、外觀 2」

1) ～から（從…來看）

「～から」是表示由外表、外觀所得的資訊作為原因、理由。後句的句尾大多會加上「のだ／んだ」。

①彼女は晴（は）れ晴（ば）れした顔をしているから、絶対合格したんだと思う。從她春風滿面的表情看來，我認為她一定考上了。

②人の声が聞こえなくなったから、お祭りは終わったのだろう。

因為沒聽到人聲，祭典應該結束了吧。

2）～の／ところを見ると（從…來看）

依據所見的情況客觀地做判斷的說法。表示「從目前的動作或狀態來判斷整體的狀況」的意思。

①すぐに帰ってきたの／ところを見ると、デートはうまくいかなかったのだろう。從他很快就回家這點來看，約會大概不是很順利。

②順調に作動しているの／ところを見ると、修理はうまくいったようだ。從順利運作這點來看，似乎是修好了。

在此句型中，「の／ところ」的功用幾乎相同，不過在以下的例句中，「ところ」是指單一的事實、現象或傾向，但「の」感覺上則是指整體的狀況。

③ボランティアとして立派に働いているの／ところを見ると、彼が健全に育っているのがわかる。從擔任義工傑出的工作表現來看，可知他長成了一個身心健全的人。

3）～くらい／ぐらいだから（表示程度，為後續判斷的依據）

前句是以「因為已經達到那樣的程度」做為判斷的基準，後句是表示「自然／理所當然會如此」的意思。後句常會使用「～のだろう」、「～にちがいない」這類表示推測的句型。

①我慢強い彼女が泣き出すくらいだから、よほどくやしかったのだろう。連那麼會忍耐的她都哭了，想必是真的很不甘心吧。

②何軒も倒壊したぐらいだから、よほど大きな地震だったにちがいない。都倒了那麼多間房子，一定是相當大的地震。

1-3. 根據 3「言談資訊」

1) ～によると（根據…）

（請參照 7「傳聞」的重點句型與彙整 2.1)）

2) ～の話では（根據…）

以特定的人物或組織所說的話作為資訊來源的句型。用法如「**田中さんの話では**（根據田中說的話）」、「**社長の話では**（根據社長說的話）」、「**政府の話では**（根據政府表示）」。後句會加上「**～ということだ**」、「**～そうだ**」、「**～らしい**」、「**～ようだ**」，若為日常對話則是使用「**～って**」表示。

①**林さんの話では、今日の会合はキャンセルになったそうだ。**
據林先生說，今天的會議似乎取消了。

②**政府の話では、被災地に送る自衛隊員を増強するということだ。**
根據政府表示，將會增加派遣至災區的自衛隊隊員。

3) ～が言って(い)たんですが／だけど（…說，…）

把 2) 的「**～の話では**」以更淺顯易懂的方式表達的說法。由於是轉述別人說的話，所以聽起來較委婉。此外，在這類句型中，最大的重點就是「誰說的」，所以「**～が**」之前放的是可以代表某個人的名詞。

①**林さんが言っていたんですが、今日の会合はキャンセルになったそうです。**林先生說，今天的會議似乎取消了。

②**官房長官が言っていたんだけど、被災地に送る自衛隊員を増強するということだよ。**

官房長官說，將會增加派遣至災區的自衛隊隊員。

4) ～が言うには（據～說）

為「**～が言うことには**」的簡略說法，屬於慣用句型。意思和「**～の話では**」、「**～が言っていたんですが**」相同，但資訊來源多半是親近的人、朋友、家人。

① A：**森さん、今日休みだって。**聽說森先生今天休假。
B：**あ、そう。珍しいね。**是嗎。還真稀奇耶。
A：**妹さんが言うには、家で何かあったらしいよ。**
據他妹妹說好像是家裡有事。

②**うちの子が言うには、○○先生、3 月に転勤だって。**
聽我家的孩子說，○○老師，三月要調職了。

5) 噂では（傳聞）

（請參照 7「傳聞」的重點句型與彙整 2.5））

2. 立場、觀點

1) 私は

就如「**私はこう思う（我是這麼想的）**」、「**私はその意見には賛成／反対です（我贊成／反對那個意見）**」所示，可以使用「**私は**」來陳述自己的想法。不但簡潔，也是最有效率的表達方式。不過如果一直重覆用「**私は**」，就會給人咄咄逼人的印象，必須要特別小心。

①**私は常日頃からこのように考えてまいりました。**
我平時就一直是這麼想的。

②**私は賛成でも反対でもない。**我既不贊成也不反對。

2) 私としては（就我而言）

若要陳述自己的意見，比起直接說「**私は**」，以「**私としては**」

表示時，會有「我已經準備好要開始表達我的意見」的語感。通常後句會使用如以下的句型表示「**(私としては)その意見には賛成できません（（就我而言）我沒辦法贊成那個意見）**」、「**(私としては)～ほうがいいと思います（（就我而言），我認為…比較好）**」、「**(私としては)～するべきではないと考えます（（就我而言），我認為並不應該做…）**」。這是明確表達自己的立場時使用的句型，使用時，一段話最好不要超過一次，過於頻繁使用並不是好現象。

①私としては、このまま続けて大丈夫だと思っています。
就我而言，我認為繼續這麼下去也沒關係。

②私としては、今の制度を続けるべきではないと思います。
就我而言，我認為目前的制度不應該持續下去。

3) 私としても（就我而言，我也…）

贊同其他的意見，或者是從自己的立場來看，也認為那個意見很好時，是使用「**私としても**」表示。「**私としては**」是提出並表明自己的立場，「**私としても**」因為是以贊同別人意見的方式表達，所以是委婉的說法。

①私としてもその意見には賛成です。
就我而言，我也贊成那個意見。

②私としても、そうしていただければありがたいです。
就我而言，我也覺得若能那麼做的話真是感激不盡。

如果不是想表達贊同某個人的意見，而是單純地想以較委婉的語氣表明自己的立場，也有時會使用「**私としても**」表示。

4) 私から言うと（從我的立場來看）

針對話題的走向或是他人的意見，表明自己的意見或想法時使用的說法。大部分的情況下，說話者表達的是與其他人不同的看法

或意見。「**私から言うと**」是比較直接的說法，所以若在正式場合大多會改以「**私から言わせていただくと（若是要我來說的話）**」表示。

①**〈上司の批判をしている〉**（正在批評上司）

友達 1：私は上司の態度がよくないと思う。

我認為上司的態度不好。

友達 2：私から言うと、あなたは甘えていると思う。上司なんてそんなものよ。

從我的立場來看，我認為是你太天真。上司本來就是那麼一回事。

②**〈隣人同士のトラブル〉**（鄰居之間的紛爭）

A：テレビの音がうるさいんですが……。

你的電視開得太大聲了……

B：そうですか。すみませんね。でも、私から言わせていただくと、お宅の犬の鳴き声もうるさいですね。

是嗎。不好意思。不過，若是要我說的話，您府上的狗，叫聲也很吵。

A：ええっ？ 什麼？

5) 私から見て（從我的立場來看）

「**私から見て**」是表示「依我判斷」、「就我的個人意見而言」的意思。比起「**～から言うと**」是較為客觀、間接的表達方式。例如當 A 和 B 正在爭論某件事，身為同事或是上司就可以如例句①的方式表達，而對於交出的案子，則可以如例句②的方式表達。

①**私から見て、B 君の言っていることのほうが正しいと思う。**

從我的立場來看，B 說的話比較正確。

②**私から見て、詰め方が甘いように思う。もう一度考えたほうがいいんじゃないか。**

從我的立場來看，我認為最後的那個作法太天真。是不是再多想一下比較好。

42 緩衝用語

1. 主動攀談

1) ちょっとすみませんが／けど（不好意思…）

主動向人攀談時，用於叫喚對方，或是作為緩衝用語使用時常見的說法。「**すみません**」原本是表示歉意的說法，在這裡是表示「請原諒我冒昧打擾您」的意思。可說是「向人攀談、叫喚對方」時的一種慣用說法。

①ちょっとすみませんけど、お話があるんですが。

不好意思，我有事想和您說。

②ちょっとすみませんが、お時間ありますか。

不好意思，請問您有空嗎？

2) 申し訳ありませんが／けど（不好意思…）

比 1)「**ちょっとすみませんが／けど**」，更正式禮貌的說法。適用於正式場合、長輩或地位較高的對象。

①申し訳ありませんが、ちょっと時間いただけますか。

不好意思，可以耽誤您一點時間嗎？

②申し訳ありませんが、皆さんこちらにお集まりください。

不好意思，請大家在這裡集合。

若改以常體表示，也可以用於日常會話中，如：「**申し訳ないん**

だけど、今時間ある？（不好意思，你現在有空嗎）」。

3) ちょっと（お）話があるんですが／けど（我有些事想跟你說…）

當想要找對方談話時，若不想使用 1)「ちょっとすみませんが／けど」、2)「申し訳ありませんが／けど」，也可以直接向對方表示「ちょっと（お）話があるんですが／けど」。如果對方問你「なんですか？（你有什麼事？）」，可以使用「あのう／実は（那個／其實）」、「突然で申し訳ないんですが（冒昧打擾很抱歉）」等方式回應。以下的例句①可以直接使用，但如果對象是關係較親近的人，就可以以例句②的方式表達。

①ちょっとお話があるんですが、今よろしいでしょうか／お時間いただけませんか。
我有些事想跟您說，您現在方便嗎／請問您有空嗎？

②ちょっと話があるんだけど、今いい／時間ある？
我有些事想跟你說，現在方便嗎／有時間嗎？

4) ちょっと（ご）相談したいことがあるんですが／けど（我有點事想找你商量…）

3) 的「（お）話」改以「（ご）相談したいこと」替代的說法。「（お）話がある」大多是表示說話者單方面地有事想說，「（ご）相談したいことがある」則大多是表示想要詢問對方的意見。不過有時候「（お）話」也帶有「（ご）相談」的意思。

①ちょっとご相談したいことがあるんですが、時間いただけませんでしょうか。我有點事想找您商量，可以請您給我一點時間嗎？

②ちょっとご相談したいことがあるんですが、今よろしいでしょうか。
我有點事想找您商量，請問您現在方便嗎？

如果是關係親近的人則可以說「**ちょっと相談したいことがあるんだけど、時間ある？**（我有點事想找你商量，有時間嗎）」、「**ちょっと相談したいことがあるんだけど、今いい？**（我有點事想找你商量，方便嗎）」。

5) この間のことでちょっと（關於上次那件事…）

此句型可用於取代和對方攀談時的招呼語。先以「**○○さん**」叫住對方，接著再說「**この間のことでちょっと**」。和對方攀談並不一定要用全新的話題，拿以前提過的事來向對方搭話也是一種方法。

①大谷さん、今いいですか。この間のことでちょっと……。
大谷先生，現在方便嗎？關於上次那件事……。

②大谷さん、この間のことでちょっと。実は……。
大谷先生，關於上次那件事我有點話想說。其實……。

6) ちょっと悪いけど／悪いんだけど（不好意思喔…）

1) 的「**ちょっとすみませんが／けど**」如果要在比較輕鬆的場合使用，會改以「**ちょっと悪いけど／悪いんだけど**」表示。男女皆可使用。這裡的「**悪い**」並不是 bad 的意思，而是對於佔用對方的時間或是麻煩對方表達歉意的一種說法。因為是用於關係親近的人之間的說法，所以最好不要用在正式的場合。

①ちょっと悪いけど、10 分ほど待って。
不好意思喔，你等我 10 分鐘左右。

②ちょっと悪いんだけど、先に行っててくれる？
不好意思喔，你可以先去嗎？

2. 先表示「這件事先前已經提過」再陳述自己的想法

1) 前にも言いましたように（就如我先前說過的）

將提出的事情用來引導話題時的說法。與其說是要提醒對方「我先前說過這件事」，其實是希望藉此讓聽者產生「是嗎，那我不聽聽看你要說什麼也不好意思了」這種傾聽的想法。

① A：**私１人じゃだめですか。**我一個人不行嗎？

B：**前にも言ったように、俺はたくさんの人に聞いてもらいたいんだ。これはみんなの問題なんだ。**就如我先前說過的，我也已經跟不少人提過了。這是大家的問題。

②先生：**前にも言いましたように、ここで大事なことは、子供が規則を破ったとき、怒(おこ)らないこと、叩いたりしないことです。**

就如我先前說過的，最重要的是，當孩子不遵守規則時，不要打也不要罵。

有時會以「**通り**」代替「**ように**」。相較於「**前にも言った／言いましたように**」，「**前にも言った／言いました通り**」是較為生硬的說明性質的說法。

③**前にも言いました通り、事柄によって対処の方法は変わるのです。**就如我先前說過的，不一樣的事情就要改變應對方式。

④**前にも言った通り、その日は私は仕事が入っているんだよ。**

就如我先前說過的，那一天我有工作要做。

2) 前にも言いましたが／けど（我先前也說過）

1) 的「**言いましたように**」給人有些獨斷的感覺，「**言いましたが／けど**」則是比較委婉溫柔的說法。透過這句話可以看出說話者的意圖是希望藉此稍稍喚醒對方的記憶。

①**前にも言いましたが、私はご協力できないんです。**

我先前也說過，我沒辦法幫這個忙。

②前にも言いましたけど、これは多くの人が言っていることなんです。我先前也說過，這件事有很多人在說。

3) 前にも言った(か)と思いますが／けど（我想我先前也說過）

2)「前にも言いましたが／けど」聽起來較為武斷，「前にも言った(か)と思いますが／けど」因為加上了「～と思う」，所以削弱了斷定的語氣，給人語氣比較柔和的感覺。話中也帶有反問對方「你還記得嗎」的語感。如果再加上「か」，以「前にも言ったかと思いますが／けど」表示，感覺上語氣會變得更柔和。

①前にも言ったかと思いますが、その日はちょっと都合が悪いのです。我想我先前也說過，那天我不太方便。

②前にも言ったかと思いますが、私はその案に賛成できません。我想我先前也說過，我沒辦法贊成那項計畫。

4)(今さら) 言う必要はないと思いますが／けど（我想大家都知道；我想事到如今不需要再多提）

或許對對方而言是沒必要說的內容，不過話中帶有「為求保險起見，才再次向大家提起」的意味。雖然是有禮貌的說法，但在語感上帶有強烈主張的意味。

①今さら言う必要はないと思いますが、権利と義務は一体のものなのです。我想大家都知道，權利與義務是一體兩面。

②今さら言う必要はないと思うが、教育とは人の心を育てるということなんだよ。我想大家都知道，教育是在滋養人的心靈。

3. 慣用的緩衝用語

1) ご存じのように（誠如各位所知）

「ご存じのように」是由「ご」＋「存じる／存ずる」的マス形語

幹＋のように組成，意思是「如您所知」，是引導對方進入話題時的緩衝用語。而這個用法的使用對象，可能是單人，也可能是多人。若對象為單人，是以「**○○さんもご存知のように**」表示；若對象為多人，則是以「**皆さん／皆様もご存知のように**」表示。為生硬的說法，用於正式場合。雖然在大部分的情況下，聽者都知道說話者所指為何，但就算不知道也無所謂。

①**ご存じのように、政府ではマイナンバー制度の導入を進めています。**誠如各位所知，政府正在推廣 My Number 制度。

②**ご存じのように、3 月 11 日は東日本大震災が起こった日です。**
誠如各位所知，3 月 11 日是東日本大地震發生的日子。

2)(ご)周知（しゅうち）のように（誠如各位所知)

表示「誠如在座的各位所知」的意思，是引導對方進入話題時的緩衝用語。為生硬的說法，用於正式場合。說話的對象有可能是單人，不過大部分還是用於多人的場合，如演講、說明會、發表會之類的場合。

①**ご周知のように、この選挙は日本の運命を決する大切な選挙であります。**誠如各位所知，這次將是決定日本命運的重要選舉。

②**ご周知のように、若者の晩婚化、非婚化が社会的な問題になっております。**

誠如各位所知，年輕人晚婚、不婚的狀況已經成為社會問題。

3) ご案内のように(正如各位所知)

與 2)「**(ご)周知のように**」的用法相同。表示「正如各位已經知道的」之意，為生硬的慣用說法。常以「**皆様、ご案内のように**」的形態表示，大多是用於多人的場合，甚至是與政治等有關的場合。

①**本件につきましては、ご案内のように、本日 13 時から臨時総会が開**（ひら）**かれる予定でございます。**關於這件事，正如各位所知，我們預定將在今天的 13 時開始舉行臨時股東大會。

②**ご案内のように、金融市場の混乱が続いているという状況の中で、やはり実体経済の悪化が続いているということが根本にあると思われます。**正如各位所知，金融市場持續混亂最根本的原因，似乎還是實體經濟的持續惡化。

4) ご承知（しょうち）のように（誠如各位所知）

意思和用法都和「**ご存じのように**」相同。「**承知する**」同時具有「知道」和「理解」兩種意思，「**ご承知のように**」不只是表示「知道」，也包含「理解」的意思在內。

①**ご承知のように、我が校で暴行事件が起こりました。**

誠如各位所知，本校發生了襲擊案。

②**皆様ご承知のように、まもなく総選挙が行われます。**

誠如各位所知，很快地將進行普選。

5) 言うまでもありませんが／けど（我想大家都知道）

先以「我想我不用說各位也知道」作為緩衝用語，接著再正式地將這件事提出來。可對單人及多人使用，是有些繞圈子的說法。

①**言うまでもありませんが、オリンピックの主役はあくまでも選手であって、役員ではないんです。**

我想大家都知道，奧林匹克的主角最終還是選手，而非官員。

②**言うまでもありませんが、国民を第一に考えた政治を目指さなければなりません。**我想大家都知道，我們必須要以將國民放在第一位為政治目標。

43 敬語 1（尊敬語）

1-1. 敬意對象 1「老師與學生的對話」

1-2. 敬意對象 2「職員與上司的對話」

2-1. 敬意對象不在場 1「同學之間的對話」

2-2. 敬意對象不在場 2「職員之間的對話」

1) 尊敬動詞（いらっしゃる／いらっしゃいます、なさる／なさいます等）

尊敬動詞有「**いらっしゃる、なさる、ご覧になる**」等，可分為使用頻率高的動詞，以及較少用的動詞。在尊敬動詞中，「**いらっしゃる**」的使用頻率是壓倒性地高，在日常生活中，一般是作為敬語使用。「**いらっしゃる**」可用於表示「**行く、来る、いる**」三種意思，據說最近用於表示「**行く**」的敬語用法有較少使用的傾向，較常作為「**来る**」、「**いる**」的敬語使用，下面例句①是用於表示「**来る**」之意，例句②則是表示「いる」之意的敬語用法。

①**いつ日本へいらっしゃいましたか。**您何時來日本的？
②**いつまでいらっしゃるんですか。**您會待到什麼時候？

其他還有「**なさる**」、「**ご覧になる**」等敬意程度較高的語詞，是用於公司的上司、地位較高者、年長者以及特別需要表達敬意的人等。

2) お＋動詞マス形的語幹＋になる／なります

原則上所有的動詞マス形的語幹都可以套用，不過像「**見る、いる**」這類マス前只有一個音節的動詞（**みーます、いーます等**）則不會以此句型表示。「**召し上がる**」、「**見える**」等動詞雖然本身即為尊敬動詞，但仍舊也可以如例句後例①、②一樣，以「**お＋動詞マス形的語幹＋になる**」的形態表示。

①**どうぞお召し上がりになってください。**請享用。

②**今日は奥様もお見えになりますか。**今天也會見到您的夫人嗎。

由於「**お＋動詞マス形的語幹＋になる**」給人較為生硬的印象，所以常會以尊敬動詞「**いらっしゃる、なさる**等」取代。不過，只要依照前述的規則套用，許多動詞就能以尊敬語的形式表達，所以是十分方便的用法。

3) 表尊敬的被動形（使用被動形表示的尊敬語）

以前被視為敬意較低的用法，所以較少使用，但現在反而因為不會過度有禮而變得較為常用。只要依照文法規則將動詞改為被動形即可作為尊敬語使用，所以對於學習者而言是很方便的用法。然而，不同地區的使用比例似乎也會有所差別（和關東比起來，關西對於表尊敬的被動形接受度較高），不過只要不是需要表示強烈敬意的場合，都可以使用表尊敬的被動形。

①**いつ国へ帰られますか。**請問您何時回國呢？

②**○○氏は、次回にボランティア活動について話されます。ご期待ください。**

○○先生下一次要談的是義工活動的相關內容，敬請期待。

4) お／ご～です

以「**お／ご＋動詞マス形的語幹＋です**」、「**お／ご＋形容詞＋です**」、「**お／ご＋名詞＋です**」的形態表示尊敬的用法。但並非所有的動詞、形容詞和名詞都可以套用此用法，或者可以說能夠套用此用法的詞很有限。屬於有親近感，語氣溫柔的表達方式。大多用於對敬意對象提問。

[動詞]

帰る（回家）：**お帰りです（か）** 您要回去了（嗎？）

急ぐ（急）：**お急ぎです（か）** 您趕時間（嗎？）

持つ（持有）：**お持ちです（か）** 我幫您拿（嗎？）

出かける（外出）：**お出かけです（か）** 您要外出（嗎？）

済む（完了）：**お済みです（か）** 您做完了（嗎？）

呼ぶ（呼喚）：**お呼びです（か）** 您叫我（嗎？）

泊まる（住宿）：**お泊まりです（か）** 您要住宿（嗎？）

出張する（出差）：**ご出張です（か）** 您要出差（嗎？）

使用する（使用）：**ご使用です（か）** 您要使用（嗎？）

宿泊する（投宿）：**ご宿泊です（か）** 您要留宿（嗎？）

[形容詞]

お忙しいです（か） 您很忙（嗎？）

おつらいです（ね） 您真是辛苦（呢。）

[形容動詞]

お暇です（か） 您有空（嗎？）

お元気です（か） 您還好（嗎？）

ご立派です（ね） 真是優秀（呢。）

ご無理です（か） 您不行（嗎？）

お好きです（か） 您喜歡（嗎？）

お上手です（ね） 您真厲害（呢。）

[名詞]

お風邪です（か） 您感冒了（嗎？）

ご病気です（か） 您生病了（嗎？）

ご定年です(か) 您要退休了（嗎？）

①**社員：部長、今日はどちらにお泊まりですか。**
　　部長，請問您今天要住在哪裡？
　部長：プリウスホテルに泊まる予定だよ。我預定住在王子飯店。
②**社員：明日のゴルフ、ごいっしょにいかがですか。**
　　明天我可以和您一起去打高爾夫嗎？
　部長：いや、明日はちょっと。不，明天不太方便。
　社員：お忙しいですか。您有事要忙嗎？
　部長：うん。嗯。
　社員：ご無理ですか……。わかりました。
　　所以您沒辦法去啊……。我知道了。

5) デス・マス形

學生在老師要準備回家時對老師說「**先生、今から帰りますか**」；或者是當老師戴上口罩時，學生對老師說「**先生、風邪ですか**」，這些都是失禮的說法。當敬意對象就在眼前時，至少要使用表尊敬的被動式，以「**先生は今から帰られますか**」表示，或是使用「**お／ご～です**」，以「**お風邪ですか**」表示比較好。不過若是學習日語的資歷尚淺，還不太會使用敬語時，就可以使用「**今から帰りますか**」、「**風邪ですか**」表示。比起一句話都不說，或是辭不達意，還是如以下這段對話一樣，使用**デス・マス**形明確地表達出來比較好。

〈教授の研究室で。明日の実験について話している〉
（位於教授的研究室。談論關於明天的實驗。）
教授　：明日は大丈夫ですか。明天沒問題吧？
留学生：はい、大丈夫です。明日は9時に来ます。
　　是的，沒問題。我明天九點到。
教授　：じゃ、待っています。那我在這裡等你。

留学生：わかりました。明日は何をしますか。

我知道了。明天要做什麼呢？

教授　：実験の続きをします。繼續做實驗。

留学生：はい、何か持って来たほうがいいですか。

好的。我明天要帶什麼東西來呢？

教授　：いや、特にありません。不，不用特別帶東西。

留学生：先生は何時に来ますか。老師幾點到呢？

教授　：いつもの時間に来ています。我會和平常一樣的時間到。

6）動詞、形容詞、「名詞＋だ」的常體

當敬意對象就在眼前時，最好不要使用「**先生、今からうちに帰る？**」、「**先生、風邪？**」、「**先生、忙しい？**」這種說法。至少要使用デス・マス形，如果可以的話，更希望各位可以使用「**れる／られる**」這種表尊敬的被動形來表示。

不過，若是敬意對象不在眼前時，就可以使用「**先生、帰ったよ**」、「**課長、ご機嫌ななめだよ**」、「**部長、忙しそうだよ**」等說法。不過女性當中也有人會偏好使用比較禮貌的說法。

以下這段對話是同事們談論部長的常體對話。

社員１：きのう部長怒（おこ）ってたね。昨天部長生氣了。

社員２：うん、みんなが賛成しなかったからね。

嗯，因為大家都不贊同他。

社員１：だって、部長がもっと具体的な案を出さないから。

那是因為部長沒有拿出更具體的案子啊。

社員２：そうだね。でも、僕らももっとわかってあげなくちゃいけないのかもしれない。

就是說啊。不過我們或許應該對部長要多點理解才是。

44 敬語 2（謙讓語、鄭重語）

1-1. 對方為敬意對象 1「老師與學生的對話」

1-2. 對方為敬意對象 2「職員與上司的對話」

2-1. 敬意對象不在場 1「同學之間的對話」

2-2. 敬意對象不在場 2「職員之間的對話」

1) 謙讓動詞（伺う／伺います、まいる／まいります等）

「**まいります**」是「**行く**」的禮貌說法。「**伺います**」是指拜訪敬意對象的家或房間。屬於比較有禮貌的正式說法。

①教授：ユン君、あとで研究室へ来てくれる？

Yon，你等一下可以來研究室嗎？

ユン：はい。今から図書館へ行って、そのあとで伺います。

好的。我現在要去圖書館，之後再去拜訪您的研究室。

「**申します**」可作為謙讓語，也可作為鄭重語使用。若作為謙讓語使用，就如以下的例句一樣，用於對對方表示敬意。

②〈先生に〉母が先生によろしくと申していました。

（對老師）家母向老師問好。

「**申し上げます**」是對長輩或地位較高的人陳述自己的意見或想法時使用，屬於禮貌生硬的說法。

③〈会社の会議で〉（公司會議上）

A：Bさん、ご意見をまとめてください。

B，請你統整一下意見。

B：はい、私が申し上げたいことは、今こそ積極的に打って出て

いくべきだということです。

好的。我想說的是，現在正應該積極地出擊才是。

「**いたします**」在大部分的情況下會顯得過於生硬有禮，通常是用於上下關係很明確的情況。

④**〈会社で〉**（公司）

部長：先方にちゃんと連絡しておいてくれよ。

一定要事先和對方連絡喔。

部下：はい、すぐ連絡いたします。是，我立刻去連絡。

2）お＋動詞マス形的語幹＋いたす／いたします

相當正式生硬的說法。通常是用於組織中地位較高者、正式場合，或是禮貌的方式表達的情況。

①**〈会社で〉**（公司）

専務：書類がないよ。我沒有拿到文件喔。

社員：あ、すみません。すぐお持ちいたします。

啊，不好意思。我立刻拿過來。

専務：コピーでいいよ。影印的就可以了。

社員：はい、すぐにコピーをお取りいたします。

好的。我立刻去拿影本。

②**〈旅館を出るとき〉**（離開旅館時）

旅館の女将：またのおいでをお待ちいたしております。お気をつけて行っていらっしゃいませ。期待您再次蒞臨。請您路上小心。

「**漢語名詞＋する**」的謙讓形，基本上是以「**ご＋漢語名詞＋いたす**」表示。

③**この件につきましては、後日ご連絡いたします。**

我們會在日後就此事與你聯絡。

3) お＋動詞マス形的語幹＋する／します

雖然禮貌程度不及 2) 的「**お＋動詞マス形的語幹＋いたす**」，不過可以用於對禮貌的要求沒有那麼高的正式場合。由於「**いたす**」會給人很生硬的印象，所以幾乎在所有的場合都可以改以「**お＋動詞マス形的語幹＋します**」表示。不只是在公司這類組織裡，可以用於公司等組織中，也可用於師生間的對話。

①〈立食パーティーで〉（雞尾酒派對上）

学生：先生、何を召し上がりますか。老師，您拿了什麼呢？

先生：ああ……。適当に。喔，我就隨便拿一點。

学生：私がお取りします。我去拿餐點

②**編集者：先生、お願いしていた原稿、できあがりましたでしょうか。**

老師，拜託您的原稿，您完成了嗎？

作家：ああ、今最後のところを書いているの。明日まで待ってくれる？

喔，我現在正在寫最後的部份。可以等到明天再給你嗎？

編集者：そうですか。では、明日の夕方までお待ちします。

是這樣啊。那麼，我等到明天傍晚。

「**漢語名詞＋する**」的謙讓語，基本上是以「**ご＋漢語名詞＋する**」的形態表示。

③**駅まで来ていただければ、そのあとは私がご案内します。**

您抵達車站之後，再由我帶路。

4) 使役形＋ていただく／いただきます

「**使役形＋ていただく**」（例：**待たせていただく**（請容我等候）、**説明させていただく**（請容我說明）、**紹介させていただく**（請容我介紹））是以非常禮貌的說法來敘述自己的行動。有時可能會顯得過於禮貌，大多是在公司或正式場合中，居下位者對居上位者使用。

① 〈説明会で〉この件に関しましては、私のほうから説明させていただきます。（說明會）關於這件事，請容我為大家說明。

② 〈ポイさんが会社を訪ねる〉（Poi 先生去拜訪公司）

ポイ：〇〇部長にお会いしたいのですが。我想見〇〇部長。

受付：部長は今会議中です。お待ちになりますか。

部長目前正在開會。您要等他嗎？

ポイ：はい。では、ここで待たせていただきます。

是的。那麼，請容我在此等候。

5) 鄭重語（まいる／まいります、おる／おります等）

鄭重語與謙讓語的不同之處在於，該件事情或行為與敬意對象是否有關。在以下的例子中，「學會」與敬意對象 A 並無特別相關，B 在禮貌上是使用鄭重語的「まいります」。

① A：明日学会に行かれますか。明天你要去學會嗎？

B：はい、まいります。是的，我要去。

在下面的例子中，由於「自宅にいる（在家）」這件事和對方（敬意對象）無關，所以是使用鄭重語「おります」，禮貌地和 B 對話。

② A：明日は自宅におりますので、おいでください。

明天我都在家，請過來坐坐。

B：ありがとうございます。お伺いします。

謝謝。我會去拜訪的。

〈次の日、B が A に電話をかける〉（隔天，B 打電話給 A）

B：もしもし、A さんのお宅ですか。喂，請問是 A 的家嗎？

A の母親：はい、そうです。是的。

B：A さんいらっしゃいますか。請問 A 在家嗎？

A の母親：はーい、おります。少々お待ちください。

是的，他在。請您稍等一下。

鄭重語「**申します**」是介紹自己或自己的家人時的用法，例如「**私は田中と申します**」。

「**ここにあります**」的「**あります**」若以禮貌的說法表達，即為「**ございます**」。「**責任者の小川である／です（我是負責人小川）**」的「**である／です**」，若要改以禮貌的說法表示時則為「**でございます**」（**責任者の小川でございます**）。（「**ございます**」、「**でございます**」稱為丁寧語。）有些學習者會因為太過急於展現自己的禮貌而使用「**ございます／でございます**」表達，但大部份的情況下都會顯得過於有禮。在沒學會正確的用法之前，最好還是不要貿然使用「**ございます／でございます**」這個用法。

6) デス・マス形

如果把「**私が手伝います**」、「**お仕事が終わるまで、ここで待ちます**」這種デス・マス形的說法，拿來對老師或上司使用，可能會因場合不同而顯得很失禮，不過如果是日語學習資歷尚淺，在敬語的使用上還不是很拿手的情況下，是可以使用的。デス・マス形是直接明確的表達方式，只要能夠好好地傳達想說的話，對敬意對象也可以使用デス・マス形。下面例句①、②的對話內容是以デス・マス形表達的句子，雖然沒有使用敬語，但有確實地將自己想說的話傳達給對方。

①**教授**　:**明日は大丈夫ですか。**明天沒問題嗎？
　留学生:**はい、大丈夫です。明日は 9 時に来ます。**
　　　　是的，沒問題。我明天九點來這裡。
　教授　:**じゃ。**那就這樣。
　留学生:**今日はこれで失礼します。**那麼今天我就告辭了。
②**教授**　:**実験を続けましょう。**我們繼續實驗吧。

留学生：私は何をしましょうか。我要做什麼呢？

教授　：検体の準備をしてください。請你準備檢體。

留学生：はい。できました。ここに置きます。

好的。準備好了。我放在這裡。

今から顕微鏡を調節します。

我現在要開始調整顯微鏡。

教授　：データの記録は？ 數據記錄呢？

留学生：はい、ここに記録します。

是的。全都記錄在這裡。

7）動詞、形容詞、「名詞＋だ」的常體

對敬意對象使用常體的「**手伝うよ**」、「**ここで待つよ**」等說法是失禮的表現。至少要使用デス・マス形（**手伝います、ここで待ちます**等），若非日語初學者，則盡量使用「**お＋マス形的語幹＋する**」。

另一方面，若敬意對象不在眼前，就可以像「**俺／僕／私、（先生を）手伝うよ**」、「**（先生を）待つよ**」、「**先生は元気だよ**」一樣，使用動詞、形容詞、「**名詞＋だ**」的常體表示。不過，以「**～だ**」表示斷定語氣是屬於男性用語，女性最好不要使用。

社員1：資料、揃った？ 資料都收集齊了？

社員2：うん、揃ったよ。嗯，都找好了。

社員1：いつ部長に渡す？ 你什麼時候交給部長？

社員2：明日朝一番に。明天一早。

社員1：そうだね。今日は間に合わなかったね。

也對。今天已經來不及了。

社員2：うん、朝一番に行って、謝るよ。

嗯，明天一大早拿去，並和部長道歉。

参考文献

庵功雄他（2000）松岡弘（監）『初級を教える人のための日本語文法ハンドブック』スリーエーネットワーク

――――（2001）白川博之（監）『中上級を教える人のための日本語文法ハンドブック』スリーエーネットワーク

池上素子（1997）「「のに」・「ながら」・「ものの」・「けれども」の使い分けについて」『北海道大学留学生センター紀要』1号

――――（2000）「「～化」について一学会抄録コーパスの分析から一」『日本語教育』106号

伊豆原英子（2014）「補足の接続詞「もっとも、ただし」の意味分析」『愛知学院大学教養部紀要』61巻4号

泉原省二（2007）『日本語類義表現使い分け辞典』研究社

市川保子（2005）『初級日本語文法と教え方のポイント』スリーエーネットワーク

――――（2007）『中級日本語文法と教え方のポイント』スリーエーネットワーク

太田陽子（2014）『文脈をえがく　運用力につながる文法記述の理念と方法』（日本語教育学の新潮流9）ココ出版

グループ・ジャマシイ（編著）（1998）『教師と学習者のための日本語文型辞典』くろしお出版

小林幸江（2005）「「にかかわらず」「を問わず」「によらず」の意味用法」『東京外国語大学留学生日本語教育センター論集』31号

鈴木智美（2004）「「～だの～だの」の意味」『日本語教育』

121号
谷口真樹子（2009）「条件節「ば」の用法と文末制限について」『言語文化教育研究』4号
寺村秀夫（1981）『日本語の文法（下）』（日本語教育指導参考書5）国立国語研究所
————（1991）『日本語のシンタクスと意味Ⅲ』くろしお出版
友松悦子他（2010）『改訂版どんなときどう使う日本語表現文型500初中級』アルク
中俣尚己（編）（2017）『コーパスから始まる例文作り』（現場に役立つ日本語教育研究5）くろしお出版
蓮沼昭子（1993）益岡隆志（編）「「たら」と「と」の事実的用法をめぐって」『日本語の条件表現』くろしお出版
増田真理子（2017）江田すみれ・堀恵子（編）「日本語教育における「んですけど。」の扱い—自然な日本語を積み上げる教育実践の一例として—」『習ったはずなのに使えない文法』くろしお出版
松下光宏（2017）「文・節の連接からみた接続辞「ものの」の使用文脈の特徴」『日本語教育』166号
森山卓郎（2000）『ここからはじまる日本語文法』ひつじ書房

索引

と

台灣廣廈 國際出版集團
Taiwan Mansion International Group

國家圖書館出版品預行編目（CIP）資料

史上最強！日本語類義表現/市川保子著. -- 初版. -- 新北市：國際學村出版社, 2021.11
面； 公分
ISBN 978-986-454-188-1(平裝)
1.日語 2.語法

803.16　　110016189

國際學村

史上最強！日本語類義表現

作　　者／市川保子
中文審定／張蓉蓓
譯　　者／劉芳英

編輯中心編輯長／伍峻宏
編輯／王文強
封面設計／林珈伃・內頁排版／東豪印刷事業有限公司
製版・印刷・裝訂／東豪・弼聖・紘億・明和

行企研發中心總監／陳冠蒨
媒體公關組／陳柔彣
綜合業務組／何欣穎

發行人／江媛珍
法律顧問／第一國際法律事務所 余淑杏律師・北辰著作權事務所 蕭雄淋律師
出　　版／國際學村
發　　行／台灣廣廈有聲圖書有限公司
地址：新北市235中和區中山路二段359巷7號2樓
電話：（886）2-2225-5777・傳真：（886）2-2225-8052

代理印務・全球總經銷／知遠文化事業有限公司
地址：新北市222深坑區北深路三段155巷25號5樓
電話：（886）2-2664-8800・傳真：（886）2-2664-8801
郵政劃撥／劃撥帳號：18836722
劃撥戶名：知遠文化事業有限公司（※單次購書金額未達1000元，請另付70元郵資。）

■出版日期：2021年11月
ISBN：978-986-454-188-1　